나의
달은
그림자가
없다

나의 달은 그림자가 없다 1

|지은이_연이은 |초판 1쇄 찍은 날_2016년 12월 15일 |초판 1쇄 펴낸 날_2016년 12월 26일
|발행처_도서출판 청어람 |펴낸이_서경석 |편집책임_조윤희 |편집_이은주, 최고은
|디자인_박보라 |경기도 부천시 원미구 부일로 483번길 40 서경B/D 3F (우) 14640
|등록_1999년 5월 31일(제387-1999-000006호) |전화_032-656-4452
|팩스_032-656-4453 | http://www.chungeoram.com | chungeorambook@daum.net
|어람번호_제8-0078호

ISBN 979-11-04-91062-3 04810
ISBN 979-11-04-91061-6 (SET)

나의 달은 그림자가 없다

1

연이은 장편소설

도서출판 청어람

목차

1
달 선녀 이야기

　월산은 산꼭대기에 달이 오래 머문다고 하여 그 고장 사람들은 '달 쉼터'라고 불렀다. 그러나 타지 사람들은 월산을 '나그네목'이라고 불렀다. 월산이 두 도시 사이에 위치하여 왕래하는 이가 많은 까닭도 있었거니와, 범람하는 달빛이 지나가는 길손들에게 위안을 주기 때문이었다. 덕분에 월산의 마을은 상업이나 숙박업이 발달했다.

　그중에도 조선 시대부터 주막을 했다는 한씨 집안은 월산은 물론이고, 다른 지역에까지 넓은 토지를 소유한 대지주였다. 한씨 부부에게는 고명딸이 하나 있었는데, 위로 있던 아들 셋이 어려서 단명하는 바람에 외동딸이 되어버렸다. 그들은 하나 남은 딸을 금이야, 옥이야 애지중지하며 키웠다. 그녀의 이름은 연화였다.

　연화의 두 뺨과 이마는 동그랗고 턱은 날렵하여 어려 보이면서도 세련되었다. 눈썹은 산토끼 털로 만든 최고급 붓으로 한 번에 그린 것처럼 수려했다. 코는 크지 않고 오뚝하여 귀여웠고, 눈은 시원스레 크면서도 눈매가 살짝 올라가 앙큼한 맛이 있었다. 한마디로 그녀는 절세미인이었다. 마을 사람들은 연화를 '달 선녀'라고 불렀다.

한씨 부부에게 연화는 더없는 자랑이요, 기쁨이었다. 딸을 위해 최고의 신랑감을 수소문하는 것이 그들 삶의 낙이었다. 사람들은 연화가 도시의 대부호나 고위 관리의 아들에게 시집을 가지 않을까 추측했다. 그러므로 연화가 목재상 차강문과 혼인하기로 했다는 소식이 퍼졌을 때, 사람들은 이를 두고 왈가왈부하였다.

"연화는 온종일 말도 없고, 밥도 안 먹고 방에만 들어앉아 있다던데요."

"그 댁 마나님은 머리를 싸매고 드러누웠답디다. 어르신도 강문이만 보면 얼굴이 벌게지고 말을 못 해서, 경씨 영감이 혼사를 대신 맡아서 진행시킨다더라고요."

아낙들은 어디든 모이기만 하면 이 기묘한 혼인에 대해 수군거렸다. 한씨 집안의 충직한 집사이자, 젊어서부터 어르신을 모신 경씨 영감은 불경한 소문이 도는 것을 알았지만 굳이 집 안팎으로 입단속을 시키지 않았다. 강문이 괜씸했기 때문이었다.

"제가 달빛에 취해 정신이 나갔나 봅니다. 연화 아가씨를 책임지겠습니다."

한밤중에 대문을 두드리고 쳐들어온 강문이 마당에 무릎을 꿇고 한 말이었다. 업고 온 연화의 몸을 대청마루에 눕힌 직후였다. 정신을 잃고 쓰러진 연화의 상태는 실로 참혹했다. 뒷산에 있는 온천으로 멱을 감으러 간 연화가 기절한 채 흐트러진 모습으로 강문에게 업혀 돌아온 것이다. 아무리 날고 기는 집안이라지만, 딸 가진 부모는 죄인이라 했던가. 당시의 구시대적 사고방식으로는 어쩔 도리가 없었다. 더구나 하늘이 무심하게도 연화에게 덜컥 애가 들어섰으므로, 혼인을 서두를 수밖에 없었다.

한씨 집안의 덕망이 제법 높았던 터라, 사람들은 그들을 가여워했다. 특히 웃음을 잃은 연화를 보며 남몰래 눈물 흘리는 사람들도 있었다. 그중에는 그녀를 사모하던 젊은이들도 없지 않았다. 반면에 강문은 한씨 집안의 재산을 노리고 힘없는 여자를 겁탈한 천하의 몹쓸 놈이라며 손가락질 받았다. 그와 더불어, 강문을 도와 음험한 일을 꾸몄을 거라 의심받는 노루 사냥꾼 용덕 또한 따가운 눈총을 받았다. 여기저기 떠돌아다니던 용덕네 남매가 연화와 강문의 혼인 직후 마을에 정착하여 총포상을 차리자, 그들의 모의는 기정사실화되었다.

그러나 음울한 소문의 진상은 곧 잊혀졌다. 연화의 아들이 태어났기 때문이었다. 비록 불행의 씨앗이었으나, 그 열매는 지극히 사랑스러웠다. 석윤은 기특하게도 어미를 쏙 빼닮아, 강문의 얼굴이 보이지 않았다. 아이의 조부모는 그 점을 제일 좋아하였다. 석윤을 낳고서 연화는 잃었던 웃음을 찾았다. 강문 역시 불순한 의도로 그녀에게 접근하였으나, 선녀처럼 고운 아내를 아꼈으므로 겉으로 보기에 둘은 퍽 금슬이 좋아 보이기까지 했다. 석윤이 일곱 살이 되던 해, 연화는 둘째 아들을 낳았다. 둘째는 아비인 강문을 틀에다 찍어낸 것처럼 똑 닮았다. 연화는 다시 웃음을 잃었다.

연화의 이야기를 해보자면, 그녀는 자신에게 일어난 일을 현실로 받아들이지 못했다. 그날 밤은 유독 달빛이 청명하였고, 그녀는 자신에게 다가오는 강문과 엽총을 들고서 망을 보는 용덕을 똑똑히 보았다. 그럼에도 어쩐지 연화에겐 그 일이 마치 지독한 악몽일 뿐이었다. 갑작스러운 혼인도, 점점 불러오는 배도 남의 일인 것 같았다. 그녀 안에 서서히 광기가 자라나는 것을 사람들은 모르고 있었다. 석윤은 연화를 너무나도 닮았기에, 그녀는 자신이 처녀 수태하였다고 여겼다. 십자가를 갖고 다니는 도시 사람들이 하는 말을 들어보니, 연화 같은 여자가 또 있다고 했다. 그녀는 그럴 수도 있다고 생각했다.

"너는 달의 아이란다, 윤아."

연화는 아들 석윤에게 그리 말하곤 했다. 그녀는 석윤을 보면 행복했다. 자신의 악몽은 악몽일 뿐이었으니까. 그러나 둘째가 태어나자, 연화는 비로소 자신이 강간당했다는 사실을 깨달았다.

연화가 둘째를 데리고 야반도주를 한 뒤 삼 년 후, 강문은 용덕의 여동생을 재취로 얻었다. 연화가 사라진 뒤 그녀의 부모는 연이어 세상을 떠났다. 월산 대지주인 한가의 재산은 오롯이 차강문의 차지가 되었다. 이를 두고 사람들은 연화가 도망을 친 것이 아니라 살해된 게 아니냐며 수군거렸다. 물론 이러한 끔찍한 소리를 두고 반박하는 이들도 있었다.

"뒷산 어귀에 사는 홀아비가 그러더라. 그날 새벽에 수탉이 평소보다 일찍 우는 게 과히 이상하더란다. 나가보니 강문이랑 그 첫째 아이가 목 놓아 울더래. 목청이 찢어져라 우는 소리를 수탉 소린 줄 안 게지."

"사람 속은 알다가도 모르겠어. 석윤이를 그렇게 예뻐하더니 둘째만 데리고 갈 줄 누가 알았겠어."

"원래는 석윤이까지 데리고 갔었는데 강문이가 쫓아가서 데리고 왔다더라고. 둘째는 아직 젖도 못 뗀 애고, 강문이도 양심이 있어선지 다 뺏어오진 못했는가 봐."

"어휴, 마나님이랑 어르신이 그렇게 가실 만하지. 일궈온 재산일랑 도둑 같은 사위한테 다 뺏기고. 하나뿐인 딸은 생사도 불분명하니 살아 뭐해."

"그래도 강문이가 염치는 있어. 장인이랑 장모 삼년상은 치르고 새 장가를 들었으니."

"염치는 개뿔. 그 집안 재수를 누가 말아먹었는데? 선녀 같은 연화한테 몹쓸 짓 하고 재산까지 다 처먹은 놈이구먼. 평생 혼자 살다가 석윤이가 크면 재산 물려주고 자기는 중이 되어도 모자라지."

월산의 사람들조차 이렇듯 강문에 대한 평가가 분분했다. 그리고 무상한 세월이 흘러, 월산의 대지주가 한씨가 아닌 차씨가 된 지 십 년이 넘었다. 시대는 격변했다. 두 도시를 잇는 철로가 놓였고, 월산을 지나던 나그네들의 수가 줄었다. 원체 지형적 특성으로 먹고살던 고장이었으므로 교통의 발달은 월산의 경제에 치명적이었다. 세상 돌아가는 것에 민감하고 통찰력이 있던 강문은 새 활로를 모색했다. 바로 온천이었다. 그는 전 재산을 털어 월산의 온천 지대를 개발했다. 그가 연화를 범했던 온천이 있는 곳이었다. 강문은 그 온천과 주변만은 훼손하지 말고 그대로 노천탕으로 남겨둘 것을 지시했다.

'월산 온천타운'을 지으면서 강문은 마을 사람들을 적극 기용하였고, 그로 인해 인덕을 쌓았다. 이젠 그를 두고 '도둑놈'이라고 수군거리는 사람은 아무도 없었다. 강문의 사업 수완 덕에 온천타운은 두 도시의 관광산업과 연계되었고, 그 지방의 명물이 되었다. 그는 더욱 부유해졌고, 마을 사람들은 강문을 '어르신'이라고 불렀다. 이제 그들에게 연화의 존재는 마을의 전설처럼 여겨질 정도였다. 다만, 월산 사람들을 불편하게 하는 유일한 존재가 있었다. 바로 석윤이었다.

어미가 저를 버리고 떠난 충격 때문인지, 석윤은 어둡고 광증이 있는 사내로 자랐다. 연화를 닮아 눈에 띄는 미남이었으나, 항상 불안해하며 손을 떨었다. 가끔씩은 발작을 일으키며 눈을 뒤집을 때도 있었다. 아비인 강문이 그를 꾸짖을 때 특히 그랬다. 강문은 기가 약해 미쳐 버린 석윤을 탐탁지 않아 하며, 대를 이을 또 다른 아들을 낳길 소원했다. 그러나 연화의 저주인지 강문은 후처에게서 딸 하나만을 얻었다. 아이의 이름은 혜윤이었다. 혜윤은 열 살 차이가 나는 배다른 오빠인 석윤을 무척 좋아했다. 동네 친구들은 물론이고, 제 부모마저 미친 위인이니 가까이하지 말라고 해도 늘 석윤을 졸졸 따라다녔다.

혜윤은 월산의 달처럼 고운 오라비가 자랑스러웠다.

"오라버니는 피부가 우유처럼 예뻐요. 달 선녀 같아요."

석윤의 옷자락을 잡아 흔들며 혜윤은 말하곤 했다. 혜윤은 마을에 떠도는 '달 선녀 이야기'의 진상을 알기엔 너무 어렸다.

"혜윤이야말로 세상에서 가장 고운걸. 벌써부터 청혼자가 줄을 섰다는데, 널 누구한테 보내야 아깝지가 않을까."

혜윤과 함께일 때면 석윤은 어딘가 슬퍼 보였지만 그나마 덜 미쳐 보였다. 그런 석윤이 스무 살에 홀연히 종적을 감췄을 때, 혜윤을 제외하고 가슴 아파하는 이는 한 명도 없었다. 오히려 그가 돌아왔을 때 아쉬워하는 이가 훨씬 많았다. 집을 나간 지 오 년 만이었다. 그의 왼손 약지에는 실가락지가 끼워져 있었다. 돌아온 석윤은 완전히 광기에 사로잡혔다. 어디서 뭘 했는지 폐병까지 얻어온 바람에, 때때로 피를 토하며 패악을 부리기 일쑤였다.

"차라리 죽어라, 죽어!"

강문의 입버릇이었다. 그리고 석윤은 정말로 스스로 목숨을 끊었다. 그의 시신은 이른 아침부터 온천욕을 즐기러 나온 노인에 의해 발견되었다.

"하필이면 그 노천탕이라니. 제 어미가 아비한테 험한 일을 당했던 걸 알 리가 없을 테고, 우연치곤 너무 스산해."

월산 사람들은 입을 모아 말했다. 그러나 강문은 끄떡없었다. 그는 미신에 사로잡히는 대신, 사업에 열중했다. 목격자인 노인에게 뒷돈을 듬뿍 주어 타지로 소문이 새나가는 것을 막았다. 월산의 사람들이야 절반 이상이 온천타운의 관광산업에 밥줄을 의존하고 있던 터라, 저희끼리 쉬쉬하며 뒤로만 쑥덕거렸다. 강문은 친아들의 비극적인 죽음에도 슬퍼하기보단 앓던 이가 빠진 것처럼 속 시원해했다. 석윤은 소름 끼치도록 연화와 닮았었기 때문이다. 그는 비로소 악연이 끝났다고 생각했다. 그러나 이것은 시작에 불과했다.

석윤의 자살 직후, 혜윤은 미쳤다. 그녀 나이 열다섯일 때였다. 마을 사람들은 연화의 저주를 다시 들먹이기 시작했다. 강문은 이를 악물었다. 그는 어떻게든 자신의 혈육에게 대를 잇게 하기 위해 혜윤이 스물이 되자마자 데릴사위를 구했다. 사위의 호적을 혜윤에게 올리고, 자식들의 성도 차씨를 따르는 조건이었다.

사위는 곧 구해졌다. 미친 여인에게 장가를 들 정도로 돈이 궁한 옛 선비 가문의 한량이었다. 불행 중 다행으로, 혜윤은 남편을 피하지 않았다. 오히려 좋아했다. 집 안에서 책만 읽느라 핏기가 없는 하얀 피부가 석윤 오라버니를 닮았다며 기뻐했다. 신랑도 아름다운 혜윤을 아끼고 사랑하였다.

혜윤은 딸을 낳았다. 이름은 혜윤이 끊임없이 읊조리는 대로 영선이라 지었다. 영선도 미칠 것이라는 사람들의 기대와 달리, 그녀는 정상이었다. 또한 어미인 혜윤과는 아주 딴판으로 자랐다. 그 성정은 외할아버지인 강문을 베낀 것 같았다. 영선은 야망에 차 있었고, 원하는 것을 얻기 위해 수단과 방법을 가리지 않았다. 또한 어미인 혜윤을 부끄러워했다. 강문은 그 점도 아주 마음에 들어 했다.

영선의 아버지는 어려서 못 먹은 탓인지 골골대다 일찍 죽었다. 부부의 애정이 극진했던 터라, 혜윤은 큰 상심에 빠졌다. 그녀의 광증은 더 깊어졌다. 영선은 그런 어미를 별채로 옮겨 버렸다. 그녀는 외조부모 밑에서 자란 것이나 다름이 없었다. 영선은 자신이 결혼을 할 때에도 혜윤은 부르지 말자고 했다. 결국 강문과 그의 처가 혼주 노릇을 했다. 강문의 데릴손녀사위인 동진은 그를 만족시킬 만큼 속물이었다. 영선과 잘 어울리는 한 쌍이었다. 강문은 노쇠하여 더 잃을 것도 이룰 것도 없는 나이가 되었다. 그의 처는 그보다 앞서 죽었다.

아들만, 아들만 낳으면 된다고 강문은 임신한 영선의 배를 보며 염원했다. 그러나 정작 증손자를 안아보지는 못하였다. 그는 물에 젖은 이끼에 미끄러져 뇌진탕으로 즉사했다. 그가 연화를 범했던, 석윤이 자살한 그 노천탕이었다. 영선은 머리에 흰 리본을 꽂고 아들을 낳았다. 이름은 차무영, 어쩐 일인지 자랄수록 석윤을 닮아갔다.

2

달을 닮아

    울퉁불퉁한 험한 길 때문에 차체가 덜컹거렸다. 소월은 핸들을 고쳐 잡으며 한 손으로 내비게이션의 화면을 신경질적으로 두드렸다. 잘못된 길이라는 기계음의 안내가 반복되었다.

    "환장하겠네."

    혼잣말을 중얼거리며 소월이 차를 멈추었다. 그녀는 차에서 내려 주변을 둘러보았다. 도시보다 일찍 봄을 맞은 숲이 푸르렀으나, 공기는 아직 겨울을 떨치지 못해 차가웠다. 소월은 앞에 보이는 산을 보며 저곳이 '월산'일 거라고 막연히 짐작했다. 그녀는 할아버지와의 대화를 떠올렸다.

    "월산에 가서 물건 좀 전해주거라."

    정 회장은 웬만해선 소월과 독대를 하는 법이 없었다. 십오 년 만에 귀국한 소월을 불러, 본가로 들어오고 싶다면 어머니를 버리고 오라고 한 이후로 오 년 만이었다. 그러므로 소월은 정 회장의 부름을 받았을 때, 마음의 준비를 단단히 하고 갔다. 정 회장의 용건이 겨우 간단한 심부름이라는 것을 알자 소월은 맥이 빠질 정도였다.

"작은 지역이나마 호족처럼 지내며 영향력을 행사하는 집안이다. 흠 잡힐 일 없게 조신하게 행동해라. 무슨 일이 있어도 예의를 잃지 말고."

"명심하겠습니다."

"사사로운 일이었으면 굳이 내 핏줄에게 시키지 않았을 거다."

간접적인 표현이었으나, 소월을 손녀로 인정한다는 뜻이 담겨 있었다. 소월은 정 회장이 이렇게까지 말하며 전달하고자 하는 물건이 무엇인지 궁금해졌다. 그렇게 중요한 일이면 끼고도는 오빠들에게 시킬 것이지, 하는 반항적인 생각도 들었다.

"무슨 물건인지 여쭤도 되겠습니까?"

"건방 떨지 말거라. 너는 내가 시키는 대로만 하면 된다."

정 회장이 칼같이 선을 그었다. 한 기업의 수장으로서 그의 성품은 아주 강인하고 독선적이었다. 특히 위계를 중시하여 아랫사람이 자신의 뜻을 거스르는 것을 못 견뎌 했다. 소월은 입을 다물고 묵묵히 앉아 있었다. 곧 정 회장이 금색 비단 보자기로 싼 물건을 내밀었다. 보아하니 일반 스케치북 크기의 함 같았다.

"열면 티가 나는 물건이니 열어볼 생각은 꿈에도 하지 말거라."

그러고 정 회장은 더 이상 말이 없었다. 소월도 덩달아 잘 다녀오겠다는 인사치레 따위는 하지 않았다. 그저 이만 가보겠다며 함을 갖고 나왔을 뿐이었다.

이것이 불과 전날 밤의 일이었다. 시간을 지체하지 말라는 당부가 있었기에 소월은 바로 월산으로 출발했다. 온천이 유명한 관광지라 하여 찾기 쉬울 줄 알았더니, 숲도 넓고 산도 여러 개라 결국 길을 잃었다. 소월이 애꿎은 돌멩이를 발로 차며 화풀이를 하고 있을 때였다.

"거기서 뭐 해요?"

숲 속에서 엽총을 어깨에 멘 남자 둘이 어슬렁거리며 나타났다. 수렵 철을 맞아 사냥을 나온 치들인 것 같았다. 두 남자는 소월에게 다가오며 껄렁한 말들을 주고받았다.

"오, 차가 엄청 좋네."

"마을 사람이 아닌가 봐요? 처음 보는 얼굴인데?"

"네가 마을 사람들을 얼마나 안다고 그런 소릴 하냐."

"그래도 딱 보면 견적 나오잖아. 이 마을 아가씨들 얼굴 못 봤냐?"

"언제는 순진해서 좋다며."

소월은 쯧, 혀를 찼다. 월산에 가는 길이 험난했다. 길을 잃은 것도 모자라 질 나쁜 사내들과 마주치다니, 이쯤 되니 월산에 가지 말라는 하늘의 계시처럼 느껴졌다.

"길 잃었어요?"

"아뇨. 잠깐 바람 쐬던 중이었어요."

"그래요? 이쪽 방향으론 길이 더 없는데."

남자들이 야비하게 웃었다.

"알아서 할게요. 가던 길 가시죠."

"아니, 우린 예쁜 아가씨가 고생할까 봐 그러지."

그들은 어느새 소월의 앞을 막아서고 있었다. 소월은 차 문에 등을 바짝 대고 손으로 문고리를 더듬거렸다.

"에이, 왜 이렇게 쫄아서 튈 준비를 해."

남자 중의 하나가 소월의 손을 잡아챘다. 소월은 습관적으로 남자의 손을 뿌리치며 그의 뺨을 갈겼다. 다섯 살 때부터 외국 생활을 한 소월은 의도치 않게 폭력에 익숙했다. 돈이 많은 동양 여자애는 이국의 땅에선 누군가에겐 아니꼬운 존재였다.

"아니, 이년이 미쳤나? 오냐오냐 해주니까 진짜로 험한 꼴 당하고 싶⋯⋯."

남자는 말을 다 마치지 못했다. 날아오는 돌에 머리를 맞았기 때문이었다. 그뿐이 아니었다. 돌은 계속 날아왔다. 몇 개는 남자들에게 명중했지만, 몇 개는 소월과 그녀의 차에 부딪쳤다. 소월이 날아오는 돌 하나를 쳐 내며 소리를 질렀다.

"이 인간들한테 던져야죠, 이쪽으로! 나한테까지 던지면 어떡해요!"

그녀가 소리를 지르는 방향에는 한 남자가 서 있었다. 그는 기계적으로 돌팔매질을 하고 있었다. 멀쑥한 얼굴과 달리, 옷은 돌무더기를 안고 있느라 흙투성이었다. 사냥꾼들은 단번에 그를 알아보았다.

"그 저택 아들 아냐?"

"맞아. 괜히 잘못 건드렸다간 귀찮게 되는 놈이야. 이 동네 경찰들은 다 그 집 끄나풀이라고."

소월은 사냥꾼들의 대화에 귀를 쫑긋 세웠다.

"차라리 우리랑 있는 게 낫다고 생각할 거요. 저 새낀 미친놈이거든. 무슨 짓을 해도 정신병이라고 면죄부를 받는 놈이라고."

"강간마의 피가 흐르는 위험한 놈이면서 말이지."

그들은 슬금슬금 도망을 가는 와중에도 소월에게 겁을 줬다. 소월은 눈 하나 깜짝 안 하는 척했지만 손으로는 분주하게 차 문을 열고 있었다. 운전석에 올라탄 소월은 먼저 안에서 문을 잠그고, 재빨리 시동을 걸었다. 돌을 던지던 남자가 그녀를 향해 달려오고 있었기 때문이다.

"왜, 왜 그래요!"

남자가 차창을 마구 두드리는 바람에 소월의 얼굴에서 핏기가 싹 가셨다. 그는 광기에 사로잡힌 듯 눈을 부릅뜨고 소월을 노려봤다. 그를 두고 미친놈이라느니, 강간마라느니 하던 사냥꾼들의 경고가 소월의 머릿속에서 반복 재생되었다. 소월은 핸들을 꽉 쥐고, 액셀을 밟았다. 차가 갑자기 출발하자, 남자는 깜짝 놀라 엉덩방아를 찧었다. 한 번 바닥을 구른 남자는 다리를 절뚝거리면서도 다시 일어나 쫓아왔다.

"왜 따라오는 거야, 도대체!"

소월은 사이드미러로 남자가 넘어지고 일어나는 것을 반복하며 저를 향해 달려오는 것을 봤다. 남자는 마치 좀비처럼 한쪽 다리를 질질 끌면서도 포기할 줄 몰랐다.

"아, 진짜 미치겠네."

소월이 짜증을 냈다. 그러면서도 그녀는 핸들을 돌렸다. 차가 돌아오자, 남자는 털썩 바닥에 주저앉아 버렸다. 차에서 내린 소월이 그에게 다가가 물었다.

"괜찮아요?"

남자는 쉬이 고개를 들지 않았다. 발을 부여잡고 낮게 끙끙대는 모습이 소월의 동정심을 자극했다. 소월은 대답 없는 남자를 보며 어깨를 으쓱하곤, 지체 없이 그의 발을 살폈다. 뾰족한 돌에 찔렸는지 발바닥이 깊게 패여 피가 줄줄 나고 있었다.

"괜찮은 것 같진 않네요. 그렇게 움직이는 차를 왜 따라와요. 위험하잖아요."

소월은 한숨을 내쉬었다. 이 남자를 어떻게 해야 할지 막막했다.

"길은 반대쪽이야."

"뭐라고요?"

"저쪽은 낭떠러지야."

남자가 소월이 향하던 곳을 손가락으로 가리키며 어눌하게 말했다. 그는 소월의 얼굴을 똑바로 쳐다보지도 못했다.

'귀찮게 됐네, 진짜.'

소월은 고개를 푹 숙였다. 그녀는 책임질 일이 생기는 것을 달가워하지 않았다. 제 한 몸 건사하기도 힘든 환경에서 자란 터였다. 그녀는 종종 스스로를 떠돌이 용병 같다고 생각했다.

"나 도와주려다 다친 거네요."

"안 아파!"

남자가 기세 좋게 일어섰다. 그러나 곧 인상을 쓰며 크게 휘청거렸다.

"아, 아파!"

소월이 남자의 옷깃을 잡았다. 남자는 소월의 어깨에 손을 얹어 겨우 중심을 잡았다. 그의 손은 소월의 어깨 위에서 어찌할 바를 모르고 어정쩡하게 있었다.

"그냥 편하게 잡아요. 부축해 줄 테니까."

그제야 남자의 손에 힘이 들어갔다. 소월은 뒷좌석의 문을 열고 차에 남자를 태웠다.

"이쪽으로 다리 뻗고 있어요. 신발은 어디에 있어요?"

"몰라. 벗겨졌어, 쓰레빠."

봄이라곤 하나, 아직 꽃샘추위가 기승을 부리곤 했다. 맨발에 슬리퍼를 신고 다닐 날씨는 아니었다. 추워서 하얗게 질린 피부에 덕지덕지 묻은 핏자국이 그로테스크했다.

'약간 맛이 가긴 한 것 같은데…… 아예 말이 안 통할 정도로 미친 것 같진 않고.'

소월은 남자에게 기다리라고 말한 뒤, 그의 슬리퍼를 찾기 위해 땅바닥을 살피고 다녔다. 다행히 슬리퍼는 그리 멀지 않은 곳에서 나뒹굴고 있었다. 흙먼지가 잔뜩 묻은 검은색 여름 슬리퍼는 어쩐지 처량해 보였다.

"여기요."

"내 쓰레빠!"

남자의 얼굴이 처음으로 밝아졌다. 그는 두 손으로 얌전히 슬리퍼를 받아 들었다. 소월은 뒤늦게 남자의 얼굴을 자세히 볼 수 있었다. 부스스한 머리에 꾀죄죄한 몰골을 하고 있었지만 잘생김을 숨길 순 없었다. 남자치곤 다소 선이 유려하고 아름다운 얼굴이 귀티가 날 정도였다. 소월은 문득 사냥꾼들이 구시렁대던 말을 기억했다.

'저택 아들이라고 했었지.'

이 작은 지방에 저택을 가질 만한 사람이 얼마나 될까? 소월은 자신의 직감을 믿었다.

"혹시 월산 온천타운의 사장님이 사는 저택이 어딘지 알아요?"

답을 정해놓고 하는 질문이었다.

"우리 집인데?"

"그럴 줄 알았어!"

소월이 허공에 주먹을 잘게 흔들며 기뻐했다. 남자는 소월이 웃는 것을 넋 놓고 보았다. 그는 눈을 느릿하게 두어 번 끔뻑거렸다.

"따가워."

"뭐라고요?"

"아니. 아무것도."

남자는 입을 다물었다. 소월은 신이 나서 집에 데려다줄 테니 길을 안내해 달라고 했다. 마침 그쪽에 볼일이 있다는 소월의 말에 남자의 볼이 살짝 상기되었다.

저택은 마을의 중심부에서 멀리 떨어진 외곽에 자리 잡고 있었다. 길게 늘어선 담장이 정원의 크기를 짐작하게 해주었다. 권세가 있는 집안이란 말이 틀리지 않은 모양이었다.

"다 왔다!"

어린아이처럼 해맑은 환호성이 먹통이 된 내비게이션의 기계음을 대신해 주었다. 소월은 백미러로 남자를 쳐다보았다. 그의 옷은 흙먼지 때문에 아주 더러웠다. 소월은 그를 또 부축해서 들어가야 했다.

'지저분한 건 딱 질색인데……'

하지만 불평을 하기엔 늦었다. 남자를 차에 태울 때부터 그녀의 옷은 이미 더러워져 있었다. 소월은 소맷자락에 묻은 얼룩을 물끄러미 내려다보며, 간단한 심부름치곤 성가신 일이 많은 것 같다고 생각했다.

경희태는 복도를 성큼성큼 걷고 있었다. 그는 별채로 가는 중이었다. 바닥과 창틀을 닦고 있던 메이드들이 저택의 집사를 보고 알아서 길을 터주었다. 희태의 둥근 얼굴은 보통은 인심이 넉넉해 보이지만, 미간이 접혀 있을 때면 꽤 엄격한 분위기를 풍기곤 했다. 정원에서 몰래 쉬고 있던 메이드 둘이 희태를 보곤 헐레벌떡 몸을 숨겼다. 희태는 거칠게 숨을 몰아쉬며 별채 침실의 문을 벌컥 열었다. 방의 주인이 자리에 없을 것을 알고 한 대담한 행동이었다.

"몇 시부터 없으셨어?"

희태가 따라 들어온 메이드에게 물었다. 그녀는 별채의 관리를 담당하고 있었다.

"점심 드시러 나가는 건 봤는데요……. 그 후엔 잘 모르겠습니다. 죄송합니다."

"정원이랑 본채 2층은?"

"다 찾아봤는데 안 계세요."

기어들어 가는 목소리가 가냘팠다. 희태는 한바탕 잔소리를 퍼부으려 했으나, 벽에 걸린 시계가 벌써 오후 다섯 시를 향하고 있었다. 곧 손님이 도착할 시간이었다.

"마지막으로 봤을 때 도련님 상태는 어땠어? 세수는 하셨어? 옷은 제대로 입고 나간 거겠지?"

"옷은 입으셨는데, 씻지는 않으셨어요. 늦잠 자고 일어나셔서 배고 프다고 소리를 지르시는 바람에⋯⋯."

"가지가지 하는구나. 오늘 중요한 손님 온다고 말 했어, 안 했어? 무슨 수를 써서라도 사람 꼴은 만들어놨어야지!"

결국 희태가 버럭 호통을 쳤다. 기운이 뻗치는 정신이상자를 붙잡 고 씻기는 일이 얼마나 힘든지 집사는 뻔히 알면서도 봐주질 않는다. 메이드는 고개를 푹 숙이고 코를 훌쩍거렸다. 희태는 혀를 차며 별채 를 빠져나왔다. 무슨 일이 있어도 손님과 마주치기 전에 그 화상을 잡 아다 손질을 해놔야 했다. 희태는 초조했다. 저택의 주인이 반년 가까 이 공을 들인 '그 일'의 출발만큼은 산뜻하고 완벽해야만 했다. 추후 의 일들은 무조건 엉망진창 대소란일 게 안 봐도 뻔했기 때문이다. 희 태가 본채의 현관에 들어서며 메이드들에게 고함을 지르려던 때였다.

"지, 집사님! 큰일 났습니다!"

"도련님이 없어졌는데 그것보다 큰일이 또 어디 있어!"

사색이 되어 달려온 정원사에게 희태가 핀잔을 주었다.

"도련님이 돌아오셨습니다!"

"뭐? 그럼 당장 모셔 와야⋯⋯."

희태는 말을 마칠 수 없었다. 그는 정원으로 걸어 들어오고 있는 남 녀를 황당한 얼굴로 쳐다봤다.

"저 여자는 누군데 도련님한테 찰싹 붙어 있는 거야?"

"그게, 저분이, 그러니까⋯⋯."

식은땀을 뻘뻘 흘리며 난처해하는 정원사를 보자니, 불길한 예감이 희태의 뇌리에 스쳐 지나갔다.

"저분이 설마 소월 아가씨는 아니겠지?"

덧없는 현실 부정이었다. 정원사는 침묵으로 수긍했고, 희태는 잠 시 비틀거렸다. 그는 마치 흑과 백처럼 대비되는 두 사람을 보며 아찔

한 현기증을 느꼈다.

"도련님께서 다리를 다치셔서 데리고 오셨답니다."

"지금 그게 중요해? 저 꼴을 하고 아가씨를 만났는데! 어서 가서 도련님을 받아!"

희태가 신경질적으로 정원사의 등을 밀었다. 주먹을 꽉 쥐자 차가워진 손가락 끝의 감각이 느껴졌다. 어떻게든 잘못 꿴 첫 단추를 만회해야 한다는 압박감이 희태의 숨통을 조여오고 있었다. 그가 절도 있고 빠른 걸음으로 소월에게 다가가 인사를 했다.

"어서 오십시오, 소월 아가씨. 저는 이 저택의 집사, 경희태라고 합니다. 저희 도련님을 도와주셨다고요. 정말 감사합니다."

"별말씀을요. 오히려 이분이 길을 잃어버린 절 도와주셨는걸요."

"그렇다면 정말 다행입니다. 저희 도련님이 좋은 첫인상을 심어드렸다니!"

희태가 과장되게 너털웃음을 터뜨렸다.

"저희 도련님께서 자기소개를 제대로 하셨는지 모르겠습니다. 워낙 과묵하셔서요."

"사실 이곳 도련님이란 것도 제가 어림짐작한 거긴 해요. 따로 말을 해주지 않았거든요."

과묵하다는 말의 속뜻을 헤아리며 소월이 얼추 희태의 장단을 맞춰줬다.

"저희 도련님의 이름은 차무영입니다. 저택의 주인이자, 온천타운의 소유주인 차영선 사장님의 하나뿐인 아드님이자 후계자시랍니다."

화려한 수식어가 무영의 추레한 행색을 가려주길 바라며, 희태가 거창하게 말했다.

"무영 씨, 아깐 고마웠어요."

소월이 우아하게 미소 지으며 제법 재벌가의 아가씨다운 면모를 보

나의 달은 그림자가 없다

였다. 희태는 사뭇 비교되는 무영과 소월의 모습을 보자 입이 썼다.

"도련님, 도련님도 아가씨께 감사 인사를 하는 게 어떨까요?"

무영은 정원사에게 몸을 맡기고 축 늘어져 있었다. 그는 대충 고개를 까딱거렸다. 희태의 얼굴이 벌게졌다.

"도련님!"

"괜찮아요. 다치셨잖아요. 가서 쉬시는 게 나을 것 같은데요."

어차피 소월은 무영에게 볼일이 없었다. 물건만 전해주고 가면 더볼 사이도 아니었다. 희태는 아가씨의 말대로 하는 게 좋겠다며, 정원사에게 별채로 가 무영을 눕히라고 지시했다. 눈치 빠른 메이드 한 명이 쪼르르 달려와 정원사를 도왔다.

"대충 짐작하시겠지만 저희 도련님이 조금 특별하세요."

정원사에게 업어달라고 응석을 부리는 무영을 외면하며 희태가 변명했다. 그래봤자 정신이 온전치 못하다는 말의 완곡한 표현일 뿐이란걸 소월은 잘 알고 있었다.

"요즘 스물두 살 먹은 젊은이 중에 도련님만큼 순수한 사람은 찾기힘들 겁니다."

당연했다. 그 나이에 유아퇴행성 정신병을 앓는 이는 흔치 않으니말이다.

"스물둘이요?"

"네, 무슨 문제 있으신가요?"

"제가 스물다섯이거든요. 세 살이나 어릴 줄은 몰랐네요."

다소 유치한 감정이었지만 소월은 꼬박꼬박 존댓말을 쓴 게 어쩐지억울했다.

"걱정하지 마십시오. 여자가 세 살 더 많은 게 대숩니까? 저희 도련님은 자유분방하시고 융통성도 뛰어나셔서 아무런 문제가 없을 겁니다."

충동조절장애와 착란을 희태는 교묘하게 포장했다.

"걱정 안 하는데요."

소월이 시큰둥하게 대답했다. 희태의 노력에도 불구하고, 그녀의 상황 파악은 정확했다.

'얼른 물건을 줘버리고 빨리 여길 떠야겠다. 오래 있을 곳이 아니야. 이런 콩가루 집안이라 날 보낸 거였구나, 그 영감탱이.'

정 회장의 음흉한 속내를 깨닫고 나니, 소월은 씁쓸해졌다. 할아버지가 슬슬 자신을 인정해 주는 게 아닐까 기대하지 않았다면 거짓이었다. 어쨌든 부질없는 희망 고문인 것으로 드러났지만 말이다.

"사장님 내외분은 언제 뵐 수 있을까요? 전해 드릴 물건이 있는데요."

소월의 손에 들린 금색 보자기가 빛을 받아 반들거렸다.

"곧 도착하실 겁니다. 응접실로 모시죠."

두 사람은 저택 안으로 자리를 옮겼다. 아라베스크 문양이 그려진 붉은 융단이 깔린 응접실은 반질반질 윤이 나는 앤티크 가구들로 채워져 있었다. 대리석 벽난로 위에 장식된 고급 사냥총이 제법 위협적이었다.

"이거 진짜 쏠 수 있는 건 아니죠?"

총을 들고 선 무영을 상상하니, 소월은 등줄기가 오싹해졌다.

"당연히 아닙니다. 이 총은 골동품으로, 도련님의 외증조할머니의 오빠분께서 선물해 주신 거랍니다. 한때 월산에서 가장 큰 총포상을 하셨던 분이죠."

"그렇군요."

소월이 심드렁하게 대꾸하며 벽에 걸린 시계를 봤다. 당장 출발해도 고속도로를 탈 때쯤이면 해가 질 시간이었다. 소월은 소파에 앉아, 휴게소에서 때울 저녁 메뉴를 마음속으로 골랐다.

'올 때 우동이랑 김밥을 먹었으니까 저녁엔 단백질을 섭취해야겠다.'

그녀가 돈가스와 제육 덮밥 중 무엇을 먹을지 고심하고 있을 때였다.

"자기가 안 하겠다면 어쩔 거야? 어른들끼리 말 다 끝났는데!"

"목소리 좀 낮춰, 여보. 안에 있다잖아."

"들으면 들으라지."

문밖 복도가 소란스러웠다. 소월은 자리에 일어나 저택의 주인 부부를 맞을 준비를 했다. 희태가 어색하게 웃으며 응접실 문을 열었다.

"사장님, 선생님. 정소월 아가씨가 기다리고 계십니다."

여기서 선생님이라 함은, 영선의 남편이자 무영의 아버지인 염동진을 뜻했다. 방금 전까지 콧대를 높이며 기고만장하게 굴던 영선은 막상 소월을 보자, 품위 있는 귀부인 행세를 했다.

"정 회장님껜 얘기 많이 들었어요. 듣던 것보다 훨씬 미인이다."

분을 곱게 칠한 영선의 얼굴은 충분히 이지적이어서, 복도에서의 대화가 들리지 않았더라면 소월은 그녀가 고상하다고 착각했을 것이다.

"과찬이세요. 여기, 할아버지께서 전해 드리라고 하신 물건입니다."

"뭐가 급해서 용건을 서둘러요. 만난 지 오 분도 안 됐는데."

"저녁 시간엔 차가 막혀서요."

소월은 한시라도 빨리 떠나고 싶다는 속내를 감추지 않았다. 영선은 웃음이 났다. 정 회장의 불도저 정신이 새삼 감탄스러웠다. 소월은 정말 아무것도 모르고 이곳에 보내진 것이다.

"한동안은 고속도로 탈 일이 없을 텐데요."

영선이 놀리듯 말했다.

"정 회장님도 대단하시다. 어쩜 이렇게 중요한 일을 감쪽같이 숨기실 수가 있지?"

"그게 무슨?"

"그 보자기 열어보지도 않았어요? 안에 있는 게 뭔지 몰라요?"

"남의 물건에 함부로 손을 대지 않거든요."

"인성도 아주 훌륭하네. 정말 복덩이가 들어오려나 봐요. 그렇죠, 여보?"

동진이 마지못해 미소 지으며 동의했다.

"무슨 말씀을 하시는 건지 잘 모르겠습니다."

"그 보자기 안에 든 건 정 회장님이 손녀를 위해 보낸 예물함이에요."

영선이 단도직입적으로 말했다. 그러나 소월은 쉽게 알아듣지 못하고 '네?'라고 되물을 뿐이었다.

"정소월 씨는 여기에 결혼하러 온 거라고요, 내 아들이랑."

소월은 여전히 이해가 되지 않았다.

"죄송한데, 아드님이라 하시면?"

"우리 무영이 봤다면서요. 직접 데리고 오기까지 했다고 들었는데? 어때요, 우리 무영이 잘생겼죠?"

영선이 간드러지게 웃었다. 그녀의 교태 섞인 웃음소리가 신호라도 되는 듯, 소월의 두뇌가 핑핑 회전하기 시작했다. 상황을 파악하자마자 든 감정은 굴욕감이었다. 아무리 정 회장이라도 미친 남자에게 손녀를 팔아 치울 줄은 꿈에도 몰랐다. 설령 그 손녀가 사생아일지라도 그런 독단을 부릴 줄은 상상도 못 했다. 외국에서 자란 어린 시절, '바스타드(Bastard)'라고 손가락질하는 아이가 있으면 그 손가락을 물어뜯은 소월이었다.

'나는 사생아가 아니야. 나는 이런 취급을 받지 않을 거야.'

무너져 내리는 자존감의 모래성을 소월은 참아낸 눈물로 견고히 쌓아 올렸었다. 하지만 또 이렇게 할아버지라는 파도 앞에서 위태로워지고 말았다.

"할아버지와 잠시 통화를 할 수 있을까요?"

소월이 애써 차분하게 말했다. 그녀는 더 이상 존재를 부정당한 꼬마로 살진 않을 작정이었다. 사생결단이라도 낼 것처럼 결연하게 자리를 피해주길 청한 소월은 정작 홀로 남겨지자 안색이 파리해졌다. 또르르, 또르르 일정하게 울리는 통화음이 간격을 두고 쉴 때마다 소월의 심장도 함께 멈추는 것 같았다.

소월은 정 회장이 차라리 전화를 받지 않길 바랐다. 일말의 미안함과 망설임을 갖고 소월을 피하길 바랐다. 자신이 그에게 잠시라도 불편함을 느끼게 할 수 있는 존재라면 얼마나 좋을까? 그러므로 정 회장이 '도착했나 보구나'라며 퉁명스러운 목소리로, 이쯤 되면 전화가 올 줄 알았다는 듯이 말했을 때, 소월은 배신감과 함께 패배감을 느꼈다. 그녀가 화를 내는 것 따위 정 회장은 두려워하지도, 신경 쓰지도 않는단 사실이 그녀의 망신창이가 된 자존심을 두 번 죽였다.

[결혼해라. 그러면 네 어미를 호적에 올려주겠다. 본가에도 들이고, 그에 걸맞은 대우를 해줄 거다. 네가 갖게 될 유산도 달라질 거다.]

비인간적이고 강압적인 명령을 내리면서 정 회장은 흡사 관대한 거래를 제안하는 양 굴었다. 정 회장은 교활한 노인이었다. 그는 소월의 간절한 소망을 이용하고 있었다. 그녀의 어머니가 아버지와 법적으로 부부가 된다면 소월의 사생아란 불명예스러운 타이틀은 소멸될 것이다. 그토록 열등감을 느끼게 만들었던 태생적 콤플렉스가 사라질 수 있었다. 소월은 할아버지의 방식을 혐오하면서도 솔깃해하는 스스로가 비참했다.

[너를 사생아로 만들지 않기 위해 평생 첩으로 살려고 했던 네 어미의 헌신을 잊지 말아라.]

그러고 나서 정 회장은 일방적으로 전화를 끊었다. 소월은 통화가 끝난 뒤에도 한참 동안 우두커니 서 있기만 했다.

소월의 어머니는 초등학교 교사였다. 집안도 평범했다. 구청 공무

원과 전업주부의 딸이었다. 그런 그녀가 재계의 유명 인사들 입에 오르내리게 된 건 한 남자와의 로맨스 때문이었다. 그 남자는 외아들이란 이유만으로 권위적인 아버지의 기대를 평생 받으며 산 사람이었다. 천성이 순해서 아버지를 거스를 줄 몰랐다. 정략결혼을 하고도 그게 행복인 줄 알고 살았다. 아내가 교통사고로 세상을 뜨기 전까진 그랬다.

"아가씨, 통화가 끝나셨으면 저녁 식사를 하러 오시라는 사장님의 말씀입니다."

조심스럽게 노크를 하고 들어온 희태의 말에 소월이 상념에서 빠져나왔다. 그녀는 별다른 말 없이 희태를 따라 응접실을 나섰다.

희태는 소월을 힐끔거리며 그녀의 안색을 살폈다. 일방적인 결혼 통보 직후, 할아버지와 통화를 할 수 있게 자리를 비켜달라던 소월의 표정은 싸늘했었다. 너무 차가우면 도리어 화상을 입는 법인데, 그녀의 분노가 가진 온도가 딱 그 짝이었다. 통화를 끝낸 소월의 얼굴에는 시린 분노와 함께 잿빛의 공허함이 내려앉아 있었다. 그녀는 어딘가 초연해 보였다.

"집사님은 결혼하셨나요?"

식당으로 가는 길에 소월이 대뜸 물었다.

"네, 어린 딸아이도 하나 있습니다."

"연애결혼인가요?"

희태는 자신이 어떤 대답을 하느냐에 따라 이 혼인의 성사 여부가 결정되는 건 아닐지 순간 노파심이 들었다.

"그렇습니다. 하지만 연애하고 결혼했다고 해서 더 행복한 건 아닌 것 같습니다. 제 친구 중엔 중매로 결혼한 녀석도 있는데, 지금 보면 누가 봐도 천생연분이거든요. 그에 비하면 전 나날이 지옥과도 같은 생활을 하고 있는 거나 다름이 없죠."

집에 있는 아내에겐 미안했지만 그렇다고 정략결혼을 협박당하고 있는 소월에게 연애결혼의 장점을 열거할 수도 없는 노릇이었다.

"저희 아버진 결혼을 두 번 하셨는데, 첫 번째는 정략결혼이고 두 번째는 연애결혼이었어요. 아, 물론 두 번째는 아직 사실혼 관계지만요."

소월의 난데없는 가정사 고백에, 희태는 뭐라 추임새를 넣어야 할지 몰라 침묵을 지켰다.

"정략결혼을 했을 땐 아내가 불륜남과 밀월여행을 갔다가 교통사고로 죽었고요."

"저런."

희태는 식은땀이 나기 시작했다.

"연애결혼을 했더니 이번엔 아버지의 반대에 부딪쳐 아내와 혼인신고도 못 하고, 딸은 사생아가 될 위기에 처했죠. 그게 저예요."

"하지만 결국은 회장님께 손녀로 인정을 받으신 거 아닙니까!"

"부모님이 할아버지와 거래를 했거든요. 절 호적에 올리고 풍족하게 키워주는 대신, 어머니는 평생 음지에서 첩으로 살기로요."

희태는 소월이 자신에게 이런 말을 하는 이유를 도무지 알 수가 없었다.

"제가 도울 일이라도 있겠습니까?"

식당을 코앞에 두고 들어서기 전이었다. 희태는 소월의 의중을 알고 싶었다.

"앞으로 무영 씨에 대해 최대한 많은 걸 알려주세요. 좋아하는 음식, 못 먹는 것, 생활 패턴이나 여자 취향, 친구 관계 같은 것들이요. 그런 게 있다면요."

"아가씨, 그 말씀은 저희 도련님과 결혼을 하시겠다는?"

희태의 눈이 기쁨과 의심의 빛이 섞여 반짝거렸다.

"결혼하면 우리 엄마를 정식 며느리로 인정해 주신대요, 할아버지
가."

소월은 어머니를 사랑했다. 어머니는 소월을 위해 뭐든 했다. 소월
을 혼외자로 만들지 않기 위해 기꺼이 그녀와 법적으로 남이 되었다.
보호자라고 당당히 말할 수 없게 되었기 때문에 소월을 지키기 위해
더 필사적이었다. 전처가 낳은 아들들의 정서 발달에 좋지 않다는 이
유로 정 회장이 다섯 살의 소월을 외국으로 유학 보냈을 때, 어머니는
유모의 신분으로 그녀와 함께했다. 소월이 학교에서 문제를 일으킬 때
마다 어머니는 복잡한 가정사를 서툰 영어로 구구절절 설명했다. 내
가 이 아이의 친모라며 비굴하게 선처를 구했다. 정 회장의 귀에 나쁜
소식이 들어가선 안 되었기 때문이다. 소월은 콧대 높은 백인 선생들
앞에서 유독 왜소해 보이는 어머니의 등을 보며 자랐다.

때로 사랑은 족쇄가 된다. 너무 사랑해서 미안해진다. 해줄 수 있는
게 없어서 스스로가 한심해진다. 가능한 모든 것을 쥐어짜서라도 좋
은 것을 주고 싶은 것, 그 욕심과 헌신은 자기 파괴가 되고 만다. 소월
은 결정했다, 무영과 결혼하기로.

"결혼은 전혀 예상 밖의 일이지만, 이것도 또 다른 기회가 될 수 있
으니까요. 결혼은 여러 가지 가능성을 의미하잖아요."

"그럼요, 그렇고말고요. 어머님을 생각하는 아가씨의 효심이 회장
님께도 전달될 겁니다."

희태는 진정으로 소월에게 감동하였다. 자신을 희생하면서 어머니
를 위하는 마음이 갸륵했다. 그러나 그가 잘못 짚은 것이 있었으니,
결혼은 소월이 선택한 자기 파괴적인 헌신의 종착이 아니라 과정일 뿐
이라는 점이었다. 그녀는 결심했던 것이다, 무영과 이혼하기로. 지금
상황에서 소월은 정 회장에게 타격을 줄 만한 어떤 것도 가진 게 없었
다. 하지만 소월이 그의 뜻대로 결혼을 한다면? 원하는 것이 있다는

것은 그것을 잃을까 봐 두려워하기도 한다는 뜻이다.

소월은 일단 정 회장에게 그가 원하는 것을 줄 생각이었다. 그리고 그것을 도로 뺏을 수 있는 칼자루를 쥘 계획이었다. 정 회장이 무를 수 없게 어머니와 아버지의 결혼식을 떠들썩하게 치르게 하고, 혼인신고도 마친 후에 소월의 반격은 시작될 것이었다. 비록 자신은 이혼녀가 되겠으나, 어머니는 떳떳하게 제자리를 찾을 수 있을 거고 정 회장은 뒤통수를 맞게 될 것이다. 단시간에 즉흥적으로 발상한 것치고, 소월은 이 전략이 썩 마음에 들었다. 그날을 상상하는 것만으로 소월은 손끝이 기분 좋게 저릿했다.

결혼을 하겠다고 선언하는 소월의 어조는 마치 식탁 건너편에 있는 후추 통을 이쪽으로 건네달라고 하는 것처럼 평이했다. 그러나 영선은 달랐다. 그녀는 마침내 이룩하고만 일생일대의 쾌거에 완전히 도취되었다. 한정식 만찬과 어울리지 않음에도 불구하고, 굳이 샴페인을 꺼내와 축배를 들 정도였다.

"이 결혼으로 정말 많은 게 변할 거예요. 우리 온천타운의 명성과 혜성그룹의 자본이 합쳐지면 국내 최고의 온천리조트를 만들 수 있을 테니까요."

영선이 샴페인을 한 모금 마시고 난 뒤 말을 마저 이었다.

"정 회장님의 새로운 리조트 사업과 우리 예비부부의 밝은 미래를 위하여!"

그녀는 혼자 한 번 더 건배를 했다. 영선의 작위적인 모노드라마를 보고 있자니, 소월은 역겨움을 참을 수 없었다.

"결혼 준비는 어떻게 돼가고 있나요? 저에게 통보하는 게 마지막 절차였던 것 같은데요."

소월의 말에 뼈가 있었지만 영선은 전혀 개의치 않았다.

"결혼식은 한 달 후고, 정원에서 치를 거예요. 아무래도 무영이를 데리고 호텔 예식장에 가는 건 무리거든."

"저희 부모님은 결혼식에 참석하실 수 없을 것 같아요."

"알고 있어요. 그건 우리도 안타깝게 생각하고 있어요. 사돈 되실 분들껜 한동안 결혼을 숨겨야 하는 걸."

정 회장은 소월의 부모가 이 결혼을 아는 것을 원치 않았다. 그들이 무슨 수를 써서라도 반대할 것을 알았기 때문이었다.

"아주 조용한 결혼식이 될 거예요. 끽해야 여기 마을 사람들이나 알고 말겠지. 소월 씨에겐 미안하게 생각해요. 친구들도 하나 못 부르고. 하지만 멀리 보면 오히려 이게 나쁜 것만은 아니란 걸 알게 될 거예요."

영선이 눈을 찡긋거렸다.

"무영이야 자기 앞가림도 못 하는 어린애라 아내가 어디서 뭘 하는지 관심도 없을 거고, 우리도 그렇게 꽉 막힌 사람들은 아니거든. 이 결혼이 진짜 사랑해서 하는 것도 아니잖아요?"

소월은 영선의 말을 대번에 이해했다.

"시어머니 되실 분께서 하실 말씀은 아닌 것 같은데요."

"그게 이 결혼의 유일한 장점이지."

영선이 유쾌하게 말했다. 그러나 소월은 차영선이야말로 이 결혼의 최악의 단점이라고 생각했다.

"무영 씨는 결혼에 대해 알고 있긴 하나요?"

"그야 당연히 모르죠."

"이젠 놀랍지도 않네요."

소월이 체념하는 투로 말했다.

"이건 어때요? 보니까, 소월 씨는 내 예상보다 더 좋은 사람 같거든. 선뜻 결혼을 하겠다는 걸 보면 애인이 있는 것 같지도 않고."

"그래서요?"

"내 아들이지만 우리 무영이가 껍데기는 좋잖아요."

마치 상품에 대한 평가와도 같았다.

"누가 알아요, 둘이 친해져서 진짜로 정분이라도 날지? 그러면 차라리 편할 텐데."

소월은 대꾸할 가치도 느끼지 못했다. 그녀는 사람의 감정을 자신의 이익에 따라 소모품처럼 여기는 영선의 태도가 불쾌했다. 할아버지를 떠올리게 했기 때문에 더욱 그랬다. 무영 역시 자신과 별반 다를게 없는 천박한 환경에서 자랐다는 생각이 들자, 소월은 그에게 동질감을 느꼈다.

"아무튼, 어차피 서로 익숙해지는 게 좋을 테니까 결혼 얘기는 소월씨가 해줬으면 좋겠어요."

"저한테 떠넘기시는 거군요."

"아니라곤 말 못 하겠네. 걘 나를 좋아하지 않거든요. 정확히 말하면 못 알아보는 거지. 무영이 증상 중의 하나가 착란인데, 대표적인게 바로 부모를 몰라보는 거예요. 이렇게 말하니까 무슨 패륜아 같다."

영선이 웃음을 터뜨렸다. 높은 소리의 웃음이 히스테릭하게 들렸다.

"글쎄 날 아줌마라고 부른다니까요."

너무 웃은 탓에 영선의 눈에 눈물이 맺혔다.

'이 집에 정상인 사람이 있긴 한 걸까?'

소월은 진지하게 영선의 정신 건강 상태를 의심했다. 그도 그럴 것이 영선은 웃음으로 시작된 눈물을 멈추지 못하고 질질 짜고 있었기때문이다.

"아, 너무 좋은 날이라서 그래요. 정말 감동적이어서. 우리 아들이 장가를 가게 되다니. 불가능하다고 생각했는데!"

영선의 몸짓은 극의 클라이맥스에 다다른 배우의 그것처럼 격정적이었다.

'최소 조울증은 있을 게 분명해.'

소월은 생각했다.

"무영 씨는 다친 곳이 많이 불편한가 봐요? 아직도 안 오는 거 보면."

상처를 치료하면 올 거라던 희태의 말과 달리, 무영은 식사가 끝나가는 시점까지 모습을 보이지 않았다.

"식도 올리기 전에 남편을 끔찍이도 챙기네. 역시 남자는 처를 잘만나야 돼."

영선이 만족스러워하며 말했다.

"좋은 생각이 났다! 무영이 식사를 소월 씨가 챙겨주는 거 어때요? 결혼도 얼마 안 남았는데 빨리 친해지는 게 좋잖아요."

"저한테 거부권은 없을 것 같군요."

"응. 해준다고 할 때까지 귀찮게 할 거였어요."

"독특한 방식의 시집살이네요."

"말도 안 돼. 혜성그룹의 손녀한테 내가 어떻게 그래요. 그냥 늙은이의 귀여운 주책 정도로 봐줘요."

스물이 되자마자 결혼하고 무영을 낳은 영선의 나이는 아직 사십대 초반이었다. 남한테 늙은이 소릴 들으면 길길이 날뛸 거면서 그녀는 필요할 때만 늙은이를 자처했다.

"알겠습니다. 바로 가볼게요."

소월의 말에 긴 한숨이 묻어 있었다. 그러거나 말거나 영선은 며느리가 예뻐 죽겠다며 손뼉을 치고 좋아했다. 소월은 이혼은커녕 결혼도 하기 전에 이 저택에서 미쳐 버리는 게 아닐까 걱정이 들었다.

무영이 홀로 머무는 별채는 본채 뒤로 작은 정원을 사이에 두고 있었다. 아예 건물을 따로 쓴다는 말에 소월은 별채가 무영이 수감된 감옥이 아닐까 생각했다. 그러나 실제로 본 건물은 감옥이라고 하기엔 그림처럼 아름다웠다. 벽은 하얗게 칠해져 있었고 뾰족한 지붕은 연회색이었다. 웅장한 위용을 자랑하는 본채와는 어울리지 않았지만 동화책에 그려진 삽화에서나 볼 법한 앙증맞은 집이었다.

"누가 봐도 무영 씨가 지내는 집이네요."

소월이 반어법을 쓰며 비아냥댔다. 빨간 망토를 두른 갈색 머리 소녀가 튀어나와도 놀랍지 않을 집과 반쯤 미친 사내의 조화는 기괴하기까지 했다. 정신이 나간 아들을 숨겨놓고 그 집을 정성스럽게 꾸며놓다니, 영선의 악취미에서 위선적인 자기 합리화가 느껴졌다. 음식이 담긴 쟁반을 들고 선 희태는 소월의 날 선 태도에 어찌할 바를 몰랐다. 결혼을 하겠다고, 무영에 대해 많이 알려달라고 했을 때와는 딴판인 사람 같았다.

"오시느라 피곤하시고 컨디션도 안 좋으신 것 같은데, 도련님 식사는 제가 챙기겠습니다. 사장님도 별말씀 안 하실 겁니다."

"괜찮아요. 쟁반 이리 주세요. 문 열어주시면 혼자 들어갈게요."

"네? 그러실 필요 없습니다. 무슨 일이라도 생기면 어쩌시려고."

"좀 우스운 모양새긴 하지만 이것도 나름 맞선 같은 거잖아요. 둘만 있어보고 싶어요."

"그래……."

"정 걱정되시면 여기서 기다리시든가요."

소월은 단호하게 말했다. 그녀는 안절부절못하는 희태로부터 쟁반을 뺏다시피 했다. 결국 희태는 소월의 뜻을 따를 수밖에 없었다. 별채 안은 음산하리만큼 조용했다. 온갖 햇살을 다 머금을 것 같은 건물의 외양과 달리 내부는 소월이 기대한 대로 감옥 같은 분위기를 풍겼다.

'겉만 그럴싸하면 뭐해. 이런 인테리어야말로 애한테 좋을 게 없어 보이는데.'

소월은 무영을 덩치만 큰 애라고 인식하고 있었다. 그래서 희태의 염려와 달리 무영을 두려워하지 않았다. 숲에서의 일을 생각해 보면 오히려 무영은 꽤 착한 아이일 확률이 높았다. 어른들이 다루는 법을 알지 못해서 타의로 문제아가 된 꼬마처럼 말이다.

'그런 애들이 또 잘해주면 쉽게 넘어오거든.'

달래고 어르는 일쯤이야 식은 죽 먹기라며, 소월은 자신만만해했다. 그녀가 휑한 거실을 지나 방문 앞에 섰다. 노크를 했지만 안에선 응답이 없었다.

"들어가요."

소월이 일방적으로 말하고 문을 열었다. 넓은 방 안엔 단출한 가구 몇 개가 덩그러니 놓여 있었다. 삭막한 풍경에 소월이 진저리를 쳤다. 이런 공간에 홀로 처박혀 있게 된다면 누구든 나사가 하나씩은 빠질 것이다. 무영은 그 방 한가운데에 놓인 침대 위에 있었다. 얌전히 누워서 소월을 기다린 건 아니고, 이불을 뒤집어쓴 채 몸을 웅크리고 있다.

"밥 갖고 왔어요."

소월은 탁자 위에 쟁반을 내려놓았다. 다쳤다고 나름 환자식을 준비했는지 식사 메뉴는 전복죽이었다. 실팍한 전복 조각이 먹음직스러웠다. 영선과의 대화가 거북스러워 밥을 거의 다 남겼던 터라, 소월은 허기가 졌다.

"네가 왜 갖고 와?"

이불에 막힌 목소리가 웅웅거렸다.

"니네 엄마가 시켜서요."

소월은 세 살이나 어린, 그리고 정신연령은 그보다 더 어릴 남자로 부터 반말을 마냥 받아줄 만큼 아량이 넓진 못했다.

"우리 엄만 죽었어."

영선이 들으면 또 눈물을 한 바가지 쏟거나 히스테리를 일으킬 법한 발언이었다. 부모를 못 알아본다더니 아예 엉뚱한 사람을 엄마로 아는 모양이었다.

"새로 들어온 메이드야?"

"메이드가 너한테 이런 식으로 대하다간 당장 해고예요. 아까 못 들었어? 니네 집사가 나한테 아가씨랬잖아."

무영은 조용해졌다. 소월도 말이 없었다. 먼저 말하는 사람이 지는 것도 아닌데, 두 사람의 신경전은 팽팽했다.

"그러고 있을 거면 난 간다. 밥 먹어라."

소월이 한발 물러섰다. 앉아서 쳐다보고만 있기에는 전복죽이 너무나 탐스러웠다. 첫날부터 시댁이 될 집의 부엌을 뒤질 순 없으니 밖에 나가 야식거리를 사와야겠다고 소월은 생각했다. 그녀가 미련 없이 돌아선 순간이었다. 무영이 스프링처럼 이불에서 튀어나와 소월의 어깨를 덥석 잡았다. 소월은 또 버릇이 튀어나와 무영의 손목을 부러뜨릴 듯이 비틀어 잡았다.

"아파……."

"예고도 없이 내 몸에 손대지 마. 호신술을 오래 배워서 자동으로 반응하거든."

소월이 무영의 손목을 놓아주며 친절하게 경고했다. 무영의 하얀 손목에 빨간 자국이 났다. 무영이 손목을 어루만지며 비틀거렸다. 그의 왼쪽 발바닥에는 붕대가 감겨져 있었다. 소월은 무영의 옷깃을 잡아끌어 그를 탁자 앞 의자에 앉혔다.

"그러다 너 죽어……."

무영의 어눌한 목소리가 음산했다.

"우리 동네에는 총 갖고 다니는 사람이 많아. 나는 없지만······ 그런 사람들을 때렸다가 총을 맞으면 어떡해. 숲에서도 그랬잖아."

맞는 말이었다. 아무 일 없이 지나가서 다행이었지만, 사실 소월은 위험에 처해 있었다. 소월과 시비 붙은 사냥꾼들은 그 무리에서도 망나니들로 평이 난 족속들이었다.

월산은 온천타운과 함께 수렵지로도 유명했다. 월산의 밑자락에서부터 마을의 후위를 둘러싼 넓은 숲에는 특히 노루가 많았다. 수렵 허가 기간마다 월산은 각지에서 몰려온 사냥꾼들로 붐볐다. 온천에 놀러 온 관광객들까지 더해져 월산에는 항상 정체를 알 수 없는 나그네들이 있었다.

"나 걱정해 주는 거야?"

소월의 물음에 무영의 귀가 붉게 달아올랐다. 그는 집요하게 눈을 들여다보는 소월의 시선을 피하기 위해 고개를 떨어뜨렸다. 무영은 손가락으로 탁자 위를 쓸며 딴청을 피웠다.

"내가 위험해지면 그때처럼 네가 돌을 던져 주면 되잖아."

"모, 못 해."

"왜? 명중률을 높이려면 연습을 좀 해야겠지만 나쁘지 않았어."

"정말?"

무영이 환한 얼굴로 고개를 들며 물었다. 두 사람의 눈이 마주쳤다. 소월은 무영의 까만 눈동자를 빤히 쳐다봤다.

'눈은 마음의 창이라던데, 얘는 이 속에 뭘 가둬두고 있는 걸까?'

어차피 이용해 버리고 말 존재라는 걸 알면서도 소월은 무영에게 마음이 가는 것을 어쩔 수 없었다. 그것은 연인이 되기 위해 필요한 이 끌림과는 거리가 멀었다. 미쳐 버린 외로운 아이에 대한 불가피한 연민이었다. 솔직히 말하면, 무영의 외모가 이 드라마틱한 감정을 거들고 있었다. 아름답고 불완전한 것을 볼 때의 심미안적 비애였다. 근사한 야생 동물이 상처를 입고 쓰러진 장면을 보았을 때 느끼는 가여움이랄까.

"맨날 전복죽이야."

소월의 얼굴에서 눈을 뗀 무영이 숟가락으로 죽을 뒤적거리며 말했다.

"난 전복 못 먹는데."

금방이라도 울 것 같은 반찬 투정이었다. 소월은 무영에 대해 뭐든 물어보라고 해놓고선 정작 싫어하는 음식도 모르고 전복죽을 추천한 희태를 원망했다.

"먹기 싫으면 먹지 마. 다른 거 갖다 줄 테니까."

"그냥 먹을게."

"안 먹어도 돼. 진짜야."

"정말? 화 안 났어?"

"응. 화를 낼 일이 아니잖아."

"하지만 희태 아저씨는 편식하면 키 안 큰다고 혼내는데……."

"아저씨도 참 양심 없다. 네가 그 아저씨보다 훨씬 커."

무영은 발육 상태가 아주 좋았다. 키도 훌쩍 컸고, 어깨도 넓었고, 마르긴 했지만 비실비실한 수준은 아니었다. 즉, 편식 좀 한다고 해서 하늘이 무너지진 않을 거란 뜻이었다. 정신연령이 모자란 것뿐이지, 겉모습만큼은 어엿한 성인이었다. 물론 아직 소년스러움이 남아 있는 앳된 얼굴은 빼고 말이다. 소월은 스물두 살의 차무영이 그의 어머니 말대로 훌륭한 껍데기를 가졌다는 걸 인정하지 않을 수 없었다.

'얼굴만 봐선 나보다 얘가 더 아쉬운 결혼일 수도 있겠는데.'

소월도 미인 소리를 종종 듣는 외모였지만 잘 웃지 않아서 그런지 싸가지 없게 생겼다는 말을 더 많이 듣곤 했다. 물론 그녀 앞에서 대놓고 말하는 사람은 없었다. 다들 뒷공론으로 쑥덕거릴 뿐이었다. 혜성그룹의 배다른 막내딸 말이야, 그 불여시같이 생겨서 하는 짓은 얼음 요괴 같은 애. 반면에 무영은 무표정을 해도 냉랭해 보이기보다는 어딘가 처연하고 우수에 젖어 보였다.

'여자가 아닌 걸 다행으로 여겨야 할 정도야.'

무영이 여자였다면 상상만으로도 끔찍했다. 정신병을 앓고 있는 미녀라니, 온갖 변태들의 범죄 대상이 될 게 뻔했다.

소월이 쟁반을 치우려고 하자, 무영이 무의식적으로 그녀의 손을 잡고는 주먹이라도 날아올까 봐 움찔했다. 그러나 소월은 이번엔 호신술을 쓰지 않았고, 무영도 겁을 먹긴 했으나 여전히 그녀의 손을 잡고 있었다.

"네가 누군지 말해줘. 메이드는 아니라고 했잖아."

소월의 손등을 덮은 하얀 손이 큼직하고 따뜻했다. 정직하게 맞춰 오는 눈과 자연스러운 목소리 때문에 소월은 하마터면 두근거릴 뻔했다. 그녀는 일부러 빙빙 돌려 말하지 않기로 했다.

"나는 네 약혼녀야."

"약혼녀?"

무영이 얼빠진 얼굴로 따라 말했다.

"약혼이라는 말 몰라? 우리가 결혼하게 될 거란 뜻이야."

"왜?"

"너희 엄마랑 우리 할아버지가 그러라고 시켜서."

소월이 무영의 손을 떼어내며 말했다. 이미 마음을 정리했음에도 그녀는 은연중에 흘러나오는 우울한 티를 숨길 수가 없었다. 이혼녀가 되는 게 유쾌할 리 없었다. 더구나 소월이 이혼으로 정 회장에게 복수를 하게 되면, 중간에 낀 무영은 이중으로 이용을 당하는 셈이었다. 무영에 대한 죄책감과 상황을 이렇게 만든 할아버지에 대한 증오, 다른 선택권이 없는 자신의 무력함이 복합적으로 작용해 소월을 괴롭혔다.

"밥 갖고 올게."

무영이 무슨 표정을 짓고 있을지 쳐다볼 자신이 없어서 소월은 고개를 숙인 채 밖으로 나왔다. 별채 밖에서 기다리고 있을 줄 알았던 희태는 자리를 뜨고 없었다. 소월은 어이가 없었다.

'세상 걱정은 다 할 것처럼 굴더니……'

소월은 순간 희태에게 야속한 감정이 들었으나, 이내 떨쳐 냈다. 희태가 괜찮은 사람처럼 보여도 그에게 의존해선 안 되었다. 그녀는 생판 모르는 고장에서 자신의 결혼을 몰래 작당한 사람들 틈바구니에 있는 것이다. 철저한 경계심은 필수였다.

'어쩌면 할아버지가 심어놓은 스파이가 있을 수도 있겠어.'

무영의 식사를 새로 준비해 주는 메이드가 할아버지의 첩자일지도 몰랐다. 소월의 눈이 가늘어졌다. 메이드는 자신을 노려보는 소월과 눈이 마주치자 기겁을 했다.

소월이 쟁반을 들고 다시 별채를 찾았다. 문은 잠겨 있지 않았다. 방에 들어서자, 무영은 소월이 떠났을 때와 똑같은 자세로 서 있었다. 정신의 성장이 멈췄다고 해도 결혼의 의미는 알고 있는지 무영은 적지 않게 놀란 모양이었다.

"계속 그러고 서 있었어? 앉아서 밥 먹어."

소월이 밥과 반찬 몇 개가 든 쟁반을 탁자 위에 내려놓고 의자에 앉았다. 무영은 서서 쟁반을 내려다보다가 소월의 얼굴을 뚫어져라 바라보았다. 그의 눈동자에 괴로운 빛이 스쳤다 싶더니, 이내 사라졌다.

"안 먹어."

"왜? 또 싫어하는 반찬……"

쨍그랑, 그릇이 깨지는 소리에 소월의 말문이 막혔다. 쟁반과 함께 떨어진 그릇과 컵이 바닥에 산산조각 나 있었다.

"이게 뭐하는 짓이야?"

"그 아줌마가 널 보낸 거야?"

무영의 목소리는 낮게 가라앉아 있었다. 고저 없이 일정한 어조가 악을 쓰는 것보다 더 미친 것 같았다. 꼭 사람이 아닌 것 같았다. 눈에 빛이 없었다.

"우리 엄만 이 세상에 없어. 그런데 어떻게 나한테 결혼을 하라고 해?"

무영은 고개를 갸웃거리며 깨진 유리 조각들을 밟았다. 그의 왼쪽 발바닥에 감긴 붕대는 이미 붉게 물들었다.

"그만해! 피가 나잖아!"

소월이 형편없이 떨리는 목소리로 무영을 말렸다. 발악이 없는 정적인 발광은 공포 그 자체였다. 무영의 자해는 계산 밖의 행동이었다. 어린애 다루듯 적당히 장난치고, 칭찬해 주면 무영의 마음을 얻을 수 있겠다고 생각한 건 소월의 오만이었다.

"일단 유리 밟지 말고 이쪽으로 올래? 의자에 앉아서 하나씩 얘기하자. 응? 아픈 거 싫어하잖아."

적막 속에 유리 조각이 바스락거렸다. 날카로운 파편들이 무영의 피부에 박혀 들어가는 소리였다. 무영이 콧잔등을 찡그렸다.

"그래, 아프지? 아플 거야. 날 구해주느라 다친 곳이 낫지도 않았잖아. 그렇지?"

소월이 무영에게 손을 내밀었다. 그녀는 손을 떨고 있었다. 심장은 쿵쾅쿵쾅 빠르게 뛰었다.

"내 옆으로 와."

"왜 아줌마 말을 들어? 그 아줌만 나쁜 사람이야."

무영이 울먹거렸다. 칠흑 같던 그의 눈동자에 헤아릴 수 없는 슬픔의 정수가 섬광처럼 번뜩였다.

'이래서 나한테 결혼 얘길 떠넘긴 거구나. 이건 싫어하는 수준이 아니라 완전히 겁에 질려 있잖아.'

영선을 생각하는 것만으로 무영은 바들바들 몸을 떨었다. 미친 남자의 연약한 몰골은 소월을 두렵게 하는 동시에 안쓰럽게 만들었다. 진정이 안 된 놀란 가슴엔 이제 습기까지 차오르고 있었다.

"난 그 아줌마 말 듣는 거 아니야."

"아까 아줌마가 시켰다며."

"정확히 말하면 우리 할아버지가 시킨 거야. 우리 할아버지도 그 아줌마처럼 못된 사람이거든."

아이들과 친해지려면 같은 편이라는 사실을 인지시켜 주는 게 좋단 말을 언젠가 들은 것도 같았다.

"난 너랑 같아."

무영을 달래기 위해서 꺼낸 말이었는데 소월은 순간 억눌렀던 감정이 북받쳤다. 목구멍이 뜨거운 열기로 꽉 막히는 것 같았다.

"나도 너처럼 무서워."

어디서 주워 온 것도 아니고 친손년데, 정 회장은 이십오 년 동안 소월을 괄시하고 따뜻하게 이름을 불러준 적도 없었다. 그래놓고 웬일로 사적인 심부름을 시키나 했더니 소월을 강제로 시집보내는 일이었다. 인정받을 수 있을지 모른다는 부질없는 설렘은 늘 그랬듯 처참히 찢겨졌다.

"무섭고, 서럽고……."

꾹꾹 찍어내듯 내뱉는 단어마다 감정이 휘몰아친다.

"짜증 나."

소월이 왈칵 울음을 터뜨리며 주저앉았다. 사랑받지 못해서 슬프기보단 억울하고 분해서 눈물이 났다.

"태어난 게 죄야? 엄마가 뭘 잘못했다고 우리 모녀를 못 잡아먹어서 안달이냔 말이야. 불륜을 저지른 것도 아니고, 그냥 할아버지 마음에 안 든 것뿐이잖아. 권력에 심취해서 아들 인생까지 통제하려고 들더니, 그게 안 되니까 나한테 화풀이하는 걸 모를 줄 알고!"

허공에 울분을 토해내는 소월을 보자 무영의 떨림이 멈추었다. 그는 코를 훌쩍이면서 조심스럽게 소월의 곁으로 갔다. 발바닥을 찌르는 유리 조각의 따끔함보다 쭈그려 앉아 우는 작은 여자애가 신경 쓰였다.

"너희 할아버지 나빴다. 울지 마라."

무영이 서툰 손길로 소월의 등을 다독였다. 원래 누가 위로해 주면 더 울고 싶어지는 법이다. 소월은 두 손으로 얼굴을 가리고 소리 내 엉엉 울었다. 울지 말랬더니 더 크게 울어버리는 소월 때문에 무영은 당황했다. 그는 이마에 흐르는 식은땀을 훔쳤다. 무영이 소월의 머리를 어설프게 쓰다듬어 주며 띄엄띄엄 말했다.

"우, 울지 마, 아가, 울지 마라…… 어…… 아! 우, 우리 아가 세상에서 가, 가장 귀여운 아이지. 그렇지이."

무영이 울며 잠들 때마다 그의 귓가에 들리던 달콤한 주문이었다. 그는 뒷말을 떠올리려고 얼굴을 잔뜩 찡그리며 기억을 헤집느라 소월이 울음을 그친 줄도 몰랐다. 소월은 가만히 무영의 숨소리에 귀를 기울이고 있었다. 마침내 무영이 완벽한 한 문장을 고스란히 기억해 냈다.

"우리 아가는 세상에서 가장 예쁘고 행복한 달님이야."

밖에는 어느새 손톱 같은 초승달이 떴다. 월산에서의 또 다른 기이한 밤 하나가 찾아오고 있었다.

3
청혼

날이 많이 풀렸다. 숲에서 지저귀는 새들의 울음소리가 다양해졌고, 저택의 정원에도 성질 급한 새싹들과 꽃봉오리들이 움트고 있었다.

'자연과 하나가 되니 봄이 오는 게 여실히 느껴지는군.'

소월은 관목 뒤에 쭈그리고 앉아 새 생명이 돌기 시작하는 대지의 향긋함을 만끽하고 있었다. 도망자의 신분에서 누릴 수 있는 최고의 사치였다. 저택의 현관에서 무영이 튀어나와 사냥개처럼 고개를 빼들고 두리번거렸다. 소월은 천적을 만난 공벌레처럼 몸을 최대한 웅크렸다.

"아가씨, 여기서 뭐 하십니까?"

정원사가 소월을 발견했다. 소월은 두 눈을 부라리며 고개를 거세게 저었다. 아는 척을 하지 말란 신호였다.

"아, 오늘도 도련님이랑 숨바꼭질을 하시나 보군요."

그는 두 사람의 장난이 퍽 사랑스러운 듯 싱글벙글 웃었다.

"숨바꼭질이 아니라니까요. 몇 번을 말해야 알아들으실래요? 지금 최선을 다해서 숨어 있는 거 안 보이세요?"

아끼는 카디건은 나뭇가지에 긁혀 잔뜩 보풀이 일었다. 기어 다니느라 무릎은 멍이 들었고, 손바닥도 까졌다. 이렇게 필사적으로 도주하고 있는데 저택의 사람들은 그런 소월의 꼴을 보고도 허허실실 웃기만 했다.

"아가씨가 도련님이랑 참 잘 놀아주시는 것 같아요."

"아가씨가 오신 지 아직 일주일밖에 안 됐는데 벌써 한 식구 같다니까요."

무영의 관심이 온통 소월에게로 쏠리자 집안사람들의 일은 훨씬 수월해졌다. 천방지축으로 뛰어다니는 무영이 다칠까 봐 신경을 곤두세우지 않아도 되었고, 그가 위험한 수렵 지역으로 놀러 갈까 봐 감시하지 않아도 되었다. 대신 그 모든 수고는 온전히 소월의 몫이 되었다.

소월이 분통을 터뜨리며 울음을 쏟아낸 그날 밤 이후, 무영은 소월을 졸졸 쫓아다니기 시작했다. 그것까진 좋았다. 소월도 이해를 못 하는 것은 아니었다. 무영은 놀이 친구가 필요했을 거고, 마침 자신과 비슷한 처지라며 다가온 소월이 있었다.

어떤 아이들은 그런 성향이 있다. 낯선 사람에게 호기심과 경계심을 느낀다. 다가가기 머뭇거리면서도 특유의 순수함으로 호의를 베풀고, 사랑받길 원한다. 그러다가 친해졌다고 생각하게 되면 재지 않고 마냥 들이대는 것이다. 네가 마음에 들어! 친해지고 싶어! 같이 있는 게 즐거워! 수줍게 반짝이는 눈동자엔 갓 피어난 애정이 송골송골 맺혀 있다. 소월은 그런 류의 아이를 이미 한 명 알고 있었기 때문에 무영의 변화가 크게 놀라운 일은 아니었다.

"하는 짓이 제 친척 동생이랑 똑같아요."

소월이 정원사에게 투덜거렸다. 그녀의 친척 동생이라 함은, 정 회장의 누이의 아들의 막내아들로 한마디로 육촌 동생이었다. 촌수는 좀 멀지만 소월의 아버지가 형제가 없었기 때문에 가깝게 지내는 사이였다. 이제 막 열 살이 된 애가 어찌나 고집이 세고 드센지 자기 부모가 소월과 놀지 말라고 해도 끝까지 소월에게 달라붙었다. 어떻게 보면 그 집안에서 소월을 진짜 가족으로 대해주는 몇 안 되는 사람 중 하나였으나, 소월의 감상은 늘 한결같았다. 무영에게도 마찬가지였다.

"귀찮아 죽겠어요, 정말."

지난 일주일 동안 무영에게 시달린 일들이 주마등처럼 스쳐 지나가자 소월은 몸을 부르르 떨었다.

"하루 종일 따라다니는 건 너무하지 않아요? 무영 씨가 사장님이랑 밥 먹기 싫어해서 나까지 덩달아 별채에서 밥을 먹는데, 반찬 참견이 엄청 심해서 체할 것 같다고요."

무영은 소월에게 '이게 맛있어, 저건 맛없어, 이거 먹어, 저건 먹지 마'라며 훈수 아닌 훈수를 두었다. 소월은 밥이 코로 들어가는지 입으로 들어가는지 모를 지경이었다.

"그만큼 아가씨를 잘 따르시는 거죠."

"잘 따라요? 저한테 하시는 거 보고도 잘 따른다는 소리가 나오세요? 그게 어딜 봐서 따르는 거예요, 괴롭히는 거지. 하는 짓은 어린애면서 왜 생활 패턴은 노인이냐고요."

무영은 일찍 일어나서 늦게 잠들었다. 즉, 소월은 새벽부터 새벽까지 무영의 손아귀를 벗어날 수 없었다.

"일주일 동안 저택 밖으로 한 발자국도 못 나갔어요. 온천 장사를 하는 집안에 시집을 오게 생겼는데, 아직까지 온천에 몸 한 번 못 담갔다니까요."

"다 애정이 있으셔서 그런 겁니다. 아가씨 덕분에 몇 년 만에 저택에 활기가 도네요."

정원사가 남의 속도 모르고 팔자 좋은 소리를 했다. 소월은 복장이 터지기 전에 다른 곳으로 자리를 피하는 게 낫겠다고 생각했다. 소월은 엉금엉금 기어 정원 구석에 있는 등나무로 자리를 피했다. 무릎과 허리가 뻐근했다. 소월은 주위를 살핀 뒤 재빨리 일어나 등나무를 받치고 있는 돌기둥 뒤로 몸을 숨겼다. 그녀가 한숨 돌리며 옷에 묻은 흙을 털어내고 있을 때였다.

"차무영! 또 무슨 사고를 치려고 바닥을 기어 다녀!"

저택의 사람들 중 무영의 이름을 막 부르는 사람은 주인 부부뿐이었다. 그러나 그들은 온천타운으로 일을 보러 갔고, 들리는 목소리는 낯선 젊은 남자의 것이었다. 소월은 기둥에 몸을 바짝 대고 빠끔히 얼굴을 내밀었다.

한 남자가 무영의 옷을 손으로 털어주고 있었다. 무영은 자신보다 작은 남자를 가만히 내려다보고 있었다. 대충 먼지를 다 털자, 남자는 무영을 올려다봤다. 아무 말 없이 서로를 바라보고만 있는 두 남자를 보자니 소월은 어쩐지 보면 안 되는 것을 본 기분이었다.

"컨디션은 어때? 좀 괜찮아?"

남자의 두 손이 무영의 뺨을 감쌌다. 스스럼없는 행동에 소월의 얼굴이 화끈거렸다.

'누군데 남의 약혼자랑 저렇게 끈적거리는 행동을 하는 거야?'

무영만큼 뛰어난 미남은 아니었으나 부드러운 인상이 가을 저녁의 노을만큼이나 풍요롭고 감성적이었다.

'모지리를 두고 삼각관계가 되는 촌극이 벌어지진 않겠지, 설마.'

어려서부터 외국 여기저기를 떠돌았기 때문에 소월은 다양한 잠재적 가능성을 염두에 두는 편이었다. 소월이 제법 심각하게 두 사람의 관계에 의문을 품고 있을 즈음이었다. 남자가 무영의 손을 잡아끌어 소월이 있는 등나무 쪽으로 다가오고 있었다.

'아이고, 손도 잡아? 둘이 진짜 뭐 있는 거면 이혼 사유로 적절하긴 하겠네.'

모지리 손자사위가 사실은 게이라 정략결혼이 파토 난다면 정 회장의 표정이 아주 볼만할 터였다. 소월은 숨을 죽이고 두 남자를 지켜보았다. 남자는 무영과 함께 벤치에 나란히 앉았다. 그리고는 몸을 틀어 무영과 마주 봤다. 이젠 아예 두 손이 다 마주 잡혀 있었다. 남자가 손에 힘을 꽉 주었다. 무영의 얼굴이 굳어졌다.

"언제까지 유치하게 이 짓거리를 계속할 생각이야?"

적의마저 느껴지는 차가운 목소리가 뱀 같았다. 소월은 손바닥 뒤집듯이 변한 남자의 태도에 소름이 돋았다.

"어린애인 척하는 게 재밌어? 다 너한테 속아 넘어가는 것 같아?"

"아니야아……."

"아니긴 뭐가 아니야. 이제 그만할 때도 되지 않았어?"

"이, 이러지 마, 형…… 무서워……."

무영의 눈에 눈물이 차올랐다. 그는 남자의 시선을 피해 얼굴을 한쪽 어깨에 붙이고 눈을 비볐다. 마음껏 울지도 못하고 눈물을 닦아내는 모습이 아파도 짖지 못하는 강아지 같았다.

"저기요. 누구신데 무영 씨를 울리세요?"

결국 소월이 참지 못하고 모습을 드러냈다. 갑작스런 제삼자의 등장에 두 사람의 눈이 휘둥그레졌다. 무영의 얼굴엔 곧 화색이 돌았다.

"소월아!"

무영은 죽다 살아난 표정으로 쪼르르 소월에게 달려와 그녀의 뒤에 숨었다.

"차무영, 형이랑 대화 안 끝났잖아."

남자가 엄하게 말했다. 무영은 토끼처럼 놀라며 소월의 옷깃을 잡앉다. 호랑이를 피해 동아줄을 잡은 남매만큼이나 간절한 몸짓이었다.

"그게 무슨 대화예요? 일방적으로 윽박지르는 거지. 무영 씨 겁먹은 거 안 보이세요?"

"실례지만 누구시죠? 저택에 외부인은 출입 금지인데요."

"저야말로 묻고 싶네요. 누구세요?"

"저는 한지훈입니다. 무영이 주치의고요. 그쪽은요?"

"정소월이에요. 무영 씨 약혼년데요."

소월과 지훈은 둘 다 할 말을 잃었다.

'주치의면 나보다 더 오래 본 사람인 거잖아. 굼벵이 앞에서 주름을 잡을 뻔했네.'

'약혼을 했단 말이야, 차무영이?'

두 사람은 슬쩍 상대의 눈치를 보다가 언제 날을 세웠냐는 듯 활짝 웃으며 인사를 나눴다.

"제가 온 지 얼마 안 돼서 주치의 선생님을 몰라 뵀네요. 게다가 아까 그 행동은 전혀 주치의 같아 보이지 않기도 하고요."

소월이 빙그레 웃으면서도 슬그머니 지훈의 행동에 불쾌함을 표시했다.

"충분히 오해할 만한 상황이었죠. 이해합니다."

"오해요?"

"네. 그건 원래 하던 충격 요법 중의 하나거든요."

"협박이 아니고요?"

소월의 집요한 공격에도 지훈은 침착함을 잃지 않았다.

"약혼녀라면서 무영이에 대해 아는 게 많이 없으신 것 같아요."

"저도 제가 약혼했다는 걸 일주일 전에 알았거든요."

"차 사장님이 또 어마어마한 일을 벌이셨나 보네요."

지훈은 영선의 독재를 잘 알고 있었다. 무영이 젊고 아름다울 때 얼른 장가를 보내 월산 온천타운의 정상적인 후계를 봐야 한다며 염불을 외울 때부터 초고속 정략결혼은 예견된 일이었다.

"무영이 상태는 대충 알고 계시죠?"

"유아퇴행과 착란 정도라고 들었어요."

"무영이가 언제부터 이렇게 된 건진 아세요?"

"태어날 때부터 아닌가요?"

"정말 무영이에 대해 아무것도 모르시는구나."

묘하게 깔보는 말투가 소월의 자존심을 긁었다.

"열 살 때였어요. 처음엔 착란이었죠. 부모님을 못 알아보고 무서워했어요. 그때까지만 해도 벌써 사춘기가 와서 반항을 하나 싶었죠. 다 멀쩡한데 부모님만 모른 척을 하니까요."

소월은 무영이 태어나면서부터 모자란 줄 알았다. 땅바닥에 앉아 돌을 갖고 노는 무영이 어쩌면 멀쩡한 청년으로 자랄 수도 있었다니, 소월은 그의 인생도 기구하다고 느꼈다.

"나이가 들면 철도 들겠거니 했죠. 그런데 말이죠."

지훈이 극적인 효과를 노리며 말을 멈추었다. 소월은 침을 꿀꺽 삼켰다.

"무영인 나이가 안 드는 거예요."

그의 목소리는 괴담을 얘기하는 것처럼 을씨년스러웠다.

"무영이의 정신과 마음은 열 살에서 멈춰 버렸어요."

"그래서 원인이 뭔데요? 어릴 때 후천적으로 정신병이 생기는 경우는 뇌 기능에 이상이 생겨서 그렇지 않나요? 뇌수막염이라던가, 나무에서 떨어졌다던가."

소월이 저택 곳곳에 심어진 나무들을 둘러보며 말했다. 열 살짜리 장난꾸러기가 올라가 떨어지기 좋은 나무들이 많이 있었다.

"완전히 마음의 병이에요. 무영이의 뇌엔 아무런 이상이 없습니다."

"고작 열 살짜리 애가 진짜로 미쳐 버린 거라고요?"

"일단은 트라우마에 의한 자기 방어기제라고 추측하고 있습니다."

겨우 열 살이다. 한없이 연약하지만 생명력이 가득한 나이다. 해본 것보다 안 해본 게 훨씬 많고, 싫은 게 하나 생기면 좋아하는 것은 두 개가 생겨야 하는 눈부신 시절이다.

소월의 유년기도 험악한 편이었다. 보수적인 백인 동네여서 그런지, 남녀노소를 가리지 않고 동양에서 온 소녀를 재수 없는 사생아라며 비난했다. 소월의 엄마는 창녀 취급이었다. 그나마 돈이 궁하지 않았기에 망정이지, 아니었으면 정말로 길거리에서 살았을지 모른다. 최악인 것은 정 회장이 허락할 때까지 돌아갈 수 없는 고국에 대한 향수병이었다. 소월은 우울증에 걸렸다. 그러나 버틸 수 있었다. 함께 울어 주고, 그녀가 괜찮아질 때까지 기다려 준 엄마가 있었으니까.

무영에겐 그를 위한 버팀목이 단 하나도 없었던 걸까? 그녀에겐 한때였던 유년의 고독이 차무영에겐 끝이 없었다. 그는 십이 년째 열 살이었으니 말이다. 그의 어루만져지지 못한 외로움이 소월의 가슴에 사무쳤다.

"열 살짜리가 정신을 놔버릴 정도면 도대체 얼마나 충격적인 일을 겪은 건데요?"

"그걸 알면 진작 고쳤겠죠."

지훈은 지쳐 보였다. 그는 무영을 물끄러미 바라보다가 마른세수를 했다.

"아까의 행동은 제 불찰입니다. 말이 충격 요법이지 사실은 그냥 화가 난 거예요. 저 녀석이 마음을 너무 꼭 닫고 있으니까 열 받아서요."

지훈의 눈이 붉게 충혈되었다.

"그냥 주치의와 환자 관계가 아니군요."

"형제처럼 자랐습니다. 열세 살 때 이 저택에 들어왔는데 사장님은 절 싫어하셨죠. 눈치를 보느라 정원에 숨어서 저녁밥을 굶었는데 그때 여섯 살의 무영이가 저를 찾았어요."

추억을 회상하자, 그의 고단한 얼굴에 은은한 미소가 번졌다.

"숨바꼭질을 하자고 그랬어요. 자기가 먼저 찾았으니까 이번엔 제가 술래라고. 그러고는 부엌으로 숨어들어 갔죠. 밤새 둘이서 빵이랑 과자를 실컷 먹었어요. 제가 배고플까 봐 일부러 그랬던 거예요."

"똑똑했네요."

"영리하고 눈치도 빨라서 저택의 자랑 같은 아이였어요. 그래서 가끔은 아직도 믿기지가 않아요."

애잔한 기색이 담긴 지훈의 시선을 따라 소월도 무영을 내려다보았다.

'사랑스러운 아이였구나.'

어느새 무영은 소월의 다리에 머리를 기대고 졸고 있었다. 새벽부터 일어나 소월에게 놀아달라고 졸랐으니 피곤할 만도 했다. 소월이 머무는 방은 본채 2층에 있었는데, 무영의 별채가 있는 뒤쪽 정원이 보이는 창문이 있었다. 무영은 그녀의 창문에 조약돌도 던지고, 솔방울도 던지고, 꽃봉오리도 던졌다. 소월이 일어나서 창문을 열면 두 팔을 흔들면서 웃었다.

'지금도 사랑스러운 아이긴 해.'

소월은 자기도 모르게 무영의 머리를 쓰다듬어 주었다.

"정략결혼이겠죠? 어른들의 이해관계가 얽혀 있을 거고요. 소월 씨도 뭔가 얻는 게 있을 테니 무영이의 약혼녀를 자처하는 거겠죠."

지훈의 말이 비수가 되어 소월의 정곡을 찔렀다.

"무영인 더 이상 상처를 받아선 안 됩니다."

무영의 머리카락이 소월의 손가락 사이로 스르륵 빠져나갔다. 고작 양심의 가책이 이토록 마음 시리고 아플 줄이야. 소월은 코끝이 시큰거렸다.

지훈이 근무하는 정신병원은 월산과 가까운 도시에 위치해 있다. 영선의 은근한 압박에 의해, 그는 병원에 취직하자마자 도시에 자취방을 얻어 저택을 떠났다. 그러나 그의 방이 완전히 사라진 건 아니었다. 지훈은 한 달에 한 번씩 저택으로 돌아와 짧으면 삼 일에서 길면 일주일 정도 무영의 상태를 확인하고 점검했기 때문이다. 그의 사적인 주치의 활동은 병원에서도 허가된 일이었다. 월산의 대부호인 온천타운 차 사장의 어미로서의 눈물겨운 요청을 병원장은 차마 거절할 수 없었다. 물론 든든한 후원금이 함께했다.

지훈이 돌아오면 희태는 토종닭을 잡아다가 백숙을 한 솥 끓였다. 집 떠나가 외지에서 고생하는 지훈의 속이 오죽 헛헛하겠냐는 것이었다. 희태는 어려서부터 봐온 지훈과 무영을 조카처럼 여겼다. 그러나 정작 진짜 후원자이자 대모인 영선은 지훈을 못마땅해했다. 무영이 지훈을 잘 따르지 않았거나 지훈이 무영을 위해 정신과 의사가 된 정성을 보이지 않았더라면, 진작 인연을 끊고도 남았을 거라며 이웃들은 수군댔다.

"사장님 내외분은 호텔에서 며칠 묵겠다고 하시는구나."

"하루 이틀 일인가요. 전 괜찮아요."

지훈이 의연하게 웃어 보이며 식탁을 차리는 일을 거들었다. 메이드들이 의사 선생님은 쉬시라고 해도 그는 막무가내였다. 그런 지훈을 주인 부부를 제외한 저택의 다른 모든 사람들이 좋아했다. 지훈이 저택에 있는 동안 영선과 동진은 온천타운의 호텔 스위트룸에서 머물렀다. 영선은 특히 그를 벌레 보듯 했다.

'그래도 키운 정이 있으실 텐데……'

희태는 영선의 매정함에 학을 떼다가도 그녀의 친아들인 무영이 받는 대접을 떠올리며 낳은 정도 없는 여자인데 키운 정이 어디 있으랴 싶었다.

주인 부부가 없는 저택은 구수한 백숙 냄새와 자유의 향기가 넘실거렸다. 영선의 비위를 맞출 필요가 없어진 희태가 한껏 여유로워져 인자해진 데다가, 평소엔 본채 근처엔 얼씬도 않는 무영이 온 집 안을 뛰어다녔기 때문이었다. 덕분에 별채와 정원뿐 아니라 본채까지 무영과 함께 뛰어다녀야 하는 소월은 급격한 체력 저하를 보였다.

"집사님, 아직 저녁 멀었어요?"

몇 시간 만에 해쓱해진 소월이 퀭한 얼굴로 부엌에 나타났다. 소월은 무영과 놀아주는 데에 완전히 지쳐 버렸다. 무엇보다 숨바꼭질을 반복하는 것이 지겨워 미칠 것 같았다.

무영은 마음에 드는 것 하나에 열중하는 성향이 있었다. 소월은 무영과 오늘의 스물아홉 번째 숨바꼭질을 하던 중이었다. 소월은 저택의 구석구석 안 가본 곳이 없었다. 영선을 무서워하는 주제에 무영은 부모의 침실 옷장에도 숨었다. 소월은 실례를 무릅쓰고 온 저택을 쑤시고 다녔다. 그때마다 혹시나 메이드들에게 겸연쩍은 모습을 들키기라도 할까 봐 마음이 조마조마하였다. 무영과 숨바꼭질 중이라고 구질구질하게 설명하는 것도 질렸다. 이대로는 몸살이 날 것 같아서 소월은 자기 대신 술래가 되어 무영과 놀아줄 사람을 찾으러 왔다. 가령 한지훈과 경희태 같은 체력이 넘치는 남자들 말이다.

소월은 어린애 돌보기는 그녀에게 맡겨 버리고 부엌에 숨어서 시시덕거리는 지훈과 희태가 얄미워 눈을 사납게 치켜떴다. 희태는 소월을 보자마자 정원사에게 시킬 일이 있다며 서둘러 자리를 피했다. 결국 남은 이는 한지훈뿐이었다. 그러나 그도 무영의 놀이 친구가 될 의향이 없어 보였다.

"주치의께서 환자는 돌보지 않고 부엌에서 컵을 닦고 계시네요?"

"아까 진찰했잖습니까. 열도 없고 인지능력도 이상 없고 증상도 그대로였습니다. 제가 의사지, 보모는 아니라서요."

"무영 씨에게 상처를 주지 말라느니 하면서 결혼을 아니꼬워하신 것치곤 저한테 무영 씨를 너무 전적으로 맡기시는 거 아니에요?"

"정상적인 도덕심을 갖고 계신 분이라면 알아서 잘 하실 것 같은데요."

"내 도덕심이 문제가 아니라 이렇게 나하고만 재밌게 놀다가 반하기라도 할까 봐 그러죠. 무영 씨가 나 좋다고 결혼하자 그러는데 제가 마다할 리가 없잖아요? 지훈 씨 말마따나 이해관계가 맞아떨어지는데."

"그렇게 되면 소월 씨에겐 쌍수 들고 환영할 일 아닙니까? 더 적극적으로 놀아주시는 게 좋지 않겠어요? 우리 둘 다 그런 일이 생길 리 없다는 걸 알고 있지만요."

무영과 소월 사이에 로맨틱한 감정이 싹틀 일이 없다고 확신하고 하는 도발이었다. 지훈은 소월이 영선처럼 이익만 따지는 속물이 아니란 것은 알았다. 그녀가 무영을 쳐다보는 눈빛, 귀찮아 하면서도 마지못해 놀아주는 성의에는 다정한 연민이 깃들어 있었다. 소월은 썩 괜찮은 사람이다. 그러나 그녀가 특별할까?

소월에겐 아무도 말해주지 않았지만 사실 그녀는 무영의 첫 약혼녀가 아니었다. 공식적으로 약혼녀 딱지가 붙은 것은 그녀가 처음이었지만, 소월 이전에도 영선은 무영에게 여자들을 붙여준 적이 있었다. 다들 소월과 다를 바 없는 비슷비슷한 환경의 적당히 야망과 속셈이 있는 여자들이었다. 월산 지역구에 출마할 예정인 정치인의 딸, 관광공사의 고위직 공무원의 조카 등등 소월과 마찬가지로 정략결혼의 희생양이었다.

그리고 그녀들 모두 소월처럼 무영을 불쌍해했다. 영선이 자부할 만큼 무영은 인물이 좋았고, 눈물이 고인 그의 촉촉하고 그윽한 눈빛은 여자들의 모성애를 자극하였다. 그녀들은 자신이 평강 공주가 되어 무영을 온달 왕자로 만들 수 있을 거란 환상에 빠져 제법 지극정성을 보였다. 물론 모두 무영이 자해를 시작하면 다 나가떨어졌다.

그런 면에서 첫 번째 관문을 통과한 소월은 어쩌면 조금 다를지 몰랐다. 하지만 그녀가 갖고 있는 감정에는 한계가 있었다. 숱한 동정심 따위가 무영의 마음을 열 수 있을 리가 없었다. 그러니 로맨틱한 상황을 염려하는 척 무영을 떠넘기려는 소월의 같잖은 수작은 지훈에게 통하지 않았다.

잠시 무영의 놀이 친구 역할로부터 벗어나고자 했을 뿐이었던 소월은 졸지에 차무영은 절대 너에게 반하지 않는다는 조롱을 당하곤 자존심이 팍 상해 버렸다.

"무영 씨가 저한테 하는 행동을 보면 생각이 바뀌실지도 모를 텐데요? 겨우 일주일 새에 우리가 얼마나 가까워졌는데요."

"친구와 연인을 대하는 법이 어떻게 다른지는 저도 잘 알고 있습니다. 무영이한테 연인이란 개념이 있긴 한지 모르겠네요. 무영이한테 결혼 얘기는 꺼낸 적 있나요?"

"당연하죠."

"무영이가 결혼하겠다고 하던가요?"

"그건……."

아직 듣지 못했다. 소월이 약혼 얘기를 꺼낸 후 무영은 발광하여 자해를 하였고, 그 모습에 놀란 소월이 쌓였던 감정을 폭발시키는 바람에 그날 밤은 어정쩡하게 넘어갔기 때문이었다. 그 후에는 무영이 눈에 띄게 소월과 친해지려고 했기 때문에 사람들은 모두 그들의 결혼이 의외로 문제없이 진행되고 있다고 생각했을 뿐, 무영에게 확답을 받을 필요성을 느끼지 못했다.

"그럴 줄 알았어요."

"한다고 할걸요, 결혼."

지훈이 빈정거리자 소월이 오기를 부리며 말했다.

"결혼할 생각 없이 약혼녀란 사람이랑 친해지려고 하겠어요?"

"무영이한텐 별개의 일일걸요, 결혼과 소월 씨랑 친해지는 일은. 제 말을 못 믿겠으면 직접 물어보죠."

"누구한테요? 무영 씨한테요?"

"네. 자신 없으십니까?"

"아니요. 자신 있는데요."

소월의 눈에 불길이 타올랐다. 지훈은 속으로 소월을 비웃었다. 영리한 듯 보여도 아직 스물다섯 살짜리 여자였다. 지훈이 자신의 스물다섯을 돌이켜 보면, 그때는 굳이 말하자면 이십대의 중학생 시절과 같았다. 풋풋함과 숙련됨의 가운데에서 자신은 다 컸다고 생각하지만 사회에서 보기엔 이제 햇병아리인 나이였다.

주인 부부가 없는 저녁 식탁 자리에는 무영과 소월, 지훈과 희태가 둘러앉았다. 오랜만에 별채가 아닌 본채의 식당에서 밥을 먹는 게 기분이 좋은지 무영은 재잘재잘 말이 많았다.

"소월인 숨바꼭질을 정말 못해. 일부러 같은 곳에 몇 번이나 숨었는데도 찾는 시간이 한참 걸려. 아까 전엔 내가 나오지 않았으면 나를 끝까지 못 찾았을 거야. 소월이가 올 때까지 안 나오려고 했는데 다리가 저려서 어쩔 수 없었어."

소월이 지훈과 부엌에서 설전을 벌이느라 시간을 보낸 것을 무영은 저를 찾기 어려워서 그런 줄로만 알았다. 소월은 자신이 올 때까지 계단 벽장 안에 숨어 있었다는 무영에게 미안하여 큼직한 닭다리를 그의 그릇에 담아주었다.

"무영인 소월 씨랑 노는 게 재밌니?"

지훈이 부드러운 목소리로 물었다.

"응! 형은 집에 잘 없고, 희태 아저씨랑 메이드들도 맨날 바쁘잖아. 소월인 별로 안 바쁘거든."

얼결에 백수 취급을 받은 소월은 웃어야 될지 인상을 써야 할지 몰라 애매한 표정을 지어 보였다. 무영에게 개미 집단 속 베짱이처럼 보이는 건 둘째 치고, 자신과의 놀이가 좋은 이유가 겨우 다른 사람들 대신 놀아줘서라는 허접한 것이라는 게 소월은 큰 충격이었다.

'아, 개망신을 당할 것 같은 불길한 예감이 든다.'

소월은 지훈에게 호언장담하며 무영과의 관계를 과시한 과거의 자신이 원망스러웠다.

"무영이한테 소월 씨는 어떤 사람이야?"

지훈은 무자비했다. 소월의 패배가 훤히 들여다보이는 상황에서도 그녀의 헛된 기대를 무참히 짓밟을 기회를 놓치지 않았다.

"그야 당연히 친구지."

"친구? 약혼녀가 아니고?"

"아, 그거."

무영이 뒤늦게 소월의 말을 떠올리곤 느릿하게 눈을 감았다 떴다.

"아줌마가 시켰대. 소월이네 할아버지랑."

"그래서 무영이 너는 어떻게 생각해?"

"나쁘다고 생각하지. 소월이가 그랬는데 할아버지는 아줌마만큼 나쁜 사람이래. 그러니까 나랑 소월이를 괴롭히는 거잖아."

"결혼하라는 게 두 사람을 괴롭히는 거야?"

"당연하지. 결혼은 사랑하는 사람이랑 하는 거잖아."

소월은 두 사람의 대화를 듣고 있기가 괴로웠다. 희태는 소월 대신 얼굴이 벌게져서 그녀의 눈치를 살피고 있었다. 어찌 됐든 소월은 무영과 결혼하기로 마음먹었고, 약혼녀의 신분으로 저택에 머물고 있었다. 그녀 딴엔 최선을 다해 약혼녀 역할에 충실하며 무영과 놀아주고 있었는데, 무영은 순진한 얼굴로 그녀의 모든 노력을 부정하고 있었다. 기껏해야 불쌍하다고 느끼는 모지리와 결혼하기 위해, 그에게 잘 보이려고 놀아준 자신이 한심하고 비참하여 소월은 속이 쓰렸다.

"먼저 일어날게요."

간신히 쥐어짜 낸 목소리에는 누가 들어도 물기가 흠뻑 하여 무영은 소월을 잡았다. 그는 이미 소월이 우는 모습을 본 적이 있었다.

"너 또 울어?"

그리고 열 살의 정신연령을 가진 남자애에게 섬세한 배려심이 있을 리 만무했다. 소월은 자신을 안타깝게 쳐다볼 희태와 의기양양할 지훈의 얼굴을 볼 수가 없어 고개를 푹 숙이고 식당을 빠져나왔다.

그녀는 빠른 걸음으로 중앙 계단을 올라 자신의 방에 들어와 문을 잠갔다. 소월은 방바닥에 놓인 큰 박스 두 개를 노려보았다. 할아버지가 내려 보낸 그녀의 옷들이었다. 소월은 정 회장과 함께 살지 않으니 분명 엄마를 통해 보냈을 것이다. 가지런히 개킨 옷의 모양새가 딱 엄마 솜씨였다. 바닥에 앉아 곱게 옷을 갰을 엄마의 뒷모습이 머릿속에 쉽게 그려졌다. 정 회장은 소월이 경영 수업을 받으러 간다고 거짓말을 하였다. 딸이 시궁창으로 들어가는지도 모르고, 조심히 잘 다녀오기만 바랐을 엄마 생각에 소월은 눈물이 핑 돌았다. 할아버지가 엄마에게 준 모욕에 비하면 차무영의 무심함과 한지훈의 조롱은 아무것도 아니다. 소월은 애써 스스로에게 되뇌었다. 그녀는 무기력하게 침대에 걸터앉아, 자존감을 갉아먹는 것인 줄 알면서도 수치심을 곱씹었다. 눈물이 흐르면서 자기 파괴적인 쾌감이 일었다.

그녀는 무영을 사랑하지 않는다. 하지만 그와 결혼하려고 한다. 무영을 사랑하지 않음에도, 그와 결혼을 하고 싶어 한다는 것만으로 소월은 자신이 무영에게 매달리는 것 같아 자존심이 상하고 어이가 없었다. 좋아한 적도 없는 남자애를 좋아한다고 소문이 났는데, 그 남자애가 찾아와서는 한껏 부담스러워하는 눈빛으로 안쓰럽단 듯이 '미안한데 난 널 그렇게 생각해 본 적이 없어'라고 말하는 소리를 듣고만 있어야 하는 것 같았다.

소월은 답답함에 신경질적으로 머리를 흔들었다. 난 너 안 좋아해! 세상에 소리치고 싶었다. 그러면 모자란 무영은 이럴 것이다. 그럼 왜 나랑 결혼하려고 해? 할아버지랑 아줌마 때문에? 걱정 마! 함께 나쁜 아줌마랑 할아버지에 맞서 우정의 힘으로 이겨내자! 차무영은 한창 소년들의 우정액션 로봇합체 만화를 보고 있었으니 충분히 그렇게 지껄일 것이다.

그렇다고 무영에게 이혼하기 위해 결혼하려는 거라고 솔직하게 말할 수도 없었다. 자신을 친구라고 생각하는 애에게 사실은 네가 싫어하는 그 아줌마처럼 널 이용하려는 거라고 어떻게 말할 수 있겠는가. 소월은 무영과 열심히 놀아준 것을 후회했다. 소월이 침대에 이마를 찧으며 자학하고 있을 때였다. 다급한 노크 소리가 들렸다.

"소월아, 울어?"

무영이었다. 소월은 이 순간 가장 보고 싶지 않은 사람의 등장에 뜨거운 콧김을 내쉬었다. 그녀는 베개에 얼굴을 묻고 그를 무시하려고 했다. 그러나 노크 소리는 집요했다. 무영은 하나에 열중하면 지칠 줄을 몰랐다.

"그만해!"

소월이 문 앞으로 다가와 소리쳤다. 그제야 노크 소리가 뚝 멈추었다.

"울었어?"

"그놈의 운다는 소리 좀 그만해. 안 울었거든?"

"아까 운 거 봤는데."

"안 울었다고!"

소월이 성질을 내자 무영이 잠잠해졌다. 그는 잠시 있다가 아주 조심스럽게 물었다.

"그럼 화났어?"

"아니."

소월이 재빨리 말했다.

"화 안 났으면 문 열어주면 안 돼?"

"싫어."

"왜? 화 안 났다며."

"화 안 났어도 문 열어주기 싫어. 여긴 내 방이잖아."

"여긴 우리 집인데."

아이와의 말싸움은 이래서 계란으로 바위 치기였다. 비논리적인 것 같으면서도 묘하게 이치에 맞아서 반박할 수가 없다.

"문 열어주라."

"왜?"

"울었는지 안 울었는지 궁금해서."

"안 울었다니까?"

"그럼 열어줘! 안 운 얼굴 보게."

무영은 끈질겼다. 무영이라면 밤새 이 지루한 말싸움을 계속할 수도 있을 것이었다. 할 수 없이 소월이 문을 열어주었다. 무영은 밖에서 내내 기다렸던 강아지처럼 문이 다 열리기도 전에 좁게 열린 틈새로 스르륵 들어왔다.

"울었네."

물기가 채 닦이지도 않은 붉은 눈가 때문에 소월은 아니라고 시치미를 뗄 수도 없었다.

"내가 결혼 안 한다고 해서 운 거야?"

"누가 그딴 소리를 해?"

소월이 버럭 화를 냈다. 항상 자상한 어조로 말하려고 노력했던 소월이었으므로 무영은 눈을 동그랗게 뜨고 놀랐다.

"지, 지훈이 형이…… 넌 내 약혼년데 내가 결혼이 나쁜 거라고…… 안 할 것처럼 굴면 상처받을 거라고……."

"아니. 하나도 상처받지 않았는데?"

"어? 그래? 그럼 다행이다."

무영이 눈을 접으며 밝게 웃었다.

"난 네가 나한테 화나서 나 미워할까 봐 무서웠어."

"내가 널 미워하는 게 무서워?"

"응. 넌 내 친구니까……. 난 친구가 별로 없거든. 너랑 노는 건 재밌고……."

"그래? 나랑 노는 게 재밌어?"

"응!"

망설임 없이 대답하는 무영을 보며 소월은 머리를 재빠르게 굴리기 시작했다. 무영은 소월에게 우정이란 호감을 갖고 있고, 노는 걸 좋아하고, 악당을 물리치는 만화를 좋아한다. 그리고 그에게는 세상에 둘도 없는 악당 포지션의 사람이 존재했다. 소월은 무영의 동심과 두 사람의 우정을 지키면서 제 계략을 성공시킬 방법을 생각해 냈다.

"그럼 나랑 결혼해."

소월이 과감하게 말했다.

"어? 그건 곤란한데. 결혼은 사랑하는 사람이랑 하는 건데. 너 나 사랑해?"

"아니! 전혀. 난 너 사랑하지 않아. 절대로."

소월의 단호한 태도에 무영이 눈을 끔뻑거렸다.

"그렇게까지 아니라고 여러 번 말할 필요는 없는데."

"안 그러면 네가 못 알아들을까 봐 그러지."

소월이 덤덤하게 말했다. 무영은 어딘가 뾰루퉁한 얼굴로 입술을 오리처럼 내밀었다.

"내가 바보냐. 그것도 모르게."

소월은 '바보 맞잖아'라는 말을 속으로 삼켰다.

"정소월은 차무영을 사랑하지 않아. 하지만 결혼은 할 거야."

"말도 안 되는 소리 하지 마."

무영이 짜증을 냈다. 소월은 그의 비협조적인 자세에도 아랑곳하지 않고 말을 이었다.

"그런 걸 '위장결혼'이라고 해."

"위장결혼?"

"너 어제 본 만화 기억하지? 주인공이 악당을 속이려고 변장을 했잖아. 그런 거야. 악당 몰래 공격하기 위해서 잠시 악당의 편인 척하는 거라고."

"그래서?"

"우리도 나쁜 사람들한테 괴롭힘을 당하고 있잖아?"

"우리 아줌마랑 너희 할아버지?"

소월이 고개를 끄덕였다. 그녀의 눈에서 눈물은 사라진 지 오래였다. 대신 장난기를 가장한 독기가 별처럼 반짝거렸다.

"일단 결혼하는 척하고 나서 악당들이 안심하고 있을 때 공격하는 거야. 어때? 함께 악당을 물리치자, 응?"

소월이 무영에게 믿음을 주기 위해 환하게 웃으며 말했다. 무영은 소월의 웃는 얼굴을 처음 봤을 때처럼 그녀를 넋 놓고 보았다. 무영은 소월이 헤아릴 수 없는 까만 눈으로 그녀를 가만히 쳐다보았다.

"그래. 결혼하자."

무영이 함박 웃으며 말했다.

"나랑 결혼하자, 소월아."

억지로 받아낸 청혼도 감미롭긴 했던지, 소월은 가슴이 살짝 두근거렸다.

하룻밤 사이에 결혼을 하겠다고 마음을 바꾼 무영을 보며 지훈은 소월의 수완을 인정하지 않을 수 없었다. 지훈은 무영을 따로 불러다가 장난하는 거 아니냐며 떠보기도 하고, 위협을 당하고 있냐며 추궁해 보기도 했다. 그러나 무영은 말간 얼굴로 그냥 결혼이 하고 싶어졌다고 말했다. 천진난만한 표정은 그가 강압이 아니라 자의로 결혼을 하겠다는 것임을 확인시켜 주었다. 단순히 마음만 변한 게 아니라 무영은 행동도 변하였다. 결혼을 하겠다 선언하고 며칠 뒤, 무영은 희태를 따라다니며 결혼에 대해 꼬치꼬치 캐물었다.

"사랑하지 않는 사람끼리 결혼해도 벌 받는 건 아니지? 다 축하해 주는 거야? 결혼을 하면 뭐가 달라져? 결혼식은 어떻게 해? 나는 뭘 해야 돼?"

"하아……."

그렇지 않아도 희태는 무영의 결혼 준비 때문에 정신이 하나도 없었는데, 예비 신랑까지 달라붙어 성가시게 굴자 한숨이 절로 나왔다. 그러나 그는 인내심을 발휘하며 무영의 질문에 답변을 해주고자 무진 애를 썼다. 무영이 이토록 호기심을 보이며 적극적으로 행동하는 것은 참으로 오랜만이기 때문이다.

"소월 아가씨께도 말한 적이 있지만 제 친구 중에 중매결혼으로 사랑 없이 호감으로만 결혼한 친구가 있습니다. 그렇지 않아도 그 친구가 이번에 벌금을 냈습니다."

"사랑하지 않는데 결혼해서?"

무영이 경악해하며 손으로 입을 막았다.

"속도위반 딱지를 뗐거든요. 부인이 출산하는 장면을 놓칠 수가 없었다나. 이번이 셋째였는데도 매번 그러네요."

"무슨 말인지 잘 모르겠어."

"사랑 없이 결혼해도 괜찮다는 뜻입니다. 제 친구는 이렇게 말합니다. 순서가 조금 바뀐 것뿐인데 뭐가 대수냐고요. 결혼하고 나서 아내와 사랑에 빠진 거라고."

"아, 그럴 수도 있구나."

"그렇죠. 그리고 결혼식으로 말할 것 같으면, 도련님께서는 크게 신경 쓰실 일이 없습니다. 보시다시피 제가 총괄하고 있거든요."

희태는 팔을 올려 무영의 어깨에 손을 얹고 그와 나란히 걸었다. 희태는 무영을 저택의 2층 중앙 발코니로 데리고 갔다. 그곳에서는 저택의 앞쪽 정원을 한눈에 내려다볼 수 있었다.

"앞으로 보름 뒤에 도련님과 소월 아가씨는 이 정원에서 결혼식을 올릴 겁니다. 그날을 위해 정원을 아름답게 꾸미고 있죠."

정원사들이 바삐 움직이며 관목을 옮겨 심고 가지치기를 하고 있었다. 무영은 그제야 요 며칠 새에 못 보던 정원사들이 늘어난 이유를 알 수 있었다.

"내 결혼식 준비를 하고 있던 거구나."

"이제라도 알아주시니 감사합니다."

"내가 도와줄 건 없어?"

"결혼을 하시는 것만으로도 충분합니다. 나중에 재단사가 와서 예복을 만들기 위해 신체 사이즈를 재려고 하면 그때 팔이나 잘 들어주세요."

희태는 무영을 아련하게 바라보며 말했다. 희태는 무영에게 광증이 생기기 전부터 그를 알았다. 아버지를 보조하며 저택의 집사 일을 배우던 젊은 시절이었다. 무영은 희태에게 목마를 태워달라고 조르곤 했다. 영리하고 귀여운 아이였다. 그런 무영이 미쳐서 몸만 큰 모지리가 되는 걸 지켜보는 일은 희태에게도 가슴 아픈 일이었다. 사람 구실이나 제대로 할까 늘 걱정이 되던 도련님이 결혼을 한다고 하니 희태는 만감이 교차하였다.

"도련님이 해야 할 건 다른 게 없습니다. 하나만 잘하시면 돼요."

"그게 뭐야?"

"소월 아가씨한테 잘하세요. 좋은 남편이 되셔야 합니다."

희태는 소월이 고마웠다. 무영의 뒤치다꺼리를 다 넘겨서 좋은 거 아니냐며 소월은 툴툴댔지만, 그녀 덕분에 저택에 활기가 돈다는 말은 희태의 진심이었다. 겨우내 잠든 숲을 깨우는 봄바람처럼 소월이 무영에게 생기를 불어넣어 준 것 같았다. 비록 의도가 좋지 않은 정략결혼이라고 할지라도 소월과 무영이 행복하길 희태는 기도했다.

"좋은 남편은 어떻게 되는 건데?"

무영이 눈을 초롱초롱 빛내며 물었다.

"그건……."

어려운 질문이었다. 희태 본인이야말로 남편으로서는 꽝이었던 터라, 자신 있게 답을 하기가 면구스러웠다. 희태의 집은 저택에서 도보로 십오 분 거리에 있었지만 집사라는 직업의 특성상 가족과 함께하는 시간이 터무니없이 적었다. 자신의 가정보다 남의 가정에 충실해야만 하는 희태를 아내는 안쓰러워하면서도 야속해했다.

마땅한 답을 찾지 못해 헤매는 희태를 메이드 한 명이 나타나 구해주었다. 예약한 출장 뷔페 서비스의 대표가 전화를 했다는 것이었다. 희태는 무영에게 양해를 구한 뒤 서둘러 자리를 떴다. 홀로 남은 무영은 발코니 난간에 기대 정원을 내려다보았다. 많은 사람들이 부지런히 뭔가를 하며 때때로 큰 소리로 대화를 나눴다. 그는 새삼 결혼이라는 게, 설령 그것이 소월과 몰래 꾸민 위장결혼이라고 할지라도 스케일이 어마어마하다는 것을 깨달았다. 그는 골똘히 생각에 잠겼다가 이내 결심을 하곤 소월을 목청껏 부르며 저택을 뛰어다녔다.

소월은 무영이 저에게 관심이 덜한 틈을 타서 꾸벅꾸벅 졸고 있었다. 위장결혼이라는 두 사람만의 은밀한 비밀이 생긴 이후, 무영은 소월을 더 각별하게 대하였다. 숨바꼭질을 덜 하는 대신에 대화가 늘었다. 소월은 참새 같은 무영의 재잘거림을 들어주느라 심신이 고달팠다. 소월은 볕이 잘 드는 응접실 소파에 앉아 망중한을 즐기며, 오늘은 무난한 하루가 되지 않을까 단꿈에 젖어 있었다. 물론 그녀의 휴식은 그리 오래가지 못하였다. 새끼 고양이가 마루를 우다다다 달리는 것 같은 소란을 내며 무영이 나타났기 때문이다. 그는 다짜고짜 소월에게 옷을 입으라고 말했다.

"네 눈엔 내가 지금 벗고 있는 걸로 보여?"

잠에서 덜 깬 소월이 사납게 말했다.

"겉옷 입으라고, 겉옷!"

"아, 왜. 나 안 추워."

"시내에 갈 거란 말이야. 옷 입어, 어서."

무영이 소월의 손을 잡아끌며 말했다. 힘은 어찌나 좋은지 소월은 무영에게 질질 끌려 반강제적으로 움직였다. 그녀는 어린아이의 정신으로 어른의 육체를 갖는 것이 얼마나 불공평한지 뼈저리게 느꼈다.

"난 시내에 갈 생각이 없는데."

"내가 갈 거야!"

무영이 티 없이 맑게 말했다.

"그러니까 나는 갈 생각이 없다니까?"

"응. 근데 내가 갈 거니까 너도 같이 가야지."

"왜?"

"우린 약혼한 사이잖아."

무영은 몰라서 묻는 거냐는 듯 책망하는 눈길로 소월을 바라보았다. 그는 누가 들을세라 주변을 둘러본 뒤 소월에게 귓속말을 속삭였다.

"물론 위장결혼이긴 하지만 진짜 결혼하는 것처럼 보여야 하잖아. 아줌마한테 들키면 어떡해. 아줌마는 모르는 게 없다고."

"차무영. 약혼했다고 해서 어딜 가나 따라가야 하는 건 아니야."

"응. 그렇긴 한데 지금 날 시내에 데리고 가줄 만큼 안 바쁜 사람이 너밖에 없어."

"또 그 소리냐."

소월은 무영에게 무시를 당하지 않으려면 그럴싸한 소일거리라도 찾아야 하는 게 아닐까 진지하게 고민했다.

"너 형 있잖아. 형한테 데려다 달라고 해."

"음……."

무영이 곤란하다는 듯 뜸을 들였다. 소월은 난처해하며 눈동자를 굴리는 무영의 얼굴을 멀뚱히 올려다보았다. 무영이 소월의 손을 잡고 그녀를 자신에게 바짝 끌어당겼다. 두 사람 사이의 공간은 주먹 한 개가 겨우 들어갈 만큼 좁았다. 무영은 두 손을 소월의 어깨 위에 얹고 심각한 표정을 지었다.

"이건 비밀인데."

소월의 표정도 무영을 따라 굳어졌다. 그녀는 숨을 죽이고 무영에게 집중했다.

"형보다 너하고 노는 게 더 좋아."

무영이 큰일을 해낸 개운한 얼굴로 소월에게서 한 걸음 물러났다. 소월은 맥이 빠져 심드렁해졌다.

"난 또 무슨 엄청난 비밀이라도 말하는 줄 알았네."

"형한텐 말하면 안 돼. 형이 삐질 수도 있으니까. 형은 한번 삐지면 오래간단 말이야."

"아, 예. 두 분의 우애 지켜 드리겠습니다."

소월이 입가를 늘어뜨려 메기입을 만들며 빈정댔다. 무영은 소월의 표정을 재밌어하며 그녀의 볼을 꼬집으려고 했다. 소월은 목을 꺾어 무영의 손을 피하며 재킷을 걸쳤다.

"네가 내 제일 친한 친구라는데 안 기뻐?"

"난 이미 네 약혼녀인데 고작 친구 등급이 올랐다고 해서 기뻐하겠어? 그리고 너는 너랑 놀아줄 시간이 많은 사람을 친하다고 생각하잖아."

소월이 침대 옆 탁자 위에 올려둔 차 키를 집으며 무뚝뚝하게 말했다. 그녀는 무영이 하는 행동이나 말들에 의미를 부여하지 않았다. 그가 보여주는 모습들은 그녀의 친척 동생과 크게 다를 바가 없었기 때문에 전부 익숙했다. 또래 집단에 소속감을 느끼고 싶어 하고, 관계성을 다양화시키는 나이였다. 모두 다 좋던 친구 중 가장 좋은 친구가 생기고, 그 친구에 대해 애착도 생기는 그런 평범한 시기 말이다. 물론 무영은 십이 년이나 이 시기에 머물러 있다는 게 전혀 평범하지 않았지만.

희태는 소월과 무영의 첫 동반 외출을 마냥 환영하지 않았다. 아무래도 저택 밖에는 무영을 자극할 것들이 많았고, 혹시라도 무영이 폭주할 경우 소월 혼자 감당할 수 있을지 확신할 수 없었기 때문이었다.

"지훈이와 함께 가는 건 어떠십니까, 도련님?"

"어…… 그럴까?"

"그럼 저는 안 가요. 둘만 갔다 와요."

소월이 냉큼 발을 뺐다.

"집사님도 눈치채셨겠지만 저랑 지훈 씨가 좀 상극인 것 같아서요. 굳이 시간을 내서 어울리고 싶지 않아요."

희태는 소월의 직설적인 화법에 속으로 혀를 내둘렀다. 한편으론 그녀가 이해되기도 했다. 소월을 울리고 만 저녁 식사 자리에서의 지훈의 행동은 누가 봐도 무례했다. 결국 희태는 무슨 일이 생기면 즉시 전화해 달라는 당부를 거듭하며 소월과 무영을 배웅했다.

"저번에 탔을 땐 뒤에 앉았는데."

조수석에 앉은 무영이 들뜬 목소리로 말했다. 소월은 무영을 힐끔 보곤 그가 어설프게 맨 안전벨트의 모양을 고쳐 주기 위해 옆으로 상체를 숙였다. 무영은 턱으로 소월의 뒤통수를 쿡쿡 찍었다가 문지르며 장난을 쳤다. 소월이 보기에 무영은 타인을 만지는 것도 좋아하고, 남의 손을 타는 것도 좋아하는 것 같았다. 지금까지는 그에게 온기를 나눠줄 사람이 없어서 그 욕구가 억눌러 있었지만, 소월과 친해질수록 무영이 그녀를 툭툭 치거나 건드리는 일이 잦아졌다. 소월은 그가 심적으로 많이 외로웠다는 것을 다시 한 번 깨달음과 동시에 정도가 심해지면 버릇이 들지 않게 주의를 줘야겠다고 생각하고 있었다. 문제는 그녀조차 주의를 줘야 할 만한 스킨십의 수준이 어느 선부터인지를 종잡지 못하고 있다는 점이다.

"시내 어디로 갈 건데?"

"서점!"

"서점?"

예상치 못한 의외의 장소였다. 내비게이션 화면을 누르던 소월의 손가락이 미끄러졌다.

"거길 왜 가?"

"서점에 뭐하러 가겠어. 책 사러 가지."

"네가 책도 읽어?"

완연히 무시하는 말투에 무영의 표정이 싸늘하게 변했다.

"내가 바보야?"

소월은 대답을 못 했다.

"바보라고 생각하는구나."

무영의 입술이 삐죽 튀어나왔다. 그는 삐진 티를 팍팍 내며 온몸으로 서운함을 내비쳤다. 소월은 말없이 창문에 머리를 대고 있는 무영을 곁눈질하였다. 달래줄까 했지만 운전 중엔 차라리 무영이 가만히 있는 게 안전할 것 같아서 그냥 두기로 했다. 시내로 가는 동안 차 안의 두 사람 사이에는 어떠한 말도 오가지 않았다. 소월은 이따금 무영을 슬쩍 쳐다보았다. 서정적인 외모 때문에, 시무룩해진 무영은 꼭 아름다운 시상에 잠긴 젊은 시인 같았다.

시내에 도착하면 사람들도 많을 것이고, 구경할 것도 많을 것이다. 그러면 무영은 언제 기분이 나빴냐는 듯 신나 할 것이라고 소월은 지레짐작했다. 그러나 시내의 제일 큰 서점 앞에 도착하고 나서도 무영은 데면데면하게 굴었다. 무영은 가게 앞에 서서 길바닥의 깨진 타일 부분을 세상에서 가장 흥미로운 발견이라도 되는 양 뚫어져라 쳐다보았다.

"안 들어갈 거야? 책 사야지."

지은 죄가 있어서 소월의 목소리가 한결 살가웠다. 소월은 무영의 소매를 잡고 살짝 흔들었다. 무영은 화가 덜 풀린 게 분명한 열이 오른 눈으로 소월과 마주 섰다. 그의 손이 소월의 손을 떼어냈다.

저택 밖에서 보는 차무영은 소월에게 낯선 느낌을 주었다. 무영과 비슷한 나이의 젊은 남자들이 그와 비슷한 옷과 머리 스타일을 하고 거리를 돌아다녔다. 그 속에서 차무영은 그냥 그들처럼 보였다. 소월의 앞에 우뚝 선 무영은 화가 난 평범한 스물두 살의 남자였다. 지나가는 여중생들이 무영을 보며 까르르 웃었다. 잘생겼다는 수군거림, 여자친구랑 싸우고 있는 것 같다는 쑥덕임이 소월의 귀에 잘 들렸다.

"나 바보 아니야."

별반 다를 거 없는 똑같은 목소리도 평소와 다르게 들리는 것 같았다.

'주변 환경이 정말 중요하긴 한가 봐. 저택 밖에서 이렇게 있으니까 다른 사람 같네.'

소월은 멍하게 무영을 올려다봤다.

"듣고 있어? 나 바보 아니라고."

소월이 어울리지 않게 순종적으로 고개를 끄덕였다. 무영은 소월의 하얗고 동그란 뺨을 쳐다보았다. 보드랍게 생겨서 만져 보기라도 할라치면 소월은 고개를 휙 젖혔다. 하지만 지금은 소월이 그의 손을 피하지 않을 것 같았다. 무영은 은근 약은 구석이 있어서, 소월이 미안해하고 있는 상황을 잘 이용했다. 무영의 두 손이 소월의 얼굴을 감쌌다. 어디선가 소녀들의 가냘픈 비명 소리가 들렸다. 소월의 눈동자가 정처 없이 흔들렸다.

'쓸데없이 잘생긴 것도 죄야.'

소월은 쿵쾅쿵쾅 뛰는 심장 때문에 가슴 근육이 뻐근할 지경이었다. 길모퉁이에서 소월과 무영을 보며 호들갑을 떠는 사춘기 소녀들이 소월의 쑥스러움과 부끄러움을 거들어주었다. 무영이 검지와 엄지로 소월의 볼을 잡고 주욱 당겼다. 여중생들이 입을 모아 앓는 소리를 냈다.

"내가 진짜 바보였으면 너랑 결혼한다고 했겠어?"

무영이 입으로 시원하게 호를 그리며 씩 웃었다.

"그게 무슨 말이야?"

동굴 안에서 말하는 것처럼 소월의 목소리가 울렸다. 무영이 손가락으로 그녀의 볼을 잡아당겨 입 모양이 옆으로 길게 늘어났기 때문이다. 소월이 무영의 손을 잡아 내렸다. 무영은 손가락 끝에 남아 있는 말랑한 감촉에 아쉬움을 느끼며 예사롭게 말했다.

"내가 바보가 아니란 뜻이지. 바보가 어떻게 위장결혼을 하고 나쁜 사람들을 혼내줄 작전을 짜겠어."

"그런 뜻이었구나."

찰나의 순간, 소월은 무영이 사실은 멀쩡한데 사람들을 갖고 노는 건 아닐까 음모론을 상상했다. 그러나 차무영은 그냥 어린애였다. 무영은 그새 기분이 좋아졌는지 소월의 손을 잡고 서점으로 가는 길에 앞장을 섰다. 새 학기가 시작된 지 얼마 안 된 데다, 오후 하교 시간이라 그런지 평일인데도 서점은 사람들로 붐볐다. 교복을 짧게 줄이고 입술을 빨갛게 칠한 소녀들이 한 매대 앞에 줄지어 서 있었다. 무영은 사람들이 모여 있는 이유가 궁금한지 그 근처를 기웃거렸다. 거침없이 인파를 뚫는 무영 때문에 뒤따르는 소월이 그를 대신해 사람들에게 연신 사과를 했다.

"이거 때문에 사람들이 줄을 서는 거야?"

무영이 믿을 수 없단 듯이 말했다. 그가 마침내 도달한 매대 위에는 흔하디흔한 패션 잡지가 가득 쌓여 있었다. 새치기를 하지 말라고 성화를 부리는 소녀들에게 잠깐 구경만 할 거라며 양해를 구한 소월이 무영의 손에 들린 잡지를 보았다. 잡지의 표지는 최고 인기 아이돌의 얼굴로 장식되어 있었다.

"이 남자를 좋아해서 사는 거야."

소월이 손가락으로 가리킨 곳에는 밝은 갈색으로 염색한 어려 보이는 남자가 헐렁한 흰색 셔츠를 입고 레이스가 주렁주렁 달린 앤티크 소파 위에서 나른한 표정을 지은 채 엎드려 있었다.

"이런 어린애 사진이 뭐가 좋다고?"

"내가 알기론 너보다 다섯 살이 많을걸. 동안으로 유명하대."

"충격적이다. 소월이 너보다도 두 살이나 나이가 많네."

무영이 잡지에 코를 박을 것처럼 얼굴을 대며 표지 모델을 뚫어져라

쳐다보았다. 사진에서 그의 나이를 짐작할 만한 주름 하나라도 찾아
낼 기세였다.

"정소월."

"응?"

"너도 얘 좋아해?"

"갑자기 그런 건 왜 물어봐?"

"얘에 대해 너무 자세히 알고 있는 게 이상하잖아."

"이상할 것도 많다. 워낙 유명해서 그런 거야. 친구 몇 명이 좋아하
기도 하고."

"나 말고 다른 친구가 있어?"

"넌 내가 하늘에서 떨어진 줄 알아? 당연히 다른 친구들도 있지."

무영은 마음 한구석이 무거워지고 속이 뒤틀리는 기분이 들었다.
그는 소월에게 나와 그 친구들 중에 누구와 더 친하냐며, 누가 더 소
중하냐고 묻고 싶었다. 하지만 무영이 생각하기에도 그것은 유치한 질
문이었고, 유치함을 따지기 이전에 차무영은 이런 감정을 느끼는 게
자존심 상했다.

"어떤 친구들?"

"대학원 친구들."

"대학원? 그게 뭔데?"

"박사님 되려고 들어가는 학교."

"너 학교도 다녔어?"

"너 진짜 나에 대해 아무것도 모르는구나. 하긴 얘기할 타이밍이 없
기도 했다만."

저택에서는 모든 게 차무영을 중심으로 흘러갔다. 그곳에서 소월에
대해 아는 사람은 한 명도 없었다. 소월의 신분은 이방인에서 도련님
의 약혼녀로 바뀌었을 뿐이었고, 소월은 무영의 인생에 등장한 하나의

계기 혹은 수단이었다. 물론 더 큰 그림에서 소월과 무영은 차영선과 정 회장이 짠 사업 계획의 일부였다. 즉, 소월은 '주체'를 논하는 테이블에서 가장 낮은 위치에 앉은 일종의 불가촉천민과 다를 바가 없었다. 그러니 '이혼'이라는 무기로 테이블을 전복시키고자 하는 그녀의 소망은 소월에게만큼은 감히 작은 혁명이라고도 할 수 있었다.

성장기 특유의 촌스러움과 풋내를 벗지 못해 진한 눈 화장이 어울리지 않는 소녀들이 소월과 무영에게 길을 막지 말라며 단체로 성을 냈다. 그 기세에 밀려 소월과 무영은 얼른 자리를 피했다.

"네가 사고 싶은 책이 뭔데?"

"음……."

소월의 질문에 무영은 선뜻 대답하지 못했다. 특정 서적을 정하고 온 것이 아니었기 때문이었다. 무영은 천장에 매달린 구역 안내 표지판을 올려다보며 그가 찾는 종류의 책이 있을 법한 곳을 찾았지만 어디로 가야 할지 쉬이 결정하질 못했다.

"내가 읽고 싶은 게 어떤 종류인지 모르겠어."

무영이 목덜미를 긁으며 겸연쩍게 말했다. 정말 읽고 싶은 게 있긴 하냐는 말이 목구멍까지 차올랐지만, 그 말을 내뱉었을 때의 뒷감당이 무서워 소월은 말을 아꼈다. 대신 무영에게 검색대를 이용해 보라고 권했다. 무영은 고개를 끄덕이며 빠른 걸음으로 검색대로 향했다. 소월은 무영에게 시선을 고정한 채 그와 상반되는 느릿한 걸음을 옮겼다. 어차피 소월이 없으면 무영은 검색대를 이용하지 못할 것이었기에 그는 그녀를 얌전히 기다려야 할 것이었다.

"소월아, 이거 어떻게 써?"

아니나 다를까, 무영이 소월을 돌아보며 외쳤다. 소월이 짧게 한숨을 쉬며 걸음에 속도를 붙이려던 때였다. 근처에 있던 한 여자가 무영에게 미소를 지으며 다가갔다. 아마 친절을 베풀려는 모양이었다. 물결치는 긴 갈색 웨이브 헤어가 탐스러웠다. 그녀에 비하면 소월의 검은 생머리는 칙칙하고 우울해 보였다. 소월은 반짝거리는 기둥에 얼굴을 비추며 자신의 혈색이 너무 창백한 것 같다고 생각했다.

'명색이 봄의 신부인데 관리를 좀 할까? 이혼을 해도 결혼사진은 남을 텐데.'

웃는 얼굴로 대화하는 두 사람이 보기 좋은 그림이라 그런지 소월은 별생각이 다 들었다.

'내가 차무영보다 나이가 아주 많아 보이려나? 실제로 많긴 하지만 그래도 쟨 남자고 키도 크고…….'

소월은 무영이 자신보다 성숙해 보일 법한 단서들을 짚어봤지만 그녀에게 위로가 될 만한 것들은 나오지 않았다. 무영이 책을 찾았다며 소월을 불렀다. 그의 곁에 있던 여자가 소월을 쳐다보며 가볍게 목례를 했다. 소월은 어색한 미소로 화답하며 그들에게로 갔다.

"찾았어?"

"응. 저쪽에 가야 돼."

무영이 소월의 팔뚝을 잡아당기며 말했다. 소월은 무영 대신 여자에게 고맙다고 인사를 했다. 여자는 눈을 접고 활짝 웃으며 소월에게 대뜸 부럽다고 말했다.

"남자친구분이 결혼에 적극적이셔서 좋겠어요."

"네?"

그 짧은 사이에 무슨 얘기를 했기에 둘의 결혼 이야기가 나올 수 있는지 소월은 의아했다. 소월은 여자에게 무슨 말이냐고 묻고 싶었지만 무영은 틈을 주지 않았다. 소월은 무영이 이끄는 대로 서점 내부를 가로질렀다. 무영이 소월을 데리고 도착한 곳은 일반 서적 코너 중에서도 결혼, 육아, 인테리어 등 가정과 관련한 출간물들이 비치된 곳이었다. 운 좋게도 무영은 그가 찾는 책을 단번에 찾았다. 그 책은 스테디

셀러 진열대 정중앙에 놓여 있었다.

"찾았다!"

마침내 책을 손에 쥔 무영이 기쁨의 환호성을 질렀다. 주변에 있던 사람들의 시선이 무영에게로 쏠렸다. 소월은 무영의 등짝을 아프지 않게 치며 그를 진정시켰다. 소월은 무영의 손에서 책을 뺏어 제목을 읽었다.

"『사랑받는 남편이 되는 101가지 방법』?"

"희태 아저씨가 그랬거든. 너한테 좋은 남편이 되어야 한다고."

무영이 털을 부풀리며 위용을 뽐내는 앵무새처럼 가슴을 쫙 펴고 뽐내듯 말했다.

"근데 나는 좋은 남편이 되는 방법을 모르니까 이 책을 읽으면 도움이 될 거야, 그렇지?"

"응, 그래…… 도움이 될 것 같긴 한데……."

위장결혼에 이렇게까지 공을 들일 필요가 있을지 소월이 고민하는 동안, 무영은 책을 펼쳐 목차를 읽었다.

"제1장 부모로부터 독립하기. 독립이 떨어져 살란 거지? 우리 결혼하면 집에서 나와야 하나? 난 좋아!"

무영이 멋대로 결론 지은 뒤 다음을 쭉 읽어 내려갔다.

"아내에 대해 많이 알아라, 공감해 줘라, 사랑한단 말을 자주 해라, 아내의 건강을 챙겨라, 친정에 관심을 보여라, 아내가 만족할 만한 성생활을……."

"그만!"

소월이 손바닥으로 다급하게 무영의 입을 틀어막았다. 동그랗게 확장된 무영의 눈동자가 소월을 향했다. 소월은 잘 익은 토마토처럼 새빨개진 얼굴로 아랫입술을 꽉 깨물고 있었다.

"책 내려놔."

소월이 여전히 이를 악문 채 말했다. 입을 열면 심장이 밖으로 튀어나올 것 같아서 어쩔 수가 없었다. 심장이 펄떡펄떡 뛰며 요동쳤다. 심장이 이렇게까지 열심히 펌프질을 하다간 혈액이 너무 빠르게 많이 공급되어 혈관이 전기 과부하가 걸린 전선처럼 녹아 없어지는 건 아닐지 두려웠다.

심상치 않은 소월의 모습에 무영은 고분고분히 그녀의 말을 따랐다. 무영은 책을 제자리에 놓고 소월이 옆구리를 쿡 찌르는 대로 옆으로 걸으며 얌전히 서점을 빠져나왔다. 몸에 오른 열 때문인지 따스한 봄바람조차 소월에겐 선선했다. 가까스로 흥분을 가라앉히고 나서야, 소월은 자신을 걱정스레 바라보는 무영을 살펴볼 여력이 생겼다.

"소월아, 어디 아파?"

무영의 눈이 촉촉하게 빛났다. 소월의 갑작스러운 이상행동에 무영도 많이 놀랐다. 자신이 무슨 실수라도 해서 소월을 화나게 한 건 아닐까, 스스로를 돌이켜 봤지만 아무리 생각해도 뭐가 잘못됐는지 알수 없었다. 그는 사랑받는 남편이 되기 위해 노력한 것뿐이었다.

"난 괜찮아. 잠깐 어지러워서 그랬어."

"어지러웠다고?"

순간 무영의 뇌리에 아내의 건강을 챙기라던 『사랑받는 남편이 되는 101가지 방법』의 다섯 번째 목차가 스쳐 지나갔다.

"병원에 갈까?"

"그 정돈 아니야. 정말 괜찮아."

"약국도?"

소월이 고개를 저었다. 무영의 심란한 표정을 풀어주려 소월이 애써 웃었다. 지금 그녀에게 필요한 건 차무영이 성생활의 뜻을 알지 못한다는 확신뿐이었다.

'요즘 열 살짜리 애들의 성 지식은 어느 정도지? 아니, 얘는 십이 년 전부터 이 상태였다니까 요즘이랑은 상관이 없나? 가만 있자…… 지능이 문제가 아니라 습득한 지식에 대한 이해도는 높다고 했던 것 같은데…….'

그렇다면 누군가 무영에게 성생활이란 무엇인지를 알려줬는지가 관건이었다. 소월은 무영의 주변인들을 곰곰이 따져 보았지만 정신연령이 떨어지는 성인 남성에게 성교육을 해줄 만큼 섬세하고 강단 있는 사람은 없는 것 같았다.

'성교육이 안 되어 있는 게 더 큰 문제구나!'

소월은 그동안 외면하고 있던 것을 마주할 때가 왔음을 직감했다. 그것은 무영의 내밀한 사생활이었다. 그는 스물두 살의 건장한 신체를 가진 남성이었다. 하지만 정신은 그의 의지로 인해 열 살에서 성숙을 멈추었다. 무영에게 성욕을 어떻게 처리하냐고 물어볼 수도 없는 노릇이었다. 가벼운 마음으로 나온 외출에서 소월은 월산에 온 이래 가장 복잡하고 민망한 상황에 맞닥뜨렸다. 무영의 탓을 해서는 안 된다는 걸 알면서도 소월은 괜히 화가 났다.

"그런 책을 사러 나오지만 않았어도 어지러울 일도 없었잖아."

애꿎은 화풀이였다.

"결혼하는 척만 하는 거랬잖아. 근데 왜 쓸데없는 공부를 하려고 해."

이건 무영뿐 아니라 소월 자신에게도 해당되는 말이었다. 무영의 성생활 따위 그녀에게 해만 되지 않는다면야 신경 쓸 필요가 없었다. 기껏해야 몇 달만 부부 행세를 하면 될 거였고, 이혼하고 나면 다신 볼 일도 없는 관계다. 차무영이 성교육을 받지 못해 자신이 느끼는 성욕에 당황해하든, 실수를 하든 정소월과는 상관없었다.

"하지만 다른 사람들은 척만 하는 게 아니란 말이야."

무영이 소월의 날카로운 기세에도 굴하지 않고 소신 있게 말했다.

"희태 아저씨, 메이드들, 정원사들 전부 고생하고 있어. 나도 알아, 결혼하는 척만 하는 거. 근데 우리 결혼식을 위해서 다른 사람들은 정말로 노력해 주고 있단 말이야."

소월이 기억하기론 무영이 이렇게 길게 자신의 생각을 말하는 것은 처음이었다. 그녀는 웅변대회 단상에 선 아이를 보는 뿌듯한 심정이 들면서도 동시에 무영의 순진함에 코웃음이 났다.

"네 작전이 정확히 어떤 건진 몰라. 우리가 결혼하는 척해서 뭘 어떻게 해야 아줌마랑 할아버지를 혼내줄 수 있을지 몰라. 그래도 그때까진 잘하고 싶어."

"뭘? 남들 속이는 거? 속이는 걸 완벽하게 하고 싶은 게 사람들 노력에 보답하는 거야?"

소월은 무영의 순진함이 위선적이라고 생각했다. 어쩌면 무영의 말도 일리가 있긴 했다. 뒤엎을 밥상이라도 상이 다 차려질 때까지 기다려야 하는 법이다. 기다리는 동안 구태여 힘과 감정을 소모하느니 장단을 맞추는 게 일견 평화로워 보일 것이다. 게다가 소월의 입장에선 평화의 정점에서 혼돈을 갖고 오는 것이 더 짜릿한 복수였다. 하지만 무영은 과했다. 다른 사람들이 주시한다고 해도 어쨌든 사랑스러운 남편이 되는 것은 소월을 위한 일이었다. 그리고 소월은 이 모든 게 연극이라는 것을 아는 사람이었다.

"나한테 잘해주려고 노력할 필요 없어. 남들이 보기엔 우린 지금도 괜찮아. 결혼도 한다고 했고, 적당히 잘 지내잖아. 속이는 게 미안해서 그런 거면 희태 아저씨나 메이드들한테 잘해."

소월은 무영이 선을 지키길 바랐다. 자신을 당황시키지도 않았으면 좋겠고, 복잡한 일을 만들어 걱정하게 하지도 않았으면 좋을 것 같다. 사랑받는 남편이 되는 법 따위를 연구하면서 소월에게 성큼성큼 다가오지 않길 바랐다. 무영마저 속이고 있는 그녀에게 더 이상의 죄책감을 주지 않길 바랐다.

"알았어. 그 책 안 살게. 그러니까 진정해, 소월아. 너 얼굴이 아직도 빨개."

무영이 손바닥으로 소월의 이마를 짚었다. 뜨겁지도 차갑지도 않은 미지근한 손이 포근했다. 그는 쉽게 홍조가 가시지 않는 소월의 뺨을 보며 희태에게 열기를 내리게 하는 보약을 지어달라고 몰래 부탁하기로 결심했다.

'책을 안 산다고 했지, 사랑받는 남편이 안 되겠다고 한 건 아니니까.'

소월이 생각하는 것보다 무영은 훨씬 영악했다. 두 사람은 저택으로 돌아가기로 하고 차가 주차된 곳으로 갔다. 무영에게 무슨 일이 생기면 연락해 달라던 희태의 당부와 달리 오히려 자신이 폭주해 버린 것 같아, 소월은 뒤늦게 부끄러웠다. 두 사람의 역할이 바뀐 것 같았다. 소월은 정신을 차리고자 일부러 꼼꼼히 무영을 챙겼다. 조수석의 문을 손수 열어주고 안전벨트도 채워준 뒤 문을 닫았다. 그녀가 운전석으로 가려던 참이었다. 근처 식당 앞에서 담배를 태우는 두 남자의 말소리가 소월의 귀를 사로잡았다.

"차 사장 아들이 이번에 결혼한다더군. 대어를 물었나 봐. 리조트를 세우겠다고 기세등등하던걸."

"그 집안 굴러가는 거 보면 참 신기하단 말이야. 그렇게 사람이 미치고 죽어 나가는데도 어떻게 또 데릴사위든 며느리든 귀신같이 얻어 오니까."

소월은 차의 보닛을 살피는 척하며 그들의 말을 훔쳐 들었다. 아무것도 모르는 무영이 차 안에서 고개를 갸웃거렸다.

"얼굴이 잘난 덕이지. 그 아들도 면상만 보면 월산에서 그만한 인물 찾기가 힘들지."

"그럼 뭐해. 사내구실이나 할까 모르겠는데."

두 사내가 동시에 껄껄 웃더니 차례로 가래침을 퉤 뱉었다.

"제 할미가 죽기 전엔 멀쩡했는데 말이야. 안타깝지."

"어떻게 보면 둘도 없는 효자야. 할머니가 죽었다고 정신을 놔버렸으니."

"나 참, 그게 무슨 효자. 정작 지 부모 속을 뒤집고 있는데. 그리고 소문에 의하면 그게 그냥 죽은 게 아니라 그러더만."

"그 집안은 어째 다 찝찝하게 죽네, 죽어."

"괜히 달 선녀의 저주겠어. 그건 그렇고 요새 장사는 좀 어때?"

그들은 죽은 사람 뒷담을 한 것이 못내 불안한지 재빨리 화제를 바꾸었다. 소월은 그들이 한 말을 속으로 곱씹으며 차에 올라탔다.

"왜? 차 고장 났어?"

"아니. 더러운 게 묻어 있어서 지우느라."

소월이 대충 둘러댔다. 예상치 못한 곳에서 무영의 트라우마에 관한 중대한 실마리를 찾은 격이라 소월은 어안이 벙벙했다.

'할머니의 죽음이 차무영에게 영향을 줬다, 그리고 할머니는 평범하게 죽은 게 아닐지도 모른다 이거지.'

무영은 차 키를 꽂아두기만 하고 시동을 걸지 않는 소월이 이상했다.

'그런데 달 선녀의 저주는 뭐지?'

무영이 이름을 다섯 번이나 부르고 나서야 소월은 차 키를 돌렸다.

4
달이 지는 곳

　박윤미는 월산 시내에 있는 수제 드레스숍 '풀문(Full Moon)'의 보조
로, 가게의 주인이자 수석 디자이너인 루니 박(본명은 박충식이다)의
막내딸이다. 루니 박은 세 딸 중에 한 명이 가업인 드레스숍을 물려받
길 원했지만, 그게 윤미가 될 줄은 꿈에도 몰랐다. 실력으로 보나 꼼
꼼한 성품으로 보나 첫째와 둘째의 재능이 월등했기 때문이었다. 언니
들에 비해 윤미는 손끝이 덜 야무져서 잔 실수가 잦기도 했다. 그러나
두 언니들이 지방의 오래된 드레스숍에 만족하지 못하고 큰 도시로 떠
나 버리자 윤미는 가업 승계의 희망으로 떠올랐다.
　온천타운 외아들의 결혼식까지 딱 이 주의 기간이 주어졌다. 윤미
는 적어도 한 달은 여유를 줘야 작업하기 수월할 것 아니냐며 불만을
토로했다. 예민하고 까다로운 언니들이 과묵한 것과 달리 윤미는 수
더분하고 말이 많았다. 루니 박은 딸에게 입조심할 것을 당부했다. 어
차피 저택의 결혼식을 위해 향후 이 주간의 다른 일정은 모두 취소한

상태였다. 그만큼 월산 온천타운 차씨 집안은 풀문의 VIP 고객이었다. 루니 박은 윤미에게 신부가 될 아가씨의 신체 치수를 잴 때 불필요한 대화는 하지 말라고 주의를 단단히 줬다. 윤미는 처음 보는 여자랑 무슨 이야기를 하냐며 별걱정을 다한다고 구시렁댔다.

"저희 숍이랑 저택은 인연이 아주 깊어요. 차 사장님 결혼하실 때에도 예식은 도시에 있는 호텔에서 하셨지만 드레스는 저희 숍에서 맞췄답니다. 그전에도 쭉 그랬고요. 어떻게 보면 이 집안의 전통이 저희 숍에서 만들어지는 거라고 할 수 있죠."

루니 박의 우려는 현실로 일어났다. 윤미는 소월의 사이즈를 기록하는 틈틈이 입을 털었다.

"저랑 동갑인 신부들을 만날 때마다 부럽기도 하고 신기해요. 요즘 세상에 스물다섯 살에 결혼하는 건 꽤 빠른 거잖아요."

소월이 자신과 동갑인 것에 친밀함을 느끼는지 윤미는 허물없이 말을 걸었다. 소월은 저택 사람들에게선 쉽게 들을 수 없는 무영의 가족 내력을 흥미롭게 경청하였다.

"그전이라고 하면 무영 씨 할머니 말씀하시는 건가요?"

"네. 그분 드레스는 저희 할아버지가 만드셨답니다. 할아버지 때에는 드레스숍이란 말이 따로 없어서 그냥 양장점이었어요. 이름도 풀문이 아니라 보름이었고요. 보름 양장점."

윤미가 능숙한 손놀림으로 소월의 두 팔을 올리고 가슴 사이즈를 쟀다. 소월이 크게 숨을 들이마시며 배를 집어넣고 가슴을 부풀리자 윤미가 그러다간 결혼식 때 물도 못 마신다며 살살 하라고 충고했다.

"할아버지께서 처음으로 이 집안의 드레스를 만드신 건가요?"

"네, 그렇죠. 할아버지 손에서만 세 벌의 드레스가 나왔어요. 그땐 웨딩드레스를 입는 것도 흔치 않았는데 저희 할아버지가 월산에서 최초로 서양식 드레스를 만드신 거예요."

두 언니들은 그게 뭐 대단한 일이냐며 시시해했지만 윤미는 할아버지가 자랑스러웠다. 그녀는 할아버지를 선구자라고 생각했고, 그가 만든 드레스를 찍어놓은 흑백 사진들을 가보처럼 간직했다. 그뿐 아니라 디지털로 복원하여 사진을 포트폴리오처럼 만들고 다녔다.

　"어차피 드레스 샘플들 보셔야 하는데 같이 한번 보실래요, 이전에 만든 저택 드레스들?"

　소월은 무심함을 가장하며 호기심을 숨긴 채 새침하게 고개를 끄덕였다. 윤미는 신나서 가방을 뒤적거렸다. 소월은 윤미가 착하고 푼수 기질이 있는 귀여운 사람이라고 생각했다.

　윤미가 커다란 앨범을 응접실 테이블 위에 꺼내놓았다. 소월에겐 무영의 할머니에 대한 정보를 얻을 절호의 기회였다. 무영은 희태의 엄중한 감시하에 거실에서 루니 박에게 잡혀 있었고, 소월의 치수 재기가 끝나기 전엔 아무도 응접실에 들어올 수 없었다.

　"와, 사장님 아름다우시네요."

　소월이 감탄했다. 윤미가 처음으로 보여준 사진은 무영의 어머니인 차영선이 웨딩드레스를 입고 포즈를 취하고 있는 것이었다. 영선의 웨딩드레스는 그녀의 성향을 보여주듯 화려함의 극치였다.

　"아버지 말씀으론 차 사장님의 드레스는 만드는 데 삼 개월이 걸렸대요. 중간에 사장님께서 계속 디테일을 바꾸기도 하셨고 원래 주문하신 게 워낙 빡세셔서, 아니 화려해서요."

　버릇처럼 튀어나온 비속어를 윤미가 황급히 수습했지만 소월은 이미 다 들은 뒤였다. 소월은 괜찮다며 정말 빡세 보이는 드레스라고 윤미의 말에 동조했다. 드레스에서부터 영선의 허영심과 사치가 엿보였다. 소월은 영선의 작위적인 리액션이나 무영의 외모에 대한 집착으로 미뤄 짐작하건대, 과도한 자기 치장이 사실은 낮은 자존감에 대한 보상 심리가 아닐까 추리했다.

"사장님께서 마른 체형이시긴 한데 골반이 없으신 편이거든요. 그래서 얇은 허리를 강조하고 빈약한 골반을 커버하는 종 모양의 스커트 라인을 원하셨어요. 상체는 쇄골이 돋보이게 오프숄더로 하셨고요."

윤미는 단순히 아버지의 작품을 자랑하는 데에 그치지 않고 프로 정신을 발휘하여 어떤 드레스가 소월에게 어울릴지 조언해 주었다.

"시간이 촉박하기도 하고 야외 결혼식이라 이 정도로 풍성한 드레스는 추천하지 않아요. 물론 소월 씨가 원하신다면 철야도 각오하겠지만요. 하지만 소월 씨는 몸매가 콜라병이셔서 골반을 강조하는 게 더 좋지 않을까 싶어요."

은근한 칭찬의 말에 소월은 손사래를 치면서도 미소를 감출 수가 없었다. 윤미가 애교 있게 소월의 어깨를 토닥이며 앨범의 다음 장을 넘겼다.

"이분이 무영 씨 할머니신가요?"

"네, 여기 신부 성함도 같이 써져 있네요. 차혜윤 씨. 이 드레스부터는 저희 할아버지 작품이에요. 이런 걸 엠파이어 라인이라고 해요. 사랑스러운 숲의 정령 같죠?"

영선의 드레스에 비하면 혜윤의 드레스는 긴 원피스처럼 보일 정도로 수수했다. 어깨를 살포시 감싸는 레이스가 혜윤의 소녀 같은 외모를 돋보이게 해주었다. 영선이 보석 티아라와 길게 흐르는 면사포를 한 반면에, 혜윤은 작은 진주로 만든 헤어밴드를 착용했다.

"모녀의 취향이 극과 극이네요."

"실제로도 두 분이 많이 다르셨어요."

"어떻게요? 윤미 씨도 할머니를 아세요?"

"어렸을 때 기억이라 희미하긴 한데, 할머니께선 항상 웃고 계셨던 것 같아요. 보통 생각하는 미친 사람 이미지랑 완전 다르셨어요. 온화하시고 조용하시고."

"미친 사람이요?"

"아, 모르시는구나."

응접실에 들어와서 처음으로 윤미가 입을 다물었다. 입방정을 떨지 말라고 신신당부하던 루니 박의 매서운 눈초리와 벗겨진 이마의 광채가 윤미의 머릿속을 스치고 지나갔다.

"제가 모르는 게 뭐예요?"

무영이 본다면 까무러칠 만큼 순진무구한 표정을 지으며 소월이 물었다.

"혜윤 할머니도 광증이라고 하나? 조금 정신이 온전치 못하셨거든요. 그걸로 차 사장님이 어릴 때 고생을 많이 하셨다고 들었어요. 어릴 때부터 엄마를 놀리는 애들 때려잡느라 성격이 괴팍해지셨다고…… 저희 아버지가……."

윤미는 할 수만 있다면 자신의 혀를 접어버리고 싶었다. 그러나 쏟아낸 말을 주워 담으려는 부질없는 노력이 더욱 해서는 안 될 말들을 꺼내게 하고 있었다.

"괴팍하다는 게 다른 나쁜 뜻이 있는 건 아니고요. 상처를 많이 받으셨다 이거죠. 그런 데다 할머니가 돌아가시자마자 무영 씨도 갑자기 미쳐 버렸으니 사장님의 마음이 이해가 안 되는 것도 아닌…… 다음 장 볼까요?"

이로써 무영의 발병이 혜윤의 죽음 직후라는 것은 확실시되었다. 소월은 영선이 어머니의 정신병 때문에 불우한 성장기를 보냈다는 사실을 기억에 담아두었다.

윤미는 서둘러 혜윤의 어머니 사진을 소월에게 보여주었다. 무영에겐 외증조할머니가 되는 여자였다. 신부의 이름은 강순애, 차강문의 후처이자 용덕의 여동생이었다. 그녀의 드레스는 평범했다. 모양은 영선의 것과 비슷했으나 더 투박하고 수수하였다. 순애는 어두운 분위기의 키가 큰 미인이었다. 소월은 웨딩드레스를 입은 신부가 왜 이렇게 슬픈 표정을 짓는 것인지 의아해했다.

"이분도 정략결혼이었나요?"

"아뇨. 제가 알기론 초대 사장님을 무척 사랑하셨다고 들었어요. 오랜 짝사랑이 이뤄진 거라 처녀가 재취로 들어가는 거였는데도 마다하지 않으셨다고요."

윤미는 자포자기했다. 어차피 소월도 저택의 일원이 될 터였다. 언젠가 알게 될 일을 미리 아는 것이라며 윤미는 자신의 수다를 합리화했다.

"이분이 두 번째 부인이었다고요?"

"아가씨는 월산 저택의 이야기를 하나도 모르시네요."

소월은 얼굴을 붉혔다. 윤미가 악의를 갖고 면박을 준 것은 아니었지만 무지를 지적받는 것이 유쾌하지만은 않았다.

"미안해요. 뭐라고 하려고 했던 게 아닌데."

"괜찮아요. 내가 아무것도 모르는 건 사실이니까요. 나한테 약혼자가 있다는 것도 여기 와서 알았는걸요."

소월이 침울한 미소를 지었다. 윤미는 원하지 않는 결혼을 하게 된 소월이 짠해졌다. 두 사람이 동갑이라는 데서 윤미는 유대감을 느꼈다. '내가 저 상황이었다면'이라는 무의미하지만 공감 능력이 높은 가정이 소월에 대한 애틋함을 자아냈다. 윤미는 앨범을 한 페이지 더 넘겼다. 아버지의 불호령이 떨어질 게 뻔했지만 그거 한번 혼난다고 죽진 않을 것이다.

"이분이 차강문 사장님의 첫 번째 부인이에요. 한연화."

연화의 드레스는 만든 이의 서툰 솜씨가 곳곳에 배어 있었지만 또한 깊은 애정이 느껴져서 촌스러우면서도 감동적이었다.

"윤미 씨 할아버지의 첫 작품인가요?"

윤미가 조용히 고개를 끄덕였다.

"신부를 사랑하셨나 봐요?"

"눈치가 정말 빠르세요. 어떻게 아셨어요?"

윤미의 앞 광대가 볼록 솟았다. 할아버지의 첫사랑 이야기는 그녀의 집안에 내려오는 최고의 로맨스였다.

"그냥 느낌이 와요. 드레스도 그렇고 입은 사람도 그렇고."

사진 속의 연화는 드레스의 치맛자락을 양손에 쥐고 자랑스레 펼쳐 보이고 있었다. 그녀는 눈이 보이지 않을 정도로 활짝 웃고 있었다. 어설픈 드레스가 정말 마음에 들 만큼 미적 취향이 독특하거나, 아니면 만들어준 사람에 대한 애정 때문일 게 분명했다.

"연화 아가씨를 못 잊어서 저희 할아버진 엄청 늦게 결혼을 하셨어요. 그래서 아버지도 늦둥이고요. 애달픈 짝사랑이었죠. 그때 이 동네 총각들은 전부 아가씨한테 반했을걸요. 연화 아가씨는 소문난 미녀라서 별명도 있었어요. 월산의 달 선녀라고."

"달 선녀요?"

소월은 무영과 함께 시내에 나갔다가 들은 '달 선녀의 저주'라는 말을 떠올렸다.

"이분이 달 선녀라고 불린다고요? 전 어제 우연히 '달 선녀의 저주'라는 말을 들었어요. 그게 연화 아가씨와 관련된 건가요?"

소월은 혼란스러워 보였다. 윤미는 이 상황이 불공평하다고 생각했다. 소월이 제일 잘 알고 있어야 할 이야기를 소월만 모르고 있는 것이다. 마을에서 나고 자란 사람들 중에 '달 선녀 이야기'를 모르는 사람은 없었다. 윤미의 또래들은 흔한 전래동화 대신 '달 선녀 이야기'를 잠자리에서 들으며 자랐다. 그뿐만이 아니었다. 이미 월산의 살아 있는 전설이 된 차씨 일가의 이야기는 현재 진행형이었다. 마을 사람들은 소월에 대해 꽤 많은 걸 알고 있었다. 재벌가의 사생아라 사업 확장을 위해 팔려왔다는 것, 의외로 무영과 죽이 잘 맞는다는 것, 기가 세고 당돌하다는 것, 예쁘장하지만 인상이 차갑다는 것 등등 매일 속보처럼 마을 곳곳에 알려졌다. 희태가 메이드들과 정원사들의 눈과 귀와 입을 하나하나 단속할 수 없는 까닭이었다.

사람들은 소월이 무영과 잘 살 수 있을지 없을지를 내기하기도 하고 심지어는 그들의 자식이 태어난다면 그 아이는 미칠 것인지 아닐지를 점쳤다. 그들이 악인이거나, 저택의 원한이 있어서 그런 것은 아니었다. 그들은 오히려 의좋은 이웃이었고 저택 사람들을 안쓰러워했다. 다만 결국엔 그 모든 게 남의 이야기라는 것이 그들의 얄팍한 연민의 한계를 드러나게 할 뿐이었다.

"달 선녀의 저주는 연화 아가씨와 차씨 집안의 악연을 말하는 거예요."

"악연이요? 무슨 일이 있었기에 저주 소리까지 나오는 거죠?"

윤미는 한숨을 내쉬었다. 아버지에게 혼난다고 죽을 일은 없겠지만 한동안 월급이 삭감될 수도 있을 것 같았다. 그러나 아무것도 모르고 월산에 뚝 떨어진 소월이 가여워서 어쩔 수가 없었다. 어차피 옛날이야기가 아니던가. 윤미는 소월에게 '달 선녀 이야기'를 들려주었다. 월산의 지주였던 한씨 일가의 외동딸 연화와 그녀를 겁탈하고 가문을 빼앗은 차강문의 이야기를 말이다.

소월의 첫 감상은 역겨움이었다. 그녀는 할아버지에 의해 억지로 사생아가 되었고, 빼앗긴 자리에 대한 박탈감과 열등감으로 오염된 성장기를 보냈다. 그녀는 부당한 이유로 남의 것을 빼앗는 걸 싫어했다. 특히 차강문의 비열한 수법에는 혐오가 일었다.

"차강문도 미쳤나요? 죄책감에 고통스러워했어요? 불행했나요?"

소월의 질문에 윤미는 고개를 저었다. 소월이 느끼는 두 번째 감상은 억울함이었다. 정작 죄를 지은 차강문은 멀쩡하고, 애꿎은 사람들

만 미쳐 버린 것이다. 그녀는 종로에서 뺨 맞고 한강에 화풀이하는 것
도 싫어했다. 아버지와의 불화를 자신에게 복수하는 할아버지의 고약
함과 방향을 상실한 달 선녀의 저주 모두 소월에겐 이해 불가였다.

"무영 씨나 무영 씨 할머니는 이 이야기를 알고 나서 그 충격으로 광
증을 앓게 된 건가요?"

"그 정도로 정신을 놓진 않았을 거예요. 달 선녀 이야기는 어디서든
쉽게 접할 수 있거든요. 무영 씨도 초등학교 들어가자마자 알았어요.
같은 초등학교를 다녀서 똑똑히 기억해요. 고학년 남자애들이 무영
씨한테 그 이야기를 해주고 놀렸다가 차 사장님이 학교를 뒤집어놔서
전교생이 아침 조회 때 크게 혼난 적이 있어요."

그날 후로 무영은 말이 없고 고독한 아이가 되었다는 것을 윤미는
말하지 않았다. 따돌림을 당하는 무영을 방관한 어린 시절의 치부를
스스로 보이고 싶지 않았다.

"그러면 혹시 또 다른 단서가 될 만한 일들은 없었어요?"

"글쎄요. 저도 귀동냥으로 듣는 처지니까요. 저택 안에서 무슨 일
이 일어나는지는 잘 몰라요. 다들 추측만 하는 거죠."

"그 추측이라도 알려줘요."

윤미가 난처한 기색을 보였으나 소월은 포기하지 않았다.

"노천탕이요."

윤미가 어렵게 말을 꺼냈다. 저주를 입에 달고 사는 마을에서 자란
탓인지 윤미는 미신을 믿었다. 그녀는 연화의 사진을 펼쳐 놓고 비극
적인 죽음들에 대해 이야기를 하기가 무서워졌다.

"저택의 죽음과 광기는 다 그곳으로 귀결돼요. 연화 아가씨가 험한
일을 당한 곳이요. 그분의 아들이 자살한 곳이기도 하고요. 혜윤 할
머니는 그 자살 때문에 정신을 놓으셨다는 의견이 대부분이에요."

"무영 씨는요? 무영 씨는 할머니의 죽음과 관련이 있단 소릴 언뜻

들었어요."

"혜윤 할머니가 돌아가신 곳도 그 노천탕이거든요."

순간 소월은 오한이 들어 몸을 부르르 떨었다. 뭔가의 눈치를 보는 듯 조심스러운 윤미의 태도가 형체가 없는 공포를 부추겼다.

"차강문 사장님이 무영 씨가 태어나기 직전 돌아가신 곳도……."

"노천탕이군요."

윤미가 눈을 질끈 감고 고개를 끄덕였다. 그녀는 흑백 사진 속 연화의 눈부신 미소를 못 견디겠다는 듯 서둘러 앨범을 덮었다. 소월은 저택을 당장 떠나고 싶어 하는 윤미의 낌새를 눈치챘다.

"오늘은 고마웠어요. 마음에 드는 드레스 종류는 좀 더 생각하고 연락드릴게요."

소월의 말에 윤미는 살았단 표정으로 꾸벅 인사를 하곤 가방을 챙겨 나갔다. 루니 박은 말도 없이 먼저 돌아간 딸을 욕하며 희태의 배웅을 받았다. 무영이 드레스를 잘 골랐냐며 소월에게 다정히 말을 걸었다. 무영의 얼굴 위로 연화의 화사한 미소가 겹쳐 보여 소월은 현기증을 느꼈다.

무영은 죄가 없다. 소월은 잘 알고 있었다. 그럼에도 불구하고 그에게 한 여자를 무참히 짓밟은 파렴치한의 피가 흐른다는 사실과 정말로 그가 저주받았을지도 모른다는 일말의 미신이 소월을 두렵게 했다. 소월은 무영이 불쌍하고 또 두려웠다. 무영은 몇 시간 만에 어딘가 달라진 소월의 태도에 불안감을 느꼈다.

"소월아, 어디 아파?"

무영이 손으로 소월의 이마를 짚어보려고 했다. 소월은 반사적으로 뒷걸음질을 쳤다.

"소월아?"

"내일 온천타운에 갔다 올래."

소월이 상처받은 무영의 눈빛을 외면하며 말했다.

"거긴 왜?"

소월의 냉담한 태도에 화가 났는지 무영의 목소리가 답지 않게 날카롭고 차가웠다.

"그냥. 한 번도 안 가봤잖아."

어쩌면 무영이 자신이 그곳에 가는 걸 막지 않을까, 소월은 어떠한 미신적인 열망에 사로잡혀 예상했다. 그러나 무영은 평소의 모습대로 돌아와 아이처럼 말간 얼굴로 그러라고 했다. 소월이 일순 긴장이 풀려 어깨를 축 늘어뜨렸다. 그녀는 피곤하다며 일찍 자겠다고 말하고 돌아섰다.

"그럼 나랑 같이 가."

소월의 등 뒤로 무영의 낮은 목소리가 들렸다. 뒤를 돌아서면 본 적도 없는 차강문의 얼굴이 보일까 봐 소월은 그대로 직진했다.

희태는 잘 구워진 식빵 두 쪽에 각각 딸기 잼과 땅콩버터를 바른 후 각을 맞춰 포갰다. 대각선으로 잘려 세모 모양이 된 두 개의 토스트는 무영의 접시 위에 옮겨졌다. 소월이 좋아하는 홍차의 달달한 바닐라 향이 식당을 가득 채웠다. 바삭한 토스트를 베어 무는 소리와 식기가 부딪치는 달그락거리는 소리만이 존재하는 고요한 아침 풍경이었다.

세 사람은 마치 눈치 게임을 하기라도 하는 듯 입을 다물고 말을 아꼈다. 희태는 기묘한 냉기를 풍기는 소월과 이유 없이 풀이 죽은 무영 사이에서 지훈의 부재를 아쉬워하고 있었다. 지훈은 간단한 업무를 처리하고 옷을 더 갖고 오기 위해 새벽에 도시로 떠났다. 결혼식이 이 주밖에 남지 않았기 때문에 아예 휴가를 내고 저택에 쭉 머물기로 결정한 것이다.

"드레스는 결정하셨습니까?"

손가락을 가볍게 비벼 빵가루를 털어내며 희태가 물었다. 소월과 무영의 딱딱한 표정과 달리, 그의 얼굴은 온화하고 믿음직스러웠다. 요즘 그의 직업 만족도는 최상이었다. 결혼식이라는 중대한 행사가 코앞에 있어 희태는 눈코 뜰 새 없이 바빴으나, 그는 책임감을 동반하는 적당한 고달픔에 오히려 성취감을 느꼈다. 물론 그것은 아주 섬세한 밸런스를 요구했으므로 적정치 이상의 스트레스가 발생하면 희태는 신경질적으로 돌변하는 성향이 있었다.

다행스럽게도 소월이 오고 나서부터는 모든 것이 그야말로 완벽하게 균형적이어서, 메이드들은 집사의 히스테리에 덜 시달릴 수 있었다. 소월과 결혼하겠다고 선언한 뒤로 무영이 꽤나 점잔을 빼고 다니는 덕택이었다. 무영이 억지를 부리고 철없이 행동할 때마다 '소월 아가씨께선 약혼자가 이러는 걸 좋아하지 않으실 텐데요'라고 한마디만 하면 만사형통이었다. 희태는 누군가의 '약혼자'라는 직책이 무영에게 책임감을 갖게 해준다는 사실이 신기했다. 방점이 찍혀야 할 부분이 약혼자가 아니라 '누군가'라는 것을 희태는 아직 깨닫지 못하고 있었다.

"네, 대충요. 윤미 씨에게도 말해뒀어요."

"대충이라뇨. 웨딩드레슨데 좀 더 신중히 고르시지 않고요."

"마음에 드는 걸로 골랐어요. 걱정하지 마세요."

소월이 말했다. 그녀는 홍차를 한 모금 마신 뒤 말을 이었다.

"온천타운에 한번 가보려고요."

"오늘 바로 말씀이십니까?"

"네. 가서 온천욕도 좀 하고 하루 자고 올게요."

"사장님 내외께서 돌아오시면 가는 게 어떻겠습니까? 사장님이 온천타운을 직접 안내해 주고 싶으실 것 같은데요."

영선과 동진은 출장 중이었다. 소월은 그들에게 예비 며느리인 동시에 비즈니스 파트너의 손녀였다. 영선은 만반의 준비를 하고서 소월에게 온천타운을 과시하고 싶을 터였다.

"잠깐 쉬고 오는 건데요, 뭘. 결혼 준비로 바빠지기 전에 가볍게 들러볼게요. 너무 부담 가지실 필요 없어요. 조용히, 평범하게요!"

희태가 당장에라도 온천타운에 전화를 걸어 모든 직원에게 대기 명령을 내릴 기세였으므로, 소월은 서둘러 강조의 말을 덧붙였다.

"그리고……."

"나도 갈 거야."

소월이 조심스레 꺼내려던 말을 무영이 천연덕스럽게 가로챘다. 무영이 소월을 바라보며 미소를 보채는 눈짓을 했다. 하기 힘든 말을 대신해 줬으니 칭찬해 달라는 뜻이었다. 기껏 벗어놓은 양말을 도로 물고 와 주인 앞에서 꼬리를 흔드는 강아지 같은 낯짝이었다. 주인의 냉담한 반응은 예상도 못 하고 마냥 자랑스러운 꼴이었다. 소월은 무영의 말을 들은 적이 없는 것처럼 자신이 하려던 말을 이어갔다.

"그리고 무영 씨도 동행하고 싶어 해요. 괜찮을까요?"

희태는 두 사람 사이에 일방적으로 흐르는 차가운 기류를 감지하고 무영을 안타까운 눈으로 바라보았다. 무영은 서운한 일이 생기면 으레 그렇듯 입술을 쭉 내밀고 있었다. 희태는 무조건 무영의 편을 들어주고 싶었으나 현실적으로 고려해야 할 것들이 있었다.

"도련님은 온천타운에 가는 걸 싫어하시는걸요. 십이 년 동안 한 번도 안 가셨는데……."

무영은 한때 온천타운을 밥 먹듯이 드나들었다. 그는 각지에서 온 손님들을 구경하며 물놀이하는 것을 좋아했다. 영선이 여자애보다 예쁘장한 어린 아들의 손을 잡고 온천타운 곳곳을 돌아다니는 걸 사람들은 심심찮게 볼 수 있었다. 그러나 혜윤의 죽음 이후 무영은 온천타운 쪽은 쳐다보지도 않았다. 희태도 다른 사람들처럼 무영의 광증과 혜윤의 죽음을 어렴풋이나마 연관 짓고 있었다. 그는 무영이 온천타운에 가도 되는지 확신이 서질 않았다.

"제가 간다니까 따라오려는 것 같은데, 그 정도로 싫어하는 곳이면 역시 안 데리고 가는 게 낫겠죠?"

소월이 무영을 위해주는 척, 함께 가지 못해 안타깝지만 어쩔 수 없다는 시늉을 했다.

"아니야! 나 이제 안 싫어해. 정말로 가고 싶어. 오래간만에 놀러 갈래! 가게 해줄 거지? 가도 되지?"

무영이 간절하게 물었다. 그의 따가운 시선이 희태를 콕콕 찔렀다. 어떻게든 허락을 받고 말겠다는 의지가 느껴졌다. 희태는 앓는 소리를 삼키며 잠시 곰곰이 생각에 잠겼다. 무영과 소월은 희태에게 시선을 고정한 채 그가 자신의 손을 들어주길 기다렸다.

"같이 다녀오시는 것도 나쁘진 않을 것 같군요."

"네?"

"아싸!"

고심 끝에 내린 희태의 결론에 소월과 무영의 희비가 엇갈렸다. 의자에서 일어나 방방 뛰는 무영을 보며 소월은 지끈거리는 관자놀이를 꾹 눌렀다. 물색없이 기뻐하던 무영은 소월이 노골적으로 싫어하는 티를 내자 바람이 빠지는 풍선처럼 급속도로 의기소침해졌다.

소월이 겪게 될 고충을 짐작 못 하는 바는 아니었으나, 희태는 무영의 변화를 두고 보는 게 좋을 것 같다고 판단했다. 지난 십이 년 동안 무영은 몸만 자랄 뿐 그 외의 것은 모든 게 박제되어 있었다. 정신연령, 취향, 소망, 무언가에 대한 욕구, 공포, 호불호와 같은 내면을 이루는 물질들이 무의식의 바다 깊은 곳에 침전되어 있었다. 희태는 무영을 움직이는 식물인간이라고 생각한 적도 있었다. 그러므로 소소한 변화 하나라도 그것이 어떤 결과를 가져올 수 있을지 자유롭게 풀어주고 싶은 것이다.

안전성을 제일로 여기는 희태치곤 꽤나 용기 있는 결단이었다. 그만큼 십이 년은 너무 긴 세월이었다. 정소월이라는 변화의 바람이 부는 현재, 희태는 무영의 인생에 돛이 달려야 한다고 생각했다. 소월이 순풍일지 폭풍일지는 미지수였지만 말이다. 자신을 원망스럽게 바라보는 소월의 시선을 외면하며 희태는 두 사람을 배웅하였다. 그는 속으로 두 사람이 무사히 돌아오길 간절히 기도했다.

월산은 크게 시내, 아랫마을, 윗마을 이렇게 세 구역으로 나뉘어 있다. 시내는 월산을 가운데에 두고 동서로 인접한 두 도시로 가는 기차역이 있어 일반 상권이 발달하였다. 대형마트와 영화관, 술집, 각종 프랜차이즈들이 즐비하였고 근처 대학교의 셔틀버스가 서는 곳이어서 젊은이들도 많았다. 시내와 아랫마을 사이에는 중학교와 고등학교는 물론 주요 관공서들이 밀집해 있었다. 특히 월산이 수렵지이므로 총기를 보관하고 사냥 허가를 받을 수 있는 경찰서가 있었다.

아랫마을은 지역민들이 사는 동네로, 차씨 일가의 저택도 이곳에 위치해 있었다. 아파트는 없었고 빌라나 전원주택이 많았다. 농가들도 몇 채 있었으나 수입을 얻을 정도는 아니었고 거의 자급자족 수준에 머물렀다. 아랫마을에는 유치원과 초등학교가 있어서 놀이터를 겸한 큰 공원이 하나 있었다.

윗마을은 한때는 지역 토박이들 대부분이 살던 곳이었으나 현재는 온천타운 위주의 관광사업 구역으로 새롭게 조성되어 있었다. 온천수가 흐르는 산 밑에는 온천타운 본관이 들어서 있었고, 그 안에는 스파 시설과 워터파크가 있었다. 본관 바로 아래에는 역시 차씨 일가의 소유인 호텔이 있었다. 도시에 있는 오성급 호텔은 아니었으나 관광호텔치곤 제법 고급스러웠다. 산을 좀 더 내려오면 훨씬 저렴한 숙박업소들과 맛집으로 유명한 식당들, 유흥업소 등이 줄지어 있었다.

소월은 열 번 정독한 '월산 관광 지역 안내도'라고 적힌 팸플릿을 테이블 위에 내려놓았다. 그녀가 시킨 아이스 아메리카노는 얼음만 남아 있었다. 반면에 무영의 것은 커피는 그대로고 얼음만 녹은 탓에 주문했을 때보다 양이 더 늘었다.

'마시지도 못하면서 커피는 왜 시켜.'

그야 소월이 마시니까 따라 고른 것이었다. 무영은 빨대로 커피를 휘저으면서 카페 안의 사람들을 구경하는 척했다. 최대한 소월과 눈을 마주치지 않기 위해서였다. 그들은 온천타운을 눈앞에 두고 카페 안에서 두 시간째 죽치고 있는 중이었다.

"다 마셨어?"

"아니."

"안 마실 거 아니야?"

"마실 거야! 아껴 마시는 중이야."

무영이 그의 말을 증명이라도 하듯 커피를 쭉 빨아 마셨다. 인상이 절로 구겨졌다. 쌉싸래한 떫은맛이 뭐가 좋다고 소월은 그리도 빨리 잔을 비웠는지 무영은 이해할 수가 없었다. 소월은 평소와 달리 그런 무영을 구박하지도, 닦달하지도 않은 채 잠자코 입을 다물었다. 윤미에게서 달 선녀 이야기를 들은 후 무영에 대한 그녀의 태도는 미묘하게 달라졌다. 그를 두려워하는 걸 수도, 께름칙해하는 걸 수도 있었다. 어쩌면 둘 다였고, 확실한 건 그녀가 무영에게 더 먼 거리를 두기 시작했단 것이다.

소월은 결코 연좌제의 부활을 주장하는 사람이 아니었다. 그럼에도 불구하고 도덕적으로 거부감이 드는 것은 어쩔 수 없었다. 두 사람이 아예 아무런 관계도 아니었다면, 오히려 철저하게 이성적으로 차무영은 죄가 없다고 단언할 수 있었을 것이다. 차강문의 후손으로 태어난 건 그의 선택이 아니었으니 말이다.

하지만 두 사람이 약혼을 했다는 것, 비록 위장이긴 하나 결혼을 하게 됨으로써 차강문이 한연화에게 빼앗아 이룩한 가문의 대를 잇는 모양새가 된다는 점이 소월을 소름 끼치게 했다. 혐오하는 일의 공범자가 된 기분이었다. 특히 소월이 성범죄에 관해서는 무척 강경한 입장을 고수해 왔기 때문에 더욱 그랬다.

그녀는 강간범이라면 응당 화학적 거세를 시킴으로써 범죄의 재발을 막음은 물론이요, 자손의 번식도 못 하게 해야 한다고 생각할 정도였다. 무고한 사람의 인생을 짓밟았으니 그 정도의 죗값은 치러야 한다는 게 소월의 지론이었다. 소월이 무영에게 벽을 쌓는 것은 이러한 자신의 가치관과 충돌하는 이율배반적인 감정을 만들지 않기 위해서였다. 두 사람이 친해질수록 무영은 소월에게 특별해질 것이고, 소월은 그에게 관대해질 것이다. 소월은 이중 잣대를 가진 위선자가 되고 싶지 않았고, 그렇게 되느니 무영에게 무심해지길 택했다. 무영보다는 그녀 자신의 가치관이 더 소중했고 지킬 만한 것이었다. 자신을 버리고 그동안의 신념을 부정하게 되는 경우는 사랑에 빠졌을 때뿐이다. 소월은 무영을 사랑하지 않았다.

'최대한 빨리 이혼해야지.'

소월은 내내 자신의 기분을 살피느라 주눅이 든 무영을 보며 다짐했다. 지금 당장은 차강문의 집안과 얽히고 싶지 않은 마음이 컸지만 그게 또 언제 바뀔지 몰랐다. 무영이 소월의 연민을 끊임없이 자극했기 때문이다. 그녀는 이미 모순되는 감정과 싸우고 있었다. 그래서 더 무영으로부터 도망치고 싶은지도 몰랐.

줄어들지 않는 커피 잔만 들여다보는 무영의 동그란 머리 위로 축 처진 강아지 귀가 보이는 것 같은 착각이 들자, 소월은 눈을 비볐다.

"그만 가자."

소월이 자리에서 일어나며 말했다.

"벌써?"

"이미 많이 늦었어. 커피는 가서 또 마시면 되잖아."

"그럼 케이크 하나만 먹고 가면 안 돼?"

무영이 애처롭게 말했다. 그는 케이크를 먹지 않으면 죽는 병에 걸린 것처럼 굴었다.

"안 돼."

소월이 짧게 말했다.

"하나만. 응? 딱 하나만."

무영이 소월의 손가락을 잡고 흔들었다.

"안 된다고 했잖아! 애처럼 굴지 좀 마."

소월은 무영의 손을 쳐 냈다. 카페 안에 있던 사람들 모두가 소월과 무영을 쳐다봤다. 그들의 관심은 잠시 두 사람 근처를 맴돌다가 곧 거둬졌지만 무영의 상처는 그러질 못했다.

"너야말로 날 애 취급하지 마."

무영이 소월의 눈을 똑바로 보고 말했다. 소월은 흠칫 몸을 떨었다.

'또 내가 아는 차무영이 아니야.'

언젠가부터 종종 느껴지는 위화감이 있었다. 이것도 저주일까? 소월은 다른 사람 같은 무영에게서 차강문의 그림자를 볼까 봐 겁이 나곤 했다.

"나한테 화난 걸 모를 줄 알아? 대답도 잘 안 하고, 내 얼굴 보지도 않고, 무시하거나 한숨만 쉬잖아."

무영은 서러웠다. 그는 항상 소월에게 잘 보이기 위해서 애쓰고 있었다. 하지만 그녀는 잘 웃어주지도 않았고, 희태처럼 잔소리를 늘어놓기 일쑤였다. 그래도 자신에게 계속 말을 걸어주는 게 좋았다. 귀찮은 티를 내긴 했지만 따라다니면 놀아주고 쳐다봐 주었다. 함께하는 시간이 길어질수록 소월의 웃는 얼굴을 볼 확률도 높아졌다. 소월은 기억하지 못하겠지만, 두 사람이 처음 만났을 때 그녀는 무영에게 활짝 웃어준 적이 있었다. 반짝반짝 빛이 나서 무영은 눈을 제대로 뜰 수가 없었다. 소월의 얼굴이 언제까지나 반짝일 수 있다면 자신은 눈을 감고 다녀도 좋을 것 같았다.

"내가 너한테 화를 왜 내겠어."

소월이 말했다. 화날 일이 없다는 뜻으로 한 말이었다. 그러나 무영은 그녀가 화를 내는 이유를 물어보는 것인 줄로 잘못 알아들었다. 무영은 툭 튀어나오려는 입술을 가까스로 악물며 참아냈다.

"그래! 난 바보다! 네가 왜 화났는지 몰라!"

"아니, 무영아. 그 뜻이 아니라……."

"네가 왜 화를 내는지 몰라도 그냥 풀어주고 싶어. 이유를 꼭 알아야 돼? 어차피 난 바보라 이해하지도 못해. 너는 너무 복잡하니까!"

카페 안 사람들의 관심은 또 그들의 차지가 되었다. 결국 직원이 다가와 곤란한 표정을 지으며 카페에서 나가달라고 정중히 부탁했다. 쫓겨난 두 사람은 민망함과 무안함으로 인해 한동안 말을 잃었다. 차에 타고 나서야 소월이 입을 열었다.

"흥분하지 말고 잘 들어. 아까 말한 '내가 너한테 화를 왜 내겠어'의 어감은 이거야."

소월이 목을 가다듬고 신중하게 한 글자, 한 글자의 억양을 살려 말했다. 어린아이에게 새로운 어휘를 가르쳐 주는 유치원 선생님이 된 기분이었다.

"내가 너한테 화를 왜 내겠어……. 느껴져? '왜 내겠어?'가 아니고 '왜 내겠어……'야."

소월이 한껏 안쓰러움을 담아 말꼬리를 늘이며 오해를 풀기 위해 노력했다.

"난 너한테 내가 화난 이유를 아냐고 따지려던 게 아니야. 애초에 화나지도 않았어."

"하지만 어젯밤부터 날 피했잖아."

"내가 언제?"

소월이 시치미를 뗐다.

"널 피하는 사람이 널 데리고 온천욕을 하러 와?"

"그건 그렇지만……."

무영은 반박할 수가 없었다. 속에는 소월이 알아줬으면 하는 여러 마음들이 쌓여 있었지만 말로 풀어내기가 쉽지 않았다. 그는 자신이 정말 바보 같다고 자학하며 시무룩해졌다. 하지만 고작 몇 초간의 우울이었다. 무영은 곧 기운을 되찾았다.

"그러면 화가 안 났다는 거지?"

무영의 미소에는 안도감이 섞여 있었다. 소월은 감정의 색깔이 실시간으로 바뀌는 무영을 보며, 그는 복잡함과 단순함 중 어느 쪽인지를 가늠해 보았다.

"화 안 났으면 케이크 먹어도 돼?"

역시 차무영은 단순한 것 같았다. 소월은 단호하게 '안 돼'를 세 번 말했다. 이쯤 되니 소월은 무영이 온천타운에 정말 가고 싶은 게 맞는지 의심스러웠다.

"솔직히 말해봐. 온천타운 가기 싫어서 버티는 거지?"

"응."

일말의 망설임도 없는 간결한 대답이었다. 소월은 한숨을 내쉬곤 차에 시동을 걸었다. 그녀는 온천타운이 아닌 아랫마을로 차를 돌렸다.

"우리, 집에 가?"

무영의 목소리가 기쁨으로 가득 차 있었다.

"아니, 너만 가. 너 데려다주고 난 다시 올 거야."

"그럼 나도 안 가. 온천타운에 갈 거야."

"왜 고집이야? 가기 싫다며. 나 혼자 갔다 올게. 내일 바로 온다니까? 나 어디 안 가. 올 때 네가 먹고 싶어 하는 케이크도 잔뜩 사올게."

소월이 답답해하며 무영을 구슬렸다. 무영이 핸들을 잡은 소월의 손을 덥석 잡았다. 소월은 깜짝 놀라 차를 세웠다. 운전 중에 손을 잡으면 얼마나 위험한 줄 아냐며 한 소리 하려던 그녀는 심상치 않은 무영의 분위기에 입을 떼지 못했다.

"절대로 너 혼자 그곳에 보내지 않을 거야."

그의 손끝은 차가웠고 미세하게 떨렸다. 무영과 눈을 마주친 소월의 가슴이 덜컥 내려앉았다. 그의 눈동자가 두려움과 절망으로 물들어 있었기 때문이었다.

월산 온천타운의 명칭은 자칫 구닥다리처럼 들릴 수도 있다. 청록색 페인트칠이 벗겨진 벽이나 다홍색의 벽돌 건물이 연상되어도 이상하지가 않다. 그러므로 막상 온천타운의 실체를 마주한 관광객들은 대부분 허를 찔리는 유쾌함과 함께 그곳에 발을 들이게 된다. 온천타운은 마치 그리스의 파르테논 신전과 같이 생겼기 때문이다.

흰 대리석으로 만들어진 웅장한 건축물에 '월산 온천타운'이란 궁서체 글씨와 온천을 나타내는 기호 조각이 각각 진녹색과 붉은색으로 박혀 있는 모습은 마치 고상함과 천박함이 팽팽한 줄다리기를 하는 것 같았다. 양쪽의 힘이 비등한 결과로 건물은 숭고한 B급 감성을 느끼게 해주었다. 특히 건물의 입구에서 500미터 가량 앞선 곳에는 '월산 회 타운'이라는 횟집이 신전의 모습을 본뜬 조악한 조형물을 간판으로 쓰고 있었는데, 이것은 잘 숨겨진 스포일러의 역할을 하였으므로 사람들은 온천타운의 건물을 보자마자 비웃으며 스쳐 지나갔던 횟집의 반전을 벼락 맞듯 깨닫는 것이다.

이렇듯 온천타운은 온천수의 효력이나 워터파크의 시설에 관한 명성뿐 아니라 건물의 디자인까지 사람들의 입에 오르내리곤 했는데, 그 숱한 자랑들 중에서도 진짜배기 손님들만 알아본다는 숨은 명물이 두 개 있었다. 정확히 말하자면 한 명과 한 곳이었다.

첫 번째 명물로 말할 것 같으면, 그는 남녀노소 누구나 선망하는 아름다운 예순다섯의 총지배인 강명인이었다. 그는 '로맨스 그레이'라는 말을 이 세상에 탄생시키기 위해 존재하는 사람 같았다. 180센티미터가 넘는 훤칠한 키, 술과 담배를 하지 않고 운동을 즐기는 탓에 군살 없이 관리된 탄탄한 몸매, 젊어서부터 몸에 밴 호텔리어의 매너로 인해 꼿꼿한 자세까지 그는 우아함의 결정체였다. 명인은 또한 놀라울 정도로 동안을 유지하고 있었는데 단 하나, 머리카락만큼은 남들보다 일찍 쇠었다. 그는 염색을 하지 않았고, 풍성한 백발은 쉰 살 때부터 그의 트레이드마크였다.

사람들은 명인의 곱상한 외모와 빛을 받아 반짝이는 백발을 보며 은여우를 떠올렸다. 날렵하고 일 처리가 야물지만 어딘가 속을 알 수 없는 면모도 꾀가 많고 조심스러운 여우 같았다. 속칭 '은여우 지배인'에게 온천타운은 거대한 여우 굴이었다. 온천타운의 암묵적인 마스코트인 만큼 명인은 그곳에서 잘 나오질 않았다. 사장인 영선이 명인을 위해 따로 숙소를 마련해 줄 정도였다.

명인은 호텔 로비의 프런트에서 객실의 예약 현황을 점검하고 있었다. 얼마 전 새로 뽑은 프런트 직원이 업무를 제대로 익히고 있는지 확인하기 위해서였다. 신참은 까마득한 상사에다가, 온천타운 내의 인기인인 명인을 황홀하게 쳐다보았다. 이제 막 사회생활을 시작한 그에게 명인은 성공의 표본이자 인생의 롤모델이었다. 그는 총지배인의 매혹적인 자태를 감상하느라 로비에 들어선 젊은 남녀 손님에게 인사할 타이밍을 놓치고 말았다. 명인이 대신 두 사람을 맞았다.

"월산 온천타운 호텔에 오신 걸 환영합니다. 무엇을 도와드릴까요?"

그의 신사다운 목소리에서는 품위가 느껴졌다. 신참은 명인의 모든 것을 머릿속에 새기기라도 할 것처럼 그를 열렬하게 바라보았다. 그러나 정작 명인이 관심을 주고 있는 젊은 커플은 자기들끼리 싸우느라 그의 인사를 듣지도 못했다.

"괜찮다니까, 정말. 나 못 믿어?"

여자가 건들거리며 말했다. 그녀는 같이 온 남자의 손목을 잡아끌고 있는 중이었다. 손아귀 힘이 좋은지 남자의 손목이 빨갰다.

"잠깐, 잠깐만. 아직 마음의 준비가 덜 됐단 말이야."

남자는 명인보다도 키가 컸는데 말투는 꼭 초등학생 저학년 같았다. 명인은 대강 견적이 나왔다는 듯 은근한 미소를 지었다. 그는 인생의 절반 이상을 호텔 프런트 앞에서 실랑이하는 커플들을 말리며 보냈다.

'여자가 주도권을 가진 전형적인 연상연하 커플이군. 남자는 부잣집 막내 도련님이라도 되나? 또래보다 조금 맹해 보이네. 외모는 아주 훌륭하지만.'

이런 경우는 거의 여자의 완승으로 끝이 나곤 했으므로 가만히 있는 게 최선이었다. 괜히 끼어들었다가 여자의 기분을 상하게 하면 손님을 잃을 수 있기 때문이다. 명인은 잔잔한 미소를 지으며 인내심 있게 젊은 커플을 관찰했다.

"여기까지 왔는데 돌아갈 생각 없어. 잘 건지 아닌지 빨리 결정해."

여자의 저돌적인 구애에 산전수전 다 겪은 명인도 얼굴을 붉혔다. 신참은 헛기침을 했다.

'요즘 세대는 정말 개방적이군. 옛날 같았으면 여자가 호텔로 남자를 끌고 오는 일은 상상도 못 했을 일인데.'

명인은 혀를 쯧쯧 차는 대신 여자의 거침없는 태도에 감탄했다.

'저런 여자가 있었다면 나도 결혼을 할 수 있었을까?'

그는 환갑이 훌쩍 넘은 나이에도 미혼이었다. 한 번 갔다 온 것도 아닌 순수 노총각이었다. 사람들은 은여우 지배인의 콧대가 너무 높은 탓이라며 그의 유일한 흠을 흉봤다.

'말도 안 되는 생각이지.'

명인은 고개를 저었다. 이미 결혼이란 단어를 그의 인생에서 지운 지 삼십 년도 훌쩍 넘었다. 그는 앞길이 창창한 젊은 커플의 사랑싸움을 부러움 반, 흐뭇함 반으로 지켜보았다.

"나 때문에 이러는 거 아니야. 네가 걱정돼서 그래. 너 다칠까 봐."

남자의 얼굴은 한껏 결연하고 애절하였으나, 명인은 엄한 상상의 나래를 펼치느라 그의 진심을 알아차리지 못하였다.

'아니, 뭘 어떻게 하려고 다칠 걱정을 해? 정말 이러다가 들으면 안 될 얘기까지 듣게 되겠는걸.'

로비를 지나다니는 다른 손님들의 눈도 슬슬 걱정되기 시작했고, 말리지 않으면 한도 끝도 없이 자신들의 은밀한 사랑 이야기를 풀어놓을 것 같아, 명인은 어쩔 수 없이 커플에게 말을 걸었다.

"실례합니다만, 손님. 다른 손님들이 불편해하실 수 있어서요."

"아, 죄송합니다."

커플은 화들짝 놀라며 꾸벅 고개를 숙였다. 시끌벅적하긴 하나 경우가 없는 이들은 아니었다. 명인은 부드러운 목소리로 예약을 하고 왔는지 물었다. 그들은 예약을 하지 않았다고 답하였다.

"다행입니다. 마침 괜찮은 이인실 방이 하나 남아 있습니다. 괜찮으십니까?"

"네, 그 방으로 주세요. 일박으로요. 온천타운 성인 이용권도 두 장 주세요."

여자가 재빨리 말하자, 남자는 나라를 잃은 것처럼 기가 죽었다. 아무리 봐도 데이트를 하러 왔다기보다는 잡아먹히러 온 것 같은 분위기였다. 그런 것치곤 손목이 풀려도 알아서 여자의 손을 잘 잡고 있었지만 말이다. 명인이 숙박 기록을 작성하고 카드 키를 꺼낼 동안 여자는 다정하고 조곤조곤한 목소리로 남자를 달랬다.

"괜찮아. 그냥 쉬러 온 거잖아. 아무 일도 없을 거야. 응?"

"하지만, 하지만…… 여기엔 악마가 잠들어 있단 말이야."

남자는 잠에서 덜 깬 아이처럼 칭얼거렸다. 여자는 잠시 침묵하다가, 다시 남자를 얼러가며 다독였다.

'그렇게까진 안 보이는데 무슨 띠동갑 연상연하라도 되는 건가? 남자가 많이 어리군. 고작 애들 장난 같은 미신을 믿기나 하고.'

명인은 커플이 알아차리지 못하게 코웃음을 쳤다. 귀신이라니 얼토당토않은 헛소문이었다. 설령 있다고 해도 그런 존재들은 '그곳'에 봉인되었기 때문에 온천타운의 다른 곳을 돌아다닐 수도 없었다. 명인은 여자에게 301호의 카드 키와 함께 온천타운 이용권을 건네주며 즐거운 시간을 보내라고 인사했다. 여자는 처음에 왔을 때와 마찬가지로 발을 끌며 버티는 남자를 질질 끌고 갔다.

그로부터 세 시간 뒤, 명인은 저택으로부터 전화 한 통을 받게 된다. 희태는 말머리부터 자신이 결혼식 준비로 얼마나 바쁜지를 구질구질하게 늘어놓으며 판을 깔았다. 집안의 어른에게 혼날 것이 두려웠기 때문이다.

강명인은 강용덕의 사생아로, 차영선의 할머니인 강순애가 데려다 키운 조카였다. 즉, 영선의 당숙이었다. 무영에겐 육촌 아저씨쯤이 됐다. 그는 영선의 어미인 혜윤보다 세 살가량 많았다. 미친 혜윤을 대신하여 강순애가 영선을 키웠으므로, 영선은 자연스레 명인도 잘 따르게 되었다. 결국 그에게 온천타운의 총지배인 자리를 부탁하며 실질적인 행정을 맡겼다. 두 사람은 부녀지간처럼 사이가 좋았다.

"그래서 희태, 자네가 하고 싶은 말이 뭔가?"

명인은 전화기에 대고 자상하지만 엄숙한 어조로 희태의 끝없는 변명을 잘랐다. 곧 명인의 얼굴은 시체처럼 창백하게 질렸다. 하얀 머리와 하얀 피부가 그를 인간 도화지처럼 보이게 했다. 그는 전화를 끊자마자 빠른 걸음으로 301호로 향했다.

월산의 숨은 두 번째 명물은 장소였다. 일명 '미스터리 스팟', 과학적으로 설명되지 않는 초자연적인 현상이 발생하는 장소를 뜻한다. 흔히 말하는 귀신이 나오는 곳이다.

소월은 무영이 먹을 수 있을 만한 초밥 접시를 들면서 진아의 말에 귀를 기울였다. 진아는 소월이 온천욕을 하다 알게 된 스물한 살의 관광객으로, 심령 연구 동아리의 회원이었다. 그는 동기이자 애인인 대진과 함께 주말마다 전국의 미스터리 스팟으로 탐험을 다닌다고 했다.

"여기는 저희가 제일 기대하던 곳이에요. 다른 곳보다 유명하진 않지만 반복되는 심령 현상은 많은 곳이거든요. 심령 스팟의 블루 오션이라고 할까요."

소월은 무영을 힐끔거리며 그가 이 이야기를 들어도 되는지 염려했다. 다행히, 무영은 움직이는 트레이 위의 초밥들을 구경하느라 여념이 없었다. 소월은 저녁을 먹으러 회전초밥 가게에 오길 잘했다고 뿌듯해했다. 무영이 계란초밥 하나를 한입에 집어넣는 모습이 소월을 안심시켰다. 그녀는 다시 진아의 말에 집중했다.

"이곳이 알려지게 된 건 어떤 노인의 양심 고백에서부터였어요. 케이블 채널에서 만든 다큐멘터리 중에 '은폐된 죽음들'이라는 게 있었거든요. 거기서 모자이크 처리해서 나온 할아버지였는데, 유명 관광지 노천탕에서 자살한 남자를 본 적이 있다고 했어요. 당시에는 거액의 돈을 받고 입을 닫았다고 하는데, 죽을 때가 되니까 허공에서 흔들리던 다리가 밤마다 눈앞에 선연해서 잠을 잘 수가 없다더라고요."

소월은 노인이 본 자살한 남자가 차강문과 한연화의 미친 아들이라고 짐작할 수 있었다. 진아와 대진은 외부인이라 그런지 달 선녀 이야기에 대해서는 전혀 모르고 있는 눈치였다. 소월은 그들에게 절대 그 이야기를 해주지 않을 작정이었다. 그 이야기가 퍼지면 온천타운뿐 아니라 저택까지 미스터리 스팟으로 알려질 게 뻔했다.

"근데 뒷돈을 준 이 온천타운의 설립자도 바로 그 노천탕에서 머리가 깨져서 죽었대요."

대진이 진아의 말을 거들었다. 공포스러운 취미 탓인지 두 사람은 과격한 표현도 스스럼없이 썼다. 오히려 오싹하고 생생한 분위기를 즐기기 위해 여과 없는 묘사를 선호하는 것 같았다. 소월은 시종일관 무영의 상태를 체크하며 행여 그의 트라우마가 자극되지 않는지 주시해야만 했다.

"가장 최근에 있던 사건은 십이 년 전 의문의 급사예요."

무영에게 줄 튀김 접시를 집으려던 소월은 진아의 말을 듣곤 하마터면 그릇을 떨어뜨릴 뻔했다. 그녀의 손이 미세하게 떨렸다.

"소월아, 추워?"

무영은 소월의 작은 떨림 하나도 놓치지 않았다. 그는 소월의 손을 잡고 주물렀다. 그녀의 손이 차가워서 그런지 유독 무영의 손바닥이 뜨겁게 느껴졌다.

'온천욕을 해서 그런가? 왜 열이 나는 것 같지?'

소월이야말로 무영을 걱정스럽게 바라보았다. 온천을 해서 더 뽀얘진 얼굴이 밝은 달처럼 고왔다.

"언니는 좋겠어요. 잘생기고 여친 바보인 연하 남친이 있어서."

진아가 괴담을 얘기하다 말고 화제를 연애로 돌렸다. 소월은 혜윤의 죽음일 것이 분명한 십이 년 전의 급사에 대하여 좀 더 듣고 싶었으나, 분위기 전환 삼아 다른 주제의 대화를 하는 것도 나쁘지 않다고 생각했다. 소월은 진아와 대진에게 무영과 자신도 타지에서 온 커플 여행객이라고 소개를 해놓았다. 무영에게는 귓속말로 이것은 위장결혼을 위한 연기 연습이니 잘하라고 속삭여 두었다.

"두 사람은 어떻게 만났어요, 언니?"

진아가 눈을 빛내며 물었다. 그녀는 무서운 이야기만큼 남의 연애 사정에도 관심이 많았다.

"동네 공원에서 산책하다가."

"초면인데 헌팅당하신 거예요? 부럽다. 하긴 언니는 예쁘니까."

어떻게 보면 헌팅과 아예 관련이 없진 않았다. 말 그대로 총을 들고 다니는 사냥꾼에게 위협을 당하는 와중에 만난 것이었으니 말이다.

"야, 헌팅이 얼마나 위험한데. 무영 씨가 멀쩡한 사람이었으니 다행이지. 요즘 세상에 또라이가 얼마나 많냐."

대진의 말에 소월은 어색하게 웃으며 고개를 끄덕였다.

'그래, 무영인 또라이는 아니고 모지리니까 다행이었지.'

소월은 식은땀이 날 것 같았다. 무영에게 기습 질문이 들어갈까 봐 초조하였기 때문이다. 그가 잘 대처할 수 있을 거라고 소월은 조금도 기대하지 않았다.

"온천 여행도 같이 올 정도면 꽤 오래 사귀셨나 보다, 그죠? 저희는 반년 넘었어요. 무영 씨는요?"

"우리도 그 정도 됐어요."

소월이 무영을 대신해 말했다.

"뭐예요, 언니. 나, 무영 오빠한테 일부러 말 걸은 건데."

진아가 콧소리를 내며 아양을 떨었다. 그녀의 시선은 남자친구인 대진보다 무영에게로 향할 때가 더 많았다. 심지어 그 안에는 일탈의 욕망과도 같은 음습하고 야시시한 기운이 서려 있었다.

'여시 같은 게, 차무영한테 끼를 떠네.'

소월은 진아를 경계하고 있었다. 행여 무영이 말실수를 할까 봐 조마조마한 가운데 진아의 도발은 소월을 날카롭게 만들었다.

"오빠라고 부르려고?"

"네! 제가 무영 오빠보다 한 살 어리잖아요, 언니."

진아는 말끝마다 꼬박꼬박 '언니'를 붙였다. 평소에도 얼마나 눈웃음을 치고 다녔는지 어린 게 벌써부터 눈가에 주름이 자글자글하다고 소월은 속으로 진아를 씹어댔다.

"무영 오빠는 연애 몇 번 해봤어요? 이번엔 오빠가 대답해 줘요, 언니 말고! 같이 노는 건데 너무 조용하면 심심하잖아요."

그렇게까지 말하는데도 소월이 대신 대답을 해버리면 모양이 아주 우스울 것 같았다. 소월은 테이블 아래로 손을 내려 무영의 허벅지 위에 올려놓았다. 그가 말실수를 하면 언제라도 꼬집을 수 있게 말이다. 무영은 소월의 손이 닿자마자 몸을 움찔거렸다.

"네? 오빠아, 대답해 줘요, 오빠아."

부담스러운 애교에 소월의 손가락이 오그라들었다. 갈퀴 모양이 된 그녀의 손이 무영의 허벅지를 긁었다. 무영은 진아의 말이 귀에 잘 들어오질 않았다.

"소월아, 허벅지에서 손 좀 치워줄래? 네가 만지니까 다른 거에 집중이 안 돼."

소월은 때때로 무영의 어린 정신이 원망스러웠는데, 지금이 딱 그런 순간이었다. 무영은 자신이 얼마나 낯 뜨거운 말을 내뱉는지 인지하지도 못했다. 곤욕을 치르는 건 오직 소월뿐이었다.

"어떡해. 무영 오빠 완전 노골적이야. 근데 오빤 잘생겨서 그런 말을 해도 섹시하게 들린다."

"남자친구 앞에서 다른 남자한테 섹시하다고 하면 어떡해. 대진 씨 서운하겠다."

대진의 핑계를 댔지만 요지는 남의 남자한테 껄떡거리지 말라는 것이었다.

"전 괜찮아요. 그런 아슬아슬한 점이 진아의 매력이거든요."

대진이 느끼하게 말했다.

'쌍으로 꼴값하네, 진짜.'

소월은 찬물을 벌컥벌컥 마셨다. 마음 같아선 무영과 함께 자리를 박차고 나가 다시는 이 커플과 상종하고 싶지 않았지만, 노천탕 때문에 그럴 수가 없었다. 소월은 문제의 노천탕에 가보고 싶었지만 그곳은 십이 년 전부터 폐쇄되어 있었다. 그런데 이 문제의 커플이 노천탕에 들어갈 수 있는 개구멍을 안다는 것이다.

"무영 오빠 말하는 거 보면 연애도 되게 많이 해봤을 것 같아요. 그것도 무지 찐하게."

진아는 집요하게 무영에게 추파를 던졌다. 소월은 자신을 앞에 두고 무영에게 꼬리를 치는 진아는 물론, 여자친구가 뭘 하든 웃기만 하는 대진도 이해할 수 없었다.

"소월이랑 하는 게 처음인데."

"아, 진짜요? 대박. 어떻게 그래요? 여자들이 줄을 섰을 텐데? 내가 오빠였으면 못해도 중학생 때부턴 연애했을 텐데."

무영은 중학교를 다니지 않았으므로 소월은 그가 어떻게 대응할지 촉각을 곤두세웠다.

"다른 여자들은 필요 없어. 소월이만 있으면 돼."

무영이 덤덤하게 말한 반면에 소월은 얼굴이 빨개졌고, 진아는 약하게 비명을 질렀다.

"언니가 어디가 그렇게 좋아요?"

"다 좋은데?"

"에이, 그래도 한 개만 굳이 고르면요."

"음."

무영이 고민에 빠졌다. 그는 미간을 찌푸리면서까지 골똘히 생각에 잠겼다. 그쯤 되자, 소월도 무영의 대답이 뭔지 궁금해졌다.

"웃을 때 천사 같은 거. 반짝반짝 햇살처럼 예뻐."

좌중은 일순 조용해졌다. 공감대가 전혀 형성되지 못했기 때문이었다. 소월 본인조차 하필이면 그런 말도 안 되는 것을 골랐냐며 무영을 구박하고 싶을 정도로 민망했다.

"말도 안 돼요. 언니는 잘 웃지도 않는데. 끽해야 살짝 미소? 웃는 건 나 정도는 돼야 천사 같죠."

진아가 눈을 가득 접으며 웃어 보였다. 대진이 귀엽다고 난리를 치는 와중에 무영의 싸늘한 말이 그들의 산통을 깼다.

"별론데."

분위기는 한순간에 싸해졌다. 소월이 무영의 허벅지를 아프지 않게 꼬집었다. 눈치 없는 무영은 그녀의 손을 잡으며 귓속말을 했다.

"나 잘했지? 이 정도면 위장결혼도 문제없겠지?"

어디 위장결혼뿐이랴. 이대로만 한다면 그는 단번에 월산의 으뜸 공처가, '아내 바보'의 타이틀을 획득하게 될 것이었다. 소월은 이 모든 게 가짜라는 걸 알면서도 기분이 좋아지는 건 어쩔 수가 없었다. 그녀는 씰룩거리며 올라가려는 입꼬리를 간신히 억누르고 있었다. 소월의 손은 여전히 무영의 손안에 잡혀 있었다.

진아의 얼굴이 붉으락푸르락했기 때문에 소월은 서둘러 화제를 돌려 노천탕 이야기를 했다. 진아가 성질을 내고 떠나기 전에 그곳에 들어갈 수 있는 개구멍의 위치를 알아내야 했기 때문이었다.

"번거롭게 그러지 말고 우리랑 같이 가죠."

대진이 의외의 말을 꺼냈다. 소월은 석연치 않았지만 돌아가는 분위기를 보니, 같이 가지 않는 이상 그들은 개구멍이 어디에 있는지 알려주지 않을 것 같았다.

"좀 잤다가 새벽 두 시에 주차장에서 만나요."

"꼭 그렇게 늦게 만나야 해요?"

"당연하죠. 그때가 음기가 강하거든요. 귀신이 가장 좋아하는 시간
이에요."

대진이 목소리를 낮게 깔며 음산하게 말했다.

스위트룸의 한쪽 벽은 통유리로 되어 있었다. 휘영청 밝은 보름달
아래, 월산의 자락은 굽이굽이 흐르는 검은 강과 같았다. 소월은 그
모습이 가히 달의 산이라고 불릴 만하다고 생각하며 달빛을 구경했다.

약속된 새벽 두 시까지 사십 분이 채 남지 않았다. 무영은 침대에서
자고 있었다. 그는 무거워진 눈꺼풀을 연거푸 부릅뜨며 수마에 맞서보
려고 했으나, 끝내 잠이 들고 말았다. 무영은 잠기운에 취해 쓰러지는
와중에도 절대 혼자 가지 말라고, 자신을 꼭 깨우라고 당부했다. 소월
은 그러겠노라고 말하긴 했으나 스위트룸이 있는 꼭대기 층에서 무영
을 데리고 조용히 호텔을 빠져나갈 자신이 없었다. 그녀는 객실을 바
꿔준 명인이 조금 원망스러웠다.

소월과 무영이 저녁 식사를 한 후 호텔로 돌아왔을 때, 그들은 명인
의 두 번째 환대를 받았다. 명인은 소월에게 왜 저택에서 왔다고 말하
지 않았냐며 서운해했다. 소월은 그가 무영의 육촌 아저씨라는 걸 알
고는 깜짝 놀라며 민망해했다. 명인 앞에서 무영을 마구잡이로 휘두
른 것이 떠올랐기 때문이었다. 그러나 명인은 무영을 못 알아본 자신
의 불찰을 부끄러워하느라 소월의 행동은 전혀 개의치 않았다.

"십이 년 동안 한 번도 만난 적이 없어서요. 이렇게 장성했을 줄은
상상도 못 했습니다. 온천타운에 올 거란 생각도 전혀 못 했고요."

외국에 있던 것도 아니고 윗마을과 아랫마을에 살면서 십이 년이나

만나지 않았다는 게 소월은 놀라웠다.

"저도 온천타운에 묶인 몸이고, 무영이도 아팠으니까요. 지금은 많이 나아진 것 같아서 다행입니다."

의아해하는 소월을 의식하며 명인이 덧붙였다. 그는 소월의 옷깃을 잡고 있는 무영에게 시선을 주며 인사를 하려고 했으나, 무영은 딴청을 피우느라 그를 쳐다보지도 않았다. 명인과 소월은 서먹한 미소를 나누었다. 그 후, 명인은 소월과 무영의 객실을 스위트룸으로 옮겨주었다. 후계자와 그의 약혼녀에 대한 마땅한 대우였으므로 소월은 사양할 핑곗거리가 마땅치 않았다.

소월은 다시 한 번 시계를 봤다. 오전 한 시 사십 분, 슬슬 나갈 채비를 할 때였다. 그녀는 선택의 갈림길에 섰다. 무영을 데리고 갈 것인가, 두고 갈 것인가. 운이 좋다면 무영은 그녀가 돌아올 때까지 얌전히 자고 있을 것이다. 게다가 소월은 무영을 데리고 귀신이 나온다는 노천탕에 가기가 꺼려졌다. 공포로 그를 고문하고 싶지도 않았고, 트라우마를 자극하고 싶지도 않았다. 결국 소월은 운을 믿기로 했다.

'나 갔다 올게. 잘 자고 있어.'

세상모르고 잠들어 있는 무영을 내려다보며 소월이 속으로 기도하듯 중얼거렸다. 야심한 새벽이라 그런지 호텔 복도는 텅 비어 있었다. 소월은 회색 후드를 뒤집어쓰고 호텔 로비를 힘없이 터벅터벅 걸었다. 졸리고 귀찮지만 불가피하게 편의점을 갔다 와야 하는 사람인 것처럼 보이길 바라는 일종의 연기였다. 그녀의 열연이 무색하게도, 프런트의 직원은 소월에게 큰 관심이 없어 보였다. 한 번 슬쩍 보곤 다시 핸드폰을 만지작거릴 뿐이었다. 소월이 약속 장소에 도착했을 때, 그곳에는 대진 혼자 외투 주머니에 손을 꽂고 껄렁하게 서 있었다.

"진아 씨는요?"

"무영 씨가 자기한테 안 넘어와서 충격이긴 했나 봐요. 밥 먹은 게 체해서 약 먹고 잠들었어요. 무영 씨는?"

"무영이도 자요."

"아, 이런……. 우리 둘만 가야 하나? 또 시간 내기가 애매하긴 한데…… 소월 씨가 불편하겠죠?"

대진이 곤란해하자, 소월은 얼른 괜찮다고 말하였다. 그녀도 시간이 없기는 매한가지였다. 최소한 노천탕에 들어갈 수 있는 개구멍의 위치라도 알고 싶었다. 대진이 고개를 끄덕이곤 앞장을 섰다. 소월은 그 뒤를 바짝 따랐다. 두 사람은 주차장 뒤쪽에 있는 야산을 오르기 시작했다.

"개구멍은 어떻게 알게 되신 거예요?"

눈앞을 가리는 솔가지를 손으로 치우며 소월이 물었다.

"동아리 선배가 전에 여기 왔었거든요. 그 선배가 추천해 줘서 온 거예요. 개구멍도 알려줬고요. 노천탕이 무섭기도 한데 색다른 분위기가 있으니까 여자친구랑 꼭 같이 가라고."

대진은 핸드폰의 플래시로 산길을 비추며 조심조심 발을 내디뎠다.

"여자친구하곤 못 왔지만 그나마 소월 씨가 있어서 낫네요. 멋진 풍경은 같이 봐야 더 좋은 거잖아요."

"사람이 죽어 나가서 폐쇄된 연못인데 멋질 게 뭐가 있겠어요."

"왜요. 원래 데이트할 때 일부러 공포 영화 보기도 하잖아요. 그런 거죠, 뭐."

"그런 이유면 저랑 가봤자 소용이 없겠네요."

"가보면 또 달라질 수도 있죠."

소월은 대진의 뒷모습밖에 보지 못했지만 왠지 그가 비열하게 웃고 있을 것 같았다. 그녀는 우뚝 멈춰 섰다. 지금이라도 돌아가지 않으면 안 좋은 일이 일어날 것 같은 불길한 예감이 들었다. 대진을 의심하고 싶진 않았으나 그가 거북한 것은 어쩔 수 없었다.

"저, 대진 씨."

"찾았어요. 이리 와요."

돌아가겠다고 말할 틈도 없이 대진이 소월을 불렀다. 그는 쭈그려 앉아 양손으로 무성한 수풀을 헤치고 있었다. 수풀은 거대한 통나무 울타리를 타고 자라나 있었다.

"이 울타리 너머에 노천탕이 있어요. 그리고 여기가 바로 우리가 들어갈 입구입니다!"

대진은 묘기를 보여주는 마술사처럼 과장된 손짓으로 입구를 가리켰다. 소월은 돌아가겠단 생각은 까맣게 잊고 개구멍을 빤히 들여다보았다. 산짐승들이 판 것치곤 성인 남자가 들어가도 될 만큼 넓었다. 아마 공짜 온천욕을 노린 사람들이 야생 너구리가 파놓은 작은 굴을 확장시켰으리라.

"옷이 좀 더러워질 텐데 괜찮겠어요?"

대진의 목소리는 부드러웠고 말투는 상냥했다. 그는 소월을 위해 외투를 벗어 바닥에 깔아주려고까지 했다. 소월은 그의 과도한 배려가 부담스러웠다.

"괜찮아요. 막 입는 옷이에요."

소월은 대진 옆에 무릎을 꿇고 앉았다. 그는 옆으로 자리를 비켜주며 먼저 들어가겠냐고 물었다. 소월은 대진을 자신의 뒤에 두는 것이 영 내키진 않았지만 그가 이미 길을 내주었으므로 할 수 없이 개구멍으로 머리를 집어넣었다. 개구멍치곤 속이 꽤 깊었다. 통나무 울타리를 다중으로 세워 두꺼운 벽처럼 만든 모양이었다. 가까운 곳에 연못이 있어서 그런지 흙이 유독 습하였고 나무에 슨 낡은 곰팡이의 냄새가 퀴퀴하였다.

개구멍을 지나는 시간은 실제론 이십 초 정도였으나, 소월의 체감상으론 일 분이 넘는 것 같았다. 소월은 자신이 곧 마주하게 될 풍경에 대한 기대감과 두려움 때문에 심장이 터질 것 같았다. 그녀는 무영을 데리고 오지 않은 게 천만다행이라고 여겼다. 흐릿하게나마 달빛이 보이기 시작했다. 소월의 무릎걸음이 빨라졌다. 끝이 보이자 그녀는 과감해졌다. 마침내 소월은 문제의 노천탕에 들어오게 되었다.

"아까 내가 한 말이 괜한 게 아니죠? 이 정도면 애인이랑 오기 좋은 곳이잖아요."

소월에 이어 노천탕에 들어온 대진이 무릎과 손을 털며 말했다. 소월은 눈앞에 펼쳐진 절경에 온 정신이 사로잡혀 대진의 말에 대꾸를 할 수가 없었다.

그곳은 몽환의 세계였다. 십이 년 동안 아무도 건드리지 않았을 나무들은 전부 크고 울창하여 연못을 지키는 든든한 경비대 같았다. 반들반들한 수석들이 불규칙적으로 쌓여 온천을 둥근 모양으로 감싸고 있었다. 얇게 누빈 이불솜 같은 안개가 수면 위를 느릿하게 떠다녔다. 언뜻 보이는 물의 색은 달빛을 반사하며 에메랄드처럼 반짝였다. 월산의 자랑인 커다란 달은 마치 이곳의 하늘에만 존재하는 것처럼 빠듯하게 들어찼다.

"환상적이죠?"

대진이 소월의 곁에 가까이 붙으며 말했다. 그의 손가락이 스치듯 소월의 손등에 닿았다 떨어지길 반복했다. 소월은 비통한 심정에 빠져 그가 무슨 짓을 하는지 알아차리지도 못했다. 달 선녀라 불리던 여인이 이토록 아름다운 곳에서 어떤 끔찍한 일을 당했는지, 그 후로 미쳐 간 사람들의 삶이 얼마나 비참하였는지 소월은 세세히 알지 못하였으나 그럼에도 가슴이 미어졌다.

"소월 씨도 내가 싫진 않은 거죠?"

정수리에 냉수를 부은 것처럼 소월은 정신이 번쩍 들었다. 그녀는 자신의 손을 잡고 능글맞게 웃고 있는 대진을 보자 소름이 끼쳤다.

"뭐 하는 짓이에요?"

소월이 대진의 손을 뿌리치며 화를 냈다. 대진은 돌변한 소월의 태도에 웃음기를 싹 지우더니 삐딱하게 인상을 썼다. 그 모습이 꼭 야비한 이리 같았다.

"소월 씨도 마음이 있으니까 이 밤중에 여기까지 날 따라온 거 아니에요?"

"말도 안 되는 착각 하지 말아요. 여자친구도 있으면서 무슨 소릴 하는 거예요."

"그쪽도 남자친구 있으면서 나랑 여기 있잖아요."

"노천탕 보려고 온 거잖아요!"

"그 말을 나보고 믿으라고요? 진짜 귀신 구경하러 왔다고? 여우 같은 게 어디서 같잖은 수작이야."

대진은 소리를 내며 소월을 비웃다가 그대로 달려들었다. 소월은 재빨리 몸을 피해 개구멍 쪽으로 도망을 쳤다. 돌에 찧은 무릎이 욱신거렸다. 그녀는 손을 덜덜 떨며 네 발로 기었다. 뒤쫓아 온 대진이 소월의 발목을 턱 잡았다. 소월은 심장이 멎은 채로 온몸의 피가 가시는 것 같았다. 그녀는 이를 악물고 손가락으로 바닥을 긁었지만 남자의 힘을 당해낼 수가 없었다. 소월은 몸부림을 쳤다. 대진은 아랑곳하지 않고 소월의 몸을 질질 끌었다. 소월이 비명을 질러댔다. 날카로운 울부짖음이 산을 울렸지만 어느 누가 폐쇄된 노천탕 안에 사람이 있으리라 생각을 할까? 소월은 절망적이었다. 그녀의 비명은 잦아졌다. 소월의 눈에 독기가 서렸다. 대진은 소월이 도망가지 못하게 그녀를 개구멍 반대쪽으로 멀리 떨어뜨려 놓았다.

"이왕 이렇게 된 거 우리 그냥 즐깁시다. 그쪽도 내가 처음은 아닐 거잖아요. 오늘 밤만 날 남자친구라고 생각하면 얼마나 편해? 무영 씨랑 오늘은 색다른 플레이를 즐긴다고 생각해요."

"차무영이 너 같은 저질 강간마인 줄 알아? 이 변태 새끼야."

소월은 대진의 얼굴에 침을 뱉었다. 대진은 침을 닦아내며 미친놈처럼 킬킬댔다.

"앙칼진 맛이 있네. 날뛰는 애들 길들이는 게 내 취미인 건 어떻게 알고."

"미친 새끼."

"이봐요, 누님. 나 같은 영계가 들이대는 걸 고맙게 생각해요."

"너 같은 건 줘도 안 먹어, 더러운 새끼야."

"슬슬 열 받네, 이년."

대진이 두 손으로 거칠게 소월의 어깨를 내리눌렀다. 소월은 심호흡을 하고 팔꿈치로 대진의 명치를 세게 찍어 올렸다. 예상치 못한 공격에 대진이 숨을 격하게 토하며 옆으로 나가떨어졌다. 소월은 재빨리 일어나 무기로 쓸 돌을 집어 들었다.

"그걸로 찍으려고? 와, 사람 잡겠네."

"너 같은 새끼를 누가 사람으로 치겠냐."

"근데 진아가 그 얘긴 안 해줬나 보다, 나 체대생인 거. 그렇죠? 그러니까 같잖은 호신술이나 쓰고 그러지."

대진이 약을 올리자 돌을 잡은 소월의 손에 힘이 들어갔다. 대진은 돌의 뾰족한 모서리 부분을 곁눈질하며 다시 덮칠 타이밍을 재고 있었다. 대진이 자세를 낮추고 코뿔소처럼 소월을 들이받았다. 그의 단단한 머리가 소월의 가슴을 짓눌렀다. 소월이 돌로 대진의 등과 어깨를 마구 찍어댔지만 아무 소용이 없었다. 앞으로 닥칠 끔찍한 일에 대한 공포와 무력감이 대진의 손보다 더 잔인하게 그녀의 목을 조였다.

'이것도 저주일까?'

대진의 어깨 너머로 보이는 노천탕은 더 이상 아름다워 보이지 않았다. 창백한 달빛은 죽은 사람의 얼굴을 덮는 흰 천처럼 우울해 보였다.

소월은 마지막으로 몸부림쳤지만 결국 쓰러지고 말았다. 대진이 흉포하게 몸을 밀착해 오자, 소월은 그의 어깨를 물어뜯었다. 꼼짝도 하지 않는 그의 어깨 너머로 달빛이 너울거리는 것은 소월의 눈에 찬 눈물 때문이었다. 흔들리는 달빛이 좀 더 선명해졌다. 달빛이 촌스러운 웨딩드레스를 입고 웃는 것처럼 보이는 건 소월의 눈물 때문일까, 그녀가 미쳤기 때문일까? 성큼성큼 다가오는 하얀 인영을 보며 소월은 비명을 질렀다. 그녀의 옷을 벗기려던 대진이 성가신 표정으로 소월의 입을 틀어막으려 할 때였다.

무영이 굵은 나무토막으로 대진의 뒷목을 있는 힘껏 가격했다. 대진이 '컥' 하고 숨넘어가는 소리를 내며 기절했다. 무영은 소월의 위로 쓰러지려는 대진의 몸을 발로 차 옆으로 밀어버렸다.

"정소월."

그녀의 이름을 부르는 무영의 목소리가 떨렸다. 무영은 한쪽 무릎을 꿇고 앉아 소월을 일으켰다. 소월은 우느라 어깨를 들썩거렸다.

"내가 나 깨우라고 했잖아."

소월은 무영의 품에 안겨 울었다. 무영의 큰 손이 그녀의 등을 잔잔히 쓸어주었다. 소월은 무영도 떨고 있다는 걸 느낄 수 있었다.

"혼자 가지 말라고 했는데 왜 말을 안 들어. 여기에 악마가 있다고 했잖아, 내가."

무영이 나타나기 전에 본 환영이 떠올라 소월은 코를 훌쩍이며 무영에게 더 깊숙이 안겼다. 무영은 소월을 가득 끌어안고 그녀의 머리를 쓰다듬어 주었다.

"우리 예쁜 달님, 울지 마라. 세상에서 가장 예쁘고 행복한 우리 소월이."

소월이 저택에 처음 온 날 밤에 무영이 그녀를 달래주며 한 말이었다. 그때도 달이 떠 있었다. 같은 달이건만, 손톱 같던 것이 어느새 유리구슬처럼 동그래져 있었다.

"여긴 어떻게 알고 왔어?"

조금 마음을 추스른 소월이 눈물을 닦으며 물었다. 무영은 소월이 빠져나갈세라 그녀를 안은 팔에 힘을 줬다.

"일어났는데 네가 없잖아. 놀라서 주차장으로 갔어."

"거기서 어떻게 왔는데?"

"그 여자 따라왔는데."

"누구? 진아 씨?"

무영이 고개를 끄덕였다. 그는 노천탕 주변을 둘러보더니 고개를 갸웃거렸다.

"이상하다. 그 여잔 왜 여기 없어? 나보다 먼저 온 줄 알았는데."

"그 여자, 진아 씨 맞아? 어떻게 생겼는지 봤어?"

"뒷모습만 봤어. 얼굴은 못 보고. 하얗고 긴 치마를 입었는데……."

소월은 순간 숨이 막히고 현기증이 나는 것 같았다. 그녀의 손이 무영의 팔을 꽉 움켜잡았다. 무영은 무서워하지 말라며 소월을 안아주었다. 소월은 무영의 가슴에 얼굴을 묻고 눈을 감았다. 진정하기 위해 깊게 숨을 들이마실 때마다 무영의 옷에서 나는 섬유 유연제의 냄새를 맡을 수 있었다. 그것은 소월에게 최고의 안정제였다.

극렬한 공포 후에 찾아온 평화는 너무나 달콤했다. 긴장이 풀려서인지 졸음이 몰려와 소월은 정신이 몽롱해졌다. 육중한 막대가 공기를 가르는 소리가 났는데도 소월은 그게 꿈결에 들은 환청인 줄 알았다. 연이어 둔탁하게 부딪치는 소리와 함께 무영의 몸이 굳었다. 소월의 몸은 다시 떨리기 시작하였다. 이게 꿈이라면 지독한 악몽일 것이다.

"빨리 튀었어야지, 병신들아."

악랄한 목소리에 소월은 들고 싶지 않은 고개를 억지로 들었다. 그녀를 안아주던 무영은 이제 소월의 품에 안겼다. 달빛을 받은 창백한 얼굴이 고요했다. 머리에서 흘러내린 피가 감긴 눈에 붉은 눈물처럼 맺혔다. 괴롭고 광포한 절규가 허공을 찢었다. 잠에서 깬 새들이 일제히 날아올랐다.

다음 날 오후, 소월은 병실에서 눈을 떴다. 월산 시내에 있는 그나마 가장 큰 병원의 일인실이었다. 그녀가 저녁까지 눈을 뜨지 않으면 영선은 정 회장에게 연락을 취할 참이었다. 그가 아무리 냉혈한일지라도 손녀가 강간 미수 및 폭행 사건에 연루되었다는 것을 알면 정 회장은 격노할 터였다. 제물처럼 보이긴 해도 어쨌든 소월은 혜성그룹의 대표로 월산에 온 것이기 때문이었다. 그러므로 영선은 소월이 제때에 정신을 차려주어 눈물이 날 만큼 기뻤다.

"무영 씨는요?"

소월이 제 손을 잡고 훌쩍거리는 영선을 보며 의아해했다. 어렴풋이 의식이 돌아왔을 때, 그녀는 무영이 자신의 손을 잡아주고 있다고 생각했다. 소월의 손을 넉넉히 감싸는 커다랗고 미지근한 촉감이 익숙했기 때문이었다. 그러므로 무영이 아닌 영선이 제 옆을 지키고 있는 것을 보자 자신이 꿈을 꾼 건가 싶었다. 영선은 무영의 이름을 듣자마자 콧구멍을 토끼처럼 벌씬거리더니 대성통곡을 하기 시작했다. 소월의 머리가 느릿하게 돌아갔다.

'무영이를 찾는데 왜 우는 걸까?'

소월은 따갑고 피곤한 눈을 여러 번 깜빡거렸다. 블랙아웃으로 정체된 기억의 구간이 차차 해소되었다. 대진의 공격을 받고 무영은 피를 흘리며 쓰러졌다. 그 끔찍한 장면만이 불필요할 정도로 강렬하게 소월의 뇌리에서 재생되었다. 그때의 좌절과 공포가 엄습하여, 소월은 오후 햇살이 따뜻한 병실이 순간 을씨년스럽게 느껴졌다.

"무영 씨는 어디에 있어요? 아직 안 깨어났나요?"

무영이 의식을 찾지 못한 것, 그것은 그녀가 고려할 수 있는 최악의 상황이었다. 그 이상은 찰나의 추측이라도 절대로 하고 싶지 않았다. 그러면서도 소월은 영선의 행색을 살피며 불길한 단서가 있는지 살폈다. 다행히 영선은 상복은커녕 화려한 꽃무늬 블라우스로 멋을 내고 있었다. 그러나 영선이 계속 우느라 말을 잇지 못하였으므로, 소월은 초조해졌다. 어느새 그녀의 눈에도 눈물이 그렁그렁 맺혔다.

"영선아, 너 때문에 환자가 도로 쓰러지겠구나."

점잖고 차분한 목소리의 주인공은 명인이었다. 영선의 드라마틱한 눈물에 시선을 빼앗긴 소월은 그가 병실 안에 있다는 것을 인지하지도 못하고 있었다.

"지배인님! 무영 씨는요? 무영 씨는 괜찮은 거죠?"

"차 사장이 병실에서 나가주기만 한다면 더할 나위 없이 좋아할 겁니다. 아가씨를 보고 싶은데 이 사람이 안에 있어서 들어오질 못하고 있거든요."

명인이 영선을 시선으로 가리키며 말했다. 소월의 시야는 덜 깬 잠과 약 기운 때문에 흐릿하였다. 그녀는 눈을 비비고 병실 안을 둘러보았다. 반쯤 열린 문틈으로 머리에 붕대를 감은 무영이 고개를 들이밀고 있었다. 무영은 일어난 소월을 보고 환하게 미소를 지었다가, 근처에 있는 영선을 보곤 인상을 썼다.

"어미 수명을 반으로 줄여놓고 한다는 소리가 아줌마라니, 내가 속이 안 뒤집어지게 생겼어요?"

영선이 섧게 울었다.

"정신이 성치 못한 것을 어찌하니. 하루 이틀도 아니고 십이 년인 것을 새삼스레."

"십이 년이 아니라 이십일 년이라도 서러워요. 내 배 아파 낳은 자식이 날 무서워하고 싫어하는데 세상 어떤 엄마가 그걸 견뎌요?"

영선의 눈에서 눈물 몇 방울이 후드득 떨어졌다. 그녀는 무영이 화를 당했다는 소식을 듣자마자 출장을 접고 한걸음에 월산으로 돌아왔다. 병실 침대에 누워 있는 아들을 보자니 영선은 억장이 무너지는 것 같았다. 그녀는 무영의 곁을 지키며 뜬눈으로 밤을 새웠다. 그런 영선을 보고 무영은 깨어나자마자 괴성을 지르며 패악을 부렸다. 무영은 똑같은 말을 되풀이하며 악다구니를 썼다. 결국 간호사들에 의해 영선은 무영의 병실에서 쫓겨나게 되었다.

"대체 내가 뭘 어쨌다고 저렇게 괴물 보듯 하는지 모르겠어요."

영선이 소월에게 한탄했다. 소월은 문득 그동안 넘겨왔던 한 가지 의문이 떠올랐다.

"가끔 무영 씨가 엄마 얘길 해요. 자기 엄만 죽었다고……."

"소월 씨 눈엔 내가 죽은 걸로 보여요?"

영선은 사냥감을 빼앗긴 삵처럼 예민하고 호전적이었다.

"제 말은 그런 뜻이 아니라, 무영 씨가 엄마로 착각하고 있는 사람이 누군가 해서요."

"차무영의 엄마는 나예요."

사냥감이 아니라 새끼를 빼앗긴 삵이었나 보다. 영선의 눈빛은 무영 못지않게 광기로 번들거렸다. 온몸의 털을 바짝 곤두세우고 발톱과 이빨을 드러낸 삵이 주둥이를 구기며 위협을 하는 것 같았다.

무영은 사나워진 영선을 보며 소월이 위험하다고 생각했다. 그녀를 제대로 지켜주지 못하는 것은 한 번이면 족했다. 무영은 단전으로부터 시작되는 몸의 떨림을 무시하며 눈을 질끈 감고 병실로 뛰어들었다. 영선에게 덤비려는 무영을 막아선 건 명인이었다.

"또 당신이네요."

무영이 명인에게 슬픈 목소리로 말했다. 그의 눈이 붉게 충혈되어 있었다. 두 뺨도 열로 인해 달아올라 있었다. 소월은 무영이 제정신이 아님을 알아차리고, 간호사를 호출하는 버튼을 눌렀다.

"그때도 아저씨가 날 막아섰는데."

명인은 곁눈질로 영선과 소월을 살폈다. 두 사람은 무영과 명인에게 시선을 고정한 채 귀를 기울이고 있었다. 영선의 눈빛은 바람에 흔들리는 사시나무처럼 떨리고 있었고, 소월은 예리하게 그들을 탐색하고 있었다.

"네가 무슨 말을 하는지 잘 모르겠구나."

"십이 년 전 이야기를 하는 거예요."

무영의 말에 소월은 심장이 쿵 내려앉는 것 같았다. 무영의 입에서 트라우마와 관련된 이야기가 나온 것은 처음이었다.

"엄마를 죽인 악마."

무영이 한 글자, 한 글자를 강조하며 또박또박 말했다. 그가 자신의 병실에서부터 영선을 향해 퍼붓던 독설이었다. 영선은 숨이 턱 막히는 듯 급히 호흡하며 가슴을 부여잡았다.

"무슨 소릴 하는 거니, 무영아. 너희 엄마는 살아 있단다."

명인은 얼굴색 하나 변하지 않고 무영의 착각을 정정해 주었다. 그는 호통을 치거나 완력을 쓰지 않았는데도 사람을 위압하는 카리스마가 있었다. 진상 손님들을 다뤄온 세월이 수십 년이니 연륜이 남다른 덕분이었다. 무영은 명인을 영선만큼 위험인물로 간주하는 것 같진 않았다. 그는 소동을 피우는 대신 소월의 곁에 있고 싶다고 말했다.

"저 사람을 데리고 나가주세요. 아저씨는 내가 상처받길 원하지 않잖아요. 그때도 그랬잖아요."

소월은 무영의 트라우마를 만들어낸 사건, 즉 혜윤의 죽음에 명인이 관련되어 있음을 직감하였다. 명인은 무영이 어디까지 기억하고 있는지, 그것이 온전한 기억인지 확신할 수 없었으므로 쉽사리 말을 꺼낼 수가 없었다. 특히 차영선 앞에서는 그럴 수가 없었다.

"알았다. 두 사람끼리 하고 싶은 얘기가 있을 테니까. 그래도 너무 무리하진 말아라. 너를 위해서도, 아가씨를 위해서도."

무영은 의외로 순순히 고개를 끄덕였다. 명인은 충격받은 영선을 달래며 나가자고 말하였다. 영선은 끓는 애정과 서운함, 두려움이 섞인 복잡한 눈빛으로 무영을 봤다. 그러나 무영은 그녀를 끝까지 외면하였다. 뒤늦게 온 간호사가 상황을 몰라 어리둥절해하다가 명인의 부탁을 받고 영선을 부축해 나갔다.

"이제야 네 얼굴을 제대로 본다."

단둘만 남게 되자 무영은 눈에 띄게 안정적으로 변했다. 그는 침대에 걸터앉아 소월을 마주 봤다. 소월은 평소대로 돌아온 무영을 보며 안도의 한숨을 내쉬었다. 그녀는 묻고 싶은 게 산더미처럼 많았지만 일단 먼저 그의 상태를 확인했다.

"많이 다친 거야?"

"아니. 그냥 몇 바늘 꿰맨 거랬어. 심각한 문제는 없대."

"머리를 꿰맸는데 어떻게 심각한 문제가 없어?"

소월의 미간이 좁혀졌다. 그딴 소리를 한 의사가 누구냐며 찾아가 깽판이라도 부릴 기세였다. 무영은 그런 그녀를 보며 웃음을 터뜨렸다. 소월은 어이가 없었다.

"이 상황에 웃음이 나와?"

"응. 너무 좋아. 네가 깨어났잖아. 아침엔 좀 슬펐어, 네가 일어나질 않아서."

"아침에 내 옆에 있었어?"

"응. 손도 꼭 잡고 있었어. 다른 사람들이 오기 전까지."

"너도 아프면서 왜 그러고 있었어. 병실에서 쉬지."

소월의 말에 무영은 미소를 지은 채로 깊은 숨을 내쉬었다. 한결 시름을 놓은 모양새였다.

"다행이야. 내가 아는 정소월 그대로야."

"좀 아팠다가 깼다고 사람이 변할 리가 없잖아."

"어쩔 땐 그럴 수도 있으니까……. 물론 넌 아니야. 네 성격 하나도 안 변했어."

"내 성격이 어떤데?"

"귀여워."

무영은 한 치의 꾸밈도, 거짓도 없었다. 그는 행복한 얼굴로 소월을 찬찬히 들여다봤다. 눈에서 보석이 떨어지는 것 같았다. 황홀할 정도로 아름다운 표정이었다. 귀엽다는 말에 금방이라도 토할 것같이 얼굴을 구긴 소월도 애정으로 충만한 그 눈빛에는 당해낼 수가 없었다. 그녀는 얼굴을 붉히며 시선을 피했다.

"그렇게 안 보면 안 돼?"

"왜?"

"민망하단 말이야. 사람을 그렇게 뚫어져라 쳐다보면 당연히 기분이 이상하지. 내가 뭐 신기한 물건도 아니고."

"아니야. 난 네가 신기해."

"참 신기할 것도 많다."

소월이 콧방귀를 꼈다. 그러면서 속으로는 자신이 잠들어 있던 사이에 얼굴이 엉망으로 부은 건 아닌지 걱정했다.

"어떻게 네가 나한테 왔지?"

"그야 우리 할아버지가……."

아무렇지 않게 대꾸하려던 소월은 무영의 얼굴을 보곤 입을 다물었다. 그는 감격에 겨워서 믿을 수가 없다는 표정을 짓고 있었다. 이뤄지길 늘 기도하면서 동시에 스스로 포기했던 꿈이 갑자기 너무 쉽게 실현되어, 어안이 벙벙한 사람 같았다.

"이 세상엔 모든 게 다 망가지고 죽어버리고 멈춰 버려서 움직이는 건 나밖에 없었는데, 네가 나타났어."

무영은 소월의 손을 잡았다.

"이렇게 작은 손이 내 손안에서 꿈틀거리는 게 신기해. 꼭 아기 새가 돌아다니는 것 같아."

그는 소월의 손을 살짝 잡았다 놓았다.

"날아갈까 봐 무서운데 그렇다고 꼭 쥘 순 없어. 다치면 그게 더 가슴 아프니까."

무영이 소월과 눈을 맞췄다.

"세게 잡지 않아도 되지?"

그녀가 떠나지 않을 거라고 믿어도 되냐는 뜻이었다. 소월은 호흡이 가빠졌다. 차무영은 어떤 감정인 걸까? 그녀는 혼란스러웠다. 무영의 상태가 어떤 건지 가늠도 되질 않았다. 불과 몇 분 전만 해도 그는 광기에 휩싸여 자신의 어머니를 부정했다. 어쩔 땐 애정결핍이 있는 어린애처럼 관심을 가져 달라고 떼를 썼다. 그리고 언제부터인가 소월에게만 또 다른 모습을 보여주고 있었다.

무영은 소월을 좋아하는 것 같았다. 하지만 이게 한 남자의 감정인지, 외로운 아이의 감정인지 소월은 쉽게 구별되지 않았다. 만약 남자의 감정이라면 무영은 지금 나아지고 있는 걸까? 그의 정신이 성장하고 있는 걸까? 그런 것치곤 그의 착란 증세는 변함이 없었다.

'제일 친한 친구한테 애들은 집착하게 되잖아. 그런 거겠지. 무영이의 마음은 열 살이니까.'

물론 열 살도 첫사랑의 감정을 느낄 순 있었다. 다만 소월이 열 살짜리와 연애할 생각이 추호도 없을 뿐이었다. 때때로 그는 그녀를 심란하게 하고, 가슴 뛰게 하고, 기쁘게도 했다. 소월은 그 설렘의 존재를 인정하면서도 받아들일 순 없었다. 비록 육체는 스물두 살의 성인이었지만 정신연령은 열 살이었다. 소월은 그 간극을 감당할 자신이 없었다. 더구나 그녀는 연애를 하러 이곳에 온 게 아니었다.

'정략결혼만 하면 되는 거야. 그리고 이혼하면 아예 한국을 떠나자.'

날아가지 않을 거지? 떠나지 않을 거지? 내 곁에 있어줄 거지? 그러 겠노라는 대답을 눈빛으로 종용하는 무영을 보며 소월은 아주 멀리, 그는 절대 쫓아올 수 없는 먼 곳으로 도망갈 생각을 했다.

"도련님, 아가씨 쉬시는데 괴롭히면 안 되죠."

희태의 등장에 소월은 지키지 못할 약속을 하지 않아도 되었다. 소 월이 희태를 반기며 은근슬쩍 손을 빼자 무영은 석연치 않아 했지만, 희태가 잔소리를 늘어놓았으므로 그녀를 더 잡고 있을 수가 없었다.

"지배인님께 일촉즉발의 상황이었다고 들었습니다. 천만다행이죠. 프런트 직원이 아가씨를 알아보고 바로 지배인님께 문자를 보냈다고 하더군요."

희태는 무영을 소파에 앉히며 말했다. 그는 갖고 온 과일 바구니를 테이블 위에 놓고 냉장고 위 선반에서 접시와 칼, 포크를 꺼냈다.

"정말요? 전혀 몰랐어요. 몰래 잘 빠져나온 줄 알았는데."

"지배인님께서 두 분의 휴식을 방해하지 않는 선에서 무슨 일이 생 기면 보고하라고 지시하셨거든요. 감시라고 생각하시면 어쩔 수 없지 만 그분 입장에선 최선의 방법이었습니다. 아무래도 도련님이 걱정되 니까요."

"이해해요. 그래서 어떻게 된 거예요? 무영 씨가 쓰러지고 나서는 기억이 잘 안 나요."

희태는 큼직한 배를 정갈하게 손질하여 접시에 놓았다. 무영은 얼 른 한 조각을 집어 소월에게 주었다. 소월은 배를 아삭아삭 씹어 먹으 며 희태의 이야기에 귀를 기울였다.

"프런트 직원한테 문자를 받았을 때 지배인님은 일단 지켜보라고 하 셨대요. 아가씨가 편의점을 갔다 오는 걸 수도 있으니까요. 그런데 얼마 안 있다가 도련님까지 호텔을 빠져나가시니 뭔가 일이 생겼구나 싶었던 겁니다."

물티슈로 손을 닦으며 희태가 말했다.

"지배인님께서 내려오시고 직접 도련님을 쫓아가셨죠."

"그때 무영 씨 말고 다른 사람은 못 보셨대요?"

무영은 진아의 뒤를 따라갔다가 개구멍을 찾았다고 했다.

"글쎄요. 그런 소리는 따로 못 들었습니다. 지배인님도 도련님을 보면서 따라간 게 아니라, 야산 쪽으로 갔다는 직원의 말을 듣고 가신 거거든요. 무슨 문제라도 있습니까?"

희태가 소월의 안색을 살폈다. 소월은 고개를 젓고 계속 이야기를 해달라고 부탁했다.

"주차장 쪽 야산에는 노천탕 울타리밖에 없으니 지배인님은 반신반의하면서 직원에게 전화로 노천탕의 문을 열라고 하셨답니다. 온천타운 내부에 있는 폐쇄된 입구 말입니다. 그런데 이 울타리가 워낙 길어서 개구멍을 찾아 헤매셨는데, 마침 엄청 크고 괴로운 비명이 들렸다고 합니다. 산새들도 놀라 푸드득거릴 정도였다고. 기억하실지 모르겠는데, 그게 아가씨 목소리였대요."

"기억나는 것 같아요."

"그 소리를 따라 개구멍을 발견해 들어갔더니 도련님은 쓰러져 있고, 아가씨는……."

희태는 당사자에게 이런 말까지 해도 될까 염려하며 망설였다. 그러나 소월은 자신에게 무슨 일이 있었는지 정확히 알고 싶었다. 그녀는 희태에게 계속 말하라고 했다.

"아가씨는…… 어떤 표현을 해야 덜 충격을 받으실지……."

"괜찮아요. 들으신 대로 말씀해 주세요."

"아가씨는 그 몹쓸 놈의 팔을 공격하고 계셨다고 합니다. 그놈은 기절해 있고요."

명인에게 들은 대로라면 제정신이 아닌 것처럼 돌로 팔을 으깨고 있었다는 표현이 맞겠지만, 희태는 요령껏 말을 전했다.

"그럼 아까 말하신 일촉즉발의 상황이라는 게?"

"그놈이 팔을 아예 못 쓸 뻔한 거죠."

"정말요? 전 그건 기억이 하나도 안 나요. 그리고 그 사람을 제가 어떻게 이길 수가 있던 거죠?"

무영이 오기 전까지만 해도 소월은 대진의 힘에 밀리고 있었다.

"저희도 깜짝 놀랐습니다. 몸싸움이 있었던 것 같긴 한데, 아가씨는 타박상에 그치셨고 그놈은 지금 아예 팔이 너덜너덜해져서……."

"소월이가 날 구하고 싶어서 초능력을 쓴 게 아닐까?"

무영이 끼어들며 말했다. 그는 사뭇 진지한 얼굴이었다.

"텔레비전에서 봤는데 사랑하는 사람이 위험하면 그럴 수 있대."

"아, 그 아기를 구하기 위해 트럭을 들어 올린 어머니처럼 말이죠?"

희태가 맞장구를 치며 분위기를 가볍게 하려고 노력했다. 반박해 봐야 제 힘만 빠질 것 같아 소월은 아예 들은 체도 하지 않았다.

"그 사람은 어떻게 됐어요?"

"다른 병실에 입원 중입니다. 경찰이 감시 중이니 걱정하지 않으셔도 됩니다. 곧 도시에 있는 병원으로 이송될 거고요."

"저도 경찰에 진술해야 하지 않나요?"

"생각보다 일이 쉽게 풀렸습니다. 그놈이 겁에 질려서 자수를 했거든요."

"겁에 질려 있어요? 저 때문에요?"

"글쎄요. 아가씨 때문일 수도 있고, 경찰 때문일 수도 있고……."

희태는 대충 말을 얼버무렸다. 소월은 그가 뭔가를 숨기고 있다고 생각했다. 희태는 의미심장하게 미소 지으며 말을 돌렸다. 그는 소월이 귀찮을 일은 없을 거라고 말했다. 소월은 월산에 도착했을 때 만난 사냥꾼들이 이곳의 경찰들은 차씨 일가의 끄나풀이라고 툴툴댔던 것을 잊지 않고 있었다.

희태는 소월이 더 쉬어야 한다며 무영을 데리고 나갔다. 소월은 두 사람이 나가고 몇 분 뒤 침대에서 일어나 병실을 빠져나왔다. 대진이 이 병원에 있다면 진아와 함께 있을 것이다. 진아가 없다면 대진에게 직접 물을 참이었다. 그날 새벽, 진아는 정말로 숙소에서 자고 있었던 게 맞는지 말이다. 무영이 진아라고 생각한 흰 치마를 입은 여자와 자신이 대진의 어깨 너머로 본 하얀 인영이 무엇인지 소월은 꼭 알아야만 할 것 같았다. 소월은 자판기가 놓여 있는 작은 휴게실에서 젊은 간호사 두 명이 음료수를 뽑고 있는 걸 봤다. 소월이 그들에게 다가가 대진의 병실을 알 수 있는 방법을 물으려고 할 참이었다.

"잘생기긴 했더라. 그치?"

"미모가 그쯤 되면 모지리인 건 애교로 봐줘야 한다고 생각해."

그들은 무영에 대해 수다를 떨고 있었다. 소월은 벽 뒤로 몸을 숨기고 간호사들의 대화를 엿들었다. 그들은 소월에게 아무 일이 없는 게 천운이라고 말하며, 대진에게 거친 욕을 퍼부었다.

"천벌을 받을 줄은 알았지만 그렇게 빠를 줄이야. 벌써 병원 앞에 앰뷸런스 대기 중이라며?"

"응. 그 도련님 주치의가 있는 곳으로 이송한다더라. 저택이랑 연결된 정신병원이래. 그래서 입원 수속이 빨랐다나 봐."

소월은 자신이 들은 말을 믿을 수가 없었다. 아무리 저한테 몹쓸 짓을 저지르려고 했다곤 하나, 이런 식의 보복을 원하진 않았다. 멀쩡한 사람을 정신병원에 감금시키려고 하다니. 소름이 돋았다. 소월은 뛰었다. 엘리베이터가 오지 않아 비상계단을 이용하여 5층부터 쉴 새 없이 달렸다. 그녀가 병원의 정문을 나설 때, 대진은 이동침대에 누워

구급차 안으로 실리고 있었다. 희태와 명인은 그것을 지켜보며 심각한 얼굴로 대화를 나누는 중이었다.

"안 돼!"

소월이 달려들어 이동침대를 잡았다. 희태와 명인이 당황하여 잠시 머뭇거리는 동안 대진이 눈을 떴다. 그는 소월을 보더니 깁스를 한 팔을 휘두르며 발광했다.

"으아, 귀신, 귀신, 으, 잘못했어요, 잘못했습니다!"

소월은 그가 정신병원에 가는 진짜 이유를 깨달았다. 소월은 비틀거렸다. 쓰러지려는 그녀를 희태가 얼른 잡아 세웠다. 소월에게 삿대질을 하며 귀신이라고 울부짖던 대진은 이동침대에서 굴러떨어지자 바닥을 기며 살려달라고 애원했다.

"언제부터 이런 거예요?"

소월이 희태에게 물었다. 희태는 난처한 얼굴이었다. 최대한 조용히 처리하라던 영선의 명령을 지키지 못하였으니 후일이 두려웠다.

"깨어난 직후부터 그랬습니다. 일부러 숨긴 것은 아닙니다. 일단 전문의의 진찰을 받게 한 뒤에 말씀드리려고 했습니다."

"진찰을 받고 자시고 할 게 없어 보이는데요. 멀쩡하던 사람이 하루아침에 정신이 나갔잖아요, 그것도 내가 팔을 엉망으로 만든 사람이요! 무조건 저한테 먼저 말씀해 주셨어야죠!"

"아가씨 때문인지는 아직 확실히 모르는 겁니다."

"저 꼴을 보고도 그런 말이 나오세요?"

대진은 정확히 소월을 향해 무릎을 꿇고 손을 비비며 미안하다고 울고 있었다. 급기야는 깁스를 한 팔로 머리를 치며 자해하기 시작했다. 구급요원들이 달려들어 대진의 손을 결박하고 그를 이동침대에 눕혔다. 대진은 게거품을 물더니 곧 실신했다. 그의 바짓가랑이도 축축하게 젖어 있었다. 명인은 희태가 소월을 상대하는 동안 침착하게 일을 진행시켰다. 대진을 태운 앰뷸런스가 사이렌을 울리며 떠났다.

"저도 가겠어요. 어떻게 된 일인지 직접 들어야겠어요."

"아가씨가 가시면 일이 더 번거롭게 될 겁니다. 환자의 상태를 보셨죠? 아가씨를 두려워하고 있어요."

명인이 소월을 말리며 차분하게 말했다. 그는 희태와 달리 상황을 직시하였다. 그는 환자를 안정시키는 게 먼저라며 소월을 설득했다. 소월은 대진을 따라가지 않는 대신, 진료 결과를 빠짐없이 알려줄 것을 요구했다. 명인은 당연히 그럴 거라며 소월의 비위를 맞췄다.

"저한테 또 숨긴 건 없어요?"

"없습니다. 아가씨를 기만하려던 게 아닙니다. 보호해 드리려고 한 거죠."

"제가 원하지 않으면 그건 보호가 아니라 구속이에요. 저는 이 일과 관련한 모든 걸 알 권리가 있다고요. 내가 당사자잖아요."

"알겠습니다. 하지만 모든 걸 알게 되시는 만큼 아가씨도 사건 당사자로서 책임을 면치 못하실 겁니다."

"물론이죠. 그 사람이 정신을 되찾고 고소라도 한다면 기꺼이 받아들이겠어요."

소월이 발끈하며 말했다. 명인은 고개를 저었다.

"그 남자가 고소할 일은 없을 겁니다. 사회적으로 매장을 당하고 싶은 게 아니라면요. 효력이 있을진 모르겠지만 그자가 죄를 털어놓은 것을 다 녹음해 두었습니다. 그게 없더라도 문제될 건 없겠지만요. 차씨 일가는 성범죄와 여성 인권 분야에서 가장 유능한 변호사들을 고용해 두고 있거든요."

딸인 혜윤이 미쳐 버리자 차강문은 그녀가 나쁜 일을 당할까 봐 항상 노심초사하였다. 자신이 쌓은 업보가 후손에게 돌아올까 두려웠던 것이다. 더구나 데릴사위를 얻었던 그는 딸과 손녀를 위해 그들의 권리를 완벽하게 지켜줄 법적 장치들을 마련해 두었다.

"아가씨가 책임을 지셔야 하는 일은 노천탕에 왜 갔는지 차 사장을 납득시키는 겁니다. 안 그럼 파혼을 당하실지도 모릅니다."

명인의 살벌한 경고에 소월은 침을 꿀꺽 삼켰다. 그리고 그날 밤, 영선은 소월의 병실을 홀로 방문하였다. 소월은 명인의 말을 떠올리며 지레 겁을 먹고 있었다. 파혼에 대한 위협보다는 영선이 어떤 히스테리를 부릴지가 더 걱정이었다. 소월의 긴장이 느껴지는지 영선은 혼내러 온 게 아니라며 온화하게 웃었다. 그러나 소월은 그녀를 믿지 않았다. 영선은 변덕이 죽 끓듯 하였으므로 언제 돌변할지 모를 일이었다. 영선은 노천탕에 간 이유를 알려줄 수 있냐며 제법 부드럽게 말문을 열었다. 소월은 그곳이 미스터리 스팟이라기에 구경을 갔을 뿐이라고 시치미를 뗐다.

"귀신이 나온다고? 그 귀신이 누군 줄 알아요?"

영선은 소월을 놀리듯 발랄하게 말했다. 소월은 슬슬 마음의 준비를 했다. 영선의 모노드라마가 장황하게 펼쳐질 예감이 들었다.

"우리 엄마예요. 우리 엄마가 거기서 죽었거든."

불길한 예감은 왜 틀리는 법이 없는지. 소월은 히스테릭하게 깔깔거리는 영선을 보며 속으로 한숨을 쉬었다.

"공포란 건 결국 상상력이고 위험한 호기심의 산물일 뿐이에요. 내가 입을 다물고 있으니까 사람들은 정말 거기에 우리 엄마의 유령이 돌아다닌다고 생각하나 봐요."

영선이 허공을 향해 비웃음을 날렸다.

"소월 씨도 모르니까 무서운 거고, 궁금한 거야. 그렇죠? 막상 진실을 알면 시시하기 짝이 없는데 말이에요."

그리곤 소월에게 혜윤의 죽음에 대하여 말해주었다.

"뇌진탕으로 돌아가셨어요. 그날 아침에 청소를 하러 온 직원이 발견했죠. 의외로 자주 있는 일이에요. 우리 할아버지도 그랬거든요."

영선은 몸서리를 쳤다.

"그놈의 수석들이 문제예요. 자연 상태의 바위들은 미끄럽고 이끼가 잘 생기죠. 죄다 밀어버리고 재정비를 하고 싶었지만 할아버지의 유언이 그곳만은 옛 모습 그대로 보존해 달라는 것이어서, 어쩔 수 없이 폐쇄를 선택한 거예요. 손님들까지 뇌진탕으로 죽어버리면 안 되니까."

영선은 혜윤의 죽음을 흔히 일어날 수 있는 사고라고 거듭 강조하였다. 그녀는 노천탕과 관련한 잡음이 오래 지속되는 걸 원치 않았다.

"장사에 방해가 되잖아요. 그것만큼 중요한 게 없는데."

비록 영선이 때때로 지나치게 감정적이긴 하였으나, 그녀는 차강문을 닮아 냉철한 사업가이기도 하였다.

"곧 있으면 우리는 정말 한 가족이 돼요. 그렇죠? 그 말은 리조트 사업이 본격화된다는 뜻이에요. 월산은 지금보다 훨씬 더 유명한 관광지가 될 거고, 그 성공을 우리 두 사람이 만들어내는 거라고요."

영선이 침대로 다가와 소월의 두 손을 잡았다.

"소월 씨는 쓸데없는 것에 힘쓰지 말고, 눈부신 신부가 될 생각만 하면 돼요."

설거지는 물론이고 거친 물건 한 번 스스로 잡아본 적 없었을 부드러운 손바닥이 소월에겐 가시처럼 느껴졌다. 소월은 본능적으로 알 수 있었다. 영선은 혜윤의 죽음에 대해 거짓말을 하고 있었다. 이토록 괴이한 소문과 음습한 비밀로 점철된 집안에 자신을 팔아버리다니. 소월은 새삼 할아버지인 정 회장에게 분노를 느꼈다. 그러나 돌이키기엔 소월도 이미 너무 멀리 와버렸다.

5
사냥

드디어 결혼식이 하루 앞으로 다가왔다. 희태는 백미러로 뒷좌석에 앉은 소월과 무영을 살폈다. 소월은 핸드폰으로 메시지를 보내고 있었고, 무영은 몰래 그것을 훔쳐보려 애쓰고 있었다. 그 모습이 애처로워 희태는 직접 총대를 멨다.

"아가씨, 어디에 그렇게 메시지를 보내시는 건가요? 숨겨둔 남자친구와 내일 도망칠 계획을 세우시는 건 아니죠?"

희태가 썰렁한 농담을 덧붙이며 너털웃음을 터뜨렸다. 남자친구란 말에 무영의 눈썹 한쪽이 꿈틀거렸다.

"너 나 말고 또 남자친구 있어?"

"있겠냐."

"결혼식 하다가 도망칠 거야?"

"아니."

"나랑 결혼할 거지?"

"응."

소월은 핸드폰에 시선을 고정한 채 무심히 말했다. 성의 없는 대답에도 무영은 만족스러운 미소를 지었다.

"윤미 씨한테 지금 가고 있다고 메시지 보내던 중이었어요."

소월이 희태의 질문에 대답했다. 그들은 결혼식을 앞두고 몇 가지 볼일을 마무리 짓기 위하여 시내로 가고 있는 중이었다. 무영은 희태와 함께 병원에 가서 붕대를 풀어야 했다. 그동안 소월은 드레스숍에서 웨딩드레스를 피팅할 것이다.

소월은 무영과 결혼한다는 게 아직 와 닿지 않았다. 그녀가 꿈꾸던 결혼 준비와는 너무도 동떨어져 있었으므로 더 현실감이 떨어지는 걸 수도 있었다. 할아버지 보란 듯이 으리으리하게 결혼을 시켜주겠다고 벼르던 엄마가 떠올라 소월은 쓴웃음이 났다. 정략결혼도 결혼이긴 한가 보다. 소월은 요새 부쩍 싱숭생숭하였고, 엄마가 보고 싶었다. 소월은 그리움을 떨쳐 내고자 다른 곳으로 관심을 돌렸다. 그녀는 희태에게 대진의 상태를 물었다.

"곧 퇴원한다고 들었습니다."

"벌써요?"

"일시적인 불안장애여서 자극만 받지 않고 안정을 취하면 일상에 복귀하는 데에 문제가 없다고 하더군요."

"나만 안 보면 된다 이거네요."

진찰 결과, 대진의 불안장애는 공포로 인한 극도의 스트레스가 원인이었다. 그리고 그 공포의 대상은 바로 소월이었다.

"원장님께서도 말씀하셨지만, 소월 아가씨가 원인이라기보단 그 당시의 상황이나 내재된 죄책감이 공포를 만든 걸 겁니다. 이상한 말은 신경 쓰지 마세요."

이상한 말이란 대진이 진료 중에도 소월을 계속 귀신이라고 칭하는 것을 의미했다. 그러나 맛이 간 강간 미수범의 헛소리로 치부하기엔 짚이는 구석이 있었다.

"진아 씨는 찾았나요?"

"아뇨. 일이 터진 걸 알고 엮이기 싫어 혼자 떠난 것 같습니다. 두 사람이 묵었던 게스트 하우스도 남자의 이름으로 예약되어 있어서 여자의 연락처는 알 수가 없고요."

"환자한테 물어볼 순 없겠죠?"

"물어봤자 소용이 없을 겁니다. 성범죄를 저지르려고 했단 사실이 지인들에게 퍼지는 걸 두려워하고 있다더군요. 최대한 조용히 처벌받길 희망한다고 들었습니다."

"집사님이 힘을 써주실 수는 없는 거죠?"

소월이 조심스레 물었다.

"죄송합니다. 사장님께서 일을 크게 벌이지 말라고 하셔서요."

영선은 희태에게 이 일과 관련하여 소월의 부탁을 일체 들어주지 말라고 엄포를 놓은 상태였다. 무영이 본 하얗고 긴 치마를 입은 여자가 진아인지를 확인할 길이 막막해졌다. 희태는 소월을 '드레스숍 풀문' 앞에 내려주며 부탁을 들어주지 못해 미안하다고 다시 한 번 사과하였다. 소월은 그렇게 미안하면 병원에서 올 때 간식 좀 사달라고 했다. 그녀는 드레스 피팅을 위해 아침부터 쫄쫄 굶은 상태였다. 희태는 밝게 웃으며 그러겠다고 말했다. 소월이 가게에 들어서자, 윤미가 호들갑을 떨며 그녀를 맞았다. 그녀는 한껏 들떠 있었다. 소월은 윤미가 만든 첫 웨딩드레스의 주인공이기 때문이었다.

"제 입으로 말하기 쑥스럽지만, 작품이 기대 이상으로 뽑혔어요."

윤미는 소월을 피팅룸으로 데리고 갔다. 마네킹이 아닌 사람에게 드레스를 입히고 싶어 그녀는 며칠 동안 몸이 근질근질했다.

"소월 씨가 원하신 대로 상체는 엠파이어 풍으로, 스커트는 H라인으로 만들었답니다. 여성스러운 몸매가 부각되면서 로맨틱하죠."

그녀가 마네킹 위에 덮어놓은 천을 벗기며 자랑스럽게 말했다. 소월은 드레스를 보자마자 저도 모르게 감탄사를 내뱉었다. 정략결혼에 입기에는 아까울 정도로 그녀가 꿈에 그리던 드레스였다. 하이웨이스트의 상체는 고전미를 살려 넥 라인이 네모나게 각이 져 있었고 어깨부터 손목까지 이어지는 긴 소매는 반투명한 레이스로, 섬세한 자수가 놓여 있었다. 스커트는 H라인의 특성을 살려 골반을 타이트하게 강조하면서 끝자락은 자연스럽게 나풀거렸다.

"어서, 어서 입어봐요, 어서!"

윤미가 발을 동동 구르며 재촉했다. 그녀는 자신의 드레스가 완성되는 순간을 어서 빨리 보고 싶어 애가 탈 지경이었다. 소월은 윤미의 도움을 받으며 드레스를 입었다. 웨딩드레스를 입은 소월이 피팅룸에서 나와 가게의 중앙 벽에 붙은 전신 거울 앞에 섰다.

"눈물 나게 아름다워요."

정말로 윤미는 눈물을 찔끔 흘렸다. 소월은 윤미가 그녀의 작품 세계에 푹 빠져 있다고 생각했지만, 사실 윤미는 소월 때문에 울었다. 매일 밤 한 땀 한 땀 드레스를 완성해 가며 윤미는 불우한 신부에 대한 생각을 떨칠 수가 없었다. 드레스만큼이라도 소월의 꿈을 실현시켜 주자는 마음가짐으로 윤미는 철야를 감행하였다. 소월은 첫 작품을 끝내고 울음을 터뜨리는 윤미의 순수함에 감화되었다. 자신은 왜 저런 열정을 가지지 못하고 미워하는 사람의 인정을 받으려고 발버둥을 쳤는지, 지나온 삶이 못내 후회스러웠다.

"사진 찍어야죠. 윤미 씨가 가게의 전통을 이은 첫 드레스잖아요."

"하지만 저택의 드레스들과 소월 씨 사진을 함께 간직하고 싶지 않은걸요."

소월은 윤미가 흘린 눈물의 참 의미를 알 것 같았다. 윤미는 자신이 불행해질까 봐 진심으로 걱정하고 있었다. 얼마 만나지 않았는데도 두 사람 사이에는 묘한 동지애가 흘렀다. 소월은 배다른 오빠들밖에 없었는데, 만약 자매가 있었다면 윤미와 같지 않았을까 생각했다.

"그럼 윤미 씨만의 포트폴리오를 만들고 내 사진을 첫 번째로 장식해 줘요. 그러면 되죠?"

그제야 윤미가 눈물을 거두고 활짝 미소 지었다. 그녀는 카메라를 꺼내기 위해 가방에 있는 물건들을 테이블 위에 늘어놓았다. 소월은 거울에 비친 자신의 모습을 감상하다가 뭔가 허전하다는 걸 깨달았다.

"티아라는 어디에 있어요?"

"아, 원래 저희는 드레스만 준비해서요. 티아라는……."

"저택에서 준비하는 거야."

무영이 대신 말을 이었다. 그의 손에는 반짝거리는 티아라가 들려 있었다.

"언제 들어왔어?"

소월이 헛기침을 하며 물었다. 그녀는 드레스를 입은 모습을 보여주는 것이 부끄러워 몸이 배배 꼬였다. 자신을 위아래로 훑어보는 무영의 눈동자가 떨리고 있는 게 보여서 더 민망했다.

"방금 왔습니다. 아가씨, 정말 아름다우세요."

입을 다문 무영을 대신해, 희태가 그녀에게 엄지를 들어 올리며 말했다.

"그게 내 거야?"

돌처럼 굳어 있는 무영에게 소월이 직접 다가갔다. 무영은 흠칫거리며 뒷걸음질을 치려다 말았다.

'그렇게 별론가?'

소월은 무영의 형편없는 반응에 속상해졌다. 그녀는 서운한 티를 숨기려고 티아라를 열심히 들여다봤다. 티아라는 엷은 줄기의 안개꽃 몇 가닥을 엮어 만든 화관처럼 생겼으나, 식물이 아닌 하얀 보석들로 만들어진 것이었다. 마음에 쏙 들었다. 소월은 살짝 어깨를 떨었다. 무영이 예고도 없이 그녀의 머리 위에 티아라를 올렸기 때문이었다. 그는 소월의 머리카락을 손가락으로 빗질을 하듯 조심스럽게 어루만졌다.

"어떻게 네가 나한테 왔을까?"

무영이 한 발자국 더 가까이 다가왔다. 소월은 갑자기 들숨과 날숨의 순서가 헷갈렸다. 숨을 제대로 쉬고 있긴 한 걸까?

"널 뺏어가려고 나한테 준 걸까 봐 무서워."

소월의 한쪽 어깨에 이마를 댄 무영이 두 사람만 들을 수 있을 만큼 작은 목소리로 속삭였다. 그는 울지 않았지만 소월은 울고 싶어졌다. 무영의 두려움은 소월에 의해 실현될 것이다.

'어쩌다 여기까지 왔을까?'

소월은 착잡해졌다. 무영에게 같은 편이 되자고, 위장결혼을 하자고 제안한 것이 후회가 되었다. 무영은 너무나 많은 것을 소월에게 의지하게 되었고, 그녀를 좋아하게 되어버렸다. 소월은 그에게 상처를 줄 수밖에 없는 정해진 운명이 가혹했지만, 그 운명의 결정자가 자신이었기에 신을 탓할 수도 없었다.

"사진 찍기 전엔 울지 마요! 제 첫 작품 사진이란 말이에요."

윤미가 울적한 분위기를 타파하기 위해 일부러 유쾌하게 말했다. 무영이 소월에게서 떨어졌다. 두 사람의 눈이 마주쳤다. 소월은 그를 위해 미소 짓고 싶었지만 자신이 잘 웃을 수 있을지 확신이 서질 않았다.

"소월 씨, 조금만 웃어봐요."

카메라를 든 윤미가 말했다. 소월은 무의식적으로 무영을 쳐다봤다. 무영이 웃었다. 소월의 입꼬리도 살짝 올라갔다.

"좋아요, 예뻐요, 좋아요."

윤미가 소월을 추켜세우며 연신 셔터를 눌렀다. 무영은 소월을 가만히 바라보았다. 소월은 사진을 찍느라 눈치채지 못하였으나, 그의 눈빛은 감당할 수 없는 행복에 대한 두려움 그 이상의 감정을 담고 있었다. 무영의 입가에 의미를 알 수 없는 미소가 번졌다.

사진 촬영이 끝나고, 소월은 윤미와 함께 옷을 갈아입으러 피팅룸으로 들어갔다. 무영과 희태는 소파에 앉아 그들을 기다렸다. 무영은 테이블 위에 널려 있는 윤미의 물건들에 호기심을 보였다. 그는 커다란 앨범을 집어 들었다.

"도련님, 남의 물건에 함부로 손을 대시면 안 됩니다."

"그건 괜찮아요. 저택의 드레스 사진을 모아놓은 거거든요."

커튼 뒤에서 고개를 내민 윤미가 말했다. 그녀는 다시 피팅룸 안으로 들어와 소월이 벗은 드레스를 마네킹 위에 입혔다. 소월이 밖으로 나와 거울을 보며 옷매무새를 가다듬었다.

"우리 엄마 진짜 예쁘다."

무영이 앨범을 보며 환하게 웃고 있는 모습이 거울에 비쳐졌다. 소월은 의아했다. 무영이 영선을 보고 저런 말을 할 리가 없었기 때문이었다. 소월은 무영에게 다가가 그가 보고 있는 앨범을 들여다봤다.

"소월아, 봐봐. 우리 엄마야."

무영이 손가락으로 사진을 가리켰다. 사진 속의 신부는 온화한 미소를 짓고 있었다. 작은 진주로 만든 밴드형 티아라가 사랑스러웠다. 사진의 주인공은 차영선의 어머니 차혜윤이었다. 그녀의 웨딩드레스는 하얗고 긴 치마처럼 보였다.

C

새벽까지 부슬부슬 내리던 봄비는 아침이 되자 한순간에 뚝 그쳤다. 빗소리에 밤새 잠을 못 이룬 희태는 참새의 지저귐에 눈을 떴다.

그는 화창한 날씨에 환호성을 질렀다. 그의 아내는 누가 보면 당신이 새신랑인 줄 알겠다며 핀잔을 줬다.

"도련님 결혼식의 총책임자가 나니까 어쩔 수 없잖아."

"당신 딸내미 결혼할 때 어떻게 하나 두고 볼 거예요. 지금처럼 유난인지 아닌지."

"오늘만 지나면 도련님 신혼여행 갔다 올 때까진 휴가잖아. 우리도 어디 놀러 갔다 옵시다, 응? 당신 좋아하는 영화 보러 갈까?"

희태가 아내의 어깨를 감싸며 알랑방귀를 뀌었다. 무영의 결혼식을 준비하느라 희태는 몇 주간 집에 들어온 적이 거의 없었다. 그의 아내는 이번엔 그냥 못 넘어간다며 이를 갈고 있었다. 하지만 희태가 결혼식이 끝난 후부터 삼 일 동안 휴가를 받았다고 하자, 겨우 기분을 풀었다. 물론 두둑한 보너스 봉투가 위력을 발한 것이기도 했다. 딸아이가 아빠와 놀이공원에 가고 싶다고 노래를 부르고 있었으므로, 희태의 아내는 이번 휴가를 간절히 기다리고 있었다. 그녀는 고대하는 만큼 행여 일이 꼬이지 않을까 줄곧 불안해했다.

"신혼여행 말이에요. 도련님이랑 단둘이 보내도 되는 거 맞아요?"

"응. 두 사람 사이가 무척 좋거든. 도련님도 아가씨 말은 잘 듣고. 무엇보다 아가씨가 보통내기가 아니라서 잘할 거야. 어차피 별장지기도 근처에 있을 테고."

소월과 무영의 신혼여행 장소는 다름 아닌 숲 속 별장이었다. 별장은 월산 밑에 자리 잡은 넓은 숲의 중앙에 있었다. 바로 옆에는 호수가 있어서 조각배를 띄우거나 낚시를 하기도 좋았다. 영선은 머리를 식히고 싶을 때마다 그곳에서 며칠씩 묵곤 하였다. 지난 며칠간 희태는 저택과 숲을 오가며 별장을 보수하고 내부를 꾸미느라 바빴다.

"월산에서 온천타운 차 사장네 외아들이 결혼하는 걸 모르는 사람이 없는데, 무슨 일이 있기라도 하겠어?"

대부분의 월산 사람들은 유명 관광지인 온천타운의 덕을 톡톡히 보고 있었다. 금전적으로든 심적으로든 차씨 일가에 빚이 없는 사람은 월산에 살 자격이 없다는 우스갯소리가 있을 정도였다.

　"별일이 있으면 정말 큰일 나게?"

　차씨 일가와 척을 지는 것은 월산에서 살지 않겠다는 것과 다름이 없었다. 희태는 아무 일도 없을 거라고 자신만만하였다. 그는 아내에게 결혼식에 늦지나 말라고 몇 번이나 당부를 했다. 자신이 몇 주간 공을 들인 완벽한 결혼식을 절대로 놓치면 안 된다면서 말이다. 아내는 저택의 정원이라면 몇백 번을 봐서 오히려 신물이 난다며 미적지근한 반응을 보였다. 그러나 몇 시간 뒤, 정원에 들어선 그녀는 희태가 괜히 몇 날 며칠을 결혼식에 매달린 것이 아니란 것을 깨닫게 되었다.

　정원의 풀들은 오늘을 위해 싹이 튼 것처럼 앳된 싱그러움을 뽐냈다. 태양은 결혼식 시간에 맞춰 부지런히 하늘의 꼭대기에 오르고 있는 중이었고, 자연광을 받은 하얀 의자와 테이블이 보는 이의 눈을 시리게 만들 정도로 빛났다.

　"아가씨는 어쩌고 윤미 씨 혼자 있어요?"

　희태는 신랑 신부가 입장할 거대한 아치에 드리운 흰 천을 정리하며 물었다. 그는 천이 바람에 날리며 꽃들을 가리는 것이 거슬리던 중이었다.

　"식 전에 잠시 혼자 있고 싶대요."

　"드레스는 다 입으신 거죠? 헤어랑 메이크업도?"

　"당장 식을 올려도 될 정도니까 걱정하지 마세요. 소월 씨도 얼마나 심란하겠어요. 잘 지내고 있는 것 같아도 정략결혼인데."

　윤미는 성공적인 결혼식에 대한 열망에 사로잡혀 정작 신부의 기분은 아랑곳하지 않는 희태가 비인간적이라고 생각했다.

　"아가씨가 많이 우울해하세요?"

희태가 겸연쩍게 웃으며 물었다.

"집사님이라면 어떠시겠어요? 자기 결혼식에 친구는커녕 부모님도 오시지 못하는데? 소월 씨 할아버지란 분도 정말 대단하세요. 본인이라도 와야 하는 거 아니에요? 오죽하면 소월 씨가 신부 측 하객으로 날 초대했겠어요."

윤미가 소월을 대신하여 분통을 터뜨렸다. 애초에 식장이 아닌 신랑의 집 앞마당에서 하는 결혼식이니만큼 손님을 많이 부른 잔치는 아니었다. 신부의 부모 몰래 하는 정략결혼인 탓도 컸다. 그래도 정 회장의 처사는 야멸치기 그지없는 것이었다. 일을 꾸민 본인이라도 얼굴을 비추는 게 인간의 도리이건만, 그는 고작 열 개의 화환을 보냈을 뿐이었다.

결국 백 명이 채 안 되는 하객 명단은 오롯이 차씨 일가의 손님으로 채워졌는데, 무영의 집안도 씨가 귀한 터라 친척이 많지 않았다. 하객의 대부분은 영선과 비즈니스 관계를 맺는 월산의 유지들이었다. 영선은 하늘색 저고리에 남색 치마가 고운 한복을 입고서 그들에게 인사를 하러 다녔다. 지역 관광공사와 여행사의 사장들, 수렵협회의 회장, 경찰서장은 물론 지훈이 다니는 병원의 원장이 영선에게 축하한다며 악수를 청했다. 그녀는 신부와 신랑보다 훨씬 많이 축하 인사를 들었다.

한편 오늘의 주인공 중의 하나인 소월은 불이 꺼진 방 안에 홀로 앉아 떠들썩한 바깥으로부터 고립되어 있었다. 창으로 들어오는 햇살이 그녀의 아름다움을 밝게 비췄으나, 짙은 우울을 거둬주진 못하였다. 소월은 손에 쥔 핸드폰을 물끄러미 내려다보았다. 그녀는 마침내 결심한 듯 크게 숨을 내쉬고 통화 버튼을 눌렀다. 통화음이 울린 지 몇 초 지나지 않아 상대는 바로 전화를 받았다.

"응, 엄마. 나야."

부모 몰래 시집을 가는 불효녀라 전화를 걸 염치가 없었으나, 결혼식 전에 엄마 목소리를 듣지 않으면 어쩐지 평생 후회할 것 같았다.

"잘 있지. 할아버지가 이상한 데로 보냈겠어? 응. 많이 배우고 있어."

소월의 부모는 그녀가 경영 수업을 받기 위해 지방으로 내려갔다고 굳게 믿고 있었다. 사생아 취급을 받는 소월에게 그룹의 승계는 감히 바랄 수도 없는 권리였다. 이복 오빠들이 앞다퉈 경영을 전공할 때, 소월은 사회학을 배웠고 대학원도 그쪽으로 갔다. 그러므로 그녀의 부모는 경영 수업이라는 사탕 발린 말에 정 회장이 소월을 인정해 준 줄 알고 기뻐했다.

"할아버지가 따로 엄마 부르신 적은 없고?"

소월의 최대 관심사는 엄마가 아버지와 정식으로 혼인신고를 하는 것이었다. 정 회장은 소월의 혼인신고가 완료되면 부모님의 결혼을 공식적으로 발표하겠다고 약속하였다. 소월의 아버지는 정 회장의 직속 후계자로서 그룹의 새 얼굴이었기 때문에 절차가 중요하다고 했다. 소월은 할아버지의 허례허식과 위선에 코웃음이 났다.

"다음 주에? 아니, 그냥. 좋은 일이 있을 것 같아서."

엄마의 말에 의하면 할아버지가 다음 주에 아버지와 함께 셋이 저녁 식사를 하자고 했단다. 소월은 정 회장이 약속을 이행할 거라고 믿었다. 그는 냉정하고 독선적인만큼 자신이 하는 말의 무게를 잘 아는 사람이었다.

"알았어요. 엄마나 건강 잘 챙겨. 아버지한테도 안부 전해 드리고."

이젠 전화를 끊을 시간이었다. 소월은 서둘러 말을 맺었다. 엄마가 아쉬워하는 소리가 들렸다. 밥 잘 먹으라는 말, 혼자 위험한 곳에 돌아다니지 말라는 말, 차 조심하고 사람 조심하라는, 평범한 엄마가 평범하게 딸을 걱정하는 그런 애정 어린 잔소리들이 이어졌다.

"엄마."

소월은 전화를 끊기 전에 마지막으로 엄마를 불러보았다.

'나 시집가요.'

그 말을 하지 못하고, 소월은 오랜만에 엄마에게 사랑한다고 말했다. 엄마는 멀리 떨어져 있으니 효녀가 다 됐다며 웃었다. 그 웃음소리가 소월의 그리움을 토닥여 주었다. 우리 딸, 엄마도 사랑해. 소월은 울음이 터지기 전에 얼른 안녕이라고 말하며 전화를 끊었다. 그녀는 한숨을 몰아쉬었다. 숨을 내보낼 때만큼은 가슴에 얹은 응어리도 조금 가벼워졌으나 이내 정상으로 돌아오는 호흡과 함께 다시 묵직해져 버렸다.

'결혼하기 싫다.'

소월은 머리 모양이 망가지든 말든 상관 않고 침대에 벌러덩 누워버렸다. 폭신한 이불이 늪 같았다. 엎친 데 덮친 격으로 졸음이 밀려왔다. 차라리 자고 일어났을 때 결혼식이 다 끝나 있었으면 좋을 것 같았다. 무의식에 잠기는 소월을 끌어 올린 것은 유리창에 부딪치는 작은 모래알 소리, 그리고 연이어 들리는 차무영의 목소리였다.

"정소월!"

이번엔 모래알보다 더 크고 둔탁한 것이 창에 부딪혔다. 솔방울이다. 다음엔 언제나처럼 나뭇가지나 꽃봉오리, 아니면 설익은 열매일까? 땅바닥을 헤집고 다닐 무영을 보며 다람쥐들은 얼마나 약이 오를까? 풍성한 꼬리털을 잔뜩 세우고 뿔을 낼 다람쥐들을 상상하자 소월은 웃음이 났다. 소월이 일어나 창문을 열었다.

"소월아, 결혼하자!"

무영이 소리쳤다. 그녀의 창이 별채 쪽 정원으로 나 있는 게 천만다행이었다. 아니면 무영의 우스운 꼴을 하객들이 다 봤을 것이다. 흙먼지가 묻은 손을 흔들며 비뚤어진 보타이를 매고 아이처럼 웃고 있는 새 신랑의 모습을 말이다.

"너 집사님한테 혼나겠다. 턱시도에 흙 묻었어."

소월이 창가에 매달려 말했다. 무영이 화들짝 놀라 손으로 옷을 털었다. 흙이 묻은 손으로 터는 바람에 옷은 더 더러워졌다.

"이거 봐. 나 혼자서 안 돼. 소월이가 있어야 해."

무영이 울상을 지었다. 그는 소월을 향해 두 손을 뻗었다.

"공주님, 나 좀 구해주세요. 그 안에만 있지 말고."

어디서 본 건 있어서, 무영이 만화 속에 나오는 왕자님 흉내를 냈다. 소월은 자신이 아는 왕자 중에 모자라고, 계모 같은 친엄마가 있는 인물이 있는지 생각해 보았다. 역시 없다. 차무영뿐이다.

"내가 탑에 갇힌 공주면 네가 날 구해야 하는 거 아니야?"

"아니야. 넌 혼자 나올 수 있잖아. 못 하는 건 나야. 네가 필요한 건 나라고."

"왕자님이 무능력하네."

소월의 말에 무영의 두 손이 떨렸다.

"앞으로 잘할게."

그가 비장하게 말했다.

"뭘 잘해?"

"그냥, 다. 네가 하라는 대로 나쁜 사람들 속이는 것도 잘하고, 네가 좋아하는 말만 하고, 네가 보고 싶은 얼굴만 보여줄게."

무영은 소월에게 닿기라도 할 것처럼 손을 올린 채로 펄쩍펄쩍 뛰었다. 소월은 마지못해 손을 내밀었으나 두 사람이 닿기에는 창문이 너무 높았다. 무영은 입술을 일자로 다물고 소월을 똑바로 쳐다보더니 곧 전속력을 다해 뛰었다. 소월의 방이 있는 2층 복도에서 우당탕탕 거칠게 달려오는 소리가 났다. 문이 벌컥 열렸고, 강아지처럼 숨을 헐떡거리는 무영이 소월에게 흙이 묻은 손을 내밀었다.

"결혼하러 가자, 소월아."

선택의 여지가 어디 있으랴. 소월은 무영의 손을 잡았다.

결혼식은 정오에 딱 맞춰 시작되었다. 소월과 무영은 팔짱을 끼지 않고 손을 잡은 채 희태가 정성을 쏟아 만든 웨딩 아치 아래를 지났다. 소월은 하늘색 수국 부케를 들었다. 처음 보는 머리가 벗겨진 주례의 주례사를 들으며, 두 사람은 반지를 교환했다. 소월이 단순한 심부름인 줄 알고 월산에 갖고 온 예물 중의 하나였다. 손녀만 덜렁 내려보내는 모양이 없어 보이긴 했는지, 정 회장이 준비한 반지는 휘황찬란했다. 굵은 다이아몬드 알이 햇빛을 받아 사방으로 번쩍거렸다. 눈썰미 좋은 사람들이 소월의 반지를 보며 수군거렸다. 희태와 윤미의 눈가가 잠시 촉촉해졌고, 그 외에 우는 사람은 없었다. 소월은 구설수에 오르지 않을 정도의 적당한 미소를 지었고, 그녀의 몫까지 더하여 무영이 연신 싱글거렸다.

"아들이 박약아라고 들었는데 아니었나 봐요?"

본식이 끝나고 피로연이 이어졌다. 테이블 곳곳이 신랑 신부에 대한 잡담으로 시끌시끌했다.

"그러게. 이상하네요. 몇 달 전에 봤을 때만 해도 사람 구실을 못할 것 같더니, 오늘은 아주 근사하네요. 그새 병이 나았나?"

"그랬으면 차 사장이 벌써 소문을 내도 열 번은 냈을걸요. 결혼식도 호텔에서 크게 하고."

무영을 한 번이라도 봤거나 상태를 알고 있던 사람들은 의외로 얌전한 그의 모습에 의문을 품었다. 그중에는 사고를 치지 않는 무영을 보고 아쉬워하는 사람들도 있었다. 희태의 믿음과 달리 월산의 사람들이 전부 차씨 일가의 편은 아니었다. 인간이란 간악하고 뻔뻔하기도 해서, 누군가에게 빚을 지면 그 사람에게 고마워하기보단 증오심을 키우기도 한다. '달 선녀 이야기'가 월산에서 흥하는 이유도 거기에 있었다. 지역 최고의 가문이 갖고 있는 흉흉한 가정사를 퍼뜨리고 다님으로써 어떤 사람들은 자신의 열등감을 해소했다.

"달 선녀의 저주니 뭐니 하는 것도 역시 헛소문이군. 죽은 사람들만 안 됐지. 살아 있으니 결국 재벌가와 사돈을 맺는군."

"리조트 사업을 시작하면 윗마을은 전부 재개발이 된다는데 진짤까요?"

"조용히 해요. 이쪽으로 오는군."

차 사장 내외가 무영과 소월을 데리고 다가오자 사람들이 일제히 입을 다물었다. 그들은 신랑과 신부가 잘 어울린다며, 선남선녀가 따로 없다고 입을 모아 칭찬했다.

"차 사장님이 한시름 놓으시겠어요. 이렇게 며느리를 일찍 얻으시니 얼마나 좋아요."

"그러게요. 제가 복이 많아요."

영선이 웃으며 친근하게 소월의 한복 소매를 어루만졌다. 소월과 무영이 입은 피로연 한복은 영선이 직접 골라 선물한 것이었다. 소월은 무영의 손을 꽉 쥐었다. 그는 필사의 인내심으로 영선을 견뎌내고 있었다. 사람들 눈에는 네 사람이 우아하게 인사를 돌고 있는 것처럼 보였지만 그 속사정은 치열했다. 소월이 보기에 무영은 몇 번이나 울컥하며 소리를 내지르고 싶은 것을 참아내고 있었기 때문이었다. 심지어 무심한 동진조차 아들의 눈치를 보고 있었다. 소월은 억지로 웃느라 안면 근육이 마비될 것 같았다.

"이제 닥터 한만 장가보내면 차 사장도 할 일 다 하는 거겠어요."

"지훈이 결혼을 제가 왜요?"

완벽하게 고상했던 영선의 가면에 실금이 생겼다. 그녀의 서슬 퍼런 눈초리에도 말을 꺼낸 중년의 여인은 입을 나불거렸다.

"왜긴요. 차 사장님이 닥터 한의 대모잖아요. 가족처럼 키우셨으니

하는 소리예요."

"저한텐 가족이라고 할 수 없어요. 저희 어머니가 주워 오신 거죠. 데려올 때 벌써 열세 살이어서 키운 정도 없고요. 어디서 온 애인지 알았으면 진작 돌려보냈을 거예요. 어머니가 오락가락하셔서 말도 못 하시고, 그 애도 영악해서 말을 안 하는 바람에 어쩔 수 없이 맡은 거랍니다. 그런 애를 제가 결혼까지 책임질 이유는 없죠."

영선이 잔인한 말을 표독스럽게 내뱉었다. 자신의 이미지를 망치면서까지 그렇게 말할 필요가 있을까 싶을 정도로 지독했다. 그러나 곧 소월은 영선이 일부러 그랬다는 것을 알았다. 그들의 건너편엔 지훈이 서 있었다. 지훈은 얼음장 같은 얼굴에 독사 같은 눈을 하고 영선을 노려보고 있었다. 소월은 오한이 들어 무영에게 팔짱을 꼈다. 영선은 지훈에게 아는 척을 했다.

"너도 그렇게 생각하지 않니? 난 내 할 일을 다 했다고 생각하는데."

"그럼요. 어련하시겠어요."

지훈은 용케 미소를 지어 보였다. 서로에 대한 적개심을 숨기지 않는 두 사람 때문에 주변의 공기가 착 가라앉았다. 두 사람의 기 싸움은 갑자기 쏟아지는 빗방울에 의해 중단되었다. 사람들이 비명을 지르며 저택의 안으로 달려 들어갔다. 희태는 울 것 같은 얼굴로 여기저기 뛰어다니며 하객들을 대피시켰다. 무영은 소월의 손을 잡고 저택의 현관으로 몰려드는 사람들을 피해 별채로 도망을 쳤다.

"여기로 와도 돼? 사람들이 찾을 것 같은데."

소월이 한복에 묻은 물기를 털어냈다. 그러나 천은 이미 홀딱 젖어버려서 질척하게 몸에 달라붙었다. 소월의 뽀얀 피부가 비쳤다.

"감기 걸리면 안 되는데……. 차무영! 정신 차려. 왜 넋을 놓고 서 있어."

무영은 초점이 흐릿한 눈으로 소월을 빤히 바라보고 있었다.

"소월아."

"너 진짜 왜 그래? 벌써 감기 걸렸어?"

소월이 손을 올려 무영의 이마를 짚었다. 빗물에 젖은 머리카락을 쓸어 올려주니, 무영이 그녀의 손을 잡았다.

'얘 진짜 열 있나? 손이 뜨겁네.'

소월의 얼굴이 어두워졌다. 무영이 바짝 다가와 섰기 때문이었다. 그의 그림자가 소월을 덮었다.

"소월아, 메이드들이 하는 말을 들었는데."

무영이 낮은 목소리로 속삭였다. 두 사람밖에 없는데도 누가 들으면 큰일이라도 날 것처럼.

"결혼을 하면 새색시의 옷고름을 풀어줘야 한대."

그의 긴 손가락들이 푹 젖은 소월의 옷고름을 휘어 감았다. 소월의 얼굴이 터질 것처럼 새빨개졌다.

"그런 건 첫날밤에 하는 거지!"

"이렇게 젖었는데? 너 감기 걸릴까 봐 그러지. 옷 갈아입어야 해!"

무영이 순진하게 말했다. 소월은 무영이 그가 하는 말을 얼마나 이해하고 있는지 몰라 답답했다.

"괘, 괜찮아. 신혼여행 가서 갈아입으면 되지."

소월이 떠듬대며 대충 둘러댔다.

"아, 그래?"

무영이 해맑게 웃으며 물러섰다. 소월은 한순간에 긴장이 풀려 하마터면 주저앉을 뻔했다.

"빨리 신혼여행 가고 싶다."

무영은 별장 근처에 호수가 있고, 거기선 배를 탈 수도 있다며 얼른 가고 싶다고 천진하게 말했다. 소월은 신혼여행을 가기가 두려워졌다.

하늘이 급격히 어두워졌다. 요란한 천둥소리가 소월의 마음 같았다.

삼십 분 정도 내린 비가 그치자 하객들은 저택을 떠날 채비를 했다. 물에 빠진 생쥐 꼴을 하고서 서로를 보고 있기가 민망하기도 하였고, 사라진 신랑 신부 때문에 신경질을 부리는 영선을 보기가 괴롭기도 하였다. 영선은 메이드를 별채에 보내 두 사람을 찾게 하였으나 어찌 된 일인지 보내는 메이드들마다 돌아오지도 않고 감감무소식이었다. 하객들은 영선의 눈치를 보며 슬그머니 자리를 떴다. 머리끝까지 화가 난 영선이 소월과 무영에게 폭언을 퍼부을 것을 생각하니, 동진은 편두통이 밀려오는 것 같았다. 그는 아들을 위해 언제나처럼 자신이 폭탄처리반이 되어주기로 하였다.

"자, 자, 오늘은 좋은 날이니까 인상 찌푸리지 말고 우리도 즐겁게 지냅시다. 뒷일은 집사님께 맡기도록 해요."

그는 온천타운으로 돌아가 뜨거운 물에 몸을 담그자며 영선을 꼬드겼다. 영선은 동진의 품에 안기다시피하여 마지못해 저택을 떠났다. 그들이 자취를 완전히 감추자마자, 소월과 무영이 세 명의 의기소침한 메이드들과 함께 모습을 드러냈다.

"아가씨 주무신다고……"

"도련님이 움직이지도 못하게 하셔서……"

"아가씨 깨시면 같이 가자고……"

희태가 노발대발하자, 메이드들은 말끝을 흐리며 울먹거렸다. 소월이 그녀들을 변호할 동안 무영은 뻔뻔하게도 신혼여행을 빨리 가고 싶다며 떼를 썼다. 희태의 어린 딸도 덩달아 놀이공원에 언제 갈 거냐며 어리광을 부리기 시작했다. 결국 희태는 꾸중을 멈추고 소월과 무영의 신혼여행 준비를 서둘렀다. 소월과 무영은 젖은 한복을 벗고 평상복으로 갈아입었다. 무영은 옷고름 타령을 하며 못내 아쉬워했다. 희태는 결혼식 뒷정리를 하고 휴가를 가야 했으므로, 명인이 신랑 신부를 별장까지 태워다 주기로 하였다. 희태의 가족과 메이드들이 웨딩카 뒤로 손을 흔들며 신랑 신부를 배웅하였다.

"별장지기는 밤에는 근처 오두막에서 따로 잘 겁니다. 혹시 무슨 일이 생기면 저택에 있는 전화를 사용하세요. 오두막과 직통으로 연결되어 있답니다. 아니면 저한테 연락을 하시든가요."

명인은 자신의 전화번호를 불러주었다.

"곰만 안 나오면 돼요."

소월이 핸드폰에 명인의 번호를 저장하며 농담조로 말했다. 무영은 그새 곯아떨어져 있었다. 소월의 어깨에 머리를 기대느라 그의 몸은 부자연스럽게 구겨져 있었다. 소월이 자세를 편하게 해주려고 할 때마다 무영은 잠투정을 부리며 더 가까이 몸을 붙여왔다. 무영이 떠들지 않으니 차 안은 적막했다. 소월은 은빛이 감도는 명인의 백발을 보며 어렵게 말을 꺼냈다.

"어머님하고 지훈 씨는 사이가 왜 그렇게 나쁜 거죠? 아까 피로연에서 분위기가 아주 살벌했어요."

그 자리에 있던 누구라도 그들이 서로를 증오하고 있다는 걸 알 수 있었을 것이다.

"글쎄요. 이유를 찾자면 한 선생이 저택에 들어왔기 때문이라고나 할까요. 첫 만남부터 차 사장은 한 선생을 싫어했어요."

"저도 들었어요. 열세 살짜리에게 저녁밥도 주지 않았다면서요."

소월은 지훈과 처음 만났을 때 그가 했던 말을 떠올렸다.

"그렇게 들으니 확실히 매정하게 들리는군요."

"지배인님은 다르게 생각하시는 건가요?"

"어떤 관점으로 보느냐에 따라서 평가는 달라지는 법이니까요."

명인은 부드럽게 핸들을 움직이며 지그재그 모양의 숲길을 따라 솜

씨 있게 운전했다. 그는 백미러로 골똘히 생각에 잠긴 소월을 힐끔거
렸다.

"차 사장이 쉽게 호감을 가질 만한 사람은 아니죠? 시어머니로서는
더 최악이고요."

"네? 아, 조금 어려운 분이긴 하죠."

"그래도 그렇게 나쁜 사람은 아니에요. 물론 나는 차 사장을 옛날부
터 봤기 때문에 그런 걸 수도 있지만……. 나한텐 딸 같은 사람이라."

명인은 잠시 말을 멈추었다. 그는 어떤 말을 어디서부터 해야 할지
고민했다. 무영이 소월을 잘 따르긴 하지만 그렇다고 그녀를 덜컥 믿을
수는 없는 노릇이었다.

"나한텐 사촌 누이인 차 사장의 어머니는 정신이 온전치 못했어요.
그래서인가, 혜윤인 자신의 딸을 좋아하지 않았습니다. 정서적인 학대
수준이었죠."

"제가 들은 것하고 좀 다른데요."

"달 선녀 이야긴지 뭔지 하는 그 헛소리요?"

명인의 목소리에 날이 섰다. 그는 달 선녀 이야기에 유독 과민반응
하곤 하였다.

"입에서 입으로 전해지면 진실은 왜곡되는 법이죠. 어떤 사람들은
차 사장이 어미를 별채에 가둬놓고 굶겼다고 말하더군요. 하지만 진실
은 다릅니다."

명인이 열을 올리며 들려준 진실이란 것은 소월이 알고 있던 이야기
와는 확연히 달랐다. 영선이 별채로 혜윤을 옮긴 것은 그녀가 어미를
부끄러워했기 때문이 아니라, 혜윤이 영선을 꼴도 보기 싫다며 몇 날
며칠을 발광했기 때문이라고 했다. 혜윤이 처소를 별채로 옮겼을 때
영선은 눈물을 머금었다. 그리고 어미를 위하여 그곳을 동화 속에 나
올 것처럼 아름답게 꾸미고, 몰래 훔쳐보며 돌보았다고 했다.

'무영이가 아니라 할머니를 위해서 꾸며놓은 거였구나. 어쩐지 아들을 위한 것치곤 지나치게 소녀 취향이다 싶었지.'

소월은 별채의 외관을 보고 악취미라며 영선을 욕한 것을 반성했다.

"영선이 결혼을 할 때도 마찬가지였습니다. 영선인 어떻게든 누이를 혼주로 세우고 싶어 했죠. 하지만 혜윤인 영선이가 선물한 한복을 그 애 앞에서 찢어발기며 소란을 피웠어요."

명인은 그때 영선이 짓던 표정이 떠올라 가슴이 먹먹해졌다.

"영선인 평생 제 어미의 사랑을 받으려고 노력했어요. 포기하지 않았습니다. 엄마는 미쳐서 그런 것뿐이라고, 사실은 자신을 사랑한다고 믿었거든요. 그런데 누이가 손자인 무영은 끔찍하게 아꼈어요. 더구나 길에서 주워 온 한 선생을 금이야 옥이야 키우며 무영이의 형 노릇을 시켰으니, 영선인 허무할 수밖에 없었죠."

소월은 무영을 바라보는 영선의 눈빛에 담긴 애증이 어디에서 유래되었는지를 알 것 같았다. 아들인 무영에게조차 질투를 느끼는 영선이거늘 하물며 근본도 모르는 지훈에게는 어떠했겠는가? 혜윤은 영선에게 마음껏 미워할 수 있는 존재를 준 것이나 다름없었다.

"한지훈 선생 얘기가 나와서 하는 말인데, 그 작자가 하는 말을 곧이곧대로 듣지 말아요. 보기보다 더 음흉하고 지독한 사람이니까."

"지배인님하고도 안 좋은 일이 있었나요?"

"나하고 안 좋은 일이라기보단……."

명인은 백미러를 통해 무영이 잘 자고 있는지 곁눈질하였다. 소월은 그의 눈동자가 바삐 움직이는 것을 놓치지 않고 지켜보았다.

"그냥 차 사장한테 버릇없이 구는 게 마음에 안 들어서 그렇죠."

소월은 명인이 말을 아끼고 있음을 알았다. 그녀는 명인에게 묻고 싶은 게 더 남았으나, 전방에 별장과 호수가 보이기 시작하였으므로 타이밍을 놓치고 말았다.

"무영아, 일어나. 다 왔어."

무영이 눈을 비비며 차에서 내리자, 기다리고 있던 별장지기가 한달음에 달려와 인사를 했다. 명인의 지시에 따라 별장지기가 짐을 옮기는 동안 소월과 무영은 호숫가를 거닐었다. 소월은 명인이 말해준 혜윤과 영선의 음울한 모녀 관계를 곱씹다가 불쑥 무영에게 엄마는 어떤 사람이냐고 물었다. 무영은 영선이 아닌 혜윤을 자신의 엄마라고 착각하고 있었다.

"우리 엄마는 천사 같은 사람이야. 말도 예쁘게 하고, 소리도 안 지르고, 날 행복한 달님이라고 불렀어."

"아, 내가 울 때마다 네가 말해준 것처럼?"

무영은 소월이 울면 항상 달님이라고 부르며 달래주었다.

"응. 엄마는 내가 달 선녀처럼 곱댔어. 피부도 우유처럼 하얗고, 자기가 아는 가장 아름다운 사람이랑 똑같이 생겼다고 좋아했어."

"너는 네 입으로 그런 소릴 잘도 하는구나."

"왜? 사실인데?"

소월은 잠시 말문이 막혔다. 살랑거리는 산들바람에 검푸른 초록빛을 띤 수면이 잘게 일렁였다. 무영은 땅바닥에 쭈그리고 앉아 호수에 돌멩이를 던졌다. 풍덩거리는 소리가 듣기 좋았다. 무영이 물가로 가까이 다가가자, 소월이 그의 뒷덜미를 잡아끌며 말했다.

"나 수영 못해. 너 물에 빠지면 못 구해줘."

"괜찮아. 나 수영 잘해."

"네가?"

소월이 눈을 휘둥그레 뜨자 무영이 뽐내듯 어깨를 으쓱했다.

"응. 요즘은 안 하는데 예전에 많이 했어. 학교 안 가는 대신에 수영으로 배우는 거라고."

소월은 수영이 발달장애 아동들에게 좋다는 이야기를 어디선가 들은 것도 같았다. 소월은 영선이 나름대로 노력을 했다는 걸 알 수 있었다. 그녀의 짐작대로 영선은 무영의 정신이상 증세가 수영을 배우면 나아지지 않을까 희망을 가진 적이 있었다. 무영이 수영장을 다닌 지 삼 년이 지나고 나서야, 영선은 그 희망을 버렸고 수영을 그만두게 했다. 비록 소기의 목적을 달성하진 못하였으나, 무영의 키도 크고 어깨도 넓어졌으니 밑지는 장사는 아니었다.

"그다음엔 그림 그리기도 배웠어. 동화책 만들기 같은 거."

십이 년 동안 영선이 무영에게 히스테리만 부린 것은 아니었다. 원인이 다르니 크게 차도를 보이지 않을 거라는 의사들의 말에도, 영선은 무영에게 이것저것을 시키고 배우게 했다. 자신의 엄마에게 그랬듯 그녀는 아들도 포기하지 않았다.

"또 뭐 배웠어?"

"음…… 피아노랑 바둑?"

"그런 거 배울 땐 얌전히 있었어?"

"심심했으니까. 그런 거 배울 땐 선생님들이 집에 오니까 재밌었거든. 희태 아저씨랑 메이드들도 훨씬 잘해주고."

무영은 추억에 잠기는 것 같았다. 그의 눈빛이 아련해졌다. 무영은 신발코를 세워 돌부리를 건드리다가 소월의 이름을 나지막이 불러보았다.

"소월아."

"응."

소월이 응답했다.

"너랑 결혼해서 좋아."

"새삼스럽긴."

"결혼하면 계속 함께 있을 수 있는 거잖아. 그 어떤 사람들보다도 너랑 있는 게 가장 재밌고 좋아. 그리고 무엇보다 좋은 건……."

무영이 뜸을 들였다. 그는 소월의 손을 잡고 흔들었다.

"오늘은 그만할 시간이야, 이젠 돌아갈 시간이야, 안녕할 시간이야."

무영은 가느다란 여자의 목소리를 흉내 냈다. 선생님들이 그를 두고 떠날 때 했던 인사들이었다.

"너한텐 그런 말을 듣지 않아도 된다는 거. 그게 제일 좋아."

소월은 아무 말도 하지 않고 무영의 얼굴만 쳐다보았다.

"너는 어때? 너는 나랑 있으면 어떤 기분이 들어?"

무영의 눈이 깊었다. 소월은 무영의 눈에 빠지느니 옆에 있는 호수에 몸을 던지겠다는 우스꽝스러운 다짐을 했다. 차무영보다야 호수가 더 빠져나오기가 쉬울 것이다.

"너랑 있으면 난……."

소월의 머릿속에 선명하게 떠다니는 말들이 많았다. 성가심, 귀찮음, 어이없음, 당황스러움, 미안함, 불쌍함, 가끔 귀여움. 또렷하게 인지되는 감정들이 마음속 한구석에 차곡차곡 깔끔하게 정리된 와중에, 그것들을 모두 엉망으로 만들려는 듯 거세게 부푸는 뿌연 먼지 같은 게 있었다. 건드리면 온 마음이 먼지투성이가 될 것 같았다.

소월은 그것의 정체를 알기조차 꺼려졌다. 무영의 눈빛이 대답을 채근하였지만 소월의 입은 쉽게 떨어지질 않았다. 때마침 등장한 별장지기 덕분에 소월은 대답을 미룰 수 있었다. 그는 명인이 떠났음을 알려 주었다. 일정대로라면, 명인은 글피쯤에야 차를 갖고 돌아와 소월과 무영을 태우고 갈 것이었다.

두 사람은 별장지기의 권유에 따라 숲을 산책하기로 하였다. 숲에는 오솔길이 하나 있는데, 그 길을 따라 쭉 월산을 향해 오르면 노을을 구경하기 좋은 언덕이 있다고 했다.

"해 지고 나서 숲을 돌아다니는 건 위험하지 않을까요?"

소월의 물음에 별장지기는 걱정 붙들어 매라며 손사래를 쳤다.

"숲길이라 나무도 다 비슷비슷하고 그래서 오래 걸리는 것 같지만 사실은 십오 분 조금 넘는 거리예요. 언덕도 딱 오르기 좋게 적당히 야트막하고요. 돌아오는 길은 익숙해져서 금방 와요."

별장지기는 이 숲에서 구경할 거리라곤 그 언덕에서 보는 노을과 호수에 비치는 보름달뿐이라고 했다.

"오늘은 그믐달이 뜰 테니 노을이라도 보고 오셔야죠. 분위기 잡기 그만한 곳이 없습니다."

그는 엉큼하게 웃으며 무영의 팔을 툭 쳤다. 무영은 미간을 찌푸리며 몸을 움츠렸다. 무영은 별장지기의 지저분한 수염이 마음에 들지 않았다.

"명색이 신혼여행인데 별장 안에만 있긴 좀 그렇겠지?"

소월이 무영에게 동의를 구했다. 무영은 환하게 웃으며 고개를 끄덕였다. 별장지기가 방해하지 않는, 소월과 둘만 있을 수 있는 곳이라면 어디든 좋았다.

"결정하셨으면 빨리 출발하시는 게 나을 것 같습니다. 봄이긴 해도 숲은 해가 일찍 져서요. 노을 시간을 놓치시면 말짱 도루묵이잖습니까."

별장지기는 소월과 무영을 일으켜 세워 문밖으로 밀었다. 얼결에 떠밀려 나온 소월은 혹시 모르니 랜턴을 달라고 했다. 별장지기는 랜턴을 어디에 뒀는지 모르겠다며 왔다 갔다 정신없이 굴었다. 마침내 그는 부엌 찬장에서 랜턴을 찾아 소월의 손에 쥐여주었다. 소월은 불시에 닿은 타인의 손에 움찔 몸을 떨었다. 별장지기의 엄지손가락에는 커다란 사마귀가 나 있었다.

"즐거운 시간 보내고 오십시오. 맛있는 저녁을 차려놓고 있겠습니다!"

별장지기가 누런 이를 드러내며 활짝 웃었다. 그는 저택의 도련님이 무사히 결혼을 한 게 어지간히 기쁜지 내내 실실거렸다.

'희태 아저씨보다 과잉 충성이네. 이분의 집안도 저택을 위해 몇 대째 일을 해온 걸까?'

소월은 별장지기를 다시 제대로 바라보았다. 주름이 진 매부리코에도 사마귀가 있었다. 눈썹과 눈 사이의 간격이 무척 좁아서 그는 웃고 있어도 인상을 쓰는 것 같았다. 쥐가 파먹은 것처럼 듬성듬성 정리된 수염이 너저분했다.

"다녀오겠습니다."

별장지기와 눈이 마주치자 소월은 꾸벅 인사를 하고 무영의 손을 잡아당겼다.

별장지기는 그 모습을 흐뭇하게 쳐다보며 한참을 문밖에 서 있었다. 소월과 무영이 숲으로 사라져 보이지 않게 되자, 별장지기는 콧노래를 흥얼거리면서 뒤뜰에 있는 창고로 향했다. 나무로 된 문을 열자, 마구잡이로 침범한 햇볕이 어두운 창고 안을 비추었다. 녹이 슨 도끼, 낡은 장화와 물이 빠진 작업복, 각종 공구들이 어지럽게 놓인 가운데에 '진짜' 별장지기가 바닥에 쓰러져 있었다. 그는 밧줄로 손과 발이 묶인 채 입에는 재갈이 물려 있었다. 사냥꾼 창규는 자신의 연기에 감쪽같이 속아 넘어간 소월과 무영을 떠올리며 음습하게 클클거렸다.

'고년 참, 손이 부드러웠는데 말이야.'

창규는 소월의 얼굴을 떠올리며 기분 좋게 달아오르는 흥분을 만끽했다. 그는 톱과 망치가 널브러진 선반 뒤로 손을 뻗어 숨겨놓은 엽총과 옷, 복면을 꺼냈다. 사냥감을 숲으로 몰았으니 안에서 대기하고 있던 사냥꾼들도 곧 움직일 터였다.

'여자를 건드리지 말란 소리는 없었는데.'

창규는 혀로 윗니를 쓸며 입맛을 다셨다.

이것은 여우 사냥이다. 다섯 마리의 검은 개들이 붉은 여우 두 마리를 공포로 몰아넣는다. 구멍으로 도망친 여우를 쏴 죽이고 꼬리를 잘라 가장 아름다운 여인에게 주는 것이다.

소월과 무영이 '검은 인간'을 발견한 건 별장지기가 알려준 언덕에서 노을을 구경하고 내려올 때였다. 무영은 노을을 보면서 소원을 빌었다고, 자기 소원이 뭔지 맞춰보라며 소월에게 조르고 있었다. 소월은 어이없어 하며 소원을 비는 건 해돋이라고 면박을 주려던 참이었다.

"그림자가 서 있어."

무영이 손가락으로 뭔가를 가리키며 말했다. 소월은 처음에 인지 부조화를 겪었다. 아무것도 없는데 그림자가 어떻게 생기지? 아니다, 저건 사람이다. 검은 옷을 입고, 검은 장갑을 끼고, 검은 신발을 신은 검은 얼굴의 사람이다.

"내 손 절대 놓지 마."

소월이 무영의 손을 깍지 끼며 말했다. 무영이 그림자인 줄 알았던 것은 검은색 복면을 쓴 검은 옷의 남자였다. 어떤 덜떨어진 인간의 질 나쁜 장난인진 모르겠으나 소월은 불쾌함에 앞서 위험을 느꼈다.

"저쪽 쳐다보지 말고."

"이쪽에도 하나 더 있는데?"

반대쪽 숲에서 검은 인간 한 명이 더 나타났다. 소월은 손가락 마디가 아플 정도로 무영의 손을 굳게 쥐었다. 소월의 손이 떨리고 있었으므로 무영도 뭔가 잘못되었다는 것을 깨달았다.

"뛰어!"

두 사람은 달리기 시작했다. 처음엔 소월이 앞섰으나 곧 무영이 리드했다. 가까운 쪽에 있던 검은 인간이 휘날리는 소월의 머리카락을 향해 손을 뻗었다. 무영은 소월을 앞으로 끌어당기고 주먹을 휘둘러 검은 인간의 얼굴을 가격했다. 한 놈이 나가떨어졌지만 다른 놈이 무서운 속도로 달려오고 있었다. 소월은 무영에게 끌려가다시피 하였으므로 발이 허공에 떠 있는 것 같았다. 똑같은 모양으로 움직이는 네 개의 다리가 내리막길을 달릴수록 엉켜져 넘어질 듯 위태로웠다. 그래도 좀만, 좀만 더 가면 숲의 입구다. 두 사람은 위기를 모면할 수 있을 것 같았다.

하늘이 무너진 걸까?

그 꽝음은 소리라기보단 충격파였다. 응축된 에너지가 순식간에 터져 버리면서 주변의 공기를 깨부수는 것 같았다. 소월은 귀가 멍멍하였다. 의식이 희미하고 몸이 물에 젖은 솜처럼 무거워지고 있었다. 무영의 거꾸로 된 얼굴이 뭐라고 말을 하였으나 소월이 알아듣기까진 한참이 걸렸다.

"정소월!"

무영의 외침에 소월이 참았던 숨을 몰아쉬며 벌떡 일어났다. 소월은 무영의 얼굴이 왜 거꾸로인지 뒤늦게 이해했다. 그녀가 땅바닥에 누워 있었기 때문이었다. 무영은 눈에 초점이 돌아온 소월의 얼굴을 끌어안았다가, 재빨리 그녀를 일으켜 세웠다. 소월은 그리 멀지 않은 곳에 서 있는 검은 인간들을 봤다. 모두 다섯 명이었고, 그중 두 명은 총을 들고 서 있었다. 공기 중에는 매캐한 화약 탄내가 남아 있었다.

두 사람은 다시 뛰었다. 이번엔 숲으로 들어갔다. 검은 인간들은 하늘을 향해 총을 두 번 더 쐈다. 그들은 소월과 무영을 조롱하며 느긋하게 걸었다. 소월은 자신의 몸이 움직이는 게 이질적으로 느껴졌다. 춥지도 않았는데 입김이 났다. 무영이 한쪽 팔로 소월의 어깨를 감쌌다. 그는 소월을 거의 안고 뛰는 거나 다름이 없었다.

"조금만 힘내, 소월아."

숨이 차올라 헉헉거리면서도 무영은 소월을 안심시키기 위해 애썼다. 어둠에 휩싸인 숲은 벽이 없는 미로 같았다. 사방이 뚫려 있었으나 그렇다고 출구가 있는 건 아니었다. 소월은 무영을 멈춰 세웠다. 도 망치는 것보단 차라리 숨는 게 더 나을 것 같았다. 두 사람은 나무 뒤에 숨어 바닥에 납작 엎드렸다. 핸드폰이 있다면 메시지라도 보내 도움을 요청하였을 텐데, 소월은 핸드폰을 챙기질 못했다. 별장지기에게 랜턴을 받을 때 핸드폰을 두고 온 모양이었다. 낙엽이 짓이겨지는 소리가 났다. 소월과 무영은 숨을 잔뜩 죽인 채 안면 근육을 당겨 눈을 최대한 크게 떴다. 그래봤자 한 치 앞도 보이지 않는 건 똑같았다. 맞잡은 두 손에 땀이 뱄다.

"불 켜봐."

가래가 끓는 걸걸한 목소리가 명령하자, 분주하게 부스럭대는 소리가 났다. 딸깍거리며 버튼이 눌렸고, 소월과 무영의 정수리 위로 빛이 지나갔다.

"어차피 독 안에 든 쥐다. 샅샅이 뒤져."

일사불란하게 움직이는 소리가 숲 속에 울려 퍼졌다. 소월과 무영은 빛을 피해 암흑 속을 파고들었다. 그들을 향해 빛이 비춰질 때마다 누가 먼저랄 것도 없이 맞잡은 손에 힘이 들어갔다. 두 사람은 자신들의 앞에 뭐가 있을지 걱정할 겨를이 없었다.

"거기로 가면 굴러떨어질 텐데?"

랜턴의 빛이 정확히 소월과 무영이 기어가던 방향을 비췄다. 가파른 산비탈에 덤불이 자라 있었다. 그 밑으로는 칠흑 같은 호수의 표면이 보였다. 흙투성이가 되어 서로를 껴안은 두 사람을 보며 검은 인간들이 낄낄댔다.

"다섯 살짜리랑 숨바꼭질을 해도 이것보단 재밌겠네. 눈 가리고 아웅이 이럴 때 쓰는 말인가?"

"우리 도련님 대가리가 그 정도 된다잖아, 봐줘야지."

검은 인간들이 산비탈을 등진 소월과 무영의 앞을 빙 둘러 가로막았다.

"신랑 신부가 둘 다 미인이네."

그들은 소월과 무영의 얼굴에 빛을 쏘며 무례하게 행동했다. 소월의 팔이 무영의 가슴에 닿아 있어서 그녀는 그의 심장박동을 느낄 수 있었다. 가슴을 뚫고 나오지 않을까 염려가 될 정도로 무영의 심장은 격렬하게 뛰고 있었다. 그러면서도 그는 괜찮을 거라고, 무서워하지 말라고 소월의 귓가에 끊임없이 속삭였다.

무영 덕분인지, 소월은 괴이할 정도로 평온했다. 그녀는 현실감각이 전혀 없었다. 총성의 충격이 아직 가시지 않은 것도 같았다. 그녀는 이미 육체적인 감각을 상실하였다. 미지근한 물속에 몸을 담근 것처럼 의식이 노곤하게 잠기고 있었다. 그럼에도 소월의 자세는 한 점 흐트러짐이 없어서 남들이 보기에는 전혀 의식을 잃은 것 같지 않았다.

"이런 짓을 하고도 네놈들이 무사할 줄 알아?"

소월의 목소리가 높고 매서웠다. 랜턴의 빛이 얼굴을 똑바로 비추는데도 소월은 눈을 깜빡이지 않았다. 그녀의 눈빛이 형형했다.

"차영선이 며느리 하나는 기가 막히게 얻었군. 이년 눈 시퍼런 거 봐. 머리도 치렁치렁한 게 귀신 같네."

눈치 없는 놈 하나가 쓸데없는 말을 지껄였다. 그가 입을 다물자 오싹한 적막이 대기를 지배하였다. 검은 인간들 중 우두머리로 보이는 자가 어깨에 멘 총을 과시하며 성큼 앞으로 나섰다.

"강간을 저지른 차강문이도, 살인을 저지른 차영선이도 발 뻗고 자는 세상 아닌가. 우리가 안 무사할 리가 없지."

"네놈이 어디서 주워들은 헛소문으로 개소리를 지껄이는구나."

"월산 바닥에 차강문이 한연화를 겁탈하여 집안을 훔친 걸 모르는 이가 없고, 차영선이 제 어미를 죽인 걸 모르는 척하지 않는 이가 없다."

무영이 급하게 숨을 들이쉬며 두 손으로 머리를 감싸 쥐었다. 머리카락이 흐트러진 이마에 식은땀이 송골송골 맺혔다. 무영은 두통을 없애기 위해 손톱으로 머리를 긁었다. 눈가엔 눈물이 고였다.

"아가씨도 자기 남편이 왜 그렇게 됐는지 알아야 하지 않겠어? 어미를 죽이는 패륜을 저지른 차영선의 죗값을 아들이 대신 받은 거야."

우두머리는 가래침을 바닥에 퉤 뱉었다. 그는 차영선이라면 치가 떨리는 모양이었다.

"그 할머니의 시신을 발견한 직원이 분명 차영선을 봤다고 했어. 그런데 한순간에 말을 바꾸더군. 그리곤 얼마 후, 도시로 나가 가게를 차렸지. 돈이란 게 참 더러운 권력이야."

"거짓말! 네놈들이 또 달 선녀의 이름을 팔아대는 걸 모를 줄 알고! 다른 사람에게 죄가 있다고 너도 죄를 지어도 된다더냐! 네놈들의 죄를 누구한테 떠넘겨!"

소월이 온몸을 흔들며 악을 쓰다가, 엎드려 우는 무영의 등을 온몸으로 감싸며 그를 달랬다.

"아가, 괜찮아, 아가. 울지 마라, 아가. 우리 달님, 우리 행복한 달님, 울지 마라."

무영은 눈물이 번진 얼굴을 들어 소월을 바라봤다. 그는 아랫입술을 깨물고 눈물을 참아냈다.

"달 선녀의 이름을 파는 건 그쪽 시댁이고. 뻔뻔한 족속들. 남의 집안 재산을 훔쳐 먹어도 유분수가 있지. 이젠 아예 타지 장사꾼에게 팔아버릴 작정을 해?"

소월의 일침에 열이 오른 우두머리가 살기등등하게 말하였다. 그의 어깨 죽지 너머로 삐죽이 솟은 총신이 랜턴의 불빛을 받아 반짝거렸다. 무영은 사지를 덜덜 떨면서도 소월의 앞을 막아섰다. 검은 인간들이 꼴에 서방 구실을 한다며 무영을 비웃었다. 우두머리가 무영을 향해 몸을 숙였다.

"네 색시랑 월산에서 멀쩡한 꼴로 살고 싶으면 엄마한테 가서 말해라. 리조트고 나발이고 싹 다 포기하라고."

우두머리가 무영의 뺨을 툭툭 치며 말했다. 무영의 고개가 정처 없이 흔들렸지만 그는 끝까지 남자를 노려보았다.

"이 새끼 모지리라더니 깡다구는 있는 모양이네. 아님 사태의 심각성을 모르냐? 다리 하나 부러뜨려 줄까?"

"형님, 여자 쪽을 건드리는 게 더 좋지 않을까요? 사진도 찍으면 약점 잡기도 좋고……."

옆에서 총을 들고 서 있던 한 남자가 우두머리에게 다가와 소곤거렸다. 그의 추접한 인성에서 숨길 수 없는 악취가 났다. 무영은 숨을 고르며 기회를 엿보았다. 그는 소월의 점퍼에 달린 후드를 그녀에게 씌우고, 자신의 것도 썼다. 검은 인간들은 자기들끼리 실랑이를 하느라 무영의 조심스러운 움직임을 알아차리지 못하였다.

"그자도 여자를 건드리지 말란 소리는 따로 하지 않았잖습니까? 겁을 줘서 쫓아내기론 그만한 방법이 없는데요."

"이 호색한 새끼. 저 여자가 누구 손녀인 줄은 알기나 해? 차 사장 망하게 만들려다 월산이 풍비박산 난다. 남자를 병신 만드는 게 낫지. 어차피 지금도 사람대접을 못 받는 치라는데."

"다리병신은 쪽팔리지가 않잖아요. 협박용으로 쓰려면 사진도 필요한데……. 그럼 저놈이라도? 곱상하니 저는 괜찮을 것 같은데."

둘의 대화를 듣고 있던 다른 복면 쓴 이들이 역겨운 소리 좀 작작하라며 욕을 했다. 하지만 우두머리는 제법 솔깃한 제안인지 고민에 빠졌다. 반대하는 이들과 찬성하는 이의 시끄러운 접전이 이어졌다. 무영은 그 틈을 타 도망치기로 결심하였다. 그는 한 팔로 소월의 허리를 껴안고 일어날 준비를 했다.

"소월아, 아파도 조금만 참아. 내가 반드시 너 데리고 나갈 테니까."

소월의 몸이 들렸다. 무영은 오른손으론 소월의 뒤통수를, 왼손으론 그녀의 허리를 꽉 끌어안고 산비탈 아래로 몸을 던졌다. 검은 인간들은 욕을 하며 발을 구르다가 다른 길을 찾아 뿔뿔이 흩어졌다.

두 사람은 빠른 속도로 데굴데굴 굴러떨어졌다. 바위에 부딪친 꼬리뼈에서 고통이 밀려왔다. 소월은 퍼뜩 정신을 차리고 비명을 질렀다. 그녀의 입에서 터져 나온 괴성은 무영의 가슴팍에 막혀 사그라졌다. 살을 에는 차가운 민물에 소월의 육체가 잠겼다. 밤하늘 위에 뜬 그믐달이 수면 너머로 아득해져 갔다.

'수영, 잘한다고 했으니까.'

소월은 무영을 믿기로 했다. 그녀는 눈을 감았다.

C

떴다. 소월은 눈을 떴다.

시계를 보니 오전 일곱 시였다. 아침 식사 시간까지 한 시간이나 남아 있었다. 삼십 분 정도 침대에서 게으름을 피울까 했지만 오늘은 특별한 날이니 조금 치장을 하는 게 좋을 것도 같았다. 소월은 뜨거운 물로 샤워를 하고 나왔다. 드라이어로 머리카락을 말리며 소월은 무슨 옷을 입을지 고민했다. 한 달 사이에 날씨가 많이 풀렸다. 열이 많은 희태는 이제 오월인데 벌써부터 반팔을 입었다. 소월은 하늘거리는 아이보리색 시폰 원피스를 입기로 하였다. 옷을 갈아입고 가볍게 화장을 하니 메이드가 문을 두드리며 아침 식사가 준비되었음을 알렸다.

"경찰 수사는 어떻게 되고 있대요?"

소월이 찻잔을 내려놓으며 물었다. 희태는 그녀에게 차만 마시지 말고 샐러드든 빵이든 먹으라고 잔소리를 했다. 소월은 마지못해 사과

한 조각을 입에 넣었다. 긴장 때문인지 속에서 음식을 받지 않았다.

"최창규가 계속 발뺌을 하고 있어서 공범자들을 찾기가 쉽지 않나 봅니다. 그놈이 일에 가담했다는 것도 심증뿐이라 경찰들도 애를 먹는 것 같고요."

희태가 한숨을 내쉬었다. 복면을 쓴 사내들로부터 도망친 그날 밤, 무영은 소월을 데리고 호수의 최남단까지 헤엄쳐 갔다. 다행히 그곳에는 민박집이 있었고, 무영과 소월은 곧장 병원으로 옮겨졌다. 하늘이 도운 것인지 소월은 크게 다친 곳이 없어 기력을 회복하자마자 정신을 차렸다. 그녀는 명인에게 복면을 쓴 괴한들에 대해 말했다. 습격을 당한 별장지기와 소월의 증언에 따라, 용의자는 절도죄 전과가 있는 사냥꾼 최창규로 좁혀졌다. 그러나 그는 자신은 단순 강도일 뿐이라며 결백을 주장하였다. 최창규가 별장에서 훔친 것은 소월의 핸드폰이었다.

"숲에서 도움을 청할 수 없도록 일부러 핸드폰을 훔친 거예요. 강도 짓은 속임수고, 사실은 별장지기로 위장해서 나와 무영일 숲으로 유인하려던 게 진짜 목적이라고요."

소월은 경찰 조사에서 몇 번이나 주장하였으나, 복면을 쓴 이들 중에 창규가 있었다는 물증이 없었으므로 그는 강도 혐의만을 인정받았다. 영선이 힘을 써서 감옥에 있는 창규에 대한 조사를 계속 진행하게 하였지만 성과는 미미하였다.

"무영 씨는 바로 오는 건가요?"

"네, 퇴원 수속이 끝나는 대로 오신다고 하니 정오가 되기 전엔 도착하실 겁니다. 아주 근사한 점심을 준비할 테니 기대하셔도 좋습니다."

희태는 무영이 저택에 돌아오면 고칼로리 영양식을 먹여 그를 살찌게 하리라 벼르고 있었다. 곧바로 깨어난 소월과 달리 무영은 삼 주

동안 의식이 없었다. 소월을 데리고 찬물에서 몇 킬로미터를 헤엄친 것치곤 신체 기능도 정상이었고, 뇌에도 이상이 없었지만 그는 오랫동안 깨지 않았다.

소월은 하루도 빠지지 않고 매일 무영을 찾아가 그에게 말을 걸고, 화도 내고, 가끔은 노래도 불러주면서 시간을 보냈다. 그러다가 무영이 일주일 전에 드디어 눈을 뜬 것이다. 그에게 동화책을 읽어주고 있던 소월은 자신을 빤히 쳐다보는 무영의 눈동자를 보곤 하마터면 소리를 지를 뻔했다.

"어머님이 많이 좋아하시는 것 같아요. 아들을 되찾으셨잖아요."

소월이 무미건조하게 말했다. 삼 주 동안 모든 사람들의 마음을 피폐하게 만들더니, 무영은 일어나자마자 아주 큰 보상을 주었다. 그의 정신이상 증세가 말끔히 사라진 것이다. 무영은 다소 혼란스러워하긴 했지만 스물두 살의 정상적인 정서발달 상태를 보여주었다. 그의 주치의였던 지훈과 병원장 모두 이것은 기적이라며 놀라워했다. 영선은 무영이 자신을 엄마라고 부르며 웃자, 너무 기쁜 나머지 잠시 혼절했다.

"아가씨도 곧 되찾으시게 될 겁니다."

희태는 소월이 짠하여 코끝이 찡해졌다. 무영의 기억은 뒤죽박죽이었다. 그는 십이 년 동안 배웠던 것들이나 언어, 일상생활에 필요한 상식 같은 것들은 잊지 않았지만 몇 가지 특정 사건들을 전혀 기억하질 못했다. 지훈은 그가 해리성 기억상실증이라고 했다. 무영은 혜윤의 죽음과 소월의 존재를 완전히 잊어버렸다.

"원래 가져 본 적도 없는 걸요."

소월은 덤덤하게 말하며 홍차를 한 모금 마셨다.

6

Brand New

　무영의 변화는 영선에게 큰 영향을 미쳤다. 그녀의 표정은 한결 여유로워졌고, 미소는 온화했으며 말투는 상냥해졌다. 영선은 온천타운 직원들에게 200%의 특별 보너스를 지급하며 자신의 후계자가 돌아온 것을 축하했다. 월산의 모든 사람들이 차무영이 제정신을 차렸다는 것을 알게 되었다. 그뿐 아니라, 영선은 지훈을 점심 식사에 부름으로써 자신의 아량이 넓어졌음을 재차 증명하였다. 그러나 소월이 보기에 그녀는 무영과 비교할 대상이 필요했을 뿐이었고, 무영의 승리가 정해져 있는 그 보이지 않는 경쟁에서 한지훈은 놀림감일 뿐이었다.

　"의사 선생님 말로는 한 달 정도 예후를 지켜보는 게 좋겠다고 하더라. 그래서 그런데, 지훈이 네가 한동안 저택에 머물면서 무영이 간호 좀 해주는 게 어떻겠니?"

　영선이 민어회 몇 점을 앞 접시에 옮기며 말했다.

　"병원에는 내가 말해놓으마. 무영이의 주치의로서의 역할이 너에겐 무엇보다 중요할 거고, 그게 사람의 도리이기도 할 테니까."

그녀는 지훈이 무영의 부속품인 듯, 무영을 모셔야 하는 것이 그의 숙명인 것처럼 굴었다. 소월은 영선의 유치한 서열 교육에 뺨이 화끈거릴 지경이었다. 소월은 또 한바탕 신경전이 벌어지리라 예상하며 젓가락을 내려놓았다.

"아뇨, 엄마. 통원치료 할게요."

무영이 말했다. 그의 목소리는 부드럽고 나긋하여 듣기 좋았다. 한 달 전까지만 해도 열 살짜리 아이의 정신연령을 갖고 있었으리라곤 상상도 되지 않는 성숙하고 차분한 어조였다. 어차피 똑같은 목소리일 텐데, 정신 상태에 따라 이렇게까지 다르게 들릴 수 있다는 것이 소월은 신기했다. 그리고 낯설었다. 징징대거나 떼를 쓰거나 은근히 도발하던 장난기 있는 목소리가 그리운 것도 같았다.

"하지만 도시에 있는 병원으로 왔다 갔다 하는 게 여간 불편한 일이 아닐 텐데……. 내가 계속 데리고 다닐 수도 없고. 오늘도 아빠 혼자 온천타운을 지키시잖니. 명인 아저씨는 호텔을 주로 관리하셔서, 내가 자릴 비우면 일이 많아져서 안 된단다."

무영을 바라보는 영선의 눈에 애정이 가득했지만 그녀는 엄마보단 사업가로서 지내는 것이 익숙한 사람이었다.

"형네 병원으로 안 가면 되죠. 그냥 입원했던 병원으로 다니려고요. 거기 정신과도 나쁘지 않은 것 같아서요. 이미 그쪽 선생님께 예약해 놨어요."

"그래도 이왕이면 주치의인 지훈이에게 받거나, 더 크고 전문적인 병원을 다니는 게 좋을 것 같은데……."

"돌아다녀 보고 싶어서 그래요. 의사 선생님도 말씀하셨잖아요. 인지능력을 훈련하려면 이것저것 보고 듣고 해야 한다고요."

영선은 논리적인 무영의 주장에 더 이상 반박할 수가 없었다. 그녀는 한숨을 폭 쉬었다.

"네가 정 그렇다면 어쩔 수 없지. 지훈인 그냥 원래대로 도시로 돌아가 생활하도록 해라."

"저도 무영이 보러 자주 들를게요."

지훈의 말은 소월에게 꽤 의외였다. 무영과 영선의 사이가 좋아지고 있으니 지훈은 저택에 오기가 더 불편할 거라고 짐작했기 때문이었다. 영선이 무영을 위해 저택에 머무를 시간이 늘어날 테니 말이다.

"정신과 전문의의 입장에서 볼 때 무영인 정말 드문 케이스거든요. 연구할 가치도 높고요."

"그거 참 바람직하고 건전한 동기부여로구나?"

영선이 비아냥댔다.

"친동생이나 다름없는 애가 십이 년 만에 제정신으로 돌아왔는데, 한다는 소리가 고작 연구 가치가 높아서 보고 싶다니. 누굴 닮아 저렇게 매정한지……."

그녀는 혀까지 차며 지훈을 못마땅해했다. 누굴 닮았는지 말할 수 있었다면 지훈은 열세 살일 때 진작 그의 부모에게로 돌려보내졌을 거라고 소월은 생각했다. 그녀는 입안이 마르는 것 같아 물컵을 들었다. 그러나 식사 내내 밥보다 물을 많이 마셨던 터라, 컵은 텅 비어 있었다. 소월은 손짓으로 메이드를 불러 물을 청했다.

"누굴 닮긴요. 사장님을 닮지 않았을까요? 친부모와 있던 시간보다 사장님 밑에서 자란 시간이 더 긴걸요."

"지금 나보고 매정하다고 비난하는 거니?"

"인간의 도리가 있는데 제가 어떻게 사장님을 비난하겠어요?"

소월은 희태가 영선과 함께 식사를 하지 않는 이유를 깨달았다. 집 사이긴 해도 대대로 집안끼리 인연이 깊었으므로, 영선은 희태에게 늘 같이 밥을 먹자고 권하였다. 그러나 희태는 항상 정중히 사양하며 메이드들과 따로 식사를 하였다. 희태는 집사로서의 직업 정신이 투철하기보단 영선이 빚어내는 갈등을 피하는 것이 분명했다.

물병을 든 메이드가 쭈뼛거리며 식탁으로 다가왔다. 영선과 지훈의 설전은 점점 격앙되고 있었다. 메이드는 두 사람의 험악한 기세에 압도되어 손바닥에 땀이 흥건해졌다.

"아가씨, 물 갖고 왔…… 엄마야, 이걸 어째!"

소월은 메이드가 하도 떨기에 컵을 들어 물병의 주둥이 부분에 갖다 대주고 있었다. 영선과 지훈을 곁눈질하던 메이드는 소월에게 물을 따라주려 병을 기울이려다가 그만, 물병을 놓치고 말았다. 크리스털로 된 육중한 물병과 컵이 서로 부딪치며 산산조각이 났다. 컵을 들고 있던 소월의 손바닥에서 피가 흘렀다. 너무 순식간에 일어난 일이라 소월은 피를 보고도 상황 파악이 잘 되질 않았다. 다급하게 밀린 의자가 드르륵 바닥을 긁는 소리를 냈다.

"잠깐 앉아 있어요. 옷에 묻은 유리 조각부터 치울게요."

무영은 몸을 굽혀 소월의 무릎 위에 떨어진 유리 조각들을 직접 치웠다. 얇고 부드러운 시폰 위로 조심스러운 무영의 손놀림이 느껴졌다. 무영은 소월의 팔을 잡아 일으켜 세우고 냅킨으로 그녀의 치맛자락에 묻은 유리 부스러기들을 털어냈다.

"거실로 구급상자 갖고 와요. 아가씨 모시고 그쪽으로 갈 테니까."

"알겠습니다, 도련님. 죄송합니다, 죄송합니다."

메이드는 고개를 푹 숙이고 영선이 자신을 꾸짖기 전에 얼른 자리를 피했다.

"두 분은 계속 식사하세요. 저희는 치료하고 잠시 나갔다 올게요."

영선이 무영에게 어딜 가냐고 물었지만, 그는 못 들은 체하며 소월을 데리고 식당을 빠져나왔다.

"우리가 어딜 가는데요?"

소월이 고개를 살짝 뒤로 돌려 물었다. 무영은 한쪽 손으로는 그녀의 어깨를 감싸고, 다른 손으론 소월의 다친 손바닥을 위로 올려 받치고 있었다. 소월은 두 사람의 자세가 꼭 무도회장에서 춤을 추는 것 같다고 생각했다.

"밥 먹으러요."

무영은 원래부터 짜인 일정인 양 자연스럽게 대답했다.

"밥이요?"

"설마 아까 같은 상황에서 속 편히 밥을 먹었다고 말할 건 아니죠? 난 체할 것 같았는데."

그의 말투는 사뭇 개구졌다. 정신을 차리고 난 후론 열 살에서 서른 살이 된 것처럼 굴더니, 이렇게 보니 스물두 살이 맞는 것 같았다.

"일단 상처부터 치료하고요. 뭐 먹고 싶은 거 있어요?"

갑작스러운 메뉴 선택 질문에 소월은 당황하여 입만 벙끗거렸다.

"없으면 나 먹고 싶은 거 먹어도 돼요? 피자 좋아하나?"

소월은 아무 말이 없었지만 무영은 개의치 않고 혼자 재잘댔다.

'정말 다른 사람이야.'

소월은 영영 전해주지 못할 말이 떠올라 씁쓸해졌다. 무영이 의식을 잃고 병원에 누워 있던 삼 주 동안 소월은 매일 그에게 말했다. 어서 정신을 차리고 일어나라고, 너한테 꼭 해주고 싶은 말이 있으니까 일어나서 직접 들으라고.

무영은 일어났으나 소월은 그에게 하고 싶던 말을 전해줄 수가 없었다. 그 말을 들어야 할 사람은 정소월이 아는 차무영이다. 소월이 하고 싶은 말은 차무영이 정소월에게 해주었던 모든 것들에 대한 대답이다. 그러므로 그녀를 잊어버린 차무영에겐 쓸모가 없는 말이었다.

거실에는 메이드가 구급상자를 들고 서서 두 사람을 기다리고 있었다. 무영은 메이드를 물러가게 하고 손수 소월의 상처를 치료하였다.

"다 됐어요."

소월의 손바닥은 붕대로 꼼꼼히 감겼다. 확실히 예전의 차무영이라면 절대 할 수 없는 일이었다. 소월이 아는 차무영은 더 이상 없다.

"고마워요."

소월이 손바닥을 물끄러미 내려다보며 말했다. 그녀는 자신의 목소리가 낯설었다. 고맙다는 말을 이렇게 하고 싶진 않았다. 정소월이 차무영에게 간절히 해주고 싶던 말, '고마워'.

'월산에 처음 온 날 사냥꾼들에게서 구해준 거, 울었을 때 달래준 거 고마웠어. 숨바꼭질 지겨웠지만 사실 좀 재밌었어. 친구가 되어줘서 고마워. 위장결혼 하잔 말에 선뜻 프러포즈 해준 것도 고마워. 한지훈 코가 납작해져서 너무 기뻤어. 좋은 남편이 되는 방법을 알려고 했던 것도 고마워. 너는 진짜 좋은 남편이 될 수 있었을 거야. 변태의 뒤통수를 쳐 준 것도, 괴한들로부터 날 구해준 것도 다 고마워. 넌 가장 멋진 용사님이고 내 영웅이야. 네가 곁에 있어서 덜 외로웠어. 고맙다, 차무영. 고마워.'

차무영에게 고맙다고 말해야 하는데, 그는 이제 없어져 버렸다. 눈앞에 있는 차무영에게 고맙다고 할 수 있는 건 겨우 손바닥을 치료해줬다는 것뿐. 정소월을 잊어버린 그에게 어떻게 다른 고마움들을 전할 수 있을까? 그는 그녀를 위해 자신이 뭘 했는지조차 기억하지 못하는데.

'안녕.'

소월은 눈물이 났다. 차무영의 눈을 들여다보고 있었지만 소월은 무영을 찾을 수 없었다. 다른 사람들은 전부 무영이 돌아왔다고 하는데, 소월의 무영은 떠나 버렸다.

'안녕, 무영아.'

소월은 차무영을 눈앞에 두고 그와 이별했다. 무영은 소월의 손을 이리저리 뒤집어 보면서, 울 정도로 많이 아프냐며 안절부절못했다. 소월은 두 눈을 질끈 감았다. 눈물이 뚝뚝 떨어졌다. 그녀가 붕대를 감은 손으로 축축이 젖은 뺨을 슥슥 닦아내자, 무영은 붕대가 풀어질까 조마조마했다.

"피자 먹으러 가요."

소월이 애써 웃으며 말했다. 어찌 됐든 이젠 돌아온 차무영과 다시 시작해야 했다.

주말이라 그런지 학생들로 북적한 피자 가게 안에는 다소 철 지난 유행가가 울려 퍼지고 있었다. 삼삼오오 자릴 잡은 여고생 손님들이 까르륵까르륵 숨이 넘어갈 듯 웃었다. 소월은 세상사 걱정 없어 보이는 소녀들을 부러운 듯 쳐다보았다.

"왜 안 먹어요? 맛있는데!"

라지 사이즈의 피자 세 조각을 먹어치우고도 무영은 또 한 조각을 집어 들고 있었다. 그는 혼자 게걸스럽게 먹는 것이 영 민망한지 연신 소월에게 피자를 먹으라고 권했다.

"그런 말을 듣고 어떻게 피자가 넘어가겠어요?"

"너무 심각하게 생각하지 말아요. 아예 안 하겠단 건 아니에요."

무영이 태평하게 말하며 피자를 크게 한 입 베어 물었다. 소월의 굳은 얼굴은 풀릴 줄을 몰랐다. 피자를 주문하고 앉아서 기다리는 동안 무영이 소월에게 청천벽력과도 같은 말을 했기 때문이다.

"결혼식까지 다 치러놓고 혼인신고는 하지 말자는 게 말이 돼요? 나를 망신 주겠다는 거예요?"

"망신이 아니라……."

무영은 목이 막히는지 탄산음료를 벌컥벌컥 들이켰다. 그는 확 올라오는 탄산의 따가움을 참아내느라 코를 찡그렸다.

"난 누나를 위해서 하는 말이죠. 신혼여행 갔다가 계획적인 테러를 당한 거라면서요. 누군가 우리 결혼을 못마땅해한다는 건데, 그러면 앞으로 이런 일이 또 없으리란 보장이 없잖아요."

무영의 완벽한 논리 앞에 소월은 잠시 할 말을 잃었다. 더구나 그녀는 괴한들에게 위협을 당했던 어느 순간부터는 기억이 없었으므로 무영이 파악하는 정황이 틀렸다고 지적할 수도 없었다. 두 사람은 괴한들이 무엇을 원하고 테러를 했는지조차 알지 못했으므로, 마땅한 대응책을 강구할 수도 없었다.

"난 괜찮아요."

"내가 안 괜찮아요."

무영은 단호했다.

"나랑 결혼하는 사람이 위험에 처한다는데, 어떻게 결혼을 할 수 있겠어요."

"내 신변이 걱정되어서 그러는 거면 그놈들을 잡으면 되잖아요. 잡기 전까진 저택에서 안전하게 있으면 되는 거고요."

소월은 고집을 부렸다. 무영의 주장이 이론상으로도, 상식적으로도 흠이 없었으므로 그녀는 졸지에 떼쟁이가 되어버렸다.

"희태 아저씨한테 들어서 대충 사정은 알고 있어요. 이 결혼을 해야 누나네 어머님이 아버님이랑 정식으로 부부가 되실 수 있다고요."

"그래요. 안 그래도 신혼여행에서 사고가 난 바람에 우리 할아버지는 내가 어떻게 나오는지 간을 보고 있다고요."

정 회장은 소월이 결혼한 다음 주에 그녀의 부모를 부르려고 했었다. 그러나 소월이 테러를 당했다는 소식을 전해 듣곤 일정을 취소했다. 혹시라도 겁에 질린 소월이 혼인신고를 하지 않겠다고 버티면 말짱 도루묵이었기 때문이었다.

"우리가 혼인신고를 하지 않으면 할아버진 내가 무서워서 계약을 파기했다고 생각할 거예요."

"정략결혼으로 인한 이익보다 손녀의 안전이 더 중요한 거 아닌가
요?"

"우리 할아버진 날 손녀라고 생각하지도 않아요!"

"나쁜 사람이네."

무영의 표정이 심각해졌다. 소월은 순간 무영과 꾸몄던 위장결혼 작
전이 떠올라 가슴이 쿵 하고 내려앉았다. 무영은 나쁜 사람들을 속이
고 혼내주자던 그녀의 교묘한 술수에 흔쾌히 놀아나 주었더랬다.

'어차피 얘는 내가 위장결혼을 제안한 것도 기억 못 할 거야. 괜히
쫄지 말자.'

소월은 스스로를 다독였다.

"나쁜 사람한테 휘둘리지 마요, 누나."

"어떻게 안 휘둘려요. 무슨 수가 있다고. 그리고 왜 계속 누나라고
부르는 거예요?"

"누나가 나보다 세 살이 많다고 들어서요. 소월 씨라고 부르는 건
어색해서……. 싫으세요?"

무영이 동그란 눈망울을 반짝이며 애처롭게 물었다.

"맘대로 해. 그럼 난 반말할 거야."

소월은 꼬박꼬박 누나 소리를 들으면서 굳이 상대에게 존대를 해줄
필요성을 느끼지 못했다.

"그러세요, 누나."

무영이 빙그레 웃었다. 멀쩡해진 차무영의 미소는 다소 위협적이었
다.

'얘도 눈이 달렸으면 거울을 보고 살 텐데, 지가 잘생긴 걸 알겠지.'

소월은 유독 싱그럽게 웃으며 초롱초롱 눈빛을 빛내는 무영이 얄미
웠다. 그가 미인계를 쓰고 있다는 의심을 떨칠 수가 없었다.

"누나 말이 맞아요. 그 테러범들은 잡힐 거고, 경찰이 있으니 우린 그렇게 위험하지 않을지도 몰라요."

"그러니까 혼인신고 하자고."

"그런데 우리는요?"

무영의 말에 소월이 미간을 찌푸렸다.

"우리가 뭐?"

"누나, 나 사랑해요?"

하필이면 피자 가게 안에서 흐르던 노래가 때에 맞춰 뚝 끊겼다. 다음 트랙으로 넘어가려는 모양이었다. 상대적으로 소음이 덜한 그 순간, 무영의 목소리는 제법 크게 들렸다. 주변에 있던 소녀들의 시선이 그들에게로 일제히 쏠렸다.

"고백? 고백?"

"아니야. 분위기가 쎄한 게 차이는 거 같은데?"

"누가? 여자? 남자?"

소월은 지나치게 잘 들리는 자신의 귀를 저주했다. 그녀는 다음 노래가 재생될 때까지 입을 열지 않았다.

"아니, 안 사랑하는데."

가게 안을 은은하게 울려 퍼지는 슬픈 발라드를 들으며 소월이 말했다. 소녀들이 '남자가 차이나 보다'라며 친구들과 속보를 나누었다.

"예상은 했지만 괜히 기분이 나쁘네요."

무영의 얼굴이 굳어 있었다.

"혹시 이런 질문 해도 돼요?"

"뭔데?"

"내가 누나를 잊어버리기 전에요. 그때의 나는요? 모지리였던 차무영은 사랑했어요?"

정소월을 좋아했던 차무영, 그렇다면 그녀는 그를 좋아했을까?

"그럴 리가."

소월이 냉정하게 답했다.

"이해해요. 몸만 큰 열 살짜리 애를 좋아하는 게 더 이상하겠죠."

말로는 이해한다면서 무영은 상처받은 얼굴을 했다. 소월은 비웃음이 터져 나올 것 같았다.

'자기는 그때의 우리를 기억하지도 못하면서, 뭘 서운해하는 거지? 행여 내가 차무영을 좋아했었다고 한들 그게 너랑 무슨 상관인데? 너는 그 애가 아니잖아.'

소월은 독설을 퍼붓고 싶었지만 대신 탄산음료에 담긴 얼음을 와그작와그작 씹었다.

"그래서 네가 하고 싶은 말이 뭐야?"

"서로 사랑하지도 않는데 어떻게 결혼해요."

"그런 사람들 엄청 많아. 중매결혼, 맞선, 정략결혼 이런 게 왜 있겠어?"

"나는 달라요. 긴 터널을 지나서 겨우 다시 빛나는 세상에 나온 기분이라고요. 하고 싶은 것도 많고, 배울 것도 많고, 만나고 싶은 사람도 많아요."

"누가 그런 거 하지 말래? 난 너한테 다른 거 안 바래. 결혼만 해. 그리고 인생은 각자 살아."

"어떻게 그럴 수가 있어요?"

무영은 화가 난 것 같았다. 소월도 슬슬 짜증이 났다. 열 살짜리는 순진하기라도 하고 말이라도 잘 들었지, 이 스물두 살짜리는 도통 말을 들을 생각을 안 하는 것이다.

"우리 한번 서로를 좀 알아보죠?"

소월은 눈꺼풀을 닫고 눈알을 굴렸다. 안압이 치솟는지 눈알이 빠듯하니 아팠다.

"뭐라고?"

"우리가 사랑하게 되면 결혼하는 게 더 자연스러워지잖아요. 그러니까 한번 알아보자고요, 우리가 사랑에 빠질 수 있는지."

"너는 결혼을 하려고 사랑에 빠지냐? 결국 결혼이 목적인 건 나랑 똑같은 거 같은데 뭐하러 그렇게 복잡하게 굴어. 그냥 결혼하고 사랑한다 칩시다, 네?"

"아니요. 전 사랑이 우선인데요. 사랑해야 결혼하는 거죠."

"네가 결혼할 수 있게 사랑에 빠져 보자며. 순서가 바뀌었잖아."

"그건 누나가 하도 결혼만, 결혼만 이러니까 그런 거고요. 난 달라요."

"뭐가 다른데?"

"난 누나 좋아해요."

난데없는 고백에 소월은 설레긴커녕 짜증이 왈칵 솟았다. 그녀는 한숨을 쉬었다.

"네가 날 언제 봤다고 좋아한대."

"첫눈에 반했어요."

무영의 눈엔 한 치의 거짓도 보이지 않았다.

"눈 떴을 때, 내 옆에서 동화책 읽어주고 있는 누나를 보고."

소월은 머리가 지끈거렸다. 모지리가 떠나니까 또라이가 와버렸다. 새로운 차무영은 도무지 종잡을 수가 없다. 예전과 달라진 그를 어떻게 대해야 할지 고민했던 시간들이 무가치한 것처럼 느껴졌다. 저택의 메이드가 심어줬던 희망은 산산조각이 나버렸다.

무영이 깨어나고 집으로 돌아오기 전 일주일 동안 소월은 저택의 안주인 노릇을 했다. 영선이 동진과 명인에게 온천타운을 맡기고, 자신은 희태와 함께 병원에서 무영의 곁을 지켰기 때문이었다. 말이 안주인이지 사실상 무영으로부터 격리된 것이란 걸 소월은 잘 알고 있었다.

"식도 올리셨잖아요. 아가씨는 명실공히 이 저택의 작은 마나님이십니다. 잘하실 수 있을 거예요."

언짢은 기색의 소월을 달래며 희태는 짐을 쌌다. 십이 년 만에 제정신을 찾은 무영으로 인해 그는 흥분 상태였다. 소월은 그를 붙잡고 청승을 떨고 싶진 않았지만 확인 사살이 필요했다.

"절 기억 못 하는 거 맞죠?"

옷가지를 가방에 넣던 희태의 손이 허공에서 멈추었다. 선량하게 생긴 그의 얼굴에 난처한 기색이 역력했다. 억지로 만든 어색한 미소가 그의 대답을 대신해 주었다.

무영이 눈을 떴을 때, 소월은 바로 옆에 있었음에도 불구하고 그가 언제부터 깨어 있었는지 정확히 알지 못했다. 구연동화를 들려주는 것이 의식의 활성화에 도움이 될 수도 있다기에, 실감 나는 캐릭터 연기를 하느라 여념이 없었기 때문이다. 시선을 느낀 건 동화책을 덮고 나서였다. 당연히 감겨 있을 줄 알았던 무영의 눈이 떠져 있었다. 심지어 그녀를 뚫어져라 쳐다보고 있었다. 그 모습은 마치 그림 속 인물이 움직이는 것처럼 환상적인 공포마저 느끼게 해주었다. 너무 놀란 나머지 소월은 그때 읽었던 동화책의 결말도 까맣게 잊어버리고 말았다. 그건 해피엔딩이었을까, 새드엔딩이었을까?

"일시적인 기억상실일 확률이 높다고 했으니까요. 차차 나아지실 겁니다. 오랜 이상 증세도 사라지셨잖아요."

희태가 위로했으나, 소월은 그 이상 증세가 사라진 것이야말로 기억상실과 인과관계가 있으리라 추측했다. 트라우마로 인해 무영은 정신이상 증세를 겪고 있었고, 특정 기억들이 사라짐으로써 정신이상 증세도 없어졌다. 그 말은, 트라우마였던 기억이 사라져 그가 제정신을 차렸다는 뜻으로 해석될 수 있었다. 사라진 두 개의 기억 중 하나가 십이 년 전 혜윤의 죽음이라는 점이 소월의 추론에 신빙성을 더해주었다.

'그렇다면 나를 잊어버린 건 왜일까?'

이것이 소월을 괴롭히는 질문이었다.

'내가 너에게 잊고 싶을 만큼 괴로운 기억이었니?'

소월은 응접실 소파에 덩그러니 앉아 생각에 잠겼다. 그녀는 이곳에서 종종 낮잠을 자거나 휴식을 취했는데, 그럴 때면 무영은 아무도 그녀를 방해하지 못하게 하였다. 창문에서 햇볕이 들어와 그녀의 이마에 사뿐히 내려앉았다. 소월은 따사로운 빛을 느끼며 무영의 말을 떠올렸다.

"여긴 내가 제일 좋아하는 곳이야. 해님이 웃는 게 아주 예쁘지?"

무영은 햇살을 보고 해가 웃는 거라고 말하곤 했다. 눈이 부셔 햇살을 제대로 쳐다보지도 못하면서, 손가락으로 가리키며 실실 웃었다. 그 웃는 얼굴을 다시 보기 위해서 소월은 삼 주간 하루도 빠짐없이 매일 기도했었다. 의사들은 말로는 괜찮다고 했지만 그들의 표정이 비관적인 상황을 암시하고 있었다. 부주의한 간호사 몇 명이 저택의 모지리 도련님이 이번에는 정말 식물인간이 될지도 모른다고 속닥거리다가, 소월과 마주치면 꽁무니를 빼기도 했다. 소월은 무영이 자신을 지키느라 혼수상태에 빠진 것이 견딜 수 없었다. 그가 영영 눈을 뜨지 않을까 봐 덜컥 겁이 났다.

"어서 일어나. 너한테 꼭 해야 할 말이 있단 말이야. 일어나서 직접 들어, 차무영."

그녀는 움직이지 않는 무영의 손을 잡고 주문을 외듯 말했다.

'눈을 뜨면 말해줘야지, 이번엔 꼭 말해줘야지.'

그러나 정작 무영이 눈을 떴을 때, 소월은 입이 얼어붙어 아무 말도 하지 못했다.

"진짜 마녀가 말하는 것 같았어요."

깨어난 무영은 소월과 잠시 눈을 마주치다가, 동화책에 시선을 던지며 말했다. 오랫동안 성대를 쓰지 않아 목소리는 원래보다 더 가라앉아 있었다. 소월은 위화감을 느꼈다. 무영은 그녀에게 존댓말을 쓰지 않는다.

"그런데, 누구세요?"

무영의 질문에 소월은 정신이 아득해졌다. 그 후, 무영은 곧장 검사를 받게 되었고 착란을 비롯한 유아퇴행 증상이 사라졌다는 진단을 받았다. 대신 그는 해리성 기억장애를 판정받았다. 소월은 가슴속에 맺힌 말을 꺼내지 못하고 저택으로 보내졌다. 잠시 쉬라는 명목이었으나, 실제론 소월이 무영을 혼란스럽게 하는 것을 영선이 원하지 않았기 때문이었다.

저택 관리를 위해 소월이 참견할 일은 딱히 없었다. 숙련된 메이드들은 그녀의 명령이나 감시 없이도 제 일을 척척 해내었고, 때에 맞춰 소월의 식사를 챙겼다. 메이드들은 홀로 멍하니 앉아 있는 소월을 안타까워하며 차례대로 말동무를 해주거나 같이 산책을 하자고 졸랐다.

"처음엔 아가씨가 엄청 깍쟁이에 차가운 분이신 줄 알았어요. 다가가기도 어렵고요."

저택의 2층을 담당하는 메이드가 소월에게 팔짱을 끼며 말했다. 두 사람은 점심을 먹고 정원을 거닐고 있었다. 그녀는 사교성이 좋아서 누구에게든 친근하게 굴었다. 그런 그녀가 어렵다고 할 정도면 다른 사람들에게 소월의 첫인상이 얼마나 나빴을지 알 만했다.

"그전까진 차 사장님이랑 말싸움을 해서 지지 않는 건 한 선생님뿐이었거든요. 그런데 아가씨는 저택에 오시자마자 차 사장님이랑 신경전을 벌이셨잖아요."

소월은 월산에 온 첫날이 까마득하였다. 머문 지는 이제 겨우 두 달이 되어가는데 그사이에 일어난 일들이 너무 많았다.

"기억나세요? 그다음 날에 아가씨가 밥도 안 드시고 계속 방에만 있으셨던 거?"

무영의 앞에서 엉엉 운 다음 날이었다. 소월은 모지리에게 안겨 아이처럼 운 게 창피하기도 하고, 영선이나 다른 저택의 사람들을 마주치기가 껄끄러워 방에서 나오질 않았다.

"그때 도련님이 문밖에서 아가씨 나오시기만을 하염없이 기다리셨어요. 원래 사장님 계실 땐 본채에 발도 들이지 않는 분이신데…… . 지나가는 저를 붙잡고 아가씨를 굶기는 건 아니냐며 얼마나 닦달을 했는데요. 그때 알았죠. 아, 우리 도련님에게 봄이 찾아오는구나!"

소월은 메이드가 무슨 말을 하고 싶은 건지 알 수가 없었다.

'지금 날 놀리나? 무영이가 나를 기억하지 못하는 걸 뻔히 알면서.'

그녀는 괜한 서러움에 눈물이 날 것 같았다. 굳게 다무느라 소월의 입술이 비뚤어진 것도 모르고 메이드는 말을 이었다.

"숨바꼭질을 하신 것도 다 아가씨 때문이에요."

"그게 왜 나 때문이에요? 무영 씨랑 놀아주느라 내가 얼마나 힘들었는데요."

"도련님은 사장님을 마주치는 걸 싫어하셔서 저택에선 잘 놀지 않으세요. 그런데도 그렇게 숨바꼭질을 했던 건 아가씨가 저택에 쉽게 적응할 수 있도록 도와주려고 하신 거죠."

"그때만 해도 무영 씨의 정신연령은 열 살 수준이었어요."

"열 살짜리라고 해서 사려 깊지 말라는 법은 없죠. 도련님은 진짜 아이였을 때에도 똘똘하고 착하셨다고 들었어요. 숨바꼭질을 할 때마다 아가씨가 숨은 곳으로 늘 저희들을 보내셨는걸요. 찾지 않고 있을 테니까, 아가씨한테 말을 걸고 친해지라고."

보이지 않는 손이 머리를 한 대 세게 친 것 같은 충격이었다. 어쩐지 소월이 숨을 때마다 메이드들이나 정원사들이 은근슬쩍 다가와 말을 걸었다. 소월은 그들이 술래인 무영을 도와주려고 일부러 아는 체를 한다고 생각했었다. 경계 태세를 늦추지 않고 방 안에만 박혀 있던 소월은 무영이 숨바꼭질을 하자고 조르는 바람에 어쩔 수 없이 온 저택을 돌아다니게 되었다. 자신을 구경거리처럼 본다고 생각했던 메이드들이 의외로 상냥하다는 걸 알게 된 것도, 의뭉스럽다고 여긴 희태가 사실은 그저 허술하고 착하다는 걸 알게 된 것도 무영과의 끊임없는 숨바꼭질 덕분이었다.

"아가씨가 생각하시는 것보다 아가씨는 훨씬 더 도련님에게 중요한 분이세요."

메이드의 말에 소월은 살짝 목이 멨다. 그가 그녀에게 해주었던 것들이 주마등처럼 스쳐 지나갔다. 소월이 견딜 수 없는 우울로 방의 문을 걸어 잠그고 있으면, 무영은 창문을 두드렸다. 솔방울을 열 개쯤 던졌을 때 소월이 성가심을 참지 못하고 창가에서 소리를 지르면, 무영은 그녀의 얼굴을 보니 좋다고 바보처럼 웃었다. 그러면 소월은 맥이 탁 풀려 버려서 싸울 의지도 잃고 그저 숲의 향이 실린 바람을 느끼곤 했다. 사람들은 소월이 무영의 친구가 되어준다고 생각했지만 사실 무영이 소월의 친구가 되어주었다. 그는 그녀의 외로움을 덜어주고, 울면 달래주는 유일한 사람이었던 것이다.

"무영 씬 나에게 친구가 되어주려고 했던 것 같아요."

소월에게 차무영은 월산에서 숨통을 틔워주는 존재였다. 그의 모자람은 소월에게 여유가 되었고, 순수함은 안식처가 되어주던 나날들이었다. 아이러니하게도 무영이야말로 소월이 이용하고 결국엔 버려야만 하는 존재였는데도 말이다.

"친구이면서 첫사랑이실 거예요."

메이드는 단언했다. 그녀는 무영에게 잠시 왔다가 떠난 여자들을 알고 있었다. 그들 중에는 소월보다 더 예쁜 사람도 있었고, 더 잘 웃는 사람도 있었다. 하지만 무영의 마음에 닿은 사람은 오직 소월뿐이었다.

"그 나이의 첫사랑이란 게 첫사랑인 줄도 모르고 찾아오니까요. 사라지면 아플 거면서."

소월은 반박할 수가 없었다. 위장결혼이라는 비밀을 공유했다는 것만으론 무영의 다정함을 전부 설명할 순 없었다. 그것은 그녀가 애써 건드리지 않은 마음속의 두려움이었다. 소월은 무영이 자신을 친구 이상으로 좋아할까 봐 전전긍긍했다. 그에게 상처 줄 준비를 하면서도 그녀는 어느새 그가 조금이라도 덜 상처받길 원했다.

'내가 주려던 상처를 눈치챘던 건 아니었을까? 그래서 상처받기 전에 날 잊어버린 건 아닐까?'

소월은 가슴이 아팠다. 무영은 늘 진심으로 다가왔지만, 그녀는 한 번도 진실한 적이 없었다.

'잘해주기라도 할걸.'

소월은 후회했다.

'진심을 주진 못하더라도 더 상냥하게 대해줄걸.'

무영에게 받은 건 잔뜩이었으나 그녀가 준 건 아무것도 없는 것 같았다. 위로를 해준 적도, 의지가 되어준 적도 없었다.

"걱정하지 말아요. 남자는 첫사랑을 절대 잊지 못한다고 하잖아요."

메이드는 품에서 손수건을 꺼내 소월에게 주었다. 그녀의 눈가에 눈물이 고여 있었기 때문이었다.

"도련님은 아가씨를 꼭 기억해 낼 거예요."

그녀가 희망에 가득 차 있었기 때문에 소월도 덩달아 마음에 낀 먹구름을 조금이나마 걷어낼 수 있었다.

'그래. 네가 나를 잊었어도 상관없어. 내가 너를 발견할게, 차무영.

그리고 나의 진심을 보여줄게.'

소월이 무영에게 보여줄 수 있는 단 하나의 진짜 마음은 고마움이었다.

'고마웠다고 말할게. 친구가 되어주어서, 내 외로움을 덜어주어서 고마웠다고. 날 구해줘서 고마웠다고 꼭 말할게.'

소월은 울렁거리는 마음을 다잡았다. 평소와 같은 차분한 모습으로 그가 돌아오길 기다리기로 하였다. 그러나 진심을 전하고 싶은 그녀의 바람은 처참하게 부서졌다. 그녀의 진심을 받아주기엔 차무영이 예상보다 훨씬 더 다른 사람이 되어 있었기 때문이다. 적어도 모자란 아이였던 차무영은 첫눈에 반하는 것과는 거리가 먼 녀석이었다. 그 애에게 가짜 청혼을 받아내기 위해 소월이 얼마나 고생을 했던가! 그래도 차라리 그게 나았다. 소월은 첫눈에 반한다는 말을 믿지 않기 때문이다. 그래서 어른이 된 차무영의 고백도 믿지 않았다.

"네가 나한테 첫눈에 반했든 안 반했든 그건 중요하지 않아. 우린 집안끼리 한 약속을 수행하는 것뿐이야. 이미 결혼식까지 올린 마당에 네가 고집을 부린다고 달라질 건 없어. 어머님이 우리가 혼인신고 하지 않는 걸 보고만 계시진 않을 테니까."

소월의 사무적이고 냉랭한 목소리는 떠들썩한 피자 가게의 분위기와 결코 융합되지 않았다. 두 사람의 대화 주제는 치즈와 올리브 토핑을 추가한 라지 사이즈의 페퍼로니 피자를 앞에 두고 할 만큼 유쾌한 것은 아니었다.

"난 혼인신고를 하지 않겠다는 게 아니라니까요."

무영이 어린아이를 타이르듯 말했다.

"누나가 날 좋아한다는 확신이 들면 혼인신고를 하겠단 거죠."

그의 말대로 긴 터널에서 마침내 빠져나온 차무영은 뭐든지 할 수 있다는 자신감으로 가득 찬 것 같았다. 소월은 그가 가소로웠다.

"안 좋아하게 되면 혼인신고를 안 하겠단 거야?"

"아뇨. 그래도 할 건 해야죠. 안 그럼 누나네 할아버지가 우리 집을 쑥대밭으로 만들 텐데요."

"그러면 어쩌자는 거야? 난 진짜 네가 무슨 소릴 하는지 모르겠다."

소월이 두 손으로 머리를 싸맸다. 무영이 소월을 위해 남겨놓은 피자 몇 조각이 차갑게 식어가고 있었다.

"누나가 어렵게 생각하는 거예요. 사실은 정말 간단해요."

무영이 명료한 어조로 또박또박 말했다.

"누나가 날 사랑하면 돼요."

그러고 나서 무영은 소월에게 구체적인 제안을 했다. 앞으로 딱 세 번만 데이트를 하자는 것이었다. 그 후에 소월이 무영을 좋아하게 되면 두 사람은 혼인신고를 한다. 물론 소월이 무영을 좋아하지 않더라도 혼인신고는 한다.

"어차피 혼인신고를 하는 건 똑같은데 뭐하러 사서 고생을 해? 달라지는 것도 없는데."

"누나의 마음이 달라지잖아요."

무영에겐 그것이 세상에서 가장 중요했다.

"그러면 모든 게 바뀔 거예요."

그의 두 눈이 생기로 반짝였다. 소월은 어이가 없으면서도 딱히 반박할 거리를 찾지 못해 잠시 말문이 막혔다. 그녀는 짧고 세차게 머리를 흔들었다.

"정리하면 세 번만 데이트하고 혼인신고를 하자 이거지?"

"정리하면 나랑 사랑에 빠지자는 거죠."

무영이 소월의 말을 정정하며 빙그레 웃었다.

소월은 불이 꺼진 방의 천장을 응시하고 있었다. 그녀는 무영의 고백과 제안을 되새기느라 쉬이 잠들지 못했다. 병실에서 눈을 뜨자마자 첫눈에 반했다는 그의 황당무계한 고백은 소월의 공감을 얻기엔 턱없이 부족했다.

'자기가 잠자는 숲 속의 공주야? 잠에서 깨자마자 사랑에 빠지게. 내가 왕자처럼 구해주기라도 했으면 이해라도 하지.'

소월은 무영의 고백이 영 탐탁지 않았다. 그 이유는 그녀가 생각해도 무척 우스운 것이었다. 그것은 모지리 무영에 대한 의리였다. 무영의 고백과 제안은 마치 '내가 진짜야! 그러니까 당장 그 어린애를 잊고 나한테 집중해!'라고 말하는 것 같았다. 소월이 알던 무영은 어리광을 부리면서도 늘 조심스럽게 다가왔다. 현재의 차무영처럼 당당하지도 않았다.

'나한테 차무영은 열 살짜리 모지리야. 만약에, 아주 혹시라도 만약에, 지금의 차무영을 사랑하게 된다면 그 열 살짜리 꼬마는 나에게서조차 완전히 사라져 버려.'

영선과 동진은 당연하고, 희태조차 열 살의 차무영을 그리워하질 않았다. 그들은 열 살짜리이든 스물두 살짜리이든 차무영은 어차피 같은 인물이라고 받아들이는 것 같았다. 차무영이 그 사람들을 잊지 않았으니까. 그들에겐 연결 고리가 있었다. 하지만 소월은 달랐다. 소월과 시간을 나눈 열 살짜리 모지리 차무영은 두 사람의 추억을 갖고 사라져 버렸다. 소월에게 차무영은 별개의 두 사람이었다.

'좀 더 잘해줄걸.'

무영이 사라진 후부터 매 순간 드는 생각이었다. 소월의 눈에서 찔끔 눈물이 났다. 눈물 한 방울이 또르르 떨어져 그녀의 베개를 얼룩지게 만들었다. 속으로만 되뇐 말들이 미련이 되어 그녀를 짓누르는 것 같았다. 그녀는 손등으로 눈물을 훔치고 자리에서 일어났다. 잠들지 않은 채로 누워만 있으려니 허리와 어깨가 아파왔다. 소월은 침대에서 내려왔다. 시원한 밤공기를 쐬면 답답한 마음이 조금 나아질 것 같았다. 그녀가 창문을 열기 위해 창가에 다가갔을 때였다.

누군가 창문에 돌을 던졌다. 유리창이 위태롭게 흔들렸다. 소월은 순간 소름이 돋았다. 그녀의 창문에 뭔가를 던지는 건 무영뿐이었으나, 그는 소월이 놀라지 않을 정도로 작은 자갈이나 모래알, 솔방울 따위를 던지곤 했다. 이건 무영이 하던 애교 있는 장난이 아닌 위협적인 행동이었다. 소월은 커튼 뒤에 붙어 창문 밖을 살폈다. 별채에서 본채로 가는 길을 밝히는 야간 조명이 땅바닥에서 은은하게 빛을 발하고 있었다. 그리고 정원 한가운데에는…….

"그림자가 서 있어."

무영의 천진한 말투가 소월의 머릿속에 재생되었다. 소월은 다리의 힘이 풀려 주저앉을 것만 같았다. 그녀는 두 손으로 커튼을 세게 움켜잡았다. 검은 복면을 뒤집어쓴 검은 옷의 사내가 소월이 숨어 있는 창문을 향해 얼굴을 들고 서 있었다. 눈도 코도 입도 보이지 않았지만 그가 자신을 보고 있다는 걸 소월은 알 수 있었다.

숨어도 소용이 없다는 경고를 하듯 그는 손가락으로 소월을 가리켰다. 아니, 그것은 손가락이 아니었다. 야간 조명의 빛이 반사되어 섬광이 번쩍인 그것은 분명 칼이었다. 검은 인간은 뒤를 돌아 칼로 별채를 가리켰다. 소월은 온몸의 피가 다 빠져나가는 것처럼 급격하게 오한을 느꼈다. 괴한이 노리는 것은 차무영이다.

"차무영!"
날카로운 비명이 하늘을 찢을 듯이 내질러졌다. 소월은 뛰기 시작했다.

'은혜병원'은 월산 시내에서 입원실을 갖추고 있는 유일한 종합 병원이었다. 병원에는 딱 백 개의 병상이 있었다. 의료법이 제시하는 종합병원의 기준을 가까스로 맞춘 셈이었다. 그러므로 은혜 병원에 정신병동이 있는 것은 꽤 특이할 만한 일이었다. 정신과 전문 센터는 보통 삼백 개 이상의 병상을 가진 종합병원에 있기 때문이었다. 이러한 특이점은 월산의 다른 '예외의 것'들이 그러하듯 다 차씨 일가의 입김이 작용한 탓이다.

은혜병원은 원래는 '은혜정신과의원'으로, 마을에 있던 작은 개인의원이었다. 고작해야 간단한 우울증이나 알코올 중독, 불면증 따위를 치료하는 곳이었다. 정신과라고 하면 무턱대고 광인을 떠올리는 시대이기도 했고, 지방 특유의 폐쇄적이고 보수적인 성향 때문에 의원은 언제 문을 닫아도 놀랍지 않을 정도로 환자가 없었다. 그런 의원이 급속도로 성장하게 된 건 차강문의 전폭적인 후원이 있고 나서부터였다.

차강문과의 결혼 후, 연화는 서서히 정신을 놓았다. 광증마저 그녀의 천성답게 온화하였으므로 부모나 하인들은 낌새를 알아차리지 못하였다. 그러나 살을 맞대고 사는 차강문은 한연화가 미쳐 가고 있다는 걸 알아차렸고, 그녀의 광증이 자식들에게 영향을 줄까 두려워하였다. 사람들의 눈과 입이 무서워 강문은 연화의 광증을 숨겼다. 대신 그녀가 불면증에 시달린다는 핑계를 앞세워 연화를 데리고 은혜정신과의원을 찾곤 하였다. 의사는 마을 대지주의 비밀을 함구하였다.

연화가 둘째 아이를 데리고 떠난 후로 그곳의 단골은 석윤이 되었다. 그리고 석윤이 자살을 한 뒤로는 혜윤이 의원을 드나들었다. 온천타운이 세워지고 마을이 개편되면서 은혜정신과의원은 시내로 이사를 했다. 강문은 지역민들의 환심을 살 겸, 만일의 경우 혜윤을 입원시킬 겸 은혜정신과의원을 종합병원으로 만들기로 하였다. 이러한 병원의 연혁은 큼직한 액자로 만들어져 병원장의 집무실 한쪽 벽면에 걸려 있었다.

'……외상 후 스트레스장애, 원인 불분명…… 복잡한 가정사, 유년기에 불안장애 겪었을 가능성…….'

병원장인 해숙은 진료를 그만둔 지 십 년이 넘었으나, VIP 고객의 요청으로 특별 상담을 실시하게 되었다. 간만에 진료 차트를 작성하려니 손이 영 느렸다. 그녀는 어색하면서도 현역으로 돌아간 것 같아 신선한 기분이 들었다.

"소월 씨, 미안한데 한 번만 더 그때 상황을 묘사해 주겠어요?"

해숙이 티 테이블을 사이에 두고 맞은편에 앉아 있는 소월에게 부탁했다. 그녀는 팔짱을 끼고 안락의자의 등판에 바짝 기대어 앉아 있었다.

'음…… 방어적이고 회피적인 자세…….'

해숙이 소월을 힐끔거리며 차트를 끼적거렸다. 소월은 엉덩이를 들어 자세를 고쳐 앉고 입을 열었다.

"괴한을 발견하고 곧장 뛰쳐나갔어요. 비명을 지르면서요. 사람들이 소란을 듣고 일어나길 바랐거든요."

"도움을 청하고 싶었던 거군요?"

"당연하죠. 그 남자는 칼을 들고 서 있었으니까요."

소월은 답답했다. 예순이 넘은 것 같은 의사는 차트를 작성하면서 중간중간 한숨을 쉬기도 하고, 뭔가를 골똘히 생각하기도 했다. 소월의 말을 잘 이해하지 못하는 것 같기도 했다.

'차무영, 그 인간은 왜 쓸데없는 오지랖을 부려서 사람을 귀찮게 하는 거야.'

새벽에 괴한의 침입 소동이 있던 그날 저녁, 차무영은 하루 종일 말이 없다가 대뜸 소월에게 병원에 함께 가자고 했다. 소월은 당연히 차무영의 진료 때문이라고 생각했다. 그러나 무영은 소월에게 진료를 받아보라고 권했다. 내가 미친 걸로 보이냐며 화를 내는 소월에게 무영은 그녀 역시 최근 들어 충격적인 일을 연달아 겪었으니, 가볍게 상담을 받는 것도 나쁘지 않을 거라고 말했다. 그는 자신의 주치의를 해주기로 한 의사가 무척 유능하고 좋은 사람이라며 소월을 설득했다. 결국 소월은 다음 날 아침 식사를 끝내자마자 무영의 손에 이끌려 병원에 오게 된 것이다.

"남자가 칼을 들고 어떤 행동을 취했죠?"

"나를 가리키고 나서 무영 씨가 있는 별채를 가리켰어요."

소월은 또 오한이 들어 몸을 부르르 떨었다.

"그래서 무영 씨가 위험하다고 판단했고, 구해야 한다고 생각했어요."

"비명을 질러서 말이죠? 다른 사람들에게 무영 씨를 구해달라고 요청하기 위해서?"

"아니요. 아까도 말씀드렸잖아요. 비명을 지른 건, 저를 보조해 달라는 의미가 좀 더 강했어요. 제가 무영 씨를 구하지 못할 경우를 대비해서요. 자고 있던 사람들을 붙잡고 상황을 설명할 시간이 없었다니까요."

소월은 살려달라고 고래고래 소리를 지르며 본채의 2층에서부터 별채까지 내달렸다. 자고 있던 사람들을 깨우기엔 충분한 괴성이었다.

"그러니까 소월 씨는 무영 씨를 직접 구하고 싶었다는 거군요."

"네."

했던 말을 반복하고 되물어 확인하는 의사의 굼뜬 대화 방식에 소월은 속이 터질 것 같았다.

"별채에 도착해서는 어떻게 했나요?"

"문을 열고 들어가서 무영 씨를 찾았어요."

"괴한이 공격할까 봐 무섭진 않았나요? 망설이진 않았어요?"

"아뇨. 어차피 그 남자는 내가 갈 걸 알고 있었고, 자기보다 약한 여자를 제압하기 위해서 숨어 있을 것 같진 않아서요. 머뭇거리느니 빨리 무영 씨를 찾는 게 좋을 것 같았어요."

"왜 그 남자가 소월 씨가 올 걸 알고 있는 것 같았죠?"

"당연하잖아요. 저의 관심을 끌려고 창문에 돌을 던지고, 보란 듯이 칼로 무영 씨를 가리켰으니까요. 그렇게 대범하게 행동하는 놈이라면 무영 씨를 인질로 잡고 협박을 했으면 했지, 숨어서 덮칠 것 같진 않더라고요."

해숙은 고개를 끄덕이며 차트에 '논리적, 분석적, 체계적'이라고 적어두었다.

"그러고 나서 어떻게 되었나요?"

"원장 선생님도 이미 잘 알고 계시듯이."

소월은 일부러 그것을 강조했다. 같은 내용을 되풀이하는 것은 정말 지겹고 따분했다.

"괴한은 없었어요."

그녀는 이 부분이 가장 분했다. 별채의 곳곳을 뒤져 보았지만 괴한은커녕 개미 새끼 한 마리도 발견하질 못했다. 침입의 흔적도 보이지 않았다. 침대에서 쿨쿨 잘만 자고 있던 무영은 오히려 소월을 보고 얼굴이 사색이 되었다.

"괴한의 증발 때문에 지금 이렇게 상담을 받고 있는 것 같은데, 전 진짜 미치지 않았어요. 환상을 본 것도 아니라고요."

"누구도 소월 씨가 미쳤다고 생각하지 않아요. 이건 평범한 진료일 뿐입니다. 외상 후 스트레스장애는 다양한 상황에서 발생할 수 있거든요. 가족의 냉대라던가, 왕따 같은 것에서부터 범죄의 피해자인 경우까지 범위가 넓죠. 소월 씨는 벌써 몇 번이나 폭력적인 상황에 노출되었고요."

해숙의 말도 일리가 있었다. 무영도 비슷한 논지의 말을 했었다. 괴한의 침입뿐 아니라 그전에 신혼여행에서 겪은 일 때문에라도 소월은 심리적으로 안정을 취할 방법을 찾아야 한다고 말이다.

"자, 그러면 다시 질문으로 돌아가죠. 괴한이 없어진 걸 알고 나서 소월 씨는 어떻게 행동했죠?"

"다행이라고 생각했죠. 하지만 완전히 마음을 놓은 건 아니었어요. 일단 무영 씨를 일어나게 한 다음에, 방 안에 괴한이 숨을 만한 곳이 있는지 살폈어요."

"그리고요?"

"방의 문을 잠갔어요."

해숙의 눈빛이 날카롭게 빛났다.

"왜 밖으로 도망치지 않았죠?"

"밖에서 괴한이 나타날 수도 있으니까요. 방 안은 안전이 확보된 상태였으니 차라리 안에서 도움을 기다리는 게 낫다고 생각했어요."

"그렇군요."

해숙이 차트에 뭔가를 휘갈겼다. 만년필의 촉이 경쾌한 소리를 내며 종이를 긁었다. 소월은 차트의 내용을 자신도 알 수 있을지 궁금해졌다. 소월은 해숙이 질문하기 전에 먼저 선수를 쳐 그 후의 일들을 술술 말해주었다.

"기다리고 있으니까 무영 씨의 예전 주치의인 한지훈 씨와 세 명의 상주 메이드들이 나타났어요. 그다음에 시부모님 내외가 오셨고요. 사람들에게 제가 본 걸 말해줬고, 곧 저택과 정원의 모든 불들이 켜졌어요. 경찰까지 불러서 샅샅이 찾아봤지만 괴한은 보이지 않았고요."

소월은 말을 끝낸 뒤 입을 굳게 다물었다. 해숙은 소월이 실망해하는 눈치라고 생각했다.

"거짓말쟁이가 된 것 같아서 기분이 아주 나빠요."

"소월 씨를 그렇게 생각하는 사람은 없어요."

해숙이 손을 바쁘게 움직이며 말했다. 그녀는 차트의 내용을 대충 정리하곤 소월에게 잠을 못 자진 않는지, 식욕이 떨어지거나 늘진 않았는지, 피로감이나 두통을 느끼진 않는지를 물었다. 소월은 전부 그렇지 않다고 대답했다.

"전 정말 아무 문제가 없어요. 무영 씨가 하도 상담을 받아보래서 온 거라니까요. 굳이 병명을 고민하실 필요도 없어요. 전 정상이니까요. 차무영 씨나 잘 봐주세요."

소월이 당차게 말했다. 그녀는 행여 또 이야기가 길어질까 봐 얼른 자리를 털고 일어났다. 소월은 해숙에게 꾸벅 인사를 했다. 차트의 내용이 신경 쓰이긴 했지만 자신은 어차피 정상인데 구태여 볼 필요가 있을까 싶었다. 홀로 남은 해숙은 차트를 눈으로 읽어 내려갔다.

정소월. 만 24세.
잠재적 외상 후 스트레스장애.
원인 불분명. 본인의 자각 없음.
울산에서 일련의 사건들이 증상을 악화시킨 것으로 추정.
복잡한 가정사. 유년기에 불안장애 겪었을 가능성.
방어적. 회피적.
불특정 망상장애 겪고 있음. 망상의 구체적인 묘사 가능.
무의식 기호들이 표현됨.
강. 공격적이고 자기 파괴적인 성향.
차무영의 안전에 집착하고 있음.
망상의 내용이 논리적, 분석적, 체계적임.

폐쇄적. 수동적 안전 지향.
약간의 피해 의식.
그리고……

해숙은 마지막 글자를 한참 동안 노려보았다.

초콜릿 맛과 바닐라 맛이 섞인 소프트 아이스크림이 콘 모양의 과자 위에 거대한 뱀처럼 똬리를 틀었다. 노점상 주인이 험악하게 얼굴을 구긴 소월에게 아이스크림을 건넸다. 소월은 마뜩잖아 하며 아이스크림을 손에 쥐었다. 무영은 싱글벙글 웃으며 자신의 것은 딸기 맛으로 만들어달라고 주문했다.

"이것도 데이트야."

소월이 고양이처럼 아이스크림을 핥으며 단호하게 말했다.

"에이, 무슨."

무영이 소월의 말을 한 귀로 흘려들으며 아이스크림을 받았다. 두 사람은 나란히 걸으며 아이스크림을 먹었다. 소월은 계속 이건 데이트가 맞다고 중얼거렸고, 무영은 아니라고 반박했다.

"단둘이 시내 돌아다니면서 아이스크림을 먹는 게 데이트가 아니고 뭐야!"

소월이 멈춰 서서 짜증을 냈다. 빨리 그놈의 데이트 세 번을 해치우고 싶은데 무영은 무슨 생각인지 데이트의 '데' 자도 꺼내질 않았다.

"이건 그냥 같이 병원에 와서 진료받은 건데요. 아이스크림은 날이 덥고 맛있어 보여서 사 먹은 거구요. 이게 어떻게 데이트예요. 제 기준에선 데이트 아니에요."

"데이트에 기준까지 있어?"

"그럼요. 안 그럼 누나가 막무가내로 전부 데이트라고 우길 거 아니에요."

무영의 예리한 지적에 소월은 뜨끔했다.

"어차피 누나가 원하는 대로 혼인신고는 하게 되어 있잖아요. 나한테 어느 정도 맞춰준다고 해서 손해 볼 건 없지 않아요?"

무영이 얄밉게 말했다. 그는 진한 분홍색 아이스크림을 크게 한 입 앙 하고 베어 먹었다.

"그래서 네가 생각하는 기준이 뭔데?"

"제일 중요한 건 설렐 수 있는 상황이 준비되어야 하는 거죠. 분위기 있는 카페에 간다거나, 놀이동산이나 꽃놀이 같은 것도 좋고. 아, 술도 마시면 좋겠다."

"수울? 수우우울?"

소월은 어이가 없어서 입이 떡하니 벌어졌다. 그녀는 턱이 빠질 지경이었다.

"네가 술을 마신다고? 네가?"

"안 될 게 뭐 있어요. 나, 스물두 살이잖아요."

"아, 진짜 말도 안 돼. 말도 안 돼."

불과 한 달 전까지만 해도 바나나 우유를 입에 달고 살고, 토스트에는 땅콩버터와 딸기 잼을 꼭 함께 발라야만 했던 차무영이었다. 물론 현재도 딸기 아이스크림을 먹는 폼을 보니 원래 입맛이 어린애인 모양이었지만, 하여간 중요한 건 그는 십이 년 동안 열 살로 살았다는 것이다. 그런데 하루아침에 술판을 벌이자니! 소월의 입장에선 기가 차고 같잖은 일이었다. 소월은 속에서 열이 나는지 아이스크림을 한 번에 와구와구 씹어 먹었다.

"천천히 좀 먹어요. 입술에 다 묻었잖아요."

무영의 손이 소월의 얼굴로 훅 다가왔다. 그는 한 손으로 그녀의 뺨을 가볍게 감싼 채 엄지로 입 주변을 조심스레 문질러 주었다. 소월은 심장이 쿵쾅대는 것을 깜짝 놀란 탓으로 돌렸다. 그녀의 콧구멍이 벌렁거렸다. 소월은 무영의 손가락에 닿을까 봐 입술을 입안으로 말아 물었다. 무영이 손에 묻은 아이스크림을 바지에 쓱쓱 문질러 닦았다.

"더러워!"

"입술에 묻히고 다니는 것보단 깨끗해요."

"손수건으로 닦든가."

소월이 신경질을 내며 핸드백 안에서 손수건을 꺼냈다. 그녀는 모지리 무영을 챙기던 버릇대로 그의 손에 묻은 아이스크림을 직접 꼼꼼히 닦아주었다. 그녀의 작은 손이 자신의 큰 손 위에서 열심히 움직이는 걸 보니, 무영은 가슴이 부풀어 빵 하고 터질 것 같았다.

"위험하다."

"뭐가?"

"너무 설레서 안 되겠어요. 데이트 기준 바꿀래요."

무영의 귀 끝이 빨갛게 달아올라 있었다. 소월도 그의 말뜻을 깨닫곤 덩달아 얼굴이 새빨개졌다.

"이상한 거에 설레지 마!"

"좋아하는 여자가 손을 잡고 있는데 어떻게 안 설레요?"

무영이 정직하게 항변했다.

"원래도 네 손 더러워지면 닦아줬잖아!"

얼굴에 물음표를 잔뜩 단 무영을 보고 소월은 아차 싶었다.

"기억이 안 나니까 무효예요."

무영이 콘 과자를 입에 털어 넣었다. 소월은 괜히 무영의 눈치를 봤다. 그녀는 기분이 묘했다. 소개팅 자리에서 실수로 전 남자친구와의 추억을 꺼내 민망한 상황을 만들어낸 머저리가 된 것 같았다. 그녀는 황급히 화제를 돌렸다.

"그래서 데이트 기준을 어떻게 바꿀 건데?"

"누나랑 있으면 모든 순간이 설렐 테니까, 설렘을 기준으로 삼으면 안 되겠어요."

"그럼 어쩌자고."

소월은 자신의 말투가 평소보다 심드렁하고 톡톡 쏴댄다는 걸 알고 있었지만 어쩔 수 없었다. 무영이 애정 공세를 폭격기 수준으로 하고 있었기 때문에 균형을 위해서라도 그녀는 더 땍땍거리게 되었다.

"내가 데이트 신청을 해야 돼요. 누나는 안 돼요. 남발할 수도 있으니까. 소중한 세 번의 기회란 말이에요."

무영은 소월이 세상에 둘도 없는 귀한 보물이라도 되는 양, 누가 훔쳐 가기라도 할 듯 그녀를 애간장이 녹게 바라봤다.

"그리고 누나도 데이트에 성의 있게 임해줘야 해요. 이건 의무예요, 의무."

"성의 있게, 어떻게, 뭐?"

"예쁘게 하고 나와요."

"지금은 안 예쁘단 거구나."

소월의 눈이 불만스러운 모양으로 쭉 찢어졌다. 무영은 저도 모르게 풉 웃음을 터뜨렸다. 소월의 눈초리가 매서워졌다.

"내 눈엔 뭐든 다 예뻐요."

"예쁘게 하고 나오라며."

"누나가 스스로 생각해도 예쁜 걸 말하는 거예요. 양심에 손을 얹고 진짜 데이트할 때 누나가 꾸미는 것처럼요."

무영이 소월의 어깨를 살짝 잡았다. 그의 손은 웬일인지 떨리고 있었다.

"누나가 진심이면 좋겠어요. 세 번의 데이트만큼은, 마음 닫지 말고. 내가 설레게 만들면 설레고, 보고 싶으면 보고 싶어 하고 그랬으면 좋겠어요. 억누르지 말고."

그가 손을 뗐다. 그런데도 그 떨림이 소월의 어깨 끝에 남아서 가슴으로 흘러내려 오는 것 같았다. 모지리 차무영에게도 그녀는 끝내, 고마웠다는 진심을 전하지 못했다. 이번이라고 다를 수 있을까? 이 관계는 이미 소월이 정한 결말이 있었다. 그것은 새드엔딩이었다. 그걸 뻔히 아는데도 진심을 다할 수 있을까? 불속으로 뛰어드는 불나방이 되어버릴 텐데.

"그래도 거짓말은 안 해서 좋네요."

대답을 못 하고 울 것 같은 표정을 짓는 소월에게 무영이 호탕하게 말했다. 그러나 그의 눈에도 쓸쓸한 슬픔이 어려 있었다. 무영은 소월의 기분을 어떻게 나아지게 할까 고민하다가, 소중한 첫 번째 기회를 쓰기로 했다.

"그럼, 우리 이제 데이트할까요?"

"뭐? 지금은 데이트 아니라며. 나 차려입지도 않았는데."

갑작스러운 전개에 소월이 눈을 동그랗게 뜨고 당황해했다.

"첫 번째니까 특별히 봐줄게요. 대신 누나도 날 봐줘요."

"뭘 봐줘야 하는데?"

소월이 불안하게 물었다.

"진도를 좀 빨리 빼겠습니다."

무영이 소월의 손을 덥석 잡았다. 그녀의 손을 완전히 장악한 그의 손에 점점 힘이 들어갔다.

포장이 뜯어지지 않은 클리어 파일을 손에 든 여자가 계산대 앞에 선 무영을 힐끔거리다가 소월과 눈이 마주쳤다. 그녀의 시선은 재빠르게 두 사람의 맞잡은 손으로 이어졌고, 부러움과 민망함이 섞인 표정이 여자의 얼굴에 언뜻 스쳤다. 소월이 부끄러워하며 잡힌 손을 빼내려고 꼼지락거렸으나 무영의 악력을 당해낼 수가 없었다. 결국 소월의 손은 탈출을 체념한 듯 반항을 멈추었다.

"그게 데이트랑 무슨 상관이야?"

나란히 문구 잡화점을 빠져나오며 소월이 무영에게 물었다. 그녀가 가리키는 것은 무영의 손에 들린 스케치북과 색연필 세트였다.

"엄청 상관있어요. 지금 이 순간에 가장 필요한 거죠. 우리가 너무 쉽게 놓쳐 버린 것들에 관한 거니까."

소월은 무영이 말하는 바가 뭔지 몰라 어리둥절한 표정을 지었다. 무영은 미간을 살짝 좁히고 눈을 깜빡거리는 소월이 귀여워서 손바닥이 짜릿했다.

"아! 너무 세게 잡지 마."

소월이 예민하게 말했다. 무영이 온몸에 흐르는 전류를 어찌하지 못하고 맞잡은 손에 힘을 준 탓이었다. 무영이 미안하다며 얼른 손아귀의 힘을 살짝 풀었다. 그러면서도 손은 여전히 놓지 않았다.

'원래 차무영은 내 손이 아기 새 같다고 세게 잡지도 못하겠다고 했었는데.'

두 인격이 다르다는 걸 알면서도, 소월은 어쩌면 그들의 공통점을 찾을 수 있지 않을까 내심 기대하며 차무영과 차무영을 서로 비교하고 있었다. 지금의 무영에게서 예전의 무영을 발견한다고 뭔가가 바뀌는 건 아니었다. 다만, 그리운 것을 좇는 맹목적이고 본능적인 바람일 뿐이었다.

"누나, 정신 차려요."

무영이 소월의 어깨를 두드리며 말했다. 두 사람은 어느새 한 카페에 들어와 있었다. 무영은 소월을 의자에 앉히고 자신은 맞은편에 앉았다. 그는 잠시 소월을 가만히 쳐다봤다. 무영은 아무렇지 않은 척을 하려고 노력하는 중이었으나, 툭 튀어나온 입술이 그가 삐쳐 있다는 걸 여실히 보여주고 있었다.

'몸에 밴 입맛이나 버릇은 변하지 않았나 보네.'

소월은 오리 주둥이처럼 내밀어진 무영의 입술이 반가웠다. 모지리였을 때의 무영도 마음에 안 드는 것이 있거나 서운한 일이 생기면 입술부터 튀어나왔었다.

"왜? 뭐가 그렇게 마음에 안 드는데?"

"딴생각하는 거 많이 티 나요."

무영이 울적하게 말했다.

"딴생각 안 했어."

"카페에 들어온 것도 모르고 멍하게 있었으면서."

"네 생각했다, 네 생각."

소월이 뻔뻔하게 말했다. 정확히 말하면 현재의 그와 예전의 그를 견주며 모지리였던 쪽과의 추억에 잠긴 것이었지만, 어쨌든 차무영 생각을 한 것은 맞았다. 소월은 거짓말을 하는 건 아니라며 자기 합리화를 했다.

"정말요? 내 생각했어요? 왜요? 옆에 있는데도 막 보고 싶고 그랬나? 아니면 누나가 보기에도 애인 될 사람이 참 잘생긴 것 같아서?"

무영이 김칫국을 사발로 들이마셨다. 그는 소월이 자신을 생각했다는 것만으로 마치 위대한 업적을 이루어낸 것처럼 우쭐해했다.

"스케치북이랑 색연필로 그림 동화책을 만들자고 하면 때려줘야겠다는 생각을 하고 있었어."

소월이 방긋 웃으며 말했다. 무영은 눈썹을 으쓱거리며 소월의 예상은 빗나갔다고 말해주었다. 그러면서 그림도 그릴 수 있지 뭘 그렇게 빡빡하게 구냐며 툴툴댔다.

"그래서 그림을 그리시겠다?"

"아뇨. 정확히 말하면 그림은 아닌데요. 누나가 너무 겁을 주니까 무서워서 말도 못 꺼내겠어요."

무영이 엄살을 피웠다. 그는 테이블 한쪽에 비치된 메뉴판을 꺼내며, 소월에게 일단 주문부터 하자고 했다. 두 사람은 머리를 맞대고 메뉴판을 보았다.

"난 다즐링 티랑 당근 케이크랑 티라미스랑 블루베리치즈 케이크 한 조각씩."

"그걸 다 먹게요?"

"배고프거든. 너 때문에 쓸데없이 상담받느라 당도 떨어졌고."

"보기보다 많이 먹네요. 기억해 둬야지."

"너도 같이 먹으면 되잖아."

소월은 별로 배가 고프지 않았다. 그럼에도 그녀가 케이크를 잔뜩 시키려는 이유는 무영 때문이었다. 온천타운으로 가던 길에 들른 카페에서 무영이 케이크 한 조각만 먹자고 애걸복걸한 적이 있었다. 진짜 케이크가 먹고 싶어서가 아니라 온천타운에 안 가기 위해 꾀를 쓴 것이긴 했지만, 소월은 그때 나중에 케이크를 먹자고 한 약속을 지키지 못한 게 마음에 걸렸던 것이다.

'그 애에게 잘해주지 못했던 걸 엉뚱한 사람에게 푸는군.'

소월은 스스로가 우스웠다. 무영은 그녀가 고른 음료와 케이크의 이름을 달달 외우며 카운터가 있는 1층으로 내려갔다. 몇 분 뒤, 무영은 양손으로 트레이를 들고 조심조심 계단을 올라왔다. 무영이 테이블 위에 내려놓은 트레이에는 소월이 주문한 홍차가 찻주전자에 담겨 있었고, 그 옆엔 찻잔과 함께 소량의 차가운 우유가 담긴 작은 컵이 있었다. 그리고 무영의 음료로 추정되는 아이스 아메리카노 한 잔과 조각 케이크도 세 개나 있었다. 음료와 디저트를 세팅하느라 부지런히 움직이는 무영의 손을 멀뚱히 쳐다보다가, 소월은 의아한 점을 발견했다.

"아이스 아메리카노?"

무영이 아이스 아메리카노를 처음 마셨을 때, 단것을 좋아하는 그는 아메리카노를 절반도 비우질 못했었다. 무영은 그것도 기억하지 못하는 모양이었다.

"왜요? 아메리카노 마시고 싶어요?"

"아니. 그런 건 아니고……. 너 커피 마실 줄 알아?"

"직원이 케이크랑 어울린대서 한번 마셔보려고요."

무영은 말을 마치자마자 시범을 보이듯 빨대로 커피를 쭉 빨아 마셨다. 소월은 그가 커피를 뱉어내기라도 할까 봐 눈살을 찌푸리고 긴장하였다. 꽤 많은 양의 커피가 그의 입안을 가득 채우더니 목구멍으로 꿀꺽 넘어갔다.

"어때?"

소월은 무영이 인상을 팍 쓰고 징징댈 거라고 예상했다. 그러나 무영은 평온한 얼굴로 생각보다 괜찮은 것 같다고 의연하게 답하였다. 소월은 어쩐지 실망스러웠다.

'차무영에게서 무영이를 찾는 바보 같은 짓은 그만두자.'

소월은 생각했다. 그녀의 입가에는 쓸쓸한 자조가 그려졌다. 자신이 생각해도 무영에게서 무영을 찾는다는 게 어불성설처럼 들렸던 것이다. 누군가는 아마 명쾌한 목소리로 '차무영은 한 사람이야!'라고 하며 소월의 미련을 답답해할지도 모른다. 하지만 소월에겐 그것이 미련이라기보단 일종의 희망이었다. 두 사람을 비교함으로써 작은 공통점들을 찾아내면, 그 공통점들이 그녀 자신을 설득해 주길 바랐다. 다른 사람처럼 보여도 결국엔 차무영이 맞다고. 다른 사람들은 쉽게 '참'이라고 받아들이는 그 명제를 위해 소월은 번거롭고 사소한 증명들이 필요했다. 소월도 나름대로 현재의 차무영을 인정하기 위해 노력하고 있는 것이었다.

"여기서 이거 하다가 여섯 시쯤에 나가서 저녁 먹어요."

무영이 스케치북의 겉표지를 손가락으로 두드리며 말했다.

지금은 오후 세 시였다. 소월은 앞으로 세 시간 동안 차무영이 스케치북과 색연필 세트로 뭘 할 건지 감도 잡히지 않았다. 아무리 머리를 굴려도 그림을 그리는 것밖에는 떠오르지 않았다.

'데이트가 뭔지 알고 있긴 한 거겠지?'

소월은 무영이 미심쩍기 시작했다. 데이트란 것을 미술 놀이쯤으로 알고 있는 건 아닐까 의심이 들었다.

"그림 그리는 거야, 진짜?"

무영이 스케치북을 펼쳐 놓고 분홍색 색연필로 무언가를 그리고 있었다. 소월은 그가 무엇을 그리고 있는지 보기 위해 목을 길게 뺐다. 무영은 종이 한가운데에 큰 하트를 정성 들여 그리고 있었다.

"마인드맵 알죠? 한 주제와 관련된 개념들을 연결시키는 거요. 난 누나를 주제로 마인드맵을 그릴 거예요."

그는 분홍색 하트 안에 검은 볼펜으로 '정소월'이라고 적어 넣었다. 무영은 희대의 명작을 완성시키기라도 한 듯 흐뭇한 얼굴로 소월의 이름이 그려진 하트를 내려다보았다.

"난 누나에 대해서 아는 게 별로 없으니까요. 누나도 나에 대해서 모르는 게 많을 거고. 서로를 알아가는 게 데이트의 첫 번째 단계 아니겠어요?"

"그렇긴 한데, 보통은 대화로 풀어가지 않나? 마인드맵까지 그릴 필요는 없을 것 같은데."

소월이 심드렁하게 말했다.

"혹시 모르잖아요."

무영의 목소리가 돌연 서글퍼졌다. 그의 입은 은은하게 미소 짓고 있었지만 눈빛은 아련했다.

"또 기억을 잃을 수도 있고, 정신이 이상해질 수도 있으니까."

"그게 무슨 말이야. 너 상태 좋다고 그러던데."

"만약에 말이에요, 만약에. 이십이 년의 인생 동안 십이 년은 덜떨어진 채 살았고, 지금은 기억상실증을 앓고 있잖아요. 자기 신부도 못 알아볼 정도로."

내색하고 있지 않았지만 사실 무영은 소월에게 줄곧 미안했다. 정략결혼을 한 것도 유쾌한 일이 아닐 텐데, 신혼여행을 다녀오자마자 남편이 자신을 기억하지 못한다니 그 얼마나 비참한 신부란 말인가.

"다시는 잊고 싶지 않아요."

더구나 이렇게 사랑스럽고 한없이 여린 신부인데.

무영은 병원에서 눈을 떴을 때를 선명하게 기억하고 있었다. 의식은 마치 머리카락을 적시는 빗물처럼 그에게 흘러들어 왔다. 서서히 분명해지는 의식과 무의식의 경계에서 무영은 한 여자를 봤다. 여자는 처연하게 빛나는 보름달 아래에 홀로 앉아 있었다. 달빛은 그녀를 위해 존재하는 것 같았다. 그럴 수 있을지 모르겠지만 무영은 달빛의 시점에서 그녀를 보고 있었다. 그는 사방에서 그녀를 위해 존재했고, 그녀를 비추며 감싸 안았다. 무영은 외롭고 슬퍼서 가슴이 저렸다. 그것이 자신의 감정인지, 여자의 감정인지, 아니면 두 사람 모두의 감정인지 무영은 알 수 없었다.

달빛이 희미해지고 눈부신 따스함이 스며들었다. 풀로 붙여놓은 것 같은 눈꺼풀을 가까스로 떼어냈을 때, 무영은 햇살 아래에서 동화책을 읽고 있는 한 여자를 봤다. 그는 그녀를 알고 있었다. 어떻게 잊을 수 있을까? 달빛 속에서 그토록 아름답고 가슴 아팠던 그녀인데.

"잊어버려도 잊고 싶지 않아요."

무영이 종이 위에 쓴 소월의 이름을 쓰다듬으며 말했다.

"멍청한 내 머리가 잊어도 금세 기억해 낼 수 있게 기록하고 싶은 거예요. 누나는 어떤 사람인지, 뭘 좋아하고 싫어하는지, 나랑 어떤 추억들을 함께 만들었었는지."

무영은 이번엔 하늘색 색연필을 들고 분홍색 하트에서 뻗어 나온 선을 그렸다.

"꼭 그렇게 알록달록하게 그려야 돼? 가독성이 떨어지잖아."

소월은 이제 무영의 마인드맵을 비웃지 않았다. 대신 보기 좋게 그려야 한다며 참견을 했다. 그녀는 아주 당연한 것을 뒤늦게 깨달은 자신이 한심했다. 차무영이 기억을 잃어서 제일 슬픈 사람은 자신이 아니라 바로 차무영 본인이라는 사실을 말이다.

"알록달록한 게 좋아요. 누나도 내 눈에 알록달록하니까."

"네 눈에는 나만 컬러로 보이고 다른 사람들은 흑백으로 보여?"

"어떻게 알았어요? 내 눈엔 오직 누나만 반짝반짝 빛나는 거."

소월은 비꼰 거였는데, 무영은 순진무구한 얼굴로 맞다고 했다. 소월은 쑥스럽고 무안해서 뺨에 열이 올랐다. 무영이 하트에 선 몇 개를 더 붙이는 동안, 소월은 포크로 당근 케이크를 먹기 좋게 잘라 무영에게 주었다. 무영은 감격한 얼굴로 입을 벌렸다.

"뭐."

"음식을 먹여주는 건 데이트의 정석이죠."

그가 눈을 곱게 감고 다시 입을 '아' 하고 벌렸다.

"이제 서로 알아가는 사람들끼리 누가 음식을 먹여줘."

"아."

무영은 고집스레 두 손으로 귀를 막고 입을 벌려, 소월을 종용했다. 소월은 한숨을 길게 쉬곤 포크로 케이크를 푹 찍어 무영의 입안에 넣어주었다. 무영은 소월이 줘서 더 달콤하다며 황홀해했다. 그녀는 무영 때문에 헛웃음이 나왔다. 무영은 예쁜 얼굴로 생글거리며 스케치북을 고쳐 잡았다.

"자, 시작하죠. 먼저 좋아하는 것부터 할까요? 누난 뭘 좋아해요?"

"질문이 너무 광범위한데."

"그럼 음식부터! 가장 좋아하는 음식 세 가지 말해줘요."

무영이 신이 나서 말했다. 그는 소월을 알아간다는 기쁨을 주체할 수 없었다. 소월은 크리스마스 선물을 받은 아이처럼 즐거워하는 무영의 기분을 차마 망칠 수가 없었다. 여름의 나무처럼 청량한 그의 미소를 보면 누구나 기꺼이 무영의 뜻에 따를 것이다.

"홍차, 피쉬 앤 칩스, 라면."

소월의 대답을 무영이 스케치북에 받아 적었다. 꼭 받아쓰기를 하는 것 같았다. 소월은 그가 잘 쓰고 있는지 보려고 엉덩이를 들어 상체를 무영 쪽으로 기울였다. 무영은 분홍색 하트에서 빠져나온 하늘색 선 하나에 사각형을 붙여 그리고, 그 안에 '좋아하는 음식'이라고 썼다. 그 아래론 홍차, 피쉬 앤 칩스, 라면이 차례로 써졌다. 무영은 작은 글씨로 '보기보다 많이 먹음'이라는 메모를 쓰는 것도 잊지 않았다. 초등학생들이 쓰는 플라스틱 몸통의 색연필을 들고 집중하는 모습이 퍽 우습고 귀여웠다. 소월은 그 모습을 흥미롭게 지켜보았다.

흰 종이 위에 소월의 그림자가 어둡게 진 것을 알아차린 무영이 고개를 들었다. 그가 불시에 고개를 든 탓에 소월은 몸을 뒤로 빼지도 못하고 얼음처럼 굳었다. 두 사람의 얼굴이 아주 가까웠다. 특히 소월의 입술과 무영의 이마가. 무영의 우주처럼 까만 눈동자가 소월에게 무언의 요구를 하고 있었다. 그 요구가 너무도 자연스럽고 당당하여 소월은 하마터면 홀린 듯이 무영의 이마에 입을 맞출 뻔했다. 그녀는 머리를 세차게 저으며 얼른 자리에 앉았다.

"첫 번째 데이트 기념으로 이마에 뽀뽀 정도는 해줄 수 있잖아요."

무영이 아쉬워했다. 소월은 꿈도 꾸지 말라고 콧방귀를 꼈다.

"누나가 정 그러시다면 미연의 사고를 방지하기 위해 자리를 옮겨야 겠군요."

소월이 말릴 새도 없이 무영은 스케치북과 색연필, 볼펜을 갖고 그녀의 옆으로 왔다. 그는 소파가 좁다며 소월에게 바짝 붙었다. 두 사람이 앉은 길쭉한 소파는 자리가 널찍했다. 뻔히 보이는 속셈에도 소월은 무영이 하고 싶은 대로 내버려 두었다. 이 정도로 좋다고 꼬리를 살랑살랑 흔드니 당해낼 도리가 없었다.

"싫어하거나 못 먹는 음식은요?"

"굴."

"오, 난 전복 못 먹어요."

"알아."

소월이 무심히 말했다. 월산에 온 첫날, 최초로 알게 된 차무영의 기호였다.

"어떻게…… 아, 내가 잊은 거구나."

무영은 시무룩해졌다. 그는 자신의 잃어버린 기억 속 소월은 어떤 모습이었고, 그에게 어떻게 대해줬고, 두 사람은 무엇을 공유했을지 궁금했다. 그러나 소월은 대놓고 무영을 낯설어 했고, 예전의 추억들을 끄집어내어 무영의 기억을 돌아오게 하려는 노력 따위 하지 않았다. 무영은 알고 있었다, 그녀에게 자신은 가짜라는 걸. 소월에게 자신은 두 명의 사람이었다. 그리고 그녀의 차무영은 자신이 아닌 또 다른 한 명의 차무영이었다.

'왜 날 알아보지 못해? 차무영은 단 한 사람, 바로 나인데. 내가 차무영인데.'

무영은 소월을 혼란스럽게 하고 싶지 않아서 당분간은 그녀가 마음을 정리할 때까지 기다리기로 결심했었다. 그녀에게 억지로 자신을 받아들이라고 할 생각은 추호도 없었다. 그러나 서운함을 감추기는 힘들었다. 그녀를 잊어버린 죄책감과 그로 인해 억누른 서러움, 질투가 고요한 수면 아래에서 소용돌이치고 있었다.

"내가 잊어버린 기억에서 우리는 얼마나 가까운 사이였어요?"

무영의 목소리가 살짝 갈라졌다. 그는 소월에 대한 갈증으로 입안이 바짝 마르는 것 같았다.

"그건 갑자기 왜?"

"생각보다 나에 대해 누나가 이것저것 알고 있는 것 같아서요."

"딱히 없었어."

소월은 짧게 대답했다. 그녀는 불안해졌다. 무영의 분위기가 한순간에 바뀌었기 때문이었다. 그는 본 적이 없는 사나운 야수의 눈빛을 하고서 소월을 한입에 집어삼킬 듯이 노려보았다. 그녀는 그의 시선을 피할 수가 없었다. 방심하면 물린다. 눈을 피하는 순간 덮칠 거다. 소월은 기를 쓰고 무영과 눈을 맞추며 슬그머니 일어설 준비를 했다. 그러나 무영이 그녀의 손목을 잡아버리는 바람에 퇴로는 차단되었다.

"나랑 키스해 봤어요?"

소월은 인상을 썼다. 무영이 잡은 손목이 끊어질 듯 아팠다. 손목에서 느껴지는 통증에 소월의 눈빛이 험악하게 변했다.

"놔라, 손가락 부러뜨리기 전에."

그녀의 거친 말투에 무영이 움찔하며 빈틈을 보이자마자, 소월은 재빨리 손목을 비틀어 무영의 손에서 빠져나왔다. 솜씨 있게 호신술을 발휘하는 소월을 보며, 무영은 물색없이 어린애처럼 감탄했다.

"와, 호신술 배웠어요?"

"그래. 넌 기억 안 나겠지만 전에도 경고했었다. 맘대로 건드리지 말라고. 오냐오냐 해주니까 적당히를 모르고 까불고 있어."

손목을 주무르며 소월이 매섭게 말했다. 소월이 정말 질린다는 표정을 짓고 있었으므로, 무영은 그녀가 자신을 미워하게 될까 봐 덜컥 겁이 났다.

"미안해요, 누나. 내가 잘못했어요."

금세 꼬리를 내린 무영이 소월에게서 멀찍이 떨어져 앉았다. 그녀에게서 멀어지는 게 무영에겐 스스로에게 주는 벌이었다. 그는 흡사 무릎이라도 꿇을 기세였다. 무영은 꼭 주인을 깨물었다가 호되게 혼난 강아지 같았다. 네모난 어깨가 축 처져 있었다.

"네가 무슨 생각을 하고 있는지 모르겠지만 예전의 너랑 난 그런 관계 아니었어. 키스는 무슨. 걔가 너처럼 흑심으로 가득한 줄 알아?"

소월이 앙칼지게 쏘아붙였다.

"누나⋯⋯. 어차피 걔가 나예요."

무영이 음울하게 말했다. 그는 소월에게 서러운 점을 쏟아내고 싶기도 했다. 그녀가 자신을 얼마나 혼란스럽게 하는지, 비참하게 하는지, 인정받지 못하는 기분이 얼마나 쓸쓸하고 외롭고 억울한 건지를 말이다. 그러나 그는 언제나처럼 또 참았다. 차무영은 정소월을 잊어버린 죄인이니까.

"연하남의 생명은 박력과 패기라고 그래서⋯⋯."

무영은 소월을 탓하는 대신 다른 쪽으로 책임을 돌렸다.

"손목을 부러뜨리려는 게 박력과 패기야? 아팠단 말이야!"

"그렇게 아팠어요? 어떡해요. 우리 병원 갈까요? 엑스레이 찍으려면 입원해야 하나?"

무영이 하얗게 질려 호들갑을 떨었다. 그는 벌떡 일어나서 짐을 챙길 준비를 했다.

"됐어. 그 정도는 아니야."

무영이 과잉 반응을 하는 바람에 소월은 일부러 더 아픈 척을 한 게 겸연쩍어졌다. 손목에서 느껴지는 통증보다 불편했던 것은 무영에게 속절없이 휘둘릴 뻔했던 상황 그 자체였다. 모지리 무영과 현재 무영의 가장 큰 차이점은 소월과의 관계에서 그의 지위가 달라졌다는 것이다. 어린애와 성인 남자의 차이는 극명하다. 그것은 통제 가능과 불가능으로 설명할 수 있다. 즉, 무영은 소월과 같은 위치에서 그녀를 바라보게 된 것이다. 소월은 이 변화가 무척 부담스러웠다. 예전의 무영이 얕은 연못이었다면 지금의 무영은 강이다. 그는 더 이상 고여 있지 않고 끊임없이 흐른다. 때론 거세어지고, 범람할 것이다. 소월은 차무영이란 물살에 휘말리고 싶지 않았다.

"그나저나 집사님한테 한 소리 해야겠다."

"희태 아저씨는 왜요?"

"너한테 이상한 걸 가르치니까 그러지. 연하남이니 박력이니 뭐니."

"희태 아저씨가 가르쳐 준 거 아니에요!"

무영은 자신의 실수 때문에 희태가 피해를 볼까 싶어 황급히 손사래를 쳤다.

"그럼 그런 건 어디서 주워들었어?"

소월의 눈빛이 날카로웠다. 무영은 머뭇거리며 쉽게 입을 열지 못했다.

"어서 말 안 해?"

사뭇 고압적인 어조에 무영은 선생님에게 혼나는 초등학생이 된 기분이 들었다.

"책에서 봤어요. 누나 상담받는 동안에 서점에 갔거든요. 거기서 찾은 책에서 본 거예요."

"책?"

소월은 기시감을 느꼈다. 모지리 무영하고도 책 때문에 한바탕 난리를 피운 적이 있었더랬다. 소월은 그토록 찾고 싶었던 두 차무영의 공통점을 마침내 발견했지만 썩 유쾌하지만은 않았다.

'하필이면 가장 쓸모없는 부분이 닮나.'

그녀는 손바닥으로 이마를 짚었다. 무영은 아랫입술을 잘근거리며 그녀의 안색을 살폈다. 비록 '제25장 박력남이 되어 누나를 사로잡자' 챕터는 그에게 도움을 주지 못하였으나, 무영은 여전히 그 책을 신뢰

하고 있었다. 그는 무의식적으로 자신의 가방에 눈길을 주었다. 소월
은 무영의 행동을 놓치지 않았다. 그녀는 눈치가 빨랐다.

"너 설마 그 책 샀어?"

"네?"

사정없이 흔들리는 무영의 눈동자가 소월에게 확신을 주었다.

"내놔 봐. 무슨 책인지 좀 보자."

무영은 선택권이 없었다. 그는 울며 겨자 먹기로 가방을 뒤적거렸
다. 그가 꺼낸 책의 표지는 의외로 검은색이었다. 주 고객층이 밖에서
도 자유롭게 읽을 수 있도록 제법 신경을 써 디자인을 한 모양이었다.

"『연상녀를 사로잡는 101가지 방법』."

소월이 책의 제목을 소리 내어 읽자, 무영의 얼굴이 빨개졌다. 책의
내용이 유익한 것과 제목이 낯부끄러운 것은 별개의 문제였다. 무영은
제목이야말로 이 책의 유일한 단점이라고 믿었다. 소월은 책을 펼쳐,
표지 안쪽에 적힌 작가의 이름과 소개를 눈으로 훑어 내려갔다.

'배재환. 19XX, 월산에서 태어나…… 대학교 시절 아내를 만나 첫
눈에 사랑에 빠졌다…… 연애담을 바탕으로 하여 『연상녀를 사로잡는
101가지 방법』을 집필…… 결혼에 성공한 후에는 『사랑받는 남편이 되
는 101가지 방법』을 집필…… 최근엔 『친구 같은 아빠가 되는 101가
지 방법』을…….'

무영은 소월이 이럴 줄 알았다며 낮게 중얼거리는 소리를 들었다.
그녀는 책장을 빠르게 넘겨 목차를 확인했다. 목차에는 소월의 눈에
띄는 몇 가지가 있었다. 가령, '제1장 자연스럽게 챙겨주며 스킨십을
하자'였다. 소월은 아이스크림을 닦아주던 무영의 모습이 떠올랐다.
그녀가 찌릿 째려보자, 무영이 여우 앞의 토끼처럼 화들짝 놀랐다. 그
외에도 무영이 학습 효과를 보였다고 의심되는 챕터들로는 '제8장 애
정 표현은 거침없이 마음껏 하자'와 '제19장 패기롭게 진도 나가기',

'제25장 박력남이 되어 누나를 사로잡자'였다.

'이 사람도 대단하다. 별 같잖은 것들을 백한 개나 늘어놓을 수 있다니. 심지어 이 방법으로 결혼을 하고 애까지 낳았다고?'

소월은 여러 가지 부정적인 의미로 이 책의 저자가 대단하다고 생각했다. 무영은 소월이 딴생각에 빠져 있는 동안 조심스러운 손길로 그녀에게서 책을 되찾아오려고 했다. 그의 손이 책의 모퉁이에 닿은 순간, 소월이 책을 '탁' 소리가 나게 덮었다. 무영은 덫에서 겨우 빠져나오는 생쥐처럼 손을 빼냈다.

"이 책은 압수야."

"네? 왜요?"

"비논리적이고 과학적으로 입증되지 않았으니까."

"연애를 누가 과학적으로 해요. 그냥 요령을 배우는 거지."

무영이 제법 설득력 있게 따지자, 소월은 잠시 말문이 막혔다.

"너, 나 좋아한다며."

"그런데요."

"그럼 좀 더 성의 있게 노력하지 그래? 너만의 방식으로 내 마음을 얻어야지. 내가 이 책 쓴 사람이랑 연애해?"

이번엔 무영이 할 말을 잃었다. 그는 순순히 책을 포기했다. 소월의 일침은 그에게 큰 가르침을 주었다. 첫사랑이고, 첫 연애였다. 그리고 마지막이길 바라고 있었다. 그렇다면 더 진실하게 자신만의 목소리와 행동으로 소월에게 다가가야 하는 것이다.

"누나 말이 맞아요. 내가 잘못 생각하고 있었어요."

무영이 진지하게 말했다. 그는 소월의 옆자리에 털썩 앉아, 다시 색연필을 집어 들었다.

"내 방식대로 누나를 알아가고, 좋아하고, 나한테 반하게 만들 거예요."

소월은 무영이 세우는 원대한 포부를 지지하는 것은 아니었으나, 그가 이상한 책을 정독하는 것은 막게 되었으므로 희미하게나마 미소 지을 수 있었다. 그 후로 저녁 여섯 시까지 무영은 '정소월 마인드맵'을 열심히 그렸다. 그의 끊임없는 질문에 소월은 일일이 대답해 줘야 했다.

소월이 다섯 살에 영국으로 유학을 간 일, 지금까지 다닌 학교들과 좋아하는 공부들, 책이나 영화, 음악과 같은 각종 취향, 좋아하는 색, 가족 관계, 무서워하는 것, 키우고 싶은 동물, 관심이 있는 연예인, 친구 관계, 싫어하는 인간 유형, 어떤 사람한테 반하는지, 연애는 몇 번 해봤는지 등 무영은 쉴 새 없이 물었고 대답을 받아 적었다. 그녀는 이게 데이트인지 압박 면접인지 헷갈렸다. 소월의 막연한 걱정대로 무영은 데이트에 대해서 잘 알지 못하는 게 분명했다.

무영은 고개도 들지 않고 마인드맵을 완성하는 데에 열중했다. 그를 위해 주문했건만 케이크들은 결국 고스란히 소월의 차지가 되었다. 소월은 케이크를 입에 넣고 우물거리며 무영의 마지막 질문을 기대했다.

"누나한테 예전의 차무영은 어떤 존재였어요?"

그는 여전히 고개를 들지 않았다. 색연필을 꽉 쥐고 멈춰 있는 손이 그가 소월의 대답을 기다리고 있다는 걸 보여주었다. 색연필은 '정소월'의 분홍색 하트와 이어진 또 다른 하트에 멈춰 있었다. 그 하트 안에는 '차무영'이라고 쓰여 있었고, 하트에는 두 개의 하늘색 선이 다른 방향으로 붙어 있었다.

"고맙고 미안한 친구."

소월은 망설임 없이 대답했다. 무영이 하늘색 선 하나의 끝에 '고맙고 미안한 친구'라고 적었다. 무영의 얼굴이 보이지 않았으므로, 소월은 그녀의 대답이 무영을 만족시켰는지 알 수 없었다.

"그게 끝이야? 하나 남았잖아."

스케치북을 접고 색연필들을 정리하는 무영을 보며 소월이 물었다.

'차무영'의 하트에는 아직 아무것도 적히지 않은 하늘색 선이 하나 더 있었다.

"지금 물어봤자 어차피 곧 다르게 변할 거니까요. 우리가 세 번의 데이트를 끝내고 나면요."

무영이 자신감 있게 말했다.

"시간 낭비일 수도 있지. 사람이 그렇게 쉽게 변할까?"

"모르죠. 사랑의 힘은 무서우니까요. 상상할 수도 없이 놀랍게 바뀔 수도 있죠."

그는 소월을 보며 활짝 웃었다. 어찌나 눈부시게 웃던지 소월까지 마지못해 웃음을 지을 수밖에 없었다.

"내가 너 때문에 어이가 없어서 웃는 거야. 좋아서 웃는 거 아니야. 오해하지 마."

"네, 알겠습니다."

무영이 장난스럽게 굽실거리며 소월의 비위를 맞췄다. 소월은 까불지 말라며 무영의 등짝을 찰싹 때렸다. 무영의 몫까지 케이크를 다 먹었기 때문에 소월은 속이 느글거린다고 했다. 두 사람은 저녁으로 매콤한 음식을 먹기로 했다. 뭘 먹을지 방향은 정했으나 구체적인 메뉴가 떠오르는 게 없었고, 두 사람 다 시내의 유명 음식점을 몰랐으므로 그들은 거리를 정처 없이 헤맸다.

"떡볶이 먹을까요?"

"밥 먹고 싶어."

"낙지전골은?"

"해산물 별로."

"불족발? 저것도 매운 거예요?"

"매운 거긴 한데, 밥 먹고 싶다고."

무영은 닥치는 대로 눈에 보이는 간판의 음식들을 말했고, 소월은 무자비하게 다 쳐 냈다. 무영은 자존심 때문에라도 책에 의존하는 짓 따위 다시는 하고 싶지 않았지만, 머릿속에 둥둥 떠다니는 챕터의 제목들과 내용들을 어쩔 수는 없었다.

'제67장 누나의 까다로운 식성에 반기를 들지 마라. 누나는 너보다 오래 살고 많이 먹었다. 음식에 있어선 누나의 선택을 따를 것.'

소월이 그 내용을 알았다면 이 작가가 아내에게 얼마나 잡혀 사는지를 알 수 있는 대목이라며 비웃었을 테지만, 무영은 이 책의 내용으로 일반화의 오류를 범해선 안 된다는 사실을 계속 까먹었다. 그는 이미 무조건 소월이 먹고 싶어 하는 걸 먹기로 결심을 했다. 무영은 소월이 쉽게 선택할 수 있도록 계속 여러 음식들의 이름을 나열했다.

"짬뽕 어때요?"

"밥 먹고 싶다니까?"

"짬뽕밥도 있잖아요. 어렸을 때 먹었던 것 같은데."

"그러네. 짬뽕밥 갑자기 땡기네."

무영은 소월이 솔깃해하자, 이루 말할 수 없이 뿌듯했다. 이 정도면 여자친구의 마음을 잘 헤아려 주는 족집게 남자친구가 된 것 같았다.

"그럼 저기 가요, 저기."

무영이 소월의 손을 잡았다가, 그녀의 눈치를 보고 놨다가, 다시 잡았다.

"손은 아까부터 계속 잡았으니까 괜찮죠? 길도 모르는데 서로 놓치면 미아가 되니까요."

소월은 어쭙잖은 핑계를 대는 무영이 가소로웠다.

"잡지 말라면 안 잡긴 할 거야?"

"잡게 해달라고 울면서 빌 거예요."

언제라도 울음을 터뜨릴 준비가 되어 있다는 듯, 그의 눈이 촉촉하게 반짝거렸다. 손을 안 주면 무영은 진짜 울 것 같았다.

"그래, 네 맘대로 해라."

소월의 허락이 떨어지자마자, 무영은 잡고 있던 손을 자랑스레 흔들며 신나 했다. 어찌나 경쾌하고 높이 흔드는지 지나가는 사람들이 보고선 학을 떼는 표정을 지었다. 한때 소월도 길거리에서 애정 행각을 벌이는 닭살 커플들을 보며 그런 표정을 지어본 적이 있었으므로, 그녀는 다른 사람들의 심정이 충분히 이해되었다. 아니, 멀리 나갈 것도 없이 당장 당사자인 소월부터가 무영의 좋아서 죽을 것 같다는 핑크빛 아우라에 숨이 막힐 지경이었다.

'내가 그렇게 좋나? 왜?'

소월은 무영의 애정의 출처가 어디인지 도저히 알 수 없었다. 매 순간이 의문의 연속이었다.

'내가 왜 좋아? 내가 너였으면 날 싫어했을 것 같은데.'

십이 년 만에 제정신을 차렸더니, 기억도 안 나는 아내가 있었다. 아직 혼인신고를 하진 않았지만 결혼식까지 치른 데다, 부모님은 이미 며느리 대우를 하고 있으니 도망칠 수도 없었다. 그래서 소월은 무영이 혼인신고를 하지 않겠다고 처음 말했을 때, 그가 이 정략결혼을 엎을 것이라고 생각했다. 누가 봐도 그쪽이 더 타당하고 이치에 맞는 전개였다. 그러나 무영은 소월에게 첫눈에 반했다고 고백을 했고, 그녀가 자신과 사랑에 빠지길 원한다고 했다. 단순히 외모가 마음에 들어서 그런 거라고 하기엔 무영의 정성이 너무 갸륵했다.

'좋아하는 데에 이유가 없다는 건 다 거짓말이야. 좋아하는 건 다 이유가 있어. 근데 너와 나 사이엔 그럴 만한 이유가 생길 시간이 없었어. 넌 날 다 잊었으니까.'

소월은 예전의 차무영이라면 몰라도 지금 차무영의 감정은 정말이지 이해가 되질 않았다.

'날 왜 좋아해?'

소월은 중국집의 문 앞에 서서 들어가자고 말하는 무영의 얼굴을 올려다보며 생각했다. 미소를 짓고 있던 무영의 표정이 의아함으로 물들었다. 그는 곧 한쪽 눈을 찡그리며 고개를 갸웃거렸다. 두 사람의 시선은 서로를 향해 올곧이 이어져 있었다.

"이번엔 진짜로 내 생각을 하고 있네."

무영이 씩 웃으며 말했다.

"뭐?"

"정말 짬뽕밥 먹을 거냐고요."

소월은 무영의 말을 제대로 듣지 못했고, 무영은 그녀에게 같은 말을 되풀이하지 않았다. 그는 대신 소월의 식사 의사를 한 번 더 확인했다. 소월은 고개를 끄덕였다. 그녀는 무영이 밥 얘기를 하지 않았다는 걸 알았지만, 굳이 그에게 그 전에 무슨 말을 했냐고 캐묻지 않았다.

두 사람이 가게 안으로 들어오자, 종업원이 다가와 인사를 했다. 그들은 곧 벽 쪽에 있는 테이블로 안내를 받았다. 소월은 습관적으로 가게의 내부를 둘러보았다. 저녁 식사 시간대라 그런지 손님들이 꽤 많았다. 학생들도 있었고, 가족들도 있었고, 직장인들도 보였다. 다들 두 명 이상씩 무리를 짓고 있었는데, 그 가운데 홀로 식사를 함으로써 사람들의 은근한 시선을 받는 여자가 한 명 있었다.

"진아 씨?"

소월은 자신이 그 이름을 다시 육성으로 부르는 날이 올 줄은 꿈에도 몰랐다.

"왜요? 아는 사람 있어요?"

무영이 호기심을 보였다. 소월은 무영을 봤다. 그는 노천탕에서의 일이나 대진과 진아에 대해서도 다 잊은 상태였다. 무영과 진아를 만나게 해도 괜찮을지 소월은 잠시 고민했다.

"응. 너도 아는 사람이야, 무영아."

자신도 아는 사람이라는 말에 무영은 혼란스러워하는 것 같았다.

"네가 잃은 기억 속에 있는 사람이야. 그리고 난 저 여자에게 꼭 물어볼 게 있어."

무영이 봤다던 하얗고 긴 치마를 입은 여자가 당신이냐고, 그날 밤 정말 노천탕 근처에도 오지 않았던 거냐고, 왜 대진을 두고 도망을 쳤냐고 소월은 물을 것이다.

단체 예약 손님들을 위한 별실은 세 사람이 쓰기엔 부담스러울 정도로 넓었다. 소월과 무영이 극구 사양했음에도 불구하고, 중국집의 주인장은 그들의 자리를 별실로 옮겨주었다. 그의 아내가 무영의 얼굴을 알아보았기 때문이었다.

"지역 유지의 힘이 다르긴 하네요."

진아가 팔꿈치로 소월의 팔을 쿡 찌르며 말했다. 소월은 진아가 건드린 팔을 노골적으로 털어내며 불쾌한 기색을 내비쳤다.

"잔말 말고 앉기나 해요."

"너무 쌀쌀맞은 거 아니에요? 얘기 좀 하자고 밥 사주겠다고 애걸복걸한 건 언니면서."

진아는 입술을 삐죽이며 소월과 무영의 맞은편으로 갔다. 그녀는 자리에 앉자마자 대기하고 있던 종업원에게 온갖 요리들을 잔뜩 주문했다. 이미 짜장면 한 그릇을 먹었지만 소월과 무영의 돈을 축냄으로써, 사소하게나마 대진을 위해 복수를 하려는 속셈이었다.

"언니, 고량주도 시켜도 돼요?"

"진아 씨랑 놀자고 이러는 거 아니에요. 적당히 해요."

소월의 목소리가 서릿발 같았다. 진아는 떨떠름한 얼굴로 종업원에게 고량주는 필요 없다고 말했다. 그녀는 대신 탄산음료를 주문했다.

무영은 이토록 적개심을 드러내는 소월의 모습도 신기했고, 그 적의에 굴하지 않는 진아의 태도도 놀라웠다. 소월의 심기를 어지럽게 한다는 것만으로 무영은 진아가 싫었다. 그의 표정도 소월을 따라 딱딱하게 굳어 있었다. 그는 소월을 이렇게 날카롭게 만든 진아의 정체가 궁금했고, 그녀를 기억하지 못하는 자신이 한심했다.

"무영 오빠, 잘 지냈어요?"

게다가 진아가 계속 아는 척을 했기 때문에, 무영은 그녀를 어떻게 대해야 할지 몰라 난처했다.

"네, 잘 지냈죠."

"정말요? 의외네요. 그런 일이 있었는데 잘 지냈다니."

진아의 눈빛이 날카롭게 빛났다. 무영은 그녀가 의미하는 것이 무엇인지 알지 못해 적절하게 반응할 수가 없었다.

"그럭저럭 지냈죠, 뭐."

"오빠, 왜 존대 써요? 처음 봤을 때도 그냥 말 놨었잖아요."

진아는 탐색하듯 무영의 얼굴을 빤히 들여다보았다. 미세하게 분위기가 바뀐 것 같았다. 전보다 더 차분하고 어른스러워진 느낌이 들기도 했다.

'내가 가졌으면 좋았을걸.'

무영과 소월이 조심스레 시선을 교환했다. 진아는 두 사람 사이에 오가는 은밀한 눈빛들 때문에 배가 아팠다.

"두 사람, 이상해요. 사람 불러다가 왕따 시키는 것도 아니고, 뭐 숨기는 거라도 있어요?"

진아가 빈정거리며 물었다. 두 사람이 그녀가 식사를 하고 있던 테이블 앞으로 다가왔을 때 진아는 솔직히 조금 무서웠다. 혹시라도 대진이 저지른 일에 대해 캐묻거나 그녀가 연루된 건 없는지 추궁할까 봐 겁이 났기 때문이었다. 그러나 정작 두 사람은 진아를 어려워하는 기색이 역력했다. 적어도 그녀는 그렇게 느꼈다. 진아는 문득 비열한 깨달음을 얻었다.

'그 일이 내가 아니라 정소월의 약점이구나. 하긴 이런 촌구석에선 성범죄자나 피해자나 그게 그거라는 인식이니까. 그래, 그런 거야.'

그녀는 멋대로 결론을 지어버리곤, 우월감에 도취되어 기고만장해졌다. 자신이 두 사람을 갖고 놀 수 있는 높은 위치의 사람이 된 것 같은 착각마저 들었다.

"대진이한테 듣긴 들었어요. 무영 오빠가 온천타운 아들이라면서요. 그런데 실제로 그 위력을 느끼니까 더 대단하네요. 중국집 사장 정도는 알아서 굽실거리는구나."

"대진이가 누구?"

낯선 남자 이름에 무영이 반사적으로 물었다. 대진이란 이름은 생전 처음 듣는 것이었다. 무영은 자신이 대진이란 남자를 만난 게 잃어버린 기억 속 시간에서였을 것이라 추측했다. 그가 기억하지 못하는 것은 십이 년 전의 하룻밤과 소월을 만난 약 한 달의 기간이었다. 십이 년 전보다는 소월을 만나고 나서 대진을 알게 됐을 확률이 높았다. 무영은 대진이란 작자가 소월과 관련되어 있음을 직감했다.

"어머, 대진일 까먹었어요? 어떻게 그럴 수가 있지? 충격이 그렇게 컸던 거예요?"

진아는 손뼉을 마주 치며 세상에 어쩜 그런 일이 있냐는 듯 한껏 안타까운 표정을 지어 보였다.

'그래서 정소월이 날 보고 알아서 기었구나. 차무영이 그때 그 일을 기억 못 하는데, 내가 나타나서?'

진아는 갑자기 훌쩍거리며 우는 척을 했다. 소월과 무영은 그녀의 원맨쇼를 황당해하며 지켜보았다.

"소월 언니한테 그런 일이 있었는데 기억도 못 하다니. 무영 오빠도 따라 들어가던데, 직접 본 거예요, 설마? 아니면 대진이한테 맞은 것 때문에 머리가 이렇게……?"

진아가 검지를 자신의 관자놀이 위치만큼 올려 빙글빙글 돌렸다. 그녀는 두 사람이 곤란해하는 걸 보는 게 재미있었다.

"무슨 얘기들을 하는 건지?"

무영은 진아의 정도를 지나친 무례한 행동들과 이해할 수 없는 말들 때문에 슬슬 짜증이 나려고 했다.

"오빠는 진짜 모르나 봐. 어떡해. 언니, 아무리 창피해도 제대로 알려줘야죠. 오빠도 피해잖데! 심지어 여자친구한테 생긴 일인데 그걸 모르면 어떡해요."

소월은 이런 식으로 무영에게 지난 일들에 대해 알리고 싶지 않았다. 그녀는 아직 현재의 무영을 받아들이지 못했기 때문에, 그에게 과거의 일들을 털어놓고 싶은 마음이 없었다. 그것들은 제삼자에게 말해주기엔 소월과 예전의 무영 두 사람만이 공유한 지극히 개인적인 일들이었기 때문이다. 그녀는 자신이 준비될 때까지 기다리고 싶었다. 이런 식의 폭로는 무영에게 혼란만 줄 뿐이었다. 소월은 무턱대고 진아에게 아는 체를 한 것을 후회했다.

"적당히 하라고 경고했죠!"

"아, 깜짝이야. 소리 좀 지르지 말아요! 언니를 강간하려다 실패한 건 대진인데 왜 나한테 성질이에요?"

가감 없는 표현에 소월의 얼굴이 하얗게 질렸다. 진아는 노천탕에서 일어난 일들을 전부 알고 있었다. 그녀는 사색이 된 소월의 모습이 고소했다. 사고를 치고 돌아다닌 건 대진이 놈인데 어디 감히 자기한테 큰소리를 치냔 말이다.

'그러게 누가 팔푼이처럼 모르는 남자를 따라 가래? 똑똑한 척, 도도한 척 굴어봤자지. 그런 주제 누굴 가르치려 들어? 웃겨, 진짜.'

진아는 처음 만났을 때부터 소월에게 썩 좋지 않은 감정을 품고 있었다. 묘하게 차가운 태도가 사람을 깔보는 것 같았기 때문이다. 그러나 이것은 순전히 진아의 열등감에서 비롯된 트집 잡기일 뿐이었다. 그녀가 정말 마음에 들지 않았던 건 자신보다 예쁜 소월의 얼굴, 그리고 대진과는 비교도 되지 않는 근사한 남자친구였다.

'세상은 불공평해. 저렇게 싸가지 없는 여자한테 잘생긴 데다 부자이기까지 한 남자를 붙여주다니. 대진이 그놈이 사고만 제대로 쳤어도 저 콧대가 납작해졌을 텐데.'

진아는 실현되지 못한 악의에 가득 찬 잔혹한 소망을 떠올리며 태연하게 물을 마셨다. 소월은 아무 대꾸도 하지 못하고 조용히 숨만 몰아쉬고 있었다. 한참 만에 침묵을 깬 건 무영이었다.

"그 남자는 어디에 있어요?"

"대진이요? 어디 있긴요. 노가다 뛰고 있겠죠. 제일 잘 아실 분들이 왜 그러세요?"

"감옥에 있는 게 아니고?"

무영의 목소리 끝이 살짝 떨렸다. 그는 치솟는 분노를 억누르기 위해 손바닥에 손톱이 파고들 정도로 주먹을 꽉 쥐고 있었다.

"감옥에 못 보낸 게 열 받아요? 한 사람 인생을 망쳐 놨으면 그걸로 만족해요, 좀."

진아는 마치 대진이 피해자인 것처럼 억울해했다. 그에 대한 옹호의 말을 따발총처럼 뱉어내는 모습이 꼭 전담 변호사 같았다.

"대진이 정도면 강간 미수 적용도 안 되고, 오히려 쌍방폭행이라 서로 합의 보면 깔끔하게 끝나는 거였어요. 근데 그쪽 변호사들이 경찰들을 어떻게 구워삶고 사건을 조작했는지, 죄다 대진이 잘못으로 판가름 나버려서 합의금 물어주느라 사채까지 썼다고요."

진아가 씩씩거리며 물을 한 잔 더 마셨다. 그녀가 '탁' 소리가 나도록 컵을 세게 내려놓자, 미미한 진동이 테이블 전체로 퍼졌다.

"그래서, 그 사람 지금 어디에 있는데요?"

무영이 재차 물었다. 진아는 생각 없이 입을 나불대려다 문득 차무영의 목소리나 분위기가 유별나게 삭막하다는 것을 깨닫곤 황급히 입을 닫았다.

"어디에 있어요?"

"그, 그건 왜요?"

진아는 그제야 자신이 아직 월산에 있다는 사실을 뒤늦게 깨달았다. 이곳은 두 사람의 홈그라운드가 아닌가. 진아는 월산의 사람들은 모두 차무영과 정소월의 편이란 걸 오늘만 벌써 두 번이나 경험했다. 중국집 사장도 그렇고, 대진이 치료를 받았던 병원도 그렇고 차무영의 이름은 권력 그 자체였다. 안 되는 게 없었다.

"내가 말해주면 보복이라도 하려고요? 그쪽 변호사들이 충분히 괴롭혔다니까요? 오죽하면 대진이가 자기 대신에 여기 와서 진단서 좀 다시 끊어와 달라고 나한테 울면서 빌기까지 했겠어요. 월산 방향으로는 오줌도 안 싼다고요, 걔가."

"알았어요. 됐어요, 그럼."

집요하게 물은 것에 비해, 무영은 의외로 순순히 물러났다. 진아는 안도의 한숨을 내쉬었으나 곧이어 무영이 덤덤하게 내뱉은 말 때문에 헛기침을 하고 말았다.

"그쪽이 입을 다물어도 내가 원하면 언제든 알 수 있어요."

종업원들이 주문한 음식들을 갖고 들어오는 바람에 진아는 무영에게 그게 무슨 뜻이냐고 묻지 못했다. 그녀의 머릿속에 대진이 인신매매를 당하여 새우잡이 배에 팔려가는 그림이 그려졌다. 지금은 헤어졌다지만 한때 사이좋은 커플이었고, 아직도 친구로 지내는 두 사람이었다. 진아는 대진의 안위를 위해 뭔가를 해야만 한다는 의무감 비스무리한 것을 느꼈다.

"너무 살벌하다. 우리 사이에 왜 그래요, 오빠. 같이 힘든 일도 겪은 사람들끼리! 나도 맘고생이 얼마나 심했다고요. 소월 언니도 그만 잊고 싶을 텐데 들쑤셔서 뭐 어째요."

진아가 소월을 위하는 척 가식을 떨었다. 그녀는 소월에게 애처로운 눈길을 주었다. 소월은 그런 진아의 눈을 똑바로 쳐다보며 단도직입적으로 물었다.

"노천탕에 당신도 있었지?"

"언닌 또 갑자기 귀신 씻나락 까먹는 소리예요. 난 그날 밤에 아파서 자고 있었는데."

"당신이 하는 말을 들어보면 어감이 이상한 게 몇 개 있거든. 아까 그랬지, 무영이가 따라 들어갔다고. 나랑 대진 씨는 무영이보다 앞서 있었기 때문에 그런 식으로 말하지 않아. 따라 들어왔다고 하겠지. 대진 씨한테 얘길 들었다면 '따라 들어왔다면서요'라고 말했을 텐데 넌 '따라 들어가던데'라고 했어. 넌 뒤에서 무영이가 노천탕으로 들어가는 걸 직접 본 거야."

파리해진 진아의 얼굴이 순식간에 구겨졌다. 소월은 아랑곳하지 않았다.

"그래놓고 무슨 맘고생을 하셨기에 사건이 알려지기 훨씬 전에 허겁지겁 도망을 쳤을까?"

"억지 부리지 말아요. 말실수 한 번 한 거 갖고 꼬투리 잡기는."

"그쪽이야말로 억지 쓰지 말고 솔직히 대답해요. 이 일에 대해 당신에게 책임을 묻진 않을 거니까."

소월이 엄숙하게 말했다.

"대답을 하지 않으면 없던 책임을 만들어 물을 순 있죠."

무영이 소월의 말을 거들었다. 두 사람의 눈이 마주쳤다. 소월은 눈빛으로 가만히 있으라고 했으나 무영은 의미를 알 수 없는 서글픈 미소를 짓기만 했다. 자신의 잃어버린 기억 속에 소월이 끔찍한 일을 당할 뻔했던 적이 있었다니, 무영은 심장이 조각조각 끊어지는 것 같았다. 소월이 예전의 차무영을 그리워하는 것도 이해가 되었다. 두 사람은 힘든 일을 함께 겪었을 거고, 고통을 나눴을 것이다. 그 위로들을 소월은 고스란히 간직하고 있는데, 자신은 모조리 분실해 버렸다. 그럼에도 무영은 자신이 제정신으로 돌아와서 다행이라고 생각했다. 어른이 된 차무영은 모자란 어린애였을 때보다 정소월을 더 잘 지켜줄 자신이 있었기 때문이다.

'내가 얼마나 부족한 사람이었으면 소월이를 몇 번이나 위험에 처하게 했을까? 다시는 그렇게 되게 하지 않아. 내가 꼭 지킬 거야.'

무영은 다짐했다. 어쩐지 묘한 기시감이 드는 감정이었다.

"다 끝난 일이잖아. 네가 나설 필요 없어."

소월이 무영의 눈을 보며 힘주어 말했다.

"이봐요. 둘이서 뭐 해요? 내가 대답할 생각이 없고, 아니라는데?"

진아는 자신을 앞에 두고 둘만의 세상을 만들어내는 소월과 무영이 아니꼬웠다. 철저히 소외되고 적으로 간주되는 기분이 더러웠다. 그녀는 어디에서나 이목의 중심이 되고, 누구에게나 사랑받지 않으면 직성이 풀리지 않았다. 소월은 잔뜩 독이 오른 진아를 무시하며 차분하게 질문을 던졌다.

"그날, 노천탕에 왔었죠? 당신을 본 사람이 있다던데."

"누가 그래요? 난 그날 밤에 배탈이 나서 숙소에서 쉬고 있었어요."

"정말요? 흰 치마 입고 돌아다닌 걸 본 사람이 있는데요. 주차장 감시 카메라에도 다 찍혔어요."

소월은 일부러 속임수를 섞어 유도신문을 했다. 진아는 무조건 노천탕에 안 갔다는 말만 반복할 확률이 높았다. 그렇다면 아예 답을 정해놓고 진아를 몰아붙이는 게 나았다. 그녀에게 스스로 진실을 말하게 하는 것보단 그녀가 거짓말을 하는지, 안 하는지를 판단하는 게 더 쉬운 방법이었다.

"긴 흰색 원피스를 입은 진아 씨 얼굴이 똑똑히 찍혀 있다고요."

소월이 감시 카메라 운운하며 복장까지 구체적으로 말하자, 진아는 금세 자신감을 잃었다. 진아는 나쁘게 말하면 포기가 빨랐고, 좋게 말하면 상황 변화에 능동적으로 적응했다. 증거까지 있다는 마당에 고집을 부리기보단 사실대로 털어놓고 변명을 하는 게 더 이로울 성싶었다.

"맞아요. 그거 나예요."

"무영이가 따라오는 걸 알고 있었죠?"

"처음엔 몰랐어요. 개구멍으로 들어갔을 때 대진이랑 언니가 몸싸움을 하고 있는 걸 봤어요."

진아는 잠시 소월을 곁눈질했다.

"그리고 다시 개구멍을 빠져나왔는데 멀지 않은 곳에서 무영 오빠의 모습이 보였어요. 그래서 옆에 있던 수풀 속으로 숨었고요."

이로써 무영이 본 하얗고 긴 치마를 입은 여인의 정체가 밝혀졌다. 그것은 차혜윤의 혼령 같은 게 아니라 덜떨어진 여자애의 장난이었을 뿐이다. 소월은 미신에 사로잡히지 않아도 된다는 작은 해방감과 함께 의아함을 느꼈다.

"아팠다면서 왜 그런 차림새로 몰래 뒤를 밟았어요?"

"오해하면 안 돼요. 난 절대 대진이랑 공범이 아니라고요. 그냥……
저녁 식사 때 무영 오빠랑 언니가 너무 얄미워서 장난치려고 했던 것뿐이에요. 귀신인 척해서요."

"그럼 노천탕 안에서 대진 씨가 나한테 덤비는 걸 보고도 모르는 척 도망간 건요? 날 엿 먹이고 싶어서 그랬던 거예요? 범죄 현장을 보고도 모른 척할 정도로 내가 미웠어요?"

소월은 그때의 고생이 떠올라 비겁하다 못해 야비하기까지 한 진아에게 화가 치밀었다.

"아니에요. 난 경찰에 신고를 하려고 그런 거예요."

진아가 뻔뻔하게 거짓말을 했다.

"그런 것치곤 혼자서 꽁지 빠지게 도망을 갔던데요."

물론 소월은 진아의 말을 곧이곧대로 믿지 않았다.

"범죄자한테 붙어서 심부름까지 해줄 정도면 그쪽 수준도 참 알 만해요. 자기 수준이 오르질 못하니까 남의 수준이 떨어지길 바라나 보죠? 왜요? 그딴 인간 때문에 내 인생이 시궁창이 되길 기대했어요? 말도 안 되는 거 알잖아요. 버러지 한 마리가 발가락 한 번 문다고 사람이 쉽게 쓰러지는 거 아니잖아요. 벌레가 짓밟히는 거지."

소월의 독설에 진아의 얼굴은 점점 더 흙빛이 되었다. 그녀는 수치심으로 머리가 돌 것 같았다. 소월과 무영이 자신을 벌레처럼 징그러워하고 같잖아 한다는 걸 진아는 뼈저리게 느끼고 있었다. 그녀는 이를 갈았다. 대진은 절대로 입 밖에 내지 말라고, 이 일이 밖으로 새면 자신은 정말 생매장을 당할지 모른다고 했지만 지금 이 순간 정소월을 비웃을 수 있다면 진아는 대진의 목숨 따위 몇 번이고 팔 수 있었다.

"귀신한테 씌여 기억도 못 하는 주제에."

진아가 비릿하게 웃으며 말했다. 내뱉은 말의 내용 때문인지 그녀의 얼굴은 기괴하고 비정상적으로 보였다.

"뭐라고?"

"언니한테 귀신 씌였다고요. 이건 몰랐죠?"

"누가 그런 말도 안 되는 소릴 해요?"

"대진이가 그런 거니까 확실해요. 우리 동아리 부원 중에서도 빙의에 가장 관심이 많았거든요. 그쪽 변호사들은 망상 병자 취급한 모양이지만 이 바닥 전문가의 눈은 정확하죠."

진아가 표독스럽게 말했다. 소월은 대진이 자신을 가리키며 귀신이라고 말했던 것을 떠올렸다. 존재해선 안 되는 것을 봤을 때의 공포 어린 눈빛이 소월의 기억에 또렷이 각인되어 있었다. 그 공포 너머에는 언제나 그렇듯 혐오가 깃들어 있었다. 소월이 아무리 혐오에 익숙하다고 해도, 그것은 늘 여지없이 아팠다. 어두워진 소월의 낯빛을 보고 진아가 승리감에 도취되어 있을 때였다. 일정한 간격으로 바람이 빠지는 것 같은, 억지로 웃음을 참는 소리가 별실에 울렸다.

"아, 미안해요. 진아 씨는 진지한데 자꾸 웃어서."

무영의 목소리는 상황에 어울리지 않게 발랄하기까지 했다. 진아뿐 아니라 소월조차 무영을 이상한 사람 보듯 쳐다봤다.

"망상병 진단을 받은 범죄자 말만 믿고 멀쩡한 사람, 그것도 피해자 한테 이러는 게 신기해서요."

무영이 얼굴을 꿰뚫을 것처럼 보자, 진아는 발가벗겨져 구경거리가 된 기분이 들었다.

"정상적인 사람이라면 그 사람 말을 믿기는커녕 범죄 사실을 알자 마자 안면 몰수할 텐데……."

무영이 짐짓 생각에 잠기는 시늉을 했다.

"사랑의 힘인가? 그 남자 사랑해요?"

"무슨 소리예요! 날 뭐로 보고!"

"왜요: 잘 어울리는데. 둘 다 망상 증세도 있는 거 같고. 잠깐만 기다려 봐요."

무영은 소월에게 손바닥을 내밀었다.

"나 핸드폰 좀."

"갑자기 핸드폰은 왜?"

"일단 줘봐요. 아, 나도 핸드폰을 사야겠네."

무영의 뜬금없는 행동에 진아는 불안해졌다. 진아는 소월에게 열등 감을 표출하느라 까맣게 잊고 있던 사실을 다시금 상기했다. 그녀는 월산에 있었고, 월산은 차무영의 집안이 곳곳에 영향을 끼치는 장소라는 것을. 그 위력은 대진이 몸소 한차례 증명하지 않았던가!

"어디에 전화하려고요? 경찰? 난 아무 죄도 없어요. 그래봤자 헛수고라고요."

"아니, 경찰 말고. 잘 아는 정신과 의사가 있어서요."

"정신과 의사는 왜요! 잠깐만요. 끊어봐요!"

진아가 다급하게 소리 지르며 자리에서 일어나려고 했다. 무영이 '여보세요'라고 말하자마자 진아가 비명처럼 미안하다고 외쳤다.

"미안해요. 내가 잘못했어요. 제발 정신병원에 집어넣지 말아주세요. 제발요."

"요즘 시대에 누가 그런 짓을 해요. 남의 선의를 그렇게 매도하면 안 되죠."

"미안해요. 제가 실수했어요. 언니한테도 말실수했어요. 미안해요, 언니. 미안해요."

진아의 거듭된 사과에 소월이 민망해하며 무영에게서 핸드폰을 빼앗았다. 그제야 진아의 안색에 핏기가 돌았다.

"집에 돌아가서라도 꼭 병원 가봐요. 아주 심각해 보이거든요. 범죄자를 옹호하는 정상인이 어디 있겠어요. 똑같이 쓰레기가 아닌 이상. 그렇죠?"

무영이 진아에게 동의를 구했다. 진아는 부득이 고개를 끄덕였다.

"우린 이만 가볼게요. 진아 씨는 음식들 다 먹고 와요. 걱정하지 말아요. 계산은 내가 할 테니까."

무영이 자리에 일어나 짐을 챙기며 말했다. 그는 부드러운 손길로 소월을 일으키고, 그녀의 손을 잡는 것도 잊지 않았다. 진아는 그 모습을 보자 내장이 뒤틀리는 것 같았다.

"언니는 좋겠어요, 저렇게 든든한 남자친구가 있어서. 재력에 권력까지 있네요. 이건 칭찬이에요, 칭찬."

끝까지 비꼬는 와중에도 진아는 비굴하게 빠져나갈 틈을 남겨두었다. 소월은 상대할 가치를 못 느껴 아무 대답도 하지 않았다. 하지만 무영은 아니었다.

"대진이란 사람이 소월이에 대해서는 말 안 해줬어요?"

"뭘요?"

"두 사람이 무서워해야 하는 건 고작 지방에서나 큰소리치는 우리 집안이 아니에요."

소월은 그러지 말라며 무영을 말렸다. 그러나 무영의 입은 멈추지 않았다.

"소월인 혜성그룹 정민호 부회장님의 막내딸이거든요."

진아의 입이 떡하니 벌어졌다. 그녀는 진위 여부를 확인하려는 듯 소월과 무영의 얼굴을 번갈아 쳐다보았다. 소월은 멋쩍게 어깨를 으쓱하였는데, 그것은 무영의 말이 진실임을 말해주는 제스처였다.

"그리고 나, 소월이 남자친구 아니에요. 남편이지."

무영이 소월의 어깨에 팔을 둘렀다. 그는 혹시라도 소월이 냉정하게 팔을 쳐 낼까 걱정했으나, 소월은 웬일로 가만히 있었다. 그녀의 동그란 어깨 끝을 감싼 무영의 손바닥에 힘이 들어갔다.

소월은 공식 석상이 아닌 사석에서 누군가에게 아버지의 딸로 불린 것이 처음이었다. 겉치레로 만든 명함 같은 정체성이라고 여겨, 소월은 어디 가서 혜성그룹 집안의 사람이란 말을 스스로 한 적이 없었다. 그녀는 무영이 고마웠다. 정진건의 인정받지 못한 사생아 손녀가 아니라, 정민호의 막내딸로 대해줘서.

"차무영."

"네?"

무영은 소월이 팔을 치우라고 할까 봐 지레 긴장했다. 그러나 소월은 별말이 없었다. 두 사람은 조용히 식당을 빠져나왔다. 무영은 홀로 속을 앓았다. 자신이 한 말들이 행여 소월을 기분 나쁘게 하진 않았을까 걱정되었던 것이다. 정소월은 도대체 무슨 생각일까? 무영이 저도 모르게 한숨을 쉬려던 찰나였다.

"술 마실래?"

소월은 무영의 한쪽 팔에 안겨 그를 올려다보았다. 그녀의 얼굴이 유독 싱그러웠다. 무영은 소월의 기분이 좋다는 걸 알았다. 게다가 관대하기까지 하다. 이것은 흔치 않은 기회였다.

"네!"

무영이 경쾌하게 답하며 은근슬쩍 소월을 더 끌어안았다. 다행히 소월은 그의 품을 벗어나지 않고 무영이 행복을 누리도록 놔두었다. 두 사람의 발걸음이 가벼웠다. 그러나 깃털 같은 발걸음과 달리 무영의 머릿속에 '빙의'라는 단어 하나가 육중한 닻을 내렸다. 닻은 '쿵' 하는 소리를 내며 무영의 무의식 밑바닥을 둔탁하게 쳤다. 바닥에 가라앉아 잠들어 있던 기억들을 깨울 만큼 묵직한 충격이었다.

"술이 들어간다, 술이 들어간다. 쪽! 쪽쪽! 쪽, 쪽! 쪽쪽! 쪽! 언제까지 어깨춤을 추게 할 끄어야아아!"

무영의 상체가 휘청거리자 그가 들고 있던 소주잔의 술이 넘실댔다. 무영은 술을 흘릴까 봐 잔을 머리 위로 높이 피신시켰다. 그러나 그것은 판단 미스였다. 권주가를 목청껏 부르며 어깨춤을 덩실대던 소월이 머리로 무영의 가슴에 박치기를 하였기 때문이었다. 무영이 들고 있던 소주잔의 술이 그의 머리 위로 쏟아졌다.

"누나, 쫌!"

축축하게 젖은 그의 앞머리에서 술이 뚝뚝 떨어졌다. 소월은 그 모습을 보며 배를 잡고 깔깔댔다. 무영은 소월이 왜 룸 형식으로 된 술

집에 들어왔는지 알 것 같았다. 그녀는 분명 자신의 술주정을 알고 있었을 것이다. 적어도 주변 사람들에게 한 번쯤은 조언을 받았을 테다. 무영의 짐작대로, 소월의 친구들은 항상 말했다. 너는 술주정이 쪽팔리니까 웬만하면 밀폐된 공간에서 친한 사람들하고만 술을 마시라고. 너를 위해서가 아니라 우리를 위해서.

"우리 무영이가 아직 애기라서 술도 이렇게 흘려 먹지!"

소월이 냅킨을 잔뜩 집어 무영의 젖은 머리카락에 하나씩 붙이기 시작했다.

"잘 말려야 돼, 잘. 어휴, 너 술 너무 많이 마셨다."

"누나가 다 마셨거든요. 소주를 물처럼 벌컥벌컥 마실 때 내가 알아봤다!"

"그으래? 이게 나한테 나는 냄새야?"

소월이 코를 허공으로 높이 쳐들고 콧구멍을 벌름거렸다. 그녀는 짧고 빠르게 연달아 숨을 들이마시면서 킁킁거렸다. 그 모습이 마치 바람에 실려오는 먹이나 천적의 냄새를 맡는 야생의 토끼 같았다.

무영은 관자놀이를 누르며 애써 정신을 집중시켰다. 처음 마시는 술에 몸이 거부반응을 일으키는지 아까부터 머리가 깨질 것처럼 아팠다. 뇌가 터질 것 같았다. 무영은 머리를 세차게 흔들었다. 그는 술에 취하면 오감의 능력이 극대화되는 타입인지도 몰랐다. 그렇지 않고서야 룸 밖에서 들리는 소리까지 귓가에 생생히 들릴 리 없으니까. 아니, 그것은 귓가도 아니고 아예 머릿속에서 틀어지는 영상이었다.

'정신 차려, 차무영. 너까지 취하면 정소월은 누가 챙기니.'

무영은 500cc 맥주잔에 가득 차 있던 얼음물을 단숨에 비워 버렸다. 뒷골이 당기고 몸이 부르르 떨렸지만 몽롱한 기운은 조금 가시는 것 같았다.

불과 한 시간 전까지만 해도 이 정도는 아니었다. 소월과 무영은 찌

개류 안주 하나와 식사 대신으로 먹을 돈가스, 감자튀김을 시키고 가볍게 소주 한 병과 500㏄ 생맥주 두 잔을 시켰다. 소월은 그마저도 너무 많다며 걱정했다. 무영의 첫 술자리이기 때문에 그가 많이 못 마실 거라면서 말이다.

"이 술을 누가 다 마셔!"

테이블 위에 세팅된 술들을 보며 소월은 투덜거렸다. 하지만 그 술들은 전부 그녀의 목구멍으로 넘어가 버리고 말았다.

"내가 원래 술을 좋아하는 성격은 아닌데, 오늘은 기분이 좋아서 그런지 술이 맛있다."

두 번 만에 맥주 한 잔을 깨끗이 비운 소월이 말했다. 살짝 취기가 올라서 그런지 소월은 평소보다 유해졌고, 자신의 감정을 솔직하게 말했다. 무영은 소월의 입에서 기분이 좋다는 말을 전에도 들어본 적이 있었는지 곰곰이 곱씹었다. 아무래도 이번이 최초인 것 같았다. 그녀의 색다른 모습이 보기 좋아 무영은 소월에게 계속 술을 따라줬다. 그것이 화근이었다.

"첫 데이트 마음에 들었어요? 난 미안해요. 별로 한 것도 없고, 아까는 이상한 여자도 만났고."

"그게 왜 네가 미안할 일이야! 미안한 건 내가 더 많지. 넌 잘해주려고 하는데 난 호신술이나 쓰고, 그 여자도 내가 아는 척한 거고."

소월이 맨손으로 돈가스를 집어 먹으며 말했다. 튀김가루가 그녀의 옷에 우수수 떨어졌다. 깔끔쟁이 소월에겐 있을 수 없는 일이었다. 소월은 심지어 기름이 묻은 손가락을 옷에 슥 닦기도 했다.

"야! 내가 호신술 좀 쓴다고 너무 막 서운해하믄 안 돼애. 네 손가락을 진짜 부러뜨리려고 그런 건 아니라구. 내가 좀 위협적인 상황에 본능적으로 막, 팍! 따! 팍! 막 이러는 경향이 있어."

소월이 허공에 대고 절도 있게 손날치기를 하자, 무영은 얼결에 박수를 쳤다. 그녀는 뿌듯해하며 헤벌쭉 웃었다. 그 모습이 정말 웃기고 사랑스러워서 무영은 눈물이 나도록 웃었다.

"호신술 배우는 건 좋은 거예요, 누나. 너무 신경 쓰지 말아요."

겨우 웃음을 멈춘 무영이 볼에 흐르는 눈물을 닦으며 말했다.

"그래, 이해해 줘서 고마워! 나도 어쩔 수가 없었어. 너 외국 애들이 얼마나 발육이 좋은 줄 알아? 아오, 진짜. 그 덩치들 사이에서 버티려고 내가 호신술을 생존 수단으로 배운 거잖아."

그렇게 한동안 소월의 무용담이 이어졌다. 영국에 있었을 때 인종 차별을 겪으면서 당한 학교 폭력을 어떻게 극복했는지에 대한 이야기였는데, 대개는 그녀가 외국 애들의 코나 손가락을 부러뜨려서 어머니가 학교에 호출되는 것으로 마무리가 되었다.

"걔네들에 비하면 너는 완전 천사 같은 앤데, 내가 너무 심했지."

소월이 고개를 끄덕거리며 스스로의 의견에 대해 강하게 동의했다. 어찌나 격한 긍정이었던지 그녀의 고개는 관성의 법칙이 작용하는 듯 계속 끄덕여졌다. 보다 못한 무영이 손으로 소월의 머리를 잡아 고정시켜 주었다. 그는 반쯤 풀린 소월의 눈을 흥미롭게 쳐다봤다.

'눈이 풀리니까 졸린 토끼같이 귀여워!'

이런 생각을 하면서 말이다.

"아, 야. 이러지 말라고. 또 깜짝 놀랐잖아."

"네? 뭐가요?"

무영이 화들짝 놀라 얼른 손을 거뒀다.

"예고도 없이 얼굴로 공격하지 말란 말이야. 미인계 좀 그만 써, 진짜. 모지리였을 때도 그러더니 또 그런다, 또! 제정신으로 돌아왔어도 그건 또옥같아. 지 예쁜 건 알아가지고."

소월에게 직접적으로 잘생겼다는 칭찬을 들은 건 처음이라 무영의 얼굴이 새빨개졌다. 오늘은 여러모로 처음인 일이 많은 날이었다. 그는 저택에 가면 해본 적 없던 일기 쓰기를 시작하기로 마음먹었다. 소월과의 처음을 하나도 다 빠짐없이 기록하고 싶었다. 첫 일기, 첫 데이트, 첫 어깨동무, 첫 술, 첫 칭찬…….

'첫 키스?!'

자연스런 연상 작용에 무영은 심장이 벌렁거려서 뜨거운 콧김이 절로 뿜어졌다. 그러나 첫 키스에 대한 그의 헛된 희망은 품은 지 한 시간 만에 산산이 깨져 버렸다. 완전히 꽐라가 된 소월의 이성은 폭주 기관차가 되어 돌아올 수 없는 머나먼 은하계 저편으로 떠나 버렸다. 무영은 사람이 술에 취했다고 이렇게까지 인격이 바뀔 수 있다는 게 경이로울 지경이었다.

"우리 무용이! 누나가 그르케 조아? 앙?"

무영은 사람의 혀가 출혈 없이도 반 토막이 될 수 있다는 것을 실시간으로 학습하고 있었다. 그는 식은땀을 열심히 닦았다가 땀에서 나는 술 냄새를 맡고는, 땀구멍에서 술을 배출할 정도로 자신이 과음을 했는가에 대해 심각하게 고민했다. 그러다가 아까 쏟은 술을 제대로 닦지 않았다는 것을 뒤늦게 깨달았다. 머릿속에서는 무영이 틀어놓은 적 없는 한 편의 영화와 같은 어떤 영상들이 쉬지도 않고 재생되고 있었다. 무영은 딱히 그것을 의식하지 않았음에도 그 모든 것들을 기억의 빈자리에 차곡차곡 채워 넣었다. 그도 점점 취하고 있었다. 의식과 무의식의 경계가 희미해지고 모든 게 엉켜 버린다. 머릿속에서 웨딩드레스를 입은 소월과 눈앞에서 술주정을 하는 소월 중에 어느 쪽이 진짜인지 헷갈리기 시작했다.

"넌 인마! 짜샤! 나 좋아하면 안 돼……. 그럼 안 돼……."

"왜 안 되는데?"

"너는 왜 이상한 백한 가지 방법 시리즈 따위는 찾아 읽으면서 '정소월을 사랑하면 안 되는 백한 가지 이유'는 모르는 거야?"

"이유가 백한 가지나 된다고요?"

무영이 기함을 했다. 소월은 눈을 부릅뜨고 자신의 양손을 쫙 편 뒤, 이유를 한 개씩 꼽을 때마다 손가락도 하나씩 접었다.

"첫 번째, 넌 나보다 어려! 정신연령이 열다섯 살이나 차이가 났다고! 그런데 너 좋다고 그랬으면 나 아동성애로 철창에 갇혀서 수갑이 철컹철컹. 네가 무슨 트로피 와이프도 아니고 말이야. 응? 말이 통해야지, 잘생겼다고 무조건 좋아하는 게 아니거든. 물론 넌 많이 잘생겼어! 예뻐! 트로피 중에도 챔피언십 우승급."

"잘생긴 건 인정해 줘서 고맙네. 근데 이제 머리도 멀쩡해졌으니까 그건 기각."

"그으래?"

소월이 접었던 손가락을 다시 폈다.

"다시, 첫 번째! 넌 날 기억 못 하잖아! 날 다 까먹었으면서 어케 사랑한다고 할 수가 있어? 사랑이 그르케 쉬워? 어? 첫눈에 반한다는 말 안 믿는다고, 난."

"누구랑 어떻게, 얼마 만에 사랑에 빠질지는 내가 결정해요. 다른 사람이 이해할 필요 없으니까 그것도 땡."

"그른가?"

술에 취한 소월은 자기주장이 강한 편이 아니었다. 오히려 상대의 목소리가 조금만 커도 쉽게 설득되었다. 그녀의 손가락은 아직 한 개도 접히지 못했다.

"그럼 또, 음. 이건 나만 알려고 했던 건데. 음."

소월이 이번엔 뜸을 들였으므로, 무영은 자신이 반박할 수 없는 문제가 튀어나올까 봐 겁을 먹었다.

"널 좋아하게 되면, 네가 나한테 제일 중요한 차무영이 되면 다른 무영이가 불쌍해서……. 난 걔한테 고마운 게 많은데……. 고맙다고 해준 적이 없어서 그 대신에 걜 잊으면 안 되거든. 잊고 싶지 않거든, 내가."

소월의 목소리는 습기에 차 있었다. 목구멍이 먹먹한지 중간중간에 쇳소리가 섞여 나왔다.

"내가 그 차무영이면요?"

무영이 두 손으로 소월의 얼굴을 잡아 그녀와 눈을 맞췄다.

"네가 어떻게 그 차무영이야. 둘이 완전히 다른데."

"안 달라요. 하나도 안 달라요."

소월은 어리둥절해하며 손가락으로 눈을 비볐다. 차무영은 답답해 죽겠다는 표정을 짓고 있었다.

"숨바꼭질 좋아하고, 전복 못 먹고, 수영도 잘하고, 피아노도 잘 치고, 단 거 좋아하고, 숲에서 노는 것도 좋아해요."

소월의 세상이 빙글빙글 돌았다. 무영의 얼굴이 여러 개로 보였고, 그의 목소리는 에코를 잔뜩 넣은 것처럼 웅웅거렸지만 잘 들렸다.

"그래요. 나, 당신을 잊었어요. 그런데 내 마음이 말해줘요. 처음 봤을 때부터 쉴 새 없이 계속 말해요. 나는 이 사람을 좋아한다, 이 사람이 나를 구원했다, 이 사람과 함께하고 싶다, 지켜주고 싶다, 외롭게 만들고 싶지 않다, 사랑해 주고 싶다."

무영은 한 마디, 한 마디 말할 때마다 후회스러웠다. 그는 평소에 최악의 고백은 취중진담이라고 생각하고 있었다. 절대로 술에 취해 사랑 고백을 떠벌리진 않겠다고 굳게 다짐하곤 했던 것이다. 그러나 이제 와서 고백을 물릴 수도 없고, 멈출 수도 없었다. 그의 바람은 소월이 술에서 깨면 아무것도 기억 못 하는 것뿐이다.

"나는 차무영이에요. 어디 다른 데에 갔다 온 적 없어요. 항상 이 자리에 있었어요. 내가 가진 정신병은 착란이고, 기억상실증이지 이중인격이 아니에요."

무영은 소월의 두 손을 조심스럽게 잡았다. 아기 새처럼 작고 연약해서 다치게 할까 봐 두렵다. 그랬다. 그는 항상 소월의 손이 아기 새인 것 같다고 생각했었다.

"우리가 처음 만났을 때부터 지금까지 단 한 명의 차무영입니다."

불현듯 그는 모든 게 기억이 났다. 무영의 눈이 반짝거렸다. 눈물이 홍수처럼 차오르더니 주르륵 흘렀다. 소월은 그에게 눈을 떼지 않았다. 다음 날 아침에 일어나면 자신은 모든 걸 잊어버릴 것이다. 소월은 알고 있었다. 그녀의 술주정은 늘 그랬으니까. 그런데 이번만큼은 잊고 싶지 않았다. 이 순간만큼은 기억하고 싶었다.

"네가 단 한 명의 차무영이라면, 그렇다면 설령 기억이 전부 나진 않더라도 들어줘."

"네, 듣고 있어요."

"고마워, 무영아."

소월의 오른쪽 눈에서 눈물 한 방울이 또르르 흘러내렸다.

"내 편이 되어주고, 친구가 되어주고, 두 번이나 내 목숨을 살려줘서 고마워."

그녀는 정신이 아득해지기 전, 환하게 웃는 무영이 달콤하게 중얼거리는 소리를 들었다.

"나야말로 고마워, 소월아. 내 첫사랑이 되어주어서."

소월이 눈을 감았다.

'잊지 말아야지, 저 미소까지도.'

그녀는 이번만큼은 인간의 정신이 알코올에게서 승리하길 간절히 바랐다. 그러나 소월은 끝내 다 잊어버렸다. 술 이기는 장사는 없다고 했다. 소월의 몫까지, 이 순간의 기억은 오롯이 무영의 것이 되었다. 무영은 테이블 위에 이마를 박고 잠이 든 소월을 보며 그녀가 다음 날이면 모든 것을 잊으리란 걸 예감했다.

"어느 정도는 네 기분을 이해할 수가 있게 되겠구나. 혼자만 기억한다는 게 어떤 건지."

무영이 흘러내린 소월의 머리카락을 귀 뒤로 넘겨주었다.

"너를 알고 나서부터 난 항상 너의 예쁜 이름을 불렀어. 정소월, 소월아. 내가 기억 못 한다고 그런 것도 말 안 해주고 누나 소리를 듣다니 너무해. 심술만 부리고."

무영은 소월이 자신에게 쳤던 철벽들이 떠올라 웃음이 터져 나왔다. 그래도 그 이유가 결국은 또 자신을 위해서라는 게 차무영이 정소월을 사랑할 수밖에 없는 이유다.

"소월아, 앞으로 우린 좀 더 힘들어질 거야. 모든 걸 기억해 낸 이상, 난 가만히 있을 수가 없어."

무영이 기억해 낸 건 소월뿐만이 아니었다. 십이 년 전의 일들, 그가 스스로를 아이의 정신에 가두게 된 사건, 그 후 소월과 자신에게 일어났던 일들 모두 다 그에게로 돌아온 것이다.

"하지만 걱정하지 마. 난 널 위해 긴 터널을 빠져나왔으니까. 널 지켜주기 위해 나의 어둠을 헤치고 너란 빛의 세계에 당도했어. 무슨 일이 있어도 그 빛을 지켜낼 거야."

소월은 좋은 꿈을 꾸는지 평온한 얼굴로 새근새근 자고 있었다. 무영은 그녀의 동그란 뺨을 손가락으로 콕 찔렀다.

"위장결혼이라고 날 잘도 구슬렸겠다."

무영이 고개를 숙여 그녀의 뺨에 닿을 듯 말 듯 간지러운 입맞춤을 했다.

"넌 나랑 절대 이혼 못 해."

7
기억의 그림자

"여기에 숨어 계시는 건 반칙 아닙니까? 아가씨는 부엌의 구조를 잘 모르시는 것 같던데요."

미닫이문이 열리자 부엌 천장의 조명 빛이 쏟아 들어왔다. 어둠 속에서 핸드폰 화면을 보느라 눈이 빠질 것 같던 무영은 밝은 빛이 반가우면서도 소월이 나타날까 조바심이 났다.

"들어올 거면 빨리 들어와요."

무영이 희태의 손을 잡아당기며 말했다. 희태는 들어갈 생각이 없었으나, 무영이 막무가내로 힘을 쓰는 바람에 어쩔 수 없이 좁은 공간에 몸을 구겨 넣었다. 성인 남성 두 명이 들어가자 비좁은 공간이 꽉 들어찼다. 그곳은 자주 쓰진 않지만 가끔씩 필요한 조미료들이나 마른 식자재를 보관해 두는 벽장이었다. 무영과 희태는 무릎을 마주 대고 서로를 바라보며 앉아 있었다.

"숨바꼭질을 좋아하시는 건 여전하군요."

"놀고 있는 거 아니거든요. 소월이 앞에선 핸드폰을 못 하니까 어쩔 수 없이 숨어 있는 거지."

"그건 도련님 잘못이십니다. 핸드폰을 개통한 뒤로는 손에서 내려 놓질 않으시잖아요."

희태의 잔소리에 무영은 조용해졌다. 반성을 해서라기보단, 지금 이 순간조차 핸드폰을 만지작거리고 있었기 때문이었다. 희태는 그런 무영의 모습을 보며 소월보다 더 불안해했다.

'아가씨에 대한 기억을 잃어버렸어도 좋아하는 줄 알았더니, 그새 딴 여자가 생겼나? 하긴…… 스물두 살이면 한창 까불고 다닐 나이긴 하지만……. 그래도 이런 식이면 아가씨가 너무 안됐잖아!'

희태는 예의가 아닌 줄 알면서도 결국 무영의 핸드폰을 뺏었다.

"뭐 하는 거예요, 아저씨!"

무영이 핸드폰을 되찾기 위해 손을 뻗었다. 뺏기지 않으려는 자와 뺏으려는 자가 서로 발버둥을 쳤으므로 작은 벽장 안이 금방이라도 무너져 내릴 듯이 소란스러웠다. 부엌에 있던 메이드들이 벽장에서 이상한 소리가 난다며 삼삼오오 모여들었다. 몇몇은 쥐나 도둑고양이가 들어간 게 분명하다며 발을 동동 굴렀다. 식당과 거실에 있던 메이드들까지 무슨 일이냐며 얼굴을 내비쳤다. 막 현관에 들어선 소월도 저택의 메이드들이 부엌으로 모이는 걸 봤다.

바깥의 상황도 모르고 두 남자는 여전히 실랑이를 벌이는 중이었다. 희태는 재빠르게 무영의 핸드폰을 확인했다. 무영은 누군가에게 메시지를 보내고 있는 중이었다.

〈빙의 현상도 그쪽으로 설명할 수 있을까요?〉

무영이 보낸 마지막 메시지를 눈으로 읽은 희태는 그것이 연애와 상관없다는 걸 확인하자 일단 마음을 놓았다. 그러나 한편으론 무영이 왜 '빙의'에 대해 궁금해하는지 의아심이 들었다.

"이게 뭡니까? 웬 빙의?"

"아, 진짜! 사생활 좀 지켜주세요, 네?"

무영이 투덜거리며 희태의 손에서 핸드폰을 뺏었다. 그 순간이었다.

"남의 사생활 침해를 밥 먹듯이 하는 사람이 할 소린 아닌 것 같은데?"

미닫이문이 드르륵 열리는가 싶더니 빛을 등지고 선 소월의 매서운 얼굴이 나타났다. 지은 죄가 없는 희태조차 그 서슬 퍼런 표정과 산발이 된 소월의 머리카락에 일순간 두려움을 느꼈다.

무영을 찾기 위해 온 저택을 이 잡듯이 뒤지느라 소월의 꼴은 말이 아니었다. 정원을 무릎으로 기어 다녔는지 바지가 흙투성이였고, 머리카락에는 먼지와 나뭇잎이 붙어 있었다.

"핸드폰 내놔."

소월이 무영에게 손바닥을 내밀며 말했다. 무영은 핸드폰을 쥔 손을 가슴께에 품고 도리도리 고개를 저었다.

"내가 잘못했어요, 누나."

"네가 편할 때만 누나야? 아까는 정소월이라며."

무영은 소월에게서 도망을 치기 직전에 그녀에게 '치사하다, 정소월!'이라며 소리를 질렀었다.

"그건 누나가 술 취했을 때 소월이라고 불러도 된다고 해서……."

"난 기억이 하나도 안 나거든."

설령 소월의 기억이 온전하다고 해도 그런 기억은 남아 있지 않았을 것이다. 그녀가 무영에게 이름을 불러도 된다고 한 적은 없었기 때문이었다. 무영은 잠시 동안은 기억이 안 돌아온 척하기로 마음먹었으나, 무의식적으로 예전 습관이 튀어나오는 것까지 막을 순 없었다. 그는 저도 모르게 소월의 이름을 부르거나 반말을 했다.

"너도 똑같이 당해봐. 핸드폰 내놓으라고."

소월의 손바닥이 뭍에 내놓은 물고기처럼 파닥거렸다.

"근데 나 진짜 별거 한 게 없다니까요? 그냥 사진첩만 보려고 그랬던 건데."

"거짓말하지 마. 분명히 '안 읽음' 표시되어 있었던 메시지들이 네가 핸드폰 건드리고 나서 전부 '읽음'으로 바뀌었거든?"

무영은 소월이 핸드폰을 응접실 테이블 위에 두고 잠시 화장실에 간 사이 그녀의 메시지를 사찰한 혐의를 받고 있었다. 물론 단순히 핸드폰을 봤다는 것만으로 소월이 이토록 화를 내는 건 아니었다.

첫 데이트를 한 다음 날, 무영은 곧바로 핸드폰을 샀다. 거기까진 좋았다. 그러나 문제는 그 후부터 무영이 두 번째 데이트를 신청할 생각은 하지도 않고 핸드폰만 줄곧 붙들고 있다는 점이다. 소월은 몇 번이나 무영에게 아직 데이트가 두 번이나 더 남았음을 알려주었으나 그는 귓등으로도 듣는 것 같지 않았다. 처음에는 아무렇지 않았지만 소월은 날이 갈수록 자존심이 상했다. 표면상으론 소월이 무영에게 데이트를 하자고 조르는 모양새였기 때문이었다. 그에 반해 무영은 심드렁한 얼굴로 핸드폰만 두드렸으니, 소월은 그의 태도에도 질리려던 참이었다.

반응 없는 무영을 붙잡고서 계속 데이트 타령을 할 만큼 넉살이 좋은 위인이 아니었기에, 소월은 본연의 무심함으로 돌아가 무영을 무시했다. 마침 윤미가 날씨도 좋으니 어디 놀러 가지 않겠냐고 연락을 해왔기 때문에 소월은 그녀와 나들이를 갈 계획을 짰다. 그 후부터 메이드들은 소월과 무영이 응접실에서 서로 다른 소파에 앉아, 각자 핸드폰을 갖고 노는 장면을 최근에 여러 번 목격하였다. 청소를 하든 말든 두 사람은 꿈쩍도 안 하였으므로, 메이드들은 소월과 무영을 곁눈질하며 그들의 냉전을 관찰할 수 있었다. 당사자들만 빼고 저택의 다른 이들에겐 그들의 싸움이 유치한 구경거리였다.

"서로 말 한마디 안 할 거면서 왜 맨날 둘이 붙어 있는 거야?"

"따로 떨어져 있다가도 한 명이 응접실에 들어오면 다른 한 명도 쪼르르 따라 들어온다니까. 닭살을 이상한 방식으로 떨어, 진짜."

"아까 아가씨가 핸드폰 보다가 피식거릴 때 도련님 표정 봤어? 썩은 토마토인 줄."

"아가씨는 어떻고. 눈에서 레이저 나갈 것 같더라. 도련님은 도대체 뭘 그렇게 검색하는 거야?"

이처럼 메이드들은 소월과 무영 뒤에서 수군거리곤 했다. 그렇게 신경전이 팽팽하던 와중에 무영은 소월보다 먼저 인내심이 바닥나 버렸고, 그녀의 핸드폰을 훔쳐보다가 현장을 딱 걸린 것이다.

"별 내용도 없더만 왜 그렇게 화를 내요?"

무영이 툴툴댔다. 그도 소월만큼이나 서운한 부분이 있었다. 소월이 자기를 빼놓고 윤미와 놀러 가기로 한 것이 못내 마음에 들지 않았기 때문이다.

"별 내용도 없는데 왜 내 핸드폰을 몰래 봐? 보여달라고 하면 되잖아."

"보여달라고 하면 보여줬을 거예요?"

"당연하지. 사진 보여주는 게 뭐 어렵다고?"

"거봐요. 사진만 보여줄 거였으면서!"

"그래서, 너는 사진이 아니라 딴 게 보고 싶었던 게 맞구나?"

소월이 날카롭게 지적하자, 무영은 얼굴이 벌게져선 입을 다물었다. 잠자코 두 사람의 대화를 듣고 있던 희태는 흔하디흔한 애정 싸움에 따분함을 느끼며 자리를 털고 일어났다.

"메이드들이 보고 놀립니다. 두 사람 다 나가서 대화 나누세요."

희태가 제법 어른답게 그들의 싸움을 중재했다. 무영은 희태의 말에 맞장구를 치며 소월에게 아랫사람들 보는 눈이 많으니 조용한 곳으로 가자고 제안했다. 소월은 무영의 핸드폰을 호시탐탐 노리고 있었고, 무영은 경계를 늦추지 않았다. 두 마리의 고양이 같은 두 사람이 부엌을 빠져나올 때였다.

"너희가 왜 거기서 나오니?"

영선이 우아하지만 불만을 품어 삐딱한 어조로 말했다. 그녀가 학처럼 걸을 때마다 어제 새로 웨이브를 넣은 귀밑머리가 탐스럽게 흔들렸다. 소월과 무영은 예상치 못한 인물의 등장에 할 말을 잃고 눈알만 굴렸다.

"어머, 우리 새아가 꼴이 이게 뭐니? 설마 지금까지 부엌일을 한 건 아니겠지? 정 회장님이 보시면 뒷목 잡고 쓰러지시겠네. 우리가 널 부엌데기로 만든 줄 아실 거 아니니!"

영선은 호들갑을 떨며 주변에 있던 메이드들에게 수건이든 뭐든 갖고 오라고 명령했다. 메이드들은 동시에 '네'라고 답하곤 종종걸음으로 사방에 흩어졌다.

"어머니가 이 시간엔 웬일이세요?"

무영이 벽에 걸린 시계를 보며 물었다. 아직 오후 세 시였다. 일 중독자 혹은 온천타운의 수호자라고 할 수 있는 영선은 빨라도 늘 저녁 식사 시간인 일곱 시에 가까스로 맞춰 저택에 돌아오곤 했다. 밤 열 시를 넘기거나 아예 온천타운에 머무는 날도 적지 않았다.

"오늘은 중요한 날이잖니."

"중요한 날이요?"

소월과 무영이 동시에 물었다. 영선은 손톱 끝으로 소월의 어깨에 묻은 나뭇잎을 떼어낸 뒤 손가락을 털었다. 그녀는 두 사람의 질문에 답할 생각은 하지 않고 소월과 무영을 번갈아 바라보더니 고뇌하는 예술가처럼 탄식을 내쉬었다.

"너희 꼴이 말이 아니구나. 봄이 완연하다 못해 곧 여름이 다가오는데 둘 다 묵은 겨울처럼 칙칙해. 오늘 같은 날에 어울리지 않아!"

영선은 참을 수 없단 듯이 몸을 떨었다.

"어머니, 오늘이 무슨 날인데요?"

"내가 말 안 했나?"

어리둥절한 표정을 짓고 있는 소월과 무영을 보며 영선은 어제의 기억을 더듬었다. 직접 말해주려고 두 사람을 부르려다가 한지훈에게 전화가 온 바람에 그러질 못했다. 통화가 끝난 후에는 기분이 나빠져 스트레스를 풀기 위해 곧장 헤어살롱으로 향했던 것이다.

"아, 그래. 어제 말해준다고 해놓고 깜빡 잊었구나. 미안하다. 지금 들으렴."

영선이 발랄하게 말했다. 깜빡 잊고서 당일에 말해줘도 괜찮을 거면 그게 뭐가 중요한 일이냐며, 소월은 속으로 소심하게 반항했다.

"무영이 너는 기억이 가물가물하겠구나. 네가 아프고 나서는 십이 년 동안 집안의 기념일은 아무것도 챙기질 않았으니까."

"기념일이요? 어머니랑 아버지 생신은 아니잖아요."

"더 큰 어른이 계시잖니."

"명인 아저씨 말씀하시는 거예요?"

"그래. 아저씨 연세가 벌써 예순다섯이셔. 원래 오 년 전에 환갑 축하를 해드려야 했는데, 하필 네가 그때 숲에서 사라지는 소동이 있어서 그냥 지나갔었단다."

영선이 아프지 않게 무영의 팔뚝을 꼬집었다.

"네가 얼마나 사고뭉치였는지 아니?"

그러면서 그녀는 제정신을 되찾은 아들을 자랑스러움과 흐뭇함이 섞인 따스한 눈빛으로 바라보았다.

"네가 아프기 전에는 그래도 저택에 자주 놀러 오시곤 했단다. 이제 모든 게 제자리를 찾았으니까 아저씨 생신도 챙겨 드려야지."

무영과 소월은 수긍하며 고개를 끄덕였다.

"그리고 오늘 밤엔 중대한 깜짝 발표가 있을 예정이니 기대하렴."

소월이 무영을 보며 몰래 눈짓을 했다. 영선이 말하는 깜짝 발표가 뭔지 아냐는 뜻이었다. 무영은 눈을 느리게 감았다 뜨며 모른다는 신호를 보냈다. 소월은 영선의 화법이 과장적이란 걸 알았으므로 어느 정도 기대치를 낮추긴 했지만, 그럼에도 깜짝 발표가 무엇일지 호기심이 일었다. 그녀가 영선에게 깜짝 발표에 대해 좀 더 물으려던 참이었다. 메이드가 수건과 빗을 챙겨왔다. 영선은 그것들을 직접 받아서는 응접실로 향하였다. 소월과 무영은 종잡을 수 없는 영선의 행동에 피로감을 느끼면서도 그녀의 뒤를 쫄레쫄레 따라갔다.

"어머님, 제가 해도 되는데요."

영선의 손에 이끌려 안락의자에 앉게 된 소월은 시어머니가 머리카락을 직접 빗어주자 어색함에 질식할 것 같았다. 소월의 뇌가 며칠 전의 숙취로부터 아직까지 찌들어 있지 않은 이상, 그녀가 기억하기론 영선과 소월은 한 번도 애틋한 고부 관계였던 적이 없었다. 영선은 소월의 말을 들은 체도 안 하며 빗질에 열중했다. 무영은 두 여인이 만들어내는 기묘한 조화에 이유 모를 위기감을 느끼며 멀찍이 떨어져 앉았다.

"어머님, 근데 깜짝 발표가 뭔……."

"새아가."

영선이 소월의 말을 잘랐다.

"내가 저택에 오기 전에 말이다. 잠깐 동사무소에 들렀단다."

"아……."

소월은 영선이 무슨 말을 할지 알아차렸다. 그녀는 맞은편 소파에 앉아 있는 무영을 있는 힘껏 노려보았다. 핸드폰을 갖고 놀던 무영이 강렬한 시선을 느끼곤 고개를 들었다. 소월이 입 모양으로 '혼인신고'

네 글자를 만들어내자, 무영이 영선 몰래 오케이 사인을 보냈다. 자신이 총대를 메겠단 뜻이었다.

"어머니, 혼인신고는 제가 나중에 하자고 했어요."

무영이 말하자, 빗질을 하던 손길이 뚝 멈추었다. 소월은 슬그머니 자리를 옮겼다. 부드러운 손길이 돌변하여 자신의 머리채를 잡아 뜯을까 봐 걱정이 되었던 것이다.

"왜 그런 짓을?"

"제가 아직 소월 씨를 기억 못 하잖아요."

"그래서? 그게 혼인신고랑 무슨 상관이니?"

영선의 커다란 눈망울이 퍽 순수해 보였다. 그녀는 정말로 이해가 안 가는 눈치였다.

"누군지도 모르는 사람과 결혼을 할 순 없잖아요."

"그게 무슨 무례니, 무영아!"

영선이 버럭 화를 내며 무영에게 성큼성큼 다가갔다.

"소월이는 네가 모지리였을 때도 너랑 결혼하겠다고 한 사람이야. 결혼식까지 다 올린 마당에 이제 와서 결혼을 못 하겠다니, 이게 얼마나 배은망덕한 일이니? 내가 널 그렇게 키웠니?"

그녀가 어쩌나 진정성 있게 연기를 하던지, 소월조차 하마터면 눈물을 찍어내며 무영을 원망할 뻔했다. 영선이 하는 말만 들으면 소월은 마치 모지리 무영을 조건 없이 순수하게 사랑한 것 같았고, 무영은 그런 그녀의 진심을 몰라주는 천하의 몹쓸 놈인 것 같았다.

"걱정하지 마세요, 어머니. 어른들께서 원하시는 정략결혼이 깨질 일은 없을 거예요. 다만, 제가 잠시 상황을 정리할 시간이 필요했던 것뿐이에요."

"정리는 다 했고?"

"네, 늦어도 다음 주말까진 다 끝날 거예요."

영선은 지상의 먹잇감을 찾는 매처럼 예리한 눈으로 무영의 얼굴을 뜯어보며 거짓을 찾아내려고 했다.

"됐다, 그럼."

그녀는 무영의 얼굴에서 진실만을 보았다. 영선이 만족스러운 미소를 지었고, 무영도 똑같이 웃었다.

'꼭 정리할 겁니다, 어머니. 이 집안에 묻힌 추악한 진실을 밝혀내고 떳떳한 모습으로 소월이에게 고백할 거예요. 십이 년 전 할머니는 살해당하셨죠. 어머니와 그 사람이 숨기고 있는 게 뭔지 꼭 찾아내겠어요.'

아들의 햇살 같은 미소에 칼날이 숨어 있는 줄을 영선은 꿈에도 몰랐다. 지금 그녀를 가장 침울하게 만드는 것은 다름 아닌 소월과 무영의 축 늘어진 검은 머리카락이었다.

"날씨도 따뜻해졌는데, 우리 새 커플도 분위기를 좀 밝게 변화시켜 보는 건 어떨까?"

영선이 무영과 소월을 번갈아 보며 상냥하게 말했다.

영선이 단골로 이용하는 헤어살롱은 온천타운 내부에 있는 편의 시설 중 하나였으며, 영선이 제일 공들여서 만든 공간이었다. '월궁항아의 헤어살롱'이라는 상호도 그녀가 직접 지었다. 비록 가게의 실장님이자, 영선의 전속 헤어 디자이너인 '전지희'는 그다지 마음에 들어 하지 않았지만 말이다.

소월과 무영이 숍 안으로 들어서자마자, 손님이고 직원이고 할 것 없이 안에 있던 모든 사람들이 그들을 쳐다봤다. 영선이 미리 전화를 했기 때문에 사람들은 두 사람이 올 것을 알고 있었다. 입이 가벼운 막내 어시스턴트가 지희의 통화 내용을 사방팔방 떠들었던 것이다. 손님 중에는 파마가 다 끝났는데도 일부러 네일을 추가로 관리받으면서까지 숍을 떠나지 않은 이들도 있었다. 그만큼 저택의 어린 신혼부부는 월산의 화젯거리였다.

"결혼식 때 멀리서 한 번 봤었어요. 가까이서 보니까 훨씬 미인이시다."

지희가 소월에게 직접 가운을 건네주며 말했다. 그녀는 무영에게도 비슷한 인사치레를 하며 그를 구석에 있는 미용 의자에 앉혔다.

"저는요?"

소월이 멀뚱히 서서 물었다. 지희는 소월에게 잠시만 기다리라고 한 뒤 가게 안쪽을 향해 '부실장님, 뭐 해!'라고 소리쳤다. 그녀는 중요한 손님을 두고 일이 매끄럽게 진행되지 않자 면구스러운 표정을 지었다.

"죄송해요. 우리 부실장이 워낙 꼼꼼해서 또 뭘 정리하고 있나 봐요. 그래도 실력 하나는 확실하답니다. 얼마나 야무지면 이 촌구석에서 청담동까지 혼자 힘으로 유학을 갔다 왔겠어요. 이 동네에서 재벌 사모님들 머릴 만져 본 건 부실장뿐이에요."

지희는 마음에도 없는 칭찬을 하느라 미소를 짓고 있는 입가에 경련이 일어날 것 같았다. 그래도 영선의 눈 밖에 나지 않으려면 어쩔 수가 없었다. 영선은 숍에 올 때마다 재벌 며느리의 집안을 자랑하곤 했다. 소월 본인보다도 그녀의 시어머니인 영선을 만족시킬 헤어를 완성해야만 했다. 지희는 평소엔 인정하지 않았지만 부실장인 예림의 실력이 자신보다 훨씬 뛰어나다는 걸 알고 있었다. 까다로운 손님들은 죄다 예림의 차지가 되었다.

"작은 사모님은 안쪽에 있는 VIP룸에서 부실장이 봐드릴 거예요. 변신하는 과정을 남편분에게 실시간으로 보여줄 순 없잖아요?"

그녀의 말대로 소월은 머리카락에 크림이 덕지덕지 묻은 모습을 무영에게 보여줄 의사가 전혀 없었다. 지희가 한 번 더 크게 예림을 불렀다. 그녀의 얼굴에 짜증이 묻어나기 시작했다. 지희가 세 번째로 목청을 돋우려고 할 즘, 예림이 바지 주머니에 핸드폰을 구겨 넣으며 나타났다.

"부실장님도 참, 통화를 왜 이렇게 길게 해요! 중요한 손님 온다고 내가 몇 번을 말했……."

"죄송합니다, 손님. 많이 기다리셨죠. 이리로 오세요."

예림이 지희의 잔소리를 깡그리 무시하며 소월에게 다가갔다.

'여우 같은 것.'

지희의 얼굴이 싸늘해졌다. 소월은 두 사람의 사이가 좋지 않다는 것을 눈치챘다. 무영이 가게 안쪽으로 들어가는 소월을 향해 좀 이따 보자며 손을 흔들어 보였다. 그는 벌써 남자 미용사에 의해 머리카락이 싹둑싹둑 잘리고 있는 중이었다.

"너무 짧게 자르진 말아주세요! 밀면 안 돼요!"

소월이 다급히 외치자, 미용사가 걱정하지 말라고 대답했다. 거울에 비친 무영의 얼굴에 웃음꽃이 가득 피어 있었다. 그는 소월의 작은 참견들이 귀여워서 어쩔 줄을 몰라 했다.

숍의 내부가 꽤 큰지, VIP룸까지 가는 길엔 짧은 복도가 있었다. 소월은 예림의 뒷모습을 관찰하며 걸었다. 백금발의 쇼트커트 헤어를 한 호리호리한 몸매의 예림은 헤어 디자이너보단 모델 같았다. 이때까지만 해도 아무 생각이 없던 소월은 탈색을 여러 번 했을 텐데도 여전히 윤기를 잃지 않은 예림의 머리카락을 보곤 염색을 하기로 결정했다.

"어떤 스타일로 해드릴까요?"

예림의 말투는 예상보다 더 딱딱했다. 심드렁한 태도는 비단 지희에게만 보이는 게 아니었나 보다. 그녀의 얼굴에는 그늘도 져 있었다. 꼭 근심에 잠긴 사람 같았다.

'서비스직에는 어울리지 않는 성격 같네. 실력이 엄청 좋은 경운가?'

예림은 소월과 눈도 마주치지 못했다. 매일 수십 명의 낯선 사람을 만나는 미용사가 이렇게 사교성이 없다니 안타까울 지경이었다. 그래도 부실장의 직함까지 달았으니 실력은 문제없을 거라 믿으며 소월은 스스로를 안심시켰다. 그러나 어째서인지 예림은 가위를 손에 든 채 사시나무처럼 떨었고, 소월은 기겁하며 의자에서 일어났다. 그녀의 돌발 행동에 예림은 엉덩방아를 찧을 정도로 놀랐다. 바닥에 떨어져 나뒹구는 날카로운 미용 가위를 보며 소월은 자신의 머리카락을 보호하듯 쥐어 잡았다.

"괜찮아요? 어디 아파서 그래요?"

소월이 예림을 부축해 일으키며 물었다.

'뭐야, 왜 이렇게 긴장을 하는 거야.'

예림의 몸은 아픈 사람처럼 힘없이 축 늘어지는 게 아니라 오히려 잔뜩 힘이 들어가 있었다. 가까이서 보니 그녀는 식은땀까지 흘리는 것 같았다.

"왜 이렇게 긴장해요?"

"아뇨. 긴장 안 해요. 딴생각 좀 하느라 그랬습니다. 죄송합니다. 앉으세요. 정말 괜찮습니다."

소월은 마지못해 자리에 앉았다. 그녀의 시선은 예림에게서 떨어질 줄 몰랐다. 예림이 바닥에 떨어진 가위를 주우려 하자, 소월이 그러지 말라며 저지했다.

"지금 부실장님한테 커트 맡겼다간 머리카락이 아니라 머리가 잘리겠어요."

분위기를 풀어보려 나름 회심의 농담을 날린 것이지만 예림의 얼굴이 시체처럼 창백하게 질렸으므로 소월은 사과를 해야 했다.

"미안해요. 말이 너무 심했죠. 부실장님을 못 믿어서가 아니라 제가 머리를 기르는 중이라서요. 그냥 염색이랑 트리트먼트만 해주세요."

"알겠습니다."

예림이 비틀거리며 소월의 뒤에 섰다. 소월은 지금이라도 실장에게 부실장의 상태에 대해 말해야 할지 고민했다. 그녀는 아랫입술을 잘근잘근 씹다가 거울을 통해 예림과 눈이 마주쳤다.

"정말 괜찮아요. 할 수 있어요. 실장님이 아시면 많이 혼내실 거예요. 절 별로 안 좋아하시거든요."

지희에게 혼나고 싶지 않다는 의지의 발현인지 예림은 점점 안정을 되찾았다. 그녀의 목소리가 또렷해지고 서 있는 자세도 흔들림이 없어지자 소월은 알겠다며 고개를 끄덕였다.

"무슨 색으로 염색하시려고요?"

"인상이 좀 부드럽고 어려 보였으면 좋겠어요."

"지금도 나이 들어 보이진 않는데요."

"나이 들어 보이지 않는 것보다 더 어려 보였으면 좋겠거든요. 연하남과 결혼한 고충이죠."

소월은 예림을 편안하게 해주기 위해 평소보다 밝게 말하려 노력했다. 미용사와 손님의 역할이 바뀐 것 같아도 어쩔 수 없었다. 소월은 자신의 머리카락을 만지는 미용사가 행복하길 바랐다. 최상의 컨디션으로 최고의 결과물을 만들어낼 수 있도록 말이다. 불행한 미용사의 최악의 작품이 하필이면 그녀의 머리가 될 필요는 없었다. 소월의 정성이 통했는지 예림은 점차 기분이 나아지는 것 같았다. 그녀는 소월에게 무영과 동갑처럼 보였다고 입에 발린 말을 할 여유도 생겼다.

"숱이 많고, 얇은 직모를 가지셨네요. 모색도 많이 어두워서 차분하면서도 차가운 분위기를 풍기는 거예요. 이럴 땐 피부 톤에 어울리는 따뜻한 색으로 눈썹까지 염색하는 게 좋아요. 밀크 브라운으로 하는 게 어떠세요?"

예림이 제법 전문적인 말들을 늘어놓자 그녀에 대한 소월의 신뢰도가 급상승하였다. 소월은 그렇게 해달라고 부탁했다. 주문이 떨어지자 예림의 손놀림이 빨라졌다.

"남편분하고 사이가 좋으신 것 같아요."

예림이 소월의 눈썹에 염색약을 슥슥 펴 바르며 운을 띄웠다.

"정략결혼치곤 그래도 서로 으르렁대지는 않는 편이에요."

"아, 정략결혼이셨죠."

소월은 그녀가 뻔히 알고 있는 것을 모른 척하며 말을 돌린다는 걸 알아차렸다. 그러나 예림이 딱히 나쁜 의도가 있어서 그런 건 아니라고 생각했다. 정략결혼의 이미지가 어떤지는 소월도 잘 알고 있으니 말이다. 가볍게 이러쿵저러쿵하기엔 좋지만 정작 당사자 앞에서는 입에 추를 단 듯이 말을 아끼게 된다.

"그래도 남편분이 괜찮아지셔서 다행이에요. 많이 아프셨다고 들었거든요."

"네, 그렇죠, 뭐."

예림은 숙련된 미용사였기에 염색약을 바르는 것쯤이야 집중하지 않고도 기계처럼 할 수 있었다. 그러나 그녀의 손과 달리 표정은 잡념으로 흐트러져 있었고, 거울은 예림의 어지러운 얼굴을 낱낱이 비추고 있었다.

'이 여자, 나한테 할 말이 있는 것 같은데 왜 이렇게 뜸을 들이지?'

소월은 달싹거리는 예림의 입술을 주시했다.

"이런 말을 해도 될지 모르겠어요. 초면에 무례를 범하는 것 같아서요."

"괜찮아요. 말해봐요."

소월이 흔쾌히 말했음에도 불구하고 예림은 한참 동안 머뭇거리며 염색약을 덧발랐다. 소월은 예림의 심리 변화에 따라 머리카락을 만지는 손의 속도도 달라진다는 걸 알아차렸다. 속도가 느려지면 다시 고민에 빠진 거고, 빨라지면 말이 턱밑까지 차오른 것이다. 예림의 손은 느려졌다 빨라지기를 몇 번이나 반복했다. 예림이 손을 멈추고 길게 한숨을 내쉬었다. 드디어 말을 꺼낼 모양이었다.

"왜 결혼하신 거예요?"

소월은 그토록 뜸을 들인 질문치곤 무척 시시하다고 생각했다. 그녀는 월산에서 제일 유명한 모지리와 결혼을 했으니 누구라도 그런 의문을 가질 법했다. 신선한 질문은 아니었다.

"그러니까 제 말은, 내로라하는 재벌가가 왜 이런 작은 지방의 사업가 집안과 사돈이 되려고 했냐는 거죠."

예림이 덧붙였다.

"저도 묻고 싶네요, 저희 할아버지한테."

"네?"

"사업과 관련된 얘기는 하나도 해주지 않았거든요. 결혼하란 말도 없었어요. 심부름이라고 속여서 내려 보내곤 뒤늦게야 정략결혼 얘길 꺼낸 거죠."

"그 정도일 줄은 몰랐네요. 미안해요. 안 좋은 기억을 꺼내게 해서."

"괜찮아요. 알 만한 사람들은 다 아는 얘긴걸요. 그걸 물어보고 싶어서 그렇게 긴장했던 거예요?"

소월은 예림이 세련된 외모와 달리 시골 사람 특유의 순박함이 있다고 생각했다. 그러나 예림이 갑자기 눈물을 뚝뚝 흘리기 시작하자, 그녀가 순박함 이상의 무언가를 감추고 있단 걸 깨달았다.

"부실장님? 왜 울어요?"

"아, 죄송합니다."

예림이 황급히 눈물을 닦아냈으나 붉게 충혈된 눈자위까지 지워낼 순 없었다.

"그냥 좀 억울해서요. 요즘 세상에 사필귀정이란 말은 정말 의미를 잃은 것 같아요."

"혹시 '달 선녀 이야기'를 하려는 거면 저도 다 들었어요. 처음엔 충격을 받긴 했지만 이제는 괜찮아졌어요. 당사자들도 세상을 뜬 마당에 자손들에게 연좌제를 묻는 건 너무 가혹하다고 생각해요."

무영과 함께 지내며, 곁에서 그가 겪은 고통들을 지켜본 소월은 그녀도 모른 새에 변하고 있었다. 어쩌면 차무영에게만 한정된 이해심인지도 몰랐다. 그녀가 우려했던 대로, 무영은 이미 소월에게 사적으로 깊게 개입되어 있었다. 소월은 남들만큼 무영을 냉철하게 대하기 어려웠다. 그는 그녀의 목숨을 구해준 사람이 아니던가. 신념이나 가치관 등을 복잡하게 생각할 거 없이 단순히 감정에 충실하자면, 소월은 무영이 남들에게 손가락질 받는 게 싫었다. 거기에 '왜?'라는 질문을 덧붙인다면 어떤 대답을 해야 할지는 아직 몰랐다. 장황하게 늘어놓을 이유를 논리적으로 찾기도 전에 감정이 울컥한다.

'하지만 모든 사람이 나 같진 않겠지.'

분노로 일그러진 예림의 얼굴을 보며 소월은 그녀가 느끼는 혐오감에 공감했다. 불과 몇 주 전만 해도 소월도 비슷한 감정을 느끼고, 딜레마에 빠졌었다. 예림은 험악한 표정으로 염색약이 다 발라진 소월의 머리 위에 비닐 캡을 씌우고, 기계를 갖고 와 열을 받게 했다.

"저기, 괜찮아요?"

"달 선녀 이야기 말고도 그 집안은 명예를 중시하는 재벌가에서 사돈을 맺기엔 적합하지 않아요."

기계의 위치를 소월의 머리에 맞게 조절하며, 예림이 똑 부러지게 말했다.

"무슨 뜻이죠?"

"온천타운의 총지배인이자 차영선의 당숙인 강명인의 아버지란 작자도 아주 대단한 인간 말종이었거든요."

예림의 말에 가시가 돋쳤다. 그녀는 더 이상 적의를 숨기고 소월을 은근히 떠보는 짓을 하지 않기로 했다.

'이 여자는 이미 그 잘나신 도련님에게 단단히 홀려 있어.'

예림은 소파에 앉아 다리를 꼬고 소월을 노려보았다.

"강명인의 아버지인 강용덕은 떠돌이 사냥꾼이었다가 차강문이 월산을 집어삼킨 이후 이곳에 자리를 잡았어요. 그 인간은 역병 같았죠. 안 건드리고 다니는 여자가 없었으니까. 지독한 호색한이었던 강용덕에게 마을 여자들은 온갖 추행을 다 당했어요."

"그 얘긴 처음 듣는군요."

소월이 짐짓 침착한 체하였으나 어수선한 심정이 그녀의 눈을 통해 엿보였다.

"강명인이 핏줄의 허물을 덮기 위해 더 철저하게 자기 관리를 하고 있으니까요. 그 사람의 평판 때문에 강용덕의 사건은 잊혔어요."

"무슨 사건을 말하는 거예요?"

"강용덕이 숲에서 변사체로 발견된 사건이요."

소월은 온몸의 털이 곤두서는 것 같았다.

"총에 맞아 얼굴 반쪽이 날아갔다고 하더군요. 총알은 못 찾았지만 시체와 함께 있던 총의 탄창에서 총알 하나가 비어 있었어요. 그 인간은 어디선가 자신의 총에 얼굴을 맞고 유기된 거예요."

살인 사건이라니. 소월은 머리가 어지러웠다. 독한 염색약의 냄새 때문인지 실제로 받은 충격 때문인지 알 길이 없었다. 그녀는 코와 눈이 시려 눈물이 핑 돌았다.

"범인은요? 잡았나요?"

"아뇨. 수사는 차강문의 압박으로 인해 축소되었어요. 수렵 지역에서 흔히 있는 오발 사고로 종결되었고요."

"왜요? 가족이 죽었는데 왜 그런?"

"집안의 불명예였으니까요. 마을 사람들은 강용덕의 죽음을 암묵적으로 기뻐하고 있었고, 차강문은 굳이 여론에 반대되는 짓을 해서 사람들의 환심을 잃고 싶지 않아 했죠."

"말도 안 돼."

"돼요. 차강문이 어떤 인간인진 그쪽도 잘 알 거 아니에요?"

예림은 소월에게 스스로 생각할 시간을 주려는 듯 잠시 입을 다물었다. 그녀는 입이 바짝 말랐지만 물보다 담배가 고팠다. 예림은 떨리는 손을 들키지 않기 위해 팔짱을 꼈다.

"나한테 이 말을 하는 게 당신한텐 도대체 어떤 의미가 있죠? 그 사건이 있을 때 예림 씨는 태어나지도 않았을 거 같은데요."

예림의 나이는 많아봐야 삼십대 중반쯤으로 보였다. 그녀는 강용덕을 실제로 만나본 적도 없을 것이다.

"강용덕만 자식이 있었겠어요? 그 피해자들도 자식이 있어요. 우리 어머니 같은 경우엔……."

그녀의 다리가 덜덜 떨렸다.

"당시에 중학생밖에 되지 않았고, 추행의 증거가 없어서 피해자 취급을 받진 못했지만요. 그렇다고 없어질 기억이 아닌데 말이죠."

"중학생이요?"

"그래요. 나는 어머니에게 전래동화 대신 남자가 얼마나 무서운지 들으며 자랐어요. 어머니는 심지어 가족들도 믿지 말라고 했죠. 가르침이 과했어요. 난 두려움을 세뇌당한 나머지 아빠의 애정 어린 손길에도 과잉 반응을 했죠. 아빠는 잠재적 죄인 취급을 받으면서 살 순 없다고 집을 나가 버렸어요."

예림이 두 손으로 마른세수를 했다. 소월은 그녀를 위로할 방법도 몰랐고, 자신에겐 자격이 없다고 생각해서 침묵을 지켰다.

"난 당신에게 겁을 주려는 것도, 협박을 하는 것도 아니에요. 같은 여자로서 도움을 주고 싶은 거예요. 당신이 시집간 집은 막연히 옛날 이야기의 저주를 받는 집안이 아니에요. 이 월산에는 아직 저주 한 번 제대로 내리지 못한 원한들이 세대를 넘어 숨을 쉬고 있어요. 그것들이 당신의 아이에게 어떤 영향을 미칠지 생각해 봐요."

빨갛게 열을 내던 기계가 삑삑 전자음을 내며 서서히 꺼졌다. 예림은 말없이 소월의 머리를 만졌다. 두 사람 다 숨소리 외에 다른 소음은 일절 내질 않았다.

"색이 잘 나왔어요. 예뻐요."

칭찬을 해주는 사람도, 받는 사람도 얼굴에 웃음기가 하나도 없었다. 예림이 머리카락을 감기고 말려주는 동안, 소월은 거울을 제대로 보지 못했다. 어서 이 숨 막히는 공간을 빠져나가고 싶을 뿐이었다. 영겁 같던 시간이 흐르고 예림이 다 끝났다고 말하자마자, 소월이 벌떡 일어났다. 그녀의 다리가 후들거리자 예림이 다가와 팔을 잡아주었다. 예림은 소월의 귓가에 나지막하게 속삭였다.

"강명인을 믿지 않는 게 좋아요. 피는 못 속이는 법이거든요."

"그게 무슨 뜻이에요?"

"내가 말할 수 있는 건 여기까지. 더는 제 신변에 위협이 되니까요."

예림은 소월을 바깥 홀까지 데려다주었다. 소월의 호흡이 가빠졌다. 숨을 쉬는 법을 까먹은 것 같았다. 이러다 쓰러지는 게 아닐까 걱정이 들었다. 그녀의 눈이 받아들이는 빛들이 점멸되었다.

'피곤해. 그냥 잠들고 싶다.'

소월이 욕망을 이기지 못하고 눈을 감았다. 그녀의 몸은 앞으로 고꾸라질 터였다. 하지만 그러지 않았다.

"염색을 하면 원래 이렇게 파김치가 돼요?"

무영이 예림에게서 소월을 받아 들며 말했다. 소월이 몸을 가누지 못했으므로 무영은 그녀를 거의 안다시피 했다. 미용실에 떠다니는 여러 인공적인 향기 틈 사이로 소월은 무영의 체취를 맡을 수 있었다. 소월은 무영의 허리에 팔을 두르고 그의 가슴에 코를 박았다.

"머리색이 바뀌면 성격도 바뀌나?"

그는 조심스레 소월의 머리 위에 손을 얹었다. 안 하던 짓을 하는 소월이 걱정스러우면서도 무영은 자신에게 기대오는 그녀가 못내 사랑스러웠다.

"그냥 피곤한 거겠죠."

퉁명스러운 목소리에 무영이 예림을 쳐다봤다. 지희는 예림을 쏘아보며 부실장이 낯을 많이 가린다고 대신 핑계를 대주었다. 예림은 무영의 시선을 피하며 서둘러 자리를 떴다. 예림은 곧장 화장실로 가, 무영과 소월이 숍을 떠난 뒤에도 한참 동안 나오질 않았다. 그녀는 뚜껑을 닫은 변기 위에 걸터앉아 자신이 소월에게 한 말들을 되짚어보고 있었다. 핸드폰 벨소리가 울렸다. 예림은 얼른 전화를 받았다.

"네, 시키는 대로 했어요. 네. 내 말을 믿고 안 믿고는 그 여자한테 달렸죠. 아뇨, 그 부분은 어차피 사실관계를 증명할 수도 없으니까 안심하세요. 강용덕에 관한 건 다 진짜니까 믿겠죠. 네……. 그럼 우리 오빠, 정말 꺼내주는 거죠? 알았어요. 기다릴게요. 끊을게요."

화장실 문을 두드리는 소리에 예림이 얼른 전화를 끊었다.

"최예림 씨! 오늘 정말 이런 식으로 일할 거야?"

지희가 신경질을 내며 말했다.

"도둑질을 해서 감옥에 간 건 예림 씨네 오빤데, 왜 피해자인 차 사장님 식구들한테 티를 못 내서 난리야? 둘이 남맨 거 들키면 예림 씨랑 나랑 모가지 날아가는 거 몰라? 실력 하나 믿고 너무 기고만장한 거 아니냐고."

"알았어요. 나가면 되잖아요."

예림이 화장실 문을 열고 나왔다. 그녀는 잘못한 기색을 보이긴커녕 태연하다 못해 오만한 얼굴로 지희를 내려 보며 말했다.

"곧 있으면 알게 되겠죠. 진짜 도둑질을 한 게 누군지. 누가 월산 사람들을 위해 희생하고 있는지."

그리고는 지희의 어깨를 밀치며 도도한 걸음걸이로 화장실을 나갔다.

소월은 방 한가운데에 놓인 안락의자에 앉아, 메이드들이 침대 위에 다섯 벌의 원피스를 늘어놓는 것을 멍하니 지켜보았다.

"이게 다 뭐야?"

소월이 옆에 서 있는 무영을 올려다보며 물었다. 그는 몇 분 전에 메이드들을 시켜 사온 것을 아가씨에게 보여주라고 말한 장본인이었다.

"머리도 새로 했으니까 기분 전환 삼으면 좋을 것 같아서요. 이왕이면 서프라이즈가 더 재밌을 것 같고."

무영이 옷들을 내려다보며 아무렇지 않게 말했다.

"언제 이렇게 준비했어? 계속 나랑 같이 있었잖아."

"온천타운으로 떠나기 전에 희태 아저씨한테 부탁했어요. 눈썰미 좋은 메이드 몇 명 좀 쇼핑 보내달라고. 마음에 들어요?"

소월은 원피스들을 찬찬히 뜯어보았다. 하얀색, 검은색, 분홍색의 단색 원피스가 세 벌, 꽃무늬 패턴이 두 벌이었다. 대체적으로 여성스럽고 단정한 와중에 유독 눈에 띄는 것이 한 벌 있었다.

"디자인을 다 메이드들이 고른 거야?"

"괜찮다 싶은 옷들을 사진으로 찍어서 나한테 보여주면 최종적으론 내가 골랐어요. 조수석에 앉아서 핸드폰만 처다본다고 누나가 혼냈잖아요. 그때……."

"이것도?"

무영의 말허리를 자르며 소월이 검은색 원피스를 들어 보였다. 무영은 두 눈을 황소처럼 깜빡거리며 횅하게 뚫린 검은 천 쪼가리를 망연히 쳐다보았다.

"이게 왜 이러지? 마, 마네킹이 입고 있었을 땐 엄청 정숙하고 앞에도 다 메워져 있었는데?"

무영이 당황해하며 말을 떠듬거렸다. 소월의 게슴츠레한 눈이 자신을 밝힘증 환자처럼 보고 있는 것 같았다. 그는 부끄러워 쥐구멍에라도 숨고 싶은 심정이었다.

"무, 물론 섹시한 스타일도 잘 어울릴 거라고 늘 생각은 하지만 상상만 했을 뿐이지, 절대로 강제로 선물해서 부담스럽게 할 생각은 없었는데…… 요. 아, 진짜 이게 어떻게 된 일이지?"

무영이 문가에 서서 기다리고 있던 메이드에게 시선을 던졌다. 커플의 대화 따위 굳이 듣고 싶지 않아 일부러 딴생각에 열중하고 있던 메이드는 무영이 쏘는 눈총을 뒤늦게야 느꼈다.

"아, 작은 마님. 이건 도련님께서 최종 컨펌을 하시긴 한 건데요. 저희가 뒷부분을 보여 드린다는 걸 깜빡해서…… 앞부분만 보시고 고른 거예요."

메이드가 무영을 변호하며 상황을 설명하고 나섰다. 무영은 자신의 결백을 알아달라는 듯 애처로운 눈빛으로 소월을 지그시 바라보았다. 그러나 소월의 입가에 걸린 미묘한 웃음은 사라지지 않았다.

"그래서, 섹시한 스타일을 상상만 하셨다고? 어떻게 상상을 하는데?"

"당연히 건전하고 순애보적인 상상이죠. 가령 단둘이 놀이동산에 가서 솜사탕을 섹시하게 뜯어 먹는다거나?"

"안 된다고 했어."

"뭐가요?"

무영이 시치미를 뗐다. 그러나 소월은 그가 뭘 노리고 놀이동산 얘기를 꺼내는지 알고 있었다. 무영이 협박 수준의 문자를 보낸다며 윤미가 하소연을 했기 때문이었다.

"나랑 윤미만 갈 거야. 넌 안 돼."

"가서 짐꾼 해준다니까요. 방해 안 되게 세 발자국 뒤에서 따라다닐게요, 네? 혹시 알아요? 누나는 타고 싶은 놀이기구가 있는데, 윤미 누나는 못 타는 거예요. 그럴 땐 내가 대신 땜빵 해줄 수도 있는데요."

"안 돼."

소월은 단호하게 말하며 매달리는 무영에게서 몸을 돌렸다. 그녀는 등이 훤히 파인 검은 원피스를 멀리 치워놓고, 나머지 중에 뭘 입을지 고민을 했다. 무영은 옆에서 메이드가 떨떠름한 표정을 짓고 있는 줄도 모르고 끊임없이 투덜대고 있었다.

"윤미 누나는 좀 지나치게 누나한테 집착하는 것 같아요."

"너만 할까. 그리고 같이 놀이동산 가는 게 무슨 집착이야."

"놀이동산은 신혼부부의 전유물 아닌가? 그리고 내가 먼저 두 번째 데이트로 놀이동산 가자고 하려고 했거든요."

"생각만 하면 뭐하니. 신청을 해야지. 인생은 선착순이란다."

소월은 무영을 놀리는 게 재미있으면서도 그가 괘씸했다. 핸드폰이랑 살림을 차릴 기세일 땐 언제고, 이제 와서 자기만 두고 놀러 가는 게 서운하다니 어이가 없었다.

"옷 갈아입게 나가."

"그거 입을 거예요?"

무영이 소월의 손에 들린 하얀 원피스를 가리키며 물었다. 하늘하늘한 레이스 자수가 고왔다.

"이런 스타일 좋아할 줄 알았어요. 잘 어울리기도 하고. 웨딩드레스도 진짜 예뻤는데."

"네 안목을 칭찬해 달란 거지, 잘 골랐다고?"

"정말 마음에 들면요."

무영이 다정하게 미소 지으며 말했다.

"마음에 들어. 선물 고마워, 차무영."

"별말씀을."

무영은 만화에 나오는 왕자님처럼 고개를 가볍게 숙이며 우아하게 대답했다. 소월은 콧잔등을 찡그리더니 소리를 내며 웃었다.

'저게 뭐가 웃겨? 이해가 안 되네.'

메이드는 두 사람 몰래 진저리를 쳤다. 왜 다른 메이드들이 소월과 무영이 붙어 있을 때마다 그들이 있는 근처에는 얼씬도 하지 않는지 알 것 같았다.

"작은 마님, 도와드릴 게 없으면 그만 나가보겠습니다."

메이드가 무미건조하게 말했다. 소월은 그러라고 말하며 무영의 등도 함께 떠밀었다. 무영은 소월에게 결혼 후 첫 가족 모임이니 꼭 반지를 끼고 나오라며 신신당부했다. 소월은 가족 모임과 결혼반지 사이에 무슨 상관관계가 있는지 의아스러웠으나, 알겠다고 하지 않으면 무영이 떠나지 않을 것 같아서 그러겠다고 대답했다.

'그러고 보니 결혼을 한 지도 벌써 한 달이 훌쩍 넘었네. 신혼여행 때 사고를 당한 뒤로 무영이 정신을 잃은 게 삼 주였고, 저택에는 딱 한 달 만에 돌아왔으니까…… 그쯤에 통화를 했으니 또 전화가 오겠군.'

소월은 옷을 갈아입으며 정 회장으로부터 안부를 가장한 독촉 전화가 올 날짜를 가늠하고 있었다. 할아버지가 갑자기 저녁 약속을 취소해 버려서 무슨 일인지 모르겠다던 엄마의 목소리가 떠올랐다. 정 회장은 소월에게 혼인신고가 완료된 호적등본을 보내줘야 한다고 거듭 강조했었다. 그녀가 말뿐인 결혼을 하고 도망을 칠까 봐 어지간히 불안한 모양이었다.

헝클어진 머리카락을 정리하던 소월이 문득 거울에 비친 사진에 눈길을 주었다. 벽에 걸린 평범한 풍경 사진이었는데, 그것은 소월이 자연스럽게 지나친 어떤 부자연스러운 사실 하나를 깨닫게 해주었다.

'결혼식 날 찍은 사진은 아직 오지 않았어……. 그런데 갠 그걸 어떻게 알았을까?'

소월은 부드러운 갈색을 띠는 머리카락을 한참 동안 빗질하며 생각에 잠겼다.

'설마……?'

저녁 만찬이 준비되었음을 알리는 메이드의 노크 소리에 소월은 퍼뜩 정신을 차렸다. 그녀는 굳은 얼굴로 방을 나섰다. 마지막으로 식당에 들어 사람들의 관심을 집중시키고 싶지 않았으므로 소월은 발걸음을 서둘렀다. 그녀가 도착했을 때 식당은 텅 비어 있었다. 번쩍이는 식기들이 식탁에 세팅되어 있었고, 메이드들이 분주히 마무리를 하고 있었지만 영선의 만찬에 초대된 손님들은 보이지 않았다. 소월은 어디에 앉을지 몰라 식당 구석에 가만히 서 있었다. 두 번째로 나타난 사람은 한지훈이었다. 지훈은 소월 쪽으로 다가오며 어울리지 않는 명랑한 목소리로 인사를 했다.

"며칠 안 된 것 같은데 아주 오랜만에 보는 것 같네요. 반가워서 그런가?"

"내가 반갑다고요?"

"그럼요. 내가 동질감을 느낄 수 있는 유일한 상대인걸요. 오늘 같은 가족 모임에 끼기 애매한 입장이란 점이."

지훈의 미소는 싱그러웠으나 내뱉는 말은 소월을 불쾌하게 만들었다. 그녀는 지훈에게 한 번도 호감을 느껴본 적이 없었다. 묘하게 소월을 깔보는 듯한 태도는 마치 그녀에게 네까짓 게 뭘 아냐며 비웃는 것 같았다.

"나는 무영 씨랑 결혼한 사람인데요."

"내가 알기론 아니라던데요. 월산은 생각하는 것보다 훨씬 더 좁거든요. 결혼한 지 한 달이 넘도록 혼인신고를 하러 오지 않았다고 동사무소 직원들이 난리예요."

"한 달 동안 무영 씨가 병원에 있었으니 당연한 거 아닌가요?"

"퇴원한 지도 며칠 됐잖아요. 왜요? 무영이가 이 결혼은 부당하다고 하던가요?"

완벽한 정답은 아니었으나 결론적으론 무영이 혼인신고를 보류한 게 맞았으므로, 소월은 반박할 거리를 찾지 못하고 입을 다물었다.

"또 나한테 화났죠? 소월 씨는 생각보다 얼굴에 티가 많이 나요."

"지금 날 놀리는 거예요?"

"놀리긴요. 오히려 고마워하고 싶은 게 많은걸요."

눈 밑에 그늘이 짙게 내려온 지훈은 피곤해 보였지만 기분이 좋아 보였다. 그는 눈빛을 반짝이며 소월의 얼굴을 빤히 바라보았다.

"새로 염색했나 봐요. 인상이 훨씬 부드러워 보여서 좋네요. 잘 어울려요."

"고마워요."

소월이 새침하게 말했다. 지훈은 그런 그녀를 보며 웃음을 참기 힘들다는 듯 입을 가리고 웃었다.

"왜 그래요? 내 얼굴에 뭐라도 묻었어요?"

"아뇨, 그게 아니라 대놓고 날 싫어하는 게 보이니까요. 내가 그동안 심술을 부리긴 했었구나 싶어서요."

"잘 아시니 다행이네요."

"그래도 변명할 기회는 주세요. 주치의로서, 형 같은 사람으로서 무영이의 환경이 급변하는 걸 마냥 좋아할 수만은 없었거든요. 소월 씨

첫인상이 좋았던 것도 아니고……."

"내가요?"

"나한테 엄청 공격적이었잖아요. 무영이한테도 은근히 선을 긋는
게 보였고요. 절대 결혼을 하고 싶어 하는 것 같진 않은데 결혼을 한
다고 하니 내 입장에선 경계를 할 수밖에 없었어요."

"지금은요? 뭔가 태도가 바뀌신 것 같은데요."

"무영이가 돌아왔으니까요. 그리고 소월 씨를 많이 좋아하는 것 같
고……. 그래서 나도 이해가 안 돼요. 왜 혼인신고를 미루고 있는 건
지."

소월은 그 답을 알고 있었지만 입 밖으로 꺼내진 않았다. 사랑에 빠
질 수 있게 세 번의 데이트를 하기로 했다는 낯간지러운 말을 하기 위
해선 제법 두꺼운 얼굴 가죽이 필요했다. 식당 밖에서 영선과 동진이
오는 소리가 들렸다. 지훈은 소월에게 바짝 붙어 낮은 목소리로 속삭
였다.

"저녁 식사가 끝나면 나한테 시간 좀 내주겠어요? 그럼 무영이에 대
한 비밀을 하나 알려줄게요."

"어떤 비밀을?"

"산책하면서 말해줄게요. 별채 정원으로 와주세요."

그렇게 말하곤 지훈은 영선이 오기 전에 소월에게서 멀찍이 떨어졌
다. 소월은 지훈이 무슨 속셈인지 알 수 없었으나 무영의 비밀이 무엇
인지 궁금하기도 했다. 그녀는 지훈만 알 수 있도록 작게 고개를 끄덕
였다.

영선과 동진이 자리를 잡자, 소월은 그들과 맞은편에 앉았다. 그녀
는 상석과 가까운 쪽 한 자리는 무영을 위해 남겨두었다. 영선과 정면
으로 마주 보는 자리가 무척 부담스러웠기 때문이었다. 지훈은 영리하
게도 동진의 옆자리에 앉았다. 영선과 아예 마주 볼 일이 없는 자리였

다. 곧이어 만찬의 주인공인 명인이 들어왔다. 그는 자신을 위해 마련된 상석이 영 껄끄러운 눈치였으나, 영선이 명인의 옷깃을 잡아당겼다. 마지막으로 무영이 희태와 함께 들어왔다. 영선은 어른들보다 늦게 도착한 무영을 못마땅해하며 가볍게 잔소리를 했다.

"이마를 드러내는 게 더 멋있다고 해서요. 희태 아저씨한테 도움을 좀 받았죠."

무영은 눈을 가릴 정도로 길었던 머리카락을 눈썹 위에까지 깎았다. 앞머리를 덮고 있었을 땐 참한 학생처럼 보였는데, 무스로 앞머리를 올려 고정하니 반듯한 이마가 잘 보여 훨씬 남자답고 어른스러웠다.

"넋을 놓고 볼 정도로 멋져요?"

자리에 앉은 무영이 소월의 귓가에 속삭였다.

"아니거든."

소월이 다른 사람들의 눈치를 보며 조용히 대꾸했다. 다행히 영선과 동진은 명인에게 축하 인사를 건네느라 바빴고, 지훈은 희태와 이야기를 나누고 있었다.

"눈앞에서 내가 세 번이나 부른 것도 몰랐으면서. 얼굴 뚫어지는 줄 알았네."

"네가 날 세 번이나 불렀다고?"

무영이 고개를 끄덕였다. 티 없이 맑은 얼굴에 거짓은 없었다. 소월은 또 무영의 미인계에 진 자신의 연약한 심미안을 원망하며 얼굴을 붉혔다.

"그 마음 이해해요. 놀라울 정도로 취향이라 눈을 못 떼겠죠? 막 얼굴 보기만 해도 재밌지 않아요?"

"네 입으로 그렇게 말하지 마라, 짜증 나니까."

"나도 이해한다니까요. 누나 보면 내가 그래요."

예상치 못한 일격에 소월은 하마터면 휘청거릴 뻔했다. 애피타이저를 서빙하고 있던 메이드가 새빨개진 소월의 얼굴을 보며 괜찮냐고 물었다. 말문이 막힌 소월을 대신해 무영이 괜찮다고 대답했다. 그의 감미로운 목소리는 소월의 얼굴을 끝내 터뜨리기라도 할 것처럼 쉬지 않았다.

"나도 너무 놀라서 같은 말만 세 번 했잖아요. 오늘따라 왜 이렇게 내 마음에 쏙 들게 예뻐요? 예쁘다는 말만 세 번 했어요. 근데 누나도 내 얼굴 보느라 그 말 못 들은 거죠?"

무영이 확신에 차 말했다. 소월은 묵묵부답을 일관하였다. 그녀가 반응이 없음에도 무영은 개의치 않았다. 소월이 노골적인 칭찬과 애정 표현에 약하다는 걸 알았기 때문이었다.

'진심으로 좋아해 준 사람은 없었던 걸까?'

무영은 소월이 애달플 때가 있었다. 자존심도 세고 머리도 좋은 정소월은 강한 여자였다. 월산에서의 험한 일들을 겪고도 흔들릴지언정 꺾이진 않았다. 상처를 입어도 일어섰고, 극복했다. 마치 그런 것들이 익숙한 것처럼. 상처를 받아도 다시 꿋꿋해지도록 잘 훈련을 받은 사람처럼 말이다. 그런 그녀가 작게 빈틈을 보일 때마다 무영은 넘쳐흐르는 애정과 연민을 어쩌지 못했다. 가엽고 사랑스러웠다. 앙증맞고 귀엽고 아름다운 존재. 무영은 소월의 왼손 약지에서 반짝이는 결혼반지를 흐뭇하게 바라보았다. 그가 손가락으로 소월의 손등을 톡톡 두드리곤 그녀에게 자신의 반지를 보여주었다. 소월은 한쪽 눈썹을 찡그리며 못 말린다는 듯 웃었다.

만찬은 명인의 평소 입맛에 따라 양식 코스 요리가 차례로 나왔다. 희태는 메이드들이 음식을 잘 갖고 오는지 총괄하는 동시에 명인의 곁에 서서 요리에 대해 짧게 설명했다. 호텔의 총지배인이란 직업 특성상 명인이 새로운 요리에 대해 늘 관심을 보였기 때문이었다. 그는 호텔의 디너 코스 메뉴를 연구하는 데에 많은 시간을 할애하곤 했다.

식탁에 둘러앉은 사람들은 모두 희태의 존재에 대하여 깊은 고마움을 느꼈다. 그가 정갈하고도 명료한 목소리로 느릿하게 요리의 재료와 조리 방식을 설명해 주지 않았더라면, 사람들은 육중한 정적의 무게를 견디지 못했을 것이다. 희태는 적당한 소음을 위해 틀어놓은 오후의 라디오 같았다. 사람들은 그의 목소리를 들으며 저마다의 생각에 잠겨 있었다.

'저 사람의 속내를 도대체 알 수가 없어. 오늘은 지나치게 얌전한걸. 무슨 꿍꿍이를 숨기고 있는 거지?'

'음. 이 라임 드레싱은 정말 상큼하네. 나중에 집사에게 한 번 더 해 달라고 해야겠다.'

'믿을 수 있는 사람과 믿지 못할 사람을 구별해야 해. 이 사람은 내 편일까, 아니면 적?'

'내가 생각해도 웃긴 야합이야. 이렇게 모여서 서로 눈치를 보며 밥을 먹는 꼴이라니!'

'할 일이 너무 많아. 피곤해 죽겠지만 어쩔 수 없지.'

소월은 잘 구운 가리비를 질겅질겅 씹었다. 씹을수록 풍미가 더욱 진해졌다. 그녀는 공공의 침묵을 기회 삼아 아까 전에 마저 끝내지 못한 의심에 골몰하였다.

'차무영은 어떻게 내 웨딩드레스를 알고 있었을까? 걘 나에 대해선 다 잊었을 텐데……. 기억이 돌아왔나? 그렇다면 왜 말을 안 하는 거지?'

소월은 슬쩍 무영을 곁눈질했다. 무표정하게 식사 중이던 무영이 소월의 시선이 느껴지자 눈을 마주치며 살짝 미소 지었다.

"맛있죠? 희태 아저씨가 만드는 메뉴는 다 맛있어요."

무영의 말을 시작으로 다른 사람들이 앞다퉈 희태를 칭찬했다. 희태는 자신은 지시를 하는 것뿐, 음식의 맛을 내는 건 요리사의 솜씨라며 손사래를 쳤다. 동진은 희태에게 라임 드레싱이 특히 마음에 든다며 다음에도 부탁한다고 말했다.

코스가 막바지에 이르렀다. 사람들은 풍만한 기운에 젖어 있었다. 디저트를 먹는 손길이 나른했다.

"여보, 깜짝 발표가 있다고 하지 않았어요?"

"맞다! 요리가 너무 맛있어서 감쪽같이 잊고 있었네."

영선이 손뼉을 치며 간드러지게 웃었다. 배가 불러 인심이 너그러워진 사람들은 그녀를 따라 헛웃음을 지었다. 소월까지도 얼결에 박수를 쳤다.

"먼저, 다시 한 번 우리 당숙부의 예순다섯 번째 생신을 축하드린다고 말하고 싶네요. 축하드려요, 숙부!"

한차례 축하의 박수가 이어졌다. 소월은 환하게 웃는 명인의 얼굴을 보며 심란해했다. 그녀가 직접 겪은 강명인은 신사적인 어른이었다. 소월과 무영이 어려움에 처했을 때마다 알게 모르게 힘을 쓰며 도와주기도 했다. 그러나 그녀가 경험한 강명인이 지극히 일부분의 표면이라면? 소월은 헤어살롱의 부실장이 말한 이야기의 진실이 어디서부터 어디까지일지 궁금했다.

"이제 우리 숙부 나이도 있고, 무영이도 다 나았으니까 가족들이 더 잘 뭉쳤으면 좋겠어요."

소월은 저도 모르게 지훈을 쳐다봤다. 영선이 말하는 가족에 그는 포함되지 않았으리라 여겼기 때문이다. 아니나 다를까, 지훈은 착잡한 얼굴로 물을 들이켰다.

"그래서, 앞으론 우리 숙부도 저택에서 함께 지내기로 결정했어요. 더 이상 호텔에서 홀아비처럼 지내는 거 보고 싶지 않아요."

영선이 테이블 위에 있는 명인의 손을 잡으며 말했다.

"우리 새아가도 괜찮지?"

"그럼요."

소월이 시원하게 대답했다. 그녀는 영선의 전혀 놀랍지 않고 지극히 평화적인 깜짝 발표에 안심했다. 혹여나 자신에게 이상한 불똥이 튈 일이 생기진 않을까 내심 걱정했었기 때문이다. 그러나 소월은 그토록 쉽게 마음을 놓아선 안 되었다.

"그래서 말이다. 우리 새아가가 별채로 아예 들어갔으면 좋겠구나."

"네?"

"본채에 집안의 큰 어른이 계시면 네가 불편하기도 하고, 언제까지 신혼부부가 초야를 치르지도 않고 별거를 하고 있을 수만은 없잖니."

"하지만 어머니, 처음에 말씀하셨을 땐……."

영선은 소월이 월산에 처음 왔을 때, 무영과의 정략결혼이 사업의 연장선일 뿐임을 강조하며 그녀가 다른 남자를 만나도 상관 않겠다는 은밀한 암시를 준 적이 있었다. 그 말은 소월과 무영이 진짜 부부 행세를 하지 않아도 된다는 뜻이었다. 그런데 이제 와서 첫날밤을 운운하다니 앞뒤가 맞지 않았다.

"많은 게 달라졌잖니, 아가."

영선이 고상하고 엄한 어조로 타이르듯 말했다. 소월은 반사적으로 옆에 앉은 무영을 쳐다보았다. 무영은 슬픈 얼굴로 소월에게 웃어주려 애를 썼다. 그러나 그는 결국 웃지 못했다.

"생각보다 차 사장님께 약한가 봐요. 좀 더 반대할 줄 알았는데."

"거기서 버틴다고 달라지는 게 없으니까요."

소월이 체념한 듯 말했다. 식사가 끝난 후, 약속한 대로 소월은 지훈과 별채의 정원에서 산책을 하는 중이었다. 두 사람의 조합을 눈여겨보는 이들은 없었다. 동진은 바로 잠자리에 들었고, 영선은 명인과 할 이야기가 있다고 했다. 희태와 메이드들은 식당을 치우느라 바빴다. 무영은 소월이 영선의 지시를 따르겠다고 말한 직후에 말없이 식당을 빠져나가서는 다시 돌아오지 않았다. 소월은 자신을 바라보던 무영의 서글픈 얼굴이 신경 쓰여 지훈과의 대화에 깊이 집중하지 못하고 있었다.

"내일도 출근하려면 피곤하지 않아요? 기차 끊기기 전에 가셔야 할 것 같은데."

소월이 산책을 그만하자는 뜻을 내비쳤다. 그러나 지훈은 차를 갖고 왔다며, 내일 새벽에 일찍 갈 거라고 눈치 없이 굴었다.

"자고 간다고요? 어머님이 용케도 그러라고 하셨네요."

"그것 때문에 전화로 한바탕했죠. 좋은 날을 망치려고 그러냐느니, 저택이 진짜 네 집인 줄 아냐느니 하면서 말이에요."

"지훈 씨도 대단해요. 그런 소릴 들으면서도 굴하지 않는 걸 보면."

"차 사장님이 아무리 부정하려고 하셔도 나는 이 저택을 집이라고 생각하거든요. 혜윤 할머니께서 나를 구해주신 후부터 항상 그랬죠."

"구해줘요?"

소월이 드디어 호기심을 보이자 지훈은 가슴이 콩닥거렸다.

"우리 모자는 노숙자였어요. 아버지의 얼굴은 기억도 안 나요. 어머니는 내가 혜윤 할머니를 만나기 몇 시간 전에 돌아가셨어요. 난 근처 슈퍼 주인한테 밖에 누가 쓰러져 있다고 말하곤 도망을 쳐 담벼락 뒤에 숨었어요. 어머니의 시신이 앰뷸런스에 실려가는 걸 봤죠. 그게 어머니와의 마지막이었어요."

지훈은 겸연쩍게 웃으며 한바탕 기지개를 켰다. 소월은 그가 하기 힘든 이야기를 털어놓고 민망해한다고 생각했다. 사실 그녀도 놀라움과 함께 어색함을 느끼고 있었다.

"이런 얘길 나한테 해도 되는 거예요?"

위로보다 질문이 먼저 나섰다. 소월은 자기가 모르는 새에 지훈이 술을 마셨나 싶었다. 이토록 사적인 과거사를 들을 정도로 두 사람이 친하다고 생각한 적이 없었기 때문이었다. 소월은 지훈이 부담스러웠다. 관심 없는 타인의 복잡한 사정을 듣는 것만큼 괴로운 것은 없었다. 공연히 심리적인 빚을 지는 찝찝한 기분이 들었다. 타의로 비밀을 공유당함으로써 강제로 그것을 지켜야 하는 의무를 갖는 것처럼 말이다.

"아까 말했죠. 난 소월 씨한테 동질감을 느낀다고. 그 사람들과 가족이 아니니까."

"나도 아까 말했잖아요. 난 차무영이랑 결혼했다고."

"우리 솔직해져요. 무영이랑 진짜 결혼한 게 아니잖아요. 혼인신고의 문제뿐 아니라 그냥 모든 게 다 가짜잖아요."

"그래서요?"

소월의 목소리에 날이 섰다. 그녀는 지훈의 화법이 마음에 들지 않았다. 남의 약점이나 상처를 무신경하게 건드리면서 마치 자신이 엄청난 통찰력으로 정곡을 찌른다는 양 구는 게 재수 없었다. 지훈은 옆으로 몸을 틀어 소월과 마주 봤다. 그는 별채를 가리키며 말했다.

"저 별채 좀 봐요. 저게 소월 씨한테 아늑한 신혼집으로 보여요?"

그러나 소월은 지훈이 하라는 대로 하고 싶지 않아, 아예 별채로부터 등을 지고 몸을 돌렸다. 지훈의 목소리는 숫제 애원조가 되었다.

"한 지붕 아래 살면서 나만 가족이 아닌 기분, 소월 씨는 잘 알잖아요. 거부당하고, 부정당하고 끝내는 버려질까 봐 두려운 기분……."

지훈은 소월이 사생아로 어떤 삶을 살았을지 충분히 상상할 수 있었다. 더구나 정 회장과 영선은 스타일이 다를 뿐이지 그 알맹이는 오십보백보인 인간들이었다. 두 사람의 인생은 많은 부분이 닮아 있을 터였다.

"지훈 씨가 원하는 게 뭔지 잘 모르겠네요. 그래요. 우리 둘은 비슷한 종류의 상처를 갖고 있어요. 서로의 과거를 공유하고 유대감을 쌓을 수도 있겠죠. 하지만 왜요? 왜 그래야 하는데요? 같이 그룹 상담이라도 하잔 거예요? 누가 더 우울한지 내기라도 해요?"

"소월 씨가 내 편이 되어주었으면 좋겠어요."

지훈의 말에 소원은 순간 뒷걸음질을 쳤다. 그는 꼭 사랑 고백을 하는 사람처럼 수줍게 웃었다. 그러나 소월이 대놓고 내키지 않는 표정을 짓고 있었으므로, 지훈은 얼른 웃음기를 거두었다. 그는 무안한 기색을 애써 감추며 말을 이었다.

"명인 아저씨까지 저택에서 살게 됐잖아요. 그럼 난 더 이곳에 오기 힘들어져요. 그분은 차 사장님의 오른팔 같은 분이거든요. 단 한 명이라도 날 이해해 주고 반겨주는 사람이 저택에 있으면 좋을 것 같아요. 소월 씨가 그래줬으면 좋겠어요."

지난번 괴한 침입 미수 사건 이후, 별채 정원에는 야간 조명이 추가로 설치되었다. 짙은 주황색의 빛이 지훈의 처량한 낯짝을 여과 없이 비추고 있었다. 반면에 소월의 얼굴은 여전히 냉담하기 그지없었다.

"내가 아니더라도 형제 같은 차무영이 있잖아요. 차무영이 반겨주는 것만으론 부족한가요?"

"무영이…… 그렇죠. 무영이가 있죠. 내가 말해준다고 한 차무영의 비밀을 지금 알려줄까요?"

지훈은 새로 산 장난감을 자랑하는 아이가 친구들의 호기심과 관심을 바라는 것처럼 묘하게 들떠 있었다.

"사실 무영인 날 싫어해요."

주황색 불빛과 검은 그림자가 한데 섞인 그의 얼굴은 기괴하게 그려진 유화 같았다.

"엄밀히 말하면 제정신으로 돌아온 지금의 차무영이 날 싫어해요."

"왜 그렇게 생각하죠?"

"내가 바보가 아니니까요. 날 대하는 무영이의 표정이나 행동만 봐도 알 수 있죠. 예전의 그 순수한 호의와 애정이 아니라는 걸."

"무영이가 지훈 씨를 싫어할 만한 이유가 없는 것 같은데요."

"아뇨. 충분히 있어요. 다만 정신연령이 떨어졌을 땐 그걸 깨닫지 못했을 뿐이지만요. 하지만 지금은 특정 기억 몇 개를 빼곤 지난 십이 년을 다 기억하고 있으니까요. 당시엔 생각 없이 지나갔던 일들에 대해 뒤늦게 악감정을 품는 거죠."

"그렇다면 그쪽이 차무영한테 뭔가를 잘못하긴 했다는 거네요."

소월이 날카롭게 지적했다. 지훈은 부정하지 않고 다만 어깨를 한 번 으쓱할 뿐이었다.

"고의적으로 그런 건 아니에요. 세상에 어떤 여자가 모자란 남자를 선뜻 남편으로 맞이할 수 있었겠어요. 더구나 무영인 그 여자들한테 소월 씨에게 하듯 귀엽게 굴지도 않았고요."

"여자들이요?"

"네, 차무영의 비공식 약혼녀들이요. 내가 아는 것만 아마 세 명 정도 될 거예요."

"그 말은……."

"차무영에게 던져진 여자가 소월 씨가 처음이 아니란 거죠."

무영을 우리에 갇힌 괴물 취급하고 자신을 먹잇감이라도 되는 양 말하는 지훈의 표현력에 소월은 눈살을 찌푸렸다.

"무영이가 지훈 씨를 싫어하는 것과 그 여자들의 존재가 무슨 상관이 있는데요?"

"여자들 집안에서 무영이의 상태를 보곤 정략결혼 상대자로 나를 대신 지목했거든요. 물론 차 사장님이 어림없는 소리라고 다 거절하긴 했지만요."

"듣고 보니 더 이해가 안 되네요. 그런 일이 있었다고 해서 무영이가 지훈 씨를 싫어할 것 같지 않은데요. 뭔가 단단히 착각을 하고 계시는 것 같아요."

소월은 지훈이 오만하다고 생각했다. 무영과의 사이가 틀어진 건 맞는 모양인데, 그 이유를 무작정 무영에게서 찾는 꼴이 우스웠다. 심지어 증명되지도 않은 무영의 열등감에 책임을 돌리는 게, 오히려 한지훈이 차무영에게 열등감을 갖고 있다는 걸 보여주는 것 같았다.

"지금은 나보다 차무영과 더 친하니까 무조건 그 애 편을 들고 싶을 거예요. 이해해요. 좀 걸을까요?"

지훈은 소월이 힐난조로 따지는 것에도 침착하게 대응하였다.

"아뇨. 그만 들어가고 싶어요."

"그럼 별채 쪽으로 돌아서 가요. 이렇게 서먹하게 대화를 끝내고 싶진 않아요."

소월은 어이없어 하며 지훈을 불만스럽게 쳐다보았다. 그가 무슨 생각을 하고 있는 건지 도통 종잡을 수가 없었다. 지훈의 목적이 소월을 혼란스럽게 만드는 것이라면 그것만큼은 대성공이었다. 그러나 호감을 사려거나 진심으로 친구가 되고 싶었던 거라면 결코 성공적이라고 말할 수 없었다. 소월은 지훈의 말을 무시하며 정원을 떠나고 싶었으나, 그랬다간 더욱 불편한 사이가 될 것 같아 일단은 좀 더 견뎌보기로 했다.

"상담은 잘 받으셨나요? 결과는 나왔어요?"

지훈이 화제를 돌렸다. 그러나 그마저도 소월이 반길 만한 주제는 아니었다.

"정상이라고 나왔겠죠. 나는 침입자를 놓친 거지, 헛것을 본 게 아니니까요."

소월이 불퉁하게 대답했다.

"정말 침입자가 있었을까요?"

소월의 기분 탓인가, 지훈의 목소리가 음산했다.

"침입자가 없었으면요?"

소월이 방어적으로 물었다.

"그때 나도 온 저택을 뒤졌어요. 하지만 외부로부터의 침입 흔적은 찾을 수 없었죠. 경찰들도 그랬잖아요."

"하고 싶은 말이 뭔데요? 정신과 전문의로서 내가 미쳤다고 말하고 싶은 거예요?"

"진정해요. 정신과 전문의로서 난 소월 씨가 미치지 않았다고 생각하니까요. 설령 진짜 헛것을 봤다고 해도 그건 지극히 정상적인 반응이에요. 소월 씨는 괴한들에게 테러를 당한 지 얼마 되지 않았잖아요."

지훈이 부드러운 목소리로 소월을 달랬다. 그러나 소월은 고맙긴커녕 잊고 싶은 기억을 떠올리게 한 그가 야속했다. 그들은 별채 바로 옆을 지나가고 있는 중이었다. 소월은 그날의 일을 회상했다. 그녀는 검은 복면을 쓴 검은 인간이 별채로 향하는 것을 똑똑히 봤다. 그러나 별채에는 차무영만 있었다. 괴한은 어디로 사라졌을까?

소월은 아랫입술을 깨물며 문제의 별채를 뚫어져라 쳐다보았다. 지훈은 신발 끈이 풀어졌다며 잠시만 기다려 달라고 말했다. 그가 바닥으로 상체를 숙였다. 소월은 그를 흘깃 쳐다보았다가 이내 시선을 돌렸다. 당장 내일부터 그녀가 지내게 된 별채는 처음에 봤을 때처럼 동화책 삽화에 그려진 집 같았다.

'아늑한 신혼집 같냐고? 외관상으론 아주 완벽한 드림 하우스지.'

정략결혼이 아닌 그냥 결혼이고, 평범한 신혼부부였다면 소월은 별채에서 살게 된 것을 두 팔 벌려 환영했을 것이다. 삭막한 내부를 겉모습만큼이나 아름답게 꾸밀 자신도 있었다. 그러나 현실은 침대를 두 개 두는 것을 갖고 영선과 또 입씨름을 해야 하는 판국이었다. 영선이 부부는 모름지기 같은 방에서 같은 침대를 써야 한다고 못을 박아놓았던 것이다.

'차무영이 제정신으로 돌아오고 나니까 차영선의 욕심이 점점 더 커지는 것 같아. 단순히 리조트로만 만족하지 않을 수도 있겠어.'

소월은 무영과 더 가까워지기 전에 얼른 모든 일을 정리해야겠다는 생각이 들었다. 불현듯 그녀는 지난 며칠간 자신이 얼마나 안이하게 지냈는지를 깨달았다.

'차무영이랑 시시덕거릴 때가 아니야. 정신 차리자, 정소월.'

그녀는 해이해진 스스로를 다잡기 위해 눈을 감고 속으로 중얼거렸다.

'복잡하게 생각하지 말자. 차무영을 생각하지 말자. 딱 세 개만 생각하는 거야. 혼인신고, 부모님의 결혼, 나의 이혼……. 최대한 빨리…… 여름이 오기 전에 월산을…… 차무영을 떠나자.'

소월은 주황색 조명으로 물든 별채의 하얀 외벽을 바라보며 훗날 이곳에 홀로 남겨질 무영을 상상했다가, 이내 머리를 흔들며 그의 슬픈 얼굴을 떨쳐 냈다. 지훈은 아직도 신발 끈을 묶고 있었다. 소월은 답답해하며 하품을 했다. 밤바람이 거세게 한 번 불며 그녀의 치맛자락을 펄럭였다. 그때였다.

별채의 입구에 서 있는 나무 뒤로 검은 그림자가 움직였다. 야간 조명 덕분에 소월과 나무 사이 정도의 거리에선 사물의 모습이 육안으로 구별이 되었다. 그것들은 결코 검은 그림자처럼 보이지 않았다. 그렇다면 그녀가 방금 본 움직이는 검은 그림자는 무엇이란 말인가? 소월은 침을 꿀꺽 삼켰다. 그녀는 자신의 볼을 꼬집어보았다. 아프다. 꿈이 아니었다. 환시도 아니다. 신발 끈을 묶고 있는 지훈의 뒤통수도 무척 현실적이었다.

'바람에 나뭇가지가 흔들리는 걸 잘못 본 걸 수도 있어.'

그녀는 소란을 피우는 대신 차분하게 지켜보기로 했다. 그녀가 나무의 뒤쪽을 죽일 듯이 노려보고 있을 때였다. 대지를 가득 채운 주황색 불빛 위로 하얀색 불빛이 나타났다 사라졌다. 무언가를 직감한 소월이 잽싸게 뒤를 돌아 익숙한 창 하나를 쏘아보았다. 본채 2층에 있는 소월의 방이었다. 새까맣던 창문이 하얗게 밝아졌다. 방의 불이 켜졌다. 그리고 꺼졌다. 켜졌다, 꺼졌다, 켜졌다, 꺼졌다, 켜졌다, 꺼졌다, 켜졌다, 꺼졌다, 켜졌다, 꺼졌다, 켜졌다, 꺼졌다, 켜졌다, 꺼졌다, 켜졌다.

소월은 숨을 들이마시며 쏜살같이 뛰기 시작했다. 뒤에서 그녀의 이름을 부르는 지훈의 다급한 목소리가 들렸다. 소월은 본채 안으로 뛰어 들어가다가 퇴근하는 희태와 부딪칠 뻔했다. 희태는 소월에게 무슨 일이 생긴 줄 알고 얼른 그녀를 따라갔다. 계단을 두세 칸씩 뛰어오른 소월의 호흡이 가팔랐다. 그녀는 일 초도 망설이지 않고 바로 방의 문을 열어젖혔다.

"작은 마님!"

방에서 형광등을 갈고 있던 메이드 둘이 숨이 턱까지 차오른 소월을 보며 기겁을 했다.

"어머, 이 땀 좀 봐. 무슨 일이세요? 어디 아프세요?"

메이드가 손수건으로 소월의 이마에 맺힌 땀을 닦아주며 물었다. 다른 한 명은 물을 갖고 오겠다며 밖으로 나갔다. 소월은 헉헉거리며 숨을 몰아쉬었다. 곧이어 따라온 희태가 무슨 일이냐고 물었다. 메이드는 울상을 지으며 고개를 저을 뿐이었다

"내 방, 불, 왜 그런 거예요?"

메이드가 갖고 온 물을 마신 소월이 새된 목소리로 물었다. 두 명의 메이드는 어리둥절한 표정을 지으며 형광등을 새것으로 교체했다고 말했다.

"2층 정리를 하고 내려가려는데 작은 마님의 침실 문이 열려 있더라고요. 산책에서 안 돌아오신 것 같은데 문이 열렸기에 가봤더니 형광등이 고장이 났는지 계속 깜빡거리고 있었어요. 그래서 이 애를 불러서 같이 형광등을 갈아 끼웠던 거고요."

그녀는 저택의 2층을 담당하는 메이드로 소월에게도 친근하게 구는 선량한 사람이었다. 그녀는 특히 무영의 처지를 딱하게 여겨, 소월에게 무영에 대한 좋은 이야기를 해준 적도 있었다. 소월은 그녀가 자신에게 거짓말을 한다곤 생각하지 않았다.

"내 방의 불이 원래부터 켜져 있었다는 거죠? 직접 켠 게 아니라?"

"네. 저는 발견만 했어요."

"방에서 누굴 보진 못했어요? 나가는 사람이라던가?"

"아뇨. 방 안엔 아무도 없었습니다. 왜요? 아가씨가 불을 켜고 나가신 게 아닌 건가요?"

메이드의 물음에 소월은 아무 대답도 하지 않았다. 잠자코 대화를 듣고 있던 희태는 소월의 안색을 살피더니 메이드들을 모두 방 밖으로 내보냈다. 희태는 복도에 사람이 있는지 없는지를 확인하고 문을 닫았다. 소월은 그의 낌새가 평소와 다르다고 생각했다. 훨씬 조심스럽고 끊임없이 주위를 살피고 있었다.

"괜찮으십니까? 또 이상한 걸 보셨나요?"

소월이 고개를 끄덕이곤 그녀가 별채의 나무 뒤에서 무엇을 보고 있었으며, 방의 불이 어떻게 비정상적으로 깜빡거렸는지에 대해 말했다. 희태는 길게 한숨을 내쉬었다. 그는 어디서부터 말을 꺼내야 할지 막막했다.

"드릴 말씀이 있습니다."

희태가 목청을 가다듬었다. 그럼에도 그의 점잖은 목소리에 밴 긴장감은 사라지지 않았다.

"보신 게 무엇인지 저도 잘 모릅니다. 어떤 게 진짜고, 어떤 게 가짜 인지도 모릅니다."

"제가 본 건 다 진짜예요. 진짜로 다 봤어요."

소월이 다급하게 끼어들며 말했다. 희태는 인중에 맺힌 땀을 손으로 닦아내며 말을 아꼈다.

"내가 헛것을 봤을 수도 있다고 생각하는군요?"

"가능성을 열어두는 겁니다. 아가씨는, 아니 작은 마님께선 연달아 힘든 일을 겪으셨으니까요."

"그래서 내가 미쳤다는 거예요?"

"그렇게 보이길 바라는 사람들이 있다는 겁니다!"

희태가 긴장을 참지 못하고 큰 소리를 냈다. 그는 쿵쾅거리는 심장을 진정시키기 위해 심호흡을 했다. 소월은 희태가 쓰러지기라도 할까 봐 염려되는 와중에 그가 한 말의 의미를 곱씹고 있었다.

"나를 미친 사람으로 만들고 싶어 하는 사람들이 있다고요?"

"달 선녀 이야기를 알고 계시죠?"

소월이 고개를 끄덕였다. 희태는 결코 하고 싶지 않은 말을 해야 하는 사람처럼 힘겹게 입을 열었다.

"누군가 그 이야기를 이어서 쓰려고 하고 있습니다."

희태의 이마에 맺혔던 땀이 관자놀이를 따라 주룩 흘러내렸다. 그의 얼굴은 긴장감으로 뻣뻣하게 굳어 있었다. 소월이 갑작스레 웃음을 터뜨리자, 희태의 안면 근육은 기이하게 구겨졌다.

"괜찮으십니까?"

그는 소월이 실성이라도 한 건 아닐까 걱정하며 조심스레 물었다.

"네, 괜찮아요. 그냥 웃겨서요."

"뭐가 말입니까?"

사뭇 쾌활하기까지 한 소월의 말에 희태가 의아해하며 물었다.

"그냥요. 이 마을은 정말 이야기를 참 좋아한다는 생각이 들어서요. 남의 집안 뒷담화도 잘 하는 것 같고, 자기 얘기도 아무한테나 막 털어놓는 것 같고. 꼭 누가……."

소월은 순간 입을 다물었다. 월산에서 자신이 '우연히' 들은 이야기들이 어쩌면 누군가에 의해 인위적으로 조작된 장치일 수도 있다는 생각이 불현듯 들었기 때문이었다.

'일련의 사건들, 이곳에서 만난 사람들이 내게 해주었던 모든 이야기들……. 그것들 중에 가짜이거나 일부러 들려준 왜곡된 것들이 있다면? 그래서 날 정신적으로 괴롭힌 거라면……. 희태 아저씨 말대로 누군가 달 선녀 이야기를 이어 쓰고 있고, 거기에 날 끌어들인 걸 수도 있어. 그런데…… 왜 나한테?'

소월이 앓는 소리를 내며 두 손으로 머리를 감싸 쥐었다. 뭔가 떠오를 듯 안 떠오르는 침체된 기억들이 있었다. 월산에서 그녀는 두 번 정신을 잃었었고, 그때마다 당시의 일들을 제대로 기억하지 못했다.

'노천탕에서 한 번, 괴한에게 습격을 당했을 때 중간에 한 번.'

그녀는 특히 검은 괴한들에게 잡혀 있었을 때 잊어서는 안 되는 중요한 일이 있었다고 추측하고 있었다. 막연한 육감이었지만 그녀는 이유 모를 확신이 들었다. 그러므로 소월은 괴한들이 그녀에게 무슨 짓을 하려고 했고, 어떤 말을 했는지 알고 싶었으나 단서가 전혀 없었다. 노천탕에서의 일은 명인이나 호텔 직원 등 다른 목격자가 있어 전반의 상황을 알려준 반면에, 신혼여행 사건은 소월과 무영 말고는 목격자가 없었기 때문이다. 더구나 무영조차 소월과 관련한 기억을 모두 잃었으므로 그의 증언을 듣는 것도 무리였다.

'나와 무영이를 노린 이유가 뭐였을까? 타깃이 분명한 계획적인 테러였어. 그날은 우리 둘의 결혼식이었지……. 하지만 나는 철저히 외지 사람이야. 이곳에 적이 있을 리가 없어.'

소월은 아랫입술의 각질을 질겅질겅 씹으며 골똘히 생각에 잠겼다. 희태는 초조한 얼굴로 소월이 무슨 말이라도 해주길 기다리고 있었다.

'이 일은 차씨 가문과 관련된 일이야. 월산 사람들은 대부분 온천타운의 덕을 보고 산다는데 누가……?'

하도 집요하게 건드린 탓에 결국 각질이 뜯어졌다. 따끔한 감각에 소월이 살짝 미간을 좁혔다. 입술 끝에 핏방울이 맺혔다. 그녀는 떨어진 각질을 손가락으로 떼어냈다. 소월의 눈동자가 반짝였다.

'강용덕.'

소월은 헤어살롱의 부실장이 말해준 '강용덕 사건'을 떠올렸다. 부실장은 그와 관련된 원한이 세대를 넘어 월산에 숨 쉬고 있다고 했다.

'누가 강용덕을 죽였을까?'

소월이 희태에게 강용덕에 대해 막 물을 참이었다.

"소월 씨, 괜찮아요?"

똑똑똑, 문을 두드리는 소리와 함께 지훈의 목소리가 들렸다. 희태는 지훈이 소월을 찾는 것이 이해가 되지 않는지 고개를 갸웃거렸다.

"저녁을 먹고 같이 산책을 하던 중이었거든요."

사실을 말하는 것뿐인데 소월은 마치 저와 지훈의 사이를 변명하는 것 같은 이상야릇한 기분이 들었다.

"방금 제가 한 이야기는 혼자서만 알고 계십시오. 저도 아직 이 일에 대해 제대로 파악하고 있는 것이 없습니다. 괜한 소란을 만들어 흉흉한 소문이 퍼지면 안 되니까요."

희태는 소월에게 목소리를 낮춰 말했다.

"알겠어요. 이 일은 나중에 한 번 더 얘기해요. 저도 묻고 싶은 게 많거든요."

두 사람의 눈빛이 허공에서 맞물렸다. 그 안에는 상대방에 대한 전적인 신뢰와 함께 이 믿음이 헛되지 않길 바라는 소망, 그리고 일말의 불신이 한데 어우러져 있었다.

"그럼 오늘은 이만 나가보겠습니다. 모쪼록 평상시에도 몸조심을 하고 다니세요."

희태가 당부하자, 소월이 고개를 끄덕였다. 집사가 직접 방의 문을 열었다. 소월은 지훈에게 대충 둘러댈 핑곗거리를 떠올리며 눈을 굴리고 있었다.

"도련님은 또 언제 오셨습니까?"

문밖에는 지훈뿐 아니라 무영도 서 있었다. 소월은 지훈이 첫 노크 뒤에 한참 동안 조용했던 이유를 깨달았다. 지훈과 무영은 서로를 노려보며 신경전을 벌이고 있었다. 그들은 꼴사나울 정도로 서로에게 털을 곤두세운 두 마리의 늑대 같았다. 희태는 친동기처럼 허물없이 지내던 두 사람이 돌연 적의를 불태우는 것을 보며 인상을 찌푸렸다.

"메이드들이 지나다니고 있는데 뭐 하시는 겁니까? 아랫사람들 보기 부끄럽게."

희태가 두 남자 사이에 끼어들며 말했다. 그는 엄한 표정을 지으며 지훈을 쳐다봤다.

"시간이 많이 늦었는데 작은 마님의 침실 앞에서 뭐 하는 거냐?"

"그렇지 않아도 무영이도 그 부분을 무척 궁금해하고 있었어요."

지훈은 무영과 희태의 반응이 고리타분하다는 투로 말했다.

"시대가 어느 시댄데 그런 걸로 사람들 눈치를 보세요? 아저씨야 이런 유물 같은 저택의 집사님이니까 그렇다 쳐도, 무영이 너는 젊은 애가 왜 이렇게 보수적이야?"

지훈이 별거 아니란 듯 웃는 낯으로 짓궂게 말했다. 무영은 입을 일자로 굳게 다물고 있었다.

"산책 중에 소월 씨가 갑자기 저택 안으로 뛰어 들어가기에 놀라서 따라온 것뿐이에요. 무영이한테도 그렇게 설명했는데 계속 못마땅한

가 봐요."

희태를 바라보던 지훈이 소월에게로 시선을 돌렸다.

"소월 씨, 괜찮아요? 무슨 일이에요?"

그는 자연스럽게 희태를 지나쳐 소월에게로 갔다. 소월은 배가 아파서 화장실을 쓰려고 온 거라며 뻔히 보이는 거짓말을 했다. 그런데도 지훈은 인자한 얼굴로 속아 넘어가 주었다. 무영은 여전히 입을 다문 채 그 모습을 지켜보기만 했고, 희태는 지훈의 속을 알 수 없어 답답했다.

'안 그러던 애가 갑자기 왜 이러는 거지? 도련님을 그렇게 잘 챙겼으면서…….'

갈피를 못 잡고 혼란스러워하는 희태의 어깨 위에 무영의 손이 닿았다.

"아저씨, 퇴근하던 중이셨잖아요. 이만 가보세요."

그의 시선은 대화를 나누고 있는 지훈과 소월에게로 고정되어 있었다. 희태는 자신이 사라졌을 때 세 남녀에게 무슨 일이 벌어질지 몰라 선뜻 발이 떨어지질 않았다. 그의 어깨를 잡은 무영의 손에 점점 힘이 들어갔다. 자신의 뜻에 따라 달라는 무언의 압박이었다. 희태는 한숨을 푹 쉬며 무영에게 제발 메이드들 앞에서 체면치레를 해달라고 부탁했다.

"하나같이 착한 사람들만 뽑았지만, 선량하다고 해서 다 믿을 수 있는 건 아닙니다. 그녀들의 입을 단속하기가 녹록지가 않다고요."

"알았어요. 저택의 도련님이 예비 약혼녀들도 모자라서 아내까지 주워 온 형한테 뺏겼단 소문이 나면 안 되니까요. 그렇죠?"

"말씀을 해도 꼭 그렇게……."

"걱정하지 마시라고요."

무영은 희태의 어깨를 부드럽게 밀며 말했다. 그의 몸은 벌써 방 안으로 반쯤 들어간 상태였고, 희태의 몸은 완전히 복도로 빠져나와 있었다.

"조심히 들어가세요."

무영은 희태에게 가볍게 웃어 보이며 문을 닫았다. 문을 닫자마자, 그의 얼굴에선 미소가 감쪽같이 사라져 버렸다.

"나한테 약혼녀들을 뺏겼단 소문이 났었는 줄은 몰랐는데?"

지훈이 팔짱을 끼며 태연하게 말했다. 소월은 두 남자가 왜 애꿎은 자신의 영역을 침범하면서까지 기 싸움을 벌이는지 이해가 되질 않았다. 그녀는 머리가 빠개질 것 같았다. 생각하고 고민해야 할 것들이 이미 한가득인데 눈앞에 두 남자가 실시간으로 골칫거리들을 생산해 주고 있었다.

'피곤해 죽겠는데 둘 다 그냥 꺼져 줬으면 좋겠다.'

소월은 침대에 털썩 앉았다. 전력 질주를 하느라 극한으로 치솟았던 심박 수와 몸의 긴장감이 한순간에 풀려 버려 참을 수 없는 피로감이 몰려들었다. 그녀의 의식이 노곤하게 풀어졌다.

'두 사람이 무슨 말을 하는지 듣고 싶은데.'

그녀의 바람과 달리 의식은 희미해졌고, 소월은 작게 하품을 하며 고개를 앞으로 떨구었다.

"그런 우스꽝스러운 소문이 있더라고. 메이드들은 상상력이 참 풍부한 것 같아."

곯아떨어진 소월을 보며 무영이 대수롭지 않게 말했다.

"상상력? 너는 그렇게 생각하지 않는단 뜻이야?"

"당연하지. 그런 소문이 있었다는 걸 듣긴 했지만, 그게 진실이라곤 생각하지 않으니까. 애초에 나한테 진짜 약혼녀는 소월이 한 명뿐이었고."

소월을 바라보는 무영의 눈빛이 애틋했다. 무영은 불편한 자세로 꾸벅꾸벅 졸고 있는 소월이 안쓰러운 동시에 황당했다. 무영과 지훈이 그녀를 두고 다투든 말든 아무런 관심이 없어 보였기 때문이다. 무영은 유유한 걸음걸이로 소월의 곁에 가 앉았다. 그는 보란 듯이 소월의 머리를 자신의 어깨에 기대게 했다. 소월은 정신이 몽롱한 와중에도 무영의 행동이 유치하다고 생각했지만, 그에게 장단을 맞추며 몸을 기댔다. 저녁 식사 후에 그를 챙기지 못한 게 마음에 걸리기도 했고, 지훈에게 기가 눌려 있던 모습이 불쌍했기 때문이었다. 소월이 기대어오자 무영의 목소리는 눈에 띄게 자신감으로 차올랐다.

"전에 있던 여자들이랑 형이 무슨 관련이 있어서 메이드들이 그런 이상한 소문을 퍼뜨렸는지 모르겠지만, 희태 아저씨 말대로 조심해서 나쁠 건 없겠지. 안 그래도 우리 집안은 월산에서 지나치게 유명 인사잖아."

"나한테 조심하라는 말처럼 들리는구나."

"제대로 들어줘서 고맙네. 형이 처신 좀 똑바로 해줬으면 좋겠어. 나 없이는 소월이랑 얘기하지도 마. 둘이 할 얘기도 없잖아?"

무영이 단도직입적으로 말했다. 소월이 들었다면 콧방귀를 꼈을 일이었으나, 그녀는 새근새근 잠들어 있었으므로 무영의 말에 반박할 수가 없었다.

"그건 소문이 무서워서 그런 거야, 아님 내가 무서워서 그런 거야?"

무영이 경계할수록 지훈은 뿌듯했다. 자신이 그에게 위협이 되는 존재라는 게, 그로부터 소월을 뺏을 수 있다는 게 증명되는 것 같았기 때문이었다.

"무서워한다기보단 조금 거치적거린다고 해두자."

"그렇게 신경을 쓰는 이유가 내가 무서워서 그런 게 아냐?"

"내가 신경을 쓰는 건 형이 아니라 소월이야. 소월일 좋아하니까 그 옆에 있는 건 여자든 남자든 애든 어른이든 다 싫어. 가뜩이나 윤미 누나도 나한테서 소월이랑 함께 있을 시간을 뺏고 있는데, 형까지 그럴 거야?"

무영이 고운 얼굴로 울상을 짓곤 어리광을 부리듯 말했다. 분위기는 순식간에 변했다. 그는 천진난만한 귀여운 동생으로 다시 돌아간 것 같았다.

"우리 아직 신혼이잖아. 게다가 난 소월이와 함께 있던 시간을 다 잊어버렸다고. 그걸 보상하기 위해선 매 순간 붙어 있고 싶단 말이야. 누구의 방해도 없이."

무영이 팔로 소월의 몸을 조심스럽게 감싸고, 그녀를 침대 위에 눕혔다. 소월은 무방비하게 축 늘어졌다.

"내가 날카롭게 굴어도 형이 좀 봐주라. 이 여자를 너무 많이 좋아해서 그래."

소월의 두 다리를 침대 위로 들어 올리며 무영이 수줍게 말했다. 그는 누가 훔쳐볼세라 포근한 이불로 소월의 몸을 목부터 발끝까지 꼼꼼히 덮어주었다. 무영은 곤히 잠든 소월의 얼굴을 황홀하게 바라보았다. 별빛과 달빛이 그녀의 속눈썹 위에 뿌려진 것 같았다.

'어쩜 이렇게 예쁘지?'

무영은 스트레스가 단번에 사라지는 것 같았다. 소월이 숨을 쉬는 모든 순간이 그에겐 감탄의 연속이었다. 바라만 봐도 행복하다는 게 이런 기분일까? 무영은 꿔다 놓은 보릿자루처럼 덩그러니 선 지훈을 잊은 채, 정소월이라는 자신만의 낙원으로 빠져들었다.

"적당히 해, 이 팔불출아."

그 모습에 결국 지훈도 어이가 없어 헛웃음을 짓고 말았다. 그는 고개를 가로저으며 방을 빠져나갔다. 무영은 문이 닫히는 소리를 듣고서야 지훈이 떠났다는 걸 깨달았다.

"널 지키느라 내가 제 명에 못 살지."

무영이 길게 한숨을 쉬며 침대 옆 바닥에 주저앉았다. 그는 손바닥에 찬 땀을 바지 위에 슥 문질러 닦아냈다.

'대체 왜 그런 짓을 저지른 걸까?'

무영은 오늘 밤 자신이 목격한 것이 아직도 믿기지 않았다. 그 사람의 행동들은 이해가 되지 않는 것 투성이였다. 그는 자신이 놓친 실마리들을 찾아내기 위해 기억들을 헤집었다. 십이 년 전 그날 밤의 기억은 아직도 불완전했다.

열 살의 차무영은 십이 년 전 차혜윤이 죽었던 날, 온천타운에 있었다. 그는 평소와 마찬가지로 하루 종일 온천타운을 돌아다니며 놀고 있었다. 당시 무영은 친구가 그렇게 많지 않았다. 아이들은 모두 부모로부터 '달 선녀 이야기'를 익히 들어 알고 있었고, 너희 집은 저주받아서 할머니가 미친 거라며 무영을 놀리곤 했다. 영선이 한 번 학교를 뒤집어놓은 적이 있긴 했지만 아무리 날고 기는 차 사장이라고 할지라도 꼬맹이들의 잔망스러운 입놀림을 일일이 관리할 순 없는 노릇이었다. 무영은 학교 운동장에서 친구들과 공을 차는 것보다 온천타운 곳곳에서 직원들과 숨바꼭질을 하는 게 더 익숙했다. 가끔 손님들 중에 또래가 있으면 재미는 배가되었다. 타지에서 온 아이들은 아무 편견 없이 무영에게 다가왔고, 숨어 있는 무영에게 뭐 하냐고 말을 걸었다.

그날도 무영은 직원과 숨바꼭질을 하고 있었는데, 마감 시간이 가까워지자 직원은 일이 바빠져 그만 무영을 새까맣게 잊고 말았다. 무영은 그때 노천탕에 숨어 있었다. 노천탕은 그가 제일 숨기 좋아하는 장소였다. 하늘도 볼 수 있었고, 기분 좋은 산바람도 불어왔기 때문이었다. 무영은 직원을 기다리다가 노천탕의 수석 밑에서 몸을 웅크린 채 잠이 들었다. 그는 시끄러운 싸움 소리에 잠에서 깼다. 잘 떠지지 않는 눈을 비비면서 무영은 싸우는 사람들의 목소리가 익숙하다는 걸 깨달았다. 그는 수석 뒤에 몸을 숨기고 고개만 살짝 내밀었다. 무영이 있는 방향에선 두 사람의 얼굴이 또렷하게 보였다. 엄마와 할머니. 그리고 그에게 등을 지고 선 한 남자의 뒷모습이 보였다. 얼굴이 전혀 보이지 않았지만 무영은 그가 누구인지 알고 있었다.

문제는 그 후의 기억들이 뒤죽박죽이란 점이었다. 누군가의 비명, 쓰러지는 할머니, 아니, 누군가 할머니를 밀쳤다. 피를 흘리는 할머니를 두고 엄마와 남자는 싸웠다가 서로 바짝 붙어 뭔가를 속삭인다. 꼭 다정한 사이인 것처럼. 귀를 기울이면 들리는 말은 숨겨야 한다, 파헤쳐선 안 된다. 그러다가 다시 비명. 저주처럼 뱉어지는 절규.

'······엄마를 죽인 악마······.'

그 말을 떠올리면 무영은 기다란 송곳이 뇌를 관통하는 것처럼 끔찍한 두통을 느꼈다. 제정신으로 돌아오고, 소월에 대한 기억까지 다 찾은 후에도 무영은 십이 년 전의 일을 떠올릴 때마다 어김없이 똑같은 고통을 겪었다. 무영의 새로운 주치의인 해숙은 그의 육체가 트라우마에 대한 거부반응을 보이며 그만 기억해 내라고 경고를 보내는 걸 수도 있다고 했다. 차라리 기억하지 않는 게 그에게 진정으로 이로운 일일 수도 있다고 말이다. 그러나 무영은 멈출 수가 없었다. 십이 년 전 혜윤의 죽음이 단순히 사고가 아니었고, 자신이 그 현장에 있었다는 걸 기억해 낸 이상 진실을 밝혀내야 했다.

'형, 형은 그때 우리 엄마랑 거기서 뭘 하고 있었던 거야?'

차무영의 기억 속 십이 년 전 그날 밤, 노천탕에는 그 말고 세 사람이 더 있었다. 차혜윤, 차영선 그리고 열일곱 살의 한지훈.

8

조력자

만찬 이후 소월이 별채로 거처를 옮기고, 명인이 저택으로 들어온
지 삼 일이 지났다. 명인은 이른 아침에 온천타운으로 떠나 밤늦게 저
택으로 돌아왔으므로, 소월은 그와 마주칠 일이 많지 않았다. 소월은
명인을 믿지 말라던 헤어살롱 부실장의 말을 종종 떠올리며 그가 어
떤 사람인지 궁금해하곤 했다.

소월에게 일방적으로 통보하는 것이 언제나처럼 마지막 절차였던 모
양인지, 영선은 별채를 꾸밀 만반의 준비를 다 끝내놓은 상태였다. 그
녀의 명령에 따라 메이드들과 일꾼들이 반나절 동안 분주하게 움직였
다. 신혼부부의 보금자리로 새로 탈바꿈한 별채는 이전의 음울했던
분위기가 말끔히 사라져 있었다. 깔끔하고 따뜻해 보이는 상아색 커
튼이 창문마다 달렸다. 삭막하고 텅 빈 것 같던 거실에도 구색을 맞춘
가구들이 제자리를 찾았고, 침실 옆 작은 방은 드레스룸으로 꾸며졌
다. 그곳엔 소월을 위한 근사한 화장대도 놓았다. 모든 것은 완벽했

다. 영선에게 좋은 소릴 하고 싶진 않았지만, 소월은 솔직히 인테리어나 가구들이 꽤 마음에 들었다. 다만 한 가지, 그녀를 곤란하게 하는 것은 침실 한가운데에 떡하니 자리 잡은 킹사이즈 침대였다.

소월은 침대를 보자마자 무영과 이것을 어떻게 나눠서 쓸 것인가, 유치하게 선을 긋고 넘어오지 말라고 할까, 베개를 쌓아놓을까 고민했다. 그러나 그 고민들은 이내 쓸모없는 것들이 되어버렸다. 별채에서의 첫날, 그리고 둘째, 셋째 날 밤도 무영은 거실에 있는 소파에서 잠을 잤다.

"무영 씨는요?"

소월이 팬케이크가 담긴 접시를 내려다보며 희태에게 물었다. 그는 늦잠을 잔 소월의 브런치를 손수 챙겨주고 있었다.

"도련님은 아침 식사를 하시고 밖에 나가셨습니다."

"또요? 어디로요?"

"그건 저도 잘 모르겠습니다."

희태의 말이 성에 차지 않는지 소월은 애꿎은 팬케이크를 포크로 쿡쿡 찌르며 화풀이를 했다. 요즘 차무영은 줄곧 이런 식이다. 그는 소월이 별채로 들어온 뒤부터 그녀를 교묘하게 피하고 있었다. 메이드들마저 껌딱지처럼 붙어 다니더니 웬일이냐며 수군거릴 정도였다.

"혹시 두 분이 싸우셨습니까?"

희태가 우려하는 목소리로 물었다.

"아뇨. 싸울 일이 뭐가 있겠어요."

"두 분이 별채에서 같이 생활하시고 나서부터 도련님께서 겉도는 기분이 들어서 말입니다."

"……티가 나긴 나나 보네요."

"역시 무슨 일이 생긴 겁니까?"

"무슨 일이 있기라도 하면 덜 답답하겠어요. 정말 아무 일도 없었다니까요. 정말 아무 일도."

소월이 강조하며 말했다. 그녀는 큼직하게 자른 팬케이크를 입안에 욱여넣고 거칠게 씹었다. 희태는 소월의 기분도 저기압이라는 걸 깨닫고 말을 아꼈다.

정말 아무 일도 없었다. 이상하리만치 아무 일도. 별채 안에 단둘이 있게 된 남녀, 하나의 침대, 그들 중에 남자는 여자를 좋아한다. 아주 좋아 죽겠다고 온몸으로 말한다. 그런데 정작 단둘이서 밤을 보내게 되니 괴이할 정도로 냉랭한 분위기를 풍기는 것이다. 소월은 무영이 적극적으로 치대거나 아니면 지켜주겠다면서 다정한 왕자님 흉내를 내리라 예상했었다. 적어도 밤늦게까지 소월을 붙잡고서 이런저런 이야기들을 떠들며 괴롭힐 줄 알았다. 소월이 도끼병에 걸렸거나 자의식 과잉인 게 아니라, 그녀가 겪어온 차무영이라면 충분히 그럴 만했다.

그러나 그는 모든 예상을 뒤엎고 별다른 행동도 없이 그저 '난 밖에서 잘게요'라고 말했을 뿐이었다. 기묘한 냉대는 밤뿐 아니라 해가 떴을 때도 이어졌다. 무영은 소월과 눈도 잘 마주치지 않았고, 그녀가 가까이 가면 노골적으로 거리를 두었다. 소월이 거실에 있으면 무영은 방으로 갔고, 그녀가 방으로 가면 그는 거실로 나왔다.

"정 궁금하시면 메시지라도 한번 보내보시는 게 어떠십니까?"

"어차피 집에 올 텐데 뭐하려요."

소월이 시큰둥하게 대답했다. 서로 관심이 있는 사람이라면 응당 상대의 일거수일투족이 궁금한 법이었다. 그것은 아주 당연한 것이었다. 하지만 소월은 남들은 다 아는 그것을 인정하지 못하는 것 같았다. 희태는 두 사람의 관계에 큰 진전이 없는 것 같아, 무영이 안쓰러워졌다.

'화가 난 게 있으면 속 시원하게 말을 하든가. 얼굴만 안 보면 다야?'

소월은 영문도 모른 채 무영의 차가워진 태도를 견뎌야 하는 것이 못내 서러웠다. 무영이 먼저 다가오지 않는 이상 소월도 그를 봐줄 생각이 없었다. 이대로 가다간 두 번이나 남은 데이트도 무산될 확률이 높았다.

'달님 소리를 듣고 자랐다더니 진짜 달처럼 변덕쟁이로 컸나 봐. 하긴, 첫눈에 반한다는 게 얼마나 오래가겠어. 금세 사랑에 빠질 여자들은 밖에 차고 넘쳤는걸.'

소월은 홀로 냉소했다.

'자기 입으로 다음 주말까지 혼인신고를 한다고 말했으니까, 그건 지키겠지.'

그녀는 본연의 목적을 상기하며 화를 진정시켰다. 생각해 보면 소월이 차무영에게 이토록 감정을 소모할 필요도 없었다. 어차피 쇼윈도 부부인 데다, 곧 이혼할 것이었다. 잔정이 더 드느니 지금처럼 서로를 홀대하는 게 나을 성싶었다. 소월이 친구로 여겼던 차무영은 옛적에 사라지지 않는가. 소월은 스스로를 세뇌하듯 속으로 연신 중얼거렸다.

'난 화가 나지 않는다. 난 아무렇지도 않다. 난 화가 나지 않는다.'

객관적으로 생각해 보면 그녀가 화를 낼 만한 일은 전혀 없었다. 차라리 무영이 침대를 같이 쓰겠다고 덤볐으면 그게 화를 낼 일이었다. 하지만 아무 일도 없었다. 아무 일도.

'그래. 어차피 잘된 거잖아? 귀찮게 데이트 따위 안 해도 되고 말이야.'

긍정적인 마음의 주문이 효과가 있는 것 같았다. 소월은 갑자기 마음이 한결 가벼워졌다. 아까진 몰랐는데 식당에 들어오는 햇살도 찬란했다. 소월은 코끝에 닿는 햇빛의 냄새를 맡기라도 할 것처럼 크게 숨을 들이쉬었다. 빌어먹을 뇌가 햇살로부터 괴상한 연상 작용을 일으켜 차무영을 떠올리게 하지만 않았어도 그녀는 행복했을 것이었다.

'햇살이랑 차무영이 무슨 상관인데!'

소월은 자신의 뇌에게 따지고 싶었다.

'이게 다 차무영 때문이야. 사람 정신없게 냉탕, 온탕 왔다 갔다 하는 개 때문이라고.'

그녀는 식탁 위에 올려둔 핸드폰을 지그시 노려보다가 괜히 희태의 눈치를 봤다. 희태는 소월이 식사를 하는 동안 잠시 쉴 요량인지, 그녀의 맞은편에 앉아서 신문을 읽고 있었다. 소월은 재빨리 핸드폰을 집어 들어 식탁 아래로 갖고 왔다. 그녀의 엄지가 핸드폰 화면 위에서 한시도 쉬지 않고 바쁘게 움직였다. 메시지가 전송되었다. 소월은 핸드폰 화면을 물끄러미 내려다보았다.

'내가 뭘 한 거지? 미친 건가?'

그녀는 꿈을 꾸는 것 같았다. 무영에게 보낸 메시지의 내용을 자신이 썼다는 게 믿기지 않았다. 소월은 핸드폰을 식탁 위에 던져 놓고 좌절했다.

"괜찮으십니까?"

희태가 신문을 접으며 물었다.

"잠깐 생각할 게 있어서요."

소월은 혹시나 지금의 처참한 심정을 희태에게 들킬까 봐 다른 쪽으로 화제를 돌리기로 했다. 마침 그들에겐 해야 할 이야기가 있었다. 소월은 주위를 둘러보며 다른 인기척이 없는 것을 확인한 뒤 조용히 희태를 불렀다.

"집사님, 저번에 해주셨던 이야기 있잖아요."

소월의 말이 끝나기가 무섭게, 눈을 휘둥그레 뜬 희태가 황급히 자리에서 일어났다. 그는 검지를 입술에 붙여 소월에게 말을 하지 말란 신호를 보냈다. 희태는 식당 바깥 복도까지 나가, 누가 있는지 없는지를 살폈다. 소월은 호들갑을 떠는 집사를 심드렁하게 바라볼 뿐이었다.

"누가 보면 저택에 첩자라도 숨어 있는 줄 알겠어요."

"낮말은 새가 듣고 밤말은 쥐가 듣는 법입니다"

희태의 둥근 얼굴이 땀으로 번들거렸다.

"진짜 저택 사람들을 의심하시는 거예요?"

"만약을 가정하는 것뿐입니다. 생각해 보십시오. 지금 가장 확실한 건 신혼여행을 갔을 때 두 분이 테러를 당했다는 겁니다. 신혼여행 장소, 일정, 별장지기에게 접근하는 방법 같은 것들을 알려면 적어도 내부에 공범자가 있어야 합니다. 도련님의 상태를 살피느라 저희가 많은 걸 놓쳤다는 생각을 지울 수가 없습니다."

희태는 달달 외운 대사를 거침없이 내뱉는 배우처럼 한껏 낮춘 목소리로 빠르게 말했다.

"집사님이 그렇게까지 이 사건에 집중하고 계신지 몰랐어요."

소월은 진심으로 놀라웠다. 그를 호인이라고 여기긴 했으나, 날카로운 통찰력을 가진 타입은 아니라고 생각했기 때문이었다. 오히려 희태는 꼼꼼한 일 처리와 달리 성정은 다소 어수룩한 구석이 있는 편이었다.

"저도 최근에야 뒤늦게 관심을 갖게 된 것뿐입니다."

희태의 이마에 다시 송골송골 땀이 맺혔다.

"달 선녀 이야기를 이어가려는 사람들이 있다는 것도 집사님의 추측이신가요?"

"네? 아, 그건······."

그는 당황한 기색을 숨길 줄 몰랐다. 소월이 한쪽 눈썹을 꿈틀거리며 의아해하자, 희태는 머뭇거리며 입을 열었다.

"그 말은 제가 좀 섣불리 한 것 같기도 합니다. 저는 그저 테러 사건의 범인들을 잡지 못한 상황이니 작은 마님이 더 주의 깊게 다니시는 게 좋겠다고 생각했던 겁니다. 달 선녀 이야기가 나왔던 건…… 지나가던 사람들이 하는 말을 듣고……."

희태가 말을 얼버무렸다. 소월은 애써 미소를 지으며 그가 말을 마저 끝내길 참을성 있게 기다렸다.

"어떤 사람들이 그러더군요. 도련님이 모지리가 되었던 거나, 두 분에게 안 좋은 일이 생겼던 모든 것들이 달 선녀의 저주가 끝나지 않았기 때문이 아니냐고요. 아니면 또 다른 새로운 달 선녀 이야기가 만들어지는 건 아니냐면서……. 허무맹랑한 소리인 거 압니다. 하지만 저는 그게 꽤 불길한 예언처럼 들렸거든요……."

그는 횡설수설하며 말끝을 흐렸다. 희태는 소월의 눈치를 살폈다. 그녀가 자신을 귀가 얇고 미신에 홀리기 쉬운 사람으로 보면 어쩌나 걱정이 들었다. 소월이 차분한 얼굴로 고개를 끄덕이며 그의 말에 동의하자, 희태는 그제야 땀을 닦아내며 숨을 돌렸다.

"제가 생각하기에도 저택 안팎으로 적이 있는 것 같아요. 누군가 달 선녀 이야기에 집착하고 있는 것도 맞는 것 같고요. 그래서 말인데요. 제가 궁금한 게 하나 있거든요."

"네, 뭐든 물어보십시오."

"강용덕이란 분에 대해서 알고 싶어요."

뭐든 물어보라고 씩씩하게 말한 지 몇 초도 되지 않아, 희태의 입술은 바짝 말랐다.

"그분은 왜?"

"저도 저번에 얼핏 들었거든요. 월산에 그분에게 원한을 가진 사람이 많다고 하던데요."

"어차피 천벌을 받고 돌아가신 분인데 누가 아직도 부질없는……."

희태는 차가워진 두 손을 맞잡았다. 아무리 오래전에 있었던 사건이라고 해도 참혹한 살인에 대해 이야기를 꺼내는 것은 섬뜩한 일이었다.

"저도 태어나기 전의 일이라 당시 상황에 대해선 잘 알지 못합니다. 제대로 된 대답을 해드릴 수 있을지 모르겠군요. 정말 아주 오래된 이야기라서……."

"뭐든 좋아요. 떠도는 소문이라도 괜찮아요."

소월이 몸을 꼿꼿하게 세우며 말했다. 곤혹스러운 표정을 짓던 희태는 끝내 소월에게 졌다는 듯 한숨을 푹 쉬며 말했다.

"어디까지 들으셨는지 모르겠습니다만, 그분이 원한을 살 만한 사람이라는 걸 알 정도시면 대충 다 들으신 걸 겁니다. 못된 짓을 일삼는 분이셨고, 결국 벌을 받으셨죠."

"살인자는 못 잡았다고 들었어요. 사건 자체를 축소했다고요."

"네, 그렇죠. 하지만 굳이 여론을 의식하지 않았더라도 사건은 금방 묻혔을 겁니다."

"왜죠?"

"경찰들은 미제 사건을 붙잡고 있길 좋아하지 않으니까요. 귀신이 곡할 정도로 증거가 전혀 나오지 않았다고 들었습니다."

희태는 무의식적으로 쓴 귀신이 곡한다는 비유에 스스로가 더 소름 끼쳐 했다. 그는 몸을 부르르 떨었다.

"시신을 발견한 사람은요?"

"한 명이 발견한 게 아닙니다. 여러 명의 사냥꾼 무리였죠. 안 그래도 총으로 살해를 당한 거라 처음에는 그 사람들이 용의 선상에 올랐다고 합니다. 하지만 조사 결과, 그들은 다른 지역에서 수렵 여행을 온 치들이었고 월산에는 연고가 전혀 없었죠. 게다가……."

희태는 목이 타서 물을 한 모금 마셨다. 그가 의도치 않게 중요한 부분에서 이야기를 끊은 바람에 소월은 목을 길게 빼고 다음을 재촉했다.

"흉기로 쓴 총은 피해자의 것이었는데, 살인에 쓰였을 것으로 추정되는 총알 한 발이 발견되지 않았습니다. 몇 날 며칠을 샅샅이 수색했는데도 불구하고 말이죠."

"범인이 총알을 가져갔단 얘긴가요, 아니면……."

"저도 더 이상은 잘 모릅니다. 제가 들은 건 목격자가 외지에서 온 사냥꾼 무리였다는 것과 총알이 발견되지 않았다는 것 정도입니다."

희태는 말을 마치고 남아 있는 물을 마저 다 마셨다. 소월은 그에게서 더 이상의 정보를 얻어내긴 힘들 거란 걸 알았다.

"그런데 그분에 대해서 왜 궁금해하시는 겁니까?"

"단순한 이유예요. 그분에게 원한을 가진 사람들이 아직 남아 있고, 복수를 하고 싶어 한다면 그 자손들을 노릴 거라고 생각했거든요. 그래서 또 궁금한 게 있어요. 명인 아저씨도 혹시 저와 무영이처럼 테러를 당한 적이 있나요?"

소월의 질문에 희태는 눈알을 굴리며 생각에 잠겼다.

"아뇨. 제가 기억하기로는 없습니다. 하지만 작은 마님의 생각도 일리가 있는 것 같습니다. 가끔 복수의 방향은 엉뚱한 곳을 향하기도 하니까요. 차 사장님도 마냥 미담만 있는 분이 아니시고요."

희태가 쓸쓸하게 말했다. 그는 며칠 전까지만 해도 월산 사람들이 온천타운을 자랑스러워한다고 믿고 있었고, 설령 뒤에서 차 사장을 욕하더라도 사실은 좋은 이웃일 거라고 생각했다.

'당장 밖에 나가면 누굴 어떻게 믿어야 하는 건지…….'

그는 인간관계에 비릿한 회의를 느꼈다. 그래도 설마 월산 땅 덩어리에 이 집안의 적만 있을까? 희태는 학급에서 세력 싸움에 밀린 아이가 자신의 편을 손꼽아보는 것과 마찬가지로, 월산에서 믿을 만한 사람이 누가 있는지를 떠올렸다.

'김 교장은 예전에 차 사장님에게 면박을 받은 일이 있어서 속에 쌓인 게 있을 테니 믿을 수가 없고. 수렵협회장? 음…… 그 인간은 천성이 음흉해. 오 사장네도 할머니가 강용덕한테…… 그랬고…… 음…… 아, 그래. 그 녀석이 있었지!'

순간 희태의 얼굴이 밝게 빛났다. 그는 소월을 희망에 찬 표정으로 바라봤다. 소월은 식어 빠진 팬케이크를 기계적으로 씹고 있는 중이었다. 그녀의 머릿속은 부지런한 거미의 집처럼 복잡하게 얽혀 있다.

'강용덕에서 어떻게 실마리를 찾아내야 할까? 차무영은 아직도 답장이 없네.'

소월은 식탁 위에 올려둔 핸드폰을 노려보았다. 한 가지에만 온 정신을 집중해도 모자랄 판에 무영이 그녀를 너무 힘들게 했다.

'내가 너무 구질구질했나? 날 비웃고 있는 거 아냐?'

그녀가 마침내 참지 못하고 핸드폰을 집어 들 때였다.

"……마님! 소월 아가씨!"

몇 번을 불러도 반응이 없자, 희태가 소월의 이름을 크게 소리쳐 불렀다. 소월이 깜짝 놀라 동그래진 눈을 바보처럼 깜빡거렸다. 희태는 그녀를 보며 의기양양하게 말했다.

"저보다 훨씬 도움이 될 만한, 믿을 수 있는 사람이 있습니다!"

"네? 그게 누군데요?"

"제 처남입니다."

박 순경은 시계를 힐끗 쳐다보았다. 정오가 되기까지 십 분 정도가 남아 있었다. 그 사람이 오려면 십 분밖에 남지 않았다는 뜻이었다. 그 사람은 항상 점심시간쯤에 와서 얌체 같은 얼굴로 넉살을 떨며 물

좀 얻어 마시겠다고 했다. 그러면 박 순경의 선배들은 한 목소리로 앉아서 쉬었다 가라고 말했다. 그 사람은 호의를 거절하는 법을 몰랐고, 소매치기나 술주정꾼들이 조서를 쓰던 자리에 앉아 물을 마셨다. 가랑비에 옷 젖는 줄 모른다고 그 사람은 언제부턴가 주전부리를 하나씩 꺼내기 시작하더니, 이젠 아예 도시락을 싸와서 점심을 해결하곤 했다. 시골 경찰서의 인심은 그 행태마저 묵인해 줄 정도로 따뜻했다. 한때 그녀는 그것을 해이하다고 여기긴 했지만.

"막내는 오늘도 도시락이냐?"

"네, 선배님. 어차피 한 명은 남아서 자릴 지켜야 하지 않습니까."

"누가 네 시꺼먼 속을 모를 줄 알고? 요 발랑 까진 거 요고."

허 경장이 주먹으로 꿀밤을 먹이려고 하였지만, 박 순경은 타이밍 좋게 피하며 '식사 맛있게 하십시오'를 외쳤다. 육 개월 전만 해도 보송보송한 병아리 같던 신입이 그새 요령을 터득하고 영혼 없는 목소리로 선배를 내보내려고 하자, 허 경장은 속이 헛헛했다. 오늘 점심은 든든한 국밥을 먹는 게 좋을 것 같았다. 선배 무리가 나가자마자, 박 순경은 자리에서 일어나 정수기 위에 걸린 거울 앞에 서서 옷매무새를 정리했다. 운수가 좋은 날인지 민원이나 사건도 없었고, 유치장도 텅 비어 있었다.

'오늘은 제대로 된 얘기를 할 수 있을지도 몰라!'

주근깨가 있는 박 순경의 광대가 봉긋 솟았다. 수사과의 문이 열리는 소리가 났다. 박 순경은 거울을 보고 있던 모습을 들킬세라 헐레벌떡 제자리에 돌아가 앉아 숨을 골랐다.

"안녕하세요, 박 순경님."

기대했던 것과 영 딴판인 여자 목소리가 박 순경의 두근거리던 심장에 찬물을 뿌렸다.

"아, 저번에 그 '검은 괴한 사건'으로 조사받으셨던 피해자분!"

"기억하시네요."

소월이 입꼬리를 의식적으로 올려 미소를 만들었다.

"그럼요. 당연히 기억하죠."

박 순경이 작위적으로 웃었다. 어떻게 잊을 수 있겠는가. 사건 자체가 워낙 괴기스러웠다. 정소월과 차무영을 호숫가에서 발견한 민박집 주인은 처음엔 그들이 익사한 시체들인 줄 알았다. 어두운 밤이기도 했고, 두 사람의 몸이 얼음장처럼 차가웠기 때문이었다. 민박집 주인이 시체가 두 구나 떠내려 왔다고 신고를 한 바람에, 당시 경찰서는 꽤나 시끌시끌했었다.

"젠장, 물귀신은 잘못 붙으면 진짜 고약한데."

절기마다 부적을 바꿀 정도로 미신을 믿는 허 경장이 심각하게 중얼거렸다. 그걸 들은 다른 형사들의 안색도 파리해졌었다. 그러나 곧 민박집 주인이 다시 전화를 걸어, 확인해 보니 둘 다 살아 있어서 바로 앰뷸런스를 불렀다고 말해주었으므로 모두 안도의 한숨을 쉬었다. 자살 미수인지 단순 실족 사고인지 일단은 조사를 해야 할 일이었지만, 그래도 죽은 사람이 없어서 다행이라며 서의 분위기는 진정되는가 싶었다. 물에 빠진 두 사람이 온천타운의 후계자 부부만 아니었다면 그랬을 것이다.

지역 최고 유지 집안의 사람들이 테러를 당했기 때문에 높은 분들의 관심이 높았다. 서장과 차영선의 회동은 공공연한 비밀이었다. 깨어난 정소월의 증언에 따라 사건은 '검은 괴한 사건'으로 명명되었고, 서장으로부터 이 사건을 최우선 순위로 조사하라는 긴급 명령이 떨어졌다. 폭행 및 감금을 당했던 별장지기와 정소월의 증언을 토대로 유력 용의자인 최창규가 검거되었다. 그는 별장지기를 공격한 것, 별장지기로 위장하여 정소월과 차무영을 숲으로 유인한 것까지는 순순히 인정하였다. 그러나 최창규는 검은 괴한들에 대해서는 아는 바가 전혀 없다며, 자신은 그저 일개 도둑일 뿐이라고 주장하였다. 정소월은 최창규가 복면을 쓴 괴한 중의 하나라고 극구 주장하였으나, 물증이 나오질 않았다. 게다가 형사들 사이에는 은근히 도는 이야기가 있었다.

"검은 괴한들이 정말 있긴 한 걸까? 너무 영화 같지 않아? 피해자 말곤 목격자도 따로 없다며. 그 여자도 살짝 맛이 간 거 아냐?"

"하긴 그 집안은 워낙 미치광이들이 많아서……."

소월이 타지에서 시집을 온 생판 남의 집안사람이라는 건 중요치 않았다. 형사들은 달 선녀 이야기를 들먹이며 저주받은 광증이 또 다른 희생양을 찾은 거라고 입을 놀렸다. 그들의 주장에 묘한 확신을 실어 준 건 차영선의 태도 변화였다. 차무영이 깨어났다는 소식이 전해진 직후였다. 형사들이 마침내 두 번째 피해자의 증언을 들을 수 있겠다며 기뻐하고 있었을 때, 경찰서장은 수사를 대충 끝내라고 은밀히 지시를 내렸다. 그것이 서장이 아닌 차영선의 의지라는 것은 바보가 아닌 이상에야 다 눈치챌 수 있었다. 경찰서장은 차영선의 끄나풀이었으니 말이다.

"최창규는 별장지기 폭행하고 감금한 거랑 그 여자 핸드폰 훔친 걸로 집어넣고 케이스 종결시켜. 기자들한테도 간 큰 좀도둑 한 명 잡았단 식으로 보도 자료 써서 보내고."

서장과 면담을 하고 온 수사과장의 말이었다. 대부분이 월산 출신인 형사들은 차영선과 척을 지고 싶어 하질 않았으므로 별다른 이의를 제기하지 않았다. 다만, 형사들이 우스워하고 의아해했던 것은 차영선이 수사를 종결시키라고 했으면서 동시에 여전히 수사가 진행 중인 것처럼 보이길 바랐다는 점이었다.

"그 저택 집사랑 피해자 아가씨가 오면, 눈치껏 수사가 난항을 겪고 있단 식으로 대응하래. 윗선이 그러라는데 어째. 어차피 더 증거도 안 나오는 거."

과장은 담배를 빼물며 까라면 까는 게 우리 할 일이라고 자조적으로 투덜거렸었다. 이렇듯 수사과 내부에서는 한바탕 떠들썩했던 일이었으므로 막내인 박 순경조차 정소월의 얼굴을 똑똑히 기억하고 있었다.

"오늘은 무슨 일로 오셨나요? 최창규 건은 아직 다른 단서가 나온 게 없는데……."

박 순경이 어설프게 말끝을 흐렸다.

"사람을 한 명 찾으려고 왔어요. 여기 오면 찾을 수 있을 거라고 해서요."

"실종 신고 하시려고요?"

"아뇨. 실종 신고가 아니라, 누굴 만나러 왔는데요."

"저희 형사 중에 말씀하시는 겁니까?"

소월은 고개를 저었다.

"아뇨. 제가 찾는 사람은……."

"허 경장님, 어머님이 또 부적 보내셨나 본데요!"

씩씩하게 문을 열고 들어오는 이우진에게로 두 여자의 시선이 향했다. 몇 개의 봉투를 올림픽 봉화처럼 높이 쳐들고 있던 우진은 서먹한 기류를 느끼곤 슬그머니 팔을 내렸다.

"안녕하세요, 박 순경님. 다른 분들은 다 식사하러 가셨어요?"

"네."

봄날 같은 속마음과 반대인 겨울 같은 대답이었다. 박미래 순경은 속상한 얼굴을 보이기 싫어 우진에게서 고개를 돌렸다. 그녀의 싸늘한 태도에도 우진은 익숙한 듯 어깨를 가볍게 으쓱할 뿐이었다. 월산 경찰서 수사과는 그가 우편물을 가장 많이 배달하는 곳이자, 쉼터였다. 왔다 갔다 하면서 알음알음 얼굴을 익히다 보니 정 많은 형사들과 친분을 쌓게 된 덕분이었다. 누가 어디에 앉아 있는지 정도는 우진에 겐 손바닥 보듯 훤한 일이었다. 그는 거침없이 움직이며 우편물을 주 인의 자리에 내려놓았다.

"지금 다른 형사님들은 식사하러 가셔서 없는데요. 찾으시는 분 성 함을 말씀해 주시면 제가 전해 드릴게요."

미래가 우진의 모습을 곁눈질하며 소월에게 말했다.

"아뇨. 괜찮아요. 그 사람 찾은 것 같아요."

소월도 우진을 빤히 바라보며 대답했다. 집배원인 이우진의 동선을 어떻게 파악해야 할지 몰라, 소월은 무작정 우체국을 찾아갔었다. 우 체국 직원은 우진이 점심때마다 일부러 경찰서에 가서 신선놀음을 한 다고 구시렁댔다. 경찰서에서 노닥거리는 집배원이 어디 있겠냐며 소 월은 반신반의하면서도 이곳에 찾아온 것이었다.

"이우진 씨?"

"네? 저요?"

허 경장이 밥을 먹고 가라고 만들어준 자리에 앉아 도시락을 열고 있던 우진은 갑작스러운 지명에 깜짝 놀랐다.

"절 아세요?"

"경희태 씨 아시죠?"

"경…… 희태요?"

우진은 낯익으면서도 생경한 느낌이 드는 이름에 입을 벌리고 명청 한 표정을 지었다.

"아! 우리 매형 이름인데!"

우진이 발랄하게 말했다. 끈기 있게 기다리고 있던 소월이 얼른 고 개를 끄덕였다.

"매형분 소개를 받고 왔어요. 정소월이라고 합니다."

"소개요? 무슨 소개요?"

"여기선 말씀드리기가 좀 곤란한데요."

소월은 자신을 미심쩍게 노려보고 있는 미래의 시선을 애써 외면하며 불안하게 미소 지었다.

"지금 많이 바쁘시면 연락처 좀 주시겠어요? 집사님한테 모르는 분의 전화번호를 달라고 하기는 좀 그래서요. 직접 뵙고 대화를 하고 싶기도 하고."

"대화요? 저랑요? 근데 혹시 그 저택 도련님의 와이프분 아니세요?"

"맞아요."

"어쩐지! 이름을 어디서 들어봤다 싶었어요. 매형이 하는 얘길 가끔 듣거든요."

"집에서 제 욕이라도 하나 봐요?"

소월이 찔려 하며 살짝 미간을 좁혔다.

"욕은 아니고, 신기하다고 그러죠. 아가씨는 정상인 데다 똑똑한 것 같은데 모지리 도련님이랑 놀아주는 거 보면 비슷하다고…… 아, 이게 욕이구나."

콧잔등을 긁으며 머쓱해하는 모습이 퍽 싱그러웠다. 희태에게 듣기론 우진은 소월과 동갑인 스물다섯 살이었는데, 키와 몸집이 작은 편이라 그런지 무영보다도 어려 보였다. 그는 신장이 170센티미터인 미래보다 아주 근소한 차이로 더 컸다. 미래는 우진보다 한 살 더 어렸지만 키도 크고 제복을 입은 탓인지 그보다 연상처럼 보였다. 그 점을 미래는 항상 뼈아파 했다.

"여하튼 지금 바쁘시면 나중에……."

"괜찮아요. 어차피 한 시간 정도는 점심 먹으면서 쉬려고 했어요. 월산은 집배원들이 꿀 빨기 좋은 동네거든요. 우편 물량에 비해 집배원들 수가 많은 편이라서요."

우진이 펼쳐 놓은 도시락 통의 뚜껑을 닫으며 말했다. 그의 도시락 반찬은 매형인 희태가 만들어놓은 불고기를 누나가 전자레인지에 돌려서 보온 통에 넣어준 것이었다. 그는 도시락을 가방에 집어넣으려다가, 이렇게 맛좋은 음식을 먹지도 않고 들고 다니는 것보단 다른 배고픈 이에게 주는 것이 더 바람직할 것 같단 생각이 들었다.

"나가서 점심 먹으면서 얘기할 거죠?"

"그러죠. 어차피 이우진 씨도 식사를 해야 하니까요."

"그럼 이건 우리 박 순경님이 드시는 게 낫겠네요."

우진이 불고기가 든 통을 미래의 손에 쥐여주었다. 얼결에 통을 잡게 된 미래는 한 템포 늦게 그녀와 우진의 손이 닿았다는 걸 깨달았다. 홍당무가 되어서는 고맙다고 몇 번이나 말하는 미래를 보며 소월은 괜한 심술이 났다. 차무영은 아직까지도 그녀에게 답장이 없었다.

"둘이 사귀나 봐요?"

수사과를 나오며 소월은 평소라면 하지 않았을 오지랖을 부려봤다.

"저랑 박 순경님이요?"

우진이 격하게 손사래를 쳤다.

"말도 안 돼요."

그러나 그의 뺨은 유월의 장미처럼 붉어졌다. 우진이 후끈 달아오른 뺨의 열을 식히기 위해 두 손으로 부채질을 했다. 소월은 그 모습을 한껏 짜증을 담아 쳐다봤다. 차무영은 아직까지도 답장이 없었다.

"가까운 데로 가는 게 좋겠죠? 도시락 통도 받아야 되고, 오토바이도 경찰서 주차장에 세워놨고요."

그가 무슨 말을 하던 소월에겐 그저 '박 순경님을 한 번 더 보기 위해서라도 이곳에 돌아와야겠어요'라고 들렸다.

"죄송하네요. 제가 괜히 귀중한 점심시간을 뺏은 것 같아서."

"괜찮아요. 내일도 점심은 있으니까요! 뭐 드실래요?"

소월의 비아냥거림은 우진의 쾌활함 앞에서 무기력해졌다.

"형사님들이 없을 만한 곳이면 아무 데나 좋아요."

"경찰들 몰래 비밀 수사해야 하니까요?"

소월의 걸음이 뚝 멈추었다.

"어떻게 알았어요?"

"매형이 아까 전화했거든요. 오늘 저택의 작은 마님이 찾아갈 수도 있다면서요."

"그러면서 아까는 왜 모른 척하고 있었어요?"

"박 순경님 앞에서 아는 척을 하면 거기서 말이 더 길어질 것 같아서요. 저보다 먼저 경찰서에 와 있을 줄도 몰랐고요."

두 사람은 다시 걷기 시작했다. 우진은 소월을 데리고 근처에 있는 파스타 가게에 들어갔다. 확실히 형사들이 무리 지어 식사를 하러 올 만한 곳은 아니었다.

"집사님이 우진 씨가 나한테 많은 도움이 될 거라고 하더군요."

주문을 하고 종업원에게 메뉴판을 돌려주자마자, 소월이 직설적으로 말했다.

"타지 사람이고 집사님의 가족이니까 저택 쪽과 트러블이 있는 것도 아니고, 직업 특성상 월산에 떠도는 이야기들을 많이 알고 있을 거라면서요."

"그렇다고 치고, 근데 그게 도움이 돼요? 아니, 질문을 바꿀게요. 나의 그런 점이 소월 씨한테 어떻게 도움이 될 수 있는데요?"

우진은 종업원이 갖고 온 컵을 만지작거리며 물었다. 소월은 우진을 얼마나 믿어야 하는지 알 수 없었다. 그러나 희태가 그를 추천해 주었다. 소월이 믿는 것은 우진이 아니라 희태였다. 그녀는 심호흡을 한 번 했다.

"뒷조사를 좀 해줬으면 해요."

"누구의 뒷조사요?"

"우리 시댁 사람들이요."

의외의 대답에 우진은 호기심이 동했다. 그는 소월이 최창규의 뒷조사를 해달라고 부탁하리라 예상했던 것이다.

"최창규가 아니고요?"

"그 일도 알고 있어요?"

"모르는 사람이 더 적을걸요."

우진이 무덤덤하게 말했다. 종업원이 음식을 갖고 왔으므로 대화는 잠시 멈추었다. 우진이 시킨 리조또에서 모락모락 김이 났다.

"그건 그거고, 난 그냥 집배원이에요. 형사가 아니라고요."

"대신 형사들이랑 많이 친한 것 같던데요? 그리고 노인분들의 말벗도 잘해주고 있다고 들었어요. 제가 알고 싶은 건 그 노인분들의 옛 기억들이거든요."

"무슨 옛날이야기가 듣고 싶어서 그러는 건데요?"

우진이 숟가락으로 뜬 리조또에 입김을 불며 물었다.

"강용덕 사건이요. 아니, 그 사건 외에 강용덕이란 사람에 대한 건 뭐든 좋아요."

"강용덕, 강용덕……. 아, 그 온천타운 지배인님 아버지 말하는 거죠? 총에 맞아 죽었다는?"

소월이 봉골레 파스타의 면발을 포크로 돌돌 말며 고개를 끄덕였다.

"형사가 아니더라도 그 정도라면 어렵지 않겠네요. 할머니들한테 슬쩍 물어보면 아주 신이 나서 떠드실 만한 이야기예요. 욕설이 대부분이겠지만."

"도와주겠다는 거죠?"

우진은 입안에 가득 찬 음식을 씹느라 제때 대답을 하지 못했다. 그는 화색이 도는 소월의 얼굴을 보며 다급하게 고개를 저었다. 그는 미처 다 씹지 못한 음식들을 그냥 꿀꺽 삼켰다.

"조건이 있어요."

목구멍이 아픈지 우진이 인상을 썼다. 그 바람에, 조건이 있다는 그의 말은 제법 악랄하게 들렸다.

"우리 매형이 나에 대해 잘못 짚은 게 하나 있어요. 다른 사람한텐 한 번도 말하지 않았으니까 당연히 몰랐던 거죠."

누나보다 매형인 희태를 더 따르는 우진이었지만, 차마 그 일까지 털어놓을 순 없었다. 희태가 미친놈 취급을 할 것 같았기 때문이었다.

"사실 나도 그 저택의 사람들 중 한 명과 해결하지 못한 트러블이 있거든요."

우진의 말에 소월은 아차 싶었다. 어쩌면 그녀는 고양이에게 생선을 맡기려는 건지도 몰랐다. 우진은 어두워지는 소월의 낯빛을 모른 체하며 말을 이었다.

"차무영을 만나게 해줘요. 오 년 전에 진 빚을 갚아야겠어요."

우진의 말이 끝나기 무섭게, 소월의 크로스백에서 진동이 느껴졌다. 소월은 핸드폰을 확인하지 않아도 누가 메시지를 보냈는지 알 것 같았다. 호랑이도 제 말 하면 온다더니, 차무영이었다. 메시지의 내용은 간단했다.

〈왜요?〉

소월은 단전에서부터 뜨거운 뭔가가 울컥 치밀어 오르는 불쾌한 기분을 맛보았다.

"오 년 전에 진 빚, 지금 당장 갚는 게 어때요?"

"네? 지금요?"

당황해하는 우진을 보며 소월이 가면처럼 웃었다.

오 년 전, 정소월은 십오 년 만에 모국으로 돌아와 재외국민 특별전형으로 합격한 명문대의 새내기 노릇을 하고 있었다. 그녀는 스무 살이었고, 소주를 처음 마시게 되었으며, 자신이 술에 취하면 어떤 추태를 부리는지 동기들의 생생한 증언을 들으며 곤욕스러운 하루하루를 살고 있었다.

　오 년 전, 같은 스무 살의 이우진은 술독에 빠졌다는 점은 소월과 비슷하지만, 그 양상은 전혀 다른 일상을 보내고 있었다. 그는 수능 백 일 전이 되어서야 각 잡고 공부를 하기 시작하였고, 당연히 차마 눈뜨고 볼 수 없는 성적표를 받았다. 고등학교 삼 년 중에 백 일을 빼곤 허구한 날 오토바이를 타고 양아치 짓을 일삼았으니, 그것은 자연의 순리였다. 우진이 경찰서를 편안해하고 형사들과 허물없이 지내는 것은 학창 시절에 이미 경찰서를 제집처럼 드나든 경험이 있기 때문이었다.

　애초부터 우진의 노란 싹을 알아본 그의 아버지는 늦둥이 아들이 울며 부탁하였음에도 불구하고 재수를 허락하지 않았다. 우진은 반항을 한답시고 오토바이를 갖고 그대로 튀어, 월산으로 시집간 큰누나네 집에 쳐들어왔다. 희태는 막둥이 처남을 기꺼이 받아주었고, 기분이 풀릴 때까지 있다 가라고 했다. 대신 오토바이 키는 압수를 당했다. 우진은 터벅터벅 걸으며 숲을 헤매곤 했다.

　오 년 전의 어느 봄날, 온천타운의 총지배인인 강명인의 나이 앞자리 숫자가 6이 되었다. 월산 차씨 일가의 가장 어른이 환갑을 맞게 되는 것이다. 그러나 잔치를 벌이기엔 저택의 분위기가 그야말로 폐가처럼 흉흉했다. 정서와 인지능력 발달에 좋다는 수영, 그림, 바둑 등을 배워도 무영의 병세가 칠 년째 차도가 없었기 때문이다. 하지만 영선은 아버지처럼 따르는 명인의 환갑을 그냥 보낼 수가 없었다. 안 그래도 명인은 혜윤이 죽고 무영이 모지리가 된 후론 아예 온천타운에 살며 저택에 발을 들이지 않아, 영선의 가슴을 아프게 하고 있었다. 그녀는 명인의 외로움을 달래주기 위해 저택에서 근사하게 생일 파티를 열어주겠다고 며칠 전부터 벼르고 있던 참이었다.

그리고 오 년 전 그날 저녁, 차무영은 저택에서 감쪽같이 사라졌다. 최악인 것은 그가 언제부터 보이지 않았는지 아무도 알지 못했다는 점이었다. 모두 잔치를 준비하느라 바빴던 탓이었다. 무영이 사라졌다는 연락을 받자마자 명인은 마치 자신 때문에 그런 일이 벌어진 양 괴로워했고, 잔치는 전면 취소되었다. 사람들은 차무영의 이름을 부르며 노을이 지는 월산 곳곳을 찾아다녔다.

차무영이 사라졌다는 걸 사람들이 알아차리기 두 시간 전, 우진은 숲에서 혼자 소주 병나발을 불고 있었다. 집에 있으면 큰누나가 십오 분 간격으로 우체국 집배원을 해볼 생각이 없냐며 잔소리를 해댔다.

"딴 건 지금부터 차근차근 배우면 되고, 가장 기본으로 깔고 가는 게 오토바이 타는 거래. 너한테 오토바이 빼면 뭐가 남냐? 적성 찾으라니까?"

어찌나 고사를 지내던지, 두 살배기 조카가 우진을 삼촌이 아니라 '오토바이'라고 부를 정도였다. 어쩔 땐 그게 '오또라이'로 들려서 우진의 자괴감에 더욱 불을 지폈다. 우진은 처량해진 신세를 한탄하며 빈속에 술을 들이부었다. 스무 살짜리의 신선한 간이라도 안주 없는 강소주는 힘겨운 모양인지 그는 평소보다 빨리, 심하게 취해 버렸다. 우진은 엄마가 보고 싶고, 아빠랑 누나는 미워서 훌쩍거리며 눈물을 흘렸다. 그때였다, 숲의 요정이 나타난 것은.

우진은 거하게 올라온 술기운으로 인해 눈앞이 뿌옇게 변했음에도 불구하고, 요정이 눈부시게 아름답다는 걸 알 수 있었다. 요정은 우진의 전 여자친구가 일명 '거지존'이라고 부르며 신경질을 내던 중단발의 헤어스타일을 하고 있었다. 전 여자친구하곤 달리 요정의 중단발은

'천사존'이었다. 단아하면서도 청순했다.

"왜 울어……. 울지 마라……. 착하지? 우리 달님, 착하지……."

요정은 특대 사이즈의 섬섬옥수로 우진의 머리를 쓰다듬어 주었다.

'큰 나무의 요정인가 봐. 키도 크고, 손도 크네.'

술에 취한 우진은 이성적인 판단을 할 수 없었다. 그의 코에서 맑은 콧물이 주룩 흘렀다. 우진은 요정 앞에서 코찔찔이가 되다니 창피해 죽을 것 같았다. 그러나 요정이란 가히 인간계의 더러움을 초월한 존재였다.

"지지."

요정은 무려 맨손으로 우진의 콧물을 닦아주었다.

'유치원생 때 이후론 엄마도 해준 적이 없었는데! 모성애를 뛰어넘다니, 이건 궁극의 사랑이다! 사랑의 완성형이야!'

요정이 무척 찝찝한 얼굴로 손에 묻은 콧물을 우진의 남방에 닦은 것 따위는 그에게 중요치 않았다.

"숨바꼭질 좋아해?"

요정이 아이처럼 개구지게 웃으며 물었다. 악마에게 영혼을 팔지 않고서야 그 얼굴에 싫다고 말할 수 있는 사람은 없을 것이다. 우진이 거세게 고개를 끄덕이자, 술에 찌든 뇌가 녹아서 액체가 된 것처럼 머리가 빙빙 돌았다.

"내가 먼저 술래 할게! 잘 숨어야 해, 알았지?"

그러고 나서 요정은 우진으로부터 열 걸음 떨어진 곳에 있는 나무에 붙어 숫자를 세기 시작했다. 요정치곤 다소 걸걸한 목소리가 하나, 두울, 세엣을 외치자 우진은 요정을 실망시키지 않기 위해 흐느적거리는 몸을 추스르며 일어섰다. 우진은 열심히 달렸다. 땅바닥이 우진의 코끝을 스칠 만큼 파도처럼 치솟았다. 그는 자신이 요정의 세계에 입성한 게 아닐까 생각했다. 우진이 쓰러질 듯 휘청거리며 제자리를 빙글빙글 돌다가 앞으로 한 바퀴를 굴렀다. 얕게 경사가 진 곳이어서 우진은 요정으로부터 멀리 굴러갈 수 있었다. 의도치 않게 제대로 숨바꼭질을 하게 된 셈이었다.

"찾는다아아아!"

들뜬 목소리가 바람결에 실려왔다. 우진은 수풀에 널브러진 채로 흐뭇하게 웃고 있었다. 언제쯤 자신을 찾을까 가슴이 두근 반 세근 반 콩닥콩닥 뛰었다.

"찾았다!"

엎어져 있던 우진의 등짝에 와락 덤벼드는 따뜻한 체온이 느껴졌다. 우진은 태평양처럼 넓은 요정의 품에 안겨 있었다. 그는 몸을 돌렸다. 요정의 아름다운 얼굴이 바로 코앞에 있었다.

"요정님, 숲의 요정님."

"난 차무영인······."

우진은 요정의 마지막 말의 의미가 무엇일지 잠시 생각했다.

'차무영인이 뭘까? 요정의 별칭인 걸까?'

그것은 아주 찰나의 생각이었다. 우진은 곧 머릿속이 하얘졌다. 요정의 입술이 너무나 부드러웠기 때문에······.

"거짓말."

무영이 단호하게 말하며 우진의 말을 끊었다. 그 바람에 우진은 아릿한 입맞춤의 추억에서 빠져나와 오 년 후의 현실로 돌아올 수 있었다.

"거짓말하지 말아요."

무영이 다시 한 번 강조해서 말했다.

"사람 불러놓고 이게 뭐 하는 거예요? 나는 누나가 이 남자랑 왜 같이 왔는지를 물었던 건데요."

무영의 표정이 살기등등했다. 그는 옆에 앉은 소월을 뚫어져라 쳐다보고 있었다. 맞은편에 앉은 우진은 꼴도 보기 싫다는 태도였다. 한 편, 소월 역시 무영 못지않은 험악한 얼굴로 테이블 위에 놓인 찻잔을 노려보고 있었다. 그녀는 무영과 우진 중에 누구를 쏘아보아야 할지 갈피를 잡지 못하고 있었다. 그녀는 마침내 결정한 듯 고개를 돌려 무영을 봤다. 무영은 소월에게 눈을 떼지 않고 있었으므로 두 사람의 시선이 허공에서 마찰되어 불꽃을 튀겼다.

"너한테 오 년 전에 빚을 졌다고 하길래 데려왔지. 그 빚이 키스일 줄은 꿈에도 몰랐지만."

"키스라뇨. 말도 안 되는 소리 하지 마요."

무영이 학을 떼며 말했다.

"난 기억도 안 나는데 무슨 소리예요. 이 남자도 처음 보거든요?"

"넌 나도 기억 못 하잖아! 그렇다고 내가 너랑 있던 게 가짜가 되니? 없어져? 네가 기억을 못 하는 게 잘못이잖아!"

"누나는 좀 다른 경우죠. 지금은 누나랑 십이 년 전 하룻밤 빼고 다른 건 다 기억한다니까요? 모지리였을 때 다 기억한다고요."

"그래, 나 빼고 다 기억나서 참 좋겠다."

소월의 말에 무영은 할 말을 잃었다. 그는 시무룩해져서는 소월의 눈치를 봤다. 주인에게 혼나서 귀가 처진 강아지 같았다.

"근데 오 년 전의 키스를 무슨 수로 갚겠다는 거예요?"

소월이 우진에게 따지듯 물었다. 무영은 그 옆에서 정말 키스한 적 없다고 낮게 중얼거렸다.

"에…… 그게……."

우진이 얼간이 같은 표정을 지으며 쉽사리 입을 떼지 못했다. 사실 빚을 갚겠다는 건 일종의 비유였다. 굳이 따지자면, 오랜만에 만난 친구와 회포를 풀겠다는 뜻이었다. 우진은 상황이 이토록 부정적으로 흘러갈 줄은 꿈에도 몰랐다.

"저는 차무영 씨가 기억하고 있을 줄 알았거든요."

그것도 아주 황당하지만 귀엽고 재밌는 추억쯤으로 여기고 있을 줄 알았다. 우진이 그랬던 것처럼 말이다.

"진짜로 내가 맞아요? 다른 사람이랑 착각하는 거 아니고?"

"맞아요. 그 후에 일도 또렷하게 기억하고 있거든요."

우진은 이야기의 나머지 부분을 시작했다.

짧지만 강렬한 입맞춤 뒤에 우진은 기절하듯 잠들었다. 완연한 봄날씨였지만 숲의 바람은 제법 선선했다. 그러나 우진은 잠결에도 자신을 감싸주는 체온을 느낄 수 있었다. 그 온도에 우진은 위로를 받았다. 그가 잠에서 깬 건 얼굴을 때리는 빗방울 때문이었다. 숲에는 어둠이 깔려 있었고 울창한 나뭇가지 사이로 비가 쏟아졌다. 우진은 으슬으슬 떨리는 몸으로 주변을 더듬거렸다. 요정은 없었다.

'꿈이었나?'

우진이 멍하니 서서 비를 맞고 있을 때였다.

"도련님, 도련님! 차무영 도련님!"

여러 사람들의 고함 소리가 여기저기서 들려왔다. 랜턴의 불빛이 숲을 휘저었고, 술과 잠이 덜 깬 우진은 겁에 질려 수풀 속으로 몸을 숨겼다.

"도련님! 여기서 뭘 하고 계시는 거예요?"

익숙한 목소리에 우진이 고개를 내밀었다. 매형인 희태였다. 우비를 입은 희태가 키가 훌쩍 큰 소년의 몸을 랜턴으로 비추고 그의 옷에 묻은 진흙을 털어주고 있었다. 온몸이 흙투성이인 소년의 손에는 어디서 주워 왔는지 납작하게 접은 종이 박스가 들려 있었다.

"이거, 이거 줘. 이거 줘야……."

소년은 우진이 누워 있던 곳을 가리키며 말을 더듬거렸다.

"어머님께서 얼마나 걱정하고 계신지 아세요?"

"엄마?"

소년이 갑자기 비명을 질렀다. 그는 주저앉아서 머리를 감싸곤 부들부들 떨기 시작했다. 희태는 소년을 끌어안고 등을 토닥거렸다. 소리를 듣고 몰려온 사람들이 두 사람을 비추자, 우진은 소년의 얼굴을 볼 수 있었다.

"내가 숲의 요정이라고 생각했던 사람의 얼굴이었고, 우리 매형은 그 사람을 차무영이라고 불렀어요."

회상에 젖은 우진의 얼굴이 아련했다.

"그것도 기억 안 나요?"

무영은 말이 없었다. 참담한 표정이 그가 모든 걸 기억해 냈음을 알려주었다.

"꿈인 줄 알았어요. 그때 다른 사람이 더 있다고, 비를 맞으면서 자고 있을 테니까 데리고 오자고 했는데 희태 아저씨는 아무도 없다고 했었거든요. 그래서 진짜 꿈이라고 생각했는데……."

그는 죄를 지은 사람처럼 풀이 죽었다.

"미안해요. 기억 안 난다고 없었던 일이라고 한 거."

"괜찮아요. 그럴 수도 있죠."

우진이 관대하게 말했다. 두 남자의 눈이 마주쳤다. 그 눈빛에는 애틋한 우정이 일렁거렸다. 열일곱 살의 차무영은 외로움의 정점에 이른 상태였다. 정신은 열 살이었지만 육체는 계속 자라 2차 성징이 두드러졌으므로, 어렸을 땐 잘 놀아주던 메이드들도 어느 샌가 그에게 거리를 두었다. 무영이 부담스러운 행동을 했다기보단, 영선에게 오해를 사고 싶지 않기 때문이었다. 그런 무영에게 우진은 오랜만에 함께 재밌는 시간을 보낸 좋은 친구였다. 잘 자란 인사로 뽀뽀도 할 만큼 다정한 친구였다. 그런데 그 친구가 사실은 꿈이었다니, 무영은 너무나 실망스럽고 가슴이 아픈 나머지 그를 기억하지 않으려고 애썼다.

노력한 대로 기억은 점점 퇴색되었고, 무영은 우진을 완전히 잊고 있었던 것이다.

"그때 정말 재밌었어요. 같이 놀 친구가 필요했었거든요."

"저도 좋았어요. 한창 우울했던 때였는데 즐거운 시간이었어요."

두 남자가 서로를 향한 진심을 수줍게 나누었다. 소월은 그 모습을 삐딱한 자세로 지켜보고 있었다. 이 분위기대로라면 오 년 전의 키스는 두 번째 키스로 갚아질 판국이었다.

'정말 나만 빼고 다 기억하려나 보네.'

소월이 불만스럽게 아랫입술을 잘근잘근 씹었다.

"소월 씨. 아까 그 부탁, 들어줄게요."

우진이 부드럽게 말하자, 무영이 고개를 갸웃거렸다.

"무슨 부탁이요? 그러고 보니 두 사람은 어떻게 알게 된 거예요? 왜 같이 있었어요?"

무영의 연이은 추궁에 우진은 곤혹스러운 낯을 지었다. 소월의 낌새를 보아하니, 그녀가 우진에게 부탁한 것은 무영에겐 비밀인 것 같았기 때문이다. 그는 성급하게 부탁을 들어주겠다고 말한 것이 후회되었다. 반면에 소월은 여유작작하게 굴며 느긋하게 홍차를 한 모금 마셨다. 그녀는 무영을 부를 때 이러한 상황이 오리란 걸 예상하고 있었고, 그에 대한 답변을 얼추 마련해 놓았던 것이다.

"집사님한테 부탁했거든. 월산에 있는 우리 또래 중에 믿을 만한 괜찮은 사람 없냐고."

"그런 사람은 왜요?"

"네 친구 만들어주려고 그랬지. 네가 하도 윤미랑 내 사이를 질투하니까. 너 요새 냉랭하게 군 것도 나랑 윤미만 놀이공원 갈 거라서 그런 거 아냐?"

"내가 애예요? 절대 그런 거 아니거든요."

"그래? 그럼 말고."

소월이 새침하게 말했다.

"여튼 너한테 또래 친구가 필요하긴 한 것 같아서 집사님께 좋은 사람을 소개해 달라고 한 거야. 그런데 둘이 벌써 알던 사이고, 친구라니 쓸모없는 짓이었네."

그녀가 그럴싸하게 허탈한 척을 하자, 우진은 소월의 연기력에 감탄하였다.

"누나가 아니었으면 계속 기억하지 못했을 거예요. 게다가 날 그렇게까지 챙겨주려고 하다니 완전 감동인데요."

"네가 맨날 붙어 있으면 귀찮으니까 그런 것뿐이야."

"그래도 요 며칠은 안 귀찮게 했잖아요."

"뭐? 너 역시 일부러 피한 거였구나."

소월의 눈동자가 분노로 번뜩였다.

"내가 누나를 왜 피해요. 그냥 요즘은 좀 떨어져 있었으니까 그렇다는 거지. 난 피한 적 없어요."

무영이 뻔뻔하게 발뺌을 했다. 우진은 얼결에 커플의 애정 전선 한가운데에 껴버린 신세가 되었다. 그는 손을 과장되게 털며 손목시계를 확인했다.

"시간을 너무 많이 썼네요. 전 이만 일하러 가볼게요. 나중에 또 연락해요. 제 번호는……."

우진이 전화번호를 부르자, 소월과 무영은 재빨리 핸드폰을 꺼내 번호를 입력하였다. 우진이 떠나고, 나란히 앉은 소월과 무영은 한동안 말없이 정면만 바라보았다. 정적이 참기 힘들 정도로 무거워졌을 즈음, 두 사람은 짠 것처럼 동시에 일어나 음식점을 나왔다. 오후 세 시의 봄 햇살은 따사롭기보단 따가웠다. 여름이 다가오고 있다는 징조였다. 손바닥으로 얼굴을 가리는 소월을 보며 무영은 슬그머니 자리를 옮겨, 그녀를 그늘 쪽으로 걷게 했다.

"누나가 먼저 보낸 첫 번째 메시지였어요, 아까 그거."

무영이 대뜸 말을 꺼냈다.

"기뻐서 따로 저장까지 해놨어요."

"그게 뭐라고 저장을 해. 답장이나 제대로 해."

소월이 길바닥에 있는 작은 돌멩이를 발로 툭 찼다. 돌이 데구루루 구르다 멈췄다.

"답장했잖아요."

"내가 보낸 메시지에 대한 답이 아니잖아. 난 너한테 '어디야? 뭐 해?'라고 보냈는데, 거기서 '왜요' 소리가 왜 나와?"

서운함을 토로하는 모양새가 되자, 소월은 살짝 얼굴을 붉혔다. 메시지 하나를 꼬투리 잡는 게 스스로 생각해도 철없는 떼쟁이 같았다. 특히 보낸 내용이 창피해서 죽을 것 같았다. 그녀는 자신이 무영에게 집착하는 것처럼 보일까 봐 안절부절못했다.

"은혜병원이었고, 상담받고 있었어요. 지난 삼 일 동안에도 그랬고요."

"어디 더 안 좋아졌어? 아니면 기억나는 게 있어?"

소월의 얼굴이 간절해졌다. 무영은 안쓰러운 미소를 지으며 그녀를 속여야 하는 미안함을 삼켰다.

"내가 누나를 기억하지 못해서 많이 서운하죠?"

잘 알면서도 당장 그녀에게 사실은 모든 걸 기억하고 있다고 말할 수 없는 게 무영은 가슴 아팠다. 하지만 어쩔 수가 없었다. 십이 년 전의 일을 모르는 척하는 편이 그 진실을 밝히는 데에 오히려 더 유리했기 때문이었다. 그는 차영선과 한지훈이 최대한 경계심을 늦추길 바라고 있었다.

"아니, 별로. 기억하면 하는 거고, 안 하면 안 하는 거지."

소월이 무신경을 가장하며 말했다. 그러나 무영은 그녀가 누구보다
제 기억이 돌아오길 바라고 있다는 걸 알고 있었다.

"나도 조금은 알 것 같아요. 누나 저번에 술 취하고 어땠는지 나만
기억하고 있잖아요. 둘이 공유한 시간을 혼자만 기억한다는 건 생각
보다 훨씬 슬프네요."

무영이 금방이라도 울 것처럼 말했다. 소월의 얼굴이 더 빨개졌다.
그녀는 누구보다 자신의 술버릇을 잘 알고 있었다.

"됐어. 내가 취했을 때야 뻔하지, 뭐. 주정 부렸겠지."

"아니에요. 정말 중요하고 절대 잊으면 안 되는 일들이 있었어요."

차무영이 돌아왔다는 것, 사실은 한 번도 그녀의 곁을 떠난 적이 없
었다는 것, 소월을 만난 후 그 모든 순간이 단 한 명의 차무영이었다
는 것, 이젠 그녀의 곁에 영원히 있기 위해 스스로 가문의 치부를 들
출 거라는 것, 그 고백들을 소월은 기억하지 못했다. 무영이 의미심장
한 무언의 눈빛을 보내자, 소월의 몸에 힘이 들어갔다.

"설마 나, 울었어?"

그녀의 친구들이 말하길, 소월이 가진 최악의 주사는 대성통곡이라
고 했다. 동그랗게 뜬 눈에 초조한 빛이 서렸다. 소월의 진지한 태도에
무영은 웃음이 터졌다.

"야, 웃지만 말고 말해봐. 진짜 울었어?"

소월이 무영의 옷깃을 잡고 흔들었다. 무영은 한 번쯤은 심술을 부
려도 되지 않을까 생각했다. 그는 웃음기를 갈무리하며 고개를 끄덕였
다. 소월이 탄식하며 눈을 질끈 감았다 떴다.

"울기만 했어? 아니면 이상한 소리도 했어?"

"이상한 소리도 했죠. 뜬금없이 계속 고맙다고 그랬잖아요. 정말 하
나도 기억 안 나요?"

무영이 짓궂게 소월을 놀렸다. 소월은 그때의 단 한 장면도 기억이

나지 않았으나, 예전의 차무영에 대한 고마움을 늘 가슴에 품고 있었으므로 그가 하는 말이 진짜라는 걸 알 수 있었다.

"그 말 신경 쓰지 마. 어차피 너한테 한 얘기도 아니니까."

"내 이름을 부르면서 고맙다고 하는데 그게 어떻게 나한테 하는 말이 아니에요."

"내가 뭐가 고마운지 넌 기억도 못 하잖아!"

코가 시큰해지더니 그렁그렁 괴었던 눈물이 뺨을 타고 흘렀다. 그녀는 무영에게 등을 돌리고 앞서 걸었다.

"기억하면요?"

무영이 소월의 앞에 섰다.

"다 기억해 내면 내가 원하는 말을 해줄 거예요?"

"무슨 말?"

"고맙다는 말 필요 없어요. 그런 말 안 해도 돼요. 내가 뭘 해줬든 간에, 네가 나한테 해준 게 무조건 더 크고 벅찰 테니까요."

소월의 뺨에 남아 있는 눈물자국을 무영의 손이 지워냈다.

"내가 너와의 모든 추억을 기억해 낸다면, 그게 현재 우리의 시간과 겹쳐진다면 내가 듣고 싶은 말은 딱 한 가지야."

무영이 고개를 숙여 소월의 귓가에 애달프게 속삭였다.

"좋아해."

9
강용덕과 강순애

보라색 토끼가 동그란 털 뭉텅이 꼬리를 흔들며 소월과 윤미에게 친한 척을 했다. 그것은 '모험과 환상의 나라, 문랜드'의 마스코트인 '달토끼 루나'의 탈을 쓴 아르바이트생이었다. 루나의 탈을 쓴 아르바이트생이 헬륨 가스가 든 풍선 뭉치를 집요하게 내밀었으므로 소월은 어쩔 수 없이 지갑을 열었다.

"이것도 강매예요, 강매. 놀이기구 타기 힘들게 이걸 어떻게 갖고 다니라고 계속 사라고 난리예요, 진짜."

소월이 신경질을 내자, 아르바이트생은 보라색 털장갑을 낀 두 손을 거대한 머리통에 갖다 대고 우는 척을 했다.

"우린 놀이기구 잘 안 타잖아. 귀여우니까 봐주자."

윤미가 낙천적으로 말했다. 그녀는 친구와 함께 놀이공원에 온 것만으로 이미 하늘로 날아갈 것처럼 기분이 좋았다. 모험과 환상의 나라에는 자유의 향기가 충만했다. 윤미는 숨을 맘껏 들이쉬며 가슴을 크게 부풀렸다. 두 언니들이 도시로 떠나고부터, 윤미는 아버지인 루니 박의 강도 높은 후계자 수업을 받느라 계절이 어떻게 바뀌는지도 모르고 살았다고 했다. 또래 친구와의 놀이공원 나들이는 참으로 오랜만이었다.

"이게 뭐가 귀여워. 완전 흉물스럽지. 보라색 토끼라니 께름칙하잖아. 음흉한 속내가 있는 것 같고."

소월이 길게 늘어진 토끼 탈의 귀 부분을 쳐 내며 말했다. 망할 놈의 토끼가 밑도 끝도 없이 머리통을 들이밀며 치대왔기 때문이었다.

"아, 왜요, 또. 풍선도 사줬잖아. 여긴 직원 교육을 도대체 어떻게 하는 거야?"

소월이 인상을 쓰며 클레임을 걸 만한 데스크를 찾아 두리번거렸다. 아르바이트생이 화들짝 놀라는 모션을 취하더니 윤미의 손에 있는 핸드폰을 가리켰다.

"아, 사진 찍어주겠다고요?"

윤미의 말에 아르바이트생이 격하게 고개를 끄덕였다. 치렁치렁한 귀가 흔들거렸다. 소월은 자신의 취향과 거리가 먼 거대 보라색 토끼와 굳이 사진을 찍고 싶지 않았다. 그러나 아르바이트생은 짜증을 내면서도 기꺼이 호구가 되어준 소월과 꼭 사진을 찍고 싶은 모양이었다. 결국 소월은 울며 겨자 먹기로 토끼의 옆에 섰다. 윤미가 웃으라고 몇 번이나 말했지만 소월은 내내 무표정을 고수했다.

"그래도 재밌는 사진을 건졌잖아."

"그런 거 없었어도 충분히 재밌는 시간을 갖고 있었어. 저기 벤치 가서 좀 쉬자."

소월이 피곤해하며 말했다. 천연덕스러운 건지 낯짝이 두꺼운 건지 보라색 토끼 탈을 쓴 아르바이트생은 소월과 윤미를 향해 오랫동안 손을 흔들었다.

소월이 벤치에 앉아 휴식을 취하는 동안 윤미는 화장실을 갔다. 소월은 풍선이 매달린 실 끝을 만지작거리며 넋을 놓고 있었다. 일부러 한산한 때를 골라 평일에 온 것이었는데, 봄이라 그런지 소풍을 온 사람들이 꽤 있었다. 키 제한에 걸려 놀이기구를 타지 못해 우는 아이를 달래는 엄마와 아빠, 기다란 츄러스를 나눠 먹는 친구들, 온갖 커플 아이템으로 무장한 커플…… 모두 행복해 보였다.

'나도 저 사람들 눈엔 행복해 보일까?'

만약 누군가 그녀의 모습을 그린다면, 그것은 행복한 사람들 속에서 홀로 불행한 표정을 지은 여인의 침울한 스케치가 될 것이다. 망중한을 즐기러 온 소월이었지만 마음은 쉽사리 여유를 찾지 못하고 있었다. 전날 밤 전화를 걸어 혼인신고는 언제 할 거냐며 독촉한 정 회장의 영향이 컸다. 정 회장의 닦달이야 새로울 게 없었다마는 그의 입에서 차무영이 들먹여지는 것은 또 다른 형태의 고문이었다.

정 회장은 무영이 제정신으로 돌아온 사실을 걸고넘어지며, 소월에게 남는 장사가 아니냐고 우스갯소리를 지껄였다. 은연중에 너 같은 사생아가 어디서 그런 좋은 혼처를 얻겠냐는 비웃음과 본인의 선견지명에 대한 자부심이 깔려 있었다. 정 회장은 무영의 정신병이 치유될 줄 알고 소월을 보낸 거라며 허세 섞인 생색을 냈다.

할아버지와 차무영. 두 사람을 떠올리자, 소월은 머리가 터질 것 같았다. 원래의 소월이었다면 정 회장과의 통화가 끝나자마자 복수의 열의를 활활 불태웠을 것이다. 그러나 소월은 전화를 끊고 어이없게도 눈물을 찔끔 흘렸다. 며칠 새 어떤 심경의 변화가 일어난 건지, 아니면 언제부터 야금야금 마음이 잡아먹힌 건지 소월은 자신이 정 회장에게 복수했을 때 받을 차무영의 상처가 신경 쓰여 견딜 수가 없었다.

"많이 피곤해?"

어느새 돌아온 윤미가 과일 스무디를 내밀며 물었다. 소월은 처연하게 웃으며 꽤 묵직한 컵을 받아 들었다.

"너 혹시 시집살이 당하는 건 아니지?"

"어머님의 존재 자체를 제외한다면 시집살이라고 할 건 전혀 없어."

"그 어머님이 가장 큰 고난처럼 보이는데."

윤미가 빨대로 스무디를 휘저으며 농담처럼 말했다. 그러나 두 사람 다 그것이 농담이 아니란 걸 잘 알고 있었다.

"워커홀릭이셔서 마주칠 일도 없어. 어쩌다 한 번 보는 게 곤욕이긴 하지만."

"그럼 무영이 때문이야? 너 지금 툭 치면 엉엉 울 것 같아. 많이 힘들어? 둘이 싸웠어?"

"아니, 싸운 건 아니고."

소월과 무영은 냉전 아닌 냉전 중이었다. 우진을 만나기 전까진 무영만 소월을 은근히 피했었는데, 지금은 소월도 무영을 피하고 있는 탓이었다.

"아, 모르겠다. 걔 어떻게 대해야 할지 모르겠어."

"뭐가 문젠데?"

"나."

"너?"

"응. 내가 문제야."

소월은 윤미에게조차 속마음을 털어놓을 수가 없어 답답했다. 이혼하기 위해 결혼했다는 말을 어떻게 할 수 있겠는가. 십이 년 동안 트라우마에 갇혀 살았던 차무영을 이용할 거고, 상처를 줄 거란 말을 소월은 차마 할 수가 없었다.

"무영이가 좀 저돌적인 타입이긴 하지."

윤미가 소월의 고민을 넘겨짚으며 말했다.

"나라도 부담스럽긴 할 것 같아. 넌 아직 많이 조심스러운 데다, 예전의 모지리 도련님이랑 더 친했으니까. 그래도 지금 무영이의 노력을 좀 알아봐 줬음 싶기도 해. 옆에서 보기 짠할 때가 있거든."

소월은 스무디를 마시며 묵묵히 윤미의 말을 경청했다.

"너한텐 말 안 한 모양이지만 무영이, 기억 되찾으려고 계속 노력하고 있는 것 같더라. 나한테도 찾아와서 너랑 차무영이 뭘 했는지, 어땠는지 다 말해달라고 부탁했어. 우리 가게에 웨딩드레스 피팅하러 온 날 있잖아. 그때 무영이가 티아라도 주고. 기억나지?"

"응."

"그런 추억들을 잊어버렸다는 걸 알곤 많이 괴로워하더라."

윤미는 두 손바닥으로 얼굴을 가린 무영이 우는 줄 알고 깜짝 놀랐었다.

"결혼식 때의 기억도 그렇고. 하도 아쉬워하길래 내가 네 사진을 핸드폰으로 보내줬더니 그제야 좀 웃더라."

"내 사진?"

"응. 결혼식 때 카메라 갖고 갔었거든. 그때 몇 장 찍었어."

"그래서 알고 있었던 거구나."

"뭐가?"

"무영이는 나에 대해 다 잊었는데, 내 웨딩드레스 모양은 기억하고 있어서 좀 의아해했었거든."

소월은 혹시 무영의 기억이 조금씩 돌아오는 건 아닐까 추측했었다. 의혹이 허무하게 풀리자, 소월은 맥이 빠졌다.

"난 너무 이중적인 것 같아."

소월이 힘없이 말했다.

"차무영의 기억이 돌아왔으면 좋겠다가도, 안 돌아왔으면 할 때도 있어."

"무조건 돌아와야 좋은 거 아니야?"

윤미가 이해가 되지 않아 고개를 갸웃거렸다.

"돌아오면 기쁘지만 불편해져. 돌아오지 않으면 슬프지만 편하고."

"거참 무슨 말인지 알 수가 없네."

윤미는 스무디를 쭉쭉 빨아 마셨다. 한꺼번에 차가운 걸 많이도 꿀꺽 삼키는 바람에 윤미는 뒷골이 빠듯하게 당겼다.

"난 널 좋은 친구라고 생각하지만, 소월이 넌 가끔 너무 복잡해. 어렵다고 해야 하나? 솔직한 것 같으면서도 사실은 벽을 치고 있는 것 같아. 친구인 나도 서운할 때가 있는데 차무영은 오죽할까 싶다."

"걔도 너랑 비슷하겠지."

"말도 안 되는 소리 좀 하지 마라."

윤미가 답지 않게 언성을 높였다.

"네가 마음을 쉽게 열지 못한다고 무영이 마음까지 모른 척하면 안 되지. 어떻게 걔가 나랑 비슷해. 차무영은 널 너무 좋아해서 문제인 앤데. 난 그 정도는 아니거든."

"네가 봐도 그래? 네가 봐도 차무영이 날 엄청 좋아하는 것 같아?"

"그걸 왜 나한테 물어봐? 사랑받는 네가 제일 잘 알겠지."

윤미의 말대로 소월은 잘 알고 있었다. 서로를 외면하는 와중에도 무영의 애정은 제가 찾아가야 할 주인을 잊지 않았다. 소월이 새벽녘에서야 설핏 잠이 들 때면, 때맞춰 조심히 들어오는 인기척이 있었다. 이불을 제대로 덮어주고, 스탠드의 불을 꺼주고, 좋은 꿈을 꾸라고 상냥하게 인사해 주었다. 머리카락 한 올을 만지는 것도 아까워서 선뜻 다가오지도 못하고 멀찍이 서서 눈빛으로 바라보기만 한다. 은은한 달빛이 대지를 흠뻑 적시듯이 말이다.

소월이 괴로워하며 마른세수를 했다. 윤미는 소월이 왜 그토록 어렵게 생각하는지 이해가 되지 않았다.

"뭘 그렇게 괴로워해? 어차피 너도……."

윤미는 말문이 턱 막혔다. 새빨간 입술이 얼굴의 반을 차지하는 피에로가 뒤뚱거리며 소월과 윤미 사이에 끼어들었기 때문이었다. 피에로의 괴기스러운 모습에 놀라 허둥지둥대다가, 소월과 윤미는 보라색 토끼가 준 풍선들을 놓치고 말았다.

"안 사요."

소월이 하늘 높이 올라가는 풍선들을 보며 냉담하게 말했다. 피에로가 그녀에게 포춘 쿠키를 들이대고 있었다.

"안 산다고요. 진짜 여기 직원들 하나같이 이상하네."

이번엔 참을 수 없다며 소월이 자리를 박차고 일어났다. 피에로가 소월의 손목을 덥석 잡아 흔들었다. 소월은 손목을 꺾어 손을 빼냈다. 피에로는 그녀의 날렵한 손놀림에 당황하여 잠시 제 본분을 잊었다가, 뒤늦게 무릎을 살짝 굽혔다 피며 인사를 했다.

"예쁜 아가씨들, 저는 '루나틱 호스피탈'의 닥터 피에로라고 합니다."

자세히 보니 그는 얼굴엔 피에로 분장을 하고서 의사 코스튬을 입고 있었다.

"충치에는 역시 달콤한 쿠키가 명약이죠. 쿠키를 조각내 보세요. 그 안에 행운이 깃들어 있을지 모른답니다."

피에로는 소월과 윤미의 손에 포춘 쿠키를 하나씩 쥐여주곤 엉덩이 춤을 추며 다른 입장객들에게 다가갔다.

"뭐지? 이벤트인가?"

윤미가 호기심을 보이며 포춘 쿠키를 반으로 갈랐다. 그 안에 돌돌 말린 작은 종이가 들어 있었다. 윤미는 종이를 펴서 소리 내 읽었다.

"축하합니다. 당신은 다리가 골절되었습니다. 루나틱 호스피탈로 오셔서 치료를 받고 상품도 받아가세요……. 대박, 이거 이벤트 당첨된 거지? 그치? 소월이 너도 한번 펴봐."

윤미의 성화에 못 이겨 소월이 포춘 쿠키를 쪼갰다. 똑같은 종이가 나왔고, 소월은 윤미에게 그것을 읽어주었다.

"축하합니다. 당신은 미쳤습니다. 루나틱 호스피탈…… 나도 당첨된 것 같은데? 그냥 주는 사람마다 다 되는 건가 봐."

"그런가?"

그들은 주변을 두리번거리며 포춘 쿠키를 들고 있는 다른 사람들을 찾아보았다. 그러나 딱히 눈에 띄는 사람은 보이지 않았다.

"한번 가볼까? 무슨 상품 줄 건지 궁금한데."

윤미가 소월의 안색을 살피며 물었다. 소월은 기껏 놀러 와 놓고 청승을 떨어 윤미까지 우울하게 만들고 싶지 않았다. 그녀는 활짝 웃으며 윤미의 손을 잡아끌었다.

'루나틱 호스피탈'이라고 써진 간판은 할로윈 장식처럼 꾸며져 있었다. 벽에는 의사, 간호사, 환자의 코스튬을 입은 잭 오 랜턴과 박쥐, 해골, 마녀, 피에로와 미이라 등 서양의 몬스터들이 그려져 있었다.

"병원 콘셉트의 귀신의 집인가 봐. 재밌겠다."

"너 귀신 무서워하지 않아?"

소월이 윤미를 걱정스럽게 바라보았다. 그러나 윤미는 오히려 한껏 신이 난 얼굴이었다.

"외국 괴물들은 귀엽잖아!"

"어딜 봐서?"

소월은 어처구니가 없었다. 그녀가 보기에 귀신이나 몬스터나 다 똑같이 하찮지만 무서운 미신이었다. 게다가 소월은 그녀의 포춘 쿠키 안에 있던 글귀가 영 석연치 않았다.

'당신은 미쳤습니다.'

그 한 문장이 소월의 머릿속을 둥둥 떠다녔다. 귀신의 집에 들어가기도 전부터 그녀는 미신에 사로잡히는 기분이 들었다.

"무서워서 그래? 둘이 들어가는데 뭐가 무서워. 언니가 지켜줄게!"

윤미가 손바닥으로 가슴을 팡팡 치며 기세 좋게 말했다. 소월은 마지못해 윤미에게 잡혀 입구까지 질질 끌려 들어갔다. 입술에 싸구려 가짜 피를 묻힌 직원이 두 사람이 내민 포춘 쿠키의 종이를 보더니 출구에 도착하면 다른 직원에게 한 번 더 종이를 보여주라고 말했다. 윤미가 상품이 뭐냐고 푼수처럼 묻자, 직원이 핏기 없는 얼굴로 싸늘하게 웃었다.

건물 내부의 초입은 이래도 될까 싶을 정도로 깜깜하고 좁았다. 손을 꼭 잡고 있던 소월과 윤미는 결국 손을 놓고 앞뒤로 나란히 걸었다.

"너무 어두워서 괴물들이 튀어나와도 못 알아볼 것 같은데, 이러다가 불이 들어오나?"

앞장을 선 윤미의 목소리를 지침 삼아 소월은 어두운 길을 조심히 걸었다. 끝없이 이어질 것 같은 어둠이 따분해지려고 할 때였다.

"으악!"

윤미의 비명이 들리자마자 곧 소월이 딛고 선 바닥이 금방이라도 무너질 것처럼 요동쳤다. 기계가 푸쉭푸쉭 움직이는 소리가 끔찍하게 큰 괴물의 콧김 같았다.

"그만! 그만!"

소월이 공포에 질려 그만하라고 고함을 쳤다. 그러나 바닥의 진동은 멈추지 않았고, 눈을 떠도 뜬 것 같지 않은 칠흑 같은 어둠 속에서 소월은 균형을 잃고 넘어지고 말았다. 얼마 후 진동이 멈추었다. 소월은 겨우 정신을 차리고 숨을 고르며 자리에서 일어났다. 그녀는 원초적인 공포와 함께 이따위 폭력적인 놀이기구로 버젓이 장사를 하고 있는 놀이공원 사장에게 어마어마한 분노를 느꼈다. 그녀는 건물을 빠져나가자마자 반드시 클레임을 걸리라 다짐했다. 소월은 어둠 속을 걷고 또 걸었다. 이만하면 빛이 나올 법도 하고, 괴물로 변장한 아르바이트생들이라도 튀어나와야 하는데 아무것도 없었다. 소월의 발걸음이 빨라졌다. 그녀의 숨소리도 가빠졌다. 눈이 어둠에 적응을 한 건지, 덜 어두워진 건지 소월은 서서히 건물 안의 윤곽을 알아볼 수 있었다. 그것은 놀이기구의 내부보다는 안 쓰는 창고나 다락방의 모습이었다.

"윤미야?"

아무 대답이 없었다.

"저기요. 여기 아무도 없어요? 제가 길을 잃은 것 같거든요. 아무도 없어요?"

아무도 없었다. 아니, 있었다.

내부는 점점 밝아지는 게 분명한 것 같았다. 여전히 어두웠지만 소월이 그녀의 손 모양을 확인할 수 있을 정도의 밝기는 되었다. 차라리 보이지 않았으면 좋았을걸.

"당신, 누구야?"

소월은 떨리는 목소리를 숨기기 위해 일부러 한 글자, 한 글자씩 끊어 말했다. 검은 복면을 쓴 검은 인간은 말없이 그냥 서 있기만 했다.

"당신 누구냐니까!"

소월이 발악했다. 구석에 서 있는 검은 인간은 보이지 않는 무언가의 그림자인 것처럼 꼼짝도 하질 않았다. 그것은 소월을 말려 죽이거나 미치게 만들 속셈인 것 같았다.

"축하합니다. 당신은 미쳤습니다."

저주스러운 포춘 쿠키의 글귀가 소월의 머릿속에서 날카로운 여자의 목소리로 선명하게 들리며 그녀를 괴롭혔다.

"축하합니다. 당신은 미쳤습니다."

"축하합니다. 당신은 미쳤습니다."

"축하합니다. 당신은 미쳤습니다."

소월은 정말로 미쳐 버릴 것 같았다. 그녀는 바닥에 엎드려 몸을 웅크린 채 벌벌 떨었다. 어디선가 우당탕탕 시끄러운 소리가 났다. 그녀

는 아득해지는 정신을 그만 놓고자 했다. 누군가 그녀를 억지로 일으
켜 세웠다. 소월의 몸이 뻣뻣하게 굳었다. 그녀는 감고 있던 눈을 더욱
질끈 감으며 인상을 썼다. 북슬북슬한 앞발 같은 것이 소월의 뺨을 찍
어 누르듯 때렸다. 아프진 않았지만 기분이 나빴다. 사라지려던 소월
의 의식이 돌아왔다.

"정소월, 정신 차려! 넌 안 미쳤어!"

보라색 토끼가 말했다.

"아냐. 토끼가 말하고 있다니 난 미친 게 맞는 것 같아."

소월이 중얼거렸다.

"너 안 미쳤다고! 내 목소리도 못 알아듣냐, 이 바보야!"

토끼의 거대한 머리통이 떨어져 나갔다. 그 안에서 땀범벅이 된 차
무영이 나타났다.

환하게 불이 켜졌음에도 불구하고, 방 안의 모습은 퍽 괴상했다.
바닥에 차곡차곡 쌓인 상자들 중 제일 위에 있는 것은 살짝 열려 있었
는데, 그 틈으로 뻣뻣한 검은색 머리카락이 보였다. 구석에 있는 옷걸
이에는 외계인의 껍질을 통째로 벗긴 것 같은 스판덱스 재질의 옷이
널려 있었다. 그 바로 옆에는 검은 신발, 검은 바지, 검은 셔츠와 검은
장갑도 모자라 검은 복면으로 무장한 마네킹이 흉물스럽게 서 있었
다. 소월과 윤미는 나란히 놓인 플라스틱 의자에 앉아 있었다. 몇 분
전에 진정된 소월과 달리 윤미는 아직도 눈물을 훌쩍이고 있었다. 소
월이 잘못되기라도 했을까 봐 크게 놀란 모양이었다. 윤미가 요란하게
숨을 들이쉴 때마다 피에로는 몸을 움찔 떨었다.

"정말 죄송합니다."

피에로가 거듭 사과했다. 식은땀을 흘리느라 그의 분장이 보기 싫
게 지워졌다. 그의 옆에 선 직원들도 피에로의 말을 메아리처럼 따라

하며 죄송하다고 말했다. 입구와 출구를 맡은 직원 둘 말고도 분장을 한 직원 세 명이 더 있었다. 북슬북슬한 털장갑을 벗은 무영이 오디오에서 CD를 꺼냈다.

"이걸 녹음한 사람은 누굽니까?"

그의 목소리는 얼음송곳처럼 차갑고 날카로웠다. 무영이 든 CD에는 소월이 자신의 머릿속에서 들린 줄로 착각했던 날카로운 여자 목소리가 녹음되어 있었다. 그것은 '축하합니다. 당신은 미쳤습니다'만을 반복했다.

"제가 녹음했어요."

입구에서 소월과 윤미를 맞아주었던, 싸구려 가짜 피를 묻힌 직원이었다. 싸늘했던 표정은 어디로 가고 그녀는 잔뜩 겁에 질려 있었다.

"하지만 원본은 그게 아니었어요. 원래는 그 뒤에 말이 더 있었어요. 그건 편집이 된 거예요. 저도 그럴 줄은 꿈에도 몰랐어요. 목소리 톤도 그렇게 무섭지 않았어요. 정말이에요."

그녀가 다급하게 변명을 쏟아냈다.

"원본이 뭐였길래 미친 걸 축하한다는 소리가 나옵니까?"

무영이 사납게 말했다.

"축하합니다. 당신은 미쳤습니다. 결혼은 미친 짓이니까요! 결혼 축하드려요!"

직원이 결백을 증명하듯 거침없이 말했다. 그녀의 말이 맞다면 전체 원본은 짓궂긴 하지만 명백한 축하 음성이었다. 속사포처럼 말을 내뱉고 난 뒤 직원은 몸을 움츠렸다. 무영의 눈빛이 워낙 험악하게 반짝인 탓이었다.

"이런 일이 생길 줄은 정말 몰랐습니다. 저희는 그저 온천타운 차 사장님께서 준비한 깜짝 이벤트인 줄로만 알았습니다. 정말입니다."

피에로가 나서서 말했다. 그는 '루나틱 호스피탈' 팀에서 리더를 맡고 있었다. 무영이 계속 말해보라는 듯 조용히 바라보기만 했으므로, 피에로는 눈치를 살피며 말을 이었다.

"며칠 전이었습니다. 차 사장님의 비서라는 분이 저희 팀을 찾아오셨습니다. 그 사람은 차 사장님이 며느님께 잊지 못할 추억을 만들어주고 싶어 한다고 했습니다."

"그 이벤트 내용이란 게 귀신의 집 뒷방에 사람을 가두고 저 따위 마네킹 앞에서 겁주는 거였습니까?"

도대체 생각이 있냐는 듯 무영이 따져 물었다. 피에로는 손등으로 관자놀이에 흐르는 땀방울을 닦아냈다. 그의 얼굴은 얼룩덜룩 물에 번진 그림 같았다.

"당연히 아닙니다. 이 친구가 말했듯이 CD의 녹음은 편집된 거고요. 저 마네킹은 저희도 지금 처음 본 겁니다. 저희가 알고 있던 계획은 며느님만 이곳으로 따로 부른 뒤에 축하 음성을 틀어드리고, 저와 여기 세 명의 친구가 특별 공연을 하러 나오는 것이었습니다."

피에로가 그의 옆에 선 세 명의 직원들을 가리키며 말했다. 그들은 귀여운 고양이와 강아지, 너구리의 탈을 쓰고 있었다. 확실히 겁을 주려는 목적의 코스튬은 아닌 것 같았다.

"원래도 이런 이벤트 의뢰를 자주 받는 편입니까?"

침착함을 유지하려 애쓰며 무영이 물었다.

"아닙니다. 원칙적으로는 불가능합니다. 다른 손님들의 이용에 불편을 드려선 안 되니까요. 그래서 일부러 오늘을 임시 점검일로 잡았습니다. 운영팀에는 퍼포먼스 크루들한테 문제가 생겼다고 둘러대서요."

"그렇게까지 한 이유는 역시 돈 때문입니까?"

무영이 정곡을 찌르자 피에로는 민망해하며 시선을 떨어뜨렸다. 그는 돈 때문만이 아니라 온천타운 차 사장님의 특별한 부탁이라서 그런 거라며 궁색하게 중얼거렸다. 그러나 결국엔 돈 때문이란 걸 모르는 사람은 없었다.

"이벤트 의뢰인에 대해서 아는 대로 털어놔 보세요. 거짓말을 하거나 숨기는 게 있으면 경찰을 부를 겁니다."

"저희는 정말 몰랐습니다. 정말입니다. 한 남자로부터 현금 삼백만 원과 함께 이 일을 지시받았을 뿐입니다. 큰돈을 현금으로 바로 주길래 당연히 차 사장님의 비서일 거라고 생각했습니다."

"그 남자의 이름은 모릅니까?"

"차 사장님의 비서라는 것만 압니다."

"인상착의는요?"

"사십대 중반으로 보이는 남자였습니다. 평범하게 생겼고 안경을 쓰고 있었습니다. 특이한 점을 관찰할 만한 시간도 없었습니다. 온천타운 차 사장님이 부탁하는 거라면서 돈과 함께 이벤트 내용이 적힌 종이를 주고 갔거든요."

"그 종이는 어디에 있습니까?"

"아, 여기 있습니다. 지시 사항대로 꼼꼼히 준비하려고 늘 갖고 다녔거든요."

피에로가 바지 주머니를 뒤적거렸다. 그는 꼬깃꼬깃 접은 종이 한 장을 꺼내어 무영에게 건네주었다. 앉아 있던 소월과 윤미도 자리에서 일어나 무영에게 다가갔다. 손때가 묻은 종이를 펼치자, 인쇄된 검은 글씨들이 보였다.

"직원들이 말한 이벤트 내용이 그대로 써져 있어요. 쓴 사람의 특징이 보이는 부분은 없고요."

무영이 낮게 말했다. 소월과 윤미는 아주 작은 단서라도 발견하지 않을까 종이를 몇 번이나 샅샅이 읽어보았지만 건질 만한 것은 없었다.

"정말 죄송합니다. 이런 일이 생길 줄은 정말 몰랐습니다. 죄송합니다."

피에로는 거의 엎드려 절을 할 기세로 머리를 조아렸다. 다른 직원들도 그를 따라 연신 허리를 숙였다. 소월은 순간 현기증을 느껴 비틀거렸다. 진정했다고 생각했으나 역시 정신적으로 큰 스트레스를 받은 게 틀림없었다. 그녀의 손이 무영의 팔을 살짝 쥐었다. 무영은 하얗게 질린 소월의 얼굴을 보고 그녀의 어깨를 감싸듯 안았다. 그가 여전히 보라색 토끼 옷을 입고 있었으므로 소월은 포근한 털 이불을 덮은 것 같았다.

"오늘은 여기까지 하죠. 일단은 우리 선에서만 이 일을 알고 있는 걸로 하겠습니다."

무영의 말에 피에로와 직원들의 얼굴에 '살았다'는 감정이 명백하게 스쳐 지나갔다. 뻔뻔한 안도의 기색에 윤미가 눈살을 찌푸렸다. 그녀는 무영에게 경찰을 불러야 하는 거 아니냐고 소곤거렸다. 무영은 고개를 저으며 소월을 부축할 뿐이었다. 세 사람은 뒤도 돌아보지 않고 '루나틱 호스피탈'을 빠져나왔다. 소월의 안색이 파리했으므로 무영은 옷을 갈아입지도 않고 곧장 주차장으로 향했다.

"왜 경찰에 연락하지 않는 거야? 직원들 중에 범인이랑 한통속인 사람이 있으면 어쩌려고 그래?"

운전대를 잡은 윤미가 백미러로 뒷좌석을 쳐다보며 물었다. 무영은 잠이 든 소월의 머리를 자신의 어깨에 기대게 한 채 멍하니 앞을 보고 있었다. 무슨 생각을 하는 건지 도통 알 수가 없는 무영을 보며 윤미는 속이 타들어갔다.

"내가 볼 땐 그 직원들 중에 분명히 공범이 있어."

윤미가 확신에 차서 말했다. 무영은 그녀의 말을 반박하거나 놀라워하지 않았다. 알고 있다는 듯 고개를 끄덕일 뿐이었다.

"마네킹을 갖다 놓거나 CD를 편집해 놓으려면 그 사람들 중 한 명이 도와줘야 가능하니까요. 그중에 범인과 더 깊이 관련된 사람이 있을 거예요."

"그걸 알면서도 이렇게 집에 가도 돼? 당장 경찰 조사를 받게 해도 모자랄 판에 시간을 벌어주면 어떡해. 도망을 가거나, 자기들끼리 말을 맞출 수도 있잖아."

"어차피 경찰은 지금 못 불러요."

무영이 손바닥으로 눈두덩을 세게 문지르며 말했다. 그는 무척 피곤해 보였다.

"일단 집에 가서 확인해야 할 게 먼저니까요."

"너 설마 정말 차 사장님이 시킨 일이라고 생각하는 거야?"

무영은 대답이 없었다. 윤미는 그의 침묵을 질문에 대한 긍정이라고 받아들였다.

"아무리 차 사장님이 괴팍한 분이셔도 검은 복면을 쓴 마네킹으로 소월이를 놀래킬 정도의 분은 아니야."

"경우의 수는 많으니까요. 좋은 의도로 이벤트를 지시한 것까진 어머니가 정말 관여했을 수도 있고요. 그 후에 일이 꼬인 걸 수도 있잖아요. 확실한 건 소월이가 놀이공원에 놀러 가기로 한 것과 그 날짜를 알고 있으려면 저택 내부와 연결점이 있어야 한다는 거예요."

"그래서 경찰을 못 부르는 거야? 저택과 관련이 있을까 봐?"

"여러 이유 중 하나예요. 가장 큰 이유는 소월이 때문이지만……."

"소월이가 왜?"

"윤미 누나도 동네에 이상한 소문이 돌고 있단 걸 알잖아요."

윤미는 입을 다물었다. 그녀는 차선에 끼어든 택시를 보며 욕을 중얼거렸다가, 백미러를 통해 소월을 힐끔거렸다. 소월은 고단한 얼굴로 입까지 살짝 벌린 채 잠에 푹 빠져 있었다.

"듣긴 들었어."

"말도 안 되는 소문이란 거 알죠?"

"당연하지. 사람들은 소월이를 모르니까 하는 소리지. 나는 잘 아는 사람이잖아. 내가 바보야? 그걸 모르게?"

"그러니까요."

무영이 흘러내린 소월의 머리카락을 정리해 주며 한숨처럼 말했다. 그는 자신의 집안과 엮였다는 이유만으로 사람들의 가벼운 입에 오르내리는 소월이 안쓰럽고, 그녀에게 미안하였다.

"신혼여행 때 테러 사건도 해결하지 못하고 흐지부지됐다고 들었어요. 남은 건 근거 없는 비방과 소문뿐이죠. 이번 일도 비슷한 성격이에요. 목적은 소월이를 겁주는 거고, 그게 우리가 겪은 피해의 전부죠. 이런 생각이 들어요. 어쩌면 '소문' 자체가 그들이 원하는 게 아닐까……."

무영은 말을 멈추었다. 소월이 잠결에 몸을 뒤척였기 때문이었다. 윤미도 입을 다물었다. 두 사람의 대화가 종료되었다. 그들은 저마다 다른 생각에 잠겼다. 윤미는 소월의 인생이 고달프다고 느끼며 그녀가 무영과 결혼하지 않았더라면 얼마나 좋았을지 생각했다. 무영은 그의 주치의인 고해숙의 말을 떠올렸다.

'선생님의 진단이 맞는 거라면 더욱 소월이에 대한 소문이 돌아선 안 돼. 루머는 해명할 수 있지만, 진실은 덮을 수가 없으니까.'

한편, 소월은 방금 무영이 한 말들을 곱씹었다.

'나에 대해 떠도는 소문이란 게 달 선녀 이야기를 이어가려는 사람들이 있다는 희태 아저씨의 말과 관련이 있는 것 같아. 아마 내가 미쳤다는 소문이 돌고 있겠지.'

소월은 고르게 숨을 쉬며 자는 척하면서 바쁘게 머리를 굴렸다.

'날 미친 사람으로 만들어서 이익을 보는 게 누구일까? 온천타운 차씨 일가의 집안에 광인이 생기면 좋은 사람은 누굴까?'

소월은 우진에게 연락하여 강용덕에 관한 조사를 재촉해야겠다고 생각했다. 바쁘게 돌아가는 세 사람의 머릿속만큼이나 자동차의 바퀴도 쉼 없이 굴렀다.

희태는 보라색 털옷을 입고 소월과 함께 나타난 무영의 꼴을 보곤, 그가 하루 종일 안 보인 이유를 알아차렸다.

"끝끝내 작은 마님의 뒤를 밟으신 겁니까? 토끼 인형으로 변장까지 하고?"

그는 무영을 의처증 환자 대하듯 께름칙하게 바라보았다.

"집착은 사랑이 아닙니다, 도련님. 작은 마님이 남자를 만나러 간 거면 모를까, 윤미 씨랑 놀러 갔다 오신 건데 뭣하러 이런 짓을……."

희태가 혀를 차며 고개를 저었다. 잠자코 듣기만 하던 소월은 희태의 말뜻이 남자랑 놀러 가면 미행을 해도 된다는 것처럼 들려, 잠시 도덕적으로 무엇이 일반적인 것인지에 대해 고민했다.

"무슨 소리야. 나도 사회성을 기르기 위해 아르바이트란 걸 해본 것뿐이거든요."

무영이 되도 않는 변명을 하며 소월의 눈치를 봤다. 그녀의 표정은 무심하다 못해 심드렁하기까지 했다. 무영의 말을 귓등으로도 듣지 않는 게 분명했다.

"도련님이 아르바이트를요?"

희태가 야멸치게 콧방귀를 뀌며 무영을 비웃었다. 마치 기운이 없어 비꼬질 못하는 소월을 대신해 주는 듯했다.

"시급은 얼마나 받으셨습니까? 최저 시급이 얼만지는 아세요?"

"대타로 뛴 거라 잘 몰라. 알아서 주겠지, 뭐."

무영은 튀어나오려는 입술을 가까스로 통제하며 아무렇지 않은 척을 했다. 그러나 그는 소월이 자신을 집착남으로 볼까 봐 두려워 심장이 쪼그라든 상태였다. 돈을 받긴커녕 오히려 원래 아르바이트생에게 돈을 주고 토끼 탈을 빌린 거란 걸 알게 되면 소월이 자신을 얼마나 철 없게 볼까 걱정이 되었다.

"난 먼저 씻을게. 누나 밥 좀 챙겨줘."

무영이 음울하게 말하며 희태에게 소월을 부탁하고 사라졌다.

"놀이공원에서 무슨 일이 있었습니까? 저러고 돌아다니다가 꼬마들한테 얻어맞기라도 했대요? 도련님인 건 어떻게 알아차리셔서 같이 오신 거예요?"

희태가 싱글거리며 물었다. 무영을 타박하긴 했지만 희태는 그가 토끼 옷을 입고 소월을 쫓아다닌 게 꽤 웃겼다. 두 사람이 놀이공원에서 유쾌한 추억을 쌓고 온 것 같아 그의 기분도 덩달아 좋아졌다. 희태는 소월을 식당에 앉히곤 메이드들을 시켜 준비한 저녁을 내오게 했다. 그러나 곧 소월이 말해주는 놀이공원에서의 진상을 듣고 희태의 표정은 급속도로 어두워졌다.

"그런 일이 있었군요."

희태의 실망한 목소리는 너무 낮고 무거워서 땅을 뚫고 지하로 파고들 기세였다.

"지금은 좀 괜찮아지신 겁니까? 그런 줄도 모르고 위에 무리가 가는 음식만 준비를 했군요. 신나게 놀고 오시면 허기가 지실 것 같아서 일부러 단백질 위주로 메뉴를 고른 건데……."

희태는 메이드를 불러다가 식탁 위에 있는 고기들을 치우게 하고 대신 속을 달랠 수 있는 따뜻한 죽을 만들어 오라고 지시했다. 그렇지 않아도 속이 울렁거리고 있던 소월은 그들의 수고를 굳이 마다하지 않았다.

"우진 씨는 어때요? 집에서 별말 없어요?"

"집에 있는 시간이 서로 맞질 않아서요. 자주 보진 못했습니다만, 아내의 말을 듣기론 평소보다 늦게 들어온답니다. 아마 부탁하신 일을 처리하느라 바쁜 거겠죠."

새로 상을 차리느라 메이드들이 들락날락거렸으므로 두 사람이 나누는 대화 내용은 두루뭉술하였다. 소월은 흰죽을 숟가락으로 뜨며 고개를 끄덕였다. 소월이 식사를 다 끝낼 때까지도 무영은 식당에 나타나지 않았다.

밤이 늦어지고 있었고, 희태도 퇴근을 준비할 때였으므로 소월은 직접 무영의 식사를 챙기기로 했다. 흰죽과 반찬 몇 가지가 놓인 쟁반을 들고 가면서, 소월은 예전의 기억을 떠올렸다. 무영에게 처음 약혼 사실을 알려줬을 때에도 소월은 그의 식사를 챙겨줬었다. 그녀가 가져갔던 음식들은 무영의 발광으로 인해 그릇째 쏟아져 엉망이 되었었다. 소월은 그가 무섭고, 자신의 처지가 서러워서 눈물을 쏟아냈었다. 그때에 비하면 차무영은 어엿한 어른이 되어 있었다. 저택으로 돌아오는 차 안에서 소문과 사건들을 연관 지어 추론하는 무영의 모습은 소월에게 신선한 충격을 주었다. 그는 그녀의 생각보다 훨씬 더 똑똑했던 것이다. 원래도 영리한 아이였다더니, 십이 년 동안 열 살에 머물러 있던 경험은 그의 천부적인 지능에까지 영향을 끼치진 못한 모양이었다.

별채의 거실에 들어선 소월은 또 핸드폰을 들여다보고 있는 무영을 발견했다.

"뭐 해? 대타 뛴 아르바이트생한테 계좌번호라도 보내?"

소월이 비아냥대며 티 테이블 위에 쟁반을 탁! 소리가 나도록 세게 내려놓았다. 무영이 화들짝 놀래며 핸드폰을 감추듯 주머니에 넣는 바람에 소월의 표정은 더 딱딱하게 굳었다.

"고마워요. 잘 먹을게요."

무영이 어색하게 웃으며 말했다. 소월은 뚱한 얼굴로 냉기를 풍기며 방 안으로 들어갔다. 문을 닫기 전, 무영이 그녀에게 잘 자라고 인사하는 소리가 들렸다.

"잘 자란 말이 나와?"

소월이 불만스럽게 혼잣말을 중얼거렸다. 그녀는 방의 불을 끄고 침대 옆 사이드 테이블 위에 있는 스탠드를 켰다. 언젠가부터 그녀는 어둠 속에서 잠들지 못했다. 아마도 검은 인간들 때문인 것 같았다. 소월은 얼굴도 드러내지 못하는 비겁한 인간들 따위는 절대 자신에게 영향을 미치지 못한다고, 무섭지 않다고 속으로 되뇌었지만 본능은 어쩔 수가 없었다. 스탠드의 불빛이 방 안의 음영을 더욱 짙게 해주었다. '루나틱 호스피탈'에서 본 검은 인간이 떠올라 소월은 몸을 떨었다.

'마네킹이었잖아. 그건 가짜였어. 아무 일도 없었잖아. 괜찮아.'

소월은 스스로를 달래며 잠을 청했다. 고단한 하루로 인한 피로감 덕분에 그녀의 눈꺼풀은 점점 무거워졌다.

'이대로 아무것도 떠올리지 말고 잠이 드는 거야.'

그러나 무거워지는 육신과 달리 정신은 또렷하였다. 심신의 무게가 다르다는 것은 고약한 일이었다. 몸은 그녀의 의지에서 벗어났다. 너무 무거워서 손가락을 까딱할 수도 없었고, 눈꺼풀을 들어 올릴 수조차 없었다. 그런데도 의식은 분명하여서 이것이 꿈이 아니란 걸 알 수 있었다. 그녀의 심장을 감싸고 있는 근육과 피부마저 지나치게 무거웠다. 소월은 숨이 턱턱 막혔다. 소월은 문득 이것이 소위 말하는 '가위눌림'이 아닐까 생각했다. 그것이 떠오르자마자 소월은 극심한 공포를 느꼈다. 이 괴로운 경험의 끝에 끔찍한 뭔가를 보게 될까 봐 무서웠다.

'무영아. 차무영.'

소월은 무영을 불렀다. 물론 그녀의 입은 움직이지 않았다. 그런데도 소월은 비명을 질렀고, 애처롭게 무영의 이름을 불렀다.

'무영아, 무영아!'

의식을 두고 홀로 잠든 자신의 몸을 깨워주길, 이름을 불러주길 바라면서 소월은 끊임없이 무영을 찾았다. 그녀의 간절한 외침은 무영에게 닿았다. 무영은 여느 때처럼 그녀의 방을 조용히 찾았다. 은근히 겁쟁이인 소월은 역시나 불을 켜고 잠들어 있었다. 무영은 발소리를 죽이고 소월에게 다가갔다. 소월은 악몽을 꾸는지 인상을 쓴 채 힘겨워하고 있었다. 무영은 그녀가 어딘가 아픈 줄 알고 심장이 쿵 떨어졌다.

"소월아, 누나, 소월아. 일어나 봐요, 응? 일어나 봐."

그가 소월의 어깨를 부드럽게 잡아 흔들었다. 소월이 눈을 번쩍 떴다. 그녀는 물에 빠졌던 사람처럼 무영의 팔에 허겁지겁 매달리며 밭은기침을 했다.

"괜찮아요, 괜찮아."

무영의 큰 손바닥이 소월의 등을 자상하게 쓸었다. 그는 아무것도 묻지 않고 괜찮다고 몇 번이나 말해주었다. 다정하고 따뜻한 목소리에 소월은 눈물이 났다. 그녀는 아이처럼 칭얼거렸다.

"무서웠어. 너무 무서웠어."

"괜찮아요, 이젠 괜찮아. 내가 있잖아요."

소월은 무영의 어깨에 눈을 대고 숨을 들썩였다. 그의 어깨가 조금씩 젖어들었다. 무영의 체온이 공포로 얼어붙은 소월의 마음을 녹여주었다. 그녀의 울음이 멈추었다. 소월은 손등으로 볼에 남은 물기를 닦아냈다. 무영은 한결 편안해진 그녀의 얼굴을 보며 잘 자란 인사를 다시 했다. 무영이 일어서려고 할 때였다. 소월이 그의 손목을 잡았다.

"가지 마. 옆에 있어줘."

그녀의 손에 잡힌 무영의 손목이 가늘게 떨렸다.

소월은 오랜만에 푹 잤다. 기억도 나지 않는, 기억이 난다고 해도 온통 혼란스럽기만 해서 설명할 수 없는 꿈들도 꾸지 않았다. 피로감이 말끔히 사라져 상쾌한 기분마저 들었다.

'이렇게 잘 자다니 웬일이지?'

구름같이 보송하고 푹신한 베개에 뺨을 비비며 소월은 생각했다. 그녀의 의식은 아직 잠에 취해 몽롱하였으므로 밤새 곁을 지켜준 따뜻한 체온을 퍼뜩 떠올리지 못했다. 소월이 별안간 기름에 튀겨진 옥수수 알맹이처럼 튕기듯 자리에서 일어났다. 그녀는 무릎으로 기어 다니며 침대 밑을 살폈다. 그녀의 손을 잡아주느라 바닥에 앉아 밤을 샜을 무영이 보이질 않았다. 소월은 무영의 이름을 부르며 별채 안을 돌아다녔지만 그는 어디에도 없었다.

"또 어디로 내뺀 거야."

불만스럽게 혼잣말을 하며 소월은 대충 세수를 하고 옷을 갈아입었다. 본채로 발걸음을 옮기며, 소월은 그곳에도 무영이 없으면 어떻게 해야 할지 머릿속으로 시뮬레이션을 해봤다.

'일단 집사님께 물어보고, 모른다고 하시면 그냥 전화를 하자. 궁금한 것보단 차라리 그게 나으니까. 전화로 뭐라고 하지? 잘 잤냐고 해야 하나? 메시지를 보내는 게 나으려나. 아, 근데 핸드폰은 어디에 뒀지?'

무영을 찾는 것에만 신경 쓰느라 그녀는 핸드폰을 챙기지도 못했다. 아침부터 온 정신을 차무영에게 뺏기다니, 소월은 스스로를 다잡을 필요가 있지 않을까 고민했다. 끝이 나지 않는 무영에 대한 여러 생각이 꼬리에 꼬리를 물고 이어지는 동안 그녀는 어느새 본채에 도착하였다. 또 소월 혼자 늦잠을 잔 모양인지 저택은 바쁜 시간이 지난 후에 오는 특유의 한가함이 가라앉아 있었다. 환기를 시키려고 열어놓은 창에서 햇살이 들어와 종종걸음으로 돌아다니는 메이드들의 하얀 앞치마에 반사되었다. 소월은 오늘따라 유독 젊은 메이드들의 얼굴에 생기가 도는 것 같다고 느꼈다. 그녀들은 서로 귓가에 뭔가를 속닥거리며 까르르 웃다가, 소월과 눈이 마주치면 미소를 지으며 인사를 했다.

늦은 아침이면 으레 그렇듯, 소월은 희태를 찾으러 식당에 갔다. 늦잠을 잔 소월이 언제 일어나 밥을 찾을지 몰랐기 때문에, 그는 항상 식당에서 그녀를 기다리곤 했다. 신문을 읽거나 커피를 마시거나 주방 장과 저녁 메뉴를 상의하면서 말이다. 그러나 희태의 모습은 보이지 않았다. 소월은 의아해하며 짧은 복도를 두고 식당과 연결된 부엌으로 향하였다.

"완전 닭살이야. 이 시대에 무슨 연애편지? 네 남친은 핸드폰도 없대?"

"아직 사귄 지 백 일밖에 안 됐으니까 그러지. 좀만 지나봐라. 편지가 다 뭐니? 전화도 뜸해질 거다."

옹기종기 모인 메이드들이 분홍색 편지 봉투를 들고 선 메이드 한 명을 둘러싸고 장난 반, 진담 반으로 투덜거리고 있었다. 그러거나 말거나 연애편지의 주인공은 뺨을 장밋빛으로 물들고 은근히 콧대를 세우고 있었다.

"받는 편지라곤 핸드폰 요금 고지서밖에 없는 것보단 낫지."

그녀가 얄밉게 말하자, 다른 메이드들의 표정이 순식간에 어두워졌다. 저택에 마가 꼈는지 열댓 명이 되는 메이드들 중에 유부녀들을 빼고 아가씨가 여덟 명이나 됐는데, 그중에 연애를 하는 이는 딱 한 명뿐이었던 것이다.

"그래도 괜찮아. 귀여운 집배원을 볼 수 있잖아!"

얼굴이 동글동글하게 생긴 작은 메이드가 낙천적으로 말하자, 다른 이들도 모두 동의한다는 듯 고개를 끄덕였다. 그러더니 그들은 곧 자신이 음료수를 갖고 갈 거라며 신경전을 벌이다가 가위바위보를 하기 시작했다. 소월은 직감적으로 이들이 말하는 '귀여운 집배원'이 우진이란 것을 알았다. 그녀는 빠른 걸음으로 응접실로 갔다. 처남이 왔으니 희태도 거기에 있을 것이었다.

"일어나셨습니까?"

응접실에 들어서는 소월을 보며 희태가 말했다. 소파에 앉아 있던 우진도 소월을 향해 손을 흔들었다. 얼결에 손을 같이 흔든 소월이 재빨리 그의 맞은편에 자리를 잡았다. 뒤늦게 음료수를 갖고 온 메이드가 소월을 보더니 희태에게 작은 마님의 식사를 준비할지 물었다.

"아뇨. 식사는 나중에 할게요. 밖에서 먹을 수도 있으니까 아예 준비하지 말아요."

소월의 말에 메이드가 알겠다고 말하며 자리를 떴다. 희태는 소월의 낯빛이 평소와 다른 것을 알아차리곤 응접실의 문을 굳게 닫았다. 복도에 누가 있는지 확인하는 것도 잊지 않았다.

"강용덕에 대해선 좀 알아봤어요?"

희태가 자리에 앉자마자, 소월이 단도직입적으로 물었다. 메이드가 갖고 온 수제 오렌지 주스를 마시느라 우진은 대답을 하지 못한 채 고개만 끄덕였다.

"알아보긴 했죠. 그런데 소월 씨가 마음에 들 만한 정보인지는 모르겠어요. 이게 강용덕에 관한 걸 수도 있고, 아닐 수도 있고."

유리컵을 테이블 위에 내려놓으며 우진이 말했다. 그는 입 주위에 묻은 오렌지 주스를 손바닥으로 성의 없게 닦아냈다. 희태가 미간을 좁히며 칠칠치 못한 처남에게 손수건을 건네주었다.

"어떤 정보라도 상관없어요. 어떻게 조사했는지, 누구한테 들었는지, 무슨 이야기를 들었는지 하나도 빠짐없이 얘기해 줘요."

"그러면 조금 긴 이야기가 될 수도 있는데……."

우진이 벽에 걸린 시계를 힐끔 쳐다봤다. 오전 열한 시 사십오 분. 박 순경과의 점심 식사는 물 건너갔다.

"에휴."

우진이 한숨을 쉬며 자연스럽게 가방에서 도시락들을 꺼냈다.

"저도 밥은 먹고 다녀야 할 거 아니에요. 아무리 월산이 꿀 빠는 지역이라고 해도 새벽부터 오토바이 타고 여기저기 돌아다니는 게 얼마나 힘든 줄 아세요?"

희태가 이야기를 하랬지, 누가 밥을 먹으라고 했냐며 잔소리를 하자 우진이 툴툴거렸다.

"그리고 매형, 이번에 만든 잡채는 간이 싱거운 것 같아요."

잡채를 크게 한 젓가락 집으며 우진이 말했다. 윤기가 좌르르 흐르는 잡채를 보니 소월의 배에서 꼬르륵 소리가 났다.

"지금이라도 식사를 준비하라고 할까요?"

희태가 물었으나 소월은 고개를 저었다.

"메이드들이 왔다 갔다 하면 시간이 더 지연될 거예요. 난 괜찮아요. 먹으면서 말해도 되니까 얼른 시작해 봐요."

소월이 재촉했다. 우물우물 씹은 음식들을 꿀꺽 삼킨 우진이 마침내 입을 열었다.

우진의 조사는 그가 소월과 무영을 만난 날에 바로 시작되었다. 그는 즉흥적일 정도로 실행력이 높았기 때문이었다. 우진은 어차피 우편물을 배달하는 김에 사람들을 찔러보면 되는 거니까 딱히 준비할 거나 시간을 끌 이유가 없다고 생각했다. 그러나 그의 생각만치 일이 쉬운 게 아니었다. 강용덕은 꽤 옛날 사람이었고, 오래 산 것도 아니었으므로 그를 기억하는 이들이 많지 않았기 때문이었다.

첫날은 거의 허탕의 연속이었다. 대신 우진은 저택과 관련해서 우스꽝스러운 소문을 들었다. 차 사장의 며느리가 미쳤다는 것이었다. 우진은 코웃음을 쳤다. 이우진이 월산의 집배원이 된 지 삼 년이 되었다. 서당 개 삼 년이면 풍월을 읊는다고 했다. 우진은 월산 사람들의 생리를 제법 꿰뚫고 있었다. 그는 월산의 사람들이 유독 소문에 민감하다는 걸 알았다. 그리고 그것을 이용하는 사람들이 많다는 것도 알았다. 뉘 집 셋째 딸이 뉘 집 둘째 아들을 좋아한다는 헛소문이 퍼져서, 실제로 두 사람이 서로를 신경 쓰다가 정분이 나 결혼을 하게 되는 경우가 왕왕 있었다. 이건 그나마 남에게 해를 끼치지 않고 결말도 사랑스러운 축에 속했다. 그러나 뜬구름 잡는 소문이란 게 끝내는 생사람을 잡는 법이었다. 아니 땐 굴뚝에 연기 나랴는 말은 월산에선 영 쓸모가 없는 것이었다. 굴뚝이 없는 지붕에서도 연기가 보이면 그 집에 숨은 굴뚝이 있다는 말이 도는 곳이 월산이었다. 그만큼 알아서 걸러 들어야 하는 헛소문들이 많았다.

"에이, 저도 한 번 잠깐 만난 적이 있는데 완전 멀쩡하던데요?"

웬만해선 떠도는 소문의 유통에 관여를 하지 않는 우진이었지만, 친구인 무영의 아내를 미치광이로 모는 것을 가만 볼 수만은 없었다.

"집배원 총각네 매형이 그 저택 집사라더니, 편드는 거야?"

"아주머니 말대로 집사는 저희 매형인데 제가 무슨 편을 들어요. 아주머니도 시누이네 시어머니 편을 들진 않잖아요."

"그런가?"

머릿속으로 관계도를 따지던 구멍가게 주인이 어수룩하게 말했다.

"제가 택배 배달하다가 한 번 본 적 있는데 엄청 똑 부러지더라고요. 사리 구별도 정확하게 하고, 눈빛도 매서울 정도였다니까요."

"그래? 싸가지가 없다는 소문도 돌던데 그럼 그게 맞는가 보네."

월산의 슈퍼스타인 차씨 일가답게 소월을 두고 도는 소문도 각양각색인 모양이었다. 우진은 괜히 여기서 말을 덧붙였다간 소문의 몸집만 키워줄 것 같아 그것까진 잘 모르겠다며 자리를 털고 일어났다.

'미쳤다는 것보단 싸가지가 없다는 게 더 나을 테니까.'

우진은 슬그머니 드는 죄책감을 외면하며 자기 합리화를 했다. 이렇듯 첫날에 헛물만 켜고 다니자, 우진은 생각을 고쳐먹었다. 보다 전략적으로 조사를 해야겠다는 마음이 든 것이다.

다음 날, 우진은 배달할 우편물들을 분류하면서 일부러 월산의 터줏대감 노인들이 많이 사는 윗마을과 아랫마을 중간 지역의 우편물을 많이 챙겼다.

"할아버지, 손자한테서 편지 왔어요, 편지. 펴언, 지이!"

"다 들려, 이놈아! 누굴 귀머거린 줄 알아."

"할아버지가 대답을 안 하시니까 그러죠."

우진이 속으로 참을 인 자를 세 번 외며 말했다. 노인은 집배원들 사이에서 유명한 심술쟁이로, 블랙리스트에 오른 인물이었다.

"어린놈이 따박따박 말대답은."

노인이 한 손으로 보청기를 조절하며 구시렁댔다. 검버섯이 잔뜩 핀 주름진 손에 비해 그의 목소리는 정정하였고 발음도 또렷하였다. 그는 편지를 주고도 떠나지 않고 슬쩍 툇마루에 엉덩이를 비비는 우진을 미심쩍게 쳐다보았다.

"뭔 꿍꿍이냐?"

"아뇨. 그냥 좀 쉬었다 가려고요."

"우리 집이 네놈 휴게실이냐!"

"할아버지네 집이 언덕 꼭대기에 있어서 오토바이도 못 올라온단 말이에요. 그러지 말고 좀 쉬게 해주세요. 월산이 괜히 '나그네목'이라고 불려요? 나그네들이 쉬었다 갈 수 있는 인심이 넉넉해서 그런 거잖아요."

우진이 넉살 좋게 아양을 떨었다. 부인도 먼저 떠나보내고 자식들은 타지에서 가끔씩 얼굴을 비추는 형편이라 사실 노인은 내심 적적하였다. 그는 못마땅하게 불평을 늘어놓으면서도 더 이상 우진을 내쫓으려 하진 않았다.

"나그네목이라고 불린 것도 옛말이지. 지금은 서로 등쳐 먹을 궁리 밖에 안 하는 장사치들 투성이구만."

"할아버지는 월산이 개발되기 전부터 쭉 이곳에 사셨어요?"

우진이 지나가는 말투로 물었다.

"그렇지. 온갖 뜨내기들이 왔다가 가고, 자리 잡는 것도 다 봤지."

"오, 그럼 월산에 대해선 모르는 게 없으시겠네요. 전문가처럼?"

"그렇게까지 말할 건 없고. 그냥 아는 거지, 뭐."

노인이 아닌 척하면서도 목청을 가다듬으며 젠체하였다. 우진은 여기서 바로 강용덕의 이름을 꺼내볼까, 아니면 좀 더 다른 이야기를 꺼내서 화제를 자연스럽게 넘길까 고민을 했다. 외로운 노인들은 얼핏 다루기 쉬워 보여도 누구보다 경계심이 많고, 또 그 연륜이란 것을 무시할 수가 없어서 눈치가 귀신같았기 때문이었다. 우진은 기지개를 펴는 척하며 노인의 집을 둘러보았다. 늙은 홀아비의 집답지 않게 살림살이는 깔끔하였다. 농부가 아니라, 잡다한 농기구들을 마당에 쌓아놓지 않은 덕분인 것 같기도 했다. 마당은 휑하게 보일 정도였다. 그중에도 우진의 시선을 사로잡는 것이 있었다. 주인이 없는 빈 개집이었다.

"개 키우셨나 봐요? 근데 개는 어디 갔어요? 놀러 나갔나?"

"뒤졌어."

"아……."

우진은 잠시 할 말을 잃었다. 침묵을 깬 건 노인이었다.

"인간보다 더 사람 냄새가 나는 똘똘한 놈이었지. 충견이었어, 충견."

주름이 자글자글한 노인의 눈가가 축 처졌다.

"죽은 지 얼마 안 됐나 봐요."

"한 삼십 년 됐어."

"삼십 년이요?"

삼십 년 전에 죽은 개의 집을 아직도 갖고 있다니, 우진은 그의 지극한 애정이 놀라우면서도 한편으론 노인이 아내의 죽음도 키우던 개만큼 기리고 있을지 의문을 가졌다.

"그냥 개가 아니었어. 주인을 지키다가 죽은 개였으니까. 황소만 한

멧돼지의 목덜미를 물고서……. 아주 용맹스러웠어."

"사냥개였어요?"

"그치. 내가 그놈을 안 데리고 다닌 적이 없지."

"아, 사냥꾼이셨구나."

"꾼이라기엔 그냥 취미 삼는 거였지."

우진의 눈이 반짝거렸다.

"우리 동네에도 나름 유명한 사냥꾼들 많잖아요. 예전엔 큰 총포상도 있었다면서요?"

"그르치. 너는 타지에서 왔다 그랬지? 그럼 너는 모를 거다. 강용덕이라고 아주 기가 막힌 사냥꾼 양반이 한 명 있었다."

노인의 입에서 절로 나온 강용덕의 이름에 우진은 속으로 쾌재를 불렀으나, 겉으론 대수롭지 않은 척 표정을 감추었다.

"그분이 어떠셨는데요?"

"풍채도 곰같이 크고, 손바닥은 솥뚜껑만 하셨지. 주먹으로 멧돼지 턱을 쳐올려서 잡았단 소리도 있었고."

"대단한 분이셨나 봐요. 마을 사람들한테 인기가 참 많으셨겠어요."

"글쎄…… 좋은 사냥꾼이 좋은 인간이란 법은 없어서 말이지."

"왜요? 싸움꾼이셨어요?"

"음…… 죽은 사람한테 대고 나쁜 얘길 하기가 좀 그렇긴 한데……."

우진은 노인이 말을 멈출까 봐 조마조마하였다. 그러나 다행히 노인은 가래침을 긁어 뱉은 뒤에 다시 말을 이었다.

"그 덩치 큰 양반한테 감히 누가 덤벼서 싸움을 했겠어. 싸움을 하고 다닐 일이 없었지. 그뿐인가? 월산의 대지주인 차강문 어른하고는 친구를 먹고 지냈고, 나중엔 여동생을 시집보내서 사돈까지 됐으니. 강용덕 그 양반의 위세가 임금의 외척처럼 하늘을 찔렀지……. 난봉깨

나 피우고 다녔는데도 말릴 사람이 없었어. 차라리 그때 자잘한 마찰이 있었더라면 나중에 그리 큰 변을 당하지 않았을 텐데."

"무슨 일이 있었는데요?"

"타지에서 왔다더니 정말 아무것도 모르는 게로구나."

우진은 다 알면서도 순진한 얼굴을 꾸며내며 고개를 끄덕였다. 오랜만에 자신의 이야기에 귀를 기울이는 사람을 만나 신이 난 노인은 주섬주섬 묵혀놓은 이야기를 꺼내었다. 그는 강용덕의 훼손된 시신이 숲에서 발견된 것과, 목격자였던 사냥꾼 무리들, 없어진 총알, 증거가 없어 흐지부지된 수사에 대해 느릿하게 말을 했다. 이미 알고 있는 내용이었으므로 우진은 지루하여 하품이 나올 것 같았지만 혹시나 새로운 것이 나오지 않을까, 끝까지 집중력을 잃지 않기 위해 노력했다. 그러나 노인은 수사에 대해서는 더 말할 것이 없는지 방향을 돌려 저택의 사람들을 비난하기 시작했다.

"순애가 그럴 줄은 내가 몰랐지."

"순애? 강용덕 씨 여동생이요? 음…… 지금 차 사장님의 할머니인?"

"그래. 강순애 말이야. 아무리 어엿한 가문의 마나님이 됐어도 그렇지. 하나뿐인 오빠를, 그것도 천애 고아라 하늘 아래 유일한 핏줄이었던 오빠를 그토록 매정하게 외면하면 안 되지. 죽은 사람만 서러운 법이야."

"어떠셨는데요?"

"차씨 일가와 관련해 흉흉한 소문이 도는 게 싫다고 수사도 그냥 덮어버렸지. 그뿐인가? 가뜩이나 총알 맞아 얼굴이 날아간 그 시신을 또 불구덩이에 넣고 말이야. 암만 살아생전 풍채가 좋아봐야 뼛가루 남는 건 정말 몇 줌 되지가 않더군."

"장례식에도 직접 가셨나 봐요? 그렇게 친하셨어요?"

"그게 친해서라기보단……."

노인은 멋쩍어 하며, 당시 강용덕의 장례식은 마을의 암묵적인 축제였다고 나지막이 말했다.

"꼴이 우습고 흉했지. 강용덕은 그때까지도 장가를 들지 않아서 차강문이 상주를 했고, 뼛가루를 뿌렸어. 월산 중턱에다가 뿌렸는데, 사람들이 다 쫓아 올라왔지. 고인 가는 길에 인사를 하겠다는 명분이었지만 다들 속으론 쌍욕을 하고 있었어."

"할아버지도요?"

"아니, 나는…… 개랑 산책을 하려고 산에 올랐다가 구경 삼아 겸사겸사……."

노인이 말끝을 흐렸다.

"하여간에, 내 말은 오라비에 대한 강순애의 처신이 그만큼 지독했다는 거야. 평생을 떠돌이로 산 오라비가 험하게 죽었으면 그럴듯한 봉분이라도 쌓아주는 게 도리 아닌가?"

"그래도 온천타운의 지배인 할아버지를 키워주신 걸 보면 그분도 할 만큼 하신 것 같은데요?"

"아니 그럼 조카를 모른 척해?"

노인이 버럭 성을 내는 바람에 우진은 귀를 틀어막았다. 삐쩍 마른 노인의 몸 어디에서 그런 큰 소리가 나오는지 신기할 지경이었다. 그는 강용덕을 좋아하거나 은혜를 입어서 그를 두둔하기보단, 순애를 괘씸해하는 것 같았다.

"강순애 할머니한테 뭐가 있는 거죠?"

우진이 묻자, 노인은 쩝 입맛을 다시더니 낮은 목소리로 말을 꺼냈다.

우진은 밥을 다 먹고 물을 마셨다. 중요한 대목에서 절묘하게 말을 끊은 우진 때문에 소월과 희태는 애가 탔다.

"그래서요? 강순애 할머니한테 뭐가 있었는데요?"

소월이 물었다. 우진은 희태가 준 손수건으로 우아하게 입가를 닦았다.

"그런데 이게 강용덕과 크게 관련된 것 같진 않아서요. 그냥 흔하고 별거 없는 가십이거든요."

"밑밥 깔지 말고 말해보라니까?"

희태가 소월을 대신해 재촉했다.

"괜히 말했다가 매형한테 혼날까 봐 그래요. 강용덕은 좀 먼 친척이라고 쳐도, 강순애 씨는 차 사장님의 할머니신데……. 제가 들은 게 저택에 딱히 도움이 될 만한 소문은 아니거든요."

"뭐라도 좋아요. 말해봐요."

소월이 차분하게 다그쳤다.

"강순애라는 분이 몰래 딴 살림을 차렸단 얘기가 있었대요."

"차강문 말고 다른 남자가 있었다고요?"

"네. 그분도 꽤 미인이라 마을 남자들이 눈독을 들이고 있었다나 봐요. 오빠가 강용덕이라 선뜻 다가가진 못했지만. 아무튼 늘 주시하는 사람이 많았대요. 제 생각엔 이 얘길 해준 노인도 그중 한 명인 것 같아요. 순애 할머니한테 차여서 억하심정을 가진 느낌이었거든요."

"그래서요?"

"그분은 주기적으로 며칠씩 마을 밖에서 머물다가 오시곤 했대요. 결혼 후에는 거의 하루가 안 되어서 돌아오긴 했다지만 꾸준히 마을 밖으로 나가는 건 변함이 없었다고 하더라고요. 그래서 그 노인은 이런 추측도 하더라고요."

"어떤 추측을?"

"온천타운 지배인님이 강용덕의 사생아가 아니라, 강순애의 사생아라고……."

우진은 황급히 입을 다물었다. 응접실 밖에서 시끄러운 소리가 났기 때문이었다.

"작은 마님! 집사님! 큰일 났습니다!"

메이드 한 명이 손에 신문을 꽉 쥐고 헐레벌떡 뛰어 들어왔다.

"일단 진정하고 말해봐라. 무슨 일이길래 그래?"

희태가 메이드를 달래며 말했다. 그러나 메이드는 무슨 말을 어디서부터 할지 몰라 횡설수설하였다.

"차 사장님께서 방금 전화로 신문을 보셨냐고, 오늘 신문을 제대로 읽은 사람이 한 명도 없냐면서, 아니 신문을 왜 늦게 갖고 오는 거냐고……."

"신문이 왜? 신문이 뭐가 문젠데?"

희태는 오전 일과를 끝내고 신문을 천천히 읽는 편이었는데, 우진이 찾아온 터라 아직 읽지 못하고 있었다.

"그게, 소월 아가씨, 아니 작은 마님 결혼은, 그러니까 숨겨야, 아니지, 조용히, 그래, 조용히 해야 하는 거라고 말씀하셨잖아요."

"그런데?"

"누가 신문에 제보했나 봐요!"

메이드가 내민 신문을 펼쳐 본 소월은 어지럼증을 느꼈다. 신문의 경제면 하단에 그녀의 이름이 박혀 있었다.

**「혜성그룹 정민호 부회장의 막내딸 정소월 씨, 극비리에 결혼……
뒤늦게 알려져.」**

10
차무영의 방식

「혜성그룹 정민호 부회장의 막내딸 정소월 씨, 극비리에 결혼……
뒤늦게 알려져.」

정민호 혜성그룹 부회장의 셋째 딸인 정소월 씨(25)가 지난 봄, 월산 지역 유력가의 아들인 차무영 씨(22)와 조촐한 결혼식을 올렸다. 결혼식은 남편 차 씨의 저택 정원에서 열렸으며 정 부회장은 물론 혜성그룹 관계자들은 일체 참석하지 않았으나 정진건 혜성그룹 회장은 축하 화환을 보낸 것으로 알려졌다.

사진을 제보한 혜성그룹 관계자는 '이 결혼은 혜성의 리조트 사업 확장의 발판이 될 것이다'라고 말했다. 또한 무분별한 재개발이 아닌 지역민과 공생하는 합리적인 재정비 개념의 사업이 될 것임을 강조했다.

기사 밑에는 작지만 소월의 얼굴이 분명히 보이는 결혼식 사진이 함

께 실려 있었다. 희태는 신문을 테이블 위에 던지듯 내려놓고 소파에
털썩 주저앉았다. 다리의 힘이 풀린 까닭이었다.

"누가 제보한 걸까요?"

그가 연거푸 마른세수를 하며 말했다.

"지금 중요한 건 누가 그랬느냐가 아니에요."

소월이 손톱을 물어뜯으며 말했다. 그녀는 시계를 봤다. 오후 한 시
에 가까워지고 있었다. 조간신문이 발행되고 벌써 몇 시간이 흘렀다.

"이미 늦었어요. 출발하고도 남을 시간이라고요. 어쩌면 벌써 도착
하셨을지도……."

소월의 말이 끝나기 무섭게 또 다른 메이드 한 명이 잔뜩 긴장한 얼
굴로 응접실에 들어왔다.

"작은 마님, 손님이 찾아오셨는데요. 제가 확인할 길이 없어서……
직접 뵙는 게 나을 것 같아서요."

그녀의 잘못은 하나도 없건만, 메이드의 목소리는 끝으로 갈수록
작아졌다. 소월은 그녀의 안색을 보고서 찾아온 손님이 누구인지 단
번에 알아차렸다.

"우리 엄마군요."

소월의 말에 희태가 절망적으로 탄식했다. 그러나 그것도 잠시, 희
태는 곧 정신을 차리고 유능한 집사의 역할에 충실하기로 마음먹었다.

"너는 식당으로 가서 차와 다과 준비시키고, 너는 온천타운에 전화
를 걸어 차 사장님 내외분께 이 사실을 알려라. 우진이는 별채 정원
쪽으로 빠져나가서 도련님한테 연락하고 당장 저택으로 오시라고 해.
단정한 차림새 잊지 말라고 전하고. 절대 시끄럽게 소란을 피워선 안
된다. 조용히, 그리고 신속하게 움직여!"

희태가 거침없이 말했다. 비장미마저 느껴지는 그의 지시는 마치 최
후의 전투를 앞둔 장수와도 같았다. 메이드들과 우진이 결연히 고개

를 끄덕이며 응접실을 빠져나갔다. 그들이 사라지자마자, 희태는 소월의 상태를 체크했다. 딸을 도둑맞았다고 생각해도 모자람이 없는 상황이었으므로, 소월이 번듯하게 하고 있어야 그나마 화를 누그러뜨릴 수 있을 거라 판단했기 때문이었다.

"왜 하필 오늘도 늦잠을 주무셔서……."

무영을 찾으러 본채로 급히 온 소월은 빈말이라도 결코 잘 꾸민 것처럼 보이지 않았다. 잠을 너무 깊게 잘 잔 나머지 눈은 평소보다 더 부어 있었고, 헝클어진 머리카락은 끈으로 성의 없게 질끈 묶여 있었다. 옷 역시 외출복이 아니라 집에서 편히 입는 평상복이었으므로 잠옷의 수준을 간신히 면한 정도였다.

"새삼 작은 마님이 저택에 놀라울 정도로 잘 적응하셨다는 게 뼈저리게 느껴집니다."

소월은 누가 봐도 자기 집에서 널브러져 있던 사람의 모습이었던 것이다.

"머리라도 다시 묶으시는 게……."

희태의 두 손이 허공에 떠서 어찌할 줄을 모르고 있었다. 소월은 그의 말에 따라 머리 모양과 옷매무새를 정리했다. 최대한 흠을 덜 잡히고 싶은 희태의 마음이 이해가 되었다.

소월이 한 걸음 정도 앞장서 걷고, 희태가 그 뒤를 그림자처럼 따랐다. 희태의 명령에 따라 대문의 문이 열렸다. 하얀 블라우스와 감색의 정장 바지를 입은 늘씬한 중년 여성이 성큼성큼 정원을 가로질렀다. 소월과 희태는 현관 앞에서 그녀를 기다렸다.

"전화는 왜 안 받아?"

소월이 즉시 대답하지 못하자, 정수는 핸드폰을 또 어디 던져 두고 까먹었냐며 타박을 했다.

"걱정했던 것보단 그래도 멀쩡해 보이네. 얼굴이 해쓱해진 것 같긴 한데."

그녀가 소월의 얼굴을 하나하나 뜯어보며 말했다.

"기사 보자마자 달려올 정도는 아니지?"

소월이 정수의 표정을 살피며 태연한 척 대꾸했다. 그녀가 눈짓을 하자, 희태가 자신을 소개하며 모녀를 저택 안쪽으로 안내하였다.

"말하는 폼을 보니 회장님이 너를 꾀도 단단히 꾀신 모양이구나. 너는 거기에 홀라당 넘어갔고?"

정수가 비아냥댔다. 그녀는 날카롭게 눈을 빛내며 딸이 지내고 있는 저택의 내부를 꼼꼼히 둘러보았다.

"내가 아직도 애야? 잠깐만 여행 다녀오라는 할아버지 말만 믿고 십오 년 동안 외국에서 유배당한 다섯 살 꼬맹이 아니라고요."

"그럼 네가 정말 하고 싶어서 정략결혼을 하겠다고 나섰다는 거야? 그것도 엄마 몰래 식을 치르면서까지?"

정수의 일침에 소월은 까불던 입을 다물었다. 두 사람은 말없이 희태의 뒤를 따랐다. 희태가 응접실의 문을 열자, 모녀는 방 안 가득히 퍼진 홍차 향을 맡을 수 있었다. 소월이 제일 좋아하는 종류였고, 정수도 익히 알고 있는 것이었다. 희태와 소월은 속으로 센스 만점의 메이드에게 박수를 보냈다. 적어도 정수는 소월이 저택에서 마땅한 대접을 받고 있다는 걸 눈치챘을 것이다.

"엄마를 감쪽같이 속여놓고 너는 상냥한 사람들 틈에서 편히 지내고 있었구나."

정수의 칭찬에 희태가 진심에서 우러나온 뿌듯한 미소를 지어 보였다. 그는 기품이 느껴질 정도의 맵시 있는 손놀림으로 두 여자의 찻잔에 홍차를 따라주었다. 정수가 고맙다고 하자, 희태는 살짝 고개를 숙였다. 희태의 우아한 자태는 절정에 이르렀고, 정수도 내심 만족해하는 듯했다. 하나뿐인 딸의 결혼 소식을 신문의 지면으로 접한 후 내내 꼬여 있던 심사가 따뜻하고 향긋한 홍차, 그리고 영화에서나 볼 법한 품위 있는 집사로 인해 조금씩 풀리는 것 같았다.

"우리 애가 신세를 많이 지고 있는 것 같아요."

"아닙니다. 덕분에 웃을 일도 많아지고 저택에 활기가 도는 걸요."

"소월이 성격에 그럴 일이 없다는 건 내가 더 잘 알아요."

"어머님이시니까 그러시겠네요."

정수와 희태가 마주 보며 하하호호 웃음을 터뜨렸다. 그러나 한 폭의 그림 같은 두 사람의 모습은 소월의 불안감을 가중시켰다. 사람의 심리라는 것이 원래 기분이 좋았다가 나빠지면 더 큰 불쾌감을 느끼는 법이었다. 희태는 너무 과했다. 지나치게 완벽하고 이상적이었다. 소월이 엄청나게 잘 지내고 있다는 환상을 심어주기에 더할 나위 없었다. 문제는 정수가 만날 사람은 희태가 끝이 아니라는 점이다. 소월은 엄마가 자신의 시어머니를 만나면 어떨지 벌써부터 눈앞이 캄캄했다. 재앙은 소월이 마음의 준비를 끝내기도 전에 불시에 들이닥쳤다.

"어머, 사부이이인."

교태 섞인 목소리의 끝이 길게 늘어졌다. 변함없이 머리부터 발끝까지 완벽하게 치장한 영선이 나타났다. 함께 온 동진은 영선의 모습을 그야말로 텔레비전 속 드라마를 보듯 감흥 없이 바라보았다. 그에겐 이런 일이 영선과의 결혼 이후 몇십 번이나 있었다. 이젠 익숙해질 때도 된 것이었다. 반면에 희태와 소월의 낯빛은 노골적으로 어두워졌다. 동진은 그들의 부족한 내공을 안타까워하며 혀를 끌끌 찼다.

"말씀도 없이 갑자기 어쩐 일이세요? 깜짝 놀랐잖아요."

영선이 정수에게 악수를 청하며 은근한 면박을 주었다. 맞잡은 두 여자의 손은 누굴 탓할 것도 없이 서로 차가웠다.

"저야말로 놀란 걸요. 어제까지만 해도 저한테 사돈이 있는 줄도 몰랐으니까요."

"정 회장님이 독단적이시긴 하죠. 저희도 처음엔 얼마나 놀랐다고요. 아무리 그래도 신부의 부모님에게까지 숨기라고 하시다니."

영선은 정 회장에게 전적인 책임을 돌렸다.

"떳떳하지 못한 결혼이니까 그러셨던 거겠죠. 손녀를 정략결혼의 희생양으로 삼으시다니 그 정도로 매정한 분이실 줄은 저도 몰랐거든요. 월산을 거대 리조트 휴양지로 바꾸기로 했다고요?"

"어머, 어쩜 그렇게 잘 아세요?"

"오기 전에 회사 쪽 사람들하고 대화를 좀 나눴죠. 소월이 아빠는 아직도 협상하고 있는 중이고요."

"무슨 협상이요?"

소월이 끼어들었다.

"무슨 협상이라니? 당연히 너를 집으로 데리고 가기 위한 협상이지. 언론 쪽에 보도 자료를 뿌리면 곧 정정 기사가 나갈 거야. 아직 혼인신고를 안 한 게 천만다행이었어."

"잠깐, 잠깐만요."

소월은 정수의 말을 제대로 알아들을 수 없었다.

"이 일은 저와 할아버지 사이의 거래예요. 엄마랑 아빠가 간섭할 일이 아니라고요."

"말도 안 되는 소리 하지 마라. 네가 뭐 때문에 정략결혼을 하려고 하는 건데? 사업에 관심이 있어서? 지금이라도 할아버지 눈에 들어보려고? 내가 네 속을 모를 줄 아니?"

"엄마……."

평정심을 유지하던 정수가 울컥 치밀어 오르는 모멸감과 딸에 대한 미안함으로 눈물 한 방울을 떨어뜨리자, 소월은 가슴이 미어졌다.

"어쩐지 양 실장님이 계속 이상한 소리를 하더라."

양 실장은 정 회장의 수행비서였는데, 소월의 부모와도 친분이 있었다. 그리고 비서 일을 하기엔 다소 경망스러운 구석이 있었다.

"곧 좋은 소식이 있을 거라느니, 기사 사진에 잘 나오게 피부 관리를 받으라느니, 따님을 위해 희생한 덕을 본다느니 하면서 말이야."

정수는 잠시 말을 멈추고 턱을 타고 흐르는 눈물을 닦아냈다.

"넌 내가 네 아빠와 법적으로 부부가 되기 위해 하나뿐인 딸을 팔아 치울 수 있는 사람으로 보였니?"

"엄마, 말을 왜 그렇게 해. 내 마음은 그런 게 아니잖아요."

"네 마음 따위 신경 쓰지 않을 거야. 너도 엄마 마음을 신경 쓰지 않았으니까. 어쩜 엄마 몰래 결혼할 생각을 했어?"

엄마를 기만하고 상처 준 죄가 있기에, 소월은 할 말을 잃었다.

"저기, 사부인?"

잠자코 타이밍을 엿보던 영선이 아까의 교만한 기세를 싹 감추고 살갑게 정수를 불렀다. 정수는 분기가 채 가시지 않은 뜨거운 눈으로 영선을 쏘아보았다. 그녀에게 차영선은 정 회장과 한통속을 먹고 딸을 꾀어 훔쳐 간 도둑에 불과했다.

"정정 기사라는 게 혹시?"

"결혼하지 않았다는 기사죠. 결혼식은 오보고, 제보된 사진 속 모습은 약혼식이었으며 이미 파혼했다고 내보낼 겁니다."

정수가 단어 하나하나에 못을 박듯 힘주어 말했다.

"사부인, 그건 말이 안 될 텐데요."

억지로 미소를 지어낸 영선의 입가가 파르르 경련했다.

"왜 말이 안 되죠? 혼인신고도 안 되어 있던데요. 설마 이 결혼이 법적으로 효력이 있을 거라고 생각하진 않는 거죠?"

"결혼은 몰라도 비즈니스 쪽으론 효력이 있을 거 같은데요."

영선은 검지로 흘러내리는 머리카락을 귀 뒤로 넘겼다. 잘 정돈되어 붉은 매니큐어가 칠해진 긴 손톱이 위협적으로 반짝거렸다. 그에 반해 정수의 손톱은 짧은 길이로 단정히 깎여 있었다. 소월은 두 여자가 싸움이 붙는다면 자신의 엄마가 질 거라고 확신할 수 있었다.

"그래요. 이 결혼은 사실 낭만적인 것과는 거리가 멀죠. 하지만 있는 집 자식들 사는 세상이 원체 다 그런 거 아니겠어요? 정략결혼은 다 파트너십의 연장인 거잖아요. 사부인도 리조트 사업에 대해 잘 알고 계시면서 어떻게 파혼을 함부로 들먹이세요."

영선은 도도하게 한숨을 내쉬었다. 그녀는 사부인이 교직에 몸을 담고 계셨다더니 사업엔 영 젬병이신 것 같다며 깔보듯 말했다.

"정 회장님이 가만히 계시겠어요?"

영선의 자신감의 배경에는 정 회장이 있었다. 월산이란 작은 지역에 리조트를 세우는 건 사실 혜성그룹에겐 아무것도 아니었다. 하지만 그 리조트 휴양지가 발달하여 양쪽에 있는 도시의 관광자원이 늘어난다면 이야기는 달라진다. 더구나 두 도시를 각각 지역구로 삼은 국회의원들이 차차기 대권을 노리는 거물들이라면 더욱 그러했다.

"저한테 화내실 게 전혀 없다니까요. 저는 먹이사슬에서 가장 낮은 곳에 있는 피라미일 뿐이에요. 어부지리로 운 좋게 이익을 취하게 되는 거죠. 큰 그림은 정 회장님과 다른 분들의 몫인 걸요. 정 회장님은 절대 포기하지 않으실 거예요. 바깥사돈을 압박하실걸요."

"소월이 아버지가 포기하겠다고 하면요?"

"네?"

영선이 미간을 좁히며 짜증스레 되물었다.

"정 회장님이 포기하지 않으신다고 한들, 나랑 우리 그이가 다 포기한다고 하면 어쩔 건데요?"

정수의 얼굴은 복잡 미묘했다. 회환과 후련함이 섞인 표정이었다. 그녀와 민호는 소월의 결혼사진이 실린 신문을 보고서 한참을 울었다. 지금까지 뭘 지키기 위해 아등바등 살아왔는지, 처음부터 그냥 다 놓아버리고 시작했으면 되었을 텐데, 남의 것인 권력과 재물에 얽매이다가 정작 소중한 것을 잃게 된 지경에 이르자 그 모든 노력이 헛되었음을 깨달았다.

"소월아."

정수가 딸의 이름을 불렀다.

"새로 시작하자. 그동안 조금씩 모아놓은 걸로 엄마랑 아빠는 학원을 차릴 거야. 엄마가 가르치고, 아빠는 영업하고. 너도 강사를 하면 그래도 인건비가 덜하지 않을까?"

그녀가 상황에 어울리지 않게 해사하게 웃었다.

"엄마, 그게 무슨 소리야⋯⋯."

"이 결혼을 없던 걸로 하지 않으면, 너희 아버진 혜성그룹 후계자로서의 모든 권리를 포기할 거야."

그 말을 듣고 휘청거리며 쓰러진 건 영선이었다. 동진이 날렵하게 그녀의 몸을 안은 덕에 영선은 바닥을 뒹구는 수치를 면했다. 정수는 영선의 앓는 소리를 무시하며 소월의 손을 잡았다.

"이미 할아버지한테도 말씀드렸고, 지금 그 일로 협상 중이신 거고."

이건 소월이 한 번도 생각하지 못했던 시나리오였다.

'엄마랑 나랑 아빠랑 셋이서 평범한 가족이 될 수 있다고?'

소월의 심장이 쿵쾅쿵쾅 뛰었다.

"그런 못된 할아버지한테 인정받으려고 애쓸 필요도 없고, 어디 가서 엄마랑 아빠가 누군지 못 말해서 울 필요도 없어."

정수의 눈에 다시 눈물이 맺혔다. 그간 겪었던 설움이 비단 소월의 것만은 아니었을 것이다. 그녀는 딸의 적법한 엄마가 되지 못하고 그늘 속에서 살아왔다.

"이젠 우리 손으로 완전한 가정을 꾸리는 거야."

엄마의 손은 따뜻했다. 소월은 활짝 웃었다. 이래도 되는 걸까, 정말 행복해질 수 있는 걸까, 소월은 여전히 믿기지 않고 두려웠으나 엄마가 곁에 있었다. 그것만으로도 힘이 났다. 두 사람은 손을 맞잡고 응접실을 빠져나갔다. 고고한 자존심 탓에 영선은 모녀의 바짓가랑이도 잡지 못했다. 동진은 무기력했고, 희태는 절망스러웠다.

소월이 모든 걸 다 실감하는 것은 아니었다. 본가로 올라가면 또 할아버지와 한바탕 일을 치러야 할지도 몰랐다. 하지만 그런 앞일에 대한 암울한 예감 따위는 현재 소월의 충만한 행복을 망칠 순 없었다. 엄마가 말해준 꿈 같은 미래에 대한 기대가 그녀를 무적으로 만들었다. 그뿐 아니라, 몇 달 만에 엄마와 함께 있다는 것만으로도 소월은 든든한 품에 안겨 있는 것처럼 안정감을 느꼈다.

'난 지금 안전해.'

그 안정감에서 누군가를 연상하지 않았더라면 소월은 아무 거리낌 없이 월산을 떠났을 것이다. 몇 시간 전까지만 해도 밤의 그림자로부터 소월을 지켜주던 크고 다정한 손, 소망을 간직한 채 조르지 않고 묵묵히 바라보기만 하는 헌신적인 눈빛, 그녀의 이름을 부를 때 가장 아름답게 들리는 목소리.

"정소월!"

막 현관을 나서려던 모녀의 발걸음이 멈추었다.

"차무영."

한참을 뛰었는지 발갛게 열이 오른 무영의 뺨이 복사꽃 같았다.

"저에게 기회를 주세요. 이대로 소월이와 헤어질 수 없습니다."

무영이 소월의 한쪽 손을 잡았다. 소월은 그를 뿌리치지 않았다. 엄마와 무영에게 손 하나씩을 잡힌 소월은 가운데에서 이러지도 저러지도 못하고 서 있기만 했다.

무영이 모녀를 데리고 응접실로 돌아오자, 영선과 희태는 구세주가 나타난 듯 안도했다.

"그래, 장모님 마음은 사위가 풀어줘야지. 어때요, 사부인? 아주 인물이 훤하죠? 일단 앉아서 차근차근 다시 이야기하시고 식사도 하셔야죠."

영선이 수선을 피우며 희태에게 늦은 점심을 준비하라고 일렀다. 그러나 무영이 심각한 얼굴로 그럴 필요 없으니 일단 모두 나가달라고 부탁했으므로, 희망으로 반짝이던 희태와 영선의 눈빛은 금세 암전되었다.

"나도?"

소월이 손가락으로 스스로를 가리키며 무영에게 물었다.

"네, 어머님하고 할 얘기가 있어요."

"나 없이 우리 엄마랑 둘이서만?"

소월은 무영을 못 미더운 듯 쳐다보았다. 물론 그녀가 곁에 있다고 해서 무영의 편을 적극적으로 들어줄지는 미지수였으나, 적어도 그가 철없이 구는 건 막아줄 수 있을 터였다. 소월에겐 무영이 든든할지 몰라도 정수에게 그는 초등학교도 제대로 졸업하지 못하고, 정신병을 앓았던 저택의 도련님에 불과했던 것이다.

"내 옆에서 나랑 결혼할 거라고 떼써줄 거 아니면 나가 있어줘요."

"너, 우리 엄마한테 떼쓰려고?"

초조하게 흔들리는 눈동자를 보자, 무영은 웃음이 났다.

"무릎 꿇고 빌기만 할게요."

그는 소월의 몸을 부드럽게 밀어낸 뒤 응접실의 문을 닫았다. 무영의 말투가 농담조였으므로 소월은 그가 정말로 빌지는 않을 거라고 생각했으나, 그럼에도 두 사람이 나눌 대화가 궁금하고 또 그로 인한 결과가 불안하여 쉬이 문 앞을 떠날 수 없었다.

'떠날까 봐? 아니면 떠나지 못할까 봐?'

소월은 불안의 원인이 무엇인지 몰라 혼란스러웠다. 그런 그녀에게 희태가 다가와 작은 마님이라도 식사를 하시라고 말했다.

"만약 정말 지금 떠나신다면 차에서 오래 계실 텐데…… 아침도 못 드시고 빈속에 차를 타시면 속이 좋지 않으실 겁니다."

희태가 우울하게 말했다. 그의 침울한 배려를 받고 나서야, 소월은 자신이 월산에서 정을 주고받았던 사람들을 떠올렸다. 일말의 망설임도 없이 떠나고자 한 것이 스스로가 느끼기에도 퍽 야속한 것 같아, 소월은 희태의 친절을 마다할 수가 없었다. 그녀는 순순히 저택의 집사를 따라 식당으로 갔다.

사위와 장모가 대면 중인 응접실 안에는 어색한 침묵이 감돌았다. 양 실장이 정수를 달랜답시고 사위의 인물이 절색이라고 언급했었는데, 그 말은 틀림이 없었다. 정수는 소월이 정 회장과의 계약은 핑계고, 남편감의 얼굴을 보고 마음을 굳힌 것이 아닐까 의심이 들었다. 정적이 길어지자, 정수는 찻잔에 남아 있는 홍차를 마시며 목을 축였다. 식은 차는 맛이 밍밍했다.

"인사가 늦었습니다. 차무영입니다."

무영이 자리에서 일어나 꾸벅 인사를 했다. 정수도 일어났다.

"문정수예요."

그녀가 무영에게 악수를 건넸다. 무영의 손을 잡은 정수는 그가 살짝 떨고 있음을 알았다.

'소월이보다 세 살이나 어리댔지. 아직 어린애구나.'

정수는 연민이 많은 여자였다. 일개 교사 주제에 자신이 근무하는 학교를 후원하는 재벌 2세를 불쌍해하다가 코가 꿰었을 정도였으니, 말 다했다. 그녀는 겨우 스물두 살밖에 되지 않은, 아직 소년의 티도 벗지 못한 남자애가 어른들의 손에 놀아난 것이 안쓰러웠다. 두 사람은 다시 자리에 앉았다. 또 침묵이 시작되었다. 정수는 참을성 있게 무영을 기다려 주었다.

"믿기지 않으시겠지만."

무영이 마침내 입을 열었다.

"저는 따님을 사랑하고 있습니다."

그가 처음으로 정수의 눈을 똑바로 바라보았다. 칠흑처럼 까맣지만 영롱하게 반짝이는 예쁜 눈이었다. 꼭 우주 같았다.

'이런 눈빛은 거짓말할 땐 나오지 못하지.'

정수는 자신이 잘 아는 한 남자의 눈망울을 떠올리며 흐뭇한 미소를 지었다가 이내 정신을 차렸다. 사랑만으로 모든 게 해결되지 않는다. 그녀는 누구보다 그것을 잘 알고 있었다.

"사랑한다면 놓아주어야 할 때도 있는 거예요."

그러질 못해서 문정수는 이십오 년 동안 사랑하는 남자의 아내도, 딸의 엄마도 되지 못하는 삶을 살고 있었다. 가끔은 그 사랑이 후회스럽기도 했다. 하지만 절대 포기할 순 없으니 그 얼마나 질긴 미련이란 말인가. 그런 지독한 인연은 일찍 끊는 것이 나았다.

"무영 군과의 결혼은 소월이에게 너무 위험해요."

"제가 지키겠습니다. 지키기 위해 노력하고 있습니다."

"그 노력의 결과가 정체를 알 수 없는 괴한들의 습격인가요?"

정수의 목소리가 처음으로 날카로워졌다. 신문을 보고 나서 부부가 제일 먼저 한 일은 양 실장을 찾아가 사태 파악에 나선 것이었다. 양 실장은 기본적으로 정 회장이 하는 일을 따르며 비밀을 지키는 듯했으나 민호가 공격적으로 파고드는 일에 대해서는 어쩔 수 없단 듯이 술술 입을 털었다. 현재의 권력과 미래의 권력 사이에서 그가 아슬아슬하게 줄을 타는 방식이었다.

"차 사장님과 무영 군은 몰랐던 모양이지만, 정 회장님이 그렇게 만만한 분이 아니시거든요. 월산에 눈과 귀를 심어두셨고, 이곳에서 소월이에게 일어난 일들을 전부 알고 계세요. 알면서도 모른 척하고 있던 게 어떤 의미에선 더 대단하지만요."

양 실장은 정 회장이 숨겼던 소월에게 일어난 일들을 정수와 민호에게 빠짐없이 이야기해 주었다. 달 선녀 이야기라던가, 노천탕에서 강간 미수범을 때려잡은 일, 신혼여행에서 괴한에게 습격을 받은 것, 저택에 침입한 괴한을 본 것 등에 대해서 말이다.

"걱정하지 마세요. 누구의 소행인지 짐작하는 바가 있습니다. 곧 해결될 거예요."

"과연 그럴까요?"

정수가 진짜 걱정하는 것은 괴한이 아니었다. 괴한의 배후에 있는 것, 월산을 둘러싼 이야기들, 그것들은 온통 차씨 일가를 가리키고 있었다.

"집안에 얽힌 이야기가 많더군요. 누구의 소행인지 짐작한다고요? 그런데도 바로 행동을 취하지 않는 건 범인이 집안사람이라서 그런 게 아닌가요? 적어도 밀접한 관련이 있어서겠죠. 무영 군이 집안의 치부를 드러낼 수 있을지 모르겠네요."

그녀가 회의적으로 말했다. 가문의 명성, 권력을 지키기 위해 때때로 어떤 사람들은 괴물로 변한다. 멀리 갈 것도 없이 정진건 회장과 차영선 사장이 좋은 본보기였다.

"소월이를 위해서라면 감수할 겁니다. 때를 기다리고 있는 겁니다. 모든 걸 확실하게 끝내기 위해서요."

"아직까지 밝히지 못했잖아요. 너무 위험해요. 그런 집안과 소월이의 인연을 만들고 싶지 않아요. 미안해요. 모두 소월이를 위해서예요."

"그렇게까지 소월이의 안전에 신경 쓰시는 건, 병 때문입니까?"

예상치 못한 무영의 질문에 정수의 말문이 막혔다. 그뿐 아니라, 그녀는 뒤통수에 말뚝이 박힌 것처럼 큰 충격을 받았다. 한순간 아무것도 떠오르질 않았다.

"어떻게 알았어요?"

겨우 마음을 진정시키며 정수가 물었다.

"이것까지 알고 계실지 모르겠지만 저는 한 달 전까지만 해도 트라우마로 인해 정신연령 발달장애를 앓고 있었습니다."

무영은 신혼여행에서의 습격 이후 제정신을 찾은 대신 특정 기억들을 잃었음을 말했다.

"그중에 하나가 소월이와 관련된 모든 것이었습니다. 그것 때문에 소월이가 많이 힘들어 했어요. 예전의 저를 친구처럼 여기고 있던 터라, 제가 변한 후에 외로움도 부쩍 느꼈고요. 저에게 마음을 열지도 못했죠. 저는 기억을 잃었어도 그 사람을 사랑하고 있었는데도요. 제 마음을 믿어주지 않더라고요."

무영이 씁쓸하게 미소 짓자, 정수는 괜스레 미안한 감정이 들었다. 소월이 의심이 많은 건 정수의 교육 탓이었다. 어렸을 때부터 외국에서 살면서 소월은 험한 일을 자주 겪었다. 백인 사회에서 동양인 모녀는 무시하고 갖고 놀기 좋은 타깃이었다. 소월은 또래 사이에서도 겉돌기 일쑤였고, 그러다 보니 조금이라도 잘해주는 사람이 있으면 곧잘 마음을 열곤 했다. 애정에 대한 아이의 순진한 갈구를 잔인한 어른들은 너무 쉽게 짓밟았다. 멋모르는 소월을 성추행하려던 사람들이 꽤 있었다. 천운이 도와서인지 심각한 사태가 초래된 적은 없었으나, 소월의 믿음은 서서히 무너져 내렸다.

"하여간, 저는 제가 겪었던 게 있기 때문에 소월이도 상담을 받을 필요가 있다고 생각했어요. 미쳤던 사람이 제정신으로 돌아올 정도의 충격이면 미치지 않은 사람에게도 영향을 줄 거라고 생각했거든요."

그리고 은혜병원의 원장이자 무영의 주치의인 고해숙은 소월의 진단 결과를 그녀가 아닌 무영에게 알려주었다.

"제 주치의분께선 소월이에게 정신분열증이 있는 것 같다고 말씀하시더군요."

정수의 입술이 하얗게 질렸다. 무영은 말을 멈추고 그녀의 안색을 살폈다. 정수는 차갑게 식은 차를 물처럼 마시며 무영의 다음 말을 기다렸다.

"소월이 본인도 모르고 있을 거라고 했어요. 원인은 어렸을 때의 트라우마인 것 같고, 월산에 오기 전에도 증상이 있었을 것 같다고 하시더군요."

첫 데이트를 한 다음 날, 무영은 해숙에게서 소월의 진단 결과를 듣고 하늘이 무너지는 줄 알았다.

"처음엔 받아들이기 힘들었지만 소월이와 함께 만들었던 마인드맵을 보니 그럴 수도 있을 것 같다는 생각이 들었습니다."

카페에서 마인드맵을 그릴 때만 해도 그것이 이런 식으로 도움이 될 줄은 꿈에도 몰랐다. 무영은 그저 편안한 상태에서 소월이 이것저것 자유롭게 자신의 이야기를 꺼내주길 바랐었다. 그녀를 알고 싶었고, 기억해 내고 싶었으니까.

"마인드맵이라고요?"

"네. 소월이에 대해 잊었던 것들을 다시 기억해 내고, 또 새로운 것들을 알고 싶어서 마인드맵을 만들자고 졸랐어요."

무영은 소꿉장난 같던 그들의 데이트에 대해 말하는 걸 살짝 수줍어하다가 곧 슬픈 표정으로 말을 이었다.

"다섯 살 때부터 외국에서 살았던 여자가 호신술을 몸에 익을 정도로 배운 건 뭔가 사연이 있어서겠죠. 학교에서 싸움도 자주 했다고 들었어요. 무서워하는 건 '이유 없는 친절', 싫어하는 인간 유형은 '변태'라고 했어요. 대충 떠오르는 게 있었죠. 그것뿐이 아니더라도 소월이는 자신을 사생아 취급하는 할아버지 때문에 지독한 콤플렉스에 시달렸으니까요."

"잠깐요."

정수가 무영의 말을 멈추었다.

"아까부터 듣자 하니, 소월이에 대한 기억을 전부 잃어버린 사람 같지가 않아요. 혹시 기억을 되찾은 건가요?"

정수가 예리하게 물었다.

"네, 기억이 돌아왔습니다. 어차피 일시적인 장애였을 뿐입니다."

소월이 상담을 받은 그날, 그들의 첫 번째 데이트에 무영과 소월은 진아를 만났다. 진아는 소월이 귀신에 씌었다고 저주처럼 내뱉었다. 빙의라는 키워드는 무영의 무의식을 강타했다.

"처음엔 일부 기억들이 선명하지 못했습니다. 하지만 소월이와의 추억들은 모두 기억해 냈습니다. 그 기억 중에는 소월이의 정신분열 증세를 목격한 것도 있었죠."

"직접…… 봤다고요?"

"근데 그건 환각이나 망상에 시달린다는 정신분열증보단 빙의 현상과 유사해 보였어요. 죽은 우리 할머니를 흉내 냈거든요."

신혼여행에서 테러를 당했을 때, 소월은 괴한들을 앞에 두고 무영을 '달님'이라고 칭하며 그를 지키려고 했다. 그녀는 차혜윤이 무영을 '행복한 달님'이라고 불렀다는 것을 알고 있었다. 이야기를 들은 정수가 손바닥으로 이마를 짚으며 한숨을 쉬었다. 차무영에겐 숨길 수가 없을 것 같았다.

"주치의분께서 정신분열이라고 진단한 건, 소월이가 헛것을 봤다고 단정 지었기 때문일 거예요. 하지만 소월이는 정신분열이 아니에요. 소월이는 인격장애를 갖고 있어요. 두 병은 미묘하게 다르답니다. 소월이는 본래의 주 인격이 감당할 수 없을 만큼 위협적인 상황에 처해 있을 때, 또 다른 인격이 나타나요. 일종의 방어기제죠. 난 그걸 보호

인격이라고 불러요."

정수가 딸에게 다른 인격이 존재한다는 것을 안 것은 소월이 열 살 때였다. 정 회장에게 아직은 돌아오면 안 된다는 전화를 받고 상심한 소월은 마을 외곽을 정처 없이 거닐다가 어떤 두 사람을 만났다. 그전에도 몇 번 이상한 남자들에게 성추행을 당할 뻔한 전적이 있었기 때문에 소월은 '낯선 남자'를 경계했다. 그러나 그들은 소월이 자주 가는 사탕 가게를 운영하는 남매였다.

어린 소월은 머리카락이 잔뜩 헝클어지고 온몸이 흙투성이가 되어 경찰서에 나타났다. 경찰들이 아이의 신고를 받고 사탕 가게로 갔을 때, 남매는 벌벌 떨고 있었다. 그들은 소월을 악마라고 불렀다. 자신들은 그저 아이가 귀여워서 예쁜 옷을 입히고 싶었을 뿐인데, 아이가 갑자기 사탄의 인형처럼 돌변했다고 말이다. 그 후에도 소월은 종종 헐크나 원더우먼으로 변하여 자신을 괴롭히는 아이들의 코뼈를 부러뜨렸다. 그녀는 당시 상황을 잘 기억하지 못했으나 학교에 불려온 엄마를 보고서 자신이 무슨 짓을 저질렀는지 대충 알았다.

"소월인 자신이 극복하지 못하는 위기 상황을 대신 이겨내 줄 존재로 인격이 변해요."

"그럼 저희 할머니를 흉내 낸 건……."

"소월이가 생각하기에 그 상황을 극복해 줄 사람이 무영 군의 할머니였던 거겠죠."

정수가 또 한 번 길게 한숨을 내쉬었다.

"소월이의 병은 비밀이에요. 이걸 알았다간 정 회장님이 무슨 짓을 저지를지 모르니까요. 치료를 한답시고 또 외국으로 보낼지도 모르죠. 그곳에서 병을 얻은 건데 말이에요."

"걱정하지 마세요. 당연히 비밀로 할 겁니다. 소월이에게도……. 나중에 밝혀서 치료를 받게 할 거지만 지금은 어머님과 같은 뜻입니다.

모든 위험이 없어지고, 제가 소월이 곁에 있을 수 있게 되면 그때 말할 거예요. 그러니 그때까지 저 대신 소월이를 지켜주세요."

"그게 무슨?"

"제가 신문에 결혼식 사진을 보냈습니다."

무영의 덤덤한 태도와 달리 정수는 깜짝 놀랐다.

"어머님 말씀대로 이곳은 너무 위험합니다. 소월이의 신경도 많이 쇠약해졌어요. 밤에 잠도 잘 못 자고요. 병이 더 심해질까 걱정됩니다."

별채로 옮기고서 무영이 소월을 피한 것은 자신이 그녀에게 부정적인 영향을 줄까 봐 겁이 났기 때문이었다. 소월이 불만을 품을 정도로 핸드폰을 자주 만졌던 것도 모두 해숙과 소월의 병세에 대해 이야기를 나누었기 때문이었다. 해숙은 월산에서의 일, 무영과 겪었던 일들이 소월의 증세를 악화시킬 수도 있다고 말했다.

자신이 소월에게 악몽을 떠오르게 하는 사람이 아닐까, 두 사람이 함께 만든 기억들 중에 소월은 제일 어두운 부분만을 간직하는 건 아닐까, 무영은 사랑하는 사람을 불행하게 만드는 존재가 될까 봐 무서웠다. 다행히 악몽을 꾼 소월이 가지 말라고 무영을 붙잡았으므로 그 두려움은 한풀 꺾였다. 적어도 무영은 소월에게 악몽보다는 나은 존재라는 것이었으니 말이다. 하지만 그녀가 머물기에 월산이 좋지 않은 환경이라는 사실은 변함이 없었다.

"게다가 소월인 저와 혼인신고를 하고 나면 바로 이혼할 생각이었거든요. 어머님과 아버님이 법적으로 부부가 되시고 나면요."

"걔가 그런 짓을 꾸몄어요? 세상에나."

정수는 두 손으로 입을 막았다.

"그걸 다 알고도 소월이가 좋아요? 무영 군을 이용하려고 했는데?"

"사랑하고 있습니다."

무영이 꿋꿋하게 말했다.

"그래서 이번만큼은 헤어지려고 하는 거예요. 정 회장님과의 거래 때문에 억지로 결혼해야 하는 남자란 타이틀을 벗고 싶거든요."

정수와 소월이 떠나면 모든 건 원점으로 돌아갈 것이다. 두 사람의 결혼은 없던 것이 될 거고, 소월과 정 회장의 계약은 파기될 것이다. 소월이 무영과 이혼하게 될 일도 없을 것이다. 무영은 타인의 의지가 개입되지 않는, 순수한 관계로 소월을 사랑하고 싶었다. 둘만의 시작을 하고 싶었다.

"물론 이 모든 건 전부 비밀입니다. 제가 소월이에 대한 기억을 다 찾은 것까지도요."

"굳이 그것까지 숨길 필요가 있나요?"

"어쩔 수 없습니다. 괴한 사건에 쉽게 접근하려면요. 저의 기억이 온전치 못한다고 생각해야 상대도 방심을 할 테니까요."

"그럼 나를 따로 불러서 이렇게 이야기를 하는 이유가 뭐죠? 어차피 소월이를 월산 밖으로 내보낼 계획이었다면서요?"

다 듣고 보니, 정수는 자신이 차무영이 두고 있는 체스 게임의 말이 된 것 같은 기분이 들었다. 그러나 불쾌하진 않았다. 눈앞에 있는 이 어린 남자가 자신의 딸을 얼마나 사랑하는지 절절하게 느낄 수 있었기 때문이었다.

"이대로 헤어지면 소월이를 붙잡을 수 있는 게 없으니까요. 지금은 보내지만 소월이를 포기하지 않는다는 걸, 사랑하고 있다는 걸 어머님께 말씀드리고 도움을 받고 싶었습니다. 월산에서 소월이를 데리고 가는 건 괜찮습니다. 하지만 제 마음에서만은 데리고 가지 말아주세요. 소월이가 저를 기다릴 수 있도록 곁에서 지켜주세요."

무영의 눈이 촉촉이 빛났다. 마음 같아선 한시도 떨어져 있고 싶지 않았다. 늘 함께하고 싶었다. 계속 보고 싶었다. 눈앞에서 사라지게 하고 싶지 않았다. 그 며칠, 소월이 서운해할 정도로 그녀를 피했던 때에도 순간순간이 무의미했다. 햇살은 성가셨고, 바람은 얄미웠다. 소월은 무영의 세상에 있는 모든 아름다움을 독차지한 존재였다. 그럼에도 무영은 소월을 위해 그녀가 없어져 아름답지 않은 세상을 살려고 한다.

제법 오랫동안 대화를 해놓고서 결말은 바뀐 게 없었다. 배웅을 하는 인원이 한 명 더 늘었을 뿐이었다. 싱겁게 소월을 보내는 무영을 보며 영선과 희태의 속이 타들어갔다. 영선뿐 아니라 희태까지도 무영의 옆구리를 찌르며 뭐라고 한마디 말이라도 더 해보라고 종용했다. 심지어 소월도 무영을 빤히 바라보았다.

'정말 이게 끝이라고?'

결국 소월이 정수에게 양해를 구한 뒤 무영의 손목을 잡고서 정원 구석으로 갔다. 무영은 터덜터덜 맥없이 그녀에게 이끌렸다.

"나 안 잡아? 이대로 보낼 거야?"

소월은 설명할 수 없는 화가 치밀었다. 이렇게 쉽게 포기할 거면서 첫눈에 반했다며 귀찮게 군 거였을까? 아니지, 이러려고 혼인신고를 미뤘던 걸까? 소월은 묘하게 무영이 괘씸하면서 배신감을 느꼈다.

"잡으면 잡혀주긴 할 거예요?"

무영이 희미한 미소를 지으며 말했다. 그는 정수와의 대화에 온 에너지를 쏟느라 기력이 다 빠진 상태였다. 두 사람이 무슨 대화를 나눴는지 알 길이 없는 소월은 그런 무영이 서운하기만 했다.

"잡는 시늉이라도 해야 하는 거 아니야? 너, 나 좋아한다며."

"아뇨, 누나."

무영이 슬픔을 억누르며 말했다. 톡톡 쏘는 것처럼 말하긴 해도 소월은 정도 많고 다정한 사람이니까, 무영이 붙잡으면 마지못해 붙잡혀 줄 것이다. 그러나 무영은 그녀를 잡을 수 없었다. 소월에겐 어쩌면 떠나는 것과 남는 것 두 가지의 가능성이 있을지 몰라도, 결심을 굳힌 무영에겐 단 하나의 가능성밖에 없었다. 정소월을 떠나보내기.

"난 누나 사랑해요."

무영의 한쪽 눈에서 눈물 한 방울이 새벽의 이슬처럼 떨어졌다.

'그러니까 이렇게 보내는 거야.'

잠시일 뿐이라고, 곧 다시 만나서 소월 앞에 당당해질 거라고 다짐했지만 그래도 마음이 아픈 건 어쩔 수 없었다. 헤어지기 싫었다.

"정소월, 넌 나 사랑해?"

갑작스러운 눈물에 당황한 소월에게 무영이 물었다. 그의 눈물을 보고 싱숭생숭해진 소월은 복잡하게 얽히다 못해 터질 것처럼 빵빵해진 여러 감정들을 한 번에 받아들일 수가 없었다. 그녀는 울음이 터질까 봐 입을 꾹 다물었다.

"누나가 대답할 수 있을 때, 그때 만나러 갈게요."

"내가 어디 있을 줄 알고? 누가 만나준대?"

소월은 끝까지 심통이다. 그러나 무영은 늘 그렇듯 그녀가 밉지 않다. 아이처럼 울음을 터뜨린 소월을 보기가 가슴 아플 뿐이다.

"이건 조금 긴 숨바꼭질일 뿐이에요."

눈물로 축축해진 뺨을 무영의 두 손이 조심스럽게 감싸 잡았다.

"잊지 마. 네가 어디에 숨어 있어도 난 항상 찾아냈어."

소월은 눈을 감았다. 부드러운 떨림은 입술이 아니라 그녀의 이마에 닿았다 떨어졌다.

"이번에도 찾으러 갈게."

무영의 미소가 눈이 부셨다.

11
Always be there

유월의 캠퍼스에는 아직 습기가 지지 않은 상쾌한 녹음이 우거져 있었다. 물빛 하늘이 드높아서 저절로 미소가 지어지는 날씨였다. 그러나 가련한 대학생들의 얼굴엔 때 아닌 장마가 우중충하게 껴 있었다. 여름방학을 일주일 앞둔 기말고사 기간이었기 때문이다. 대학원생인 소월은 이번 학기에 휴학을 했음에도 불구하고 동기들의 눈물 어린 간청을 외면하지 못해 조교 일을 하러 학교에 왔다. 굽이 있는 샌들을 신고 햇볕이 내리쬐는 언덕을 오르니 이마에 땀이 배어 나왔다. 소월은 핸드폰을 확인했다. 여유롭게 나왔기 때문에 늦을 염려가 없었지만 그녀는 수시로 핸드폰을 꺼냈다. 요즘 새로 생긴 버릇이었다.

걸려온 전화도, 새로 온 메시지도 없었다. 소월은 입술을 오리처럼 내밀어 비죽이다가 그만 발을 헛디디고 말았다. 민첩하게 움직인 덕분에 넘어져 무릎이 깨지는 건 피했으나, 발목이 꺾인 바람에 샌들의 얇은 끈이 툭 끊어졌다.

"뭐 이렇게 쉽게 떨어져 나가!"

소월이 신경질적으로 버럭 화를 냈다. 샌들 끈에게 성을 내는 것치곤 과한 감이 없지 않았다. 소월은 지나가던 사람들의 시선을 느끼곤 낭패스럽게 웃었다. 이게 다 찾으러 온다고 해놓고선 한 달이 넘도록 연락 한 통 없는 누구 때문이다. 소월은 그녀를 둘러싼 모든 소소한 불운들을 전부 그와 연결시킬 수 있었다. 알람을 잘못 맞춰 늦게 일어나는 것도, 택시를 탔는데 택시 기사가 민감한 정치 얘기를 들먹이며 시비를 터는 것도, 샴푸인 줄 알고 린스를 사는 것도 죄다 차무영 탓이다. 그녀가 한쪽 발을 질질 끌며 과사무실에 도착하자, 동기인 선정의 눈이 휘둥그레졌다.

"너 다리 왜 그래? 다쳤어?"

"아니. 올라오다가 삐끗했는데 샌들 끈이 떨어졌어."

추레한 샌들을 일일이 보여주며 설명하기가 멋쩍었다. 소월은 어깨를 한 번 들썩했다.

"내 사물함에 여분용 슬리퍼 있을 텐데……. 이거 교수님께 전해 드리고 오는 길에 갖다 줄게."

"고마워."

선정이 나가고 사무실에 홀로 남은 소월은 발의 측면에 묻은 검은 얼룩들을 물티슈로 닦아냈다. 깨끗해진 발을 보며 소월은 마음에 난 얼룩들도 이렇게 지워진다면 얼마나 좋을까 생각했다. 하루가 흘러가고 또 하루가 지나는 동안, 그녀의 마음속에 켜켜이 쌓인 먼지 같은 감정들은 더 눅눅해지고 고약해지며 존재감을 뿜어냈다. 묵은 먼지들이 자국을 남기듯 그녀의 마음은 얼룩져 버렸다.

'정말 별게 아니었는데……. 언제 이렇게 되어버렸지.'

겨우 한 톨의 먼지쯤이야, 대수롭지 않을 거라고, 입김으로 불면 날아가 버릴 가볍고 하찮은 것이라고 신경 쓰지 않았더니 어느새 가슴을 꽉 채울 만큼 커져 버렸다.

　시험 시간이 다 되었다. 선정은 돌아오지 않았고, 소월은 할 수 없이 망가진 샌들을 질질 끌며 시험지와 문제지를 챙겼다. 교양 필수 과목 강의라 그런지 수강생들 중에 새내기들이 많았다. 교수가 원래 강의 시간보다 더 짧게 시험 시간을 주자, 여기저기서 소심한 야유 소리가 들려왔다. 교수는 무심한 얼굴로 강의만 제대로 들었으면 삼십 분만에도 풀 수 있는 문제라며 씨알도 안 먹히는 소리를 했다. 소월은 무표정한 얼굴로 강단 위에 서서 시험 감독을 했다. 대학에 들어왔다고 해서 무개념 철부지들이 하루아침에 지식인으로 탈바꿈되는 건 아니었기 때문에, 커닝을 시도하는 무법자들이 종종 있었다.

　'설마 내가 떠나고 나서 또 모지리가 된 건 아니겠지?'

　월산을 떠난 지 삼 주가 넘었을 즈음부터 소월은 여러 가설을 세우며 그것의 타당성을 반복해서 검토하곤 했다.

　첫 일주일간 소월은 여유로웠다. 무영을 생각할 겨를이 없을 정도로 바빴기 때문에 그를 향한 감정으로부터 자유로웠다. 할아버지와 아버지의 협상은 기묘한 여운을 남기며 허무하게 끝났다. 결론부터 말하면 소월의 아버지가 이겼다. 정 회장은 한 번도 자신에게 언성을 높여 본 적이 없던 온순한 아들이 발악에 가까울 정도로 속마음을 털어내자, 소월의 결혼을 없던 것으로 해주기로 했다. 바로 다음 날 정정 기사가 나갔고, 정소월과 차무영은 공식적으로 파혼했다.

　소월과 그녀의 아버지는 본가에서 나와 어머니의 집으로 들어갔다. 그뿐 아니라 민호는 정수와 혼인신고도 해버렸다. 물론 정 회장의 허락은 받지 않았다. 이십오 년을 질질 끌어온 가족의 비애가 어이없을 정도로 쉽게 사라져 버렸다.

　"네 할아버지가 무슨 꿍꿍이인지 모르겠구나."

　정수는 소월의 긴 갈색 머리카락을 빗으로 빗겨주며 불안하게 중얼거렸다.

"할아버지도 늙으신 거겠지. 게다가 원래부터 할아버지한텐 아빠가 제일 중요한 사람이었잖아. 아빠가 세게 나오니까 할아버지도 어쩔 수 없었던 거겠지. 할아버진 어떻게서든 아빠한테 회사를 물려주고 싶어하시니까."

엄마의 걱정을 덜어주기 위해 긍정적으로 말했지만 소월도 찝찝한 기분을 지울 수가 없었다. 그러나 정 회장의 알 수 없는 속내를 파악하려고 머리를 쥐어짜며 앉아만 있기엔, 급격한 변화가 갖고 온 행복들이 참으로 달콤하였다. 소월은 간만에 느끼는 정서적인 풍요로움에 한동안 부정적인 잡념들을 모두 잊었다. 심지어 차무영까지도.

이 주째가 되고 나서는 슬슬 궁금증이 일기 시작했다.

'차무영은 뭘 하고 있을까? 나를 왜 그렇게 쉽게 보냈을까? 보내놓고 찾으러 온다는 건 또 뭐야? 찾으러 오긴 하는 걸까?'

진동도 벨소리도 울리지 않는 핸드폰을 주기적으로 확인하는 일이 잦아졌다. 주기는 점점 짧아졌고, 친구들이 지적할 정도로 소월은 핸드폰을 자주 꺼내보곤 했다.

"누구한테 연락 오기로 했어? 뭘 그렇게 확인해?"

"파혼남?"

눈치가 빠른 친구 한 명이 직설적으로 묻기도 했다.

"에이, 파혼한 남자 연락을 왜 기다려. 파혼을 하게 만든 남자라면 모를까."

"정소월한테 그렇게 남자가 많은 줄은 꿈에도 몰랐네."

소월의 뜬금없는 결혼 소식과 연이은 파혼 소식을 신문으로만 접한 친구들은 그녀에게 서운함을 토로하곤 했다.

"죽어도 먼저 연락하는 성미는 아니란 건 알고 있었지만 결혼식에까지 초대를 안 할 줄은 몰랐네."

"내버려 둬. 저래 봬도 재벌 3세잖아. 서민의 축의금은 필요 없다 이거지."

친구들의 애정 섞인 조롱과 비아냥거림을 웃어넘기면서도 소월의 촉각은 온통 주머니 속에 있는 핸드폰에게로 향해 있었다.

삼 주가 되었을 땐 궁금하기보단 걱정이 되었다. 월산이란 곳이 원체 위험투성이인 곳이 아니던가. 소월은 무영의 신변에 발생할 수 있는 여러 위험 요소들을 가정해 보곤 했다.

'리조트 사업이 아예 엎어질 수도 있다고 하던데……. 차 사장이 열받아서 무영일 괴롭히는 게 아닐까? 별채에 가둬두고 굶긴다거나……. 한지훈이 차 사장을 약 올려서 둘이 싸움이라도 벌였으면? 칼부림이라도 났으면 어떡하지?'

소월의 기다림이 길어지고 마음이 촉박해지는 만큼 그녀의 상상은 점점 폭력적으로 변해갔다. 가끔씩 연락하는 윤미조차 무영에 대해서는 일언반구의 언급도 없었으므로 소월의 상상은 더욱 예민해져 갔다.

한 달이 넘어서자, 소월은 기묘한 박탈감과 함께 현실적인 분노를 느꼈다. 그리고 이때까지 느낀 모든 감정들이 복합적으로 작용하여 그녀의 마음을 어지럽혔다.

'차무영은 뭐 하길래 연락도 없는 걸까? 설마 괴한들에게 납치라도 당한 거 아니야? 아니야……. 그랬으면 그 사건과 관련 있는 나한테도 경찰들이 또 찾아왔겠지. 그냥 차무영이 안 오는 거야. 웃겨, 진짜.'

소월은 차무영에게 찾으러 오라 말한 적이 없었다. 기다리겠다고 한 적도 없었다. 그때의 이별로 두 사람은 영영 안 보는 사이가 될 수 있었다. 그런데 차무영이 잡았다. 잡고선 찾으러 간다고 말했다. 기다리라는 거다. 소월은 기다림을 부여받았다. 억지로 묶인 사슬처럼 소월은 무영에게서 벗어날 수가 없었다.

상념에 빠지기에 한 시간은 길지 않았다. 그러나 공부를 하지 않은 학생들에겐 한 시간이 턱없이 짧았던 모양인지, 소월이 시험지를 제출하라고 말하자 여러 명의 앓는 소리가 동시에 터져 나왔다. 떠들썩하게 수다를 떠는 사람들 사이를 소월은 묵직한 종이봉투를 들고서 신발을 끈 채 걸었다. 방정맞게 덜렁거리는 떨어진 끈이 보기 흉했다. 소월은 미끄러지지 않기 위해 조심하며 최대한 발걸음을 재촉했다.

한 남자가 그녀의 앞길을 가로막았다. 가야 할 길이 바쁜 소월이 저도 모르게 인상을 쓰자, 남자의 얼굴은 당혹감으로 물들었다.

"도와드릴까요?"

남자의 말은 밑도 끝도 없었다. 소월은 단정하고 순하게 생긴 남자의 얼굴을 멀뚱히 바라보았다. 저돌적인 시선에 남자는 순진하게도 금방 얼굴을 붉혔다. 어린애다. 어쩌면 스무 살일지도 몰랐다.

"나 알아요?"

의도한 것은 아니었으나 소월의 목소리가 냉랭했다. 남자는 차마 소월과 눈도 마주치지 못하고 말을 버벅거렸다.

"사, 사회과학부 조교님이시잖아요."

"날 어떻게 알아요?"

취조하는 것 같은 말투에 남자는 황급히 손사래를 쳤다.

"저 이상한 사람 아니에요. 학부생이에요. 지난 학기에 수업 들었는데, 그 수업 조교님이셨어요. 지각한 거 몇 번 봐주셨는데……."

작년에 소월을 봤다니 새내기는 아닌 모양이었다. 그는 소월을 또렷하게 기억하는 것 같았으나, 소월은 그를 알아보지 못했다.

"그래서 도와준다고요? 지각한 거 봐줘서?"

"네? 아, 네. 그리고 신발도 불편한 것 같아서……."

"그래요, 그럼. 도와주세요."

남자의 얼굴이 밝아졌다. 그의 해맑은 표정을 보자니 소월은 괜히 웃음이 났다. 소월이 웃자, 남자의 얼굴은 잘 익은 홍옥처럼 탐스럽게 빨개졌다.

'차무영이랑 비슷한 구석이 있네.'

소월은 자신의 짐을 남자에게 넘겨주며 흐뭇한 미소를 지었다. 두 사람은 함께 건물을 나섰다. 이 강의의 교수는 까다로운 편이어서, 시험지의 채점을 조교들에게 맡기지 않았다. 그 덕분에 소월은 다른 건물에 있는 교수실까지 시험지를 갖고 가야만 했다.

"방금 시험 본 건 아니죠?"

소월이 뒤늦게 그를 의심하며 물었다. 품 안에 가득 종이봉투를 안은 남자는 거세게 고개를 저었다.

"미안해요, 의심해서. 너무 적절한 타이밍에 도와주겠다고 나타나서, 시험지를 바꿔치기하려고 접근한 건 아닐까 생각해 봤어요. 요즘 커닝 수법이 워낙 다양해졌대서."

"기다린 건 맞아요."

남자가 용기를 내 말했다. 소월이 의아해하며 자신을 왜 기다린 거냐고 막 물을 참이었다.

야구공 하나가 남자의 머리 위로 날아왔다. 소월이 깜짝 놀라 하며 남자를 잡고 고개를 숙였다. 다행히 야구공은 누구도 맞히지 않고 날아갔다. 중앙 잔디에서 캐치볼을 하고 있던 남학생들이 서로 달려들어 네 탓이니 내 탓이니 하며 다투는 소리가 들려왔다.

"아, 진짜 조심성 없네. 힘 조절을 그렇게 못 하나? 여기까지 던지면 어떡하잔 거야."

소월이 일부 학생들의 부주의함에 대해 성토를 하는 바람에 남자는 그녀를 기다린 이유를 말하지 못했다. 교수실에 도착하고 나서는 교수가 소월을 붙잡았으므로, 그는 타이밍을 완전히 놓치고 말았다. 소월이 교수의 시답잖은 잔소리를 한참 듣고 나왔을 때 남자는 이미 사라지고 없었다. 혹시 기다리고 있었다면 커피라도 사줄 생각이었던 소월은 귀찮은 일을 덜었다며 홀가분해했다.

한쪽 발을 질질 끌며 소월은 과사무실로 향했다. 그녀는 문득 무영과의 첫 만남을 떠올렸다. 맨발의 차무영은 발바닥에 상처를 입고서 소월의 차를 따라잡으려 필사적으로 절뚝거렸었다. 소월의 차가 향하는 곳에 낭떠러지가 있다는 걸 알려주기 위해서였다.

'시작부터였었지, 네가 날 구해준 건.'

콧잔등이 시큰해져서 소월은 코끝을 억세게 쥐었다 놨다. 그녀의 가슴을 꽉 채운 먼지들은 심지어 아주 미세해서 그 작은 입자 하나하나가 소월의 모든 세포에 달라붙은 게 분명했다. 무엇을 보고 듣고 만지든 결국엔 다 차무영을 떠오르게 했다. 사고의 결론은 이미 차무영으로 정해져 있었다. 5층에 있는 과사무실로 올라가는 엘리베이터에 탄 소월은 마침내 인정할 수밖에 없었다.

'보고 싶다, 차무영.'

숨길 수도 없고, 숨겨지지도 않는 그리움에 소월은 허덕였다. 괜찮다고, 아무것도 아니라고 버텨냈던 시간들이 무색하게 소월은 무너져 내렸다. 자신에게만 약한 그 다정한 눈빛이 사무치게 그리웠다.

엘리베이터의 문이 열렸다. 5층까지 올라오는 그 짧은 시간 동안 소월은 어찌나 울었는지 얼굴이 엉망이 되어 있었다. 엘리베이터를 기다리는 사람들이 없는 게 다행이었다. 과사무실에 도착한 소월은 의자에 앉아 손에 얼굴을 묻고 엉엉 울었다. 텅 빈 사무실에 그녀를 위로해 줄 사람은 한 명도 없었다. 아니, 설령 누군가 있다고 해도 소월은 그 위로를 받을 수 없을 것이다. 그녀에게 필요한 건 차무영이었다.

가까스로 눈물을 멈추고 나서, 소월은 바닥에 놓인 분홍색 삼선 슬리퍼를 발견했다. 새 것처럼 깨끗한 신발 위에는 연고와 반창고도 놓여 있었다. 마침 선정이 과사무실에 들어왔다. 그녀는 붉게 충혈된 소월의 눈을 보고 호들갑을 떨었다. 소월이 정말 괜찮다고 호탕하게 웃기까지 하고 나서야 선정의 표정도 풀렸다. 소월은 세심하고 상냥한 동기 덕분에 그나마 마음이 따뜻해졌다.

"선정아, 이거 고마워. 잘 신고 내일 돌려줄게. 근데 나 다치진 않았다니까 뭐하러 연고까지 사와."

"아, 맞다!"

선정이 손뼉을 짝! 소리가 나게 치더니 깜빡해서 미안하다며 맞닿은 두 손바닥을 싹싹 빌었다.

"이거 네가 갖다 놓은 거 아니야?"

"미안해. 교수님이 다른 심부름을 또 시키셔서 그거 하다가 나도 바로 시험 감독하러 들어가서……."

말끝을 흐리는 선정을 보며 소월은 자신을 도와준 남학생을 떠올렸다.

'모르는 사람한테 계속 신세를 지네.'

지나가다 만나면 밥이라도 한번 사줘야겠다고 생각하는 소월이었다.

하얀 블라우스와 H라인 스커트는 분홍색 삼선 슬리퍼와는 확연히 이질적이었다. 게다가 소월은 유독 슬리퍼를 신을 때면 신발을 끄는 습관이 있었다. 도도한 여대생의 자태로 분홍색 슬리퍼를 신고 아저씨처럼 팔자걸음으로 언덕을 내려오는 소월의 모습은 사람들의 이목을 끌었다. 더구나 그녀는 누가 봐도 방금까지 대성통곡을 한 사람의 몰골을 하고 있었으니, 언덕을 올라오는 사람들이 소월을 힐끔거리는 건 지극히 자연스러운 것이었다.

손가방에 넣어둔 핸드폰의 진동이 울렸다. 한 번 더, 또 한 번 더, 연달아서 계속 울렸다. 소월은 걸음을 멈추지 않고 가방을 뒤적거려 핸드폰을 꺼냈다.

〈찾았다.〉

〈찾았다, 정소월.〉

〈분홍색이라 완전 쉽게 찾음.〉

〈걸으면서 핸드폰 보니까 다치죠.〉

소월은 제자리에 서서 핸드폰 화면에 뜬 메시지들을 뚫어져라 쳐다보았다. 익숙한 체온과 감촉이 그녀의 어깨를 감싸 안았다.

"찾았다."

무영의 목소리가 소월의 귓가에 고운 멜로디처럼 울려 퍼졌다.

월산 역에서 서울행 기차를 기다리는 무영 옆에는 희태가 미간을 좁히고 못마땅한 표정으로 서 있었다. 그의 손에는 소월의 부모님께 드릴 선물 상자가 들려 있었다. 소월이 정수와 월산을 떠날 때 경황이 없어 아무것도 챙겨주지 못한 것을 줄곧 마음에 담아둔 희태였다.

"마음에 안 차시는 사윗감일 텐데 뇌물이라도 드려야죠."

무영이 보고 들으란 듯 희태는 거리낌 없이 말하며 짐을 쌌다.

"정말 혼자 가실 수 있겠어요?"

"응."

"서울 지리도 잘 모르시잖아요."

"소월이 어머님이 집 위치 알려주셨잖아요. 그거 보고 찾아가면 되지, 내가 바보예요?"

'몇 달 전까지만 해도 바보였잖아요'라는 말이 희태의 목에 걸렸다. 끽해야 월산 주변의 도시들에나 몇 번씩 다녀온 게 무영이 경험한 여행의 전부였다. 그마저도 서울에 비할 수 없는 지방 도시였다. 차무영은 심지어 지하철을 타본 적도 없었다. 그런데 혼자 서울 여행을 감행하다니 희태의 애간장이 탈 만했다.

"그래도 어떻게 점수를 따셔서 사모님이랑 연락도 하시고 대단하십니다."

희태가 애써 노파심을 갈무리하며 말했다. 그는 무영이 소월을 포기하고 자신의 인생도 흘러가는 시간에 던져두려는 줄로만 알았다. 파혼 기사가 나고 저택은 그야말로 초상집 분위기였다. 정 회장이 리조트 사업에 대해 잠시 보류하자고 연락을 해왔다며 영선은 머리를 싸매고 앓아누웠다. 고전적인 하얀 머리띠를 둘러매고 식음을 전폐한 영선이었으나, 사람들의 관심을 끌지는 못하였다. 무영 때문이었다.

저택의 식구들은 소월의 부재로 인해 어떻게 변할지 모르는 무영의 상태를 주시했다. 그의 행동이 예상 반경을 훌쩍 넘어섰기 때문에 관심도는 더욱 뜨거웠다. 무영은 울거나 화를 내거나 별채에서 칩거하거나 소월을 따라가겠다고 고집을 부리지 않았다. 사람들이 점쳐 봤던 여러 가능성 있는 행동들을 하나도 보이지 않은 것이다. 대신 무영은 우진과 부쩍 어울리기 시작했다. 시내로 심부름을 간 메이드들이 우진과 함께 있는 무영을 목격하는 일이 잦아졌다. 술이라도 마시는지 무영은 때때로 늦게 들어오거나 외박을 하기도 했지만 그렇다고 실연의 상처에 찌들어서 꼴라가 된 적은 없었다. 그냥 평범하게 친구와 놀러 다니는 스물두 살짜리 남자애 같았다.

예사롭지 않은 상황에서의 평범함은 역설적으로 특이한 것이 된다. 사람들은 무영이 왜 저러는 건지, 언제 터질지 모르는 시한폭탄을 보는 것처럼 불안해했다. 그러나 영선만은 무영의 태도에 깊은 감명을 받았다.

"우리 무영이가 똑똑한 거지. 떠난 기차 꽁무니만 보다간 새로 오는 기차도 놓치기 마련이거든."

그녀는 자리를 털고 일어나 무영을 중심으로 한 새로운 미래의 계획을 짰다. 영선은 희태를 시켜 무영의 검정고시를 도와줄 가정교사를 구인하도록 했다. 무영을 대학에 보내기 위해서였다. 메이드들은 영선이 중매 시장에 내놓을 상품의 질을 향상시키려는 것 같다고 수군거렸다. 그녀들의 예리한 관찰력대로, 유명한 상류층 중매쟁이 할멈의 저택 출입이 다시 잦아졌다.

"제정신을 차렸으니 우리 무영이만큼 근사한 신랑감이 또 없지."

영선은 뽐내듯 말했고, 근거 없는 자신감은 아니었던 모양인지 곧 상대방의 구체적인 집안과 맞선 날짜가 그녀의 입에 오르락내리락했다. 무영이 돌연 서울행을 선언하기 전만 해도 그녀의 계획엔 차질이 없는 듯했다.

"나 없는 동안 어머니나 잘 돌봐주세요. 그 이상한 할머니는 집에 좀 못 오게 하시고요."

희태에게서 짐을 빼앗아 들며 무영이 말했다. 무영이 소월을 보러 서울에 가겠다고 말한 직후 영선은 다시 몸져누웠다. 골골골 다 죽어가는 소리를 내는 어미를 보고도 눈 하나 까딱 않고 서울에 다녀오겠단 말을 하는 무영을 보며, 영선은 자식을 잘못 키웠다며 공연한 한탄을 했다.

"알겠습니다. 도련님도 조심히 다녀오세요. 소월 아가씨한테도 안부 전해주시고요."

소월의 이름을 말하는 희태의 목소리가 구슬펐다. 무영은 대답 없이 희태의 어깨를 한 번 꽉 잡았다가 놨다. 굉음을 내며 기차가 플랫폼에 들어섰다. 마치 월산의 산등성이를 넘실넘실 타고 넘는 거대한 구렁이 같았다.

"다녀올게요, 아저씨."

"몸조심하세요."

무영이 기차에 올랐다. 희태는 창문으로 무영을 보며 그가 제자리를 찾아 앉을 때까지 쫓아다녔다. 무영은 유리창 너머로 보이는 희태의 얼굴을 빤히 바라봤다. 위에서 봐서 그런지 희태는 부쩍 지치고 초라해 보였다. 말 많고 탈 많은 가문의 집사로 살아온 그의 고단한 세월이 느껴지는 것 같아서 무영은 괜히 눈시울이 뜨끈해졌다. 홀로 고향 땅을 벗어나는 것이 그를 감상적으로 만드는 모양이었다.

소월이 떠나고 한 달이 지났다. 그동안 무영은 일부러 그녀에게 연락하지 않았다. 당장 함께하지 못할 걸 알면서 그리움만 부추기다간 정작 해야 할 일들의 진행이 더딜 것 같았기 때문이었다. 잠시의 이별은 함께할 영원을 위한 초석이라고 스스로를 달래며 무영은 결의를 다졌다. 한편으로는 소월이 자신의 빈자리를 느꼈으면 하는 유치한 심보도 존재했다. 보고 싶어 해줬으면 좋겠다고 생각했다. 그가 매일 밤 조곤조곤 부른 그녀의 이름에 소월의 마음이 귀를 기울여 줬으면 좋겠다고.

소월을 생각하면 시간이 금방 갔다. 그녀의 꿈을 꾸다가 깨니 무영은 어느새 서울에 도착해 있었다. 분주히 내리는 사람들을 멍하니 쳐다보던 무영은 자신을 힐긋거리는 여자들의 시선에 정신을 차렸다. 가방을 메고 한 손에는 희태가 준 선물 꾸러미를 들고서 무영은 서울역 한복판에 기둥처럼 서 있었다. 한정된 공간에 이렇게나 많은 사람들이 왁자지껄 돌아다니는 것을 무영은 처음 봤다. 희태의 경고가 그의 머릿속에 사이렌처럼 울렸다.

"적당히 여유롭게 다니세요. 숙맥처럼 보였다가 질 나쁜 사람들한테 걸리면 안 됩니다."

무영은 침을 꿀꺽 삼켰다. 우연히 마주치는 행인들의 눈빛도 그에겐 적지 않은 위협이 되었다. 황급히 시선을 돌리느라 무영의 눈동자가 초조하게 떨렸다. 한글 이정표조차 외국어처럼 보일 지경이었다. 모질리였던 십이 년간의 기억들을 고스란히 갖고 있긴 했지만 무영은 그때의 감각이 마치 경험보다는 학습 같다고 생각했다. 인지는 하고 있으나 습득이 되진 못한 느낌이었다. 익숙한 환경을 떠나고 나서야 무영은 자신의 사회성이 한참 떨어진다는 걸 깨달았다.

그는 제자리에서 십오 분간 꼼짝없이 서 있고 난 후에야 지하철 표지판을 발견할 수 있었다. 원래 차무영의 계획은 해가 지기 전에 소월의 집에 도착하는 것이었다. 부모님께 정식으로 인사도 드리고, 같이 저녁 식사도 하고, 운이 좋으면 소월의 집에 머물 수도 있지 않을까 생각했다. 그러나 무영이 소월의 동네 지하철역을 빠져나왔을 때, 시간은 벌써 밤 아홉 시를 향하고 있었다. 파혼당한 전 약혼자가 불쑥 찾아가기엔 부적절한 시간대였다.

무영은 복잡하게 얽혀 있던 서울의 지하철 노선도와 내선 순환이라는 해괴망측한 시스템을 저주했다. 결국 서울에 온 첫날 밤, 무영은 소월의 집 앞에서 스토커처럼 서성이기만 하다가 역 근처에 있는 호텔에서 하룻밤을 묵었다.

다음 날, 무영은 여독으로 밤새 뒤척인 탓에 늦잠을 잤다. 오전 열 시에 가까운 시간을 보자 무영은 헐레벌떡 자리에서 일어났다. 소월의 집이 사라지는 것도 아닌데 무영은 뭐가 그리 급한지 희태가 쥐여준 선물 보따리도 까맣게 잊고 호텔을 나섰다. 소월의 집 앞에 다 도착하고 나서야, 그는 자신의 행색이 예비 장인 장모를 만날 수 있는 상태가 아니란 것을 깨달았다. 그러나 무영은 호텔로 돌아갈 수가 없었다. 대문을 열고 소월이 나왔기 때문이었다.

죄를 지은 사람처럼 무영은 담벼락 뒤로 몸을 숨겼다. 눈물에 녹슬어 움직이지 않았던 심장이 활력을 되찾고 두근거리는 게 느껴졌다. 그녀에게 달려가라고 가슴이 아우성쳤지만 무영의 두 다리는 움직일 줄을 몰랐다. 서울에서 본 소월은 다른 사람 같았다. 한 달 사이에 더 예뻐진 것 같기도 했고, 무영은 두리번거리며 더듬대던 길을 거침없이 걷는 모습이 어른스러웠다. 그는 소월에 비하면 자신이 얼마나 형편없는가를 뼈저리게 느꼈다. 그래서 소월 앞에 당당히 나타나지 못하고 그녀의 뒤를 그림자처럼 따라다녔다. 소월은 이어폰을 꽂고 있어서 그런지 무영을 전혀 알아차리지 못했다.

무영은 신기했다. 바삐 움직이는 대도시의 사람들 속에 소월은 자연스레 녹아들어 있었다. 월산에서 이리 치이고, 저리 치이고, 낯선 사람들 틈에 홀로 있느라 잔뜩 경계의 날을 세웠던 소월의 모습은 없었다. 무영이 두 번째로 충격을 받은 것은 웅장하고 아름다운 대학교를 보고 나서였다. 소월은 감흥 없이 들어서는 캠퍼스를 무영은 사람들의 눈치를 보며 조심스레 발을 들였다.

'여기 학생이 아닌 걸 알면 어쩌지?'

그는 소월 앞에서 끌려 나가는 추태를 보일까 봐 마음이 조마조마했다. 어려운 말이 써진 묵직한 책을 팔에 하나씩 낀 학생들의 얼굴은 자신감으로 반짝이는 것 같았다. 시험 기간 때문에 수척해진 얼굴이 무영에겐 지식인들의 예민한 감성처럼 보였다. 몇몇 학생들이 무영을 흥미롭게 쳐다봤다.

'모델인가? 우리 학교에 저런 얼굴이 있었으면 내가 모를 리가 없는데.'

'뭐지? 근처에 영화 촬영 있나?'

그네들의 속마음을 알 리 없는 무영은 대학생이 아닌 티가 난다고 착각하며 지레 주눅이 들었다. 무영은 소월에게만 집중하기로 했다. 그는 그녀의 뒤를 뚫어져라 보았다. 그쯤 되면 뒤통수가 따가울 만도 한데, 소월은 자꾸 핸드폰을 확인하느라 무영의 존재를 알아차리지 못했다.

'왜 저렇게 핸드폰을 보지?'

자신은 일부러 소월에게 연락을 하고 있지 않았다. 그러니 소월이 핸드폰으로 연락을 주고받는 상대는 자신이 아닐 것이다. 무영은 우울해졌다. 소월의 몸이 갑자기 휘청거렸다. 소월보다도 무영이 더 깜짝 놀랐다. 그는 반사적으로 뛰었다. 그녀의 지척까지 다가갔던 무영은 금세 균형을 잡는 소월을 보고 다시 뒷걸음질을 쳤다.

"뭐 이렇게 쉽게 떨어져 나가!"

소월이 신경질적으로 버럭 화를 냈다. 무영은 영문도 모른 채 당황해하며 나무와 나무 사이에 걸린 현수막 뒤로 몸을 숨겼다. 치마를 입은 소월이 어정쩡하게 무릎을 굽혀 끊어진 샌들의 끈을 만지작거렸다.

'신발이 고장 났구나……. 다쳤나?'

무영은 눈을 가늘게 뜨고 소월의 발을 쳐다봤다. 검은 먼지가 묻어서 상처가 있는지 없는지 잘 보이질 않았다. 소월이 한쪽 발을 질질 끌며 걷자, 무영의 근심이 깊어졌다.

소월이 과사무실에 들어가고 무영은 그 근처를 어슬렁거렸다. 살짝 열린 문틈 사이로 소월이 한 여자와 대화를 하는 모습이 보였다. 인상을 쓰기도 하고 웃기도 하는 소월의 얼굴이 무영은 세상에서 제일 재미있었다. 얼마 후 소월이 커다란 종이봉투를 들고 나왔다. 신발이 불편한 탓에 소월이 앞을 제대로 못 보고 비틀거리다가 종이봉투를 떨어뜨릴 뻔했다. 그녀의 바로 뒤에 있던 무영이 손으로 슬쩍 봉투의 위치를 바로잡아 주었다. 소월은 누군가 자신을 도와줬다는 것조차 몰랐다.

월산에선 누구보다 기민하게 굴더니, 막상 익숙한 곳에선 둔하게 구는 소월이 귀여워서 무영은 웃음이 났다. 그러다가 월산이 그만큼 소월에겐 거북한 곳이었단 걸 깨닫곤 씁쓸해했다.

시험 시간 직전이라 강의실의 문은 활짝 열려 있었다. 소월이 칠판에 강의명과 시험 시간을 적는 것을 보고 무영은 그녀가 시험 감독을 하러 왔음을 알았다.

'시험을 보는 것도 아니고 감독이라니, 우리 소월이 대단해!'

무영이 강의실 뒷문에서 흐뭇해하며 소월의 모습을 훔쳐보는 동안

학생들이 그의 몸을 툭툭 치고 지나갔다. 시험이 시작되었다. 소월이 강의실에 있을 한 시간 동안 무영은 자유롭게 움직일 수 있었다. 무영은 지나가는 남학생 한 명을 잡았다.

"여기 약국이랑 신발 가게 어디 있어요?"

시험을 망치고 기분이 안 좋은 와중에 모르는 남자에게 팔이 붙잡힌 남학생의 표정이 썩 밝지 않았다.

"약국은 G홀 1층에 있고, 신발 가게는 몰라요."

남학생이 퉁명스러운 어조로 말했다. 그는 이론보단 실무가 중요하다고 주장하며 휴학을 하고 몇 년 동안 회사에서 인턴을 했다. 그러다가 몇 달 전에 형이 학위도 없는 놈이라고 무시를 하는 바람에 복학을 한 것이었다. 재수 없는 형의 코를 납작하게 만들고 싶었는데 가장 자신 있던 시험을 완전히 망치고 말았다. 다른 과목들은 볼 것도 없이 망했다.

"G홀이 어디에 있는데요?"

형 새끼랑 마주치지 않게 어디로 잠수를 탈지 고민하던 차에, 웬 모르는 남자가 자신을 잡고 놔주질 않으니 짜증이 왈칵 치밀었다. 게다가 남자가 쓸데없이 잘생긴 바람에 언짢음이 배가되었다.

"새내기?"

남학생의 말이 짧아졌다. 학교 위치도 제대로 모르는 걸 보고 무영을 신입생으로 짐작하는 모양이었다. 무영은 아니라고 말했다간 학교에서 쫓겨날 거라고 생각했으므로 얼결에 고개를 끄덕였다. 그러자 남학생의 태도가 순식간에 거만해졌다.

"하아……."

단전에서 우러나오는 깊은 한숨을 내쉰 그는 무영이 잡은 팔을 털었다.

"경영대?"

남학생의 질문에 무영이 고개를 도리도리 저었다. 고개를 흔들 때마다 찰랑거리는 무영의 머리카락을 보며 남학생은 자신의 심미안을 원망했다. 아름다운 것을 보면 성별의 구별 없이 기분이 좋아졌다. 그는 무영을 잡고서 같은 과는 아니지만 그래도 학교의 선배로서 새내기의 바른 자세에 대해 일장 연설을 늘어놓았다. 시험 기간에 선배를 건드리면 안 된다, 모르는 선배의 팔을 잡는 건 무례한 짓이다, 학기가 끝나가는데 학교 위치도 모르다니 아싸인 거냐.

무영이 가만히 입을 다물고 있자, 남학생은 자신이 정곡을 찔렀다고 생각했다.

'이 새끼…… 잘생기기만 했지. 아싸구나.'

그는 동정심과 함께 같잖은 우월감을 느끼며 관대해졌다.

"이리 와. 내가 G홀 데려다줄게. 바로 코앞에 있는 걸 모르고……. 학교는 잘 다니고? 계속 빠지다가 시험만 치러 온 건 아니지?"

"아니에요."

무영은 대충 대꾸하며 남학생의 뒤를 따랐다.

"어느 과냐?"

"사회학……."

무영이 소월의 전공을 얼버무리며 말했다. 다행히 남학생은 별 의심 없이 넘어갔다.

"시험은 잘 봤냐?"

"아뇨."

무영이 눈치껏 대답했다. 남학생이 원하던 대답이었는지 그의 얼굴이 훨씬 환해졌다. 그는 G홀로 가는 내내 무자비한 난이도의 시험 문제를 낸 교수를 열심히 씹어댔다. 무영은 그의 말을 건성으로 흘려들었다. 마침내 약국에 도착하자, 무영은 남학생에게 꾸벅 인사를 했다. 남학생은 자비로운 미소를 지으며 나중에 지나가다 만나면 아는 척을 하라고 말했다. 무영은 속으로 그럴 일은 절대 없을 거라고 생각했다.

약국에서 연고와 반창고를 사고 나오자 그에게 남은 시간은 십오 분 남짓이었다. 남학생이 그를 잡고 있던 탓이었다. 무영은 신발 가게를 찾아볼 여유가 없었다. 그때, 그의 눈에 대형 문구점이 들어왔다. 무영은 초등학교에 다닐 때 실내화를 문방구에서 샀던 기억을 떠올렸다. 무영은 종업원에게 물어 소월의 발 사이즈에 맞는 삼선 슬리퍼를 찾을 수 있었다. 색깔은 소월과 어울리는 진달래 같은 분홍색이 좋았다.

무영은 슬리퍼와 연고, 반창고를 갖고 소월의 과사무실로 달렸다. 소월이 도착하기 전에 몰래 그녀의 자리에 놓을 생각이었다. 시험이 끝나기까지 오 분이 채 남지 않았다. 무영은 뛰었다. 운이 좋게도 과사무실엔 사람이 없었다. 무영은 눈여겨봐 두었던 소월의 자리 밑에 분홍색 슬리퍼를 놓고, 그 위에 연고와 반창고를 올려두었다. 이젠 다시 소월을 보러 가야 했다.

소월이 있어야 할 강의실은 텅 비어 있었다. 시험이 끝난 지 십 분이 넘었기 때문이었다. 무영은 소월을 찾아 건물의 복도를 뛰어다녔다. 학생들이 빠져나간 건물에는 그늘진 복도 특유의 냉기가 올라오고 있었다. 무영은 밖으로 나왔다. 그는 길을 잃은 미아처럼 제자리에서 빙글빙글 돌았다. 어디로 가야 정소월을 찾을 수 있을까. 소월에게 반드시 찾아내겠다고 큰소리를 쳐 두었는데, 저택 밖에서 무영의 숨바꼭질 실력은 우물 안 개구리 같은 것이었다.

그는 무작정 뛰었다. 그러다가 잔디 광장 반대편에서 웬 남자와 나란히 걷고 있는 소월을 발견했다. 남자는 수줍은 미소를 지은 채 소월의 짐을 대신 들고 있었다. 가뜩이나 뛰느라 열이 오른 무영의 얼굴이 더욱 뜨거워졌다. 그의 눈에선 불꽃이 튈 것 같았다. 무영의 쪽에선 소월을 바라보는 남자의 표정이 아주 잘 보였다. 남자는 감히 소월을 그렇게 쳐다보아선 안 되었다. 남의 여자를 그런 눈으로 보는 건 용서

받을 수가 없는 것이었다.

소월과 남자가 걸음을 멈추었다. 두 사람은 마주 보며 대화를 나눴고, 남자의 표정이 진지해졌다. 그는 뭔가 결심을 한 것 같았다. 무영은 눈에 뵈는 게 없었다. 그는 잔디에서 캐치볼을 하고 있던 남학생들에게 달려들어 무작정 야구공을 빼앗았다.

"어? 너 아까 그 아싸 아니냐?"

캐치볼을 하던 두 사람 중에 한 명은 무영을 약국까지 데려다주었던 남학생이었다. 그의 얼굴을 보자 무영은 절대 만나지 않을 거라고 생각했는데 이런 식으로 만나다니 참으로 악연이라고 느꼈다.

"야, 너 뭐 하는 짓이야!"

남학생의 고함을 무시한 채 무영이 소월의 옆 남자를 향해 힘껏 공을 던졌다. 그는 자신 있었다, 이 공은 소월을 맞추지 않을 거란 걸. 솔방울을 2층 창문에 정확하게 맞추며 소월을 깨웠던 자신이었다. 소월이 남자를 잡고 고개를 숙이는 바람에 야구공은 타깃을 맞추지 못하고 멀리 날아가 버렸다. 소월이 공이 날아온 쪽을 바라봤지만 그녀는 무영을 보진 못했다. 남학생들이 무영에게 달려들어 무슨 짓이냐고 멱살을 잡았기 때문이었다. 멀어져 가는 소월의 뒷모습을 보며 무영은 무기력하게 흔들렸다.

"이 새끼, 골 때리는 놈이네. 야, 너 그거 작정하고 던진 거지?"

남학생이 화를 내며 사람이 다치면 어떡하려고 그랬냐며 무영을 꾸짖었다. 순간 눈이 멀어 충동적인 짓을 저지른 무영이 뒤늦게 반성하며 얼굴을 붉혔다.

"제구력 죽이더라. 남자 노린 거 맞지?"

또 다른 남학생 한 명이 끼어들었다. 무영은 말없이 고개만 끄덕였다.

"왜? 걔가 너 아싸 만든 애냐?"

무영은 아까부터 남학생이 말하는 '아싸'가 뭔지는 잘 몰랐지만 맥락상 고개를 끄덕여야 할 것 같았다.

"야, 인마. 아무리 그래도 폭력을 쓰면 안 되지."

그리고 또 남학생의 설교가 길게 이어졌다. 무영의 머릿속에는 소월을 다정하게 쳐다보던 남자의 눈빛이 선명하게 반복 재생되었다.

"쌓인 게 있으면 정정당당하게 승부를 보란 말이야. 왜 숨어서 음흉하게 그러고 있어? 네가 그렇게 못났어? 내가 이 말까지 안 하려고 했는데, 너 잘생겼어. 자신감이 하늘을 찔러도 된다, 너."

남학생의 조언은 묘하게 무영의 마음에 스며들었다.

"어깨 펴고, 인마. 주눅 들 거 하나도 없어. 아웃사이더가 뭐가 어때서! 네 스스로 당당하면 네가 있는 곳이 세상의 중심이 되는 거야. 다른 사람들 시선 신경 쓰지도 말고, 비교하지도 말고. 폭력은 더더욱 쓰지 말고!"

소월의 세계와 자신의 세계 사이에서 거리감을 느끼다 못해, 자신이 어두운 그림자의 세상에 살고 있는 것 같다고 느꼈던 무영에게 남학생의 말은 의도치 않은 격려가 되었다. 남학생은 제법 오랫동안 무영을 붙잡았다. 그는 말이 엄청 많았고 오지랖도 넓은 것 같았다. 그는 결국 무영을 놓아주면서 핸드폰 번호까지 직접 저장해 주었다.

"정 외로우면 내가 놀아줄게. 그니까 그만 분노를 없애라."

남학생이 무영에게 핸드폰을 건네주었다. 무영은 핸드폰 화면에 뜬 그의 이름을 물끄러미 바라보았다. 그는 멋대로 친근한 호칭으로 번호를 저장해 놓았다. 무영은 그가 뻔뻔하다고 생각하면서도 불쾌하진 않았다.

'해일 선배.'

해일은 무영의 어깨를 두어 번 치더니 친구와 함께 사라졌다. 자유의 몸이 된 무영은 곧장 소월의 과사무실로 향했다. 그러나 소월은 그곳에 없었다. 무영의 숨바꼭질이 또 시작되었다.

'이번에 찾으면 도망치지 않을 거야. 나는 너의 그림자도 아니고, 네 인생에서 지워내고 싶은 어두운 기억도 아니야.'

월산 저택의 음침한 도련님, 전설 같은 이야기에 나오는 유령의 후손은 이곳에 없다. 유월의 햇살은 눈부시고 녹음은 울창했으며 스물두 살의 차무영은 그 누구보다 반짝거렸다. 멀리 언덕을 내려가는 소월이 보였다. 무영이 사준 분홍색 슬리퍼를 신은 그녀의 걸음걸이는 씩씩하고 편해 보였다. 팔자로 걷는 뒷모습이 펭귄처럼 사랑스러웠다. 무영은 벅찬 가슴을 주체할 수가 없었다. 몇백 번이나 보내려다 만 메시지의 주인에게 무영이 마음을 전한다.

소월은 걸으면서 가방을 뒤적거리더니 핸드폰을 꺼냈다. 무영은 그녀가 또 넘어질까 겁이 나, 발걸음을 재촉했다. 익숙한 머리카락의 감촉과 손바닥에 쏙 들어오는 동그란 어깨가 무영의 마음을 간지럽게 한다.

"찾았다."

무영의 목소리가 소월의 귓가에 고운 멜로디처럼 울려 퍼졌다.

올려다보는 소월의 눈동자에 무영의 얼굴이 가득 찼다. 무영은 그녀의 눈에 비친 자신의 모습을 빤히 바라보면서 드디어 제자리를 찾았다고 생각했다.

'내가 있어야 할 곳은 너의 눈동자 속인가 봐.'

무영의 얼굴에 순수한 희열이 만개했다. 그는 활짝 핀 꽃 같았다.

소월은 무영의 갑작스러운 등장보다도 눈부시게 아름다운 그의 얼굴이 더욱 놀라웠다. 차무영은 천상의 완벽한 피조물이 달빛을 타고 지상으로 내려온 것만 같았다. 그런 남자가, 곁에 있는 것만으로도 행복해 죽겠다는 표정으로 소월을 바라보고 있었다.

'이게 말이 되는 걸까?'

소월이 뺨을 붉히며 황급히 고개를 돌렸다. 우아한 암갈색 호수에 비친 자신의 모습을 만족스럽게 들여다보고 있던 무영의 표정이 굳었다.

"내가 와서 싫어요?"

눈을 더 마주쳐 주지 않는 소월에게 무영이 조심스럽게 물었다. 행여 그녀가 그렇다고 말할까 봐 무영은 겁이 났다. 소월이 거부하면 그는 서 있을 곳이 없었다. 그녀는 어느새 무영이란 달빛이 스민 대지 그 자체가 되어 있었다.

소월은 무영을 바라보다가 멍청한 표정을 짓기라도 할까 봐, 그에 비하면 자신은 너무 못난 것 같아서 차마 얼굴을 들 수가 없었다. 그를 다시 만나게 되면 어떤 기분일지 여러 상상을 해봤지만 이것은 전혀 예상치 못한 생소한 감정이었다. 월산에서 질리도록 본 차무영의 잘생김을 새삼스레 의식하다니 웃긴 일이었다.

'부끄러워.'

소월은 눈을 질끈 감았다.

"왜 그래요? 내가 너무 늦어서 화났어요?"

무영 역시 한 번도 겪어본 적 없는 소월의 반응에 어쩔 줄을 몰라 쩔쩔맸다. 그는 발을 동동 구르며 고개를 숙여 소월의 얼굴을 보려고 했다.

"내가 꼴도 보기 싫어요? 그래서 그렇게 눈까지 감은 거예요?"

굳이 보지 않아도 소월은 차무영이 버림받은 강아지처럼 슬픈 눈초리를 하고 있으리라고 생각했다. 그녀는 고개를 좌우로 도리도리 저었다.

"그럼 나 좀 봐줘요."

무영이 두 손으로 소월의 양 뺨을 감쌌다. 그들이 월산에서 헤어지기 전에 그랬듯이, 무영이 그녀의 이마에 입을 맞췄을 때처럼 말이다.

소월은 혹시라도 무영이 또 입을 맞출까 봐 감았던 눈을 떴다. 이 상태에서 그의 입술이 그녀의 얼굴 어딘가에 닿는다면 소월은 한계까지 불어댄 풍선처럼 뻥 터져 버리고 말 것이다. 소월은 뒤로 물러서려 했고, 무영은 놓아주질 않았다. 무영의 손에 잡혀 소월의 볼살이 광대 쪽으로 쏠렸다. 소월은 우스꽝스러운 꼴을 무영에게 보이기 싫어 울상이 되었다. 반면에 무영의 표정은 무척 진지했다.

"무영아. 야, 차무영!"

몇 번이나 이름이 불려도 무영은 넋을 놓은 채로 소월의 얼굴만 뚫어져라 쳐다봤다.

"아, 진짜 너 뭐 해!"

"어쩜 이렇게 귀엽지?"

소월의 짜증 섞인 질문과는 거리가 한참 먼 동문서답이었다. 그는 홀린 듯 계속 중얼거렸다.

"아냐, 이건 예쁜 거야. 예쁘니까 귀여운 거야. 진짜 신기하다. 어쩜 이렇게 예쁠까?"

그는 마음의 소리가 육성으로 내뱉어지는지도 모를 정도로 소월에게 푹 빠져 있었다.

"오랜만에 보니까 더 예뻐!"

결국 무영은 참을 수 없단 듯 소월을 와락 껴안아 버렸다. 눈물을 머금고 쌓아 올린 인내의 댐들을 무너뜨리고 그리움이 범람해 버렸다. 거센 감정의 물살을 주인인 무영조차 통제할 수가 없었다.

"보고 싶었어요. 보고 싶었어요. 너무 보고 싶어서 죽는 줄 알았어. 누나는 나 안 보고 싶었어요? 나는 진짜, 진짜, 숨이 막히는 줄 알았어."

소월이 굳게 안긴 품은 넓고 따뜻했지만 미세하게 떨리고 있었다. 무영은 소월이 자신과 같지 않을까 봐 두려워하고 있었다.

"거짓말."

불퉁한 목소리에 무영은 심장에 비수가 꽂히는 것 같았다. 하지만 그것은 아주 찰나였을 뿐, 차가운 음성과 달리 그의 등 위로 꼬물꼬물 올라오는 작은 손의 따뜻한 온도 때문에 무영은 안도의 미소를 지을 수 있었다.

"한 달 동안 연락 한 번 안 해놓고 보고 싶었다는 말을 믿으라고?"

"미안해요, 미안해. 내가 잘못했어요. 늦어서 미안해."

무영의 가슴에 얼굴을 묻고 있어서 소월의 표정은 보이지 않았지만, 붉게 달아오른 귀 끝이 그녀의 설렘과 그리움을 대변해 주고 있었다. 무영의 팔에 더욱 힘이 들어갔다.

마침 친구와 언덕을 내려가고 있던 해일이 무영을 발견했다. 아치형인 그의 눈썹이 위로 봉긋 솟았다. 의외라는 표정이었다. 해일은 엄지를 추켜세우며 말없이 두 사람을 지나갔다. 그는 악의 없는 호기심으로 힐끗 소월의 얼굴을 보려고 했으나, 무영이 그녀의 머리를 신생아처럼 포옥 안는 바람에 실패하고 말았다. 해일은 닭살이 돋은 팔을 벅벅 긁으며 친구와 함께 빠르게 언덕을 내려갔다.

"답답해."

소월이 주먹으로 아프지 않게 무영의 등을 통통 두드리며 말했다. 그새 조금 울었던 건지, 아니면 무영이 너무 세게 안고 있어서 그랬던 건지 소월의 얼굴이 상기되어 있었다.

"왜 왔어?"

소월이 마음에도 없는 말을 툭 내뱉었다. 다행히 무영은 그녀의 말에 아랑곳하지 않았다. 소월의 입에서 나오는 말과, 표정이 전하는 메시지가 극명한 차이를 보였기 때문이었다. 그녀의 사랑스러운 눈빛은 냉랭한 말투와 달리 무영을 두 팔 벌려 반기고 있었다.

"월산 일은 다 해결돼서 온 거야? 괴한들 잡았어?"

"아뇨, 아직. 그래도 나름 잘 풀어 나가고 있어요. 걱정 말아요."

"그래?"

소월은 강용덕과 강순애에 대해 말해볼까 하다가 입을 다물었다. 그들이 괴한들과 관련되었다는 건 순전히 소월의 추측일 뿐이었다. 무영이 잘 해내고 있다고 하니, 전적으로 그의 판단을 믿을 수밖에 없었다. 월산을 떠나온 소월이 사건에 세세히 개입할 순 없는 노릇이었기 때문이었다. 더구나 강순애는 무영의 외증조할머니였으므로, 그녀가 차강문 외에 다른 남자와 부적절한 관계를 맺고 있었을지 모른다는 것을 말하기가 쉽지 않았다.

"서울에서까지 월산 얘기 하지 마요. 나도 생각하지 않을게요."

"그럼 뭐하러 왔어? 나한테 보고하러 온 거 아니야?"

"누나가 내 상사예요? 그걸 왜 보고해요."

"사건 해결됐다고, 나 데리러 온 줄 알았지."

지극히 당연하고 정해진 일이라, 마치 그걸 몰라서 묻느냐는 듯한 소월의 태도는 무영에게 진한 감동을 주었다.

"괴한들을 잡으면 나랑 돌아갈 거예요?"

그의 눈빛이 뜨끈한 애정으로 뭉근히 끓어올랐다.

"그건 모르는 거고."

무영이 또 달려들어 껴안을까 봐 소월은 재빨리 뒷걸음질을 쳤다. 그녀는 뒤늦게 두 사람이 캠퍼스 안, 그것도 정문으로 향하는 언덕길 중턱에 서 있다는 걸 깨달았던 것이다. 오후 시험을 끝내고 내려오는 학생들 중에 그녀를 아는 사람이 없으리란 보장이 없었다.

"그 일이 해결되면 우리 부모님이 결혼을 허락하실 수도 있고, 그러면 할아버지랑 너희 어머님이 또 손을 잡으실 수도 있잖아. 그러면 월산으로 돌아가야 될지도 모르니까……. 그것 때문에 데리러 온 줄 알았단 뜻이었어."

소월이 이 사람, 저 사람을 찾으며 헛된 핑계를 댔다. 집요하게 달라붙는 무영의 시선을 피하기가 힘겨워 소월은 먼 하늘을 바라봤다.

"누나는요?"

"나야…… 할아버지가 까라면 까야지, 별수 있나."

이미 그녀의 부모님은 법적으로 부부가 되어 더 이상 정 회장에게 놀아날 일이 없었으나, 소월은 굳이 그것을 무영에게 밝히지 않았다. 그녀는 아직 숨을 곳이 필요했다. 거침없는 애정의 급물살에 몸을 맡기고 휩쓸리기엔, 소월은 은근히 겁이 많았다. 무영의 입술이 살짝 튀어나왔다. 소월은 그가 삐쳤다는 걸 알았다.

"또 어른들 때문에, 할아버지가 시켜서란 이유로 날 선택하겠단 거예요? 마지못해?"

"마지못할 정도는 아니지만……."

"내가 했던 말은 까먹었어요? 누나네 할아버지가 아무리 결혼시키려고 해도 내가 혼인신고 안 한다고 버티면 말짱 꽝이라니까요?"

"어떻게든 혼인신고는 해줄 거라며."

소월이 무영을 놀렸다.

"그야 그렇긴 하지만…… 내가 이왕이면 나랑 사랑에 빠져달라고 했잖아요. 잊었어요?"

'어른들 때문이 아니라 내가 널 좋아해서 기다렸어'라고 속 시원히 말해주지 않는 소월 때문에 무영은 안달이 났다.

"아니, 안 잊었는데. 그러려면 데이트를 세 번 해야 하잖아. 고작 데이트 한 번 하고선 나한테 사랑을 달라고 하면 안 되지."

소월이 새침하게 말했다.

"나는 데이트 한 번밖에 안 했는데도, 아니 그전부터 쭉 줬잖아요. 처음 봤을 때부터."

무영의 입술이 오리처럼 완전히 툭 튀어나왔다.

"나는 내 마음도 주고 몸도 주고 다 줬는데……."

"네가 언제 몸을 줬어!"

발칙한 표현에 소월은 뒷목이 후끈거렸다. 그녀의 고성을 들은 행인 몇 명이 키득거리며 두 사람을 곁눈질했다.

"나는 준 지 오래됐어요. 누나가 안 써서 그렇지. 누나만 원한다면 나는 지금이라도 당장……."

"여기 학교야!"

소월은 무영의 손목을 잡고서 거의 뛰는 것처럼 언덕을 내려왔다. 학교에서 멀리 떨어져 시내의 초입에 들어서고 나서야, 소월은 무영의 손목을 놨다.

"너 때문에 못 살아, 진짜! 대낮부터 못 하는 말이 없어!"

"뭐가 어때서요. 온몸 바쳐 뭐든 할 각오가 되어 있을 정도로 좋아한다는 건데."

무영이 자연스럽게 소월의 손을 잡으며 말했다. 손을 잡는 건 하도 자주 했던 일이라 소월은 무영에게 딴죽을 걸 생각도 못 했다. 익숙해진다는 건 이래서 무서운 거다.

"근데 우리 지금 어디 가?"

소월이 물었다. 서울 지리도 모르면서 무영은 많은 사람들이 향하는 시내 중심으로 무작정 걸어가고 있었다.

"이제 두 번째로 해야죠, 우리 데이트."

무영은 소월의 손을 잡고 살랑살랑 흔들면서 콧노래를 불렀다. 그의 얼굴엔 웃음꽃이 가득 폈고, 발걸음은 가벼웠다.

"그렇게 좋아?"

"네."

일말의 망설임도 없는 대답은 소월의 질문이 얼마나 무의미한 것인지 보여주는 것 같았다. 불과 몇 시간 전만 해도 속을 알 수 없는 잠재적 악인으로 보였던 사람들이 이제는 활기가 넘치고 재치 있는 선량한 시민으로 보였다. 정소월의 손을 잡고 있다는 것만으로 차무영의 세상은 백팔십도로 변했다.

좁은 거리에 사람들이 넘쳐 났다. 어깨를 부딪치고 사나운 시선들이 스쳐 지나갔다. 누구 하나 살갑게 사과를 건네는 이가 없었다. 그 사이를 누비면서도 소월과 무영은 내내 웃고 있었다. 딱히 웃긴 이야기를 나눈 것도 아니었다. 그냥 뭐 타고 왔냐, 기차 타고 왔다, 사람들은 잘 지내냐, 그럭저럭 지낸다와 같은 일상적인 대화가 오갔다. 그럼에도 기쁨으로 점철된 만족감과 안정감이 두 사람 주위에 보이지 않는 보호막을 형성해 주었다. 소월과 무영은 아늑한 꽃밭을 걷는 기분이었다.

무영은 소월에게 뭔가를 먹이고 싶었다. 그는 소월이 먹는 걸 보는 게 좋았다. 예쁘고 작은 입으로 야무지게 먹는 모습이 다람쥐 같았다. 그는 소월에게 뭐가 먹고 싶은지를 물었다. 소월은 별로 허기가 지지 않았지만 무영이 배가 고플까 봐 뭘 먹을지 고민했다. 그녀가 길거리의 간판들을 둘러보고 있을 때였다. 광장 구석을 지나던 무영이 우뚝 자리에 섰다. 소월의 발걸음도 덩달아 멈추었다.

"누나, 신발 사줄까요?"

그는 백화점의 입구를 가리키며 물었다. 소월은 그제야 자신의 신발 상태를 깨닫고 민망해졌다. 그녀는 슬리퍼를 신게 된 경위에 대해 말하려고 했다가, 무영에 의해 선수를 뺏겨 버렸다.

"학교 안엔 신발 가게가 없더라고요. 그래서 눈에 보이는 대로 사긴 했는데, 불편하죠?"

"이거, 네가 사다 놓은 거야?"

"네."

무영이 말간 얼굴로 고개를 끄덕였다가 이내 눈을 게슴츠레 떴다.

"나 말고 다른 사람이라고 생각했어요? 누구?"

"누구랄 것도 없지. 그냥 하늘에서 떨어진 줄 알았어."

소월은 무영 앞에서 다른 남자가 사다 준 줄 알고 고마워서 밥을 사주려고 했었다는 말을 할 정도로 바보가 아니었다.

"내가 따라다닌 거 진짜 하나도 몰랐어요? 모르는 척하는 건 아닐까 생각했는데……."

"날 따라다녔어? 그러고 보니 너 우리 학교는 어떻게 알고?"

무영은 지난밤에 서울에 도착한 것과 그녀의 집 앞에 간 일, 아침부터 지켜본 사실들을 숨김없이 이야기해 주었다.

"왜 아는 척 안 했어?"

"안 한 게 아니라 못 했어요. 내가 없을 때의 당신이 너무 아무렇지도 않아 보여서. 오히려 반짝반짝 빛이 나고 예쁘니까 다가가기 무서워서요. 나는 누나에 비하면 못난이인 것 같아서……."

무영이 머쓱해하며 손가락으로 턱을 살살 긁었다. 자신의 초라한 감정을 내보이는 그 순간에도 차무영은 진흙 속에 있는 진주 같아서, 지나가는 사람들의 시선을 한 몸에 받고 있었다. 소월은 자신과 무영이 서로 비슷한 감정을 느꼈음을 알 수 있었다.

"나도 그래. 네 앞에서 못난이가 될까 봐 두려울 때가 있어."

"정말요?"

무영은 소월의 고백이 믿기지 않는 모양이었다. 늘 막연한 짐작이고 확신하고 싶은 소망이었다. 굳이 말로 듣지 않아도, 마음의 문을 활짝 열어서 보여주지 않아도 소월도 자신과 같으리란 걸 믿었다. 아니, 같았으면 좋겠다고 기도했었다. 이처럼 소월에게 직접 듣는 건 처음이었다. '사랑해'도, '좋아해'도 아니고 그저 '나도 그래'라는 멋없는 동조의 말이었지만 그 말 뒤에 숨은 수줍은 마음은 무영과 같은 것이었다.

"응. 그러니까 서로 쌤쌤 하자, 비긴 걸로."

"똑같은 마음인 걸로?"

무영이 뜬금없이 새끼손가락을 내밀었다. 약속해 달라는 무언의 부탁이었다. 그 마음, 무르지 않기로 약속해 달라는.

"그래, 똑같은 마음인 걸로."

두 사람의 새끼손가락이 마주 걸렸다. 맞대어진 손가락들 위로 두 개의 엄지가 서로를 바라보다가 살포시 닿았다.

"그런 의미에서 새 신발은 필요 없어. 이거 신고 다닐래, 오늘은."

"더 좋은 걸로 사줄게요."

"아냐. 이게 마음에 들어. 재밌는 추억도 생각나고."

"어떤 추억이요?"

"너는 기억하지 못하는 우리 둘의 추억."

소월이 월산의 숲에서 무영을 처음 만났을 때, 그녀는 무영이 잃어버린 슬리퍼를 찾아다 준 적이 있었다. 모자라지만 한없이 순수하고 착했던, 그녀에게 위안이 되었던 차무영을 소월은 아직도 기억하고 있었다. 그 추억들은 우울하지만 동심을 자극하는, 빗물로 그린 수채화와도 같은 인상으로 소월에게 남아 있었다.

'널 잊지 않기 위해 또 다른 널 좋아하지 않으리라 굳게 마음먹은 적이 있었는데…… 기억이 사라져도 같은 사람인 걸까? 운명일까? 너에게서 벗어날 수가 없었어.'

무영으로 인한 두근거림은 지긋한 아픔을 동반했다. 잃어버린 친구에 대한 미안함과 애틋함 때문일 것이다. 소월의 눈가가 촉촉해졌다.

"소월아."

그가 예전처럼 이름을 불렀다. 소월은 심장이 떨어지는 것 같았다.

"한강 갈래요? 서울 오면 한강 가보고 싶었거든요."

"뭐?"

무영의 갑작스런 제안에 소월은 잠시 어리둥절해하다가 이내 고개를 끄덕였다.

"한강에서 치킨 먹어요, 우리."

무영이 천연덕스레 웃으며 말했다. 그러나 속으로는 식은땀을 흘리
는 중이었다. 이미 오래전에 기억이 돌아왔다고 말한다면, 소월이 어
떤 반응을 보일지 상상만으로도 아찔했다. 그렇다고 언제까지나 그녀
를 속일 순 없는 노릇이었다.

"맥주도 마실까요?"

무영은 술의 힘을 살짝 빌리기로 했다. 소월은 아직 해도 안 떨어졌
는데 무슨 술이냐며 잔소리를 하려다가 생각을 고쳐 먹었다. 그러곤
백화점에서 편한 청바지와 티셔츠를 하나씩 샀다. 블라우스와 타이트
한 스커트를 입고 한강에서 치킨을 먹을 순 없었기 때문이었다. 그러
나 그녀는 끝까지 새 신발을 사진 않았다.

"한강에 야외 식당이 깔린 게 아니거든. 잔디에 앉아서 먹어야 하니
까 갈아입는 게 좋지."

"그런 건 줄 알았으면 한강 말고 다른 곳에 가자고 할 걸 그랬어요.
난 모르는 게 너무 많은 것 같아요."

서울에선 노는 것도 일이라며 무영이 시무룩해했다.

"처음 가보는 거니까 모를 수도 있지. 신경 쓰지 마. 나도 한강 가고
싶었어."

풀이 죽은 무영을 살살 달랜 후에 소월은 화장실에 들어갔다. 그녀
가 옷을 갈아입고 나왔을 때, 무영이 보이지 않았다. 소월은 전화를
걸었다. 그는 받지 않았다. 소월은 분홍색 슬리퍼를 끌고 다니며 백화
점 1층을 샅샅이 뒤졌다. 남자 화장실 앞에서 무작정 기다려 보기도
했지만 무영은 나오질 않았다. 혹시 몰라 백화점 밖으로 나온 소월은
입구 앞 광장 가운데에서 웬 여자와 노닥거리는 차무영을 발견했다.

"여기서 뭐 하냐?"

"어? 누나!"

다가오는 소월을 보고 경계 어린 눈빛을 반짝이던 여자가 '누나'란 소리에 활짝 미소 지었다. 그 낯짝을 보자니 소월은 배알이 뒤틀리면서 '누나'란 호칭이 무척 못마땅해졌다.

"무영 씨 누나세요? 안녕하세요."

어느새 통성명까지 했는지 여자는 낭랑한 목소리로 무영의 이름을 불렀다. 취향과 유행 사이의 적정선을 찾은 듯 트렌디하면서도 독특하게 옷을 차려입은 여자는 딱 봐도 당돌해 보였다. 그녀의 손은 무영을 향해 핸드폰을 내밀고 있었다.

"이 여자 누구야?"

"아, 방금 만났는데 친해지고 싶다고 하셔서요."

"너랑? 왜?"

"어…… 그건 저야 모르죠. 서울 문화인 줄 알았는데?"

"그딴 문화가 어디에 있어."

소월의 말투가 험악해졌다. 두 사람을 보며 민첩하게 눈을 굴리고 있던 여자는 그들이 남매 사이가 아니란 것을 깨달았다. 소월에게 지어 보인 상냥했던 미소는 온데간데없어졌다. 호감을 보였더니 거리낌 없이 받아주길래 여자는 무영이 솔로란 걸 의심치 않았다. 졸지에 임자 있는 남자에게 치근댄 꼴이 된 여자는 되레 화를 내며 무영에게 책임을 돌렸다.

"여자친구 있으면서 왜 솔로인 척하고 다녀요? 별꼴이야, 정말."

여자가 매섭게 눈을 흘기며 자리를 뜨자, 무영은 그제야 상황을 제대로 이해했다.

"어, 아, 나는 진짜 몰랐는데……. 서울에선 원래 그런 줄……."

"어디 다른 나라에 살다 오셨어요? 월산도 서울이랑 같은 나라거든?"

말을 잇지 못하는 무영에게 소월이 비아냥거렸다.

"그래도 좀 다르죠. 서울은 훨씬 크고, 사람도 많고, 다양하고……."

더구나 무영은 캠퍼스를 돌아다니다가 난데없이 모르는 남자와 번호를 교환했으므로, 서울의 젊은이들은 우정을 이런 식으로도 쌓는다고 착각했던 것이다.

"미안해요."

본능적으로 자신을 변호하던 무영은 소월의 풀리지 않는 미간의 주름을 보고 바로 잘못을 인정했다.

"내가 잘못했어요. 근데 진짜 몰랐어요. 흑심 있어서 아까 그 사람이랑 얘기하거나 그랬던 거 절대 아니에요. 누나도 알잖아요. 나는 누나를 좋아하니까 다른 여자한텐 아무 관심도 없단 말이에요."

무영이 간곡할 정도로 진심을 하소연하였으므로 소월은 그의 사과를 받아줄 수밖에 없었다. 무영은 안도의 한숨을 몰아쉬었다. 두 사람은 한강으로 가는 버스에 올랐다. 운 좋게 자리가 하나 있어서 무영은 재빨리 소월을 앉히고 그 옆에 섰다. 가뜩이나 키가 큰 무영이었으므로, 앉은 소월이 그를 올려다보려면 고개를 뒤로 완전히 젖혀야 했다. 운전 솜씨가 썩 매끄럽지 않은 버스 기사 때문에 차체가 덜컹거리며 흔들렸다.

"나 보지 말고 그냥 창밖에 봐요. 자세 불편하잖아요."

"밖에 볼 거 없어."

목적지인 한강 공원에 가까운 터라, 바깥엔 한강 물이 초여름의 태양 아래에서 은비늘처럼 빛나고 있었다.

"한강이 엄청 멋진데요?"

"난 자주 본 거라 지겨워."

소월이 무영에게서 눈을 떼지 않고 말했다. 무영은 헤벌쭉 벌어지려는 입을 단속하기 위해 아랫입술을 물었다. 아래에서 보면 콧구멍이 커 보일 텐데, 소월에게 못생긴 표정까지 보이고 싶지 않았기 때문이었다. 좋아서 어쩔 줄을 몰라, 간신히 웃음을 참는 무영을 보며 소월은 키득거렸다. 소월이 웃는 걸 보고 결국 무영은 팔푼이처럼 헹헹거리며 웃고 말았다.

아직 농익지 않은 유월의 햇빛은 그늘이 없어도 그럭저럭 견딜 만했다. 오히려 강바람 앞에선 따뜻하고 포근하게 느껴졌다. 나들이를 하기에 최적의 날씨였다. 그래서인지 목이 좋은 자리는 이미 다른 사람들의 차지였다. 그러나 소월과 무영은 조바심을 내지 않고, 강줄기를 따라 느긋하게 걸었다. 가끔 바람이 불어 그들의 꼭 잡은 두 손 사이를 파고들려고 했지만, 번번이 실패하며 지나쳐 갔다.

"여자친구인 거네요."

"뭐가?"

"아까 그 여자가 여자친구냐고 물어봤을 때 아니라고 안 했잖아요."

"파혼한 전 약혼녀라고 굳이 장황하게 소개를 할 필요는 없잖아."

소월이 요령 좋게 말했다.

"그리고 우리가 언제 사귀기로 했어?"

"그걸 꼭 형식적으로 말해야만 여자친구, 남자친구 하는 건 아니죠. 아까 우리 새끼손가락도 걸었는데?"

"새끼손가락이 뭐."

"새끼손가락이 뭐라뇨, 누나. 그렇게 말하면 서운하죠."

무영이 잡은 손을 작은 새처럼 파닥파닥 흔들었다. 나름 반항의 표시였다. 소월의 몸까지 덩달아 흔들렸다.

"내 여자친구 해요. 한다고 말할 때까지 안 멈출 거야."

"맘대로 해라."

소월은 무영이 손을 흔들든 말든 개의치 않고 앉을 만한 자리를 찾아 돌아다녔다. 무영은 걸으면서도 끊임없이 손을 흔들며 떼를 썼다.

장난감을 사달라고 조르는 꼬마 같은 모양새였다. 소월은 그런 무영을 투명인간 취급했다. 두 사람을 눈여겨보던 전단지 아르바이트생이 무영을 힐끔거리며 조심스레 다가왔다.

"여자친구, 여자친구우우우, 여자친구, 여자친구우우우."

반응이 없는 소월 때문에 감흥이 떨어진 무영이 기계적으로 어리광을 부렸다. 지겨워진 소월이 '그래, 여자친구 해!'라고 말해주길 바라는 것 같았다. 아르바이트생은 그런 무영을 애써 외면하며 소월에게 돗자리로 쓸 신문지가 필요하지 않는지 물었다.

"이것도 한번 봐보세요. 가게가 멀지 않아서 배달도 금방 오거든요. 생맥주도 배달되긴 하는데, 페트병에 담아 오는 거라 맛은 없어요. 대신 캔 맥주 종류별로 다 있고요."

신문지와 함께 프랜차이즈 치킨집 전단지를 들이밀며 아르바이트생이 영업용 미소를 지어 보였다. 소월이 고개를 끄덕이며 순살간장 치킨 하나와 감자튀김을 시켰다.

"캔 맥주는 종류별로 네 개 가져다주세요."

무영이 여자친구 타령을 멈추고 끼어들었다.

"아예 술판을 벌이려고?"

"캔 맥주 마셔본 적 없단 말이에요. 맛이 어떻게 다른지 한 모금씩만 마셔보려고요."

고작 캔 맥주 하나씩을 나눠 마시는 걸론 소월의 취기를 돋을 수 없다는 걸 무영은 잘 알고 있었다. 저번처럼 주정을 부릴 정도로 취하는 건 그도 원하는 바가 아니었으나, 그녀의 기분이 알딸딸하게 좋아질 정도의 술기운은 필요했다. 그의 사정도 모르고 아르바이트생은 무영을 경멸 어린 눈초리로 쳐다보았다. 여자친구에게 빤히 보이는 수작을 거는 것처럼 보였기 때문이다. 아르바이트생이 떠나고 난 뒤, 무영은 신문지를 넓게 펼쳐 자리를 만들었다. 두 사람만을 위한 네모나고 아늑한 공간이었다.

소월이 분홍색 슬리퍼를 벗어서 신문지가 날아가지 않도록 모서리에 하나씩 놓았다. 무영은 어린 학생이 선생님을 따라 하듯 그녀의 행동을 관찰하며 그대로 똑같이 했다. 부산스러운 움직임이 있고 난 뒤에 엉덩이를 붙이고 앉자, 두 사람의 입에선 낮은 탄성이 동시에 나왔다. 한강은 평화롭게 너울거렸고 멀리서는 통기타 소리가 들렸다. 왁자지껄 떠들고 웃는 소리가 시끄럽기보단 생기 있게 들렸다.

"어때, 한강에 처음 온 기분이?"

"좋아요. 바람도 상쾌하고, 일광욕하는 기분도 들고. 무엇보다 누나랑 같이 있으니까 그게 제일 좋아요."

무영은 한껏 기지개를 켰다가 스리슬쩍 누워버렸다. 그는 거대한 애벌레처럼 꿈틀거리며 소월에게 온몸으로 무언의 요청을 했다.

"한강에 오면 꼭 해보고 싶었던 것 중 하나였어요. 소원인데……"

무영이 애처롭게 말하자, 소월은 그가 원하는 대로 다리를 모아 쭉 폈다. 무영은 반 바퀴를 데굴 굴러서 소월의 무릎에 머리를 베고 누웠다. 그는 한강을 등지고 소월을 올려다봤다.

"태어나서 처음 보는 한강에 관심 좀 가져라."

"강이 다 똑같죠, 뭐. 누나 얼굴 보는 게 더 재밌어요."

초롱초롱한 무영의 눈망울을 보고 있노라니 소월은 문득 떠오르는 귀여운 존재가 있었다.

"가끔 널 보면 참 개 같아."

"네?"

"강아지 같다고."

무영의 눈망울에 당혹감이 차오르려고 하자, 소월이 재빨리 덧붙였다.

"영국에 살았을 때, 옆집에서 키우던 개가 있었거든. 그 집 딸이 키우던 큰 리트리버였는데 딸이 대학에 가버려서 놀아줄 사람이 없었어. 그래서 내가 대신 많이 놀아줬지. 널 보면 그 개가 생각나. 걔도 내 무릎 위에 머리를 대고 있는 걸 좋아했거든."

"칭찬인 거죠?"

"당연하지. 그 개가 얼마나 똑똑하고 착했는데. 말도 잘 듣고."

소월은 무심결에 손을 뻗어 무영의 머리카락을 살살 쓰다듬어 주었다. 무영은 눈을 감고 얌전히 그녀의 손길을 느꼈다.

사실 그 개는 소월을 구해주기까지 했지만 그녀는 그것을 말하진 않았다. 어두운 이야기를 꺼내 무영의 기분을 망치고 싶지 않았기 때문이었다. 강아지를 보러 자주 놀러 갔었던 그 집에서 소월은 나쁜 일을 당할 뻔했었다. 범인은 집주인 아저씨였고, 그가 소월을 깔아뭉개려고 할 때 그 개가 나타났다. 원래는 주인에게 충성스럽고 사람을 잘 따르기로 유명한 견종이었지만, 본능적으로 소월이 위험에 처했다는 걸 알았는지 남자에게 덤벼들었다. 소란스러운 개 소리를 듣고 달려온 사람들 덕분에 소월은 위기를 모면했다. 남자는 현행범으로 잡혀갔고, 개는 딸이 데리고 갔다. 알고 보니 딸도 어렸을 때부터 아버지에게 성추행을 당하고 있었다고 했다. 그녀의 증언이 더해져 남자의 형량이 늘었다. 그런 사연이 아니더라도 그 개는 소월에게 따뜻한 추억들을 많이 만들어주었다. 외로웠던 그녀에게 친구가 되어주었기 때문이다.

"나중에 우리 같이 개 키울까요? 정원도 넓으니까 풀어놓고 키우면 되잖아요."

개와 함께 놀았던 일들을 말하며 그리움에 젖은 소월에게 무영이 말했다.

"집사님이 일 늘었다고 싫어하실 것 같은데."

"아니에요. 희태 아저씨도 동물 좋아해요. 제가 가끔 산에서 다친 동물들 데리고 오면 얼마나 살뜰히 보살펴 주셨는데요."

"다친 동물들을 데리고 왔었어?"

"누나도 알다시피 내가 친구가 별로 없었잖아요. 모지리가 되고 나선 아예 학교도 못 갔고……. 숲을 돌아다니면서 하루를 보내곤 했는데, 거기서 혼자 뭐하고 놀겠어요. 그냥 뛰어다니거나 넘어지다가 구르고 그랬죠."

그렇게 몇 년을 숲에서 방황하다 보니 무영에겐 뜻하지 않은 친구들이 생겼다. 겁이 없는 다람쥐라던가, 사람 손이 탄 길 고양이들, 떠돌이 개들이나 호기심이 많은 너구리 등이 무영에게 다가왔던 것이다.

"밥을 챙겨주던 노란 길 고양이가 있었는데 언제부턴가 식탐이 장난 아니게 늘었어요. 배도 점점 커지고요. 내가 너무 잘 먹여서 돼지가 되나 보다 싶었는데 어느 날 갑자기 엉덩이에서 피를 흘리는 거예요. 새끼를 가졌던 거죠."

무영은 소월에게 자신이 숲 속 친구들과 겪었던 소소하고 깜찍한 모험담들을 재잘재잘 떠들었다. 소월은 이야기에 따라 다채롭게 변하는 무영의 얼굴을 내려다보며 신이 난 목소리에 귀를 기울이는 것이 좋았다. 두 사람이 한창 서로의 세계에 물들어가고 있을 때였다. 주문했던 치킨이 도착했다. 소월의 무릎을 베고 누운 무영을 본 배달원의 표정이 못 볼 걸 봤다는 듯 굳어 있었다. 깨소금이 쏟아지는 연인들 사이를 비집고 들어가야 하는 것은 늘 곤혹스러웠다.

벌떡 일어나서 음식들을 받는 무영의 얼굴엔 긴장이 역력했다. 이제 소월에게 숨겨왔던 진실을 말해야 할 시간이었다.

'술을 먹으면 또 다 잊을 테니까 일단 말부터 꺼내야겠지? 그러고 나서 술을 마시면 기분이 덜 나쁠지도 몰라.'

무영이 맥주에 집착한 이유는 술을 마시면 소월이 평소보다 쉽게 들뜨기 때문이었다. 그는 기억이 돌아온 걸 숨겼다는 사실보다 기억이 돌아왔다는 것 자체가 소월에게 더 영향을 미치길 바랐다. 한마디로,

소월에게 덜 혼나고 더 환영받고 싶었던 것이다.

갓 튀겨낸 간장 양념에 버무린 치킨이 먹음직스러웠다. 소월은 목이 말랐는지 맥주 캔 하나를 집어 들어 단번에 꼭지를 땄다.

"잠깐만요, 아직 마시면 안 돼요!"

황급한 저지에 소월이 고개를 갸우뚱했다.

"할 말이 있어요."

"건배하자고?"

해맑게 말하는 소월에게 무영은 죄책감을 느꼈다. 시간을 끌면 말하기가 더욱 힘들 것이다. 그는 일단 저질러 보자고 생각했다.

"그동안 말하지 않았던 게 있어요."

"뭔데? 중요한 거야?"

"아주 중요한 거예요."

무영이 제법 무겁게 분위기를 잡자, 소월도 심각한 표정을 지으며 캔을 바닥에 내려놓았다.

"뭔데 그래?"

"진작 말했어야 했어요. 하지만 일부러 속이려고 한 건 아니에요. 누나를 위해서였어요. 월산은 누나한테 위험한 곳이고, 알 수 없는 사람들이 우리를 경계하고 있으니까요."

"빙빙 돌리지 말고 말해봐. 그래서 뭘 속인 건데?"

소월은 어렴풋이 짐작이 가는 바가 있었으나 무영에게 직접 듣기 위해 말을 삼갔다. 무영은 소월의 눈을 물끄러미 들여다보았다. 그곳에는 혼돈이나 두려움, 걱정보단 뚜렷한 확신의 빛이 번지고 있었다. 확증이 없었을 뿐, 소월은 몇몇 징후들을 눈치채고 있었던 게 틀림없다.

무영은 목이 탔다. 그는 소월이 따놓은 캔 맥주를 벌컥벌컥 마셨다. 원샷이었다. 생각보다 육중한 취기가 속에서부터 훅 끼치며 올라왔다. 무영은 급히 마셔서 그런 건가 싶었지만 사실 그가 마신 맥주는 시중에 판매되는 캔 맥주 중에 도수가 제일 높아, 일명 '캔 소맥'이라고 불리는 것이었다. 술기운으로 무영의 광대가 뜨끈해지고 눈가가 벌겋게 달아올랐다. 취기와 함께 용기가 샘솟았다. 무영은 촉촉해진 눈을 빛내며 당당하게 말했다.

"나, 다 기억한다! 너랑 나랑 만난 거부터 숨바꼭질하고 논 거랑 네가 막 운 거랑 우리 결혼도 하고 그런 거 다 기억났다!"

아직 취하지 않은 무영의 이성이 벌써 혼자 맛이 가버린 혀 때문에 기겁을 했다.

'망했다.'

무영의 머리는 여전히 논리적인 판단과 사고를 하고 있었으나, 통제를 벗어난 혀는 마치 술로 인해 새로운 자아를 찾은 것처럼 뇌를 거치지 않고 스스로 나불거렸다.

"소월아, 화났어? 또 막 철벽 칠 거야? 그러면 안 되는데…… 철벽 부수기 너무 힘들단 말이야."

무영이 아랫입술을 내밀며 어린애처럼 칭얼거렸다.

"저번엔 별로 안 취하더니 오늘은 왜 이래, 너. 차무영, 정신 차려."

"그땐 내 술까지 네가 다 마셨잖아, 바보야. 아니지, 우리 소월이 엄청 똑똑해. 시험 감독도 하고 대단해! 그에 비하면 난……."

무영이 훌쩍거리는 시늉을 하자, 소월은 마음이 짠해져 그의 손을 잡아주었다. 그러자 무영은 언제 그랬냐는 듯 방긋 웃으며 소월의 팔에 매달렸다.

"소월아, 일부러 속인 건 아니야. 내가 기억 다 찾았다 그러면 누군지도 모르는 나쁜 놈들이 더 활개를 치고 다닐까 봐 그랬어. 나한테 그러는 건 상관없는데 너한테 그러면 안 되니까. 나쁜 놈들 다 잡고 나면 말해주려고 했는데 일은 점점 꼬이고 복잡해지고……. 그래서 차라리 월산에서 내보내는 게 나을 것 같았어. 찾으러 와야 하는데 시간은 점점 가고, 보고 싶어 죽을 것 같고…….”

소월의 어깨에 무영이 볼을 비볐다.

“월산에서 내보내려고 그랬다고? 그럼 신문에 제보한 것도 너야?”

“응, 미안. 놀랐지?”

“기억이 돌아왔거나 돌아오는 중일 수도 있다곤 생각했는데, 우리 엄마를 불러들인 게 너인 줄은 꿈에도 몰랐다.”

“그래서 화났어?”

“화가 나기보단 그냥 놀랐다고. 너도 나름 계략이라는 걸 짜는구나. 어쩐지 신문에 실린 사진이 윤미가 찍은 거라서 이상하긴 했어. 서울에 오고 바빠서 그거에 대해 물어보는 걸 까먹긴 했지만.”

“역시 우리 소월이는 똑똑해. 난 금세 들통 났을 수도 있었던 거네?”

무영이 또 침울해졌다. 술에 취하면 흥이 오르는 소월에 반해 무영은 땅을 파고 들어가는 타입인 것 같았다.

“난 언제 대학에 가지. 내가 대학에 가면 넌 박사님이 되어 있을까?”

“박사가 그렇게 쉬운 줄 알아?”

“그래도 나보단 똑똑할 거 아니야.”

“당연하지. 내가 일이 년 공부한 것도 아닌데.”

“그렇지. 난 심지어 모지리였으니까…….”

“지금도 모지리 같아.”

소월의 말에 무영이 상처를 받은 듯 울상을 지었다. 그러나 실제로 눈물이 고인 건 소월이었다.

“예전의 그 차무영이 진짜 여기 있네.”

그녀는 울면서 웃음을 터뜨렸다.

“이상해. 내가 잃어버렸던 차무영이랑 새로 만났던 차무영이 둘 다 있어."

"둘 아니야. 원래부터 하나였어. 쭈욱. 단 한 명이었다고, 나는."

무영이 입술을 비죽이며 소월의 볼을 살짝 꼬집었다.

"나야말로 얼마나 이상했는지 알아? 내 앞에서 나를 찾는 여자가 있어. 근데 내가 그 여자를 사랑해. 기억이 안 나는데도 막 사랑한다고 나를 이루는 모든 것들이 소리를 질러. 그런데 어떻게 내가 널 고작 기억이 안 난다는 이유만으로 사랑하지 않을 수가 있겠어?"

"한동안 기억을 잃긴 했었구나. 기억은 언제 되찾은 거야?"

"너랑 처음 술 마셨던 날."

"뭐? 그럼 깨어나고 나서 며칠 후에 그런 거잖아. 근데 그걸 계속 속이고 있었어?"

"말했잖아. 네가 위험해질까 봐 그랬다고. 나 미워하지 마."

소월의 뺨에 흐르는 눈물을 닦아주며 무영이 초조하게 말했다.

"정말 다 기억나?"

"응. 우리 처음 만났을 때부터 전부 다 하나도 빠짐없이 기억나. 네가 내 쓰레빠 주워 준 것도, 내 앞에서 엉엉 울면서 할아버지 밉다고 한 것도, 우리 엄마랑 너희 할아버지 속이자고 위장결혼 하자고 한 것도."

"그것도?"

찔리는 게 있어서 소월의 표정이 순간 어두워졌다. 무영은 천사처럼 웃으며 소월의 머리카락을 어루만졌다.

"나랑 이혼하려고 위장결혼 하자고 했던 거지?"

무영의 손길은 부드럽고 따뜻했지만 그의 목소리엔 서글픔이 묻어났다.

"정신도 되찾고 기억도 다 돌아오고 나니까 네가 뭘 하려고 했었던 건지 알겠더라."

"미안해, 널 이용하려고 해서."

"괜찮아, 괜찮아. 어차피 이혼 못 할 거 알고 있었어."

무영이 술에 취한 후 가장 자신감이 넘치는 태도로 말했다.

"넌 이미 나랑 사랑에 빠져 있었으니까."

그는 흡족한 콧바람을 내쉬며 헤실거렸다.

"넌 몰랐지, 소월아? 네가 날 얼마나 사랑스럽게 바라보는지 넌 모르지?"

"내가?"

"그래, 네가!"

시원한 강바람이 무영의 얼굴을 스치고 지나갔다. 급하게 올라왔던 술기운은 조금씩 가라앉고 있었다. 그는 주머니를 뒤적거렸다.

"짜잔! 이것도 몰랐지?"

무영이 손바닥을 내보였다. 그 위에는 짧은 막대 모양의 머리핀이 올려져 있었다. 촘촘히 박힌 하얀색 큐빅들이 자연광 아래에서 반짝거렸다.

"이게 뭐야?"

"아까 길 가다가 봤는데 예뻐서."

"나 옷 갈아입는 동안 이거 사려고 나갔던 거야?"

고개를 끄덕이며 무영은 소월의 머리카락을 손가락으로 슥슥 빗어주었다. 그러고는 흘러내리는 옆머리를 가지런히 모아 귓바퀴 위쪽에 핀을 꽂았다.

"예쁘다."

소월이 지나치게 아름다운 탓에, 무영은 또 하기 싫은 취중 고백을 해버릴 수밖에 없었다.

"저번에도 그렇고, 이번에도 그렇고 술에 취해서 이런 말을 하는 게 정말 싫은데, 너만 보면 하지 않고는 못 배기겠는 말이 있어. 매 순간

숨을 쉴 때마다 입 밖으로 새어 나오려고 하는 걸 안간힘을 쓰며 참아
내는 그런 말이야."

무영이 심호흡을 했다. 언제부턴가 그의 심장이 뛸 때마다 '두근두
근' 대신 그 말이 들렸다. 무영이 소월을 바라볼 때, 그의 심장이 내는
소리, 사랑해, 사랑해, 사랑해.

"나도 술 취한 사람한테 고백 듣는 거 안 좋아해."

소월의 냉철한 말에 '사'부터 나오려던 무영의 말이 도로 목구멍으로
후퇴했다.

"그러니까 술 한 모금 안 마신 내가 말할게."

"어? 어? 아니, 어?"

의외의 전개에 무영이 어찌할 바를 모르고 버벅거렸다.

'정소월이 나한테 사랑한다고 말하려고 한다!'

그 생각만이 무영의 머릿속을 가득 채워 버렸다. 그의 뇌는 과부하
에 걸려 버렸다.

"좋아해."

소월은 무영의 눈을 똑바로 보고 말했다가, 말이 끝나기 무섭게 고
개를 푹 숙였다. 그녀의 빨갛게 달아오른 귀 위에서 머리핀이 자랑스
럽게 반짝거렸다.

"우리의 추억을 네가 모두 기억했을 때, 그게 현재의 시간과 겹쳐졌
을 때 가장 듣고 싶은 단 한마디의 말이랬지? 좋아해."

무영이 그녀와의 모든 순간을 소중히 간직하듯, 소월도 그러했다.

"좋아해, 무영아. 너 내 남자친구 해라."

듣길 바라던 '사랑해'가 아니었지만 무영은 충분히 행복했다.

12
삼 남매

　자정이 가까운 시간, 양기명은 혜성그룹 정진건 회장이 기거하는 본가의 현관 문간을 넘고 있었다. 그의 손에는 누런색의 얇은 서류 봉투가 들려 있었다. 안에는 약 삼십 분 전에 인화한 다섯 장의 사진이 들어 있었다. 정 회장의 수족 노릇을 하고 있는 경호팀장이 기명을 맞아주었다. 기명은 그를 보며 씁쓸한 미소를 지어 보였다.

　"어이구, 김 팀장님도 늦게까지 수고가 많으십니다."

　허울이 좋아 대기업 회장의 비서실장이고, 최측근이지 야심한 시각까지 구린내 나는 짓을 해야 하는 처지가 피차간에 면목이 없었다. 눈 밑에 그늘이 짙게 내려오긴 했으나 기명의 눈매는 젊었을 때처럼 여전히 서글서글했다. 그러나 기명의 인간미 넘치는 제스처에도 불구하고 김 팀장은 사무적인 어조로 회장님이 기다리신다는 말만 할 뿐이었다. 십 년을 넘게 봤어도, 기명은 그의 냉혈한 같은 성정에는 영영 적응을 하지 못할 것 같았다.

김 팀장은 감정을 드러내지 않는 것으로 유명하여 사내에서도 '로봇 팀장'으로 불리곤 했다. 그런 그가 보여주는 감정은 딱 하나, 정 회장에 대한 충성심이었다. 민호가 아버지와 척을 지고 나간 후 김 팀장은 아예 본가에 들어와 상주하며 정 회장을 모시고 있다고 했다.

'회장님도 이제 나이가 제법 있으신데 말이지. 그 치세가 오래갈 것 같지가 않은데, 저렇게 맹목적으로 회장님만 바라보면 앞으론 어쩌려고 저러나……'

기명은 외골수 기질이 있는 김 팀장을 보며 융통성이 없는 사람이라고 답답해했다. 하지만 한편으론 이리저리 빌붙지 않는 그가 존경스럽기도 했다. 기명은 정 회장과 민호 사이에서 왔다 갔다 줄을 타느라 종종 죽을 맛이었던 것이다. 특히 이번과 같은 업무가 주어졌을 땐, 그조차도 양심에 가책을 느끼며 난처해했다.

김 팀장이 무뚝뚝한 얼굴로 서재의 문을 열어주었다. 방에 들어서자, 오래된 원목 가구들의 은은한 향이 코를 간질였다. 그 한가운데에는 정 회장이 한 남자와 마주 앉아 바둑을 두고 있었다.

'김 팀장의 충성심은 정 회장에서 끝나지 않을 수도 있겠군. 나보다 더 줄을 잘 타게 생겼는걸.'

기명은 편안한 실내복을 입고서 바둑알을 뒤적이는 남자를 보며 생각했다. 남자는 서른한 살이었지만 잘 관리한 덕에 아직도 이십대 중반 같았다. 바둑판을 쳐다보느라 내리깐 눈매가 남자치곤 얄쌍스러웠다. 재벌 사교계의 인사들은 그를 보고 죽은 엄마의 미모를 쏙 빼닮았다고 수군거리곤 했다. 그는 아버지인 민호와 달리 한 번도 정 회장을 실망시킨 적이 없었다. 비록 민호가 아직까지 부회장의 자리를 차지하고 있다곤 하나, 계속 정 회장의 뜻을 거스른다면 후계자의 우선순위는 바뀔 수 있었다.

"회장님, 저 왔습니다. 정 상무님도 함께 계셨군요."

기명이 신뢰가 가는 온화한 미소를 지으며 그들에게 다가갔다. 누구에게나 호감을 주는 인상은 기명의 최고 무기였다. 못 미더운 경박한 성격을 그의 외모가 상쇄해 주었던 것이다.

"거기 앉아 있게."

회장은 기명 쪽은 쳐다보지도 않고 말했다. 그는 바둑판을 노려보며 인상을 쓰고 있었다. 기명은 이러한 푸대접이 낯설지 않은 듯 무덤덤한 얼굴로 자리를 잡고 대국이 끝나길 기다렸다. 고요한 정적 속에 조개로 만든 고급 바둑알들이 달그락거리며 부딪치는 소리가 몇 번 났다. 기명은 정 회장 몰래 하품을 한 번 쩌억 했다. 그가 꾸벅꾸벅 졸기 시작할 즈음이었다.

"양 실장님."

천일이 기명의 어깨를 흔들며 그를 깨웠다.

"아, 다 두셨습니까?"

"많이 피곤하신가 봐요."

시계는 자정을 넘어서 있었다. 이 시간까지 넥타이도 풀지 못했으니 피로가 몰려오는 것은 당연한 일이었다. 뻔히 알면서도 천일은 기명을 조롱하기 위해 빙그레 웃으며 천연덕스러운 말을 지껄였다.

'정말이지 할애비의 못된 점을 고대로 닮았어.'

기명은 속으로만 혀를 차며 겉으론 괜찮다고 손사래를 쳤다.

"여기, 분부하신 대로 오늘 찍은 사진들입니다."

그가 봉투에서 다섯 장의 사진을 꺼내 티 테이블 위에 전시하듯 깔아놓았다. 무영과 소월이 서로를 바라보며 웃고 있는 사진 네 장과 무영이 기차에 오르는 사진 한 장이었다.

"차무영은 오늘 오후 열한 시 마지막 기차를 타고 월산으로 내려갔습니다. 소월 아가씨는 배웅을 한 뒤에 곧장 집으로 돌아가셨고요. 그 전까지는 지난 사 일 동안과 마찬가지로 여기저기를 돌아다니며 데이트를 하셨습니다."

기명이 말했다. 숨기려고 해봤으나 그의 목소리는 살짝 들떠 있었
다.

'이젠 이 짓거리도 끝이구나!'

그는 오 일 동안 소월과 무영을 미행하며 그들을 관찰하고 그 결과
를 밤마다 사진과 함께 정 회장에게 보고했다. 생각보다 체력이 소모
되는 일이기도 했고, 무엇보다 무척 자존심이 상하는 업무였다. 기명
의 석사 학위와 화려한 경력들은 고작 이십대 커플의 데이트를 쫓아다
니려고 만든 게 아니었다. 그러나 기명은 정 회장에게 지은 죄가 있었
기에 암말 않고 명령을 수행했다. 정 회장은 기명이 민호에게 월산에
간 소월에 대한 정보를 흘렸다는 걸 알고 있었고, 기꺼이 눈감아주기
까지 했기 때문이다.

"둘이 정말 파혼한 거 맞아요?"

천일이 사진 한 장을 들어 보이며 물었다. 길거리 노점에서 소월과
무영이 닭꼬치를 나눠 먹는 장면이었다. 서로를 바라보는 눈빛이 어찌
나 달콤하던지 미행을 하며 마구 찍은 사진에서도 애정이 묻어났다.

"누가 봐도 좋아 죽으려는 커플 같은데요. 소월이가 이렇게 웃는 건
처음 봐요."

어머니가 다르긴 했어도 일단은 막내 여동생이었다. 경영권이나 상
속 문제가 복잡하게 얽히기 전에까지만 해도 천일은 자기 방식대로 소
월을 귀여워한 편이었다. 징그러운 남동생만 하나 있던 그에게 여섯
살 차이가 나는 여동생은 마치 인형처럼 보였다. 그녀가 평범히, 아니
조금은 멍청하게 자라서 재벌가의 셋째 딸이란 타이틀에 그럭저럭 만
족해하며 살았다면 천일은 그녀를 끝까지 귀여워해 줬을 것이다. 천일
은 자신의 엄마 자리를 소월의 엄마가 차지하는 것만큼은 죽어도 못
견뎌 했다.

"할아버지랑 했던 계약도 다 없던 걸로 하기로 했다면서요. 근데 왜 이 남자랑 붙어 있는 겁니까?"

"그야……."

기명은 정 회장의 눈치를 보며 최대한 그의 심기를 거스르지 않는 선에서 허용되는 표현을 찾아 머리를 굴렸다.

"두 분이 진짜 좋아하시게 됐으니까요?"

그의 말이 끝나기 무섭게 천일이 웃음을 터뜨렸다. 기명이 얼빠진 표정을 짓자, 천일은 사과를 했다. 그러나 그의 웃음은 멈추지 않았다. 명백한 비웃음이 길게 이어지자 기명은 모욕감에 얼굴이 화끈거렸다.

"죄송해요, 양 실장님. 실장님 때문에 웃은 게 아니라 얘네 둘이 웃겨서 그랬습니다."

정 회장이 언짢게 헛기침을 하자, 천일이 웃음을 거두며 말했다.

"둘이 이렇게 좋아하는 거면 파혼은 왜 했대요?"

"그건……."

기명이 또 말끝을 흐렸다.

"천일아, 그만해라. 양 실장이 어려워하고 있잖느냐. 내 앞에서 소월이 그 아이가 내 뒤통수를 친 거라고 말할 수도 없는 노릇인데."

"그러니까 정리하면 이런 거네요. 할아버지가 정략결혼을 하라고 하니까 말을 잘 듣는 척하면서 질질 끌다가, 적절한 타이밍에 아버지한테 폭탄처럼 터뜨린 거잖아요. 아버지가 할아버지한테 더 크게 반항심을 갖도록 말이에요. 그렇게 파혼을 하고, 아버지까지 혼인신고를 하고 집을 나가게 만들고서는 이제 맘 편히 연애를 하겠다는 거네요?"

천일이 일목요연하게 정리하자, 정 회장은 속이 부글부글 끓었다. 웬일로 소월이 말을 고분고분 잘 듣는다 했더니 이런 식으로 교묘한 술수를 쓸 줄은 꿈에도 몰랐다.

"어미를 닮아서 영악한 게지."

문정수도 그랬다. 민호와 헤어지겠다고 눈물까지 흘리며 약속을 해놓고선 몇 달 후에 부른 배를 감싸 쥐며 나타났다. 얼마나 민호를 홀렸는지, 민호는 전부 자기 잘못이라는 말만 하며 이 여자가 없으면 죽을 것 같다고 했다. 그 순한 아들의 입에서 죽을 것 같단 소리가 나오다니!

어미 없이 자란 티를 내지 않으려고 사업이 바쁜 와중에도 금이야 옥이야 귀하게 키운 외아들이었다. 아비가 짝지어준 여자와 아들도 둘이나 낳으며 단란하게 잘 살던 효자였다. 물론 그 여자가 불륜을 저지르고 밀월여행에서 교통사고로 죽자, 정 회장은 그의 선택이 틀렸음을 인정할 수밖에 없었다. 그래도 이번엔 기필코 완벽한 짝을 찾아주겠노라 결심을 했거늘, 웬 시골뜨기 같은 선생 하나를 데리고 온 것이다.

"소월이 이름을 지을 때도 그랬다. 내 위신을 세워주는 척하면서 손녀의 이름을 지어달라고 구걸을 했지. 그래서 감히 사생아였어도 너희 형제와 어울리게끔 가풍에 맞게 이름을 지어줬더니, 간사하게도 한자를 바꿔서 호적에 올렸다. 겉과 속이 다른 게 제 어미를 쏙 **빼닮았어.**"

정 회장이 정수를 욕할 때면 **빼놓지** 않고 나오는 레퍼토리였다. 오죽 깔 게 없으면 손녀의 이름에 들어가는 한자를 조금 바꾼 걸로 두고두고 험담을 하나 싶을 정도였다.

혜성그룹의 삼 남매 이름은 천일(天日), 해일(海日), 소월(召月)이었다. 민호에게 첫아들이 생겼을 때, 정 회장은 아기에게 '하늘의 해'란 뜻의 거창한 이름을 지어주었다. 둘째는 '바다의 해'였다. 그리고 밖에서 반갑지 않은 손녀 하나가 생겼다. 사생아의 이름 따위 아무렇게나 지으라고 노발대발하던 정 회장이었으나, 민호의 거듭되는 간청을 뿌리칠 수가 없었다. 게다가 정수가 딸을 호적에만 올려준다면 자신은 어떻게 되든 상관없다고 했으므로 정 회장은 못 이기는 척 '작은 달(小月)'이란 이름을 지어주었다. 그러나 정수는 소월의 이름 뜻을 마음에 들어 하지 않았다. 아들은 하늘과 바다 위에 뜬 해라며 밝은 이름을 지어줘 놓곤, 딸에겐 어둠 속에서 작게 빛을 내는 달의 이름을 지어준 것이 아이에게 음지에서 살라고 못을 박는 것만 같았기 때문이었다. 그래서 정수는 '소' 자의 한자를 몰래 바꾸었다. 소월의 이름은 '달을 부르다'라는 뜻이었다.

"소월아, 네 이름은 달을 뜻하는 게 아니라 달을 부르는 존재를 뜻하는 거야."

"달을 부르는 게 뭔데?"

"달을 부르는 건 지구지. 달은 지구의 위성이거든. 달은 지구가 부를까 봐 어디 가지도 않고 계속 지구만 바라보면서 곁에 있어주는 거야."

"그럼 내 이름은 지구를 뜻하는 거야?"

"그렇지. 하늘도 있고, 바다도 있고, 그 위에 뜨는 해도 볼 수 있는 푸르고 아름다운 별."

외국에 살면서 소월은 발음하기 어려운 이름 때문에 자주 불평을 했었다. 그럴 때마다 정수는 '소월'이란 이름이 얼마나 좋은 것인지, 그 뜻을 차근차근 설명해 주곤 했다. 정작 이름의 주인들인 삼 남매는 누구의 것이 더 잘났다고 생각하지 않았지만, 정 회장은 정수가 기지를 발휘하여 소월의 이름 뜻을 천일과 해일을 아우를 정도로 거대하게 지은 것을 싫어했다. 묘하게 진 기분이 들었던 것이다.

하나뿐인 아들을 빼앗겼다는 패배감에 젖은 노인에게 정수가 하는 모든 행동은 그의 권위에 대한 도전으로 읽혔다.

"그러면 월산은 어떻게 하실 거예요? 둘이 결혼하면 우리 입장에선 가장 편하게 월산에 입지를 다지는 거잖아요. 다시 결혼시키면 되잖아요."

"절대 그렇게 두지 않을 거다."

정 회장은 앙심과 살기를 띤 눈으로 소월과 무영의 사진을 노려보았다.

"날 능멸한 것들이 원하는 대로 둘 순 없지."

"그럼 어쩌시려고요? 월산을 포기하시려고요?"

"포기하지 않는다. 그곳은 생각보다 훨씬 더 전략적 요충지다. 작고 볼품없지만 양쪽에 있는 도시 사이에서 다각도로 영향을 미치고 있거든. 그렇지 않아도 나한테 계획이 있다."

정 회장은 자리에서 일어나 서랍에서 흰 종이 한 장을 꺼냈다. 그는 천일이 있는 소파 쪽으로 돌아오다가 눈을 크게 뜨며 불쾌한 기색으로 말했다.

"양 실장, 자네는 아직도 여기 있었나?"

"아, 나가보라고 따로 말씀하시질 않아서…… 죄송합니다, 회장님."

"할 일이 끝났으면 눈치껏 나가봐야지. 내가 정 상무와 사적인 대화를 하느라 정신이 없었으면 알아서 비키는 게 도리 아닌가? 어서 안 나가고 뭘 그렇게 서 있나!"

정 회장이 불호령을 내리자, 기명은 배꼽에 머리가 닿을 기세로 연신 허리를 굽히며 서재를 빠져나갔다.

"내가 정신이 없었으면 너라도 저 작자를 내보냈어야 할 거 아니냐."

"어차피 중요한 얘기가 나온 것도 아니잖아요. 그만 노여워하세요. 쓰러지시겠어요."

"우리에게 뭔가 계획이 있다는 걸 안 것만으로도 큰 손실이다. 저 박쥐 같은 인간이 얼마나 네 애비와 나 사이에서 저울질하는 줄 아는 게야?"

"그런 인간을 이 시간에 여기까지 불러들이신 건 할아버지잖아요."

간을 보고 다니는 양기명의 버릇을 고쳐 주려고 정 회장은 일부러 그에게 소월의 뒤를 밟게 했다. 그가 누구의 편에서, 누구에게 충성을 바쳐야 하는지를 몸소 깨닫게 해주기 위해서였다.

"양 실장님이 또 아버지한테 가서 쓸데없는 말을 하면 그땐 제가 직접 손을 볼게요. 그러니까 너무 염려하지 마세요."

천일이 태연하게 말했다. 그는 소월은 받지 못한 정 회장의 사랑과 지지를 전폭적으로 받으며 자랐다. 천일은 적장자 태생 특유의 여유와 나른함을 갖고 있었고, 정 회장을 무서워하지 않는 유일한 사람이었다.

"소월이의 사랑을 응원해 주는 것 말고 월산을 집어삼킬 수 있는 계획이 뭔지나 얼른 말해주세요."

"이걸 읽어보거라."

"그게 뭔데요?"

"온천타운 차영선 사장이 구 년 전에 작성한 유언장이다. 혼담이 깨졌으니 약점이라도 잡을까 해서 그쪽 변호사를 매수했었다. 흥미로운 사실을 알려주더구나."

천일은 빠르게 유언장을 읽어 내려갔다. 그의 동공이 공격할 사냥감을 발견한 고양이처럼 확장되었다.

"이거 재밌네요."

"여기 재밌는 게 하나 더 있단다. 월산에 심어둔 기자한테서 몇 시간 전에 온 거다. 내일 아침 지역신문 헤드라인을 장식할 기사의 주요 내용이지."

정 회장은 천일에게 자신의 핸드폰을 보여주었다. 그것은 간략한 내용을 담은 메시지 한 통이었다.

〈온천타운 노천탕에서 자살로 추정되는 여성의 시체 발견.〉

천일은 저도 모르게 감탄사를 내뱉었다.

"이쯤 되면 정말 저주가 있는 거 아니에요?"

그는 월산을 둘러싼 소문들과 차씨 일가의 가정사, 소월에게 일어난 일들을 정 회장에게 들어 알고 있었다. 천일의 얼굴에 두려움이 아닌 호기심과 흥미가 피어올랐다.

"이것들을 보여주시는 건, 제가 월산으로 내려가길 바라셔서 그런 거죠?"

"내 주변엔 너 말곤 더 이상 믿을 만한 사람이 없다. 이 일을 성공시키면 월산 리조트 사업의 전권을 너에게 위임하도록 하마. 그 사업을 성공시키면 너는 재계를 넘어서까지 두루 인정받을 수 있는 커리어를 쌓을 수 있게 될 거다."

"좋아요. 어차피 회사 일만 하고 있기 따분하기도 했으니까요. 저주받은 귀신이랑 한번 놀아보죠. 제가 뭘 하면 될까요?"

심드렁한 냉소가 가신 그의 얼굴에 생기가 돌았다.

"차영선이 유언장에서 온천타운의 제2 후계자로 한지훈을 지목한 이유를 알아오거라. 무슨 약점이 잡힌 건지, 한지훈이 누군지 밝히는 거다. 물론 이건 너와 나, 둘만 아는 비밀이다. 개인적으로 움직이도록 해라."

정 회장이 영선의 유언장 복사본을 갈기갈기 찢으며 말했다.

"알겠습니다, 회장님."

천일은 간만에 정말 재밌는 일이 생겼다고 생각했다.

양기명 실장이 정 회장에게 말하지 않은 것이 하나 있다. 정 회장이 기명에게 엄한 화풀이를 하면서 쫓아내지만 않았어도 그는 품에 숨긴 여섯 번째 사진을 슬그머니 꺼내놓았을 것이다. 기명이 비장의 카드처럼 몰래 빼놓은 사진에는 무영과 소월 말고 한 사람이 더 있었다. 바로 정 회장의 둘째 손자인 정해일이었다.

"야, 밥 먹을 땐 핸드폰 좀 보지 마라. 부모님 계시는데."

"이십 년이 넘도록 안 나오던 부모님 소리가 참 쉽게도 나온다."

해일의 잔소리에 소월이 코웃음을 치며 응수했다. 그러면서도 소월은 핸드폰을 주머니에 넣었다. 민호와 정수 역시 그녀의 핸드폰을 힐끔거리는 게 느껴졌기 때문이었다.

"무영이냐?"

해일이 무심한 척, 궁금하지 않은 척 지나가는 투로 물었다. 물론 소월에겐 씨알도 먹히지 않았다.

"아, 관심 좀 꺼."

소월이 짜증 섞인 하이톤의 목소리로 말했다.

"무영이면 나한테 답장 좀 하라고 해."

"걔가 너한테 답장을 왜 하냐?"

"메시지를 보냈으면 답장이 와야 하는 거 아냐?"

"그러니까 네가 무영이한테 메시지를 왜 보내는데?"

소월이 눈살을 찌푸리며 해일을 타박했다. 그녀는 무영이에게 달라붙는 해일이 징그러웠다.

"하루 같이 놀았다고 친한 척 좀 하지 마. 눈치 없는 복학생 노릇은 학교에서만 하라고. 왜 무영이한테까지 집적거려."

"와, 얘 말하는 것 좀 봐. 아빠, 어머니, 이게 오빠한테 하는 것 좀 보세요."

"우리 엄마한테 어머니라고 부르지도 말라고. 밥 축내는 거 할 말 없으니까 난데없이 아들 행세야. 어이가 없네."

"아, 완전 서럽네. 그래도 내가 너랑 반쪽은 피를 나눈 사인데."

"역겨운 사실 상기시키지 좀 말아줄래."

소월이 치를 떨며 말했다. 해일이 본가를 뛰쳐나와 소월의 집으로 기어들어 온 것은 나흘 전이었다. 천일의 멸시를 더 이상 견딜 수가 없다는 게 이유였다. 소월이 학교 인맥을 통해 알아본 바에 의하면 시험을 개판으로 쳤다고 하니, 천일은 물론이요, 정 회장까지 합세해 그를 쪼아댈 게 분명했다. 해일은 그 박대로부터 피난을 온 것이다.

그러나 하필이면 날이 좋지 않았다. 해일이 온 날은 무영이 월산으로 돌아가기 전날이었고, 가기 전에 부모님께 인사를 드리겠다며 큰맘 먹고 소월의 집에 온 날이기도 했다. 소월은 부모님의 관심이 온전히 무영에게 집중되어야 하는 날에 요란스럽게 나타나 스포트라이트를 빼앗아간 해일이 얄미웠다. 정수는 몇 년 동안 그나마 공략하기 쉬워 보이는 해일에게 지극정성을 쏟고 있었던 것이다. 월산에서 무영을 만난 적이 있는 엄마는 그렇다 쳐도, 소월은 무영이 아빠와 많은 대화를 나누길 바랐다. 그런데 해일이 모든 계획을 망친 것이다.

소월이 아빠와 무영이 친해지길 바란 이유는 민호가 무영을 좋아했기 때문이었다. 민호는 정수로부터 무영과의 대화를 전해 들었기 때문에, 만나기 전부터 무영을 좋아했다. 무영이 서울에 왔다는 걸 알고 나서는 매일같이 소월에게 우리 예쁜 사위는 언제 보여줄 거냐면서 호들갑을 떨었다. 그러나 막상 무영을 만났을 땐 뚱한 표정으로 입을 다물고만 있었다.

"아버님, 나 좋아하시는 거 맞아?"

점심을 먹고 소월의 방에서 단둘만 있게 되자, 무영이 넥타이를 살짝 풀며 말했다. 누가 목을 조르고 있는 것처럼 답답했다. 소월이나 정수는 언변은 좋았지만 나서서 분위기를 띄우는 타입이 아니었고, 긴장한 무영이야 간신히 물을 넘기는 게 고작이었으니 말이 없었다. 무영은 자신을 좋아한다던 민호에게 은근히 의지를 하고 있었다. 뭔가 다정하게 말을 걸어주시지 않을까 기대했던 것이다. 그러나 민호는 말을·걸면 죽여 버리겠다는 듯 냉랭한 분위기를 풍기며 밥만 먹었다.

"우리 아빠가 원래 낯을 많이 가려."

소월이 무영을 이해한다는 듯 안쓰럽게 웃으며 말했다.

"그건 낯을 가리는 수준이 아니시던데요? 딸을 빼앗으려는 짐승을 척살하려는 의지가 눈에서 막 불타오르시던데?"

"낯을 진짜, 진짜, 진짜 심하게 가려서 그래. 나랑 엄마가 십오 년 만에 귀국했을 때도 낯을 가렸어. 그나마도 석 달 전에 아빠가 영국에 와서 같이 며칠 지냈었는데. 꾸준히 갱신해 주지 않으면 한 달 정도 지나기만 해도 낯을 가린다니까. 월산에서 돌아왔을 때도 나한테 어색해했어."

"그런 성격이신데 회사 생활을 하실 수 있어요?"

"회사 주인 아들이잖아. 낯가림도 침묵의 카리스마로 이미지 메이킹이 될 수 있지."

소월이 덤덤히 말했다.

"아, 그런데 어떻게 친해져."

무영이 머리를 감싸 쥐며 침대 위에 쓰러졌다. 침대에서는 소월을 안고 있을 때처럼 그녀의 향기가 났다. 무영은 보드라운 이불에 코를 박고 숨을 깊게 들이마셨다. 갑갑했던 목 주위가 서서히 편해졌다.

"그래도 널 좋아하시는 건 맞아. 아까 봤어? 멸치 볶음을 네 쪽으로 옮겨주셨잖아."

소월이 침대에 걸터앉아 무영의 뭉친 어깨 근육을 주물러 주며 말했다.

"그러셨죠. 소갈비찜은 아버님이 가져가시고."

무영이 서울의 인심은 야박하다고 느낀 순간이었다. 재벌 2세시면서! 혜성그룹 부회장이면서! 그깟 소갈비찜이 얼마나 한다고! 무영은 서러웠다. 환영받지 못하는 사위가 된 것 같았다.

'나는 학벌도 안 좋고, 집안만 빼고 보면 백수건달에, 정신 병력도 있으니까⋯⋯.'

무영이 자괴감에 몸부림치자, 소월이 그를 달래며 말을 이었다.

"우리 아빠가 가장 좋아하는 반찬이 엄마가 한 멸치 볶음이야."

"왜요? 재벌들은 멸치 볶은 거 안 먹어요?"

"응. 본가에선 캐비아 볶은 것만 먹어."

"말도 안 돼."

문화 충격을 받은 무영이 다른 차원의 생명체를 보듯 경이롭게 소월을 바라보았다.

"뻥이야."

표정 하나 바꾸지 않은 소월이 무미건조하게 말했다. 무영이 미간을 구기며 농담에 소질이 없는 것 같다고 소월을 구박했다. 그러거나 말거나 소월은 민호의 멸치 사랑의 유래에 대해 말해주었다.

"본가에선 할아버지가 좋아하시는 큰 멸치로 볶은 것만 먹거든. 근데 아빠는 잔멸치만 좋아하시고. 잔멸치 볶음을 먹고 싶다고 하셨다가, 어차피 같은 멸친데 뭐하러 그러냐고 혼나신 적이 있대."

먹는 것 갖고 그러다니, 무영은 정 회장이 치사하다고 말했다. 소월은 진지하게 고개를 끄덕였다.

"그래서 아빠는 엄마가 도시락 반찬으로 싸주는 잔멸치 볶음이 세상에서 제일 좋대. 그걸 양보하셨다는 건 그만큼 널 마음에 들어 하신다는 뜻이라고."

"사연을 들으니까 의미가 남다르게 다가오네."

"그렇지?"

소월이 무영을 귀여워하며 그의 머리를 연신 쓰다듬어 주었다.

"우리 집에 인사 오기가 쉽지 않았을 텐데 용기 내줘서 고마워."

"받아주신 부모님께 내가 더 고맙지."

무영이 일어나 앉아 소월을 마주 보았다. 두 사람은 손을 꼭 잡았다.

"내일이면 월산으로 돌아가는 거네."

소월의 눈빛이 촉촉해졌다. 무영과 정식으로 사귀기로 한 지 이제 겨우 나흘째였다. 무영이 서울에 올 때부터 돌아갈 날은 정해져 있었지만 이렇게 짧게 있다 갈 줄은 몰랐다. 일주일도 아니고 고작 오 일이라니.

두 사람은 이른 아침부터 늦은 밤까지 하루 종일 붙어 다녔다. 무영의 서울 구경 겸 막 시작한 연인의 데이트였다. 한복을 빌려 입고 경복궁에도 가보고, 남산에 가서 야경도 봤다. 사랑이 이뤄진다는 자물쇠를 거는 것도 잊지 않았다. 유행이 지난 스티커 사진을 찍는 것도 뭐가 그리 즐거웠던지, 함께하는 매 순간이 꿈결 같았다. 너무 달콤한 꿈은 깨고 나면 슬퍼지는 법이다. 소월은 무영을 보내고 나서 자신이 감당할 수 없을 만큼 불행해질까 봐 두려웠다.

"금방 다시 올게요."

"이번엔 연락 자주해. 괜히 또 튕기지 말고."

"너나 손에서 핸드폰 내려놓지 마."

무영이 손가락으로 소월의 코를 튕기며 말했다. 소월이 그 손가락을 깨물려고 하자 무영이 소녀처럼 까르르 웃으며 침대 모서리로 도망을 쳤다. 소월이 눈을 요염하게 뜨고 고양이처럼 네 발로 무영에게 다가갔다.

"첫 키스도 못 해보고 내려가진 않겠지."

소월이 도발적으로 말했다. 자석처럼 붙어 있는 동안 두 사람의 스킨십 진도는 빠르게 발전했다. 손잡는 건 숨 쉬는 것만큼 자연스러웠고, 포옹과 백허그도 일상이 되었다. 포옹은 무차별적인 뽀뽀 세례로 이어졌다. 키 차이 때문에 무영은 소월의 이마와 머리카락에 쉴 새 없이 입을 맞췄고, 소월은 무영의 턱이나 뺨에 입술 도장을 찍었다. 그러다 눈이 맞으면 둘의 입술이 맞닿았고, 쪽쪽쪽 하는 경쾌한 소리가 연달아 나기도 했다. 그런데 웬일인지 키스의 타이밍이 묘연했다. 구강학적으로나 방법론적으로나 키스와 뽀뽀가 다르다는 것은 소월도 알고 무영도 아는 일이었다. 소월이 뭐가 문제일지 의아해하는 동안 무영은 사실 원인을 알고 있었다. 그가 키스를 은근히 피하고 있었던 것이다. 막상 소월과 연애하고 알콩달콩 지내면서 키스의 기회가 다가오니 무영은 덜컥 겁이 났다.

'소월인 외국에서 자랐고, 진짜 좋아서 연애해 본 적은 없다지만 데이트도 해봤다 그리고, 키스도 해봤고……. 내 키스 실력에 실망하면 어떡해!'

이러한 무영의 우려는 우진의 장난에서 기인한 것이다.

"술 취한 스무 살짜리 남자가 요정이랑 입술을 비볐는데 뽀뽀만 했겠어? 당연히 키스였지. 내가 네 첫 키스 가져갔어, 무영아. 그리고 너 정말 키스 못하더라."

소월이 월산을 떠나고 무영은 괴한 사건을 조사하면서 우진과 어울렸다. 그러다 무영은 문득 '설마 우리가 그때 입을 맞췄다는 게 키스는 아니었겠지?'라는 불안한 생각을 하게 되었고, 우진에게 물었다. 무영이 하도 초조해하며 공포에 떨길래 우진은 놀려줄 요량으로 그에게 거짓말을 했다. 그것은 미약하게나마 트라우마가 되어, 절호의 순간마다 무영이 눈물을 머금고 키스를 포기하게 만들었던 것이다.

"언젠간 하겠지!"

무영이 소월의 탐스러운 입술을 애써 외면하며 그녀를 와락 껴안았다.

'이게 아닌데.'

소월은 속으로 아쉬움을 삼키며 무영에게 폭 안겨 있다. 그렇게 두 사람이 휴식을 취하고 있을 때였다. 정수가 소월의 방문을 두드렸다.

"소월아, 무영 군 데리고 나와 봐. 둘째 오빠 왔어!"

"둘째 오빠?"

무영은 고개를 갸웃거렸다가 이내 소월에게 이복 오빠가 둘이나 있다는 걸 기억해 냈다. 그는 벌떡 일어나서 옷매무새를 가다듬으며 넥타이도 다시 쫀쫀하게 맸다.

"아, 그 인간은 난데없이 왜 나타나?"

느슨하게 풀어졌던 무영의 얼굴이 다시 조각상처럼 굳는 걸 보며 소월이 불만을 터뜨렸다. 그리고 몇 분 뒤, 무영을 본 해일이 '어? 너 아싸 아니냐?'라며 삿대질을 했고 두 사람이 만난 적이 있다는 사실이 밝혀졌다.

천일에 비하면 해일은 정수를 인간 취급해 주었으므로 민호와 정수는 그를 반겼다. 그의 손에 커다란 캐리어가 두 개나 들려 있는 것도 개의치 않았다. 해일이 덮어놓고 무영을 '우리 매제'라고 불렀기 때문에, 무영도 그에 대한 경계심을 풀어버렸다. 오직 소월만이 그를 탐탁지 않아 했다.

소월이 십오 년 만에 귀국한 뒤 본가에 들어가서 살 때, 그녀는 잔뜩 주눅 들어 있었다. 정 회장은 물론 나이 차이가 많이 나는 오빠들도 무서웠다. 천일과 해일은 이목구비를 하나씩 뜯어보면 쌍둥이인 것처럼 닮았는데, 배열과 조화가 크게 달라서 얼핏 보면 남처럼 닮지 않았다. 형제는 성격도 정반대라 소월은 둘 사이에서 어느 장단에 맞춰야 할지 항상 애를 먹곤 했다.

천일은 상냥하고 친절했지만 소월을 동생은커녕 인간처럼 대해주지도 않았다. 그는 소월을 갖고서 인형 놀이를 하려고 들었다. 예쁘게 차려입히고 동생이라고 불러주면서 진짜 동생에겐 절대 하지 않을 짓들을 했다. 가령 친구들 모임에 소월을 데리고 가서 새로 나온 액세서리를 자랑하듯이 구경시키곤 했다. 해일은 천일과 달리 가식이나 위선과는 거리가 멀었다. 그러나 그는 때론 솔직해도 너무 솔직했다. 소월이 스물이었을 때, 해일이 스물 넷. 그도 어리다면 어린 나이긴 했다. 해일은 소월에게 넌 내 동생이 아니라며 더럽다고 고함을 질렀다. 당시에 해일은 민호가 정수와 불륜을 저질렀다고 믿고 있었다. 정 회장과 천일의 거짓말 때문이었다. 속아서 몰랐다곤 해도, 해일이 소월에게 줬던 상처들이 정당화되진 않는다. 소월은 천일을 혐오했고, 해일은 멍청이라며 미워했다. 그러므로 무영과 소월에게 중요한 날에 해일이 끼어든 것이 참을 수 없을 정도로 짜증이 났다. 다른 사람들이 그를 환영하는 것도 싫었다. 심지어 해일이 다음 날 둘의 데이트에까지 끼어들었으므로 소월은 그에게 단단히 화가 나 있는 상태였다.

"야, 네가 무영이한테 뭐라고 했지? 나한테 답장하지 말라고."

해일이 과도로 배의 껍질을 깎으며 설거지를 하고 있는 소월에게 물었다. 민호와 정수는 식사를 끝내고 거실에서 텔레비전을 보고 있었다.

"어."

소월이 망설임 없이 답하자 해일의 얼굴이 일그러졌다.

"너는 오빠한테 왜 그러냐?"

"언제부터 오빠였다고 오빠 행세야."

"이제부터 하려고 한다, 왜!"

"내가 사양하거든요."

마지막 그릇을 식기 세척기에 넣은 소월이 세제를 넣고 문을 닫았다. 세척기의 전원을 누르자마자 소월은 앞치마 주머니에 집어넣었던 핸드폰을 잽싸게 꺼냈다. 무영은 여전히 답장이 없었다. 해일뿐 아니라 소월조차 무영에게 답장을 받지 못한 지 꼬박 하루가 지나 있었다.

소월은 서서히 걱정이 되기 시작했고 예민해졌다.

"내가 데이트 끼어든 거 때문에 계속 삐쳐 있는 거야? 미안하다니까. 그리고 일부러 그런 것도 아니고 우연히 만난 데다가, 무영이도 네얘기 해달라고 나 붙잡았잖아."

"그래서 해줄 말이 없어서 내가 술 처먹고 할아버지 앞에서 토한 걸 말해줬냐?"

"할아버지랑 형 눈치 보느라 숨 죽여 살았다는 얘기보단 낫잖아."

"거봐. 애초에 우리한텐 가족다운 에피소드가 없는 거라니까? 근데 굳이 그걸 왜 들추냐고!"

"가족이 되고 싶으니까 그러지!"

해일이 과도를 식탁에 내려놓으며 말했다.

"내가 오해해서 너랑 어머니한테 심하게 굴었던 거 항상 미안하게 생각하고 있어. 지금이라도 잘 지내보려는 건데 그게 그렇게 싫어?"

"어."

"아, 진짜 정소월."

해일이 신경질적으로 뒤통수를 북북 긁었다. 그는 소월이 할아버지 때문에 강제로 정략결혼을 했다는 소식을 듣고 생각보다 훨씬 더 충격을 받았다. 죄책감으로 괴로워하는 아버지의 모습을 옆에서 지켜보며 그도 느끼는 바가 많았다. 특히 소월이 월산에서 몇 번이나 위험을 겪은 것을 알고서는 화도 나고 걱정도 되고 가슴이 아팠다. 그제야 해일은 그녀가 동생이란 걸 진심으로 받아들일 수가 있었다.

"소월아, 내가……."

"조용히 해."

핸드폰 벨소리가 울리자 소월이 해일의 말을 가로막았다. 발신자는 무영이었다.

"왜 이렇게 연락이 안 돼!"

다짜고짜 화를 내는 소월을 보고 해일은 무영에게 답장을 받지 못한 게 비단 자신뿐이 아니란 걸 알 수 있었다. 사적인 통화 내용을 들으면 소월에게 또 미움을 살 것 같아서 해일은 한숨을 쉬며 자리에서 일어났다.

"그게 무슨 소리야? 나한테 무영이를 왜 찾아?"

소월의 목소리가 떨리고 있었다. 해일은 부엌을 떠나지 않고 소월의 상태를 주시했다.

"그때까진 연락했었어. 별말 없었고. 말도 안 돼. 무영이가 왜 사라져?"

그녀의 성난 목소리에 거실에 있던 민호와 정수까지 부엌으로 왔다. 소월의 손은 덜덜 떨리고 있었다.

"알았어. 나도 지금 바로 갈게."

통화가 끝났다. 소월은 누구보다 먼저 정수를 바라봤다. 절망과 두려움으로 물든 딸의 눈동자를 보자, 정수는 무영에게 안 좋은 일이 일어났음을 직감했다.

"안 된다."

정수가 단호하게 말했다.

"거긴 너한테 위험한 곳이야. 그래서 무영 군도 널 서울로 보낸 거고. 잊었니, 그곳에서 네가 어떤 일들을 겪었는지?"

"결국 아무 일도 없었잖아. 다 무영이 덕분이었어요. 내가 위험할 때마다 무영이가 지켜줘서 괜찮을 수 있었어. 지금은 내가 그 사람 옆에 있어줘야 해요. 내가 찾아야 해."

굳센 의지가 드러난 눈빛이 강렬하고 뜨거웠다. 정수는 소월을 밧줄로 묶어두지 않는 이상, 그녀를 보내지 않을 방법이 없다는 걸 깨달았다.

"그럼 엄마도 같이 가자. 너 혼자선 위험해. 흥분한 상태로 운전을 할 수도 없고."

"엄마까지 거기 보내면 아빠 마음이 어떻겠어요. 난 괜찮아요. 혼자 다녀올 수 있어요."

"안 돼. 절대로 혼자서는 못 보내."

정수는 한 발자국도 물러날 생각이 없었다.

"내가 가마. 엄마보단 내가 가는 게 낫겠지."

민호까지 나서자 소월은 발을 구르며 제발 나 좀 가게 해달라고 소리를 지르고 싶을 지경이었다. 그때였다.

"제가 갈게요."

해일이 말했다. 소월은 짜증이 치밀었다. 그녀는 해일이 사태의 심각성을 모르고 여름방학에 휴양지를 가듯이 군다고 생각했다.

"네가 왜 가?"

"말했잖아. 이제부터 제대로 오빠 노릇 한다고."

해일이 진중한 표정으로 소월을 바라봤다. 그건 정말 동생을 위하는 오빠의 얼굴이었다.

13
해님 달님

　학교를 파하고 오는 길에 날 보는 사람들의 표정이 죄다 우스꽝스러 웠다. 무려 그 온천타운의 딸내미가 흙투성이인 교복을 입고 머리를 산발하고 다니니 그럴 만도 했다. 하지만 그중에서 날 걱정스럽게 쳐 다보거나 다가와 괜찮냐고 물어봐 주는 인간은 한 명도 없었다. 우리 엄마가 잔치나 명절 때마다 고기를 몇십 근이나 사주는 푸줏간의 놈 팡이는 나와 눈이 마주쳤는데도 딴청을 부렸다. 그 인간들의 졸렬함 이 이해가 되지 않는 것은 아니다. 나는 천벌을 받아 죽어도 모자랄 차강문의 딸이니까. 물론 나나 우리 아버지 앞에서 직접 그런 소리를 하는 인간은 없었다. 아, 예전에 몇 명 있었는데 외삼촌이 대낮부터 술을 마시고서 엽총을 들고 깽판을 친 후로는 다신 그러지 않았다.
　"혜윤 아씨, 집에, 집에…… 아니, 아씨 꼴이 이게 뭡니까?"
　행랑어멈이 멀리서부터 나를 부르며 뛰어오더니 가까이 서 내 꼴을 보곤 기함을 했다. 나는 나만큼이나 머리가 산발인 행랑어멈의 모습이 우스워 실실 웃었다.

"뭘 잘하셨다고 웃으셔요. 아유, 매일 교복을 곱게 다려 드리면 뭐 해요. 허구한 날 쌈박질을 하시는데."

"명자 그년이 또 우리 엄마 보러 서방질을 하고 다닌다고 그러잖아. 어이가 없어서. 걔네 아버지야말로 오입질하다가 도망쳤으면서."

"그걸 또 그대로 말해주셨어요?"

"당연하지. 눈에는 눈, 이에는 이. 몰라?"

"마님을 두고 하는 소리는 죄다 거짓부렁이니까 무시하면 그만인 거지만, 명자네는 진짜 일어난 일이잖아요. 아씨가 너무 잔인하셔요."

"먼저 우리 엄마 욕한 건 갠데, 왜 또 내 잘못이래?"

행랑어멈은 매번 이런 식으로 남의 편을 든다. 하는 짓을 보면 우리 집에서 돈을 벌 뿐이지, 결국은 마을의 다른 사람들하고 똑같은 것 같았다.

"달 선녀 이야기도 거짓부렁이야?"

나는 일부러 행랑어멈을 곤란하게 하려고 그녀가 기피하는 화제를 꺼내었다. 내 예상처럼 그녀의 안색이 파리해지더니 고소한 참기름 냄새가 나는 손으로 내 입을 틀어막았다. 나물을 무치다 나온 모양이었다.

"내가 정말 아씨 때문에 못 살겠네. 주인어른 앞에서 그 얘기는 입도 벙긋하지 마셔요. 아셨죠?"

나는 머리를 세차게 흔들며 행랑어멈의 손아귀에서 빠져나왔다.

"온 동네 사람들이 다 아는데 웬 눈 가리고 아웅이래. 아버지는 원래 나무나 파는 가난뱅이였다며? 우리 집이 부자가 된 것도 다 한씨 집안의 재산을 뺏어 먹어서 그런 거잖아! 그리고 그건 우리 아버지가 한연화를 강간……."

행랑어멈은 아예 내 머리통을 끌어안아 입을 다물게 했다. 시큼한 땀내가 나는 그녀의 젖가슴에 못다 한 말들이 웅웅대며 가로막혔다.

"그런 험한 말은 누구한테서 배우셨어요? 이래서 여자애는 머리가 굵어지면 입으로 집안을 망하게 한다고 했던 건데."

구닥다리 행랑어멈은 내 교복을 다리면서도 항상 투덜거렸다. 여자는 가방끈이 길어봤자라느니, 그저 참하게 신부 수업을 잘 받았다가 듬직한 신랑을 얻는 게 최고의 행복이라느니 하면서 말이다.

"답답해! 그만 놔!"

나는 있는 힘껏 행랑어멈을 밀쳐 냈다. 그러나 말라깽이인 나에 비해 가슴도 풍만하고 몸집도 큰 행랑어멈에겐 별다른 타격이 되질 않았다.

"마른 나뭇가지 같이 힘도 없으시면서."

그녀가 비웃으며 선심 쓰듯 내 머리통을 놔주었다. 내 입술이 거짓말을 한 피노키오의 코처럼 앞으로 뛰어나오자, 행랑어멈은 오리 주둥이라며 날 놀렸다. 나는 눈알을 한쪽으로 몰아세우며 그녀를 매섭게 노려봤다. 그러나 행랑어멈은 전혀 개의치 않아 했다.

"아이고, 내 정신 좀 봐."

행랑어멈이 손뼉을 치며 호들갑을 떨었다. 나는 심드렁한 척하느라 왜 그러냐고 묻지 않았지만 속으론 궁금해서 미칠 지경이었다.

"아씨 모시러 온 거였는데 여기서 이러고 놀고 있었으니."

놀고 있었다니? 나는 그녀에게 일방적으로 꾸지람을 들은 기억밖에 없는데, 그게 어떻게 논 것이 되느냔 말이다. 행랑어멈은 명자만큼이나 나의 천적이 틀림없었다.

"어서 가요, 아씨. 집에 난리가 났어요."

"아, 왜. 또 외삼촌이 총 들고 설쳐?"

"어른한테 말버릇이 그게 뭐예요!"

"아니면 누가 또 외삼촌 애기 가졌대?"

천사 같은 우리 엄마랑 한 동기간이란 게 믿기지 않을 정도로 외삼촌은 희대의 난봉꾼이었다. 저번에는 내 또래를 건드렸다는 흉흉한 소문도 돌았는데, 별일이 없었던 걸 보면 헛소문이거나 아버지가 뒤에서 공작을 한 게 분명했다. 외삼촌하고 놀아난 여자들은 종류도 다양했는데, 가장 비율이 높은 것은 역시 외삼촌과 마찬가지로 막장의 삶을 치닫는 다방 레지들이었다. 그네들의 특징은 하나같이 외삼촌의 애를 가졌다며 우리 집 대문을 발로 뻥 차고 들어오는 것이었다. 어찌나 위용을 과시하던지 흡사 개선장군과도 같았다. 신기한 부분은 그들의 임신이 전부 거짓으로 판명되는 것이었다. 진짜 애를 밴 여자들도 있긴 했으나, 어찌어찌하여 용하다는 의원이나 산부인과에 갔다 오고 나면 하나같이 죄송하다고 머리를 조아렸다. 그들의 배 속에 있던 생명은 외삼촌의 자식이 아니었기 때문이다. 마을 남자들은 외삼촌의 피임술이 절묘하다고 입을 모아 칭찬했다.

"어유, 말만 한 처녀 입에서 그게 무슨 해괴망측한 소리여요."

행랑어멈이 내 등짝을 찰싹 때리며 말했다. 우리 엄마는 아랫사람들이 소위 교육 목적으로 나를 훈계하거나 처벌하는 것을 말리지 않았다. 그 바람에 행랑어멈은 종종 나를 자기 자식처럼 대하곤 했다. 나는 그녀가 젊어서 자식들을 다 잃고 나를 내심 딸처럼 아끼고 있다는 걸 알았으므로 매운 손맛도 견디어냈다. 물론 말싸움에선 질 생각이 없었지만 말이다.

"내가 무슨 말만 한 처녀야! 이제 막 열다섯인데."

"저는 열다섯에 시집을 갔어요."

"그건 옛날 얘기잖아. 요즘이 어떤 시댄데 자꾸 그래."

"아씨랑 말씨름을 하면 정말 끝이 없네."

행랑어멈이 길게 한숨을 내쉬며 고개를 저었다. 나는 투쟁 끝에 맛본 승리감에 도취되어 콧대를 높이 세웠다. 그러나 그녀가 곧 새침한 얼굴로 집에 무슨 일이 일어났는지는 직접 가서 확인하라고 약을 올렸으므로 나의 기세는 누그러졌다.

"왜? 무슨 일인데?"

나는 은근히 호기심이 동했다. 생각해 보니 나는 하교하는 중이었고, 어차피 집에 도착할 터였는데, 그럼에도 불구하고 행랑어멈이 나를 찾아 뛰어온 걸 보면 예삿일이 아닌 것은 확실했다. 행랑어멈은 내마음의 변화를 눈치챘는지 칼자루를 쥔 것처럼 으스대며 직접 가서보시라는 말만 되풀이했다. 나는 눈을 세모꼴로 만들며 그녀를 쏘아본 후 교복 치마를 펄럭이며 뛰기 시작했다. 뒤에서 행랑어멈이 조신하게 걷지 못하냐며 소리를 지르는 게 들렸다.

대문을 열고 마당으로 뛰어 들어왔더니 경씨 영감이 보였다. 영감은 꼬부라진 등을 초조하게 두드리며 안방을 빤히 쳐다보고 있었다. 대청에 오르는 섬돌 옆에 처음 보는 검은 구두가 놓여 있었다. 깨끗하게 닦아놓긴 했으나 실밥이 터진 것을 보니 주인이 오랫동안 아껴 신은 모양이었다. 그 검은 구두를 보는데 나는 이유도 없이 왈칵 눈물이났다. 난 촉이 좋은 편이었다. 오늘은 왠지 숙제가 없을 것 같다 싶으면 정말로 숙제가 없었다. 누가 날 좋아하는지도 쉽게 눈치챘다. 나는 대번에 낡고 볼품없는 구두의 주인이 누구인지를 알아차렸다.

"오라버니지? 오라버니가 돌아온 거지?"

그것은 대답을 바라고 한 질문이 아니었다. 나는 이미 알고 있었다. 경씨 영감이 그렇다고 말하기도 전에 나는 훌쩍 마루에 뛰어올라 안방의 문을 열어젖혔다.

"오라버니!"

무릎을 꿇고 앉아 있던 곧은 등의 주인이 뒤를 돌아보았다. 정말 석윤 오라버니였다. 나는 어린애처럼 눈물을 줄줄 흘리며 그에게 매달렸다.

"혜윤이가 정말 많이 컸구나. 교복도 입었구."

나의 뒷머리를 쓰다듬어 주는 부드러운 목소리의 주인은 석윤 오라버니가 맞았다.

"어디 갔다 이제 오셨어요. 오 년 동안 편지 한 통 보내시지 않다니 너무해요."

오라버니는 스무 살이 되자마자 집을 떠났다. 마을 사람들은 입을 모아 한씨 가문의 마지막 핏줄마저 월산을 떠났다고 했다. 이제 차씨 일가가 두 발을 뻗고 자겠다면서 말이다. 하지만 나는 그 말이 어이없었다. 오라버니는 한석윤이 아니라, 차석윤이었다. 비록 우리가 어머니는 달랐지만 나는 오라버니와 피를 나눈 것을 자랑으로 여기고 있었다. 나는 오라버니가 떠나고 나서 몇 날 며칠을 울었단 말이다.

"이젠 어디 가지 마셔요. 오라버니 집은 여긴데 어딜 가셨던 거예요."

나는 아버지 들으란 듯이 크게 울며 또박또박 말했다. 오라버니가 떠나고서 가장 속 시원해한 사람이 바로 아버지였다. 아무리 미워도 첫아들이었는데 어쩜 그럴 수가 있는지……. 사람들의 소문을 전부 믿는 것은 아니지만 하나만은 인정할 수밖에 없었다. 우리 아버지는 천벌을 받아 마땅한 인간이다.

"혜윤아, 오빠 힘들다. 그만 떨어져야지."

엄마가 내 몸을 잡아끌었다. 그 손은 평소와 같지 않게 우악스러웠다. 아버지나 외삼촌과 다를 뿐 아니라 마을의 누구와 견주어도 고운 성품을 비할 데 없는 우리 엄마였지만, 오라버니와 내가 친하게 지내는 것은 탐탁지 않게 여기셨다.

나는 교복 소매로 눈물과 콧물을 닦았다. 콧물이 소매에 묻어 있던 흙먼지와 엉겼다. 나는 그것을 또 치맛자락에 슥슥 닦아냈다.

"거처를 구할 때까진 별채에서 지내도록 해라."

아버지가 말했다. 나는 그의 말에 의아해했다.

"오라버니 거처를 어디다 구하는데요?"

"혜윤이 넌 어른들 말에 끼어들지 말거라. 네가 뭘 안다고 큰 소리를 내는 게야."

"오 년 만에 돌아온 아들을 내쫓을 궁리를 하는 게 비정상적이란 건 알아요!"

"애비에게 말대꾸하지 말거라."

"할 말 없으시면 그 얘기시죠?"

"차혜윤!"

"오라버닌 이 집에서 살 거예요!"

나는 오라버니의 손을 잡고 무작정 방을 나와 버렸다. 엄마가 내 이름을 불러도 안 들리는 척을 했다. 오라버니마저 내 손을 뿌리치며 아버지 편을 들까 봐 조마조마하였다. 그러나 오라버니는 내 손을 끝까지 놓지 않았다. 우리는 오라버니가 예전에 쓰던 별채로 왔다. 아버지의 명령에 따라 하인들이 오라버니의 물건들을 치우려고 할 때마다 나는 우격다짐으로 그것들을 지켜내었다.

"어때요? 그대로지요?"

나는 마치 전리품을 보여주듯 자랑스럽게 말했다.

"혜윤이가 날 위해 애써주었구나."

오라버니가 칭찬을 해주었으나 나는 묘하게 서글픈 기분이 들었다. 오 년 새에 더 마르고 생기 없어진 그의 얼굴 때문이었다. 그가 당장 쓰러진다고 해도 놀랍지 않을 것 같았다.

"오라버닌 밥도 안 먹고 다녔어요? 얼굴이 반쪽이 됐네."

"혜윤이는 키가 많이 컸구나. 이젠 안고 다닐 수도 없겠는걸."

"내가 오라버니를 안고 다녀도 이상하지 않겠어요."

내 잔소리에 오라버니가 숨죽여 웃었다. 마음 편히 소리 내어서 웃어도 되는데⋯⋯. 내가 기억하는 모습 중에 오라버니가 큰 소리를 내서 웃거나 운 적은 한 번도 없었다. 항상 누군가의 그림자처럼 있어도 있는 줄 모르게, 없어져도 없는 줄 모르게 빛의 뒤에서 숨죽여 살았다. 그래도 오라버니는 여전히 달님처럼 아름다웠다. 하지만 예전처럼 그를 달 선녀 같다고 하진 않았다. 어렸을 땐 외모 때문에 사람들이 그를 '달의 아이'라고 부르는 줄 알았다. 오라버니가 떠나고 나서야, '달의 아이'가 달 선녀인 한연화의 자식을 뜻하는 것임을 알았다. 난 그것도 모르고 오라버니에게 달 선녀 같다느니, 달님이라느니 주책없이 그의 상처를 들쑤셨던 것이다. 그런데도 오라버니는 말없이 웃어주며 나를 예뻐해 줬다.

행랑어멈이 더운 저녁을 반듯하게 한상 차려 별채로 갖고 왔다. 내가 오라버니와 밥을 먹겠다고 미리 말을 해놓은 터라, 밥그릇과 수저는 두 개씩이었다. 모락모락 김이 나는 뽀얀 쌀밥에 소고기 무국, 노릇하게 잘 구운 갈치, 고소한 냄새가 나는 나물들과 조개 젓갈이 실했다. 우리 엄마는 치사하게 먹는 걸로 친자식과 전처 자식을 차별하지 않았다. 행랑어멈을 통해 나에게만 살짝 저녁을 먹으면 바로 내 방으로 돌아가라는 언질을 주긴 했지만.

나는 오동통한 갈치 살을 정성껏 발라서 오라버니의 밥그릇 안에 어미 새처럼 놓아주었다. 오라버니는 나의 유난을 귀여워하며 묵묵히 밥을 먹었다. 갈치의 길쭉한 가시를 발라내던 나의 눈을 간질이는 작은 빛이 있었다.

"어?"

그것을 발견했을 때의 복잡 미묘한 심정이란. 아파 보이긴 해도 변한 게 하나 없다고 믿어 의심치 않았던 나의 아름다운 오라버니가 사실은 전혀 다른 사람이 되어 돌아왔다는 것을 그것이 말해주고 있었다.

"그 반지는 뭐예요?"

오라버니의 왼손 약지에는 금색 실가락지가 초라한 빛을 내고 있었다. 어찌나 얇고 볼품없던지 내가 한눈에 알아차리지 못할 만도 했다. 하지만 오라버니는 원래 귀중품을 몸에 지니는 사람이 아니었거니와, 나는 왼손 약지에 낀 반지가 무슨 의미인지를 알고 있었다. 쑥스럽게 볼을 긁는 오라버니의 행동이 나의 추측에 확신을 주었다.

"너한테 새언니가 생겼단다. 사실은 조카도."

"조카요?"

결혼을 약속한 아가씨가 있다고 해도 놀랄 노 자인데, 이미 조카까지 생겼다니 나는 놀라 까무러칠 지경이었다. 동시에 우리 오라버니처럼 근사하고 세련된 미남자를 데리고 갈 정도면 새언니란 사람은 얼마나 훌륭할지 기대가 되어 가슴이 두근거렸다.

"새언니는 어떤 분이세요? 아기는요? 아기는 딸이어요, 아들이어요? 예쁘죠? 얼마나 됐어요? 둘은 지금 어디에 있어요? 아버지한텐 말했어요?"

나의 질문 공세에 오라버니는 정신이 없었다. 그는 나를 진정시키며 차근차근 하나씩 대답을 해주었다.

"지혜롭고 선량한 사람이야. 떠돌이인 날 마음으로 받아준 좋은 여자란다. 아기는 아직 배 속에 있어. 딸인지 아들인지 아직은 몰라. 둘은 아내의 친정이 있는 다른 고장에 있단다."

"데리고 오면 안 돼요? 아빠와 떨어져 있으면 태교에도 안 좋잖아요."

"아버지한테 아직 안 말했으니까……. 전화도 하고 편지라도 자주 써야겠지. 그렇지 않아도 기차에서 편지를 썼는데 우체국이 어딘지 몰라서 못 부쳤다."

"편지보단 직접 보는 게 더 좋죠. 왜 아버지한테 안 말하셨어요? 빨리 말해야죠! 아버지도 기뻐할 거예요. 첫 손자잖아요.”

“글쎄……."

오라버니의 자신 없는 말투에 내 가슴이 미어졌다. 나는 그와 아버지의 관계를 잘 알기에 더 재촉하지 못하고 말을 아꼈다.

“일단은 내가 돌아오신 걸 받아들이시면 그때 말씀드릴까 해. 아내도 날 천천히 기다려 주겠다고 했고. 혜윤이 네가 아는 것보다 훨씬 더 많은 일들이 나와 아버지 사이에 존재한단다. 물론 너는 알 필요가 없는 잔인하고 무서운 이야기들이야.”

오라버니의 말간 눈빛이 순간 적빛으로 번들거렸다. 나는 손등으로 눈을 비볐다. 오라버니의 상냥한 눈빛은 그대로였다. 내가 잘못 본 거겠지.

“아버지는 결국 인정하시게 될 거란다.”

나는 그게 오라버니의 아내와 자식을 인정하게 될 거란 뜻이라고 생각하며 고개를 끄덕였다.

우리는 상을 물리고서 본격적으로 회포를 풀었다. 오 년 동안 오라버니가 세상을 돌아다닌 이야기, 아내와 만나게 된 계기, 조촐하게 연결혼식, 그들에게 찾아온 작지만 커다란 축복까지. 나는 밤이 깊어지도록 오라버지의 이야기에 귀를 기울이는 것이 좋았다. 방으로 돌아가라던 엄마의 명령은 까맣게 잊은 지 오래였다.

“오라버닌 아들이 좋아요, 딸이 좋아요?”

“둘 다 좋지.”

“그래도 하나만 고르라고 하면요.”

“음……. 역시 이왕이면 예쁜 딸아이가 좋을까?”

“아버지는 아들을 더 좋아할 텐데요.”

“그러니까 딸이 더 좋은 거지.”

아버지를 골려주고 싶은 마음으로 하나가 되어 나와 오라버니는 킬

해님 달님   465

킬거렸다.

"저도 나중에 딸을 낳았으면 좋겠어요. 우리가 모두 딸만 낳으면 아버지가 그토록 목을 매는 차씨의 대물림은 이뤄질 수 없을 테니까 얼마나 좋아요."

"아버지한테 반항할 생각으로 가득 차 있구나, 혜윤이는."

나는 신이 나서 입을 열었다가 숨을 들이마시는 척하며 입을 다물었다. 굳이 오라버니 앞에서 달 선녀 이야기를 들먹이며 아버지는 죗값을 치러야 한다고 말할 필요가 없었다. 나와 다른 사람들에게 그것은 '이야기'였지만 오라버니에겐 직접 겪은 일들이었다.

"만약에 딸을 낳으면 돌림자를 써서 이름을 비슷하게 지어요, 우리 둘처럼. 그러면 사촌 자매여도 친자매처럼 친하게 지낼 것 같아요."

나는 또 한 번 강한 예감이 들었다. 오빠의 첫아이는 딸이다. 그리고 나도 딸을 낳을 것이다.

"그럼 어떤 이름이 좋을까?"

우리는 본격적인 작명을 하기 위해 달력을 찢어다가 뒷장에 여러 이름들을 쭉 써 내려갔다. 한참 동안 머리를 맞댄 끝에 우리는 마음에 드는 이름을 정하였다. 오라버니의 딸은 영란, 나의 딸은 영선. 무슨 일이 있어도 꼭 이 이름으로 짓자고 우리는 새끼손가락을 걸고 약속했다.

엄마의 성화에 못 이긴 행랑어멈이 나를 데리러 오는 바람에 우리의 즐거운 시간은 아쉽게 끝이 났다. 그래도 괜찮았다. 오라버니는 돌아왔으니까. 게다가 곧 새언니와 조카도 올 것이다! 그러면 아버지도 나아지시겠지. 용서를 구하고 좋은 사람이 되실 거다. 나는 새 생명이 갖고 올 변화에 대한 희망으로 가슴이 부풀어 올랐다.

"오라버니, 잘 자요! 내일 봐요!"

내일도 보자는 말은 그 얼마나 설레고 다정한 인사란 말인가.

그러나 내가 그와 대화를 나누는 일은 그 후로 없었다. 다음 날, 오라버니가 피를 토했기 때문이다. 폐병에 대한 미신은 공포 그 자체였다. 오라버니는 별채에 가둬졌다. 나는 행랑어멈과 경씨 영감의 감시를 받으며 오라버니의 근처엔 얼씬도 못 하게 되었다. 고요한 밤이 찾아오면 종종 물건이 부서지고 창문이 깨지는 소리와 함께 한 번도 큰소리를 내본 적 없었던 오라버니의 발악이 짐승의 울음처럼 들려왔다. 행랑어멈에 의하면 원래 있던 광증이 점점 심해지고 있다고 했다. 나는 그의 손가락에 껴 있던 실가락지를 떠올리며 눈물로 밤을 지새웠다.

'오라버니, 힘내세요. 병에 지지 마세요. 아기가 있잖아요. 아빠를 기다리는 아기가 있잖아요.'

매일 밤 악몽을 꿨다. 아기의 울음소리가 끊이질 않았고, 눈이 빨개진 오라버니가 아버지를 칼로 찌르며 울었다. 오라버니와 아기의 울음소리가 하나로 합쳐지면 나는 식은땀을 흘리며 잠에서 깼다. 그날 아침은 유독 악몽의 여운이 지독하였다. 나는 땀뿐 아니라 눈물까지 흘리고 있었다. 그 눈물은 불우한 전조였을까. 사라진 오라버니로 인해 이른 아침부터 소란스럽던 집안은 온천타운의 노천탕에서 발견된 오라버니의 시신으로 인해 발칵 뒤집어졌다.

내 인생의 달님이었던 그는 만월이 되지도 못한 채 그렇게 기울었다. 그리고 나는…….

14
여덟 가지 행적

#1. 고해숙

진하게 우려낸 녹차 향이 해숙의 집무실을 가득 채웠다. 해숙은 정소월의 차트를 내려다보며 곧 문을 열고 들어올 그녀의 보호자에게 어떻게 말을 꺼내야 할지 고민을 하고 있었다.

'뭔 놈의 집안이 내리 광증이냔 말이지. 그나마 대가 끊기면서는 별 탈이 없는 줄 알았더니……. 이제 아예 정신병을 가진 며느리를 얻어 오는군.'

바로 어제, 해숙은 소월과 상담을 했다. 그녀는 검은 복면을 쓴 괴한이 저택에 침입했다고 믿고 있었다. 물론 괴한의 흔적은 발견되지 않았다. 당연했다. 망상은 원래 그런 법이다. 소월과 상담하기 전부터 해숙은 그녀에 대해 익히 알고 있었다. 소월과 무영이 두 번이나 은혜병원에 입원하여 치료를 받은 적이 있었기 때문이었다. 온천타운 폭행 사건과 신혼여행 습격 사건 때였다.

무영이 그녀에게 주치의가 되어줄 것을 부탁했을 때, 해숙은 기이한 운명을 느꼈다. 그녀는 무영의 할머니인 차혜윤의 주치의였기 때문이었다. 하지만 해숙은 무영에게 그 사실을 밝히지 않았다. 이야기를 꺼내자면 차영선의 험담을 할 수밖에 없었는데, 자식 앞에서 어미 흉을 보기가 영 껄끄러웠기 때문이다.

그녀의 집무실에 커다란 액자로 만든 연혁에서도 알 수 있듯이, 본래 은혜병원은 차씨 일가의 후원을 받으며 성장했다. 그 후원이 뚝 끊긴 것은 혜윤의 급사 직후였다. 맹랑하기 그지없는 영선은 어미의 발인제를 지내기도 전에 혜윤의 주치의였던 해숙을 해고하였던 것이다. 그리고 몇 년 뒤, 차영선은 한지훈이 정신과 전문의로 근무하게 된 도시의 큰 병원에 기부금을 내기 시작했다. 은혜병원의 의사와 간호사들은 섭섭한 티를 숨기지 못하는 해숙의 눈치를 보느라 애를 먹었다.

정중한 노크 소리가 났다. 지난날의 상념에 잠겨 있던 해숙이 퍼뜩 정신을 차리며 들어오라고 말했다. 멀쑥하니 잘생긴 차무영이 인사를 하며 집무실 안으로 들어왔다. 총명해 보이는 눈빛이 불과 며칠 전까지 혼수상태였던 데다, 모지리였던 사람이라곤 볼 수 없었다.

'혜윤이도 곱긴 참 고왔지.'

해숙이 인자한 미소를 지으며 무영을 맞았다. 그녀는 혜윤의 초등학교 친구이기도 했다.

의자에 앉은 무영은 곱상한 얼굴에 처연하리만큼 비장한 빛을 띠고서 대뜸 기억을 되찾기 위해 도와달라고 말하였다. 마치 전장에 나가기 전의 화랑과도 같았다.

"천천히 하기로 했잖아요. 이게 아주 특이한 경우거든. 트라우마가 되는 기억들을 잊음으로써 무영 군이 지금 정상적인 발달 상태를 보이는 것이라고요. 경과를 지켜봅시다. 혹여 무리하게 기억들을 끄집어냈다간 다시 퇴행성장애가 재발될 수도 있어요."

"괜찮습니다. 제 마음은 제가 잘 압니다. 이젠 그렇게 약하지 않아요. 지켜야 할 사람이 있습니다. 그 사람을 위해서 전부 기억해 내야 해요."

해숙은 하룻밤 사이 무영에게 신변의 변화가 생겼음을 감지했다.

"혹시 기억이 조금이라도 돌아왔나요? 얼굴이 좋지 않은데."

크게 기대를 하지 않고 던진 질문이었는데 무영이 흠칫 몸을 떨며 시선을 피했다.

'기억이 돌아온 게로군.'

그러나 무영은 기억이 돌아오지 않았다고 말했다. 다만, 어제 처음으로 술을 마셔서 숙취에 시달리는 중이라고 말을 돌렸다.

'날 믿지 못하는 건가, 아니면 기억이 부분적으로 돌아와서 자각을 하지 못하는 건가.'

해숙은 전자일 확률이 더 높다고 생각했다. 하지만 굳이 무영을 닦달하며 그가 말하지 않고자 하는 것을 캐내진 않았다. 차혜윤을 다뤘을 때와 같은 방식이었다. 혜윤은 마음의 문을 닫은 채 숨기는 것이 많은 환자였다.

"일단은 약물 치료와 꾸준한 상담을 병행하도록 합시다. 정 그렇게 급하다면 상담 횟수를 늘리도록 하죠."

해숙의 말에 무영이 아이처럼 해맑게 웃으며 고맙다고 말했다. 그런 그에게 안 좋은 소식을 전하려니 해숙은 마음이 어지러웠다.

"어제 했던 소월 씨 상담 결과에 대해서 할 말이 있습니다."

"네, 말씀해 주세요. 별 이상은 없는 거죠? 그렇죠?"

긍정적인 확답을 재촉하는 무영의 초조한 얼굴이 애처로웠다. 해숙이 머뭇거리자 그의 낯빛이 점점 어두워졌다.

"저택에 괴한이 침입했다고 환영을 보는 점이나 공격을 받을지 모른다는 망상을 갖고 있는 점, 피해 의식이나 특수한 가정환경 등으로 미뤄볼 때 소월 씨는 정신분열증을 앓고 있는 것 같습니다."

무영은 해숙의 말을 한 번에 이해하지 못하고 몇 번이나 되물었다.

"정말 확실한 게 맞습니까? 만약에 소월이가 진짜 괴한을 본 게 맞으면요? 누군가 정말 소월이를 겁주려고 했다면요?"

"제대로 알아보려면 본격적인 진료를 해야겠지요. 하지만 거의 확신하고 있습니다. 이번 일뿐 아니라 전부터 소월 씨에게 증상이 있었다는 얘길 들었거든요."

"어떤 증상을요? 누가 그런 얘길 했죠?"

"무영 씨는 기억하지 못할 텐데, 두 사람은 결혼 전 노천탕에서 폭행 시비에 휘말려 우리 병원에 입원한 적이 있어요. 그때 소월 씨가 이상행동을 보였다는 증언이 있거든요."

"그 강간 미수범 얘기를 믿으시는 거예요? 그놈이 소월이를 정신이상자인 것처럼 보이게 하려고 꾸민 걸 수도……."

무영은 불현듯 입을 다물었다. 그는 혼란스러운 것처럼 보였으나, 눈빛만은 예리하게 빛났다. 해숙은 무영이 뭔가 짚이는 바가 있다고 생각했다.

"걱정 말아요. 그 사람 말을 듣고 소월 씨의 병을 의심하는 게 아니니까요. 소월 씨의 이상 증세에 대해 내게 문의를 해온 사람은 강명인 씨였어요."

"명인 아저씨요?"

"명인 씨가 노천탕에서 세 사람을 발견했을 때, 소월 씨는 환각과 환청에 시달리고 있었다고 합니다. 기절한 구대진 씨를 계속 돌로 내려치며 혼잣말을 중얼거렸다고 하더군요. 그런데 그 말의 내용이……."

해숙은 말을 멈추었다. 그녀는 무영이 이 사실을 감당할 수 있을지 확신이 서지 않았다. 무영이 계속 말하라고 부추기자 해숙이 힘겹게 입을 열었다.

"죽어라, 차강문 죽어."

무영은 갑작스레 오한을 느끼고 몸을 부르르 떨었다.

"그렇게 말하고 있었대요. 망상과 환각은 정신분열의 전형적인 증상이죠. 만약에 무영 씨가 기억을 다 되찾게 된다면 그 기억 속 어딘가에도 소월 씨의 증상을 목격한 일이 있을지 모릅니다."

해숙이 차트에 기록한 것들을 보여주자, 무영은 손으로 머리를 감싸며 괴로워했다.

"나 때문이야."

무겁게 뱉어진 자책의 말은 해숙의 심정까지 참담해질 정도로 처절했다. 해숙이 소월의 병은 월산에 오기 전부터 있었던 것이고, 월산에서의 일들은 증상이 심화되는 계기가 되었을 뿐이라고 말해주어도 그의 고통은 변함이 없었다.

"소월이에겐 당분간 비밀로 해주세요. 아니, 다른 누구에게도 말하시면 안 돼요."

안 된다고 하면 그가 엉엉 울며 떼를 쓸 기세였기 때문에 해숙은 마지못해 그러겠다고 약속했다. 무영은 며칠 뒤에 다시 오겠다고 말하며, 그동안 궁금한 것이 생기면 따로 연락을 해도 되냐고 물었다. 해숙이 얼마든지 그러라고 하자 무영은 그녀에게 핸드폰 번호를 알려주었다. 그것은 해숙의 가장 큰 실수였다. 무영이 지겹도록 많은 메시지를 보냈기 때문이었다. 핸드폰과 친하지 않은 해숙이 느릿하게 답장을 보내기도 전에 무영은 또 다른 메시지를 보냈다.

〈정신분열증에 좋은 음식이 있나요?〉

〈스트레스 안 받으면 병이 나아지겠죠?〉

〈빙의 현상도 그쪽으로 설명할 수 있을까요?〉

〈불편한 사람들과 저녁 식사를 하면 스트레스를 많이 받겠죠?〉

〈선생님, 여자들은 이런 옷 좋아해요? 사진 보기.〉

〈염색약이 뇌에 영향을 미치진 않죠? 소월이 염색했어요! 예쁘죠! <u>사진 보기.</u>〉

해숙은 한숨을 내쉬며 코끝까지 내려온 돋보기안경을 고쳐 썼다.

#2. 경희태

희태는 콧노래를 흥얼거리며 손바닥에 헤어 무스를 듬뿍 짜냈다. 풍부한 하얀색 거품의 촉감이 구름을 만지듯 기분 좋았다.

"머리카락을 아주 잘 자르셨습니다. 눈썹이 보이니 훨씬 남자다우세요."

무영의 머리카락에 무스를 발라 넘기며 희태가 말했다. 단정하게 이발을 하고 온 무영을 보니 희태는 감회가 새로웠다. 무영이 모지리였을 땐 미용실에 가는 것은 꿈도 못 꾸는 일이었다. 무영이 포악하게 굴어서가 아니라 영선 때문이었다. 영선은 미용실처럼 다른 사람들에게 오픈된 공간에 무영을 두고 싶어 하지 않았다. 모지리가 된 아들이 부끄러워서인지, 아니면 그를 구경거리로 만들고 싶지 않아서인지는 알 수 없었다. 그 덕에, 무영의 헤어 관리는 전적으로 희태의 책임이 되었다. 불행히도 그에게 섬세한 손재주는 없던 터라, 무영은 더벅머리 신세를 면치 못했다. 차라리 아예 건드리지 않는 게 미관상 보기 좋아서 무영은 머리를 기르고 다닌 적도 있었다. 예쁘장한 얼굴 때문에 종종 그를 키가 큰 소녀로 오인하는 사람도 있었다.

"얼굴 좀 피십시오, 도련님. 지배인님 생신을 축하드리는 자리 아닙니까. 차 사장님도 좋은 말씀만 하실 거예요."

만찬을 앞두고 무영의 표정은 썩 좋지 않았다. 아마 영선과 지훈 때문일 것이다. 지훈은 초대받지 못한 손님이었다. 그런데도 그는 먼저 전화를 걸어 집안 행사에 참여를 하겠다고 일방적인 통보를 해왔다. 차씨 가문에 자신의 자리가 있음을 주지시키는 행동이었다.

"지훈이도 오늘 같은 날에 차 사장님의 화를 돋우진 않을 겁니다."

"내 결혼식에서도 서로 못 잡아먹어서 안달이었는데 명인 아저씨 생신이라고 다를까요?"

"결혼식은 또 너무 큰 행사니까요. 다들 예민해져 있었을 때고……."

무영의 잔머리를 정리하던 희태의 손이 멈췄다. 그는 어떻게 무영이 결혼식에서의 일을 알고 있는지 의문이 들었다. 무영은 소월과 관련된 모든 기억들을 잊어버렸기 때문이다.

"도련님, 혹시?"

"기억이 돌아왔어요."

무영이 망설이지 않고 단호하게 말했다. 그는 희태의 눈을 똑바로 쳐다보았다. 곧고 강렬한 시선이 희태의 영혼을 사로잡았다. 희태는 소름이 돋았다.

"전부요. 하나도 빠짐없이요. 이게 무슨 뜻인지 아세요?"

그에게 트라우마가 되었던, 혜윤의 죽음과 관련된 모종의 사건까지 기억해 냈다는 뜻이었다. 둔한 희태는 그의 말뜻을 단번에 이해하진 못했다. 무영이 침묵을 지키며 희태의 반응을 기다렸다.

"십이 년 전의 일도!"

희태가 유레카를 외치듯 큰 소리를 냈다가 누가 들을세라 스스로 입을 틀어막았다. 아무리 어수룩한 희태일지라도 어떤 것의 위험성에 대해선 본능적으로 느끼는 바가 있었다.

"아저씨, 난 도움이 필요해요."

무영은 일어나 희태의 손을 잡았다. 긴장으로 차가워진 손이 떨리고 있었다.

"내가 아저씨를 믿어도 될까요?"

무영의 목소리가 갈라졌다. 울음을 삼키느라 목이 메는 듯했다.

"월산은 나의 고향이고, 집이지만 동시에 나에게 제일 위험한 곳이에요. 누구를 믿어야 할지 모르겠어요. 모든 믿음이 흔들리고 있어요. 아저씨한테, 아저씨를 믿어도 되냐고 물어야 한다는 게……."

결국 눈물 한 방울이 떨어졌다.

"미안해요, 아저씨."

무영은 고개를 숙였다. 희태는 자신을 키워준 사람이었다. 그런 사람에 대한 믿음조차 확인할 수밖에 없는 자신의 처지가 개탄스러웠다.

"무영아."

희태가 그의 이름을 나지막이 불렀다.

"난 네 편이다."

그 말 한마디로 충분했다. 희태는 무영의 흘러내린 머리카락 한 올을 정성스럽게 넘겨주었다.

"어떤 도움이 필요하십니까, 도련님?"

희태가 진지하게 물었다.

"소월이를 지켜주세요."

무영이 간절히 말했다.

"신혼여행 때 우릴 습격한 사람들은 달 선녀 이야기를 들먹이면서 우리가 죗값을 치러야 한다고 했어요. 리조트 사업을 하지 못하게 나와 소월이의 약점을 잡아 협박을 하려고 했고, 소월이에게 겁을 주려고 했어요. 저택에 침입한 괴한…… 소월이가 정말 본 거라면 그들은 소월이를 위협하는 걸 멈추지 않을 생각인 거예요."

"그렇다면 작은 마님의 배짱을 몰라도 한참 모르는 머저리들이군요. 고작 그런 걸로 작은 마님이 물러서실 분이 아닌데요."

"아뇨, 아저씨. 그 사람들의 목적은 소월이가 미쳤다는 소문이 돌게 하는 거예요."

#3. 메이드 심씨

명인의 생일을 축하하는 만찬이 끝이 났다. 메이드들이 사방으로 분주하게 움직이기 시작했다. 그들은 식탁을 치우고 그릇을 닦거나, 침실을 미리 정리하며 잠자리를 돌봤다. 저택의 2층을 담당하는 메이드 심씨는 영선과 명인을 위해 가벼운 다과를 준비한 뒤 소월의 침실을 살피러 갔다.

별생각 없이 침실 문을 연 심씨는 하마터면 그 자리에서 비명을 지르고 쓰러질 뻔했다. 누군가 소월의 방에서 형광등을 껐다 켜기를 빠르게 반복하고 있었기 때문이었다. 유치하고 질 떨어지는 장난이었다. 심씨는 버럭 화를 내며 누구냐고 고함을 지르려다 말았다. 대신 그녀의 입에선 의아심에 찬 작은 목소리가 흘러나왔다.

"도련님?"

뒤를 돈 무영은 아연실색하며 잽싸게 달려와 심씨의 손을 잡았다. 그녀가 도망치지 못하게 하려는 것 같았다. 그의 입이 빠르게 움직였다.

"여기서 날 봤던 거 아무한테도 말하면 안 돼요. 절대로 안 돼. 소월이한테도 말하면 안 돼. 알았죠?"

"왜 그러세요? 그냥 장난치신 거잖아요."

"아니야. 이건, 이건…… 당장은 설명할 수 없어요. 하지만 날 믿어 줘요. 소월이한테 나쁜 짓 하려고 한 거 아니에요. 그러니까 약속해 줘요. 소월이가 이 방에서 무슨 일이 있었냐고 하면 그냥 모른 척해 줘요. 알았죠? 절대로 말하면 안 돼요. 절대로."

무영은 저승사자가 쫓아오는 것처럼 절박하고 다급해 보였다. 심씨는 얼결에 고개를 끄덕였다.

"형광등 갈고 있었다고 할게요. 그러면 되죠?"

"아무한테도 얘기 안 할 거죠?"

"네, 그럴게요."

"고마워요. 정말 고마워요."

#4. 고해숙과 남순주

진하게 우려낸 녹차 향이 해숙의 집무실을 가득 채웠다.

"향이 아주 좋군."

해숙의 오랜 사업 파트너인 남 박사가 찻잔을 내려놓으며 말했다.

"환자분이 오시려면 멀었나?"

"이제 곧 올 시간이야. 내가 말했던 거 명심해. 안 그럼 우리 사업도 끝이니까."

"고객의 무의식이 꺼내놓은 이야기들을 비밀로 지키는 것은 최면 치료사들의 철칙일세. 나랑 일을 한두 번 해보나?"

"이번 고객이 워낙 거물이어야 말이지."

"다 늙어서 무슨 부귀영화를 누리겠다고 그러겠나. 안 그러던 사람이 의심은……."

남 박사가 핀잔을 주자 해숙이 머쓱해하며 차를 홀짝였다. 노크 소리가 나자 두 사람의 표정이 싹 바뀌었다. 문을 열고 들어온 무영은 그를 기다리고 있는 두 사람의 권위적인 얼굴을 보고 살짝 긴장했다.

"차무영입니다."

"남순주 박사요. 고 원장에게 이야기는 대충 들었습니다. 기억을 찾고 싶다고요."

"네, 온전한 기억을요."

무영의 말에 해숙이 눈썹을 찡긋했다.

'온전한 기억이라……. 역시 기억이 돌아오긴 했나 보군.'

남 박사의 안내에 따라 무영은 의자에 앉았다. 고급 재질의 아주 푹신한 안락의자였다. 심지어 의자에선 은은한 라벤더 향이 났다. 무영의 안면 근육이 금세 이완되었다.

"어제 잠은 잘 잤어요?"

최면 치료 전 긴장을 풀어주기 위해 남 박사는 무영에게 시시콜콜한 대화를 걸었다.

"아뇨. 솔직히 잘 못 잤습니다. 잠을 못 자면 최면이 안 먹히나요?"

"상관없습니다. 괜찮아요. 잠은 왜 못 잤어요?"

"어제부터 아내와 같은 방을 쓰게 됐거든요."

"역시 신혼이 좋은 법이죠."

남 박사가 짐짓 음흉하게 웃으며 농을 걸자, 무영이 손사래를 쳤다.

"아뇨, 아뇨. 생각하시는 그런 게 아니에요. 저희가 아직 법적으로 부부가 아니거든요. 식만 올린 거라……. 저는 거실에 나와서 잤습니다. 그러다 보니 잠자리가 불편해서 잠을 설쳤어요."

"요즘 세대치곤 꽤 보수적이군요."

"보수적이진 않은데요. 저 때문에 혹시라도 안 좋은 영향을 받을까 봐……. 사정을 말하려면 좀 길어요."

"그럼 수다는 이만하고 치료를 시작해 볼까요?"

남 박사의 목소리는 다정하고 부드러우면서도 끈적거렸다. 다크 초콜릿을 진하게 녹인 것 같았다.

"목소리가 참 좋으시네요. 달달한 코코아 같으세요. 따뜻하고……."

몽롱해진 무영이 머릿속에 있던 생각을 잠꼬대처럼 툭 뱉어냈다.

"고맙습니다. 이 불빛을 집중해서 보시겠어요?"

무영은 지포 라이터의 불을 향해 눈길을 모았다. 일렁거리는 노란 불이 아주 작은 요정의 춤사위처럼 매혹적이었다. 남 박사의 지시에 따라 무영은 점점 최면에 빠져들어 갔다. 몇십 분 뒤, 무영은 최면에서 깨어났다. 선명하게 떠오르는 기억들의 여운 때문에 무영은 눈물을 흘리고 있었다. 거칠게 숨을 몰아쉬는 무영을 보며 고해숙과 남 박사는 서로 시선을 교환했다.

그들의 안색 또한 핏기 없이 창백했다.

"고 원장, 이 비밀을 지키려면 아무래도 각서를 써야겠어."

남 박사가 가벼운 어조로 말했다. 하지만 그는 진심이었다.

"그래, 나랑 같이 한 장씩 쓰는 게 나을 것 같군."

눈물로 축축해진 볼을 닦아내며 해숙이 동의했다.

#5. 강명인

온천타운 호텔의 객실 201호는 명인이 기거하던 곳이었다. 그가 영선의 권유에 따라 저택으로 들어간 뒤에도 201호는 명인을 위한 공간으로 남겨졌다.

"아무 데나 편히 앉으렴. 침대도 상관없고 의자도 괜찮다. 뭐 마실 거라도 줄까?"

명인이 미니 냉장고를 열며 물었다. 무영은 물 한 잔을 부탁했다. 명인이 컵에 물을 따를 동안 무영은 방 안을 구경했다. 방은 호텔 객실보다는 평범한 원룸처럼 보였다. 오래된 침대 위에는 호텔 침구가 아닌 일반 가정집의 이불들이 가지런하게 개어 있었다. 한쪽 벽에는 커다란 책장에 책들이 빼곡히 꽂혀 있었다. 성경, 불경, 도덕경과 같은 종교철학 서적부터 『몽테크리스토 백작』, 『보바리 부인』, 『폭풍의 언덕』과 같은 서양고전, 『벌레이야기』, 『토지』 등의 한국소설들도 다양하게 있었다. 그의 전공과 관련된 호텔경영학의 전문서적들도 눈에 띄었다.

"책 읽는 거 좋아하시나 봐요."

"혼자 늙으면 할 게 별로 없단다. 텔레비전을 보는 것도 지겹고."

명인이 물이 든 컵을 내밀었다. 무영은 물을 한 모금 마셨다.

"앉아라. 할 얘기가 뭔지 들어보자꾸나."

무영은 소파에 앉았고 명인은 의자를 끌어다가 그 옆에 앉았다.

"십이 년 전 할머니가 돌아가셨던 밤에 관해서 여쭤볼 게 있어요."

"기억을 되찾은 모양이구나."

명인은 덤덤했다. 마치 언젠가 무영이 찾아와서 이 이야기를 꺼냈을 때를 대비해 몇 년간 연습을 한 사람처럼 평온했다.

"놀라지 않으시네요."

"십이 년 동안 앓던 병도 이겨냈는데 일시적인 기억상실쯤이야 너에겐 별문제가 되지 않을 거라고 생각했다."

무영에 대한 애정이 묻어나는 말이었다.

"십이 년 전의 일에 대해서는요? 제가 이걸 물어볼 거란 걸 아셨어요?"

"너는 유아퇴행을 앓고 있었을 때에도 내가 십이 년 전에 거기 있었다는 사실만큼은 잘 알고 있었잖니. 무서워서 입 밖으로 제대로 꺼내질 못했을 뿐이지."

명인은 회상에 잠기며 말을 이었다.

"소월 씨가 처음 병원에 입원했을 때 네가 내 앞을 막으면서 십이 년 전의 일을 입에 올렸었지. 그때부터 기다리고 있었단다. 네가 중간에 기억을 잃는 바람에 한 번 더 지연되었지만."

"이젠 다 기억해요. 전부 되찾았어요. 하지만 아직까진 비밀로 해둘 생각이에요. 아저씨도 모른 척해 주세요."

"그래, 알았다. 너에게도 생각이 있는 거겠지."

무영의 얼굴이 새빨개졌다. 명인의 초연함이 그를 분노케 했다. 그는 분을 참지 못하고 꽉 쥔 주먹을 부들부들 떨었다.

"아저씬 어디서부터 어디까지 알고 계신 거예요? 제가 뭘 기억해 냈는지 아세요? 제가 그때 뭘 보고 들었는지 아시냐고요!"

"모른다. 나는 쓰러져 있던 널 발견했고, 너를 데리고서 그 자리를 피했을 뿐이야."

"아뇨. 아저씨는 알고 계셨어요. 그 노천탕 안에 우리 할머니가 죽어가고 있었고, 거기에 살인자가 함께 있었다는 것도요."

"아니, 나는 너희 할머니의 죽음을 본 적도 들은 적도 없다. 내가 본 건……."

명인은 눈을 질끈 감았다 떴다. 몇십 번이나 연습했지만 가시가 돋친 이 말을 목구멍 밖으로 끄집어내기가 너무 괴로웠다.

"죽어가는 어미를 두고 한지훈과 뭔가를 꾸미고 있는 영선이를 봤을 뿐이다."

무영이 생각하는 것보다 훨씬 더 명인은 영선을 사랑했다. 많은 사람들이 그녀를 욕하고 조롱했지만 명인만은 영선을 순수하게 사랑했다. 그는 감히 이것을 부성애라고 불렀다. 시작은 순애를 위한 것이었지만 나중엔 진심으로 그 욕심 많은 아이를 딸처럼 아꼈다.

"두 사람이 할머니의 죽음을 은폐하고 꾸민 일이 뭡니까?"

"나는 모른다. 그저 무섭고 슬퍼서 기절한 너를 안고 그대로 도망을 쳤단다."

월산의 은여우라 불릴 정도로 아름답게 나이 든 명인이었으나 고된 운명 앞에선 초라한 노인에 불과했다. 깊게 팬 주름이 그의 삶에 남은 흉터 같았다.

"하지만 이것만은 알아다오. 너희 엄마는 절대로 널 상처 주고 싶어 하지 않아. 다 너를 위해서 그러는 거다."

무영은 뭐라 대꾸를 하고 싶었으나, 누군가 객실 문을 두드리며 다급히 명인을 찾는 바람에 아무 말도 하지 못했다.

"지배인님, 안에 계십니까? 지배인님!"

명인은 촉촉하게 젖은 눈가를 손등으로 훔쳐 내며 자리에서 일어났다. 그가 문을 열자마자 호텔 직원은 속사포처럼 말을 쏟아냈다.

"차 사장님이 당장 도련님을 찾아오라고 하십니다. 도련님의 장모님께서 저택에 오셨는데 지금 작은 마님을 데리고 서울로 올라가시겠다고 난리시래요. 차 사장님은 벌써 아까 전에 저택으로 떠나셨어요!"

말을 마친 직원은 누가 자신을 밀치고 지나갔는지도 모르고 엉덩방아를 꽈당 찧었다.

"방금 누가 방에서 뛰쳐나간 것 같은데……. 아, 어서 도련님부터 찾아야 해요!"

"진정하게. 자기가 알아서 가고 있으니까."

#6. 박윤미

"밥은 먹고 다니니?"

윤미가 걱정스러운 눈길로 무영을 바라보며 물었다. 소월이 엄마와 함께 월산을 떠난 지 이 주일이 겨우 넘었는데, 무영은 그새 얼굴살이 부쩍 내렸다.

"어휴, 술 냄새. 웨딩드레스 가게에서 술 냄새를 풍기면 어떡해!"

그녀가 등짝을 때리려고 하자, 무영이 지금 치면 토할지도 모른다고 엄살을 피웠다. 윤미가 혐오스럽단 표정으로 무영을 흘기며 인스턴트 커피를 타주었다.

"요즘 그 날라리 집배원이랑 놀고 다닌다며?"

"뭐 그럭저럭요."

"그럭저럭이 뭐야, 그럭저럭이. 어제도 술 마시고 외박한 거야?"

무영이 고개를 끄덕이자, 윤미의 미간이 구겨졌다.

"그 집배원 평판이 영 안 좋던데. 근무 시간에 놀러 다니고 딴짓하고 다닌다고 다른 사람들이 엄청 흉보고 다녀. 나도 직접 봤다니까? 막 경찰서에도 수시로 들락거리더라. 너 계속 그런 사람이랑 어울리면 소월이한테 다 말해 버린다."

윤미는 무영이 부탁한 대로 소월에게 그에 대한 이야기를 함구하고 있었다.

"네 속셈을 모르는 건 아니야. 너의 빈자리를 느끼게 하고 싶겠지. 궁금증을 유발하고 싶기도 하고. 맨날 당기기만 했으니 이번엔 밀기를 하고 싶은 모양인데, 그것도 때가 있는 법이다. 파혼 기사까지 나서 생판 남이 되게 생겼는데."

"무슨 말인지 알아요. 알아서 잘 할게요. 오늘은 누나 잔소리 들으러 온 거 아니니까 좀 봐주세요."

"뭔 일이야? 뭘 물어보고 싶은 건데?"

무영의 심각한 표정에 윤미가 자세를 고쳐 앉으며 물었다.

"놀이공원에서 있었던 일들 말이에요. 나 없을 때 무슨 일이 있었는지 자세히 알려줘요. 특히 그 이상한 건물 들어간 부분."

"음……. 딱히 할 얘기가 없는데. 네가 알고 싶은 게 정확히 어떤 건데? 그건 왜 묻는 거야? 범인 잡으려고? 안 잡는다며, 소문 도는 거 싫다고."

"그냥 궁금해서 그래요."

"어디 보자."

윤미는 턱을 괴고 골똘히 생각에 잠겼다.

"벤치에 앉아서 쉬고 있을 때 피에로가 왔어. 이벤트 쪽지가 담긴 포춘 쿠키를 줬고, 재밌어 보여서 가본 거야. 그 건물 안에 들어갔을 땐……."

흐릿해진 기억을 더듬으며 윤미가 말을 이었다.

"안쪽이 엄청 좁고 어두웠어. 소월이랑 손을 잡고 걸었다가 앞뒤로 걷게 되면서 손을 놨어. 그러다가 바닥이 흔들리기 시작했고 나는 깜짝 놀라서 무작정 뛰었어."

"누나는 어떻게 길을 찾아갔어요?"

"그냥 뚫려 있는 길로 달렸더니 출구가 나오던데? 나랑 소월이 떨어지고 나서 그사이에 길을 막아났나?"

"그럴 수도 있겠죠."

"그때 더 달달 볶았어야 했는데! 너 혹시……."

"혹시 뭐요?"

"아니야."

윤미는 분명히 할 말이 있어 보였지만 아닌 척 입을 닫았다.

"누나, 나 아직 숙취 때문에 머리가 잘 안 돌아가거든요. 빙빙 돌리지 말고 말해요."

"사실은 난 널 의심하고 있었거든."

"그게 무슨 소리예요? 내가 소월이를 위험에 빠뜨리게 했다고요?"

"아니, 아니. 그거 말고 차 사장님 부분 말이야. 물론 나도 차 사장님이 소월이한테 그런 짓을 하실 정도로 괴팍한 분은 아니라고 믿고 싶긴 하지만……. 너는 집에 가서 좀 더 알아본다고 했었잖아? 근데 별 얘기도 없고, 일은 흐지부지해지고 그러니까 의심이 들더라고. 알아봤더니 범인은 정말 차 사장님이었는데, 네가 어머니를 신고할 순 없어서 조용히 묻은 건 아닐까 하고."

"누나는 가끔 상상력이 너무 과해요."

"예술가의 천성이란다."

윤미가 어깨를 으쓱하며 말했다.

"하지만 그게 상상력이 아닐 수도 있지."

"또 무슨 말이 하고 싶은 건데요?"

"소월이 떠나고 나서 내가 적적함을 참지 못하고 새로 친구를 사귀었거든."

"근데요?"

"그 친구가 꽤 고급 정보들을 만지는 직업이라서 말이야."

윤미는 자신이 그 친구가 된 것처럼 우쭐대며 뜸을 들였다. 무영이 눈을 가늘게 뜨고 재촉하자, 윤미는 젠체하며 입을 열었다.

"너희 신혼여행 습격 사건 말이야. 그때 괴한들 수사하는 거."

"네."

"그 수사를 축소시키고 잠정적으로 종결하자고 한 게 차 사장님이래. 물론 겉으로는 여전히 수사 중인 척하면서 말이야."

"우리 엄마가요?"

"응. 그거 때문에 사람들 사이에 도는 소문이 있었어. 네가 제정신으로 돌아오기 전까진 거의 정설로 받아들여진 주장이었지."

극의 클라이맥스를 준비하는 배우가 한 템포 쉬며 긴장을 최고조 시키듯 윤미는 잠시 말을 멈추었다.

"모지리인 아들을 두고 도망칠 수 없도록 며느리를 미치광이로 만들고 싶어 했다는 거야, 너희 어머니가."

#7. 왕마담

겨우 유월 중순이었는데도 벌써 공기에 습기가 있었다. 빠르면 며칠, 늦으면 몇 주 안으로 장마가 시작될 것 같았다. 모시 한복을 곱게 차려입은 노부인이 운전기사의 시중을 받으며 검은 외제차에서 내렸다.

"어르신!"

하얀색 원피스에 사파이어 목걸이를 한 영선이 콧소리를 내며 대문까지 나와 노부인을 맞았다.

"오시느라 수고 많으셨어요."

"내가 이 나이를 먹으면서까지 뚜쟁이 짓을 하고 다닐 줄이야. 팔자가 이리 사나울 수가 없네."

볼에 붙은 살이 축 처져 불독 같아 보이는 노부인의 정체는 바로 월산 제일의 중매쟁이 왕마담이었다. 그녀의 콩알만큼 작은 눈은 항상 기민하게 움직이며 사람들의 관상을 봤다.

'어미를 잡아먹고 더욱 요사스러워지는구나.'

왕마담이 영선을 볼 때마다 하는 생각이었다.

"그래. 아들은? 오늘은 분명히 볼 수 있겠지?"

그녀는 중매를 서기에 앞서 반드시 혼담을 넣는 당사자들의 관상을 보았다. 여러 번 본 얼굴이라도 그새 인상이 바뀌었을 수 있으니 꼭 또 봐야 한다며 나름의 장인 정신 같은 고집을 부리곤 했다. 하지만 무영이 매번 솜씨 좋게 도망을 치는 바람에 왕마담은 벌써 두 번이나 헛걸음을 했었다.

"그럼요. 아직 일어나지도 않았는걸요. 바로 모실게요. 이쪽이에요."

영선은 왕마담에게 팔짱을 끼곤 그녀를 데리고 별채로 향하였다. 별채의 거실에는 영선의 지시를 받은 희태가 화채와 다과 따위를 준비하며 기다리고 있었다.

"신랑감은?"

"이제 깨워야죠."

싱그럽게 웃은 영선이 희태에게 무영을 데리고 나오라고 했다.

'뭐가 급해서 파혼한 지 한 달도 안 된 주제에 혼담을 넣으려고 드는 겐지.'

왕마담은 속으로 혀를 차며 영선의 탐욕에 치를 떨었다.

"들어오는 자리가 있긴 해요?"

화채가 담긴 그릇을 왕마담 앞에 내밀며 영선이 운을 띄웠다.

"소문이 워낙 파다해서 말이지."

"무슨 소문이요?"

"이 집에 시집을 가면 귀신이 씌인다느니, 발광을 한다느니 하는 소문 말일세."

"말도 안 되는 헛소문이죠, 당연히. 그걸 믿는 바보 천치도 있어요?"

과장된 웃음소리 때문에 영선의 히스테리가 더 잘 느껴졌다.

'앞일도 모르고 며느리가 미쳤다고 소문을 냈으니 자업자득인 게야.'

왕마담은 재벌가의 며느리를 붙잡으려고 영선이 헛소문을 퍼뜨렸다는 말을 굳게 믿고 있었다.

'머리를 굴리고 계략을 짜낼수록 거기에 제 발목이 잡히는 팔자야.'

아삭거리는 수박을 오물오물 씹으며 왕마담은 영선의 신경질을 모른 척했다. 그녀는 화채 그릇을 내려놓으며 손수건으로 입술을 눌러 닦았다.

"자네 말대로 세상에 바보 천치만 있는 건 아니니까 말일세."

왕마담은 영선이 탐탁지 않았지만 일을 하긴 해야 했다.

"예전에 한 번 파토 났던 시의원 댁 첫째 따님 있잖은가."

"아, 그 음대생 친구요? 우리 무영이랑 피아노도 치고 그랬었는데."

"그 아가씨가 관심이 있다나 봐. 그때야 뭐 차 사장도 알다시피 신랑감이 정신적으로 좀 부족한 게 있었지만 지금은 아니니까."

"지금이야 완전 이 시대 최고의 신랑감이죠, 우리 무영이! 그 아가씨 어쩐지 인상이 마음에 들더라."

영선이 손뼉을 치며 좋아하고 있을 때였다.

"내가 무슨 신랑감이요?"

막 자다 깨서 머리에 까치집을 지은 무영이 나타났다.

"이 할머니는 누구예요?"

"무영이 너 꼴이 그게 뭐니. 집사님은 애 세수 좀 시키고 내보내시지."

영선이 달려들어 무영의 머리카락을 손으로 정리했다. 무영은 하지 말라며 연신 고개를 털었다.

"이 할머니가 누군데 여기 있어요? 여긴 내 공간인데?"

"이분은 중매 놔주시는 어른이셔. 예전에 본 기억 안 나?"

무영이 눈을 부라리며 왕마담을 노려보았다. 왕마담의 뱀눈도 그를 뚫어져라 쳐다보았다.

'조상 운이 사나워서 그 기에 눌러 살더니 재벌 아가씨한테 기를 잘 얻어온 모양이군. 떠난 아가씨가 천생의 배필이었을 텐데 어미를 잘못 만나 인연을 놓쳤구나.'

두 사람의 탐색전이 치열하여 그 사이에 있는 영선은 어찌할 바를 몰랐다. 그녀는 무영이 왕마담에게 흠이라도 잡힐까 봐 안절부절못하였다.

"고자는 아니지?"

"어머, 어르신! 무슨 큰일 날 소리를 하고 그러세요!"

왕마담의 일격에 무영이 비틀거린 것은 물론이요, 영선도 숨이 넘어갈 것처럼 노발대발하였다.

"아닌 거 확실하냐구."

"당연하죠!"

"검사해 봤어?"

"그걸 꼭 검사해야 알아요? 딱 봐도 멀쩡해 보이잖아요!"

"암만 풍채가 좋고 허울이 좋아도 까보기 전엔 모르는 게야."

"아니, 예전에 중매 서 주실 땐 안 그러셨으면서 갑자기 왜 그러세요."

영선이 서러워하며 따졌다. 무영이 밉보여 왕마담에게 괜한 트집을 잡히는 것 같았다.

"그때야 그 정신으로 혼인이 성사될 거란 생각을 안 했으니까 대충

한 거지. 이제 와서 하는 말이지만."

왕마담은 영선의 떽떽거리는 소리가 듣기 싫어 자리를 털고 일어났
다.

"제대로 검사하고 결과 보내주면 당장 만남을 주선하도록 하지."

"어머, 어르신! 잠시만요, 잠시만요!"

뒤도 안 돌아보고 별채를 나서는 왕마담을 따라 영선이 종종걸음을
걸었다.

"아, 진짜 더 이상은 못 참겠어요."

무영이 머리카락을 쥐어뜯으며 지친 목소리로 말했다. 희태가 다가
와 그를 위로해 주었다.

"도련님은 절대 고자가 아닐 겁니다."

"아저씨!"

믿었던 희태마저 놀리자, 무영의 입술이 오리 주둥이처럼 튀어나왔
다.

"희태 아저씨, 내일 서울행 기차표 좀 예매해 주세요. 소월이 보러
가야겠어요. 이러다가 진짜 미칠 것 같아요."

왕마담이 용한 중매쟁이긴 한 모양이었다. 그녀의 도발로 멀리 떨어
져 있던 연인이 다시 만나는 계기가 되었으니 말이다.

#8. 최예림

무영은 부푼 꿈을 안고 월산으로 돌아왔다. 서울에서 마지막 기차
를 탔기 때문에 그는 새벽에야 월산에 도착할 수 있었다. 육체는 피로
를 호소하고 있었지만 그의 마음은 활력과 성취감으로 가득 차 있었
다. 소월과 결혼을 전제로 정식으로 사귀고 있었고, 부모님도 뵌 데
다, 그녀의 둘째 오빠와 친해지기까지 했으니 서울에 올라간 보람이
있었다.

'한숨 푹 자고 일어나면 우진 형한테 연락해서 마저 일을 해결해야지.'

그는 뭐든 할 수 있을 것 같은 기분이 들었다. 무영은 소월이 나오는 행복한 꿈을 꾸었다. 그러나 단꿈은 오래 지속되지 못하였다. 다음 날 늦잠을 자고 일어난 무영이 본채로 갔을 때, 메이드들의 표정이 하나같이 어두웠다.

"무슨 일 있어요? 분위기가 왜 이러지?"

그녀들은 짜기라도 한 것처럼 누구도 입을 열지 않았다. 마침 희태가 나타났으므로 무영은 그에게 저택에 감도는 심상치 않은 기운에 대해 물었다.

"그게…… 온천타운 노천탕에서 사고가 있었습니다."

"사고요? 거기 막아놓은 곳이잖아요. 무슨 사고요?"

희태는 한숨을 한 번 내쉬었다.

"최예림 씨라고…… 온천타운 내에 있는 헤어숍 부실장이 자살했습니다."

15
The other

"최예림 씨가 자살을 했다고요? 아니, 했다고? 했다고요?"

우진에게서 무영의 행적들을 듣고 있던 소월은 그의 마지막 말에 경악을 금치 못했다. 우진이 편하게 말을 놓으라고 했는데도 워낙 충격적인 소식이라 말이 마구 헛 나올 정도였다.

"왜? 너도 아는 사람이야?"

해일이 끼어들자 소월이 눈을 흘기며 한숨을 쉬었다. 앞으로도 그에게 일일이 설명해야 한다면 세상에 그것만큼 귀찮은 일은 없을 것 같았다. 우진은 오빠를 성가셔 하는 소월의 모습을 흥미롭게 쳐다보았다.

"온천타운 부대시설 중에 헤어살롱이 하나 있어. 그곳에서 근무하는 부실장이야. 그 사람이 내 머릴 염색해 준 적도 있고."

"지금 이 머리? 실력은 별론가 보다. 머리카락 끝에 갈라진 거 봐."

해일이 소월의 머리카락 끝을 손가락으로 비비며 까다롭게 말했다.

"아 씨, 지금 그게 중요해?"

해일의 손을 뿌리치며 소월이 신경질적으로 말했다.

"그 여자가 죽었다는 소식을 듣고 무영이가 사라졌다 이거지?"

"응. 나한텐 그 여자의 죽음에 대해서 한지훈에게 물어볼 게 있다고 했어."

우진의 대답에 소월의 낯에 그늘이 졌다. 홀로 기운이 넘치는 건 해일이었다.

"무영이가 한지훈이란 인간을 만나러 간 거야? 그럼 가서 그놈을 족쳐야지, 차무영 어디 있냐고."

해일이 당장에라도 들고 일어설 기세로 험악하게 굴자 소월이 그의 종아리를 찰싹 소리가 나도록 때리며 앉으라고 했다. 그들은 지금 희태의 집에 있는 우진의 방에 옹기종기 앉아 있었다.

무영이 사라졌다는 소식을 듣고 흥분한 소월을 대신해 해일이 운전대를 잡았다. 제대로 된 오빠 노릇이 뭔지 보여주겠다며 감동적인 포부를 밝힌 그였으나, 아쉽게도 운전이 서툴렀다. 정확히 말하면 길눈이 어두웠다. 내비게이션과 소월이 있는데도 불구하고 해일은 몇 번이나 길을 잘못 들었고, 결국 그들은 야심한 밤이 되어서야 월산에 도착할 수 있었다. 소월은 차마 그 늦은 밤에 저택을 찾아갈 수가 없었다. 물론 대낮에 갔더라도 영선이 파혼한 전 며느리인 소월을 곱게 받아줄 리 만무했다. 그렇다고 아무 호텔 방이나 잡으며 날이 밝기를 기다릴 만큼 소월의 인내심이 강한 것도 아니었다. 그녀는 일 초라도 빨리 무영의 소식을 전해 듣길 바랐고, 그 결과 희태의 집에 오게 된 것이다.

"한지훈이란 작자를 만나고 나서 무영이가 실종됐다며. 그리고 아까 얘길 들어보니까 한지훈이랑 너희 예비 시어머니가 수상하던데, 그럼 더 빨리 움직여야지. 한지훈이 무영이를 감금해서 나쁜 짓이라도 하면 어떡해."

맞은 종아리를 어루만지며 해일이 불퉁하게 말했다.

"엄밀히 말하면 한지훈이 무영이와 만난 마지막 사람은 아니에요."

우진이 빨갛게 손자국이 난 해일의 종아리를 힐끔거리며 말했다.

"그 후에 차 사장님한테 잡혀서 비뇨기과에 간다고 전화로 짜증을 냈거든요."

"와, 진짜 검사하러 간 거야? 안 간다고 버티지. 어린애도 아니고 어떻게 잡혔대."

"그 왕마담이란 할머니가 직접 데리러 와서 어쩔 수가 없었나 봐요. 무영이가 그래도 기본 예의범절이 바른 애라."

"맞아. 소월이가 날 개무시해도 무영인 참 깍듯이 잘했지."

해일이 무영과의 단란하던 한때를 떠올리며 아련하게 말했다.

"그 후에는? 검사하고 나서는 연락 없고?"

소월이 해일의 주책을 외면하며 물었다.

"응. 아마 그때가 너한테도 답장을 하지 않았을 즈음일 거야. 병원이 도시에 있어서 검사가 끝나면 왕마담이 다시 데려다주기로 했대. 근데 무영이가 약속 장소에 나타나지 않았대. 먼저 집에 갔나 싶어서 전화를 걸었더니 핸드폰도 꺼져 있었고. 몇 시간 후에 매형이 이상한 낌새를 느끼고 사람들을 시켜서 찾기 시작했어. 지금은 온천타운 직원들 대부분도 출동한 상태고. 나도 혹시나 하고 그 병원에 갔다가, 청소부 아주머니가 주워서 갖고 계신 무영이 핸드폰을 찾게 된 거야. 널 보려고 서울에 갔나 싶어서 연락한 거였고."

우진이 소월의 안색을 살폈다. 두 사람의 눈이 마주치자 소월의 눈동자에 경멸의 빛이 서렸다. 우진은 지은 죄가 있어 슬그머니 시선을 내리깔았다. 우진이 소월에게 미운털이 박힌 것은 그의 입방정 때문이었다. 소월이 희태의 집 대문을 두드렸을 때, 우진의 누나는 문을 열자마자 외마디 비명을 질렀었다.

"초면에 이런 말은 실례긴 한데, 소월 씨 봤을 때 원한에 사무쳐 죽은 처녀 귀신이 온 줄 알았다니까요. 내가 뭔 죄를 지었던가 싶었죠, 내 죄라곤 남편 잘못 만난 거 밖에 없는데. 그마저도 생과부 노릇을 하면서 벌을 받고 있다고요."

뜻하지 않은 불청객들에게 야참을 내주며 수진이 솔직하게 말했다. 무영을 찾느라 희태는 이틀째 집에 들어오지 못하고 있었고, 그녀는 단단히 뿔이 난 상태였다.

"다들 차 사장님 유난에 전염이 된 거예요. 우리 우진이는 일주일이 넘도록 전화 한 통 없었지만 아무도 걱정하지 않았어요. 다 큰 놈이 어디서 밥은 벌어먹겠지 했다니까요."

"다 크긴. 그때 내가 고등학생이었는데. 그리고 일주일 아니고 삼박 사일 동안 제주도로 수학여행 갔다 온 거였잖아. 내가 분명히 말했는데 까먹고 있던 거였으면서."

"네가 친구들이랑 외박을 한두 번 했었어야지."

"그건 그렇다 쳐. 근데 나랑 무영이가 같아? 난 양아치였고, 걘 이제 겨우 모지리에서 탈피한 어화둥둥 도련님인데? 나랑 술 마시고 외박했을 때에도 꼬박꼬박 전화해서 보고를 했다니까."

"무영이랑 술 마시고 외박을 했어?"

소월이의 눈이 서슬 퍼렇게 빛났다. 우진은 두 손으로 자신의 입을 틀어막았지만 이미 엎질러진 물이었다. 그 후부터 우진은 소월의 눈치를 살피고 있었던 것이다.

"그럼 우린 이제 뭐 해?"

해일이 졸음이 앉은 눈꺼풀을 거칠게 비비며 물었다.

"한지훈부터 시작해야지."

"뭐야. 아까 내가 한 말이랑 똑같잖아. 한지훈부터 가서 잡자니까."

"오빠처럼 무대포로 한지훈을 털자는 게 아니야. 지금 가서 한지훈한테 차무영 내놓으라고 떼를 쓸 순 없잖아. 우린 무영이가 한지훈에게 무슨 말을 하러 간 건지 알아낼 필요가 있어. 그걸 바탕으로 한지훈을 공격할 거고. 진짜 한지훈이 수를 쓴 거면 어느 정도 효과가 있겠지."

사실 누구보다 한지훈에게 달려가 머리끄덩이를 잡고 싶은 사람은 소월이었다. 그러나 그녀는 급할수록 돌아가라는 옛말을 떠올리며 침착함을 유지하기 위해 노력했다. 어찌 됐든 그녀는 지금 월산에 있었다. 소월은 느낄 수 있었다. 무영이 월산 어딘가에 있다는 것을.

사랑의 텔레파시라는 닭살 돋는 표현을 쓰고 싶진 않았지만 적어도 무영에게 나쁜 일이 생긴다면 소월은 그 불길한 기운을 느낄 수 있을 것이다. 사랑하는 사람에게 안 좋은 일이 생겼는데 자신이 이렇게 멀쩡할 리 없다고 소월은 믿고 있었다.

"너랑 무영이가 조사한 한지훈에 대한 것들을 다시 정리해 보자."

소월이 우진을 보며 말했다. 우진이 고개를 끄덕였다.

"일단 무영이가 최면으로 찾은 완전한 기억 속에서 한지훈은 살인자야."

우진의 과감한 표현에 해일이 침을 꼴깍 삼켰다. 그는 괜히 우진의 책상 위에 있는 탁상시계를 쳐다보았다.

'새벽 네 시…… 4는 죽음의 숫자……'

해일이 엉덩이를 움직여 우진의 옆에 찰싹 붙었다. 우진은 아랑곳않고 말을 이었다.

"무영이가 십이 년 전에 본 건 한지훈이 혜윤 할머니를 밀쳐서 쓰러뜨린 거야. 할머니는 수석에 발이 미끄러지신 게 아니라 한지훈 때문에 변을 당하신 거지. 문제는 그 자리에 차영선 사장님이 계셨다는 거야. 무영이에게 특히 인상적으로 남은 기억이 있었대. 엄마를 죽인 악마라고 외치는 목소리. 차 사장님이 한지훈을 보고 한 소리였던 거지."

소월은 모지리였던 무영이 왜곡된 기억을 갖고 있었을 때 영선에게 '엄마를 죽인 악마'라고 비난했던 것을 떠올렸다. 사실 악마는 영선이 아니라 한지훈이었던 것이다.

"할머니의 죽음에 대한 선명한 기억을 되찾기 전에도 무영인 한지훈을 의심하고 있긴 했대. 별채가 있는 정원에서 널 겁주려고 괴한에게 지시를 내리는 한지훈을 본 적이 있다고 했거든."

"그날이구나. 메이드에게 형광등을 갈고 있었을 뿐이라고 거짓말을 시킨 날."

우진이 말해준 무영의 몇 가지 행적들 중의 하나를 상기하며 소월이 말했다. 별채의 정원에서 지훈과 산책을 할 때 그의 행동은 유독 부자연스러웠다. 소월을 붙잡아두려는 듯 시간을 끌었고, 별채로 계속 유인했던 것이다.

"응. 네가 다른 곳을 볼 때마다 뒤에서 누군가에게 손짓을 하고 있더래. 그때 무영이도 괴한을 봤고, 네가 보고 놀랄까 봐 너의 관심을 돌리려고 방 불을 껐다 켜면서 신호를 보낸 거라고 그러더라. 그전에 침입했던 괴한도 한지훈이 아닐까 의심했대."

"가능성이 있어. 내가 무영이를 구하려고 별채로 달려갔을 때 가장 먼저 따라온 사람들 중에 한 명이 한지훈이었거든."

"무영인 직접 본 게 있었기 때문에 한지훈이 일련의 괴한 사건의 배후라는 걸 거의 확신하고 있었어. 다만 증거가 없었지. 그래서 우리는 정황 증거를 찾기로 했어."

"정황 증거?"

"응. 한지훈이 두 사람을 위협할 수밖에 없는 필연적인 동기를 찾기로 한 거지. 그러려면 한지훈이 누구인지, 그리고 차 사장님과 무슨 관계인지를 알아내야만 했어. 특히 차 사장님은 한지훈과 공범일 확률도 배제할 수 없었어. 또 다른 배후일지도 몰라."

우진이 우울하게 말했다.

"내가 이렇게 설명조로 말하면 그 감정들도 단순히 서술이 되어버릴 뿐이라 와 닿지 않겠지만, 무영이가 많이 힘들어 했어. 그래서 술도 많이 마신 거고, 외박도 많이 한 거야. 저택에 돌아가서 엄마를 볼 자신이 없다고."

소월은 말이 없었다. 그녀는 미어지는 가슴을 마구 두드리고 싶은 심정이었다. 무영이 홀로 끔찍한 기억들과 그로 인한 고통들을 감당할 동안 소월은 월산에서 도망쳐 있었다. 그녀는 문득 불안해졌다. 무영이 괴로운 시간을 보낼 동안 자신은 아무 일도 없단 듯이 단지 그를 그리워하고 있었을 뿐이었다. 사랑의 텔레파시 따위가 없는 것일까 봐, 지금 그녀가 편하게 앉아 있는 동안 무영은 또 어떤 고통을 당하고 있을까 봐 두려워졌다.

"우리 무영이가 생각할수록 진국이네."

무영의 곁에 있어주지 못해, 감히 눈물도 흘리지 못하는 소월을 대신하여 해일이 코를 훌쩍였다.

"그 짐들을 소월이에게까지 짊어지게 하고 싶지 않아서 얘를 서울로 보낸 거잖아. 아주 멋지고 강한 남자야. 지금도 어디선가 잘 있을 거야."

해일의 위로에 결국 소월은 눈물을 찔끔 흘렸다. 두 남자는 그녀의 눈물을 모른 척해 주었다. 소월의 눈물을 닦아주는 건 차무영이 해야 할 일이었다. 그를 찾는 게 무엇보다 우선이었다.

"근데 그 차 사장님이란 분은 한지훈 엄마라도 된대? 자기 엄마를 죽인 놈을 어떻게 곁에 두고 키운 거야? 사이가 안 좋다곤 하지만……. 둘이 무슨 관계일까?"

"우리도 그걸 알기 위해서 사방팔방으로 뛰어다녔어요. 가장 유력한 가설 중의 하나는 차 사장님이 약점을 잡혔다는 거죠. 근데 당시

한지훈은 고작 열일곱 살이었거든요. 이제 막 고등학생이 된 남자애한테 부와 권력을 가진 차 사장님이 무슨 약점을 잡혔냔 말이죠. 그리고 또 하나, 한지훈은 왜 차혜윤을 죽였는가."

형광등의 불빛이 우진의 눈동자에 반사되어 번뜩거리는 것이 마치 예민한 짐승의 안광 같았다.

"그러게······. 내가 알기로도 혜윤 할머니를 죽인 사람은 차라리 차 사장님인 게 더 설득력이 있어. 명인 아저씨 말에 의하면 할머니는 무영이와 한지훈은 싸고돌았지만 오히려 친딸인 차 사장님은 정서적으로 학대했다고 들었거든."

소월이 동의하며 말했다. 눈물을 애써 억누른 탓에 그녀의 코끝이 딸기처럼 빨갰다.

"우리가 주목한 부분도 바로 거기야. 무영인 그렇다 쳐도 주워 온 한지훈까지 친딸보다 예뻐했다는 건 아무리 미쳤다고 해도 찝찝했거든. 그리고 한지훈이 저택에 온 게 열세 살 때란 말이지. 보통 그 나이 때면 미친 여자를 따라가면 안 된다는 판단 정도는 할 수 있잖아?"

"할머니가 우연히 길거리에서 한지훈을 주워 온 게 아니란 말이야? 한지훈한테 들은 적이 있어. 자기랑 엄마는 노숙자였고, 엄마가 길에서 죽은 날 할머니를 따라왔다고."

"동정표를 얻으려고 거짓말을 단단히도 했구나."

우진이 코웃음을 치며 비아냥댔다. 그의 득의양양한 표정을 보자니 소월은 우진이 이미 한지훈의 정체를 밝혀냈다는 걸 알아차렸다.

"뜸 들이지 말고 말해. 다 알아낸 것 같은데."

"그래요. 빨리 말하고 잡시다. 눈을 좀 붙이고 나야 한지훈이든 차 사장이든 가서 조질 거 아니에요."

해일이 입을 찢어져라 벌리며 크게 하품을 했다. 우진은 차갑긴 해도 품위가 있는 소월에게 저런 오빠가 있다는 게 믿을 수 없었다. 그의 속내를 알아차렸는지 소월이 작게 이복 오빠라며 소근거렸다.

"무영이가 돌아오면 둘이 나한테 거하게 술 한번 사야 돼."

"그건 또 뭔 뜬구름 잡는 소리야."

"나 아니었으면 한지훈의 정체에 대한 단서를 못 찾아냈을걸."

"네가 찾으면 나도 찾는다."

소월이 칼같이 말했다. 그러나 우진은 여유만만하게 웃으며 검지를 까딱거렸다.

"노노노, 이건 월산의 집배원이어야만 알아낼 수 있는 거였다구."

우진이 윙크를 날리며 으스댔으나 소월의 반응은 무미건조하기 짝이 없었다.

"말하기나 해."

"응."

우진이 무안함을 숨기기 위해 정색을 하고 말했다.

"한지훈이 저택에 들어온 게 우연이 아니라 계획된 거라면 또 하나의 흥미로운 가설이 생겨. 혜윤 할머니가 미친 게 아니라, 미친 척을 하고 있었다는 거지."

"왜?"

소월의 짤막한 질문에 우진은 말문이 막혔다. 그가 기대했던 반응은 '말도 안 돼!'라던가 '맙소사!'처럼 느낌표를 동반한 것들이었다. 하지만 매서운 표정을 짓고 있는 소월은 물음표를 단 한 단어를 퉁명스럽게 뱉었을 뿐이었다.

'무영이를 걱정하느라 소월이가 평소보다 더 싸가지가 없어도 이해해 주자.'

우진은 속으로 서운함을 삼켰다. 그는 소월에게 생색을 내겠다는 생각 자체를 버렸다. 그녀의 살벌한 눈빛을 보자면 공치사는커녕 차무영한테 무슨 일이 생기면 가만 안 둘 거라고 멱살을 안 잡히는 걸 고마워해야 할 판이었다.

"혜윤 할머니가 왜 미친 척을 하는데? 그렇게 해서 좋을 게 하나도 없잖아."

"음……. 거기까진 우리도 알아내지 못했어. 여튼 중요한 건 할머니가 미치지 않았다는 가정하에 그분이 무엇을 했는지를 조사하는 거였어."

"뭘 했는데?"

"할머니 본인이 뭘 한 건 아니야. 대신, 할머니가 정신을 놓은 시기부터 그분과 가까운 사람 한 명이 그전까진 하지 않던 행동을 주기적으로 하기 시작했어."

꾸벅꾸벅 기대오는 해일의 머리통을 손바닥으로 밀어내며 우진이 말했다. 해일은 추운지 몸을 동글게 말곤 곯아떨어졌다. 소월은 그 모습을 보며 뭐가 오빠 노릇이냐며 대놓고 혀를 찼다.

"할머니가 미친 척을 하기 시작했다면 행동에 제약이 있을 테니 누군가 몰래 도와주는 사람이 있었다는 소리야?"

"응. 이 경우엔 할머니를 어렸을 때부터 돌봐줬다는 행랑어멈이 그 조력자였어."

"그런 건 다 어떻게 안 거야?"

"우리 곁엔 대대로 저택의 살림살이를 도맡아 챙겨온 집안의 후손이 있잖아."

"희태 아저씨?"

"응. 매형네 집안은 몇 대째 월산 유력가 집안의 집사를 하고 있잖아. 그리고 놀랍게도 가보로 '집사록'을 물려주고 있었어. 심지어 매형도 지금 쓰고 있다. 내가 몰래 봐봤는데 엄청 재밌더라."

우진이 철없이 웃으며 말했다.

"그런 게 있단 걸 이제 말하면 어떡해!"

"한지훈이 평범한 업둥이가 아니란 걸 무영이의 기억이 돌아오고 나서 알았으니까 어쩔 수 없잖아. 게다가 매형도 말이 가보지, 할아버지들의 일기를 훔쳐보는 취미는 없다 그랬고. 무엇보다 매형은 은근히 맹한 구석이 있으니까 그게 중요한 단서가 되리란 생각을 못 한 거 같아."

"그렇긴 해. 집사님은 의외로 순진한 면이 있으시니까."

두 사람은 동그란 희태의 얼굴을 떠올리며 동시에 고개를 끄덕였다.

"그래서 그 집사록에 행랑어멈의 행동이 쓰여 있던 거야?"

"응. 엄청 꼼꼼하게 적혀 있더라고. 사돈댁 조상님을 욕하긴 그렇지만 지나칠 정도였어. 하인들이 무슨 일을 했는지, 실수를 했는지, 왜 외출을 했는지, 지출이 뭐가 나갔는지, 심지어 바깥에 도는 소문들도 적어놨더라고. 뭐 대부분이 달 선녀 이야기에 대한 거고, 그 소문을 낸 작자들을 잡아서 콩밥을 먹이고 말겠다는 분노가 느껴지는 기록이었어."

우진은 집사록을 읽으면서 충성심도 유전적인 영향을 받는 게 아닐까 진지하게 고민을 했다.

"그래서 행랑어멈이 뭘 했는데?"

"편지를 보냈어."

원래는 이 부분이 하이라이트였으나 뭔 말을 해도 소월이 시큰둥하였기 때문에 우진은 그냥 평범하게 말을 이어갔다.

"할머니가 미치고 나서 얼마 안 된 후부터. 그리고 사사로운 지출이 하나 늘었어. 편지지와 봉투를 사기 시작했거든. 당시 집사였던 매형네 조상님은 그걸 아주 특이하고 괴이한 일이라고 사족까지 붙이셨더라."

"왜? 편지를 보내는 게 뭐가 어때서?"

"행랑어멈은 까막눈이었거든. 남편이랑 자식도 다 일찍 죽어 홀몸이었고."

우진이 의미심장하게 말했다. 소월은 행랑어멈이 혜윤을 대신하여 편지를 보냈다는 걸 알 수 있었다.

"그 편지가 어디로, 누구에게 보내졌는지만 알면 되는 일이었지."

"너한테 술을 사란 얘기가 그거였구나. 넌 집배원이니까."

"노노노, 그렇게 단순한 연결이 아니라구. 몇십 년 전에 보낸 편지의 행방을 내가 어떻게 알고 있었겠어. 천신만고의 노력 끝에 알아낼 수 있었던 거지."

우진이 으스대며 말했다. 그건 하늘이 도왔다고밖에 할 수 없는 천운이었다. 집사록을 꼼꼼히 읽어보던 무영은 행랑어멈이 편지를 보내는 패턴이 딱 한 번 달라진 것을 발견했다. 항상 답장을 받고 나서 새 편지를 썼는데 그때만큼은 답장 전에 편지를 또 보낸 것이다. 경씨 영감은 우푯값이 아까웠다는 감상과 함께, 우체국이 확장되는 것은 좋으나 이런 식으로 계속 우편물을 분실하면 민원을 넣어야겠다는 다짐을 적어놓았다.

"자랑은 아니지만 월산 우체국은 우편물을 자주 분실하는 편이야. 확장이랑 이전도 자주 했어. 매년 물난리를 겪어서 우체국이 아비규환이 되거든. 그걸 대비한답시고 우편물을 보관하는 창고를 또 따로 얻었는데 거기 관리가 엉망이기도 하고."

"관공서가 그렇게 허술해도 돼?"

"졸속 행정의 폐해랄까. 여기도 완전 철밥통에 인맥으로 돌아가는 곳이라 다들 좀 안이한 경향도 있고."

우진이 말끝을 흐렸다. 따지고 보면 그도 희태의 연줄을 이용해서 취직을 한 데다, 근무시간에 탱자탱자 놀기로는 둘째가라면 서러웠기 때문이었다.

"하지만 그게 우리에겐 행운이 되었으니 결과적으론 좋은 게 좋은 거 아니겠어? 하도 우편물 분실이 잦으니까 노인들의 민원이 많거든. 아주 옛날부터 그랬나 봐. 그래서 우리 우체국은 다른 지역보다 우편물 보관 기간이 훨씬 길어."

상대적으로 긴 수준이 아니라 아예 묵은 우편물들을 폐기하질 않고 쌓아두는 실정이었다. 간혹 가다 상할 염려가 있는 음식 같은 경우에는 직원들끼리 몰래 나눠 먹곤 했다.

"월산만 그런 거야. 다른 우체국까지 일반화해서 후려치기 하면 안돼."

양심에 가책을 느끼는지 우진이 소월에게 비굴하게 말했다.

"그래서 그 편지를 찾았단 거야?"

"내가 사흘 밤을 꼬박 샜다는 것만 알아둬."

그제야 소월의 입에서 수고했다는 말이 나왔다. 우진의 고생에 비하면 인색한 칭찬이었으나 그는 무척 뿌듯해했다. 소월은 나중에 그에게 술 대신 맛있는 밥을 사줘야겠다고 생각했다.

"주소 찾아갔어? 그래서 뭘 알아냈는데?"

"무영이의 미인계가 진짜 잘 통하더라. 부동산 아줌마가 완전 홀려서 웬만한 건 다 말해주던데."

소월은 무영이 자기가 안 보는 곳에서 다른 여자들에게 웃음을 흘리고 다녔을 생각을 하니 단전에서부터 열이 치솟았다.

"아, 그래서 한지훈이 누군데?"

"차석윤의 손자더라. 그 편지는 차석윤의 아내에게 보내던 거였고, 그분은 딸을 낳았어. 이름은 차영란. 누구 이름이랑 많이 비슷하지? 자식 이름을 두고 이복 남매가 미리 약속이라도 해놨었나 봐. 그리고 한지훈은 차영란의 아들이야."

"그럼 한지훈은……."

소월의 미간이 구겨졌다.

"온천타운의 또 다른 정당한 후계자인 셈이지."

소월은 몸을 뒤척거리며 뻑뻑한 눈을 연신 깜빡거렸다. 외국 생활을 오래 한 소월에게 온돌바닥에서 자는 건 매번 고역이었다. 우진이 손님 대접을 해준답시고 여분의 요를 두 겹씩이나 깔아줬지만 딱딱한 땅에 몸이 배기는 건 어쩔 수가 없었다. 핸드폰으로 확인해 보니 시간은 오전 일곱 시 반. 자리에 누운 지 딱 두 시간째였다. 거실에서는 부지런한 수진이 아침을 준비하기 위해 움직이는 소리가 들렸다.

"뭐야? 너 왜 벌써 일어나? 오늘 월차 쓴다며."

옆구리에 이불과 베개를 끼고 나온 우진을 보며 수진이 의아해했다. 우진은 해일의 코 고는 소리 때문에 도저히 잘 수가 없다며 차라리 거실에서 자겠노라고 말했다. 소월은 해일이 부끄러워 얼굴에 열이 올랐다. 우진을 볼 면목이 없었다. 우진은 소월에게 손님방을 혼자 쓰길 권했고, 자신의 방에 해일을 들였다. 이복 오빠인 해일을 불편해하는 소월을 배려하는 차원에서였다.

소월은 자리에서 일어났다. 어차피 잠도 오질 않았다. 그녀가 거실로 나오자 수진과 우진이 비슷하게 생긴 얼굴에 똑같은 표정을 지으며 왜 벌써 일어났냐고 물었다.

'진짜 남매는 이렇게 닮았구나.'

아무리 피가 반만 섞였다지만 소월은 해일과 닮은 부분이 하나도 없었다. 나름 오빠 노릇을 하겠다고 쫓아와 준 게 고맙고 기특하긴 했지만 두 사람의 관계에는 명확한 한계가 있었다. 소월이 마음의 문을 열지 않았기 때문이었다. 그녀는 해일에게 고마움을 느끼다가도 어느 순간 밀려오는 짜증과 귀찮음을 어쩔 수가 없었다.

"머리가 좀 복잡해서요. 아침 산책 좀 하고 올게요. 우진이 넌 손님방 가서 자고."

"낮에 움직이려면 피곤할 텐데 좀 더 자지 않고."

"괜찮아. 어제 오는 길에 차에서 많이 잤어."

소월이 뜻을 굽히려 하지 않자 우진도 그녀를 더 이상 말리지 않았다.

늦은 봄에 떠났다가 여름에 돌아온 월산의 아침은 눈이 부셨다. 멀지 않은 숲에서 날아온 산새들의 지저귀는 소리가 생기 넘쳤다. 하얀색 상의와 하늘색 체크무늬 하의로 이뤄진 여름 교복을 입은 학생들이 몇 명 보였다. 교복을 입는 학교를 다녀본 적이 없어서 그런지 소월은 마음에 드는 교복을 보면 저절로 눈이 가곤 했다. 그녀의 발걸음은 자연스레 학생들과 같은 곳을 향하였다.

상쾌한 공기를 들이마시며 소월은 앞으로 해야 할 일들을 떠올려 보았다. 그녀는 혼자 한지훈을 찾아가 그의 정체를 밝히며 그간의 사건들에 대한 책임을 추궁할 것이었다. 아마도 무영이 그랬던 것처럼 말이다. 그러고 나서 한지훈의 반응을 살피며 그가 무영의 실종과 관계가 있는지 없는지를 떠볼 계획이었다. 만약 한지훈이 무영에게 부렸던 수작을 소월에게도 부리려고 한다면 숨어 있던 우진과 해일이 나타날 예정이었다.

'성공할 수 있을까?'

영리하긴 하지만 까부는 버릇을 못 고친 우진과 헛다리 짚기를 잘하는 해일은 소월의 신뢰를 얻기엔 다소 부족한 감이 있었다.

'보고 싶다, 차무영.'

소월은 어느새 도착한 버스 정류장의 벤치에 앉아 고개를 숙였다. 잠을 자지 못한 육신보다도 그리움을 해갈하지 못한 마음이 더욱 지쳐 있었다.

'내가 옆에 있어줘야 하는데.'

우진의 말에 따르면, 지훈이 한연화의 아들인 차석윤의 손자라는 게 무영에게 꽤 큰 충격이었다고 한다.

"한지훈이야말로 진짜 후계자라고 하더라. 왜 정체를 숨겼는지 몰라도 그 사람이 다 내놓으라고 한다면 자기는 다 내놔야 한다고."

그렇게 말하면서 우진은 무영이를 바보같이 착해 빠진 놈이라고 했다. 그는 무영을 이해하지 못했다. 하지만 소월은 무영이 느꼈을 감정이 무엇인지 알 수 있었다. 가짜가 된 기분, 자신의 몸에 흐르는 피가 옳지 못한 것이 아닐까 스스로에게 드는 의구심. 그것은 사생아로 태어난 소월이 평생 느껴온 감정들과 많이 닮아 있었다. 그뿐 아니라 무영에겐 한연화의 모든 것을 빼앗은 차강문의 후손이라는 이유만으로 짊어진 원죄 의식이 있었다. 어디선가 무영이 아파하고 있진 않을까, 그의 몸과 마음이 닳을까 봐 소월은 초조했다.

"뭐하는 사람이지? 아침부터 왜 저래?"

"술 취한 거 아냐?"

아침을 노래하는 새들과 마찬가지로 어린 학생들이 소월을 화젯거리 삼아 재잘재잘 지저귀었다.

"아픈 거 같은데? 울고 있잖아."

"야, 가지 마. 이상한 사람이면 어떡하려고 그래."

"그래도……."

여린 목소리를 가진 여학생이 머뭇거리며 소월에게 다가왔다. 개나리처럼 고운 노란 운동화가 소월의 검은색 운동화 앞코에 닿았다.

"저기요. 어디 아프세요?"

소월을 몰래 힐끔거리던 다른 학생들은 용자의 등장에 힘입어 그녀를 대놓고 주시하기 시작했다.

"괜찮아."

아침부터 질질 짠 게 창피하여 소월은 얼굴을 들지 못했다. 무영을 지켜주긴커녕, 아이들 앞에서 콧물이나 훌쩍대고 있는 자신의 무기력함이 뼈저리게 느껴졌다.

"야, 버스 왔어."

친구의 말과 함께 노란 운동화는 빠르게 멀어져 갔다. 바쁘게 움직여 사라지는 운동화들이 왜 그리 서러운지 소월은 눈물을 멈추지 못했다. 그녀는 외로웠다. 무영이 보고 싶었다. 한산해진 버스 정류장에서 소월은 끅끅대며 울었다. 그러다가 갑자기 나타난 하얀색 운동화 때문에 깜짝 놀라 소월은 딸꾹질을 하기 시작했다. 긴 체크무늬의 바지를 보고 소월은 남학생 한 명이 버스를 타지 않았다는 걸 알았다. 딸꾹질을 하느라 몸을 들썩이는 소월의 어깨를 남학생이 조심스럽게 눌러주었다.

"교복 입었으니까 누나라고 부르는 게 낫겠지? 애인한테 누나라고 부르는 건 별로 내 스타일이 아니긴 하지만."

익숙한 목소리에 소월이 고개를 번쩍 들었다.

"지지."

무영이 소월의 인중에 흘러내린 맑은 콧물을 엄지로 훔쳐 내 교복 바지에 문질렀다.

"너…… 너……."

소월의 인지 체계가 눈앞에 있는 무영을 한 번에 알아보지 못하고 혼란스러워했다. 무영을 만나면 가장 먼저 괜찮은지, 어디 아픈 덴 없는지부터 묻고 싶었다. 그러나 막상 차무영을 만나니 소월의 입에선 전혀 예상치 못한 말이 튀어나왔다. 그럴 수밖에 없는 상황이었다.

"너 꼴이 그게 뭐야?"

스물두 살 주제에 능청스럽게 고등학교 교복을 차려입은 무영은 그새 무슨 일이 있었는지 짐작할 수 없을 정도로 변해 있었다. 눈썹 바로 위까지 올라왔던 머리카락은 눈두덩이까지 내려왔고, 새까맣게 염색까지 되어 있었다. 검은 뿔테 안경 너머로 겨우 보이는 눈이 그가 차무영임을 확인시켜 주고 있었다. 얼굴을 자세히 들여다보지 않으면 못 알아차리고 바로 옆을 지나칠 정도였다.

"너 여기서 뭐 해?"

"그건 내가 묻고 싶은 말이야. 누나, 여기서 뭐 해요?"

애인한텐 누나라고 부르지 않는다더니 무영은 능숙하게 소월을 누나라고 불렀다. 원래도 연하남인데, 교복까지 입혀놓으니 무영은 영락없는 고등학생이었다. 소월은 괜스레 양심이 찔려왔다.

"서울에서 나 기다리고 있어야지. 여긴 왜 왔어?"

무영이 교복과 어울리지 않는 어른스러운 표정으로 엄숙하게 말했다.

"네가 없어졌다는데 내가 어떻게 서울에 있어. 근데 너 진짜 뭐 하는 거야? 교복을 왜 입고 있어?"

멀쩡하다 못해 기분이 좋아 보이는 무영을 보니, 소월은 그를 걱정하며 흘린 눈물이 아까울 지경이었다.

"너 사람들 갖고 놀아? 지금 너 찾느라 얼마나 많은 사람들이 고생을 하고 있는데. 집사님은 오늘도 집에 못 들어가면 이혼당하게 생기셨어!"

소월이 분을 못 이겨 씩씩거리며 말했다.

"이게 어딜 봐서 놀고 있는 걸로 보여. 위장 중인 거지."

"위장? 교복 코스프레가 위장이야? 와, 웃는 거 봐. 진짜 즐기나 보네."

싱글벙글 웃고 있는 무영 때문에 소월은 더 약이 올랐다. 무영은 주위를 재빠르게 두리번거리다가 소월을 와락 껴안아 버렸다.

"너 보니까 좋아서 그러지. 이제 좀 살겠다."

무영의 목소리 끝에 안도감이 묻어났다. 뿔이 나 있던 소월의 표정이 물에 탄 휴지 조각처럼 사르르 풀어져 버렸다.

"나도."

소월이 무영이 허리를 끌어안으며 말했다. 두 사람의 애정 행각은 쭈뼛거리며 버스 정류장에 들어서는 학생들 때문에 강제로 종료되고 말았다.

"일단 다른 데로 가서 좀 얘기해요."

무영이 소월의 손을 잡아끌었다. 그는 버스 정류장 옆에 세워둔 자전거 뒤쪽에 소월을 태웠다. 자전거가 움직였다. 달콤한 바람이 소월의 머리카락을 어루만졌다. 소월은 어미 코알라에게 달라붙은 새끼 코알라처럼 무영의 등에 뺨을 대고 바짝 달라붙었다. 그의 등에서 동굴에서 부르는 것 같은 노랫소리가 났다.

무영을 되찾긴 했으나 월산에는 그들의 미래를 위해 해결해야 할 미완의 과제들이 많이 남아 있었다. 하지만 이 순간 소월은 그 어떤 음침하고 불우한 사건들도 떠올릴 수가 없었다. 갑자기 몰려오기 시작한 먹구름이 솜사탕처럼 탐스러워 보였다. 자동차 창문 밖으로 침을 뱉는 아저씨의 얼굴도 귀여웠고, 발톱을 세우고 싸우는 길 고양이들도 사랑스러웠다. 세상이 놀랍도록 완벽하게 아름다웠다, 두 사람이 함께 있다는 것만으로. 자전거가 멈춘 곳은 고등학교 근처에 있는 지하 만화방 입구 앞이었다.

"왜 하필 여기서 얘길 해야 하는 거야?"

가게 안에는 무영처럼 교복을 입은 남학생 몇 명이 소파에 널브러져 만화책을 넘기거나 컵라면을 먹고 있었다.

"나무를 숨기려면 숲에 숨겨야 한다잖아요. 수업을 땡땡이치는 날라리 학생을 숨기려면 여기만 한 데가 없죠."

"그러니까 네가 왜 그 날라리 학생이냐고."

"교복 입었잖아."

무영이 소월의 손을 잡고 가게에서 제일 구석진 자리로 향했다. 그들을 곁눈질하는 양아치들의 눈빛이 음흉해 보였다. 커튼이 쳐진 작은 공간에서 두 사람이 뭘 할지 뻔히 안다는 듯한 태도였다. 소월은 구역질이 날 것 같았다.

"다음에 코스프레를 또 할 생각이 있으면, 그땐 멋진 바리스타로 해주라. 제대로 된 까페에서 숨을 수 있게."

소월이 투덜거리며 서비스로 나온 레모네이드를 멀찍이 밀어놓았다. 물을 섞은 사이다에 색소를 넣은 것 같은 맛이 소월의 입맛을 버려놓았다.

"미안해. 몇 시간만 여기 있다가 점심시간에 나가자. 그땐 밖에서 밥 사 먹는 애들도 있으니까."

"너 진짜 진지하게 위장하고 있는 거야?"

"그럼 내가 장난하는 줄 알았어요?"

무영이 뾰루퉁하게 되물었다. 자신의 말을 허투루 듣는 소월이 야속했다.

"내가 변태야? 진짜 교복 입는 거 좋아하고 그러게?"

"그건 아닌데……. 현실감이 없잖아. 왜 너인 걸 숨겨야 하는데? 지금 사람들이 너 찾고 난리 났어."

"알아요. 그 사람들한텐 미안하게 생각하고 있어. 하지만 어쩔 수가 없어요."

무영이 목소리를 낮추었다.

"내가 사라지기 전에 어디 갔었는지는 알죠?"

"응. 중매쟁이한테 잡혀서 비뇨기과에 끌려갔다고 들었어."

"중매쟁이 얘기까지 알아?"

소월이 고개를 끄덕였다. 무영의 입에서 절로 앓는 소리가 나왔다.

"선 보려고 검사받으러 간 거 아니에요. 어쩔 수 없었어요, 그땐. 중매쟁이가 무슨 짓을 해도 절대로 선 같은 거 안 봐요. 나 믿죠?"

무영은 소월이 오해하거나 상처를 받았을까 봐 조마조마하였다.

"그 정도의 믿음도 없었으면 여기까지 오지도 않았어."

소월이 손을 뻗어 무영의 머리카락을 쓰다듬으며 말했다. 부드러운 어조와 달리 어쩐지 그녀의 손길이 유독 거칠어진 느낌이었다.

"근데 머리카락은 어떻게 한 거야? 붙였어?"

"일단 내 얘기부터 차근차근히 들어봐요."

"응, 미안. 널 눈에 담는 데 온 신경을 집중시키고 있어서 가는귀가 좀 먹었나 봐."

"그렇게 보고 싶었어요?"

"응, 엄청."

두 사람의 시선이 만나는 지점에서 또 정열의 불꽃이 튀어 올랐다. 무영은 머리를 가로저으며 정신을 차리려고 노력했다. 소월과 깨소금을 쏟아내기엔 아직 그들 주위에 도사리는 위험이 너무 많았다. 그는 집중하잔 무언의 표시로 소월의 손을 꽉 잡았다.

"검사를 끝내고 화장실에서 일을 보고 나오는데 누군가 뒤에서 날 공격했어요."

"뭐? 어떤 자식이? 몸은 괜찮아? 병원 안 가도 돼?"

소월이 자리에서 일어나 당장에라도 전쟁을 치를 듯이 굴자 무영이 난처해하며 그녀를 진정시켰다.

"괜찮아요. 그러니까 여기 이렇게 있지. 얘기를 마저 들어줘요."

무영이 말한 바는 대강 이랬다. 격렬한 몸싸움 끝에 무영이 정신을 잃으려고 할 때쯤이었다. 여러 사람의 구두 굽 소리가 들려왔고 남자들이 무영을 부축했다. 그를 공격한 괴한은 도망을 친 후였다.

"널 도와준 사람들은 누구야?"

"잘 몰라요. 날 구해줘 놓고 자기들이 누군지는 말해주지 않았어. 대신 그 남자들의 보스에게 날 데리고 갔어요."

"보스?"

"직접 본 건 아니고, 내가 자동차 조수석에 앉아 있었을 때 그 사람은 뒤에 있었어요. 안대를 쓰고 있어서 얼굴은 못 봤고."

"목소리는?"

"중후했어요. 한 오십대 정도 되는 것 같았어."

"그 사람이 뭐래?"

"월산에 내 적이 얼마나 많은 줄 아냐고 했어요. 날 공격한 괴한도 사실은 나와 아주 가까운 사람이 보낸 거라고요. 그걸 어떻게 아냐고 했더니 자긴 다 아는 방법이 있다고 하더라고요."

무영의 입가가 씰룩거렸다. 그는 웃음을 참고 있었다.

"그게 웃겨? 난 좀 무서운데."

소월이 침울하게 말했다. 한지훈과 차영선으로도 모자라 또 다른 인물이 나타나다니 첩첩산중이었다.

"거짓말이었으니까요. 그 사람은 거짓말을 하고 있었어요. 날 공격한 남자는 내 옆에 운전석에 앉아 있었거든요."

"그걸 어떻게 알았어? 안대를 쓰고 있었다며."

"서당 개 삼 년이면 풍월을 읊는다잖아요. 명색이 온천타운 아들인데 사우나 냄새 정도는 개코처럼 맡아야죠. 몸싸움을 할 때부터 남자한텐 은은한 냄새가 나고 있었어요. 특유의 습한 허브 냄새 같은 거 있잖아요, 찜질방에서 나는."

무영이 소월에게 동의를 구하듯 말했다. 소월이 고개를 끄덕였다.

"나만 맡을 수 있는 미세한 냄새긴 했지만. 남자와 똑같은 냄새가 운전석 쪽에서 나더라고요. 그래서 알았죠. 누군지 모르는 이 보스란 자가 자작극을 꾸며 날 이용하려고 하고 있다는 걸."

"가끔 넌 천재 같아."

소월이 감탄하며 말했다. 그녀의 눈에 하트 모양의 빛들이 뿅뿅 샘솟는 것 같았다. 무영의 어깨에 저절로 힘이 들어갔다.

"보스는 내가 진실을 파헤쳐 주길 바란대요. 월산에 묻혀 있는 모든 추악한 진실들을요. 슈퍼 히어로 제의를 받는 기분이 들어서 묘했어요. 아무리 봐도 그 인간이 악당인 것 같았는데."

"월산을 둘러싼 추악한 진실이란 건 역시 달 선녀 이야기인가?"

"그렇죠, 뭐."

무영은 덤덤히 말했으나 결국 그는 누군가로부터 가문의 치부를 밝히라는 압박을 받은 것이었다.

"일단은 놀아나 주기로 했어요. 보스한텐 내 주변인들을 떠보기 위해서 잠시 숨어 있겠다고 했고."

"누군지도 모르는 사람 때문에 무리할 필요 없어."

소월이 단호하게 말했다. 그녀는 무영이 위험한 일에 발을 들일까 봐 두려웠다. 하지만 무영은 오히려 여유로워 보였다.

"그 사람이 등 떠밀지 않아도 난 진실들을 밝힐 거였어요. 당신한테 당당한 사람이 되기 위해서."

"지금도 넌 나한테 당당하고 자랑스러운 사람이야. 네가 무슨 선택을 하든 난 항상 네 편일 거고, 너를 지지할 거야."

"그렇게 말해줄 줄 알았어."

무영이 근사한 미소를 지으며 말했다.

"그리고 걱정 마. 악당한테 휘둘리기만 하진 않을 거니까. 우리 집안의 비밀만 밝힐 순 없잖아요. 그 보스도 누군지 밝혀내야지. 온천타운에서 나는 냄새가 밸 정도라면 직원일 확률이 높아요. 그곳에 부하를 심었다는 거지. 내가 사라지면 엄마는 온천타운 직원들을 동원해서 날 찾을 테니까, 그때 이상한 낌새를 보이는 직원이 있으면 알려달라고 희태 아저씨한테 부탁해 놨어요."

"그럼 집사님은 네가 일부러 숨어 다니는 걸 알고 계셔?"

소월은 유치한 배신감을 느꼈다.

"집사님한텐 연락하고, 나한텐 연락 안 하고?"

"이렇게 오래 걸릴 줄은 몰랐거든요. 괜한 걱정 시키고 싶지도 않았고."

무영이 소월을 달래며 부드럽게 말했다.

"그럼 보스 쪽 스파이가 누군지 알아내기 전엔 계속 실종된 척할 거야?"

"이틀 밤이나 지났으니 슬슬 돌아가야지. 일이 커지면 안 되니까."

"그래. 일이 커지면 안 되지."

무영이 한 말을 앵무새처럼 되풀이하며 소월이 하품을 했다. 수마가 맹렬한 기세로 그녀를 잠식하고 있었다.

"너랑 있으니까 졸리다. 긴장이 풀려서 그런가."

소월은 무영의 얼굴을 보려 눈에 힘을 주었지만 의지와 상관없이 눈이 계속 감겼다. 무영은 잠도 못 자고 애간장을 태웠을 소월의 모습을 쉽게 유추해 낼 수 있었다. 그는 소월의 옆자리로 이동하였다.

"조금이라도 편하게 자."

무영이 말하자마자 소월은 그의 허벅지를 베고 옆으로 누웠다. 소월은 눈을 감은 지 몇 초도 안 되어 새근새근 잠이 들었다. 무영도 그녀의 머리카락을 어루만지며 눈을 감았다.

얼마나 잤을까? 소월이 눈을 비비며 일어났을 때 무영은 심각한 표정으로 그녀의 핸드폰을 들여다보고 있었다.

"누구한테 연락 왔어?"

"응."

"누군데 그렇게 심각해?"

소월이 목을 길게 빼고 핸드폰 화면을 보았다. 우진에게서 문자가 몇 통 와 있었다.

"소월아, 나 두고 서울 가라고 하면 갈 거야?"

"아니. 무슨 일이 있어도 여기 있을래. 네 옆에서 힘이 되어주고 싶어."

잠에서 덜 깼는데도 그녀의 눈빛이 영롱하게 빛났다. 무영은 두 사람은 반드시 함께여야만 함을 깨달았다.

"그러면 부탁이 하나 있어."

"뭔데?"

"너도 교복 입자."

소월은 순간 무영에게 변태라고 소리를 지를 뻔했다가, 그가 보여준 우진의 메시지를 확인하곤 입을 다물었다.

〈죽은 최예림네 오빠인 최창규가 탈옥했대. 차 사장님과 관련된 사람들은 전부 위험하대. 너도 빨리 집에 와.〉

16
Two-face

"싫어."

그렇게 말하고 굳게 다문 입술이 고집스럽게 일자로 맞물려 있었다. 교복을 입어달라는 무영의 거듭된 부탁에 소월의 대답은 한결같았다.

"나 스물다섯 살이야. 교복이 가당키나 해? 다른 사람들이 보면 욕한다니까?"

소월은 무의식적으로 우진과 해일의 얼굴을 떠올렸다. 두 사람이라면 전후 사정 따위 봐주지 않고 소월을 비웃을 게 뻔했다. 평생 놀림감으로 삼으며 괴롭힐지도 몰랐다. 두 사람의 바보 같은 웃음을 상상하자 소월은 편두통을 느꼈다.

"지나가는 사람을 보고 누가 무턱대고 욕을 해요. 학교에 잠입하잔 것도 아니고 그냥 교복 입고 학생인 척 자연스럽게 다니면 되는 거라니까요. 나 봐요. 이틀이나 이러고 다녔는데 아무 일도 없었어."

"넌 나보다 세 살이나 어리잖아."

"너도 그렇게 안 늙어 보이거든요. 실제로도 학생이잖아, 대학원생."

"고등학생이랑 대학원생이 어떻게 같아."

만만치 않게 물러설 기미가 없는 무영 때문에 소월이 손바닥으로 이마를 짚으며 한숨을 쉬었다.

"요즘 애들 화장도 진하고 어른스럽더만 뭐. 돌아다니면서 너보다 언니 같은 애들도 많이 봤어. 대충 수험 생활에 찌든 고3이라고 하면 되지. 아니면 외국에서 살다 와서 이 년 정도 꿇은 복학생?"

"설정까지 만드는 거야? 너 이거 재밌어서 하는 거 맞지."

소월이 의심을 담은 눈동자를 샐쭉 흘기자, 무영의 윗입술이 들썩거렸다. 그는 속마음을 털어놓을까 말까 고민하고 있었다.

"사실으은……."

무영이 애교 있게 말끝을 늘이며 아이처럼 울상을 지었다. 궁핍한 집안 형편을 뻔히 아는 탓에, 어린이날 선물을 조를 면목이 없는 가여운 꼬마처럼 조심스러운 태도였다.

"물론 모자를 눌러쓰고 마스크로 얼굴을 가리면서 그늘을 기웃거릴 수도 있겠죠. 하지만 날씨도 너무 좋고, 애들 입은 교복도 너무 예쁘고, 나는 교복 입은 적도 없고……. 한 살이라도 어릴 때 입어보는 게 더 좋을 것 같고……."

무영은 식탐을 부리느라 사료 상자를 쏟고 혼이 난 강아지처럼 처량했다. 강아지의 식탐이 갑자기 는 건 중성화 수술 때문인 것처럼, 무영이 교복에 집착하는 건 트라우마로 인해 통째로 잃어버린 청소년기에 대한 결핍 때문이었다. 소월은 마음이 약해졌다. 응당 누렸어야 할 것들을 누리지 못하고, 해야 했을 것을 하지 못한 무영이 안타까웠다. 하지만 안 되는 건 안 되는 것이었다.

"그래. 네 마음은 이해해. 네가 교복 입고 학생들 틈에서 숨어 다닌 것도 어떤 생각으로 그런 건지 알겠어. 그런데 이제 다 끝났잖아. 너도 일 더 키우고 싶지 않다며. 네가 실종된 상태에서 최창규까지 탈옥했으니 어머님은 더 난리를 피울 거야. 그만 돌아가야지. 저택까지 택시 타고 들어가면 그만인데 뭐하러 나까지 교복을 입어."

"당장 저택에 가지 않을 거니까."

"어째서?"

"꼭 들러야 할 곳이 있어요. 그리고 거기에 가려면 학생인 척하는 게 편하고."

"거기가 어딘데?"

"내 변장을 도와주고 날 숨겨준 사람들이 있는 곳."

그리고 자전거도 돌려줘야 한다며 무영이 중얼거렸다. 그러고 보니 무영은 교복을 입고 어디에서 밤을 지샌 걸까? 새벽 내내 학생을 받아줄 만한 곳은 많지 않았을 텐데 말이다.

"그 사람들이 누군데?"

소월의 질문에 무영은 지난 이틀간의 일들을 이야기해 주었다. 교복을 입고 은둔하기로 결심한 무영은 들뜬 상태로 계획을 곧장 실행에 옮겼다. 몰래 희태와 접선하여 자신이 없어진 척을 하는 동안 누가 수상한 행동을 하는지 알아달라고 부탁하였고, 비상금도 받았다. 희태가 꽤 큰돈을 줬는데도 교복을 사고 나니 수중에는 오만 원 정도만 남게 되었다.

무영은 교복을 입고 어슬렁거리며 시내의 골목을 배회하다가 PC방에 들어가 시간을 때웠다. 딱히 할 줄 아는 게임이 없어서 인터넷 창을 켜놓고 컵라면을 먹는데 옆자리에 앉아 있던 남자애 하나가 대뜸 말을 걸었다.

"야, 돈 좀 있냐?"

그 말을 듣자마자 무영의 안색이 얼마나 창백해졌는지 말을 건 남자애가 어디 아프냐고 물어볼 정도였다. 정체를 모르는 괴한과 맞서고 소월을 위해 물불 안 가리는 무영이었으나, 막상 지켜줘야 할 그녀가 없으니 의외로 겁쟁이 같은 면모가 있었다.

그도 그럴 것이 무영은 또래와 부딪친 적이 많이 없었고, 일반적인 사회생활에 노출된 적도 없기 때문이었다. 특히 그는 모지리 시절에 '요즘 아이들'이 얼마나 무서운가에 대해 희태에게 귀가 따갑도록 주의를 들었었다. 더구나 무영 주변의 또래들은 전부 그보다 연상이었다. 기껏 만나본 연하들은 대진과 진아였으니, 무영이 저보다 어린 또래들에게 부정적인 인상을 갖는 것도 무리가 아니었다.

"아니, 라면 하나만 사달라고. 좀 있다 친구 오면 갚을게. 삥 뜯는 거 아니야."

남자애가 무영의 등을 손바닥으로 툭툭 치며 말했다. 무영의 어깨가 움찔 떨렸다. 남자애는 무안해하며 손을 거뒀다.

'갚는다는 건 그냥 공수표를 던지는 거겠지? 빌려달라는 건 무담보, 무이자, 무제한으로 무조건 내놓으라는 말의 은유적 표현 아닌가?'

무영은 텔레비전 뉴스에서 본, 소위 '일진'이라고 일컬어지는 양아치 고등학생들의 범죄 행각을 떠올리며 마른침을 삼켰다.

"됐어. 안 들은 걸로 해. 친구 기다리지 뭐. 하도 맛있게 먹길래 한번 물어봤어."

"먹어."

"어?"

"하나 먹으라고."

속으론 남자애가 쉽게 포기해 줘서 다행이라고 여겼으면서 입으론 왜 그런 말이 튀어나왔는지 무영 자신도 모를 일이었다. 인터넷 뉴스를 쳐다보는 게 지겨워서 그랬던 것도 같다. 남자애가 열심히 하고 있는 게임이 뭔지 궁금하기도 했다. 무영과 똑같은 컵라면에 뜨거운 물을 부어 갖고 온 남자애는 젓가락을 비벼 갈랐다. 무영은 남자애의 교복 상의를 힐끔거렸다. 무영이야 가짜 고등학생이니 명찰이 없는 게 당연했지만 웬일인지 남자애도 명찰이 없었다.

'역시 날라리다.'

그는 지레짐작하며 침을 또 꼴깍 삼켰다. 라면 한 젓가락을 후루룩 먹은 남자애가 무영의 시선을 느끼곤 뒤늦게 고맙단 인사를 했다.

"난 남주호야. 너는?"

"난……."

무영은 망설였다. 혹시나 주호가 '차무영'이란 이름을 알 수도 있기 때문이었다. 물론 아닐 가능성도 많았다. 다른 지역에서 학교만 이쪽으로 다니느라 월산에 대해 아는 바가 없을 수도 있었고, 월산에 산다고 해도 일개 고등학생이 온천타운 차 사장의 외아들 얼굴까지 알아볼 리는 없었기 때문이었다. 그러나 그의 부모가 차 사장과 연이 있는 사람일 수도 있었고, 그러다가 지나가는 말로 차무영의 이름을 들먹였을 수도 있으니 아무래도 조심하는 게 좋았다.

"정해일이야."

퍼뜩 떠오르는 이름이 그것뿐이었다. 무영은 나중에 해일에게 이름을 빌린 값을 치러야겠다고 생각했다.

"우리 학교 다녀?"

주호는 무영의 교복을 위아래로 훑으며 물었다.

"어? 응."

무영은 혹시나 주호가 학교생활에 대해 캐물을까 봐 긴장했다. 그러나 주호는 이내 라면에 집중하며 무영에게서 관심을 껐다. 무영은 안도하면서도 그가 하는 게임이 뭔지 물어보지 못한 게 내심 아쉬웠다. 그는 할 일 없이 시간을 죽이는 것도 마냥 편한 것만은 아니란 걸 깨달았다. 마우스를 딸깍거리며 눈에 들어오지 않는 인터넷 뉴스들을 읽어 내려가던 무영에게 주호가 다시 말을 걸었다.

"야, 미안한데 친구가 지금 못 온대. 라면값 어떻게 하냐."

주호의 말에도 무영은 당황하지 않았다. 그에게 라면값으로 몇 천원을 줬을 때부터 그 돈을 되돌려 받을 거란 기대는 아예 하지 않았기 때문이었다. 무영이 심드렁하게 괜찮다고 말하자 주호는 뭔가를 골똘히 생각했다.

"할 일 없으면 나랑 나갈래?"

"왜?"

"같이 놀게. 너 가출한 거 아냐?"

태연하게 '가출'을 운운하는 주호와 달리 무영은 죄를 지은 사람처럼 깜짝 놀랐다.

"근데 너 게임 하고 있었잖아. 중간에 그만둬도 돼?"

남자 고등학생이 게임에 특히 민감하다는 것 정도는 무영도 잘 알고 있었다. 주호의 컴퓨터 화면을 보니 그의 캐릭터가 다른 유저들에 의해 처참히 짓밟히고 있었다.

"별로 할 기분 아닌데 그냥 한 거야. 잡생각 지우려고. 갈래, 안 갈래?"

무영은 괜스레 카운터에 있는 아르바이트생을 힐끔거리며 어디로 가냐고 물었다.

"내 친구들 있는 곳."

무영은 주호를 빠르게 관찰했다. 키도 무영보다 작고 몸도 빼빼 말랐다. 저 정도는 이길 수 있겠지. 일차원적인 결과를 도출해 낸 무영은 자리에서 일어나 주호의 뒤를 따랐다. 주호는 무영을 데리고 학교 앞 지하 만화방으로 가, 친구들과 합류했다. 세 명의 고등학생들이 학교가 끝나기도 전에 만화방에서 빈둥대는 걸 보자, 무영은 식은땀이 나기 시작했다. 그들이 무영을 데리고 주호의 집으로 갔을 땐 눈앞이 캄캄해졌다. 가출 청소년들끼리 뭉쳐 다닌다더니 그 소굴에 들어온 것이 틀림없다고 생각했다.

"요즘 애들이 얼마나 무서운데 가출 청소년들을 막 따라가?"

무영의 이야기를 들은 소월이 성을 내며 말했다.

"거기 가서 너한테 라면값 줬어?"

"아니. 라면값은 안 줬는데."

"그럼 그게 삥 뜯은 거잖아! 너 가서 남은 돈으로 걔네 호구 짓 한 거 아니야?"

소월이 날카롭게 지적하자, 무영은 뜨끔했다. 실제로 그는 교복을 사고 남은 돈을 아이들과의 간식비로 다 썼기 때문이었다.

"근데 나도 먹었고, 또 걔네가 재워줬으니까 숙박비인 셈이지."

"어디서 잤는데?"

"주호네 자취방."

"고등학생이 자취를 해?"

"원래는 대학생 형이랑 같이 사는데 형이 방학하고 농촌으로 봉사활동을 가서 집이 비었대. 내가 타이밍이 좋았지."

"그래서 그새 자전거까지 빌려 탈 정도로 친해졌어? 남들 걱정하는 동안 엄청 잘 놀았네."

대화를 나누며 두 사람은 으슥한 골목길로 접어들고 있었다. 주호의 자취방으로 가는 길에 소월은 어느새 교복을 사, 갈아입은 상태였다. 아이들을 자극하지 않으려면 같은 학생처럼 보이는 게 좋을 거라는 무영의 간곡한 설득이 끝내 통했던 것이다. 바지 주머니에 꽂아 챙겨온 신용카드를 일시불로 긁으며, 소월은 아는 사람한테 걸리면 개망신 당할 짓거리를 내 돈 들이면서까지 해야 하냐고 끊임없이 투덜거렸다. 소월을 달래기 위해 무영은 가능한 긍정적인 화젯거리를 꺼내며 분위기를 바꾸려고 했다.

"애들이 학교는 대충 다녀도 착한 것 같아. 특히 주호는 애가 형이랑 둘만 오래 살아서 그런지 정도 많아서 집 나온 친구들을 그냥 못 지나치는 것 같더라고. 정이 많은 것 같아."

"내가 듣기엔 그냥 평범한 가출 청소년들 모임 같은데."

"진짜 아니라니까. 이 머리도 주호가 해준 거야. 주호는 미용사가 되는 게 꿈이래."

무영이 더 위장할 요량으로 스타일링 변화를 하고 싶다고 하자, 주호는 보물처럼 모셔놨던 미용 도구들을 꺼냈다.

"머리 붙이는 거랑 염색까지 머릿결 안 상하게 해주느라 걔가 얼마나 고생했는데. 갖고 있던 제일 비싼 약도 다 쓰고. 미안해서 희태 아저씨한테 돈 좀 더 받으려고 갔다가 널 발견한 거야."

"지금 우리가 최창규가 어디서 날뛰는지도 모르는 이 상황에 교복을 입고 가출 청소년들의 아지트로 가는 이유가 걔네한테 돈을 갖다주기 위해서라는 거네."

"굳이 요약을 하자면 그렇긴 하지만…… 자전거는 주호 거고……."

소월이 무시무시한 얼굴을 하고 있자, 무영은 일부러 더 방실방실 웃으며 그녀를 안심시키려고 노력했다.

"근데 너, 교복 하나도 안 어색하다. 정말 잘 어울려."

"됐어. 말 돌리지 마."

"내 순수한 감상을 말하는 건데 왜 그래."

무영이 입술을 삐죽이자 소월은 헛웃음이 나왔다. 갈수록 애교와 잔망만 늘어나는 남자친구를 보자니 자신의 뻔한 미래가 쉽게 그려졌다. 그에게 꼼짝없이 사로잡힐 것이다. 귀여워서, 보는 것만으로도 행복해져서 차무영이 하는 말은 다 들어줄 것이다.

"이렇게 자전거 끌면서 나란히 걸으니까 순정만화에 나오는 고등학생들 같다. 너는 공부를 잘하니까 반에서 1등 하는 얼음공주 모범생이고, 나는 그냥 평범한 시끄러운 남자애."

"아니지. 전교에서 제일 잘생긴 애지."

소월이 장단을 맞춰주자 무영이 함박웃음을 지었다.

"나는 잘생겼는데 공부는 좀 못하는 거야. 그래서 니한테 수학 문제를 물어보다가 어려운 문제를 막힘없이 푸는 모습에 반하는 거지."

"나 근데 수학은 잘 못해. 학교도 재외국민 전형으로 들어갔는데."

어느새 소월도 무영의 설정 놀이에 진지하게 참여하기 시작했다. 무영이 고개를 끄덕이며 현실을 반영해야 더 실감이 나는 법이라고 소월을 격려했다.

"그럼 영어 발음이 섹시해서 반한 걸로 하자."

"섹시한 영어 발음이 뭔데?"

"글쎄…… 뭐가 있을까?"

"키스는 어때?"

소월이 대담하게 말했다. 두 사람은 인적이 드문 골목길의 담벼락 아래에 서 있었고, 감시하듯 쫓아오는 태양은 건물에 가려져 보이지 않았다.

소월이 교복에 대한 무영의 깜찍한 소망을 이해할 수 있었던 건 그녀 또한 평범한 학창 시절에 대한 동경이 있었기 때문이었다. 영국이 아닌 한국에서, 친구들처럼 교복을 입고, 입시 스트레스도 적당히 받으면서, 풋풋한 연애도 해보는 그런 학창 시절 말이다.

무영의 등이 담벼락에 닿았다. 다가오는 소월 때문에 뒷걸음질을 쳤기 때문이었다. 넘어진 자전거의 바퀴가 느릿하게 돌았다. 소월의 하얗고 긴 목이 단정한 교복의 흰 깃과 잘 어울렸다. 소월은 우스꽝스러워 보일까 봐 걱정이라고 엄살을 피웠지만 그녀는 정말 교복이 잘 어울렸다. 어쩌면 무영의 콩깍지일지도 몰랐다. 하지만 그러면 어떠하랴. 그에게 소월이 이 세상에서 가장 아름답고, 싱그럽고, 고결하고,

청순하고, 사랑스럽고, 섹시한 존재라는 건 변함이 없었다. 그러므로 눈을 내리깔고 몸을 기대오는 소월을 무영은 거부할 수가 없었다.

'같은 교복을 입으니까 꼭 커플 룩 같아.'

무영은 생각했다. 처음으로 커플 룩을 입은 날 소월과 첫 키스를 한다면 아주 의미 있을 것 같았다. 우진이 심어주었던 키스에 대한 두려움은 더 이상 문제가 되지 않았다. 무영의 두 손이 소월의 뺨을 감싸 쥐었다. 미약한 숨이 소월의 입에서 새어 나왔고, 무영은 그 숨을 맛보기 위해 그녀의 입술을 막았다. 그는 포근하고 탐스러운 소월의 아랫입술을 살짝 베어 물었다. 소월이 무영의 옷깃을 다급하게 잡았다.

"정해일?"

난데없이 들려온 둘째 오빠의 이름에 소월이 화들짝 놀라며 무영에게서 떨어졌다. 무영은 자신에게서 멀어지는 소월의 손목을 재빨리 잡고 반사적으로 그녀를 제 뒤로 숨겼다.

"거기서 뭐 하냐?"

주호였다. 그는 교복을 입고서 두 사람의 반대편 길에 서 있었다. 그제야 무영은 소월과 키스하려던 담벼락이 주호네 집 담벼락이라는 것을 깨달았다.

"아……."

"네가 말한 여자친구?"

분명 두 사람이 뭘 하고 있었는지 봤을 텐데도 불구하고 주호는 얼굴색 하나 변하질 않았다. 그는 무덤덤한 표정으로 들어올 거면 들어오라며 허름한 대문을 열어주었다. 소월과 무영은 서로를 멀뚱히 바라보다가 서둘러 대문 안으로 들어섰다.

주호와 그의 형은 조실부모한 뒤 이모네 집에서 자라다가 형이 성인이 되자마자 독립을 했다. 형네 대학교 셔틀버스가 다니는 지역 중 집값이 싸면서 고등학교도 있고 시내도 발달한 곳이 월산이었다. 그렇게 어린 형제는 이 년 전에 월산에 터를 잡았다. 고작 이 년밖에 되지 않았지만 주호는 월산이 어떤 동네인지 예리하게 파악하고 있었다. 이모네 집에서 먹고 자란 눈칫밥의 위력이었다. 그는 월산에 사연 있는 뜨내기들이 많다고 생각했다. 관광객도 많았고, 수렵 철에는 험상궂은 사냥꾼들이 심심찮게 보였다.

뜨내기들이 많은 탓인지 월산은 무척 폐쇄적인 구석이 있었다. 마을의 주된 경제 자원인 온천타운이란 관광지가 지역 토박이들의 인맥으로 운영되고 있기 때문인지도 몰랐다. 물론 온천타운은 그 유명한 차씨 일가의 소유고, 그 집안의 영향력이 지배적이긴 했지만 관련된 주요 부대사업들은 예로부터 월산을 지켜온 사람들의 것이었다. 어른들의 폐쇄적인 성향은 학교에서 아이들에게도 나타났다. 아랫마을 중심지에 사는 아이들은 대개 부모 모두 월산 출신이었다. 그 아이들은 어려서부터 같은 유치원, 초등학교, 중학교를 나왔고 자기들끼리 끈끈했다. 선생들도 걔네들을 대놓고 편애하였다. 그들과 뜨내기들 사이에는 보이지 않는 벽이 있었다. 주호는 그 뜨내기들 중 한 명이었다.

뜨내기들은 크게 두 종류로 나뉘었다. 월산 출신의 아이들에게 굽실거리거나, 독고다이를 고수하거나. 주호와 친구들은 후자였다. 뜨내기들끼리 몰려다니며 노는 게 퍽 아니꼬웠던지 질 나쁜 애들 몇 명이 시비를 거는 것도 부지기수였다. 월산 사람들에 대한 주호의 반감은 더욱 커졌고, 대신 길거리의 사람들에게 말을 붙이기 시작했다.

"해일이 넌 어디서 계속 돈을 갖고 오는 거야?"

무영이 건넨 돈을 주호는 미심쩍게 바라보았다.

"지금은 부모님 안 계시거든. 잠깐 들어가서 슬쩍 해왔지."

무영이 짐짓 태연하게 거짓말을 했다. 소월은 주호의 방을 둘러보았다. 형과 단둘이 사는 것치곤 제법 깔끔했다. 책상에는 교과서와 공책이 펼쳐져 있었다. 소월은 그것을 보고 미간을 구겼다.

"잠깐, 너……."

"거짓말하지 마! 너는 여기 살지도 않잖아!"

소월의 목소리가 주호의 고함에 묻혀졌다.

"뭐?"

무영이 어리둥절한 얼굴로 있자, 주호는 신경질적으로 머리카락을 헝클어뜨렸다.

"어디서 이런 돈을 갖고 오는 거야? 설마 훔친 건 아니지?"

"진정하고 내 말 좀 들어봐. 나는 그냥 잠깐 집에 갔다가 온 거라니까."

"너희 집이 어딘데?"

"어?"

무영의 말문이 막히자 주호는 그럴 줄 알았다는 듯이 코웃음을 쳤다.

"너 우리 학교 학생도 아니잖아. 타지에서 가출하고 여기로 흘러들어 온 거 아니야? 의심받을까 봐 이 지역 교복까지 입고? 여자친구까지 그러고 다니다니. 너희 진짜 무슨 짓을 하려고 그러냐."

주호는 초조하게 방 안을 왔다 갔다 했다.

"착한 앤 줄 알고 데리고 왔더니 돈이나 훔치고."

"잠깐, 잠깐만. 내가 너희 학교 학생이 아닌 건 어떻게 안 거야?"

"네 행동이 다 이상하잖아. 우리 학교는 관광지에 있어서 낯선 사람들도 많이 다니기 때문에, 범죄 예방 차원에서 따로 명찰을 달지 않아. 근데 넌 그것도 몰랐지. 그리고 학년마다 학교 마크의 배경 색깔이 다른데 넌 우리랑 같은 학년인데도 완전히 처음 보는 얼굴이야. 학교에서 네 이름 물어봤는데 아는 애 한 명도 없더라."

소월은 책상 위에 있는 주호의 공책을 집어 들고 두 사람의 대화에 끼어들었다.

"잘못 짚어도 한참 잘못 짚었다, 너."

소월이 무영을 보며 말했다.

"얘가 양아치라 대낮에 시내를 돌아다니던 게 아니라 기말고사 기간이라 수업이 일찍 끝난 거였어."

그녀가 무영에게 공책을 보여주었다. 깔끔한 글씨체로 빼곡하게 필기가 된 공책은 도저히 양아치 학생의 것으로는 보이지 않았다.

"그럼 그 친구들은?"

"같이 시험 공부하려고 우리 집에 모이기로 한 거야. 내가 널 데리고 와서 결국 놀자판이 되어버리긴 했지만."

그 바람에 친구 놈 하나는 시험을 내리 죽 쒔다며 주호를 원망했다.

"그러니까, 너희가 가출 청소년들이 아니라 나만 가출 청소년이었던……?"

상황 파악이 끝난 무영은 바닥에 털썩 주저앉았다. 주호는 그의 앞에 쭈그리고 앉아 무영을 채근했다.

"어서 말해. 이 돈 어디서 난 거야? 너 도대체 뭐 하고 돌아다닌 거야?"

주호는 잔뜩 예민해져 있었다. 요 며칠 그는 감정 기복이 심했다. 다니지도 않는 학교의 교복을 입은 수상한 남자애를 데리고 온 것도 지극히 충동적인 선택이었다. 초면에 라면을 사달라는 부탁을 들어주었다는 것만으로 주호는 엄청난 감동을 받았다. 그의 섬세한 감성이 난파 직전의 배처럼 출렁거리고 있었다. 믿고 따르던 이의 죽음으로 인해 큰 충격을 받았기 때문이었다. 결국 주호는 눈물을 터뜨리고 말았다. 초등학교 때 부모님이 돌아가신 이후 남 앞에서는 운 적이 없었는데, 생판 모르는 여자애 앞에서 꼴사납게 울다니 쪽팔리기 그지없었다.

하지만 주호는 너무 힘들었다. 아무렇지 않은 척 공부를 하고, 시험을 보고, 슬픔을 잊어보려고 낯선 이에게 친절을 베풀어도 마음의 고통이 사라지질 않았다. 농활을 간 형이 오려면 아직도 멀었다. 주호는 그를 다독여 줄 어른이 필요했다.

"주호야, 미안해. 일부러 속이려고 그런 거 아니야. 진짜야. 울지 마, 미안해. 돈 훔친 거 아니야. 걱정 안 해도 돼."

무영이 주호의 어깨를 끌어안으며 말했다. 주호는 그가 형 같다고 생각했다. 무영의 품은 넓었다. 몸만 컸지, 속은 아직 여린 소년이 기 대어 울기에 모자람이 없었다.

"흐엉, 예림 쌔앰. 왜 그러셨어요, 왜."

아이처럼 터져 버린 울음에 섞인 이름이 낯이 익었다. 소월과 무영 의 눈빛이 허공에서 마주쳐 의미심장하게 빛났다.

월산 출신 중에 남주호가 좋아하는 사람이 딱 한 명 있었다. 최예 림, 학교 재량 시간에 직업 체험 일일 강사로 온 헤어 디자이너였다. 대개 그러한 종류의 특별 수업은 제과제빵사처럼 먹을거리를 갖고 올 수 있는 직종이 아닌 이상에야 학생들에게 인기가 없었다. 더구나 주 호의 반은 남학생들로만 이뤄져 있었으므로 미용사란 직업은 큰 흥미 를 끌지 못했다. 단, 주호만 예외였다. 그는 예전부터 헤어 디자이너란 직업에 매력을 느끼고 있었기 때문이었다.

그러나 주호는 냉담하고 시큰둥한 학급의 분위기와 맞설 만한 용기 가 있진 않았다. 가뜩이나 타지 출신이라 은근히 따돌림을 받는 마당 에 계집애 같다는 유치한 조롱까지 받을 순 없는 노릇이었다. 아무도 집중하지 않는 예림의 수업은 따분하게 진행되었다. 예림도 딱히 열정 적이지 않았다. 애초에 망아지 같은 십대 남자애들을 가르치는 건 그 녀의 성미와 맞지 않았다. 헤어살롱의 VIP 고객 중 하나인 교장의 마 누라가 강압적인 부탁을 했기 때문에 어쩔 수 없이 끌려 나온 터였다.

예림은 교단에 서서 대충 준비해 온 자료들을 무성의하게 읽어 내려갔다. 이전 시간 수업은 체육이었고 한바탕 땀을 빼고 온 아이들의 눈꺼풀이 무거워졌다. 나른한 오후였다. 예림이 제지하지 않았으므로 아이들은 하나둘 엎드려서 잠을 잤다. 간혹 가다 다른 반의 웃음소리가 복도에서 들려왔다.

종이에 시선을 고정한 채 자료를 읽던 예림은 문득 그녀의 건조한 목소리 중간중간에 다른 소음이 섞여 있다는 것을 깨달았다. 종이 위에서 볼펜이 빠르게 움직이는 소리였다. 예림은 고개를 들었고, 홀로 잠들지 않은 주호와 눈이 마주쳤다. 그게 인연의 시작이었다.

"예림 쌤은 나한테 선생님 그 이상이었어. 미용 기술만 가르쳐 준 게 아니야. 나랑 형한테 반찬도 해주고, 옷도 사러 가주고 진짜 이모처럼 잘해줬어."

휴지 뭉텅이로 눈물을 닦아내며 주호가 말했다. 소월과 무영은 주호의 곁에 앉아 이야기를 들어주고 있었다. 주호와 예림에게 그런 인연이 있었다니 두 사람은 새삼 월산이 좁다고 느끼며, 상심에 빠진 주호를 위로했다.

"장례식장에 갔다 오는 길이야."

코를 훌쩍이는 주호에게 무영이 새 휴지를 주었다. 주호의 손에 들린 휴지는 구겨져 있었고 축축했다.

"하지만 선생님한테 인사를 하고 오진 못했어."

그의 얼굴이 슬픔이 아닌 분노로 상기되었다.

"경찰들 때문이야. 월산의 경찰들은 죄다 엉터리고 부자들의 개야. 예림 쌤이 그랬어. 경찰들은 믿을 게 못 된다고."

"무슨 일이 있었는데 그래?"

무영이 조심스럽게 물었다.

"경찰들이 장례식장에 들어가는 걸 막았어. 쌤이 쓸쓸히 계시는데도 조문객 하나 들어가지 못하게 했어. 쌤의 오빠가 교도소에서 장례식장으로 이송되는 도중에 도망을 쳤대."

유일한 혈육이 죽었기 때문에 최창규는 이박 삼일간의 구속집행정지 처분을 받았다. 사복 경찰 한 명의 감시를 받으며 예림의 장례식장으로 향하던 창규는 도중에 화장실에 들르겠다고 한 뒤 그대로 도주를 한 것이다. 경찰들은 최창규가 장례식장에 나타날 때를 대비하여 시민들의 안전을 위해 조문객을 받지 않기로 결정했다.

"경찰들 잘못이 아니라 최창규란 범죄자 잘못이네. 여동생의 죽음을 팔아서 도망을 치다니 최악이야."

소월이 일침을 날리자 주호는 얼굴을 찌푸리며 언짢은 기색을 내비쳤다. 무영은 두 사람 사이에 껴서 안절부절못했다.

"그러니까 왜 그 사람 잘못 때문에 우리 쌤이 죽어서까지 외로워야 하냐고!"

"경찰들도 어쩔 수 없잖아. 만약에 네가 그 근처에서 기웃거렸다가 최창규한테 잡혀서 인질이 되면 어쩔래?"

"아무리 그 아저씨가 죄를 지었어도 동생 친구들한테 그럴 리 없어."

"어려서 그런가? 순진하네."

소월이 비아냥대자 주호는 그러는 너는 얼마나 나이를 먹었냐며 성질을 부렸다. 또 울음보가 터질 것 같은 주호의 얼굴을 끌어안은 무영이 소월에게 그러지 말라는 신호로 고개를 내저었다. 최창규란 작자가 무슨 짓을 저질러서 감옥에 갔는지 상세하게 쏘아붙이려던 소월은 무영의 엄한 표정에 입을 다물었다.

"예림 쌤이 그랬어. 쌤네 오빠는 남들이 보기엔 좀 거칠고 무서워도 자기한텐 엄청 잘해준다고. 어렸을 때 떨어져서 살다가 다시 만난 이후로 줄곧 자길 지켜줬다고."

"범죄자라고 자기 가족한테까지 나쁘란 법은 없으니까."

"내 말은, 그렇게까지 동생을 아낀 사람이라면 쌤에게 마지막 인사를 하러 온 사람들을 공격하지 않을 거란 뜻이야."

주호가 풀이 죽어 말했다. 제 입에서 나온 '마지막 인사'라는 말이 아이의 가슴에 못을 박았다. 아직도 실감이 나질 않았다. 친구들은 주호가 장례식에 가는 것을 말렸었다. 어른들 말이, 호상도 아니고 혼자 살던 여자가 자살한 장례에 어린애들이 가면 좋지 않다는 것이다. 하지만 주호는 예림의 영정 사진이라도 보지 않으면 그녀가 죽었다는 사실을 믿지 못할 것 같았다. 그래서 큰 결심을 하고 홀로 장례식장을 찾았는데, 경찰들에게 문전박대를 당하고 말았다. 예림을 떠나보내는 것도 제대로 할 수 없는 자신이 무력하게 느껴져 주호는 속이 상했다.

"여전히 믿기지가 않아."

주호가 방바닥을 물끄러미 바라보며 말했다. 아이의 눈빛엔 초점이 없었다.

"다음 주에 만나기로 했었는데. 시험 끝난 기념으로 맛있는 것도 사 주고 영화도 보여준다고 나랑 약속했으면서……."

쓸쓸한 혼잣말이었다. 무영은 어쭙잖은 위로가 주호에게 상처를 줄까 봐 말을 아꼈다. 그러나 소월은 달랐다. 그녀의 눈빛이 날카로웠다.

"다음 주에 영화를 보기로 했다고?"

"응. 선생님이랑 내가 제일 좋아하는 히어로 무비의 속편이 나오거든. 몇 주 전부터 그것만 기다리고 있었는데."

이렇게 모든 약속을 저버리고 훌쩍 떠나 버릴 줄은 꿈에도 몰랐다. 주호는 땅이 무너져라 한숨을 내쉬었다.

"선생님을 최근에 만난 적이 있어?"

"열흘 전에도 우리 집에 오셔서 반찬을 주고 갔어."

냉장고에 남아 있는 반찬들이 떠올라 주호의 눈시울이 붉어졌다.

"그때 선생님은 어땠어? 평소와 다르다거나 그런 건 없었고?"

"별로. 그냥 똑같으셨는데…… 아, 유독 반찬을 많이 만들어주셨어. 보통은 일주일 안에 먹을 만한 것들로 해주셨는데 이번엔 양이 엄청 많아서 놀랐어."

"그 반찬들 잠깐 보여줄 수 있어?"

"그건 갑자기 왜?"

"벌써 열흘이나 지났잖아. 상했으면 어떡해."

소월이 그럴싸하게 둘러댔다. 주호는 그녀의 뜬금없는 부탁을 들어주기가 영 내키지 않았으나 정말로 반찬이 상했을까 걱정이 되어 자리에서 일어났다. 어떻게 보면 예림이 그에게 남긴 유품과도 같은 것들이었다. 허투루 버릴 수가 없었다.

"무슨 생각이야?"

무영이 주호 몰래 소월의 손목을 잡아당기며 물었다.

"확인할 게 있어서."

그렇게 말하고서, 소월은 무영과 함께 주호에게 다가갔다. 주호는 구식 냉장고의 문을 열고 반찬 통을 하나씩 꺼내어 식탁에 올려놓았다. 여러 종류의 김치, 장아찌, 멸치 볶음과 진미채 볶음, 장조림이 식탁을 가득 채웠다.

주호는 반찬 통의 뚜껑을 하나씩 열어 코를 대고 냄새를 맡았다. 다행히 상한 음식은 하나도 없었다.

"이것들 주면서 뭐라고 하시진 않았어?"

"맛있게 먹으라고 했지. 다 먹으면 또 갖다 준다고."

"그래?"

주호가 반찬 통들을 다시 차곡차곡 냉장고 안에 집어넣는 동안 소월은 생각에 잠겼다.

"아무리 네 꿈을 응원해 준 사람이라도 나이 차이도 많고, 여자 선생님인데 용케 친하게 지냈다. 반찬까지 해주실 정도면 정말 각별했던 모양인데."

"쌤이랑 나는 통하는 게 많았거든."

"예를 들면?"

소월의 질문에 주호는 잠시 머뭇거렸다. 혼자 끙끙 앓느라 응어리진 슬픔을 이렇게라도 풀어놓는 것이 그나마 낫긴 했지만, 처음 보는 여자애에게 죽은 은사에 대해 떠벌리는 것이 석연치 않았다. 소월의 끈질긴 시선을 애써 외면한 주호는 무영과 눈이 마주쳤다.

'그래. 난 얘가 아니라 해일이한테 얘기하는 거야.'

주호는 자신의 고통을 알아줄 사람이 필요했다. 그와 예림이 얼마나 친했는지, 예림이 그에게 어떤 존재였는지, 그녀의 죽음에 눈물 흘리는 이유들을 누군가와 나누고 싶었고 슬픔을 털어놓고 싶었다.

"나랑 쌤은 월산 사람들을 싫어했어."

주호가 무영의 온화한 눈을 바라보며 입을 열었다. 무영은 눈빛으로 그를 달래주며 천천히 말해보라고 독려해 주고 있었다.

"처음엔 그게 신기했어. 우리 학교에 다니는 월산 토박이 애들은 자기들끼리만 편을 먹고 놀거든. 월산 사람들은 다 그런 줄 알았는데, 예림 쌤은 달랐어. 쌤이 하는 말을 들으면 내 속까지 다 시원해졌어."

"무슨 말을 했는데?"

소월이 부드럽게 추임새를 넣었다.

"월산 사람들은 이기적인 속물들이고 부와 권력을 얻기 위해선 뭐든 한다고 욕을 했어. 물론 아닌 사람들도 있겠지만 힘을 가진 사람들일수록 나쁜 놈들이라고 했어. 그리고 힘을 가진 사람에게 비굴한 것도 끔찍하다고 했어. 쌤도 월산 토박이였는데 그렇게까지 신랄하게 비판하는 모습이 정말 멋져 보였어."

회상에 젖은 주호의 입가에 아련한 미소가 지어졌다가 바로 사라졌다.

"그래서 쌤네 오빠가 감옥에 들어갔을 때 많이 괴로워하셨어. 나이 차가 많이 나서 아빠 같은 오빠랬는데…… . 예림 쌤이 울면서 그랬어. 오빠는 억울하다고."

"범죄자가 뭐가 억울해?"

최창규가 저지른 범죄의 피해 당사자로서 소월은 참지 못하고 날 선 목소리를 내고 말았다.

"넌 왜 아까부터 계속 시비야?"

주호도 결국 폭발하고 말았다. 누구는 지금 믿고 따르던 어른이 돌아가셔서 부모님의 죽음 이후로 가장 큰 상실감을 느끼고 있는 마당에, 남자친구랑 가출하고 떠돌아다니는 철없는 계집애가 사사건건 트집을 잡는 것이다.

"억울할 수도 있지! 그 아저씨가 독박을 쓰고 혼자 감옥에 들어갔는데!"

"독박?"

"그래. 예림 쌤이 그랬어. 치사한 인간들이 달 땐 삼키고 쓰니까 뱉는다고. 실컷 이용만 하다가 판이 바뀌니까 모른 척한다고."

"혹시 그 독박을 씌운 사람들에 대해선 별말 없었어?"

"나도 물어봤는데 애들은 몰라도 된다고 안 말해주셨어. 하지만 난 그 사람들 중에 한 명이 누군지 알고 있어."

주호는 목소리를 낮게 깔며 음산하게 말했다.

"우리 교장이야."

"그걸 네가 어떻게 알아? 범죄자의 동생 말만 믿고 괜한 사람 의심하는 거 아냐?"

"와, 진짜 너 나랑 싸우고 싶냐?"

부쩍 예민해진 주호는 소월의 도발에 쉽게 넘어갔다. 무영은 주호를 진정시키며 소월에게 적당히 하라고 눈짓을 했다. 그는 소월이 주호에게서 정보를 캐내기 위해 일부러 그의 화를 돋우고 있다는 걸 알았다.

"내가 직접 들었거든? 교장이 전화로 최창규는 벌금 낼 돈 없으니까 징역을 살 수밖에 없을 거라고, 판이 엎어졌으니까 다 없던 걸로 하는 게 나을 거라고, 최창규 말은 아무도 안 믿어줄 거라고 그랬다고."

"정말? 진짜로 그렇게 들었어?"

"그래. 내가 돌아가신 선생님하고 관련된 일에 뭐하러 거짓말을 하냐?"

주호는 우울했다. 예림의 죽음이야말로 거짓말이었다면 참 좋았을 것 같았다.

"자살이라니."

무엇보다 충격적인 것은 예림이 스스로 죽음을 선택했다는 점이었다.

"쌤이 얼마나 강하고 밝은 사람이었는데……."

"티가 안 나는 우울증이라도 앓고 있었나 보지."

"더 이상은 못 참아. 너희 둘, 나가."

주호가 벌떡 일어서며 말했다. 그는 거친 호흡을 씩씩 몰아쉬고 있었다.

"진정해. 너를 놀리려고 그런 게 아니라, 실제로 자살하는 사람들 중에 그렇게 감쪽같은 경우도 있다고 들어서 그래."

자리를 털고 일어난 소월이 치맛자락을 정리하며 말했다. 무영은 엉거주춤하게 서서 어찌할 바를 모르고 있었다.

"우리 쌤은 아니거든. 네가 우리 쌤을 알아? 내가 너보다 훨씬 잘 알아. 우울증하곤 절대 상관없는 일이라고."

"그럼 그게 더 소름 돋는 일 아니야?"

소월이 무영의 손을 잡아끌며 새침하게 말했다.

"놀러 갈 계획도 세우고, 반찬도 또 만들어주겠다고 약속하고, 우울증도 없고 삶의 의지가 넘치는 사람이 자살을 한다는 게 말이 돼?"

소월의 말에 무영과 주호는 동시에 미간을 구겼다. 그녀는 책상으로 성큼성큼 걸어가 주호의 공책 위에 뭔가를 적었다.

"내 핸드폰 번호야. 나한테 할 말이 생기면 전화해."

"무슨 할 말?"

소월이 내미는 공책을 받아 들며 주호가 물었다. 그는 갑작스러운 소월의 행동이 이해도 되지 않고 황당했다.

"곰곰이 생각해 봐. 학교 잘 다니고. 방학 때 보충 학습도 빠지지 말고. '교장실' 청소 같은 것도 나서서 잘하고. 알았지?"

엉뚱한 대답에 주호의 미간에 잡힌 주름이 더 깊어졌다.

"그리고, 힘내. 시비 걸어서 미안하다."

소월은 주호의 손을 덥석 잡았다. 주호는 흔들림 없는 소월의 눈동자를 보고 그녀가 진심으로 사과하고 있다는 걸 알았다. 신발을 신고 문을 나서는 소월을 보며, 주호는 무영에게 네 여자친구가 하는 말이 무슨 뜻이냐고 물었다.

"예림 쌤이 자살하지 않았을 수도 있단 뜻이야."

무영은 주호의 어깨를 힘주어 잡았다. 주호의 몸이 부들부들 떨리고 있었다. 무영은 주호처럼 영리하고 민감한 아이가 그걸 몰랐을 리 없다고 생각했다. 그저 믿고 싶지 않아 모른 척했을 뿐이다. 자신이 사랑하는 사람이 누군가에게 살해당했다는 사실을.

"그게, 그게 말이 돼?"

"월산의 사람들이 어떤지는 너도 잘 알고 있잖아?"

무영은 주호를 한 번 꽉 안아주고 작별 인사를 했다. 나중에 그가 정해일이 아니라 차무영이란 걸 밝히게 된다면 주호는 무영에게 실망할지도 몰랐다. 예림과 주호가 치를 떠는 월산 권력의 중심에 차씨 일가가 있었다. 그리고 어쩌면, 최악의 경우, 최예림의 죽음에 영선이 관련되어 있을 수도 있었다.

소월과 무영은 가까운 도로에 나오자마자 택시를 잡았다. 두 사람의 목적지는 희태의 집이었다. 소월은 옆 머리카락을 늘어뜨려 얼굴을 가렸고, 무영은 안경테를 내려 눈을 가렸다. 다행히 택시 기사는 그들에게 관심이 없었다. 그는 운전하는 내내 차량용 DMB로 지역 뉴스 속보를 힐끔거렸다.

아나운서는 경찰이 예상한 최창규의 도주 경로에 대해 브리핑을 하고 있었다. 은혜병원에 있는 빈소를 찾을 거라던 1차 예상과 달리, 시내를 벗어나 숲으로 간 최창규를 봤다는 목격담이 속출하고 있었다.

"주호가 연락할까?"

"모르지. 하지만 연락이 온다면, 걔가 그 여자를 정말 잘 알고 있었다면, 우리에게 중요한 실마리를 줄 수 있을 거야."

소월이 소곤거렸다. 그리고 무영의 어깨에 머리를 기대어 눈을 감았다. 누군가의 죽음을 캐고 다니는 건 심적으로 고단한 일이었다. 잠깐 졸음이 몰려온다 싶더니 어느새 택시는 희태의 집 앞에 멈춰 있었다. 누가 볼까 무서워 두 사람은 대문에 바짝 붙어 초인종을 꾹 눌렀다.

"아침 산책 간다더니 연락도 없이 지금까지 뭐하고……!"

대문을 열며 잔소리를 퍼붓던 우진의 입이 무영에 의해 재빠르게 틀어 막혀졌다. 우진은 눈을 동그랗게 뜨고 발버둥을 쳤지만 끝내 무영에게 질질 끌려갔다. 집 안으로 들어서자, 해일이 소리를 질렀다.

"차무영, 너 이 자식 어디에 있었어! 근데 너네 꼴이 그게 뭐냐?"

무영에게 달려들어 그를 반기던 해일이 한 걸음 물러서 소월과 무영을 보며 말했다. 그의 동그란 광대가 도드라지게 튀어나왔다. 해일의 검지가 소월과 무영 중 누구를 가리켜야 할지 몰라 허공에서 왔다 갔다 했다. 바보처럼 웃는 둘째 오빠의 낯짝을 보자니 소월은 속에서 울화가 치밀었다.

'이럴까 봐 교복을 입기 싫었던 건데, 젠장.'

그러나 이미 후회하기엔 때가 늦었다. 해일이 핸드폰 카메라로 소월과 무영을 찍어댔다. 찰칵찰칵 촬영음이 소월의 심기를 건드렸다. 결국 해일은 소월에게 손목이 비틀려 핸드폰을 뺏기고 말았다.

"한 장 정도는 남겨줘라. 아빠랑 어머니한테 보내 드리면 좋아하실 텐데."

"꺼져. 네 뇌 속에 저장된 기억도 지우고 싶은 심정이니까."

소월은 해일의 핸드폰에서 그녀의 사진을 몽땅 지워 버렸다. 그러면서도 잘 나온 무영의 사진 한 장은 자신에게 메시지로 보냈다.

"뭘 그렇게 음흉하게 웃어?"

무영이 다가와 묻자, 소월은 어색하게 웃으며 오빠를 패니까 스트레스가 풀리는 것 같다는 흉포한 말을 했다. 무영은 그런 소월이 귀엽다며 까르르 웃었고, 해일만이 빨개진 손목을 어루만지며 서러워했다.

소월과 무영이 막 한숨을 돌릴 때였다. 별안간 초인종이 길게 세 번 울렸다. 우진에게 등 떠밀려 아이를 데리고 산책을 나간 수진이나 집주인인 희태라면 이토록 조심스럽게 초인종을 누를 리가 없었다. 소월과 무영은 바짝 긴장하여 굳어 있었다.

"너무 긴장들 하지 마. 우리에게 도움을 주실 분을 어렵게 초대했거든. 믿을 수 있는 분이니까 안심해."

우진이 여유롭게 말하며 소월이 말릴 새도 없이 누군가를 마중하러 마당으로 나갔다. 엉덩이를 살랑살랑 흔들며 뛰어가는 폼을 보자니, 소월과 무영은 불안해졌다.

"누굴 불렀다는 거야, 이 상황에?"

"짝사랑하는 여자."

해일이 실실거리며 대답했다. 순간, 소월의 뇌리에 떠오르는 한 사람이 있었다.

"실례하겠습니다."

여성스럽게 꾸민 목소리에도 숨겨지지 않는 씩씩함이 깃들어 있었다. 오늘은 제복 대신 깔끔한 면바지와 분홍색 블라우스를 입은 박미래 순경이 교복을 입고 선 소월과 무영을 보며 입을 떡하니 벌렸다. 교복을 입은 성인을 보면 손가락질이 절로 나오나 보다. 해일이 그랬듯 미래도 소월과 무영을 손가락으로 가리키며 경악스러워했다.

"왜 교복을?"

소월과 무영의 고개가 절로 푹 숙여졌다. 정적 속에 키득거리는 해일의 웃음소리가 또렷이 들렸다.

원목으로 된 기다란 직사각형 거실 테이블을 둘러싸고 다섯 명의 성인 남녀가 앉아 있었다. 해일과 무영이 소월을 가운데로 두고 양옆에 앉았기 때문에 미래는 그들의 맞은편에서 우진과 나란히 앉았다. 양반다리를 한 두 사람의 무릎이 살짝 닿을 때마다 미래와 우진은 흠칫 몸을 떨었다.

서로 무슨 말을 꺼내야 할지 몰라 한동안 침묵이 이어졌다. 미래는 새가 모이를 쪼듯 간헐적으로 오렌지 주스를 홀짝거리고 있었다.

'교복은 왜 입고 있던 거지?'

옷을 갈아입은 소월과 무영을 곁눈질하며 미래는 또 오렌지 주스를 마셨다. 입안에서 시고 단 냄새가 났다. 한편, 세 남자들은 소월이 언제 입을 열 것인지를 기다리며 초조하게 앉아 있었다. 소월과 무영이 옷을 갈아입는 어수선한 순간을 틈 타, 그들은 소월로부터 가능한 입을 다물고 있으라는 주의를 받았다. 네 사람이 동시에 떠들어댔다가 행여 흘리면 안 될 정보가 새 나갈 수도 있기 때문이었다. 가령, 무영의 기억이 전부 돌아왔다는 것은 아직까진 월산 전체에 알려지지 않은 비밀이었다.

"아까는 경황이 없어서 인사를 제대로 못 했죠. 오랜만이에요, 박 순경님."

소월이 마침내 입을 열었다.

"네, 소월 씨도 오랜만이에요. 월산을 떠났다고 들었는데 우진 씨 집에서 만나다니 신기하네요."

딱히 적의를 담으려던 의도는 아니었으나 미래의 어조는 다소 딱딱했다. 좋아하는 남자의 집에 다른 여자가 있는 걸 반길 사람은 없을 것이다. 소월은 그녀의 적개심을 풀어주기 위해 부러 무영에게 바짝 붙어 앉았다.

"집안 사정상 파혼을 하긴 했지만 저희 둘의 마음은 변함이 없어서요. 차 사장님 몰래 놀러 왔는데 우진이가 데이트 장소를 마련해 줬죠."

"그럼 무영 씨랑 계속 같이 계셨던 거예요? 온천타운 사람들이 무영 씨 찾으려고 난리가 났다던데."

"어쩌다 보니 그렇게 됐네요."

소월이 한숨 쉬듯 말하자 미래는 그녀가 안쓰러워졌다. 차 사장의 유난과 아들을 내세워 부리는 패악을 모르는 이가 없었다.

"아! 그래서 우진 씨가 최창규에 대해 알려줄 수 있냐고 부탁하신 거군요. 친구들이 위험해질 수도 있으니까!"

"네? 아, 네, 그렇죠. 최창규가 감옥에 간 이유가 이 두 사람이랑 관련이 있으니까요. 걱정됐죠, 전."

우진이 소월의 눈치를 보며 얼추 장단을 맞췄다. 미래는 친구들을 위해 위험한 사건에 선뜻 발을 들인 우진의 용기에 깊은 감명을 받았다. 그를 바라보는 미래의 눈에 별빛이 내렸다.

"맞아요. 최창규의 원한이 보통이 아닐 테니까요. 걱정이 크시겠어요."

미래가 우진의 마음고생을 안타까워하며 동조했다.

"그런데 원한이랄 게 있어요? 사실관계로만 따지자면 최창규가 징역을 살게 된 결정적인 이유는 그 별장지기를 폭행하고 감금해서잖아요. 우리 소월이 신혼여행을 망친 일에 대해서는 시치미를 뚝 뗐다고 하던데?"

해일이 끼어들며 말했다. 소월이 테이블 밑으로 그의 허벅지를 꼬집자 해일이 '아, 왜! 내가 틀린 말 한 것도 아니잖아'라며 억울해했다.

"무영 씨 앞에서 이런 말해도 될지 모르겠지만……."

"괜찮아요. 편하게 말하세요."

무영이 거들었다. 미래는 잠시 말을 멈췄다.

'이 사람들은 당사자니까 더 경각심을 가질 필요가 있어. 그래야 우리 우진 씨도 고생을 덜할 테고.'

최창규가 활개를 치고 다니는 판에 교복을 입고 데이트를 하러 돌아다니느라 집에도 안 들어간 무영을 보니, 미래는 그들이 사태의 심각성을 알아야 한다고 판단했다.

"차 사장님이 최창규의 형량을 높이기 위해 로비를 했다는 얘기가 있어요. 말만 소문이지, 월산 경찰들 사이에서는 비공식적으로 공공연히 받아들여지는 사실이에요."

"우리 사돈 마님의 파워가 장난 아니시구나. 당한 건 배로 돌려주시기까지 하고."

해일이 철없이 감탄했다.

"그렇죠. 차 사장님이 앉아서 당하시기만 하는 타입은 아니죠. 근데 이번엔 좀 이상했어요. 상식적으로라면 그 일당까지 모조리 잡아넣으라고 수사 확대를 종용하는 게 맞을 텐데, 오히려 수사를 종결시키라고 했거든요. 최창규를 잡았으니까 됐다고요. 그 사람한테 나머지의 몫까지 벌을 주면 되지 않겠냐면서요. 그리고……."

미래는 차영선에게 휘둘리는 경찰의 실체를 고해하는 것이 괴로웠다.

"소월 씨랑 그 저택 집사 아저씨한테는 수사 중인 척을 해달라고 하셨어요. 미안해요, 속여서."

그녀는 눈을 질끈 감고 고개를 숙였다.

"괜찮아요. 그건 이미 알고 있었어요. 무영이가 친구에게 그거랑 비슷한 이야기를 들었거든요."

소월이 차분하게 말했다. 박윤미는 무영에게 차 사장이 사건을 은폐하는 이유가 모지리인 아들을 두고 도망칠 수 없도록 며느리를 미치광이로 만들기 위해서라고 했다.

"그걸 네가 어떻게 알았어?"

무영이 소월에게 물었다. 그의 안색이 창백했다.

"너 만나기 전에 우진이가 얘기해 줬어, 네가 뭘 하고 다녔는지. 중매쟁이 할머니 만난 것도 안다고 했잖아. 왜?"

"아니야. 그냥, 어디까지 알고 있나 해서."

순간 무영은 온몸의 피가 마르는 줄 알았다. 자신의 행적에 대해 소월이 꿰뚫고 있는 줄 알았기 때문이었다. 그가 고해숙 원장을 만나 소월의 심리 상담 결과에 대해 이야기를 나눈 것은 아직 알려져선 안 됐다. 하지만 무영이 우진에게 말해준 게 소월이 알고 있는 전부라면 안심이었다. 무영은 우진에게 소월의 병에 대해 알려준 적이 없었다.

'명인 아저씨는 혼자 의문을 갖고 있고, 고 원장님도 알고 있어. 이 이상 소월이의 병을 아는 사람이 늘어나선 안 돼.'

소월은 무영을 헷갈리게 한다. 그녀와 함께 있으면 무영은 무적이 된 것 같은 기분이 들었다. 끝없는 행복감에 도취되어서 뭐든 할 수 있을 것 같아진다. 하지만 현실은 가혹했다. 차무영은 어렸고, 가진 것도 없었다. 그가 가진 거라곤 차씨 가문의 권세뿐이었는데, 그것은 오히려 무영이 사랑하는 여자를 위험하게 만들고 있었다.

'최창규 때문에 위험한 상황에 처하면 소월인 또 보호 인격을 만들어서 그 뒤로 숨어버릴 거야.'

무영은 소월을 서울로 돌려보내지 않은 것이 후회스러웠다.

"어디 아파?"

무영의 낯을 살피며 소월이 그의 손을 잡아왔다. 무영은 애써 미소 지으며 괜찮다고 말했다.

"그러면 최창규는 독박을 쓰게 된 게 분해서 차 사장님께 복수를 하러 도주한 건가요? 동생의 장례식을 핑계로 대고?"

소월은 그 부분이 이해되지 않았다. 주호의 말에 따르면 최창규는 의외로 좋은 오빠 노릇을 하고 있었다. 우애 좋은 누이의 마지막 가는 길을 더럽힐 것 같지 않았다.

"이건 언론에 공개하지 않은 이야긴데요."

미래는 남아 있던 오렌지 주스를 다 마셔 버렸다. 그녀는 목이 탔다. 우진을 위해서라지만 경찰 내부의 일을 외부인에게 발설하는 것은 옳지 못한 행동이었다.

'하지만 이 사람들도 관련이 있으니까 괜찮을 거야. 나중에 주요 참고인이 될지도 모르고.'

미래는 자기 합리화를 했다.

"최창규의 도주 원인은 차 사장님에 의해 과잉 형량을 받아서가 아니에요. 최예림의 죽음 때문이에요. 최창규는 최예림이 살해당했다고 믿고 있어요."

"살해요?"

"살해?"

우진과 해일이 경악을 금치 못한 반면에 소월과 무영은 덤덤하였다. 그러나 미래는 우진의 호들갑을 진정시키는 데에 정신이 팔려 그 위화감을 눈치채지 못하였다.

"최예림의 자살 소식을 전해 들은 뒤로 최창규는 교도관들에게 동생은 살해당한 거라고 몇 번이나 주장했대요. 물론 교도관들은 최창규가 충격으로 헛소리를 한다고 생각해서 귀담아듣지 않았고요."

"최창규는 왜 그런 생각을 한 거죠? 예림 씨는 자살이 맞잖아요. 그렇죠?"

소월은 미래를 떠보았다.

"당연하죠."

소월의 술수에 넘어가지 않은 것인지, 아니면 정말 그렇게 믿는 것인지 미래는 단호하게 말했다.

"확실히 자살이에요. 차예림은 노천탕에 있는 거목의 가지에 밧줄을 걸고 목을 맸어요. 그 밧줄을 인터넷으로 직접 산 카드 결제 내역도 확인되었고요."

"오프라인에서 산 것도 아니고 온라인에서 구매한 거면 누군가가 최예림의 신상과 신용카드를 훔쳐서 조작한 걸 수도 있잖아요."

소싯적에 추리 소설 좀 읽어본 티를 내며 우진이 날카롭게 말했다. 미래는 저도 모르게 코웃음이 났다. 우진이 마치 꼬마 탐정처럼 귀여웠기 때문이었다. 그녀의 속마음도 모른 채 우진은 미래에게 비웃음을 당했다고 오해하여 시무룩해졌다. 미래가 재빨리 우진을 달랬다.

"그렇죠, 그렇죠. 아주 예리한 지적이에요. 당연히 그럴 수 있어요. 저희도 그런 가능성을 염두에 두고 수사를 했죠."

애초에 수사는 없었다. 우진의 기를 살려주기 위한 거짓말일 뿐이었다. 최예림은 명백한 자살이었다.

"현장 감식과 부검 결과, 최예림 씨는 자살이 맞는 걸로 나왔어요. 타인에 의한 교살의 경우 몸싸움의 흔적이 있기 마련이거든요. 하지만 현장도 깨끗한 편이었고, 시신에도 별다른 외상이 없었어요."

텔레비전이나 신문, 소설에서 객관화된 죽음을 접하는 것과 실제로 알고 있던 사람의 죽음을 상세히 전해 듣는 것에는 엄청난 간극이 존재했다. 담력이 센 소월조차 으스스한 한기를 느꼈다. 해일이 팔짱을 끼며 매달려 오는데도 뿌리치지 않을 정도였다.

"피해자가 죽기 전에 얌전했다는 건데, 이런 경우 보통은 약물을 쓰기 마련이죠. 하지만 약물 반응도 나타나지 않았고요. 또 시체를 줄에 매달려서 생기는 상처와 산 사람이 매달려서 생기는 상처도 다르고요. 예림 씨의 경우는 살아 있는 상태로 목을 맨 게 맞아요."

말을 마친 미래는 습관적으로 오렌지 주스를 마시려고 손을 뻗었다가, 텅 빈 컵을 보고 무안하게 손가락을 꼼지락댔다. 우진이 자신의 주스를 마시라고 권하자 미래는 민망해하며 고맙다고 했다.

"누군가 예림 씨가 자살하도록 유도했다면요? 협박을 하거나?"

소월은 포기하지 않았다. 그녀는 주호의 말을 믿고 있었다. 하지만 미래는 어깨를 으쓱하며 그런 경우는 흔치 않을뿐더러, 최예림이 협박을 받은 정황도 포착된 것이 없다고 했다.

"대신 우울증을 앓고 있는 것 같았다는 증언들을 확보했어요."

"우울증이요? 누가 그런 말을 했어요?"

"전지희 씨라고, 최예림 씨가 근무하던 헤어살롱의 실장이에요. 그분 말로는 예림 씨는 좀 특이했다나 봐요."

미래는 지희와의 대화를 떠올렸다. 그녀는 무척 인상적인 참고인이었다. 눈물로 얼룩진 오른쪽 눈의 화장이 번져서 멍이 든 것 같았다. 그녀는 평소처럼 아침 일찍 출근 준비를 서두르던 와중에 예림의 자살 소식을 전해 들었다. 어찌나 경황이 없었는지 그녀는 눈 화장을 지울 생각도, 왼쪽을 마저 그릴 생각도 하질 못한 것이다.

"솔직히 우리 두 사람이 그렇게 사이가 좋은 건 아니었어요. 다른 직원들도 아마 그렇게 말할 텐데, 나는, 나는, 정말 예림 씨를 많이 아꼈거든요."

감정이 벅차오른 지희는 진술 중간중간에 몇 번이나 눈물을 쏟아냈다.

"친구는 별로 없었어요. 예림 씨가 약간 다가가기 힘든 타입이었거든요. 뭐라고 해야 하지, 약간 좀……."

지희는 입술을 안으로 말아 물고 곤란한 표정을 지었다.

"고인을 욕하는 것 같아서 기분이 좋진 않은데요. 예림 씨는 월산 사람들을 촌닭이라고 무시하는 경향이 있었어요. 자기도 월산 토박이면서……. 물론 이해는 돼요. 청담동에서 잘나가던 헤어 디자이너였으니까요. 약간 재수 없는 구석이 있었어요."

"인간관계에 트러블이 많았겠네요?"

"없진 않았죠. 고객들하고도 종종 시비가 붙었고, 그거 때문에 나하고도 싸우곤 했으니까요. 그래도 난 예림 씨한테 고마웠죠. 실력 하나는 최고였으니까."

지희는 앞으로 우리 숍은 누굴 믿고 운영해야 하냐며 코를 훌쩍거렸다.

"아예 고립된 상태였나요, 최예림 씨는?"

"제가 알기론 그래요. 그나마 오빠라고 있던 사람이 범죄를 저질러서 교도소에 간 이후로는 성질이 더 고약해졌어요. 투덜대기 일쑤였고, 피곤하다면서 화도 내고. 히스테리가 얼마나 심하던지……."

"용케 해고를 하지 않으셨네요."

"말했잖아요. 실력은 흠잡을 데가 없었다니까요. 게다가 집에 가면 혼자라서 더 쓸쓸하다고 아예 숍에서 새벽까지 청소도 하고 잡무를 처리하기까지 해줬는걸요. 온천타운 마감을 넘겨서 숍에서 자기도 했어요. 일은 정말 잘해줬죠."

"최근에 죽고 싶단 말을 한 적은요? 우울증 증상 같은 게 있었나요?

아니면 다른 특이한 거라도요."

"음…… 저한테 직접 말한 건 아닌데, 통화를 들은 적이 있어요."

"어떤 내용이었습니까?"

"남자가 있었던 것 같아요."

지희는 눈을 가늘게 뜨며 기억을 더듬었다.

"결혼 어쩌고 이런 얘길 했어요. 언제까지 기다려 달라는 거냐고 화를 내면서요. 남자가 결혼을 미뤄서 화가 난 것 같았어요. 그러고 보니 요새 부쩍 그 사람이랑 어울려 지냈던 것 같아요."

"누구요?"

"그 있잖아요. 시내에 있는 웨딩드레스숍 셋째 딸내미."

미래는 지희의 진술이 끝난 후 윤미를 찾아갔고, 그녀에게서 예림에게 먼 지역에 사는 오랜 남자친구가 있었다는 사실을 알게 되었다. 예림은 윤미에게 웨딩드레스를 상담하러 왔었던 고객 중 하나였고 그 외의 친분은 없는 걸로 밝혀졌다.

"외롭고 고독했던 여자, 하나뿐인 오빠는 감옥에 갔고 남자친구의 애정은 식었죠. 우울증과 관련한 의료 기록은 남아 있지 않았지만 정황상 충분히 유추할 수 있었죠. 최예림은 우울증으로 인해 자살한 거라고요."

미래가 말을 끝마치자 우진과 해일은 숨을 골랐다. 그녀의 이야기에 집중하느라 그들은 숨 쉬는 것도 잊어버린 듯했다.

"자살이네."

"그러게요."

두 사람이 서로의 의견을 공유하며 고개를 끄덕거렸다.

"최창규도 이걸 다 들었어요?"

소월이 물었다.

"네. 하도 타살 타령을 하니까 교도관들이 얘기해 주면서 진정시켰

다나 봐요. 하지만 믿지 않는 눈치더래요. 자기가 아는 한 동생한테
남자가 있었을 리 없다면서."

"나라도 안 말하겠다."

해일이 또 끼어들었다.

"부끄러운 오빠잖아요. 내가 그 분야에 대해 좀 아는 게 있는데, 맘
에 안 드는 오빠들한텐 여동생도 숨기는 게 많은 것 같더라고요."

해일이 대놓고 소월을 쳐다보며 서글픈 음성으로 말했다.

"결혼할 때가 되어서 가족 얘기가 나왔다가 최창규 같은 오빠가 있
다는 걸 알고 차버린 거 아닐까, 그 남자친구란 사람?"

"글쎄요. 그걸 알아낼 길이 없어서요. 남자친구를 못 찾았거든요."

"하지만 그 원장인지 실장인지 하는 여자가 통화 내용을 들었다면
서요. 통화 기록이 다 남아 있을 텐데?"

"최예림의 명의로 된 핸드폰엔 그런 기록이 없었어요. 아마 남자친
구가 사준 핸드폰을 따로 갖고 있었던 것 같아요. 그건 아직 발견하지
못했고요."

"와, 진짜 철저하게 비밀 연애를 했구나."

"어차피 여러 명의 진술도 있고, 자살 증거도 확실해서 수사는 그렇
게 끝내기로 했어요."

소월은 수사가 어설프게 끝났다는 느낌을 지울 수가 없었다.

"또 차 사장님의 입김인가요?"

그녀가 묻자, 미래는 탄식조로 온천타운의 노천탕에서 일어난 죽음
들 때문에 난감한 경찰들의 처지를 호소하였다.

"팀이 좀 있긴 하지만 월산에서 누가 안 좋게 급사를 했다 하면 거
의 다 노천탕에서였어요. 대부분은 무영 씨네 집안 어르신들이긴 했
지만……. 게다가 올해에는 저번에 그 폭행 사건도 있었고……. 하여
간에 그럴 때마다 윗선에서 압박이 장난 아니에요. 아시다시피 월산

에서 온천타운 때문에 입에 풀칠하는 사람들이 한둘이어야죠. 지금
도 엄청 살벌해요. 관광지에서 자살 사건이 일어나자마자, 범죄자까지
도망쳤잖아요. 난리예요. 여기 온 것도 완전 힘들었어요. 철야의 연속
이었는데, 우진 씨가 부탁하니까 짬 내서 외출한 거예요."

　미래가 수줍게 말끝을 흐렸다. 우진은 다정한 목소리로 도와주러
와줘서 고맙다고 인사를 했다. 미래는 그런 말 말라며 손사래를 쳤으
나 입가에는 미소가 걸려 있었다.

　"시간이 벌써 이렇게 됐네요. 선배들한테 까이기 전에 가봐야겠어
요."

　미래가 자리를 털며 일어났다. 다른 네 사람이 그녀를 따라 우르르
일어났다. 그들은 돌아가며 미래와 악수를 했다.

　"고맙습니다, 박 순경님."

　"제발 조심히 돌아다니세요. 최창규는 현재 제정신이 아니어서 무
슨 짓을 할지 몰라요. 차 사장님뿐 아니라 무영 씨를 노리고 있을 확
률도 높고, 소월 씨가 돌아온 걸 알게 되면 소월 씨도 안전하지 못할
거예요."

　미래가 근심 어린 눈빛으로 철부지 연인을 빤히 바라보았다.

　'우리 우진 씨 그만 괴롭히고 얌전히 집에 틀어박혀 있어줘라, 좀.'

　그녀의 속마음을 아는지 모르는지 무영은 상황과 어울리지 않게 해
사한 얼굴로 감사 인사만 되풀이했다. 우진은 버스 정류장까지 미래
를 배웅해 주겠다며 집을 나섰다. 덩그러니 남은 세 사람의 의미 모를
시선들이 허공에서 교차하였다.

　"타살이야."

　"자살이네."

　"한지훈은 범인이 아니야."

　차례로 소월, 해일, 무영의 말이었다. 세 사람은 상대방들을 번갈

아 쳐다보며 그게 무슨 말도 안 되는 소리냐고 왁자지껄 떠들었다.

"자살처럼 보이지만 타살이야. 진술한 참고인들은 최예림에 대해 제대로 아는 게 하나도 없어. 넌 한지훈이 범인이 아니란 게 뭔 소리야? 가장 유력한 용의잔데?"

"그 여자, 아싸였다며. 사람들의 말이 틀릴 수도 있지. 하지만 과학은 거짓말을 하지 않는다. 부검 결과가 그렇다잖아. 너네는 왜 타살이라고 확신을 하냐?"

"최예림이 죽었단 말을 듣고 한지훈을 찾아갔었을 때 한지훈이랑 대화를 했어. 형한텐 동기가 부족해."

밖에서 대문을 여는 소리가 나서, 세 사람의 설전이 잠시 멈추었다. 그새 우진이 돌아온 모양이었다. 그들은 현관문을 뚫어져라 쳐다보았다. 우진이 들어오면 그의 의견을 묻고 어떤 게 더 타당한지를 따질 생각이었다.

"차무영."

들어온 건 우진이 아니었다.

"엄마."

무영의 목소리가 떨렸다. 악귀처럼 표독스러운 눈을 붉게 빛내며 차영선이 거실로 들어섰다. 그녀의 시선은 죽창처럼 소월에게로 꽂혔다.

독기를 머금은 눈으로 소월을 노려보던 영선은 자신의 앞을 막아서는 무영을 보자 퍽 너그러운 표정을 지어 보였다.

"한참을 찾았잖니. 흉흉한 때에 연락도 없이 사라지면 어떡해. 어디 다친 덴 없지?"

영선이 제법 부드러운 손길로 무영의 팔뚝을 잡고 그의 안색을 살폈다. 뾰족하게 다듬어진 손톱 끝이 무영의 맨살에 파고들었다. 무영이 인상을 쓰는데도 손톱 끝에 들어간 힘은 빠질 줄을 몰랐다.

"최창규한테 잡혀서 살해라도 당한 줄 알았잖아."

무영은 눈썹 하나 까딱하지 않았다. 그가 모지리였을 때, 영선은 종종 이런 식으로 상냥한 윽박질을 하곤 했다. 예전엔 다정한 목소리로 끔찍한 악담을 퍼붓는 엄마의 고운 얼굴이 두려웠다. 하지만 이젠 아니었다. 차무영은 여전히 스물두 살의 풋내기였지만 엄마가 무서워서 울음을 터뜨릴 나이는 아니었다. 그는 더 이상 모지리가 아니었다.

"죄송해요. 걱정 많이 하셨어요? 그새 피부가 많이 수척해지셨어요."

갈퀴처럼 억세게 박힌 영선의 손을 억지로 떼어내며 무영이 천진하게 웃었다.

"여긴 어떻게 알고 오셨어요?"

"널 찾아다니는 길에 딸아이와 함께 있는 수진 씨를 만났단다. 운이 참 좋았지. 그 여자 혼자였으면 모른 척 시치미를 뗐을 텐데 말이야. 다행히 애들은 거짓말을 할 줄 모르거든."

영리하고 순진한 아이는 영선을 알아보곤 쪼르르 달려와 인사를 했다. 그러곤 아빠는 언제 집에 오냐며 해맑게 물었다. 영선이 대외용 미소를 머금으며 외롭지 않게 곧 아빠를 보내주겠노라 약속을 했을 때, 아이는 웃으며 손님들이 와서 외롭지 않다고 말했다. 그중에는 저택의 예쁜 결혼식에서 본 신부 언니도 있다고 했다. 그 순간 영선이 느낀 분노와 경멸이란 이루 말할 수가 없는 것이었다.

"소월 씨가 돌아왔단 이야기를 들었는데 그냥 지나칠 수가 있어야지. 오길 잘했네, 너까지 찾았으니."

무영이 이곳에 있는 것은 예상 밖의 일이었다. 영선은 최악의 타이밍에 월산에 돌아온 소월의 저의가 궁금했다. 일방적으로 파혼 기사를 낸 것에 대한 분풀이도 할 속셈으로 영선은 열을 내며 희태의 집에 쳐들어온 것이었다.

무영은 미래를 배웅하는 데에 정신이 팔려 문을 잠그지 않고 나간 우진을 원망했다.

"그렇게 반가워하시는 것 같지도 않은데요."

그는 할 수만 있다면 소월을 작게 줄여서 영선의 간교한 시선이 닿지 않는 곳에 꽁꽁 숨기고 싶은 심정이었다. 소월이 혐오하는 정 회장과 꼭 닮은 영선이 저택에서 그녀를 심적으로 괴롭힌 일들을 무영은 모두 기억하고 있었다.

"당연히 반가운걸. 비록 너와의 결혼은 무산이 되었지만 나에겐 여전히 귀중한 인연이란다. 재벌가 사람들과 안면을 트는 게 어디 쉬운 줄 아니? 비록 그게 사생아여도 말이야."

영선의 입에서 나오는 '사생아'란 단어는 유독 어감이 좋지 않았다.

"정소월은 사생아가 아니에요. 아시잖아요. 정 회장님과 엄마의 거래가 파기된 후에 소월이 부모님은 정식으로 부부가 되셨거든요."

"내가 모르고 그런 말을 했겠니?"

그녀는 소월의 기분을 망쳐 놓으려는 악랄한 의도를 감추려고조차 하지 않았다.

"언제까지 그렇게 서 있을래? 인사하러 왔다니까?"

신경질적인 목소리에, 무영은 마지못해 영선의 앞을 터주었다. 가소롭단 듯 눈동자를 과장되게 굴린 영선은 뒤늦게 발견한 해일을 보고 눈살을 찌푸렸다.

"이분은 누구?"

"안녕하세요, 정해일입니다. 소월이 둘째 오빠 되는 사람입니다."

해일은 일단 예의를 갖춰 영선에게 악수를 청했다. 회사에서 인턴으로 오래 구른 그는 꽤 그럴싸한 사무적인 태도를 취할 수가 있었다. 비록 자신의 여동생을 비하하는 안하무인의 여편네라고 할지라도 그녀는 높은 확률로 사돈이 될 사람이었다. 어찌 됐든 소월은 무영과 결혼하려고 할 테니 말이다. 해일은 소월의 오빠로서, 집안의 대표로서 품위를 지키는 것을 잊지 않았다.

"둘째 오빠라고 하면……."

"차 사장님이 좋아하시는 적자 출신이에요."

소월에 의해 말허리가 잘린 영선의 눈이 포악스럽게 물들었다가, 이내 서운함을 가장하며 빛났다.

"차 사장님이라니! 얼마 전까지만 해도 어머님 소리를 들었는데 말이야. 사람의 인연이란 게 정말 알다가도 모를 하늘의 소관인가 봐요, 그렇죠?"

영선이 특유의 드라마틱한 몸짓으로 쓸쓸한 웃음을 터뜨렸다.

'이 여자 진짜 이상하다. 소월이 앤 이런 여자를 어떻게 버텼지?'

해일은 영선의 작위적인 행동들보다 그것들을 무심하게 받아들이는 소월의 태도가 더 당황스러웠다. 소월은 어정쩡한 자세로 서 있는 해일에게 잠깐 나가 있어달라고 부탁했다. 마침 처지가 애매했던 해일은 대충 운동화를 꺾어 신고 재빨리 현관을 빠져나갔다.

"혼자 오기 무서워서 방패 삼을 오빠를 데리고 왔니?"

해일이 나가자마자 영선은 돌변하였다. 무영은 한숨을 길게 내쉬며 두 여자 사이에 섰다. 그의 뒷모습은 지쳐 보였다. 소월은 영선에게 쏘아주려던 신랄한 비난들을 도로 삼켰다. 자신까지 나서서 분위기를 더 험악하게 만들 필요는 없었다.

"소월아, 난 널 믿었다. 우리 무영이가 제정신이 아니었을 때 그렇게까지 받아준 사람은 네가 처음이었어. 넌 날 권력과 돈에 눈이 먼 늙은 여우라고 생각하겠지만, 난 널 정말 믿었다."

어느 정도 진심이 섞인 말이었다. 한때 영선은 모든 것이 이상적이라고까지 느꼈다. 순풍에 돛을 단 배처럼 그녀의 인생이 완벽한 목적지로 순조롭게 항해 중이라고 생각했다.

"그랬더니 네가 내 뒤통수를 쳐?"

그녀가 자기 나름의 기준에 따라 사회적 체면을 중시하지 않았더라면, 영선은 우아한 귀부인의 가면을 벗어 던지고 소월에게 덤벼들었을 게다. 공격적으로 자라난 손톱의 표면이 위협적인 광택을 뽐내고 있었다. 소월은 절로 침을 꼴깍 삼키며 영선과의 사이에 무영이 있어서 정말 다행이라고 생각했다.

"엄마가 고마워한 게 소월이가 날 받아주었기 때문이라면 그렇게까지 배신감 느낄 필요 없어요."

"그게 무슨 소리니?"

"소월이가 여기 왜 있겠어요."

영선은 도통 이해가 되지 않는 얼굴이었다.

"놓고 간 물건 찾으러?"

소월이 급하게 월산을 떠나며 두고 간 짐들을 영선은 죄다 불에 태우려고 했다. 산 사람 옷을 왜 태우냐며, 부정 탄다고 그녀를 말린 것은 희태였다. 희태는 소월의 짐들을 몽땅 자신의 집으로 옮겨놓았다. 영선은 소월이 그 물건들을 가지러 온 줄 알았다.

"놓고 간 절 보러 온 거예요."

무영은 지금이 소월과의 관계를 밝힐 적절한 시기라고 생각했다.

"너 그게 무슨 뜻이니?"

"제가 소월이 보러 서울에 갔던 거 아시잖아요. 소월이한테 정식으로 고백했어요."

영선은 무영이 집안 망신을 시킨 것도 모자라, 사서 고생을 하러 간다면서 몸져누웠었다.

"그때 많은 이야길 했어요. 우리의 정략결혼이라던가, 소월이 부모님의 혼인신고 같은 것들도요. 소월인 더 이상 강제로 저와 결혼할 필요가 없긴 하지만……."

무영은 한 템포 숨을 골랐다. 앞으로 할 말이 가볍게 들리지 않길 바랐다. 그는 어느 때보다 진중한 목소리로 말을 이었다.

"소월이랑 저, 결혼을 전제로 사귀고 있습니다."

잠시 침묵이 흘렀다. 소월은 무영의 뒤에서 영선을 조심스럽게 관찰하고 있었다. 그녀가 아는 차영선이라면 소월과 무영의 관계 회복을 반겨줄 리가 없었다. 정 회장과 차영선은 같은 족속이었다. 오만하고 자존심이 강했다. 그들은 서로를 잘 알았다. 그들이 계획한 정략결혼의 실패 원인은 이를테면, 체스 말들의 예상치 못한 반란이었다. 두 사람은 통제력을 잃은 상황 자체에 대해 수치심을 느꼈고, 어떻게 보면 같은 입장인 상대방에게까지 분노했다. 고작 체스 말 하나를 다루지 못해서 판을 엎어지게 했다며 책임을 떠넘긴 것이다. 게다가 듣기론 또 다른 권력가의 딸이 무영에게 관심을 보인다고 했다. 무영의 마음을 돌리려면 시간이 걸리겠지만 영선은 먼 길을 돌아서라도 소월이 아닌 다른 며느리를 들일 게 자명했다. 적어도 소월이 파악한 차영선이라면 응당 그럴 것이었다. 그러므로 영선이 비틀어진 미소를 애써 지으며 누가 봐도 쥐어짜 낸 기쁨을 표현했을 때, 소월은 기묘한 공포심을 느꼈다.

"잘됐구나. 정말 잘됐어."

차라리 화를 내거나 비웃으면서 무슨 일이 있어도 두 사람을 갈라놓겠다며 저주하는 게 훨씬 모양이 좋을 것 같았다. 영선은 하기 싫어 죽겠다는 표정으로 두 사람의 재결합을 축하해 주었다. 그녀는 열이 오르는지 손으로 부채질을 했다.

"결혼은 언제 할 생각이니?"

"자세한 건 안 정했어요. 마음만 확인한 거예요. 천천히 생각해 보려고요."

"말도 안 되는 소리 하지 마렴."

영선이 정색하며 말했다.

"올해가 가기 전에 무조건 결혼해라. 내 축복을 받고 싶다면 말이다. 이미 식도 올린 마당에 번거롭게 같은 짓을 반복할 필요는 없잖니. 그래야 무영이도 얼른 마음잡고 공부 시작할 테고."

무영의 뒤에 있는 소월을 보며 영선이 말했다.

"얘도 벌써 스물둘이야. 병력 때문에 군대를 안 간다고 해도 또래들에 비해 한참 늦었잖니. 대학도 가야 하고 본격적으로 경영 수업도 받아야 하는데."

소월은 입이 간질거려 미칠 것 같았다. 왜 안 하던 짓을 하시냐며, 차 사장님은 아들의 행복보단 본인의 자존심과 이익이 중요하신 분 아니냐며 나불대고 싶은 혀를 억누르기가 힘들었다.

"저희 할아버진 반대할 거예요."

고르고 골라 튀어나온 말이었다.

"한 번 할아버지 뜻을 거슬렀으니 절 용서하지 않으실 거예요. 제가 좋다고 하는 일에 찬성하시지도 않을 거고, 이 결혼도 반대하실 거예요. 아버지랑 싸우실 거고, 그러면 아버진 이번엔 진짜 회사에서 쫓겨나실 수도 있어요. 빈털터리가 될 수도 있다고요. 리조트 사업도 없을 거고요."

"그래서?"

영선의 한쪽 눈썹이 불쾌감을 표시하며 꿈틀거렸다.

"넌 날 얼마나 속물로 보길래 그런 거니? 물론 너희 할아버지야 정말 끔찍한 분이긴 하시지만, 나는 다르단다. 너희들이 날 모욕하고 농락했지만 어차피 좋은 게 좋은 거 아니겠니?"

"사장님한테 좋은 게 없잖아요."

정소월과 차무영이 결혼한다는 것은 겉으로 보기야 그전의 정략결혼과 별반 다를 게 없어 보였으나, 알맹이는 전혀 달랐다. 차영선은 정소월을 며느리로 들임으로써 그녀가 바라던 것들을 하나도 얻지 못

할 것이다. 권력, 인맥, 부, 명예 모두 소월의 것이 아니라 정 회장의 것이기 때문이었다.

"난 내 아들을 사랑한단다. 무영이의 행복이야말로 내가 바라는 전부야."

영선이 자애롭게 웃으며 눈물까지 글썽였다. 하지만 오래가진 못하였다. 하품을 해도 그것보단 더 촉촉했을 것이다. 영선은 곧 심드렁하고 도도한 표정을 지었다.

"왕마담 할망구에게 한 소릴 거하게 듣겠네. 네 검사 결과가 아무이상이 없다면서 시의원 딸을 만날 날짜를 잡자고 했었는데 말이야."

"어쩔 수 없죠."

무영이 무심히 말했다. 그까짓 거 알 게 뭐냐는 투였다.

"소월인 언제까지 머물 예정이니? 더 있다 갈 거면 저택으로 들어오렴. 네가 돌아온 게 알려지면 너도 최창규의 타깃이 될 텐데 경호할 대상이 한곳에 모여 있을수록 지키기 수월할 테니까."

"저희가 알아서 할게요."

무영이 소월 대신 대답했다. 영선은 불퉁한 얼굴로 마음대로 하라며 미련 없이 뒤로 돌았다.

"정말 이게 다예요?"

소월의 목소리에 영선의 발걸음이 멈추었다. 그녀의 등이 크고 느릿하게 들썩였다. 길게 심호흡을 하는 소리가 들렸다. 영선이 돌아섰다. 의심의 눈길을 거두지 못하는 소월을 딱하게 여기기라도 하듯 그녀는 산뜻하고 동정 어린 미소를 띠었다.

"소중한 걸 지키기 위해선 때론 악몽도 감내해야 하는 법이니까."

영선에게 소월이 악몽과도 같단 뜻이었다. 그녀는 이번엔 지체하지 않고 곧바로 자리를 떴다. 예비 시어머니에게 악몽 취급을 받았는데 소월은 어쩐지 마음이 편했다. 영선의 저주보다 축복이 더 소름 끼치는 것이었다.

"어머님의 모성애를 내가 과소평가한 것 같아."

소월이 말했다.

"그건 아닐걸."

"너도 봤잖아. 널 위해 자존심도 굽히시는 걸."

"그게 이상하지 않았어요? 시의원 딸과의 만남까지 예정되어 있었는데 그 기회를 차버리면서까지 우리를 인정한 거잖아요."

"이상하긴 하지. 시의원 딸에 비하면 나는 아무것도 가진 게 없는데……. 우리 생각보다 널 더 사랑하시는 걸지도 몰라."

"모든 엄마들이 너희 어머님처럼 자식을 사랑하는 게 아니야. 우리 엄만 더더욱 아니지."

"그럼 왜 허락하신 거지?"

소월은 불현듯 저택으로 들어오라는 영선의 제안이 떠올라 몸을 떨었다. 저택의 숨겨진 지하실에서 영선이 그녀를 고문하는, 공포 영화의 한 장면 같은 것이 상상되었다.

"아까 들었어요? 내가 천천히 결혼할 거라고 하니까 무조건 올해 안에 하라잖아요. 혹시 내 결혼은 올해를 넘기면 안 되는 게 아닐까?"

무영은 소월의 손을 잡고서 그녀를 거실 한쪽 벽에 붙어 있는 소파에 데려다가 앉혔다. 무영은 소월의 손을 잡은 채로 가만히 앉아 있었다. 그는 뭔가 골똘히 생각에 잠긴 것 같았다.

"결혼……."

무영이 중얼거렸다. 소월은 참을성 있게 그의 생각이 정리되길 기다려 주었다.

"내가 그 중매쟁이 할머니를 따라간 거 말이에요."

"응."

"그 할머니가 흥미로운 이야기들을 해줘서 그런 거였거든요, 더 듣고 싶어서. 그중에 하나가 나는 올해 꼭 결혼해야 한다는 거였어요. 올해가 지나면 잘난 집안 중에 나를 사위로 삼고 싶어 할 곳이 없을 거라고요."

"왜 하필 올해야? 넌 이제 스물두 살인데. 결혼 적령기도 아니고. 22라는 숫자에 무슨 큰 의미가 있나? 스무 살도 아니고 엄청 애매한 숫잔데."

소월의 말을 듣는 순간, 무영의 뇌리를 강타하는 것이 있었다.

"서른 살."

무영은 왜 갑자기 그게 떠올랐는지 스스로도 의아했다. 무의식 속에 침체된 여러 기호들이 복합적으로 작용하여 육감이란 것으로 발현되는 건지도 몰랐다.

"내년에 한지훈이 서른 살이 돼."

차씨 가문에는 두 명의 정당한 후계자가 있었다. 차무영과 한지훈. 두 사람은 일곱 살 차이가 났고, 지훈은 육 개월 뒤에 서른 살이 된다.

"만약에 내가 한지훈이 서른 살이 되기 전에 결혼을 해야 한다면?"

소월은 소름이 돋았다. 문득 떠오른 전지희의 진술 때문이었다.

"결혼 어쩌고 이런 얘길 했어요. 언제까지 기다려 달라는 거냐고 화를 내면서요."

〈2권에 계속〉